BASTEI
LÜBBE

BASTEI LÜBBE JACK VANCE IM TASCHENBUCH-PROGRAMM:

23 209 Die blaue Welt
23 212 Drachenbrut
23 219 Durdane
23 224 Planet der Abenteuer

Jack Vance

PLANET DER ABENTEUER

Vier Romane

Ins Deutsche übertragen
von Leni Sobez
und Gudrun Faltermeier

Mit Zeichnungen
von Johann Peterka

BASTEI LÜBBE

BASTEI LÜBBE TASCHENBUCH
Band 23 244

1. Auflage: Mai 2000

Vollständige Taschenbuchausgabe

Bastei Lübbe Taschenbücher ist ein Imprint der
Verlagsgruppe Lübbe

Titel der amerikanischen Originalausgabe:
City of the Chasch / Servants of teh Wankh /
The Dirdir / The Pnume

Lektorat: Stefan Bauer
Titelillustration: Thomas Kidd / Agentur Utoprop
Innenillustrationen: Johann Peterka
Umschlaggestaltung: QuadroGrafik, Bensberg
Satz: Fotosatz Steckstor, Rösrath
Druck und Verarbeitung: 50365
Firmin-Didot, Mesnil-sur-l'Estrée, Frankreich
Printed in France

ISBN 3-404-23244-0

Inhalt

Der erste Roman

DIE STADT DER KHASCH

An der einen Seite der *Explorator IV* flackerte ein nicht sehr heller, alternder Stern, Carina 4269; an der anderen hing ein einzelner Planet, graubraun, unter einer schweren atmosphärischen Decke.

Auffallend an dem Stern war nur sein merkwürdiges, honigfarbenes Licht. Der Planet mochte ein wenig größer sein als die Erde und wurde von zwei kleinen schnellen Monden umkreist. Es war ein fast typischer Himmelskörper der Klasse K2 und recht unauffällig, für die Männer an Bord der *Explorator IV* aber geheimnisvoll und faszinierend.

Im vorderen Kommandoraum standen Commander Marin, Chefoffizier Deale und Zweiter Offizier Walgrave. Die drei Männer waren fast gleich groß, von der gleichen aufrechten Haltung und raschen präzisen Beweglichkeit und trugen dieselben weißen Uniformen; ihre Gedanken glichen sich ebenso wie ihre witzige, oft sarkastische und immer prägnante Ausdrucksweise. Mit ihren Scanskopen, den Fotoferngläsern von ungeheurer Reichweite und Vergrößerung, versuchten sie, den Planeten zu erkunden.

»Scheint auf den ersten Blick ein bewohnbarer Planet zu sein«, stellte Walgrave fest. »Diese Wolken bestehen ziemlich sicher aus Wasserdampf.«

»Wenn eine Welt Signale ausschickt«, sagte Chefoffizier Deale, »dann nehmen wir fast automatisch an, daß sie bewohnt sein muß. Und der Bewohnbarkeit folgt wiederum automatisch die Bewohntheit.«

Commander Marin lachte leise. »Hier stimmt aber eure sonst unfehlbare Logik nicht. Im Augenblick sind wir zweihundertzwölf Lichtjahre von der Erde entfernt. Die Signale haben wir vor zwölf Lichtjahren empfangen, also sind sie vor zweihundert Jahren ausgesandt worden. Ihr erinnert euch doch daran, daß sie abrupt abbrachen. Diese Welt mag bewohnbar und vielleicht auch bewohnt sein; es ist aber noch nicht gesagt, daß sie auch nur eines von beiden ist.«

Deale nickte erst, dann schüttelte er den Kopf. »Auf dieser Basis können wir nicht einmal sicher sein, daß die Erde bewohnt ist. Die uns zur Verfügung stehenden mageren Beweise ...«

Biep, biep, biep, meldete sich das Bordsprechgerät. »Ja?« rief Commander Marin.

Dant, der Nachrichtentechniker, meldete dem Kommandoraum: »Ich habe eben ein Schwankungsfeld aufgenommen. Wahrscheinlich ist es künstlich, aber ich kann mich nicht einschalten. Vielleicht ist es eine Art Radar.«

Marin runzelte die Brauen und rieb sich die Nase. »Ich schicke Kundschafter hinab, dann ziehen wir uns zurück.«

Marin gab das Kodewort und erteilte den beiden Scouts Adam Reith und Paul Waunder seine Befehle. »So schnell wie möglich. Wir wurden entdeckt. Rendezvous im System Achse, Punkt D wie Deneb.«

»In Ordnung, Sir. System Achse aufwärts, Punkt D wie Deneb. Lassen Sie uns drei Minuten Zeit.«

Commander Marin ging zum Makroskop und suchte auf einem Dutzend Wellenlängen die Oberfläche des Planeten ab. »Bei ungefähr dreitausend Angström ist ein Fenster. Schlecht, sehr schlecht. Die Scouts haben eine Menge zu tun.«

»Bin ich froh, daß ich nie als Kundschafter ausgebildet wurde«, bemerkte der Zweite Offizier Walgrave. »Sonst müßte ich wahrscheinlich auch auf unbekannte und vielleicht grauenhafte Planeten hinab.«

»Ein Scout wird nicht ausgebildet, es gibt ihn«, erklärte Deale. »Er ist halb Akrobat, halb irrer Wissenschaftler, halb Einbrecher, halb ...«

»Das sind ein paar Hälften zuviel.«

»Es kommt trotzdem noch lange nicht hin. Er ist ein Mensch, der das Abenteuer liebt.«

Die Scouts der *Explorator IV* hießen Adam Reith und Paul Waunder. Beide waren findig, zäh und überaus geschickt. Hier endete jedoch die Ähnlichkeit. Reith war etwas über mittelgroß und dunkelhaarig, hatte eine breite Stirn und ausgeprägte Wangenknochen; an den fast hageren Wangen zuckte manchmal ein Muskel. Waunders dagegen war stämmig.

Das blonde Haar war schon ein wenig schütter, und sein Gesicht war zu durchschnittlich, um es beschreiben zu können. Er war ein paar Jahre älter als Reith, doch dieser stand im Rang über ihm und war Kommandant des Späherbootes.

Dieses Boot war ein Miniaturraumschiff von etwa zehn Metern Länge und hing unter dem Heck des Mutterschiffes.

Es dauerte nur etwa zwei Minuten, dann waren sie an Bord des Beibootes. Waunder begab sich gleich an die Instrumente, während Reith das Boot versiegelte und auf den Auslöseknopf drückte. Das Beiboot löste sich vom großen, schwarzen Rumpf. Reith nahm seinen Sitz ein, und in diesem Moment bemerkte er aus dem Augenwinkel heraus eine Bewegung. Ein graues Projektil schoß aus der Richtung des Planeten heran, dann wurden seine Augen geblendet von einem grellen, purpurweißen Gleißen.

Das kleine Schiff taumelte trotz der Beschleunigung, und Waunder klammerte sich krampfhaft an die Drosselventile. Das Späherboot schoß schlingernd dem Planeten entgegen.

Wo vorher die *Explorator IV* durch den Raum gezogen war, trieb jetzt nur noch ein seltsamer Gegenstand: die Nase und das Heck eines Raumschiffes mit ein paar Verstrebungen und einer großen Leere dazwischen; darin brannte die alte, honiggelbe Sonne Carina 4269.

Commander Marin, Chefoffizier Deale, der Zweite

Offizier Walgrave, alle Techniker und die gesamte Mannschaft trieben als Kohlen-, Sauer- und Wasserstoffatome im Raum. Ihre Persönlichkeiten, ihre knappe Art und ihr Witz waren nur noch Erinnerung.

1. Kapitel

Das Beiboot torkelte auf der Schockwelle mit dem Heck voran der graubraunen Atmosphäre des Planeten entgegen. Adam Reith und Paul Waunder wurden in der Kabine von einem Schott zum anderen geschleudert.

Reith war nur halb bewußtlos und konnte sich irgendwo anklammern. Er hangelte sich zum Instrumentenbrett und schaltete den Stabilisator ein. Statt des gewohnten leisen Summens hörte er ein Zischen und Bumpern, aber die Windmühlenbewegung hörte auf.

Reith und Waunder zogen sich auf ihre Sitze und schnallten sich fest. »Hast du auch gesehen, was ich gesehen habe?« fragte Reith.

»Ein Torpedo.«

Reith nickte. »Der Planet ist bewohnt.«

»Und die Bewohner sind alles andere als freundlich, würde ich sagen. War ein rauher Empfang.«

»Wir sind ja auch weit von zu Hause weg.« Reith schaute die toten Skalen entlang, an denen keine Kontrollichter brannten. »Nichts scheint mehr zu funktionieren. Wenn ich nicht ganz schnell ein paar Reparaturen durchführen kann, stürzen wir ab.«

Er hinkte zum Maschinenraum, und dort entdeckte er, daß eine Ersatz-Energiezelle, die nicht ordentlich genug gelagert gewesen war, eine Schaltzelle zerquetscht hatte, und die Folge davon war ein Chaos aus verschmorten Kabeln, zerbrochenen Kristallen und geschmolzenen Fassungen.

»Das kann ich schon reparieren«, erklärte Reith, der Waunder gefolgt war. »Wenn wir Glück haben, in zwei Monaten. Und vorausgesetzt, daß die Ersatzteile in Ordnung sind.«

»Zwei Monate sind ein bißchen zu lang«, antwortete

Waunder. »Ich würde sagen, in spätestens zwei Stunden tauchen wir in die Atmosphäre ein.«

»Dann aber an die Arbeit.«

Eineinhalb Stunden später musterten sie zweifelnd und unzufrieden ihr Werk. »Mit ziemlich viel Glück landen wir in einem Stück«, meinte Reith düster. »Du gehst jetzt mal nach vorn und fütterst die Dinger. Ich passe auf, was geschieht.«

Eine Minute verging. Die Bremsdüsen summten, und Reith spürte den Druck der Dezeleration. Er hoffte, daß die Improvisationen wenigstens kurze Zeit hielten. Er kehrte zu seinem Sitz zurück. »Wie sieht's jetzt aus?« fragte er.

»Nicht allzu schlecht. In ungefähr einer halben Stunde tauchen wir mit etwas weniger als der kritischen Geschwindigkeit in die Atmosphäre ein. Ich hoffe, daß wir eine weiche Landung schaffen. Auf lange Zeit gesehen sieht es nicht so gut aus. Wer das Schiff mit einem Torpedo getroffen hat, kann uns auch mit Radar folgen. Und was dann?«

»Nichts Gutes«, stellte Reith fest.

Der Planet unter ihnen wurde rasch größer. Die Welt war dunkler und in den Farben trübseliger als die Erde, wenn auch gedämpft goldenes Licht über ihr lag. Sie erkannten jetzt die Kontinente und Ozeane, die Wolken und Stürme, also die Landschaft einer alternden Welt.

Die Atmosphäre pfiff um das Boot. Die Temperatur stieg rasch bis zur kritischen Marke. Vorsichtig gab Reith etwas mehr Energie durch die geflickten Stromkreise. Das Boot wurde langsamer, die Nadel zitterte und spielte sich schließlich auf den normalen Stand ein. Im Maschinenraum knackte etwas, dann war das Boot erneut im freien Fall.

»Wir sind also wieder soweit wie vorher«, stellte Reith fest. »Jetzt kommt es auf die Landeklappen der Tragflächen an. Wir steigen wohl besser in den Schleuderanzug.« Er schwang die Seitenstummel aus, verlängerte Höhen- und Seitenruder, so daß das Boot aus dem freien Fall in einen steilen Sinkflug überging. »Wie sieht die Atmosphäre aus?« erkundigte er sich.

Waunder las die Zahlen am Analysator ab. »Atembar. Ähnlich der normalen Erdatmosphäre.«

»Wenigstens etwas Gutes.«

Sie spähten durch ihre Scanskope und konnten jetzt schon Einzelheiten feststellen. Unter ihnen lag eine weite Ebene oder Steppe, die da und dort mit niederen Bergen und Vegetation bestanden war. »Kein Zeichen von Zivilisation«, stellte Waunder fest. »Jedenfalls nicht unter uns. Vielleicht dort drüben am Horizont ... Diese grauen Flecken ...«

»Wenn wir das Boot heil hinunterbringen und uns niemand stört, solange wir das Kontrollsystem reparieren, sind wir ganz gut dran ... Aber diese Tragflächenstummel genügen einfach nicht für eine so rasche Landung. Es wäre wohl besser, wir würden uns so vorsichtig wie möglich hinunterschwindeln und im letzten Moment mit dem Schleudersitz aussteigen.«

»Richtig«, pflichtete ihm Waunder bei und deutete nach draußen. »Das sieht wie ein Wald aus. Jedenfalls ist es Vegetation, der ideale Platz für eine Bruchlandung.«

»Also runter damit«, sagte Reith.

Das Boot ging hinab, die Landschaft raste ihnen entgegen. Vor ihnen schien der Rand eines dunklen Waldes hoch in die Luft zu ragen.

»Bei drei steigen wir aus«, sagte Reith. Er zog das Boot ein wenig in die Höhe, um die Sinkgeschwindigkeit abzubremsen. »Eins ... zwei ... drei ... Raus!«

Die Katapultklappen öffneten sich, die Sitze wurden hinausgeschleudert. Reith sauste ins Freie. Aber wo war Waunder? Entweder hatte sich sein Fallschirm nicht geöffnet oder der Sitz war hängengeblieben. Er hing hilflos außen am Boot. Reiths Fallschirm ging auf, und er pendelte daran hin und her. Auf dem Weg nach unten schlug er gegen einen schwarzen, glänzenden Baumast, und der Schmerz betäubte ihn fast. Er hing in den Gurten seines Fallschirmes, das Boot brach durch die Bäume und pflügte in einen Sumpf. Paul Waunder hing noch immer bewegungslos in seinen Gurten.

Heißes Metall knirschte, etwas unter dem Boot zischte, sonst herrschte absolute Stille.

Reith bewegte sich und stieß um sich. Die Bewegung verursachte heftige Schmerzen in Schultern und Brust. Da verhielt er sich ruhig.

Reith hing etwa fünfzehn Meter über dem Boden. Die Sonne war, wie er schon vorher bemerkt hatte, trüber und gelber als die der Erde, und die Schatten wirkten bräunlich. Die Luft roch aromatisch nach unbekannten Harzen und Ölen. Er hing in einem Baum mit glänzenden schwarzen Ästen und sprödem, schwarzem Laubwerk, das klapperte, wenn er sich bewegte. Durch die vom Boot geschlagene Schneise konnte er bis zum Sumpf hinüberschauen. Waunder hing mit dem Kopf nach unten aus der Schleuderluke. Sein Gesicht war nur eine Handbreit vom Morast entfernt. Wenn das Boot weiter einsank, mußte er ersticken – falls er überhaupt noch lebte. Reith kämpfte fieberhaft, um sich aus den Gurten zu befreien. Der Schmerz betäubte ihn, und es wurde ihm übel. Seine Hände waren kraftlos, und wenn er die Arme hob, krachten seine Schultergelenke. Er konnte sich nicht aus seiner Schleudergarnitur befreien und deshalb auch Waunder nicht helfen. War er tot? Reith sah es nicht genau. Er glaubte, sein Kamerad habe sich eben noch schwach bewegt.

Reith beobachtete ihn angestrengt. Waunder sank langsam in den Sumpf. Im Schleudersitz war eine Notausrüstung mit Waffen und Werkzeugen. Wenn er zu ihr gelangen wollte, mußte er eine Schnalle öffnen, doch mit seinen gebrochenen Knochen konnte er sie nicht erreichen. Und wenn er sich aus den Schnüren löste, würde er stürzen und dabei wahrscheinlich sterben. Aber es nützte alles nichts; gebrochenes Schlüsselbein oder nicht – er mußte den Schleudersitz aufmachen, um Messer und Seil herausholen zu können.

Nicht allzu weit entfernt schlug Holz gegen Holz; Reith rührte sich nicht. Ein Trupp bewaffneter Männer mit ungewöhnlich langen Rapieren und schweren Handkatapulten marschierte unten so leise, als schleiche er sich an.

Reith war verblüfft und glaubte an Halluzinationen. Im ganzen Kosmos gab es zweibeinige Rassen, die mehr oder weniger humanoid waren, diese hier waren jedoch richtige Menschen, Leute mit herben, strengen Gesichtern, honigfarbener Haut und blonden, bräunlichen oder graumelierten Haaren und buschigen Hängeschnurrbärten. Ihre Gewänder sahen kompliziert aus. Die lockeren Hosen waren aus braun- und schwarzgestreiftem Tuch; dazu trugen sie dunkelblaue oder dunkelrote Hemden, Westen aus gewebten Metallfäden und kurze, schwarze Capes. Die Hüte bestanden aus schwarzem Leder, hatten Ohrenklappen und waren recht verknittert und faltig. An der Vorderseite des hohen Kopfes hatten sie handtellergroße Silberembleme.

Barbarische Krieger, stellte Reith erstaunt fest, eine wandernde Bande von Halsabschneidern, aber trotzdem richtige, echte Menschen, und das auf einer unbekannten Welt, die mehr als zweihundert Lichtjahre von der Erde entfernt war!

Leise und überaus vorsichtig bewegten sich die Krieger unter ihm. Im Schatten blieben sie stehen, um das Boot anzuschauen, und dann trat der Anführer, ein sehr junger Mann, viel jünger als der Rest und ohne Schnurrbart, vor die anderen hinaus und musterte den Himmel. Drei ältere Männer traten zu ihm. Sie trugen an ihren Hüten Kugeln aus rosafarbenem oder blauem Glas. Auch sie schauten aufmerksam zum Himmel hinauf. Dann winkte der Junge den anderen, und alle näherten sich dem Boot.

Paul Waunder hob die Hand zu einem matten Gruß. Einer der Männer mit den Glaskugeln riß sein Katapult in die Höhe, aber der Junge schrie einen zornigen Befehl, und der Mann wandte sich mürrisch ab. Einer der Krieger durchschnitt die Fallschirmschnüre, so daß Waunder zu Boden stürzte.

Der Junge erteilte weitere Befehle. Man hob Waunder auf und trug ihn zu einer trockenen Stelle.

Nun machte sich der Junge daran, das Raumboot zu untersuchen. Mutig erkletterte er den Rumpf und spähte durch die Schleuderklappe nach innen.

Die älteren Männer mit den rosa und blauen Kugeln blieben im Schatten und flüsterten miteinander. Mißmutig schauten sie immer wieder zu Waunder hinüber. Einer von ihnen legte eine Hand um das Emblem an seinem Hut, als habe es protestiert. Dann stakste er, als habe diese Berührung ihn dazu angeregt, auf Waunder zu, zog sein Rapier und ließ es niederzucken. Zu Reiths Entsetzen rollte Paul Waunders Kopf von seinem Torso weg, das Blut sprudelte aus dem Leib und tränkte den schwarzen Boden.

Das schien der Junge zu spüren. Er schwang herum, tat einen wütenden Schrei, sprang auf den Boden und rannte auf den Mörder zu. Der Junge zog sein eigenes Rapier, und die biegsame Spitze schlug das Emblem vom Hut des Mannes. Das hob der Junge auf. Er zog ein Messer aus seinem Stiefelschacht, stach wild auf das weiche Silber ein und warf es mit einem Schwall bitterer Worte dem Mörder vor die Füße. Dieser bückte sich, hob das Emblem auf und verließ mißmutig den Kreis seiner Kameraden.

Aus großer Entfernung war Geschrei zu vernehmen. Die Krieger antworteten ebenfalls mit Geschrei; es konnte eine zeremonielle Antwort sein, Angst ausdrücken oder eine Mahnung zur Vorsicht, denn alle zogen sich sofort in den Wald zurück.

In geringer Höhe erschien ein Flugkörper, der erst eine Weile in der Luft schweben blieb und sich dann senkte. Es war ein Luftfloß von etwa fünfzehn Metern Länge und sechs Metern Breite, das von einem reichgeschmückten Heckturm aus gesteuert wurde.

An Bug und Heck baumelten riesige Laternen aus verschnörkelten Pfosten. Das Schanzkleid war von einer breiten Balustrade gesichert. Etwa zwei Dutzend Passagiere lehnten sich darüber, stießen einander an und hatten offensichtlich Angst, über die Balustrade nach unten zu stürzen.

Reith beobachtete in atemloser Spannung, wie das Floß neben dem Raumboot landete. Schnell sprangen die Passagiere ab. Es waren zwei Arten, Menschen und Nichtmenschen, obwohl der Unterschied nicht auf den ersten Blick sichtbar war. Die Nichtmenschen – später erfuhr Reith, daß dies Blaue Khasch waren – bewegten sich steif und anscheinend etwas unbeholfen auf kurzen, dicken Beinen. Die Kreatur selbst war massiv, sah kräftig aus und war schuppig wie ein Tannenzapfen. Jede Schuppe lief in eine blaue Spitze aus. Der Torso war keilförmig und hatte über den Schultern einen nicht vom Skelett getragenen Chitinpanzer, der in einen Rückenschild überging. Der Schädel lief spitz zu. Eine schwere Stirn stülpte sich über die Augenhöhlen, in denen metallische Augen glitzerten; sie schützte auch die sehr komplizierte Nasenöffnung.

Die Menschen glichen diesen Blauen Khasch soweit, wie es Rasse und Manierismen erlaubten; auch sie waren klein, stämmig und hatten Säbelbeine. Ihre Gesichter waren nahezu kinnlos und sahen wie zusammengepreßt aus. Ihre spitz zulaufenden und über der Stirn gewölbten Schädel schienen falsch zu sein, und ihre Hosen und Jacken waren mit Schuppen besetzt.

Khasch und Khaschmenschen liefen zu dem Späherboot und stießen dabei flötenartig klingende, gutturale Schreie aus.

Einige erkletterten den Rumpf und spähten in das Innere, andere untersuchten Kopf und Körper von Paul Waunder, und beides schleppten sie dann zum Floß.

Aus dem Kontrollturm kamen Alarmrufe. Blaue Khasch und Khaschmenschen schauten zum Himmel hinauf und schoben eiligst das Floß unter die Bäume und außer Sicht. Die kleine Lichtung lag wieder verlassen da.

Einige Minuten vergingen. Reith schloß die Augen und hoffte, sehr bald aus diesem schrecklichen Alptraum zu erwachen und wieder sicher an Bord der *Explorator zu* sein.

Aus seinem Halbschlaf der Erschöpfung weckte ihn das Tuckern von Maschinen. Vom Himmel herab sank ein neues Fluggerät, ein Luftschiff, das ebensowenig wie das Floß auf aerodynamische Notwendigkeiten Rücksicht nahm. Dieses Luftschiff hatte drei Decks, eine zentrale Rotunde, etliche Balkone aus schwarzem Holz und Kupfer, einen verschnörkelten Bug, Beobachtungskuppeln, Schießscharten und eine senkrechte Flosse mit schwarzgoldenen Insignien. Das Schiff blieb eine Weile in der Luft hängen, bis die Neugierigen an Deck das Raumboot genau gemustert hatten. Einige der Leute waren Nichtmenschen mit strengen Gesichtern, groß, haarlos und mit pergamentfarbener Haut und langsamen, eleganten Bewegungen. Andere, offensichtlich deren Untergebene, waren Menschen, doch ebenso groß, hager, haarlos, mit langen Armen und Beinen. Sie hatten Schafsgesichter und ebenso elegante Bewegungen wie ihre Meister. Beide Rassen trugen kunstvoll gearbeitete Gewänder mit Bändern, Säumen, Schärpen und Fabeln. Später erfuhr Reith, daß die Nichtmenschen Dirdir waren und die ihnen unterstellten Menschen Dirdirmenschen genannt wurden. Betäubt von dem ihn betroffenen Unglück besah er sich das Luftschiff der Dirdir nur mit mäßigem Staunen, doch irgendwie sickerte der Gedanke in ihn hinein, daß dieses lange, blasse Volk oder seine Vorgänger auf dem Schauplatz wohl sein Mutterschiff zerstört hatten und Zeugen des Absturzes seines kleinen Raumbootes waren.

Dirdir und Didirmenschen untersuchten äußerst interessiert das Raumboot. Einer von ihnen wies auf die Spuren des Luftfloßes der Khasch hin, und diese Entdeckung hatte sofortige Geschäftigkeit zur Folge.

Aus dem Wald schoß purpurweiße Energie; Dirdir und Didirmenschen stürzten zuckend zu Boden. Khasch und Khaschmenschen rannten und hieben Enterbeile in das Luftschiff.

Die Dirdir schossen nun mit ihren eigenen Handwaffen, die Wirbel orangefarbenen Plasmas und violette Flammen ausspien, und in violettem und orangenem Gleißen lösten sich Khasch und Khaschmenschen auf. Das Dirdir-Schiff hob ab, wurde aber von den Enterbeilen festgehalten. Die Dirdirmenschen hackten mit Messern und schossen mit Energiepistolen, das Schiff brach frei, und die Khasch schrien enttäuscht.

Dreißig Meter über dem Sumpf richteten die Dirdir schwere Plasmastrahlen auf den Wald und brannten breite Schneisen hinein, doch das Floß konnten sie nicht zerstören. Von dort aus wurden sie nun von großen Mörsern beschossen. Das erste Projektil ging vorbei, doch das zweite traf das Schiff am Kiel, so daß es ins Taumeln geriet. Es tat einen Satz nach oben, brach nach links und rechts aus, legte sich schließlich auf den Rücken, so daß Dirdir und Dirdirmenschen wie tote Mücken herabstürzten, und verschwand mit einem Haken von Süd nach Ost.

Khasch und Khaschmenschen kamen aus ihrer Deckung und sahen dem Dirdir-Schiff nach. Das Floß verließ den Wald und hing eine Weile über dem Raumboot. Man ließ Enterhaken herab und hob das Boot aus dem Morast. Khasch und Khaschmenschen kletterten an Bord des Floßes. Es stieg in die Luft und verschwand, das Raumboot unter dem Bauch, nach Nordosten.

Wieder verging einige Zeit. Reith hing noch immer in den Gurten und war kaum bei Bewußtsein. Die Sonne ging hinter den Bäumen unter, und die Dämmerung senkte sich über das Land.

Die Barbaren kamen zurück. Sie durchforschten die Lichtung, schauten zum Himmel hinauf und wandten sich wieder ab.

Reith tat einen heiseren Schrei. Die Krieger hoben ihre Katapulte, doch der Junge winkte mit einer heftigen Geste ab. Er gab seine Befehle. Zwei Männer erkletterten den Baum und schnitten die Fallschirmschnüre ab; der Schleudersitz und Reiths Notausrüstung schwangen an den Ästen.

Man legte Reith nicht allzu vorsichtig auf den Boden, und der Schmerz in der Schulter nahm ihm wieder kurz das Bewußtsein. Über ihn beugten sich einige Leute. Sie sprachen in harten Konsonanten und breiten Vokalen. Man hob ihn auf und legte ihn auf eine Trage. Dann spürte er die Bewegung schwingender Schritte. Schließlich wurde er entweder erneut bewußtlos oder er schlief ein.

2. Kapitel

Stimmengemurmel und das Flackern eines Feuers weckten Reith auf. Über ihm hing eine Art Baldachin, links und rechts davon waren leuchtende Sterne und unbekannte Konstellationen. Es war also Wirklichkeit, kein Traum. Langsam und Stück für Stück nahm Reith seine Umgebung und die Tatsache in sich auf. Er lag auf einer Matte aus geflochtenen Binsen, die einen halb pflanzlichen, halb menschlichen Geruch ausströmten. Das Hemd hatte man ihm ausgezogen, und die gebrochene Schulter steckte in einem Harnisch aus Weidenruten. Es tat weh, als er den Kopf anhob und sich umsah. Der Baldachin bestand aus Metallpfosten, zwischen denen ein Gewebe gespannt war. Wie paradox, dachte Reith. Die Metallpfosten ließen einen hohen Stand technischen Könnens ahnen, aber Waffen und Manieren waren schlichtweg barbarisch. Reith versuchte zum Feuer zu schauen, doch die Anstrengung war zu groß, und er sank zurück.

Das Lager lag auf offenem Land, das ließ sich aus den Sternen erkennen. Was mochte wohl aus seinem Schleudersitz und der Notausrüstung geworden sein? Voller Bedauern erinnerte er sich daran, daß sie vermutlich noch immer im Baum hingen. Er hatte also nur sich selbst und seine Erfahrung, auf die er sich verlassen konnte, und jetzt war er doppelt froh über seine Scoutausbildung, die er früher immer für viel zu übertrieben gehalten hatte. Er hatte dabei ungeheuer viel grundsätzliches Wissen angesammelt in Sprachen und Verständigungstheorie, in Astronautik, Raum- und Energietechnologie, Biometrik, Meteorologie, Geologie und Toxikologie. Zusätzlich zu diesen Theorien hatte er Überlebenstechniken jeder Art geübt, also Waffenkunde, Angriff und Verteidigung, Noternährung, Verspannungs- und Hebetechniken, Raumfahrtmechanik, elektronische Reparaturen und vor allem Improvisation. Wenn man ihn nicht, wie Paul Waunder, sofort tötete, hatte er die besten Überlebensaussichten – jedoch wofür? Seine Chancen, zur Erde zurückzukehren, waren verschwindend klein, so daß sein Interesse an diesem Planeten auch nicht übermäßig groß war.

Ein Schatten fiel über sein Gesicht. Reith sah den Jungen, der ihm das Leben gerettet hatte. Er kniete nun nieder und schob ihm eine Schüssel mit grobem Haferbrei zu.

»Vielen Dank«, sagte Reith. »Aber ich glaube, ich kann nicht essen. Diese Verbände hindern mich daran.«

Der Junge sagte etwas, das ziemlich barsch klang. Für einen Jungen, der kaum mehr als sechzehn Jahre zählte, war sein Gesicht sehr ernst und streng.

Es kostete Reith unendlich viel Mühe, sich auf die Ellbogen zu stützen und die Schüssel zu nehmen. Der Junge stand auf und beobachtete Reith, der zu essen versuchte, doch es ging nicht. Da drehte sich der Junge um und rief einen barschen Befehl. Ein kleines Mädchen kam herbeigerannt. Sie bückte sich, nahm die Schüssel und fütterte Reith sehr fürsorglich.

Dem Jungen schien Reith ebensolche Rätsel aufzugeben, wie umgekehrt. Männer und Frauen auf einem Planeten, der zweihundertzwölf Lichtjahre von der Erde entfernt war! Eine Parallelentwicklung? Unglaublich! Ein Löffel Haferbrei nach dem anderen wanderte in seinen Mund. Das Mädchen mochte etwa acht Jahre alt sein und trug ein nicht allzu sauberes, zerfetztes Gewand, das einem Schlafanzug glich. Einige Männer des Stammes kamen heran und sahen zu. Der Junge überhörte das, was sie untereinander sprachen.

Dann war die Schüssel leer, und das Mädchen hielt Reith einen Krug mit Sauerbier an den Mund. Reith trank, weil man es von ihm erwartete, obwohl es ihm den Mund zusammenzog. »Danke«, sagte er zu dem Mädchen, das ihn anlächelte und sich schnell entfernte.

Reith ließ sich auf die Matte zurückfallen. Der Junge stellte eine barsche Frage an ihn.

»Tut mir leid«, antwortete Reith. »Das verstehe ich nicht. Aber sei deshalb nicht böse. Ich brauche jetzt einen Freund.«

Der Junge sagte noch einiges und ging dann. Reith versuchte zu schlafen. Das Feuer war niedergebrannt und im Lager wurde es ruhig.

Von weither vernahm er einen schwachen Ruf, halb Heulen, halb Pfeifen; er wurde erst von einem, dann von mehreren Rufen beantwortet, bis daraus ein fast musikalischer Gesang aus zahlreichen Kehlen wurde. Reith stemmte sich auf die Ellbogen und sah die beiden Monde von fast gleichem Durchmesser; der eine war rosa, der andere blaßblau. Sie waren gerade über den östlichen Horizont gestiegen.

Einen Augenblick später fiel eine Stimme in nächster Nähe in diesen Gesang ein. Reith lauschte verwundert. War das nicht die Stimme einer Frau? Andere Stimmen fielen ein und vereinten sich zu einem wortlosen Klagegesang.

Nach einer Weile hörte dieser Gesang auf. Im Lager wurde es nun ruhig. Reith schlief ein.

Am Morgen sah Reith das Lager genauer. Es lag in einer Senke zwischen zwei niedrigen Hügelketten, die sich weit nach Osten erstreckten. Reith wurde nicht sofort klar, weshalb der Stamm ausgerechnet hier sein Lager aufgeschlagen hatte. Jeden Morgen bestiegen vier junge Krieger in langen braunen Mänteln kleine elektrische Motorräder und fuhren in verschiedenen Richtungen in die Wüste hinaus. Jeden Abend kehrten sie zurück und lieferten Traz Onmale, dem jungen Sippenhäuptling, ihre Berichte ab. Jeden Morgen wurde auch ein etwa achtjähriger Junge zu einem Ausguck hinaufgezogen. Am Spätnachmittag, wenn sich der Wind legte, sank der Ausguckkorb wieder herab. Meist kam der Junge mit einigen Beulen davon, aber den Männern, die den Korb bedienten, schien mehr an diesem als an der Sicherheit des Jungen zu liegen. Dabei bestand dieser Korb mehr oder weniger aus einer vierflügeligen über Holzstäbe gespannten Plane.

Jeden Morgen kam aus dem hügeligen Osten ein schreckliches Kreischen, das etwa eine halbe Stunde dauerte. Später erfuhr Reith, es komme aus einer Herde vielbeiniger Tiere, die den Stamm mit Fleisch versorgten. Morgen für Morgen ging die Schlächterin des Stammes, eine große, wuchtige Frau, mit Hackbeil und Messer durch die Herde und schnitt drei oder vier Schenkel ab; gelegentlich säbelte sie auch ein Stück aus dem Rücken, oder sie griff in eine Wunde und entfernte Innereien. Die Beine wuchsen den Tieren wieder nach, aber sie protestierten, wenn man ihnen in das Körperinnere griff.

Allmählich heilten Reiths Knochen. Bisher hatte er nur Kontakt mit Frauen, einer Gruppe völlig geistloser Wesen, gehabt und mit Traz Onmale, der immer einen beträchtlichen Teil des Morgens bei Reith verbrachte, mit ihm sprach, den Heilungsprozeß überwachte und ihn schließlich auch die Sprache der Kruthe lehrte. Sie war in der Syntax sehr regelmäßig, aber recht kompliziert, sobald Gefühle, Ansichten und Widersprüche zum Ausdruck kamen. Bald konnte sich Reith selbst in dieser Sprache ausdrücken, doch Traz Onmale korrigierte mit einem über seine Jahre weit hinausgehenden Ernst jeden Fehler und lehrte ihn immer neue Feinheiten der Sprache.

Reith erfuhr, daß dieser Planet Tschai hieß, die Monde waren Az und Braz. Der Stamm hatte den Namen Kruthe, aber man hieß sie auch Emblemmenschen nach den silbernen, kupfernen, steinernen oder hölzernen Abzeichen, die sie an den Hüten trugen.

Der Status eines Mannes wurde von seinem Emblem bestimmt, das angeblich von halb göttlicher Abkunft war, selbst einen Namen, eine Geschichte, charakterliche Eigenschaften hatte und einen Rang angab. Der Mann trug also nicht nur das Emblem, es gab ihm den Namen und bestimmte die Rolle, die er innerhalb des Stammes spielte.

Das wichtigste und auffälligste Emblem war das Onmale, das Traz trug, der ein ganz gewöhnlicher Stammesangehöriger gewesen war, ehe er das Emblem gewonnen hatte. Onmale war die Verkörperung von Weisheit, Kraft, Geschicklichkeit und anderen nicht näher zu bestimmenden Kruthe-Tugenden. Tötete ein Stammesangehöriger einen Mann, so übernahm er dessen Emblem, oder er schuf sich ein neues für sich selbst. Im letzteren Fall hatte er noch keine Persönlichkeit oder die Stammestugend, bis sich dessen Träger durch die Teilnahme an großen Kämpfen einen gewissen Status erwarb. Wechselte das Emblem den Besitzer, so erwarb der neue Inhaber automatisch die Persönlichkeit des Emblems. Manche Embleme waren in sich widersprüchlich, und wenn ein Mann ein solches erwarb, war er zugleich der Feind des anderen Emblems. Manche waren mehrere tausend Jahre alt und hatte eine umfangreiche Geschichte, anderen haftete der Ruf an, Unheil zu bringen und zum Sterben verurteilt zu sein, wieder andere zwangen den Träger zu besonderer Härte und berserkerhafter Wildheit. Die Kruthe-Männer waren sehr emblembewußt, und ohne das Emblem hatte niemand ein Gesicht, einen Rang und keine Aufgabe; er war das, was

Reith eben zu sein lernte, ein Helot oder eine Frau, denn die beiden Begriffe waren in der Sprache der Kruthe gleich.

Seltsam erschien es Reith, daß die Emblemmenschen ihn für einen Mann aus einem entfernt liegenden Teil von Tschai hielten.

Für das Raumboot, bei dem sie ihn gefunden hatten, zeigten sie nicht den geringsten Respekt; sie hielten ihn für den Diener einer ihnen unbekannten nichtmenschlichen Rasse, etwa so, wie die Khaschmenschen den Blauen Khasch oder die Dirdirmenschen den Dirdir untergeordnet waren.

Als Traz dieser Ansicht Ausdruck verlieh, wies Reith sie empört zurück.

»Ich bin von der Erde«, erwiderte er nachdrücklich. »Sie ist ein ferner Planet. Wir werden von niemandem beherrscht.«

»Und wer hat dann das Raumboot gebaut?« fragte Traz Onmale zweifelnd.

»Erdenmenschen natürlich.«

Traz Onmale schüttelte ungläubig den Kopf. »Wie kann es so fern von Tschai Menschen geben?«

Reith lachte bitter. »Diese Frage habe ich mir auch schon oft gestellt: Wie kommen die Menschen nach Tschai?«

»Der Ursprung der Menschheit ist doch ganz klar«, erwiderte Traz Onmale eisig. »Das wird uns gelehrt, sobald wir sprechen können. Hast du denn solche Unterweisung nicht erhalten?«

»Auf der Erde glauben wir, daß sich die Menschen aus vormenschlichen Formen heraus entwickelt haben, die wiederum von Säugetieren abstammen und so weiter, bis zurück zur ersten Zelle.«

Traz Onmale warf den Frauen, die in der Nähe arbeiteten, wütende Blicke zu und machte eine barsche Geste.

»Verschwindet, ihr dort! Wir besprechen Männerangelegenheiten!«

Die Frauen zogen schwatzend ab, und Traz Onmale schaute ihnen angewidert nach. »Dieser Wahnsinn wird sich jetzt im ganzen Lager verbreiten, und die Zauberer werden sich ärgern. Ich werde dir den wahren Ursprung der Menschen erklären. Du hast doch die Monde gesehen. Der rosa Mond ist Az, die Heimat der Gesegneten. Der blaue Mond ist Braz, ein Ort der Folter und Verzweiflung, wo böse Menschen hinkommen, vorwiegend solche, die ihr Emblem entehren. Vor langer Zeit einmal stießen die beiden Monde zusammen. Viele tausend Leute fielen herab auf Tschai, und nun versuchen alle, nach Az zurückzukehren, die Bösen ebenso wie die Guten. Aber die Richter, die ihre Weisheit aus den Kugeln beziehen, die sie tragen, trennen die guten Menschen von den bösen und schicken sie an den ihnen bestimmten Ort.«

»Wie interessant!« rief Reith. »Aber wie steht es mit den Khasch und den Dirdir?«

»Die sind ja keine Menschen. Sie kamen von den Sternen nach Tschai, ebenso wie die Wankh. Khaschmänner und Dirdirmenschen sind unreine Hybriden. Die Pnume und Phung sind der Auswurf der nördlichen Höhlen. Sie alle töten wir gerne.« Er musterte Reith mit einem Seitenblick. »Wenn du von einer anderen Welt als Tschai stammst, kannst du kein Mensch sein, und ich müßte dich töten lassen.«

»Das erschiene mir aber ziemlich unfreundlich«, erwiderte Reith. »Schließlich habe ich euch doch nichts angetan.«

Traz Onmales Geste sollte ausdrücken, daß solche Einwände unwichtig seien. »Ich werde meine Entscheidung zurückstellen«, versprach er.

Reith kräftigte seine steifen Glieder und übte sich eifrig

in der Sprache. Die Kruthe, erfuhr er, hatten keinen festen Wohnsitz, sondern wanderten über die riesige Steppe Aman, die den größten Teil des Südens von Kotan, einem Kontinent, einnahm. Von den sonst auf Tschai herrschenden Bedingungen wußten sie wenig. Es gab außer Kotan noch andere Kontinente, Kislovan im Süden, Charchan, Kachan und Rakh auf der anderen Seite dieser Welt. Andere Nomadenstämme zogen durch andere Steppen. In den Marschen und Wäldern weiter südlich lebten die Menschenfresser und Riesen, die zum Teil mit übermenschlichen Fähigkeiten ausgestattet waren. Die Blauen Khasch waren im Westen von Kotan ansässig; die Dirdir zogen kaltes Klima vor und lebten auf der Halbinsel Haulk im Südwesten Kislovans und an der Nordostküste von Charchan.

Eine andere fremde Rasse, die Wankh, hatte sich ebenfalls auf Tschai niedergelassen, doch die Emblemmenschen wußten wenig von ihnen. Auf Tschai heimisch war eine spukhafte Rasse, die Pnume, desgleichen ihre verrückten Verwandten, die Phung, und wenn die Kruthe von denen sprachen, senkten sie die Stimmen und schauten über die Schulter.

Einige Zeit verging; Tage bizarrer Ereignisse, Nächte der Verzweiflung und der Sehnsucht nach der Erde. Reiths Knochen begannen zu heilen, und er schaute sich unauffällig im Lager um.

Im Windschatten der Hügel hatten sie etwa fünfzig Hütten errichtet. Die Dächer stießen so aneinander, daß sie aus der Luft wie ein Schutz vor Bergrutschen aussehen mußten. Hinter den Hütten standen riesige, sechsrädrige, mit Planen getarnte Motorwagen. Reith war davon beeindruckt und hätte sie gerne näher besichtigt, doch eine Bande halbwüchsiger Bengel folgte ihm auf Schritt und Tritt. Sie schienen zu spüren, daß er ein Fremder war und das faszinierte sie. Die Krieger dagegen übersahen ihn. Ein Mann ohne Emblem war weniger als ein Geist.

Am anderen Lagerende entdeckte Reith eine riesige Maschine, die auf einen Lastwagen montiert war – ein riesiges Katapult mit einem Wurfarm von mehr als fünfzehn Meter Länge. Eine Belagerungsmaschine? Auf der einen Seite war sie mit rosa Scheiben bemalt, auf der anderen mit blauen. Reith nahm an, daß dies Sinnbilder der beiden Monde Az und Braz sein müßten.

Aus den Tagen und Wochen wurde ein Monat. Reith verstand die Untätigkeit des Stammes nicht. Sie waren doch Nomaden; warum hielten sie sich so lange in diesem einen Lager auf? Tag für Tag fuhren die vier Späher weg, während der schwarze Korb aufgezogen wurde und die Beine des Beobachters aus den Öffnungen baumelten. Die Krieger hatten offensichtlich eine Ruhepause eingelegt, die sie vorwiegend dazu benutzten, sich an ihren Waffen zu üben. Es gab davon drei Arten: das lange, sehr flexible Rapier mit einer Schneide- und Stoßspitze; ein Katapult, das sich der Energie elastischer Kabel bediente, um gefiederte Pfeile abzuschießen, und schließlich einen dreieckigen Schild von etwa Fußlänge, unten ungefähr spannenbreit, das mit seinen verlängerten und rasiermesserscharf ausgezogenen Seiten sowohl als Stoß- wie auch als Hackwaffe und Wurfgeschoß diente.

Reith wurde erst von dem etwa achtjährigen Mädchen, dann von einer Alten mit vertrocknetem Gesicht und schließlich von einem jungen Mädchen bedient, das ihm hübsch erschienen wäre, hätte es nicht eine so freudlose Miene zur Schau getragen. Die Kleine war ungefähr achtzehn Jahre alt, hatte ein regelmäßiges Gesicht und feines blondes Haar, in dem stets dürre Halme und Zweigstücke hingen. Sie ging barfuß und trug ein unförmiges Kleid aus grauem, grobem Material.

Eines Tages saß Reith auf einer Bank, und das Mädchen ging vorbei. Er fing sie ein und zog sie auf seine Knie. »Was willst du von mir?« fragte sie ängstlich. Sie roch nach Schlamm, dem Moos der Steppe und ein wenig nach Wolle.

Reith fand ihre Wärme tröstlich. »Bleib still sitzen«, sagte er. »Ich will dir die Strohhalme aus dem Haar kämmen.«

Sie hielt sich ruhig, schielte ihn aber aus den Augenwinkeln heraus an, ein wenig unterwürfig, ein wenig verwirrt und ziemlich unbehaglich. Reith kämmte ihr das Haar erst mit den Fingern, dann mit einem Stück abgebrochenen Holzes.

»Na, siehst du, jetzt bist du hübsch«, stellte Reith fest.

Wie in einem Traum blieb die Kleine noch eine Weile sitzen, dann erhob sie sich. »Ich muß gehen«, flüsterte sie ängstlich. »Jemand könnte mich sehen.« Reith hätte sie gerne zurückgehalten, doch er ließ sie gehen.

Am nächsten Tag trafen sie einander zufällig, und diesmal war ihr Haar sauber gekämmt. Sie blieb stehen und schaute über die Schulter. Reith konnte sich an den gleichen Blick, die gleiche Haltung von der Erde her erinnern, und der Gedanke machte ihn melancholisch. Zu Hause hätte man das Mädchen als schön bezeichnet, doch hier in der Steppe Aman legte man auf solche Dinge anscheinend keinen Wert. Er hielt ihr die Hand entgegen, und sie näherte sich ihm, als werde sie von ihm angezogen; das war auch sicher der Fall, denn sie kannte doch die Sitten ihres Stammes. Reith legte ihr die Hand auf die Schulter, dann stahl sich der Arm um ihre Mitte, und er küßte sie. Die Kleine war verwirrt. »Das hat wohl noch niemand mit dir getan?« fragte er.

»Nein, aber ich finde es hübsch. Tu's noch mal.«

Reith seufzte. Nun, warum nicht? Hinter sich hörte er einen Schritt, ein Schlag schickte ihn zu Boden, aber den

Wortschwall, der sich über ihn ergoß, verstand er nicht. Ein Stiefel trat ihm gegen die Rippen, so daß seine kaum verheilte Schulter heftig schmerzte.

Das Mädchen stand dabei und preßte vor Verlegenheit die Fäuste auf den Mund. Der Mann schlug und stieß sie fluchend vorwärts und schrie dazu Flüche und Verwünschungen.

»Intimitäten mit einem fremdländischen Sklaven«, verstand er schließlich. »Ist das deine Auffassung von der Reinerhaltung unserer Rasse?«

»Sklave?« fragte Reith erstaunt und erhob sich mühsam. »Sklave?«

Das Mädchen rannte weg und versteckte sich unter einem der großen Wagen. Traz Onmale kam und erkundigte sich nach dem Grund des Aufruhrs. Der Krieger, ein stämmiger Kerl ungefähr in Reiths Alter, deutete auf Reith. »Der ist ein Fluch, ein dunkles Omen! Wurde dies nicht vorhergesagt? Es ist unerträglich, daß er sich an unseren Weibern vergreift. Er muß getötet oder entmannt werden!«

Traz Onmale musterte Reith zweifelnd. »Mir scheint, er hat keinen Schaden angerichtet!«

»Keinen Schaden! Aber doch nur deshalb, weil ich gerade des Weges kam! Wenn er schon soviel überschüssige Kraft hat, warum arbeitet er dann nicht? Müssen wir ihn nur füttern, bis er fett wird? Entmanne ihn und schick ihn zu den Frauen!«

Ein wenig zögernd gab Traz Onmale seine Erlaubnis. Reith dachte betrübt an seine Notausrüstung, die noch immer im Baum hing, an die Drogen, das Scanskop, die Energiezelle, das Notfunkgerät und vor allem an seine Waffen.

Das alles nützte ihm jetzt nichts. Ebensogut hätte der Pack auf der *Explorator IV* sein können.

Traz Onmale hatte nach der Fleischerin gerufen. »Bring

ein scharfes Messer. Der Sklave da muß endlich friedlich werden.«

»Warte!« rief Reith. »Ist das etwa eine Art, einen Fremden zu behandeln? Kennt ihr denn keine Gastfreundschaft?«

»Nein, Gastfreundschaft gibt es bei uns nicht«, erwiderte Traz Onmale. »Wir sind die Kruthe, und unsere Embleme sagen uns, was wir zu tun haben.«

»Dieser Mann hat mich aber geschlagen«, protestierte Reith. »Ist er denn ein Feigling? Oder will er kämpfen? Was dann, wenn ich ihm sein Emblem abnehme? Wäre ich dann nicht berechtigt, einen Platz im Stamm einzunehmen?«

»Das Emblem selbst ist der Platz«, gab Traz Onmale zu. »Dieser Mann Osom ist der Träger des Emblems Vaduz, und ohne sein Emblem wäre er kein Haar besser als du. Aber ist Vaduz mit Osom zufrieden, und das muß wohl so sein, kannst du ihm das Emblem nicht abnehmen.«

»Ich kann es ja versuchen.«

»Möglich. Aber jetzt ist es schon zu spät. Die Fleischerin ist gekommen. Sei so gut und zieh dich aus.«

Reith warf der Frau einen bestürzten Blick zu. Ihre Schultern waren breiter als die seinen, sie war ein Stück dicker als er und vor allem lachte sie breit, als sie auf ihn zuging.

»Es ist noch genug Zeit«, murmelte Reith und wandte sich zu Osom Vaduz um, der sein Rapier so schnell zog, daß es pfiff. Aber Reith war so nahe an ihn herangetreten, daß er in Reichweite des Rapiers war. Osom Vaduz trat einen Satz rückwärts, doch Reith packte seinen Arm, der hart wie Stahl war. In seinem derzeitigen Zustand war Reith viel schwächer als Osom Vaduz, der ihn mit einer heftigen Armbewegung zu Boden schleuderte. Das heißt, es gelang ihm nicht ganz, sondern Reith zog Osom mit, rollte ihn über Schulter und Hüften ab und warf ihn zu Boden. Dann versetzte er dem Kopf des anderen noch einen Fußtritt und trat auf Osoms Kehle, um ihm die Luft abzuschneiden. Als Osom Vaduz sich heftig wand, um freizukommen, fiel ihm der Hut vom Kopf. Reith griff danach, aber der Zauberer nahm ihn schnell weg.

»Ich habe um das Emblem gekämpft!« schrie Reith Traz Onmale zu. »Es gehört mir!«

»Nein!« brüllte der Zauberer. »So sagt unser Gesetz nicht. Du bist und bleibst ein Sklave.«

»Muß ich dich etwa auch umbringen?« fragte Reith und schob sich ihm drohend entgehen.

»Genug davon!« befahl Traz Onmale scharf. »Jetzt wird nicht mehr getötet.«

»Und was ist mit dem Emblem?« fragte Reith. »Bist du nicht auch der Meinung, daß es mir gehört?«

»Darüber muß ich erst nachdenken«, erwiderte der Junge. »In der Zwischenzeit muß Ruhe herrschen. Fleischerfrau, du bringst die Leiche zum Holzstoß. Wo sind die Richter? Sie sollen kommen und diesen Osom richten, der Vaduz trug. Männer, holt die Maschine!«

Reith trat zur Seite. Wenige Minuten später ging er zu Traz Onmale hinüber. »Wenn du willst, verlasse ich den Stamm und wandere allein weiter«, schlug er vor.

»Du wirst meine Wünsche erfahren, wenn ich sie formuliert habe«, antwortete der Junge mit einer Sicherheit, die ihm das Emblem Onmale verlieh. »Vergiß nicht, du bist mein Sklave. Ich habe die Klingen von dir abgewandt, die dich töten sollten. Wenn du zu entkommen versuchst, wird man dich suchen, finden und auspeitschen. Inzwischen wirst du Nahrung sammeln.«

Reith hatte den Eindruck, Traz Onmale wolle nur von dem scheußlichen Befehl ablenken, den er der Fleischerfrau erteilt hatte, den er aber infolge der Ereignisse zurückziehen mußte.

Einen Tag lang schmorte die Leiche Osoms, der das Emblem Vaduz getragen hatte, in einem metallenen Spezialtrog, und der Wind trug einen üblen Gestank durch das Lager. Die Krieger deckten das riesige Katapult ab und brachten die Maschine zur Lagermitte.

Die Sonne sank hinter eine Bank graphit-purpurner Wolken, und der Sonnenuntergang war ein Aufruhr von Karmesinrot und Braun. Der erste Zauberer knetete die Asche des inzwischen verbrannten Osom mit Tierblut zu einem Kuchen, der in eine kleine Kiste gelegt und am oberen Ende eines langen Schaftes befestigt wurde.

Die Zauberer schauten nach Osten, wo Az, der rosa Mond, fast voll aufging. »Az!« rief der erste Zauberer mit tönender Stimme, »die Richter haben einen Mann gerichtet und ihn für gut befunden. Er ist Osom und hat Vaduz getragen. Sei bereit, Az, wir senden dir Osom!«

Die Krieger am Katapult ließen einen riesigen Arm zum Himmel schwingen. Die elastischen Kabel quietschten vor Spannung. Der Schaft mit Osoms Asche wurde in den Kanal gelegt und der Arm auf Az ausgerichtet. Der Stamm setzte zu einem kehligen Klagelied an, und der Zauberer schrie: »Fort nach Az!«

Das Katapult machte twunnng-twack! Der Schaft schoß so schnell davon, daß man ihn kaum sah. Dann erschien hoch am Himmel weißes Feuer, und die Beobachter seufzten vor Befriedigung.

Eine halbe Stunde lang standen die Leute des Stammes da und starrten zu Az hinauf. Reith überlegte, ob sie wohl Osom beneideten, der sich nun sicher im Palast von Vaduz auf Az vergnügte. Er selbst schlenderte noch ein wenig herum, ehe er zu seiner Schlafmatte ging. Grimmig amüsiert stellte er fest, daß er das Mädchen zu sehen hoffte, das diese Geschichte ausgelöst hatte.

Am folgenden Tag wurde Reith zum Futterholen geschickt. Man sammelte hartes Laub, das in einen Tropfen dunkelroten Wachses auslief. Reith war froh, endlich einmal der Eintönigkeit des Lagers entfliehen zu können.

Die Hügel reichten so weit, wie das Auge sehen konnte, schwarze und honigfarbene Kuppen unter dem windverblasenen Himmel von Tschai. Im Süden erkannte Reith die schwarze Linie des Waldes, wo sein Schleudersitz noch immer in einem Baum hing. Er mußte Traz Onmale bald bitten, ihn dorthin zu führen ...

Da bemerkte er, daß jemand ihn anschaute, doch Reith sah nichts. Aus dem Augenwinkel heraus beobachtete er seine Umgebung, während er seiner Arbeit nachging, bis er die zwei Körbe gefüllt hatte, die er an einer über die Schulter gelegten Stange zu einer Senke trug, in der dichtes Gebüsch wuchs, dessen Blätter wie rote und blaue Flammen leuchteten. Er sah ein grobes, graues Gewand. Es war das Mädchen, das jedoch vorgab, ihn nicht zu sehen. Reith stieg zu ihr hinab, bis sie einander gegenüberstanden. Sie lächelte ihn verlegen an und verschränkte die Finger.

Reith nahm ihre Hände. »Wir werden Schwierigkeiten bekommen, wenn wir einander treffen und Freunde werden«, sagte er.

Das Mädchen nickte. »Ich weiß ... Ist es wahr, daß du von einer anderen Welt bist?«

»Ja.«

»Wie sieht sie aus?«

»Das ist schwer zu beschreiben.«

»Die Zauberer sind doch närrisch, nicht wahr? Tote gehen doch nicht nach Az.«

»Ich glaube es auch nicht.«

Sie trat ein Schrittchen näher. »Tu das noch einmal.«

Reith küßte sie. Dann griff er nach ihren Schultern und hielt sie auf Armeslänge von sich. »Wir dürfen einander nicht lieben. Du wirst unglücklich, man schlägt dich wieder ...«

Sie zuckte die Achseln. »Das ist mir einerlei. Ich wollte, ich könnte mit dir zur Erde gehen.«

»Das wäre mir auch sehr recht«, erwiderte Reith.

»Tu's noch einmal, einmal noch«, bat das Mädchen. Dann sah sie erschreckt über Reiths Schulter. Er wirbelte herum und bemerkte eine rasche Bewegung. Ein Zischen, ein gedämpfter Aufprall, ein herzzerreißender Schrei des Schmerzes. Das Mädchen ging in die Knie, fiel zur Seite und klammerte sich an den gefiederten Pfeil, der aus ihrer Brust ragte. Reith tat einen heiseren Schrei und blickte sich wild um.

Niemand war zu sehen. Reith beugte sich über das Mädchen. Ihre Lippen bewegten sich, doch er konnte die Worte nicht mehr verstehen. Sie seufzte und erschlaffte.

Reith schaute auf sie hinab. Eine unendliche Wut wischte alle vernünftigen Gedanken aus seinem Kopf. Er hob sie hoch – sie war federleicht – und trug sie zum Lager zurück, zur Hütte von Traz Onmale.

Der Junge saß auf einem Hocker und hielt ein Rapier in den Händen, dessen Klinge er hier- und dorthin bog. Reith legte die Leiche so behutsam wie möglich vor ihn auf den Boden. Traz Onmale starrte erst die Leiche, dann Reith an. »Ich habe das Mädchen getroffen, als ich Futter holte. Wir sprachen miteinander, dann traf sie der Pfeil. Das war Mord. Der Pfeil kann mir zugedacht gewesen sein.«

Traz Onmale besah sich den Pfeil und berührte die Federn. Etliche Krieger kamen herbeigelaufen. Traz Onmale schaute von einem zum anderen. »Wo ist Jad Piluna?« fragte er.

Sie flüsterten miteinander, dann rief jemand. Jad Piluna erschien; dieser Mann war Reith schon bei früheren Gelegenheiten aufgefallen, ein flinker Mann mit scharfem, rotem Gesicht, einem merkwürdig geformten Mund und einem ständigen unverschämten Grinsen, das vielleicht von seiner Mundform herrührte und unbeabsichtigt war. Das war also der Mörder. Reith musterte ihn angewidert.

Traz Onmale streckte seine Hand aus. »Zeig mir dein Katapult.«

Jad Piluna warf es ihm zu. Das war eine große Respektlosigkeit, und Traz Onmale bestrafte ihn mit einem zornigen Blick. Er besah sich das Katapult und musterte die Fettschicht, die jeder Krieger auf die Schiene auftrug, sobald er die Waffe benutzt hatte. »Du hast dieses Katapult heute abgeschossen. Das Fett verrät es. Und der Pfeil hier zeigt die drei schwarzen Streifen Pilunas.« Er deutete auf die Leiche. »Du hast das Mädchen getötet.«

Jad Pilunas Mund verzog sich verächtlich. »Ich wollte den Mann töten. Er ist ein Sklave und Ketzer. Sie war auch nicht besser.«

»Wer entscheidet hier? Bist du Onmale?«

»Nein. Aber ich behaupte, es war ein Unfall. Außerdem ist es kein Verbrechen, einen Ketzer zu töten.«

Der erste Zauberer trat vor. »Ketzerei ist schlecht. Dieser Mann hier ist ein eindeutiger Hybride, ich nehme an, Dirdirmensch und Pnumekin. Aus uns unbekannten Gründen hat er sich zu den Emblemmenschen gesellt und verbreitet jetzt seine Ketzerei. Meint er etwa, wir seien so dumm, es nicht zu bemerken? Oh, da irrt er aber! Er hat diese junge Frau verführt und in die Irre gelockt. Sie wurde wertlos. Als ...«

Traz Onmale unterbrach ihn mit der Entschlossenheit, die für einen Jungen seines Alters erstaunlich war. »Genug! Du sprichst Unsinn. Piluna ist berüchtigt als Emblem dunkler Taten. Jad, der Träger, muß zur Vernunft gebracht und Piluna gezügelt werden.«

»Ich bin unschuldig«, sagte Jad Piluna gleichgültig. »Ich stelle mich der Gerechtigkeit der Monde.«

Traz Onmale kniff zornig die Augen zusammen. »Die

Gerechtigkeit der Monde kannst du vergessen. Die Gerechtigkeit bin ich.«

Jad Piluna warf ihm einen unbesorgten Blick zu. »Onmale darf nicht kämpfen«, sagte er.

Traz Onmale schaute von einem zum anderen. »Ist hier kein edles Emblem, das den mörderischen Piluna unterwirft?«

Keiner der Krieger meldete sich. Jad Piluna nickte befriedigt. »Die Embleme wollen nicht hören, aber du hast Piluna beleidigt und ihn einen Mörder genannt. Ich verlange Rechtfertigung von den Monden.«

»Gut, dann bringt die Scheiben«, befahl Traz Onmale.

Der Zauberer ging und kehrte mit einem Behälter zurück, der aus einem einzigen riesigen Knochen geschnitzt war. Er wandte sich an Jad Piluna. »Welchen Mond rufst du um Gerechtigkeit an?«

»Ich fordere Gerechtigkeit von Az, dem Mond der Tugend und des Friedens. Er möge mein Recht bestätigen.«

»Gut«, sagte Traz Onmale. »Und ich rufe Braz, den Höllenmond, an, der dich holen soll.«

Der Zauberer griff in den Behälter und entnahm ihm eine Scheibe, die auf einer Seite rosa, auf der anderen blau war. »Geht alle auseinander!« befahl er und warf die Scheibe in die Luft. Sie überschlug sich, drehte sich, schien zu schweben und fiel, mit der rosa Seite oben, zu Boden »Az, der Mond der Tugend, hat seine Unschuld bestätigt!« rief der Zauberer. »Braz hat keinen Grund zum Eingreifen gefunden.«

Reith schniefte und wandte sich zu Traz Onmale um. »Jetzt rufe ich die Monde an.«

»Weshalb?« fragte der Zauberer. »Du bist doch ein Ketzer. Das läßt sich leicht beweisen.«

»Ich bitte den Mond Az, mir das Emblem Vaduz zuzusprechen, so daß ich den Mörder Jad bestrafen kann.«

Traz Onmale schaute Reith bestürzt an.

Der Zauberer schrie: »Das ist ausgeschlossen! Wie kann ein Sklave ein Emblem tragen?«

Traz Onmale schaute auf die armselige Leiche hinab und gab dem Zauberer ein Zeichen. »Ich entlasse ihn aus der Sklaverei. Nun wirf die Scheibe zu den Monden.«

Der Zauberer weigerte sich. »Ist das weise? Das Emblem Vaduz ...«

»... ist ganz bestimmt nicht das edelste Emblem. Wirf!«

Der Zauberer blickte auch Jad Piluna an. »Wirf«, sagte dieser. »Wenn ihm die Monde das Emblem verleihen, schneide ich ihn in Streifen. Ich habe die Vaduz-Bande sowieso stets verachtet.«

Noch immer zögerte der Zauberer, musterte erst den großen, muskulösen Jad Piluna, dann Reith, der wohl ebenso groß, aber nicht so breit und vor allem noch nicht ganz erholt war. Er war ein sehr vorsichtiger Mann und spielte um Zeitgewinn. »Die Scheibe hat ihre Kraft verloren. Es gibt keine Entscheidungen mehr.«

»Unsinn«, widersprach Reith. »Du sagst doch, die Scheibe unterliege der Kraft der Monde. Wie kann sie dann ihre Kraft verlieren? Wirf!«

»Dann mußt du Braz hinnehmen, denn du bist böse und ein Ketzer.«

»Ich habe Az angerufen, und der kann mich zurückweisen, wenn er will.«

Der Zauberer zuckte die Achseln. »Wie du meinst. Ich nehme dann eben eine frische Scheibe.«

»Nein, die gleiche«, forderte Reith.

Traz Onmale lehnte sich aufmerksam vorwärts. »Die gleiche Scheibe«, befahl er. »Wirf!«

Zornig warf der Zauberer die Scheibe in die Höhe. Wie vorher drehte sie sich, schwebte und fiel zu Boden – mit der rosa Seite nach oben.

»Az gab dem Fremden recht«, erklärte Traz Onmale. »Holt das Emblem Vaduz.«

Der Zauberer stelzte zu seiner Hütte und holte es. Traz Onmale überreichte es Reith. »Du trägst jetzt Vaduz und bist ein Emblem-Mann. Forderst du nun Jad Piluna heraus?«

»Ja, das tue ich.«

Traz Onmale wandte sich an Jad Piluna. »Bist du bereit, dein Emblem zu verteidigen?«

»Natürlich.« Jad Piluna riß sein Rapier heraus und ließ es um seinen Kopf wirbeln.

»Ein Schwert und einen Schild für den neuen Vaduz!« befahl Traz Onmale.

Reith nahm das Rapier, das man ihm reichte. Er wog es in der Hand und bog die Klinge. Noch nie hatte er ein solches Rapier geführt, und er hatte mit manchem Degen gekämpft, denn das gehörte zu seiner Ausbildung. Eine seltsame Waffe, für den Nahkampf völlig ungeeignet. Die übenden Krieger hielten einen größeren Abstand ein, führten die Klinge auf und ab, nach links und rechts, jedoch mit sehr wenig Fußarbeit. Auch die dreieckige Schildwaffe für die linke Hand war ganz ungewohnt. Er schwang probeweise diesen Schild und musterte aus den Augenwinkeln heraus Jad Piluna, der verächtlich dastand.

Reith wußte, daß es glatter Selbstmord war, den Mann in dessen Stil zu bekämpfen.

»Achtung!« rief Traz Onmale. »Vaduz fordert Piluna heraus! In letzter Zeit gab es einundvierzig solcher Kämpfe, und Piluna hat Vaduz bei vierunddreißig Gelegenheiten gedemütigt. Embleme, auf zum Kampf!«

Jad Piluna machte sofort einen Ausfall, den Reith leicht parierte, indem er mit seiner eigenen Klinge nach unten hackte. Jad Piluna wehrte mit seinem Messerschild ab. Reith tat einen Satz vorwärts und schlug mit der Spitze seines Schildes zu, um Jad Pilunas Brust zu treffen. Es war eine unbedeutende Wunde, doch sie genügte, Jad Pilunas Selbstsicherheit zu erschüttern. Die Augen quollen ihm vor Wut aus dem Kopf, und sein Gesicht wurde fiebrig rot. Er griff nun heftig an und das mit solcher Kraft, daß Reith zu einer Abwehr kaum mehr fähig war. Seine Schulter kugelte sich aus und schmerzte höllisch. Keuchend holte er Atem. Pilunas Rapier traf seinen Oberschenkel, dann den linken Bizeps, und nun glaubte Piluna, jetzt könne er Reith in die angekündigten Streifen zerschneiden.

Doch Reith gab noch lange nicht auf. Mit seinem Messerschild schlug er die Klinge des anderen weg, traf mit der Klinge Pilunas Kopf und schlug ihm den schwarzen Hut vom Kopf. Piluna fing ihn auf, trat einen Schritt zurück und machte einen neuen Ausfall, doch wieder holte Reith mit Schild und Rapier fast gleichzeitig aus und schlug ihm diesmal den Hut vom Kopf, mit ihm das Emblem Piluna. Reith ließ den Schild fallen und packte den Hut. Jad, der seines Emblems beraubt war, sah entgeistert zu, und sein Gesicht schrumpfte zusammen. Er versuchte einen neuen Ausfall, doch Reith schwang den Hut und fing den Stoß mit den Ohrklappen ab. Mit dem Rapier durchstieß er Jads Schulter.

Jad riß das Rapier heraus, trat ein paar Schritte zurück, um Platz für seinen nächsten Angriff zu haben, aber der schwitzende und keuchende Reith drang sofort wieder auf ihn ein.

»Ich habe dein Emblem, Piluna«, sagte nun Reith. »Es hat dich voll Ekel verlassen, und du mußt jetzt sterben, Jad, denn du bist ein Mörder.«

Jad tat einen heiseren Schrei und versuchte erneut, auf Reith einzudringen, doch dieser fing wieder den Stoß mit dem Hut auf und jagte Jad, dem ehemaligen Träger von Piluna, seine Klinge in den Leib. Mit dem Schild schlug er Reith das Rapier aus der Hand, blieb dann einen Augenblick lang stehen und schaute verblüfft drein. Die Klinge ragte noch immer aus seinem Körper. Er riß sie heraus und ging damit auf Reith los, doch dieser schlug Jad nun die Schildspitze ins Gesicht. Er traf ihn in den offenen Mund, und da sah der Schild wie eine riesige Zunge aus. Jads Knie gaben nach. Er sackte zusammen. Da lag er nun, und seine Finger bewegten sich fiebrig.

Reith ließ atemlos vor Anstrengung den Hut mit dem stolzen Piluna in den Staub fallen und lehnte sich erschöpft an einen Pfosten.

Im ganzen Lager herrschte entgeisterte Stille.

Endlich sagte Traz Onmale: »Vaduz hat Piluna besiegt. Das Emblem gewinnt allmählich an Glanz. Wo sind die Richter? Sie sollen kommen und Jad Piluna richten.«

Die drei Zauberer kamen, musterten erst finster die neue Leiche, dann Traz Onmale und schließlich Reith.

»Richtet gerecht«, herrschte Traz Onmale sie an.

Die Zauberer murmelten miteinander, dann sprach der erste von ihnen: »Es ist schwierig, hier zu richten. Jad hat heldenhaft gelebt. Er diente Piluna würdig.«

»Er hat ein Mädchen gemordet.«

»Aus gutem Grund. Sie hat sich mit einem unreinen Krieger eingelassen. Welcher religiöse Mann würde anders handeln?«

»Er hat seine Befugnisse überschritten. Er war ein Übeltäter. Ich sage euch, ihr sollt ihn dem Feuer übergeben. Wenn Braz erscheint, schießt ihr seine böse Asche in die Hölle.«

»So geschehe es«, murmelte der erste Zauberer.

Traz Onmale ging in seine Hütte. Reith stand nun allein im Zentrum des Lagers. Die Krieger warfen ihm angewiderte Blicke zu. Es war jetzt später Nachmittag, und schwere Wolken verbargen die Sonne. Da und dort zuckte ein purpurner Blitz und ab und zu war Donner zu hören. Frauen rannten herum, deckten Futterbündel und Krüge mit Essen zu, und die Krieger machten sich daran, die Seile zu spannen, die die Planen über den großen Wagen festhielten. Reith schaute auf die Leiche des Mädchens hinab. Niemand hatte sich die Mühe gemacht, sie wegzutragen. Für ihn war es undenkbar, das arme Mädchen die ganze Nacht in Sturm und Regen hier liegen zu lassen. Der Feuerstoß brannte schon für Jad. Reith hob die Leiche des Mädchens auf, trug sie zum Feuer und wehrte das Jammern der Weiber ab, die es unterhielten. Er legte die Leiche in den Metallbehälter und gab acht, daß er dies auch würdig tat.

Als es zu regnen begann, kehrte Reith zu jener Hütte zurück, die man ihm zur Verfügung gestellt hatte. Bald goß es. Die Weiber bauten ein primitives Schutzdach über den Holzstoß und legten Reisig auf das Feuer.

Jemand kam in die Hütte. Reith zog sich in den Schatten zurück, doch das Feuer schien auf das Gesicht von Traz Onmale. Er sah düster und sehr nachdenklich drein. »Reith Vaduz, wo bist du?« rief er.

Reith trat hervor. Traz Onmale sah ihn an und schüttelte den Kopf. »Seit du beim Stamm bist, gibt es nichts als Unglück, als Aufruhr, Wut und Tod. Die Späher kommen zurück und melden nur eine leere Steppe. Piluna hat böse gehandelt. Die Zauberer hassen Onmale. Wer bist du, der solches Unglück über uns bringt?«

»Ich habe dir gesagt, wer ich bin«, antwortete Reith. »Ein Mensch von der Erde.«

»Ketzerei«, erwiderte Traz Onmale fast gleichgültig. »Emblemmenschen stammen von Az, sagen die Zauberer.«

Reith überlegte einen Augenblick. »Wenn Ideen einander widersprechen, wie hier, dann siegt die stärkere. Manchmal ist das schlecht, oft dagegen gut. Mir scheint die Gesellschaft der Embleme als schlecht. Eine Verände-

rung wäre viel besser. Ihr werdet von Priestern regiert, die ...«

»Nein«, erwiderte der Junge. »Onmale regiert den Stamm. Ich trage dieses Emblem. Es spricht durch meinen Mund.«

»Bis zu einem gewissen Grad. Die Priester sind gerissen genug, um ihre eigenen Ansichten durchzusetzen.«

»Was hast du vor? Willst du uns vernichten?«

»Natürlich nicht. Ich will keinen vernichten, außer es ist nötig, damit ich selbst überlebe.«

Der Junge stieß einen schweren Seufzer aus. »Ich bin sehr verwirrt«, gestand er. »Entweder du hast unrecht – oder die Zauberer.«

»Die Zauberer haben unrecht. Die menschliche Geschichte auf der Erde reicht zehntausend Jahre zurück.«

Traz Onmale lachte. »Einmal, ehe ich Onmale trug, betrat der Stamm die Ruinen des alten Carcegus und fing dort einen Pnumekin. Der Zauberer folterte ihn, um Wissen zu gewinnen, aber er sprach nur, um jede Minute der zweiundfünfzigtausend Jahre zu verfluchen, die Tschai von Menschen bewohnt wird ... Zweiundfünfzigtausend gegen zehntausend Jahre ... Wie seltsam ...«

»Ja, das ist sehr seltsam.«

Traz Onmale stand auf und schaute zum Himmel hinauf, wo der Wind ein Wrack vor sich her trieb. »Ich habe die Monde beobachtet«, sagte er leise. »Auch die Zauberer tun es. Ich glaube, es gibt bald eine Konjunktion. Wenn Az den Braz überdeckt, ist alles gut. Bedeckt aber Braz den Mond Az, dann wird ein anderer Onmale tragen.«

»Und du?«

»Ich muß die Weisheit der Onmale nach oben tragen, damit alles wieder seine Richtigkeit hat.« Damit ging er.

Der Orkan raste über die Steppe – eine Nacht, einen Tag und eine zweite Nacht lang. Am Morgen des zweiten Tages ging die Sonne an einem windverblasenen Himmel auf. Die Späher fuhren wie üblich weg und kehrten am Nachmittag zurück. Sofort wurde es im Lager lebendig. Planen wurden zusammengefaltet, Hütten zerlegt und Bündel geschnürt. Frauen beluden die Wagen, Krieger rieben ihre Springpferde mit Öl ab, legten ihnen Sättel auf und befestigten Zäume. Reith trat zu Traz Onmale. »Was geht hier vor?« fragte er.

»Endlich wurde im Osten eine Karawane gesichtet. Wir werden am Fluß Ioba angreifen. Als Vaduz kannst du mit uns reiten und deinen Beuteanteil bekommen.«

Er ließ ein Springpferd kommen. Reith bestieg das übelriechende Tier mit einigem Widerwillen. Es versuchte, das unbequeme Gewicht abzuwerfen und schlug mit seinem harten Schwanzende nach ihm. Reith hielt die Zügel straff. Das Springpferd duckte sich und rannte dann über die Steppe davon, während Reith sich verzweifelt festhielt. Hinter ihm kam schallendes Gelächter auf; es war der Hohn der geübten Reiter über einen Anfänger.

Endlich kam Reith mit dem Tier zurecht, und er kehrte zurück.

Wenige Minuten später schwärmte die Truppe nach Nordosten aus. Die schwarzen, langhalsigen Tiere hatten Schaum vor den Mäulern, und die Krieger kauerten in den Sätteln. Das Leder an den schwarzen Hüten flappte im Wind. Sogar Reith spürte eine urtümliche Erregung, als er mit ihnen ritt.

Über eine Stunde rasten die Emblemmenschen über die Steppe. Die Hügel waren hier niedriger, und vor ihnen lag eine unermeßlich große Ebene voll dunkler Schatten und düsterer Farben. Auf einem Hügel hielten sie an und spähten nach allen Richtungen. Nun erteilte

Traz Onmale seine Befehle. Reith hörte aufmerksam zu. »... Südspur zur Furt. Wir warten im Versteck der Glockenvögel. Die Ilanth werden zuerst zur Furt kommen und dann die Zadwälder und weißen Hügel erkunden. Wir stoßen in deren Mitte vor und machen uns mit den Schatzwagen davon. Ist alles klar? Also, vorwärts zum Versteck der Glockenvögel!«

Die Emblemmenschen rasten den Hügel hinab zu einer weit entfernten Reihe hoher Bäume und einer Gruppe von Büschen über dem Fluß Ioba. In der Deckung eines dunklen Waldes warteten sie.

Einige Zeit verging. Von weit her hörte man ein Rumpeln, und dann tauchte die Karawane über den Horizont. Einige hundert Meter vor ihr ritten drei gelbhäutige, großartig gekleidete Krieger mit schwarzen Mützen, auf denen sie kieferlose Menschenschädel trugen. Ihre Tiere glichen den Springpferden, waren jedoch viel größer. Die Krieger hatten Handwaffen und kurze Schwerter, über ihren Knien lagen Büchsen mit kurzem Lauf.

Für die Emblemmenschen ging nun alles schief. Die Ilanth stürmten nicht über den Fluß, sondern warteten auf die Karawane. Motorwagen mit sechs riesigen Rädern schaukelten dem Fluß entgegen. Sie waren hoch mit Ballen, Paketen und sogar mit Käfigen beladen, in denen sich Männer und Frauen zusammendrängten.

Der Karawanenführer war ein sehr vorsichtiger Mann. Ehe die Motorwagen in die Furt einfuhren, stellte er Wachen aus und ließ von den Ilanth das andere Ufer absuchen.

Die Emblemkrieger fluchten in ihrem Versteck und schäumten vor Wut. »Solche Reichtümer! Sechzig erstklassige Wagen, aber ein Angriff wäre hier reiner Selbstmord.«

»Richtig. Ihre Sandstrahler würden uns wie Vögel töten.«

»Haben wir darauf volle drei Monate gewartet? Nichts scheint uns mehr zu gelingen.«

»Die Omen waren schlecht. Letzte Nacht sah ich zum gesegneten Az hinauf. Er schoß durch die Wolken. Ein übles Zeichen!«

»Wir sind unter dem Einfluß von Braz, und alles mißlingt.«

»Vielleicht ist es das Werk dieses schwarzhaarigen Zauberers, der Jad Piluna schlug.«

»Richtig! Und jetzt verdirbt er uns den Beutezug, wo wir sonst immer Erfolg hatten.«

Sie warfen Reith böse Blicke zu, doch er hielt sich zurück.

Die Krieger berieten miteinander. »Wir können nichts erreichen, sondern nur das Feld mit toten Kriegern bedecken und unsere Embleme im Ioba ertränken.«

»Sollen wir ihnen folgen und nachts angreifen?«

»Nein. Sie sind zu gut bewacht. Der Kommandant heißt Baojian, er geht kein Risiko ein. Braz möge seine Seele holen!«

»Dann haben wir also drei Monate lang umsonst gewartet!«

»Besser umsonst als ein Unheil. Zurück ins Lager! Die Frauen haben inzwischen alles gepackt. Wir ziehen nach Osten weiter, nach Meraghan.«

»Dort ist es ja noch schlimmer als im Westen, woher wir kamen! Welches Pech!«

»Zurück ins Lager! Hier haben wir nichts mehr zu gewinnen.«

Die Krieger kehrten um und schauten nicht einmal zurück, als ihre Springpferde über die Steppe jagten.

Am frühen Abend kam eine verdrossene Truppe ins Lager zurück. Die Männer beschimpften die Frauen. Warum hatten sie kein heißes Bier für die Rückkehr bereit? Warum kochten keine Kaldaunen im Topf? Die

Frauen blieben ihnen nichts schuldig und beschimpften die Männer, wenn sie auch dafür schließlich Prügel bezogen, doch alle halfen, um die Wagen abzuladen.

Traz Onmale stand abseits und schaute düster zu. Reith wurde übersehen. Die Krieger schlangen ihr Essen hinunter, knurrten dabei und legten sich dann erschöpft ans Feuer.

Az war schon aufgegangen, aber nun erschien auch der blaue Mond Braz auf einer Bahn, die jene von Az schneiden mußte. Die Zauberer bemerkten es sofort und deuteten klagend hinauf. Die beiden Monde schoben sich einander entgegen, und es sah aus, als würden sie zusammenstoßen. Die Krieger murmelten drohend, doch Braz schob sich vor die rosa Scheibe und bedeckte sie völlig. Der erste Zauberer schrie zum Himmel hinauf: »So sei es denn!«

Traz Onmale wandte sich um und verschwand langsam im Schatten. Reith stand zufällig dort. »Was soll all dieser Aufruhr?« fragte er.

»Hast du's nicht gesehen? Braz hat Az überwältigt. Morgen abend muß ich nach Az gehen, um unser böses Geschick zu wenden. Natürlich wirst du auch gehen, aber nach Braz.«

»Du meinst also mit Feuer und Katapult?«

»Ja. Ich hatte Glück, daß ich Onmale so lange tragen durfte. Der Träger vor mir war kaum halb so alt wie ich, als er zu Az gesandt wurde.«

»Glaubst du, daß dieses Ritual überhaupt etwas wert ist?«

Traz Onmale zögerte. »Sie erwarten das. Sie werden fordern, daß ich mir im Feuer die Kehle durchschneide, also muß ich auch gehorchen.«

»Dann gehen wir jetzt wohl besser. Sie werden schlafen wie Holzklötze«, sagte Reith. »Und wenn sie erwachen, sind wir weit weg von hier.«

»Was? Wir beide? Wohin sollen wir gehen?«

»Das weiß ich auch nicht. Gibt es denn hier kein Land, wo man ohne Mord leben kann?«

»Vielleicht gibt es einen solchen Platz, aber nicht in der Steppe Aman.«

»Wenn wir das Raumboot finden könnten und ich hätte Zeit, es zu reparieren, könnten wir Tschai verlassen und zur Erde zurückkehren.«

»Ausgeschlossen. Das Schiff haben die Khasch mitgenommen. Es ist für dich verloren.«

»Das habe ich befürchtet. Jedenfalls gehen wir jetzt lieber, statt uns morgen umbringen zu lassen.«

Traz Onmale stand lange da und schaute zu den Monden hinauf. »Onmale befiehlt mir zu bleiben. Ich kann das Emblem nicht verraten. Es hat noch nie die Flucht ergriffen, sondern immer seine Pflicht getan – bis zum Tod.«

»Pflicht heißt nicht, daß man einen sinnlosen Selbstmord begehen muß«, wandte Reith ein. Er griff nach Traz Onmales Hut und riß das Emblem ab. Traz stöhnte vor Schmerz und starrte Reith an.

»Was tust du da? Wenn du Onmale berührst, mußt du sterben.«

»Du bist nicht mehr Traz Onmale. Du bist jetzt Traz.«

Der Junge schien zu schrumpfen.

»Na schön«, antwortete er leise und bedrückt. »Ich mag wirklich nicht gerne sterben.« Er schaute sich im Lager um. »Wir müssen zu Fuß gehen. Wenn wir Springpferde satteln, brüllen sie und schlagen die Hörner aneinander. Du wartest hier. Ich hole Mäntel und etwas zu essen.« Er verschwand und ließ Reith mit dem Emblem Onmale allein zurück.

Reith sah es nachdenklich an; dann bohrte er mit dem Absatz ein Loch in den Boden und ließ es hineinfallen. Schuldbewußt scharrte er Erde darüber. Als er sich erhob, zitterten seine Hände, und Schweiß lief ihm über den Rücken.

Es ging schon auf Mitternacht, und die Monde glitten den Himmel hinab. Von der Steppe her kamen die Nachtgeräusche – das schrille Heulen der Nachthunde, ein gedämpftes Rülpsen. Die Lagerfeuer waren niedergebrannt, kein Laut war zu hören.

Unhörbar war der Junge zu ihm getreten. »Ich bin bereit. Hier ist dein Mantel und ein Paket mit Essen.«

Reith war sich bewußt, daß der Junge mit einer neuen Stimme sprach, weniger selbstbewußt, auch weniger barsch. Sein schwarzer Hut sah recht nackt aus. Er fragte aber nicht nach dem Emblem.

Sie verschwanden nach Norden, stiegen einen Hügel hinauf und folgten dessen Rücken. »Natürlich sehen uns die Nachthunde so besser«, sagte Traz, »aber die Attander bleiben im Schatten der Mulden.«

»Wenn wir zum Wald kommen, werden wir in Sicherheit sein. Ich hoffe, daß ich dann noch meinen Schleudersitz finde.« Aber die Zukunft war im Moment ziemlich düster.

Einmal machten sie kurz Rast. Die Monde warfen ein spukhaftes Licht über die Steppe und tauchten die Mulden in schwärzeste Dunkelheit. Im Norden heulte etwas. »Hinlegen«, zischte Traz. »Die Hunde rennen.«

Fünfzehn Minuten lagen sie bewegungslos da. Als das Heulen im Osten verklang, stand Traz auf. »Sie umkreisen jetzt das Lager und hoffen auf ein verirrtes Kind.«

Sie wandten sich nach Süden und umgingen die dunklen Mulden, soweit es möglich war. »Bald kommt der Morgen«, sagte Traz, »und dann werden sie alle hinter uns her sein. Wenn wir den Fluß erreichen, können wir sie abschütteln. Fangen uns aber die Marschmänner, sind wir ebenso schlecht oder noch schlechter dran.«

Zwei Stunden gingen sie weiter. Am östlichen Himmel

zeigte sich gelbes, wäßriges Licht zwischen schwarzen Wolken. Vor ihnen lag der Wald. Traz schaute zurück. »Jetzt wird das Lager lebendig. Die Frauen zünden die Feuer an, und der Zauberer wird den Onmale suchen. Das war ich. Da ich verschwunden bin, wird Aufruhr im Lager herrschen. Sie werden mich verfluchen, dich natürlich auch. Sie werden bald auf unserer Spur sein.«

Endlich erreichten sie den Waldrand. Noch immer nisteten dort die Schatten der Nacht. Traz zögerte und schaute über die Steppe zurück.

»Wie weit ist es zum Sumpf?« fragte Reith.

»Nicht weit. Eine Meile, vielleicht zwei. Aber ich rieche ein Berltier.«

Auch Reith bemerkte einen scharfen Geruch.

»Vielleicht ist es nur eine Spur«, flüsterte Traz. »Aber die Embleme werden in wenigen Minuten hier sein. Am besten, wir gehen möglichst schnell über den Fluß.«

»Erst holen wir den Schleudersitz!«

Traz zuckte die Achseln und nun warf Reith einen Blick zurück. Am Horizont ließen sich schwarze Flecken erkennen, die sich sehr rasch näherten. Er eilte Traz nach, der vorsichtig in den Wald eindrang und immer wieder lauschte und schnupperte. Reith trieb ihn zur Eile an, und bald liefen sie über den weichen, mit modernden Blättern bedeckten Boden. Weit hinten hörten sie lautes Geschrei.

Traz blieb stehen.

»Hier ist der Baum. Ist es das, was du wolltest?« Er deutete nach oben.

»Ja«, antwortete Reith erleichtert. »Ich fürchtete schon, er sei nicht mehr da.«

Traz erkletterte den Baum und holte den Sitz herab. Reith öffnete die Schnalle, holte seine Handwaffe heraus und küßte sie vor Begeisterung, dann schob er sie in den Gürtel.

»Beeil dich«, mahnte Traz. »Ich höre sie schon. Sie sind knapp hinter uns.«

Reith nahm die Notausrüstung und schwang sie auf seinen Rücken. »Gehen wir«, sagte er.

Traz verwischte sorgfältig alle Spuren, umging den Sumpf, schwang sich an einen überhängenden Ast über einen Morastgraben, erkletterte einen höheren Baum und hangelte sich an ihm weiter, bis unter ihm ein dicker Klumpen Riedgras war. Reith folgte ihm. Die Stimmen der Krieger waren nun deutlich zu hören.

Traz und Reith erreichten das Flußufer. Es war ein träge fließendes schwarzbraunes Gewässer. Traz fand ein Floß aus Treibholz, das mit Lianen zusammengebunden war. Er schob es in den Fluß, und sie verbargen sich in einem Schilfdickicht. Fünf Minuten vergingen; vier Emblemmänner folgten ihrer Spur durch den Sumpf, hinter denen kam etwa ein Dutzend mit schußbereiten Katapulten. Sie rannten zum Flußufer, deuteten auf die Spuren, die Traz hinterlassen hatte, als er das Floß losmachte, und suchten den Fluß ab. Eine Masse schwimmender Pflanzen war etwa zweihundert Meter flußabwärts getrieben und wurde in einem Wirbel zum anderen Ufer getragen. Die Emblemmänner schrien vor Enttäuschung und Wut und rasten durch Sumpf und Ried dem Floß nach.

»Schnell«, flüsterte Traz. »Lange lassen sie sich nicht an der Nase herumführen. Wir gehen auf ihren Spuren zurück.«

Bald waren sie wieder im Wald. Traz und Reith rannten, doch allmählich klangen die Rufe und Schreie entfernter, nur einmal schienen sie die Spur wieder aufgenommen zu haben. »Jetzt kommen sie mit den Springpferden«, flüsterte Traz. »Wir werden niemals ...« Er hob die Hand und schnupperte. »Das Berltier ... Hierher, und den Baum hinauf«, flüsterte er.

Reith folgte ihm, die Notausrüstung auf dem Rücken, über die öligen grünen Äste eines Baumes. »Wir müssen höher hinauf«, drängte Traz. »Das Biest kann sehr hoch springen.«

Dann sahen sie das Berltier; es war riesig und fahlbraun und hatte ein ungeheures Maul. Aus seinem Hals wuchs ein Paar langer Arme mit großen, hornigen Händen, die es über den Kopf hielt.

Für Traz und Reith schien es sich aber nicht zu interessieren, eher für die größere Anzahl an Kriegern, auf deren Rufe es horchte. Reith hatte noch nie ein so bösartiges, gefährliches Tier gesehen. »Lächerlich, es ist doch nur ein Tier«, sagte er.

Endlich verschwand es im Wald, und dann hörten die Verfolgungsgeräusche auf.

»Schnell jetzt«, drängte Traz. »Sie riechen das Berltier. Wir müssen weg.«

Sie kletterten vom Baum herab und flohen weiter nach Norden. Hinter sich hörten sie Entsetzensschreie und ein kehliges Brüllen.

»Jetzt sind wir vor den Emblemmenschen sicher«, bemerkte Traz mit hohler Stimme. »Jene, die noch leben, lassen uns in Ruhe. Aber wenn sie zum Lager zurückkommen, gibt es kein Onmale mehr. Was werden sie dann tun? Wird der Stamm sterben?«

»Ich glaube nicht«, antwortete Reith. »Dafür sorgen schon die Zauberer.«

Nach einer Weile verließen sie den Wald, und nun lag die Steppe vor ihnen. Die Luft duftete aromatisch, und honigfarbenes Licht lag über ihr. »Was ist im Westen von uns?« fragte Reith.

»Die westliche Aman-Steppe und das Land der alten Khasch. Danach kommen die Jang-Berge. Dahinter sind die Blauen Khasch und die Aesedrabucht.«

»Und im Süden?«

»Die Marschen. Dort leben die Marschleute auf Flößen. Sie sind anders als wir, kleine gelbe Leute mit weißen Augen, grausam und schlau wie die Blauen Khasch.«

»Gibt es denn keine Städte?«

»Nein.« Er deutete nach dem Norden. »Dort gab es Städte, aber es sind nur noch Ruinen. An den Rändern der Steppen liegen jedoch Städte, doch sie sind gespenstisch, weil es dort auch Phung gibt, die in den Ruinen hausen.«

Reith stellte noch verschiedene Fragen über die Geographie und das Leben auf Tschai, doch er fand Traz' Wissen ziemlich lückenhaft. Die Dirdir und Dirdirmenschen lebten jenseits des Meeres, doch wo das war, wußte er nicht genau. Es gab drei verschiedene Typen von Khasch, die Alten Khasch, das dekadente Überbleibsel einer einst sehr mächtigen Rasse, die jetzt vorwiegend in den Jang-Bergen siedelten; die Grünen Khasch, Nomaden der Toten Steppe, und die Blauen Khasch. Traz machte wenig Unterschied zwischen ihnen, er mochte sie alle nicht, obwohl er niemals die Alten Khasch gesehen hatte. »Die Grünen sind schreckliche Dämonen. Sie bleiben auf der Toten Steppe. Die Emblemmenschen halten sich an den Süden, außer wenn sie Karawanen überfallen. Die Karawane, deren Beute wir nicht machen konnten, machte einen weiten Bogen nach Süden, um den Grünen zu entgehen.«

»Wohin war sie unterwegs?«

»Vielleicht nach Pera, oder auch nach Jalkh an der Lesmatischen See. Wahrscheinlich aber nach Pera. Die Nord-Süd-Karawanen ziehen zwischen Jalkh und Mazuun. Die anderen ziehen von Osten nach Westen, also zwischen Pera und Coad.«

»Gibt es dort Städte, wo Menschen leben?«

Traz zuckte die Achseln. »Das kann man kaum Städte nennen. Bewohnte Plätze. Aber ich weiß wenig und nur das, was die Zauberer sagen. Bist du hungrig? Ja? Dann laß uns essen.«

Auf einem umgestürzten Baumstamm rasteten sie und aßen große Scheiben Haferkuchen und tranken dazu Bier aus Lederflaschen. Traz deutete auf ein niederes Unkraut mit weißen Kügelchen. »Wir werden nicht verhungern, solange wir die Pilgerpflanze finden. Und siehst du dort die schwarzen Klumpen? Das ist Watak. In den Wurzeln ist eine Menge Saft gespeichert. Wenn du aber nur Watak trinkst, wirst du taub. Für kurze Zeit schadet es aber nicht.«

Reith öffnete seine Notausrüstung. »Mit diesem Film hier kann ich Grundwasser heraufholen, oder mit diesem Reiniger Seewasser trinkbar machen ... Hier, das sind Nahrungspillen, sie reichen einen Monat lang. Das ist eine Energiezelle, dies hier ein Verbandkasten ... Messer, Kompaß, Scanskop, Funkgerät ...« In seiner freudigen Erregung prüfte es Reith sofort.

»Was ist das eigentlich?«

»Ein Teil eines Verständigungssystems. In Paul Waunders Pack war auch eines, aber das ist mit dem Raumboot verschwunden. Ich kann mit dem hier ein Signal aussenden, das vom anderen Gerät sofort beantwortet wird und dessen Standort angibt.« Reith drückte auf einen Knopf. Sofort schwang die Kompaßnadel nach Nordwesten; ein Rechner gab die weiße Zahl 6.2 und eine rote 2 an. »Der andere Geräteteil und wahrscheinlich auch das Raumboot muß 620 Meilen nordwestlich von hier zu finden sein.«

»Das wäre im Land der Blauen Khasch. Das wußten wir schon.«

Reith schaute nach Nordwesten.

»Wir wollen ja nicht nach dem Süden in die Marschen oder zurück in den Wald. Was liegt im Osten hinter den Steppen?«

»Das weiß ich nicht. Vielleicht der Draschade-Ozean. Der ist sehr weit weg.«

»Kommen von dort die Karawanen?«

»Coad liegt an einem Golf des Draschade. Zwischen dort und uns ist die Aman-Steppe, die von verschiedenen Stämmen bewohnt wird. Außer dem Emblemmenschen gibt es noch andere, die Kite-Kämpfer, die wahnsinnigen Axes, die Berl-Totems, die Gelbschwarzen und andere, die ich nicht kenne.«

Reith überlegte. Die Blauen Khasch hatten sein Raumboot mitgenommen, also war der Nordwesten wohl das beste Ziel.

Traz döste ein wenig. Als Onmale war er stark und unermüdlich gewesen. Jetzt, da ihm die Kraft des Emblems fehlte, war er mutlos und viel zurückhaltender, als Reith für natürlich hielt.

Auch Reith war sehr müde. Die Sonne schien warm, und der Rastplatz mochte sicher sein. Aber er zwang sich zur Wachsamkeit und packte seine kostbaren Geräte wieder ein, während Traz schlief.

3. Kapitel

Traz erwachte, warf Reith einen verlegenen Blick zu und sprang auf.

Sie machten sich auf den Weg und zogen, als hätten sie es vereinbart, nach Nordwesten. Es war Vormittag, und die Sonne stand wie eine polierte Messingscheibe am schiefergrauen Himmel. Die Luft war angenehm kühl, und zum erstenmal seit seiner Ankunft auf Tschai fühlte sich Reith wieder guter Laune. Körperlich war er gekräftigt, er hatte seine Notausrüstung wieder, und er wußte auch, wo ungefähr er sein Raumboot finden konnte. Das war eine deutliche Verbesserung gegenüber seiner früheren Lage.

Nach dem Mittagessen schliefen sie eine Weile und machten sich am Spätnachmittag erneut auf den Weg. Nachts hörten sie Steppenhunde heulen, wurden von ihnen aber nicht belästigt.

Am folgenden Tag aßen sie den Rest ihrer Vorräte und tranken das letzte Wasser. Nun mußten sie sich von den Pilgerpflanzen und vom Saft der Watakwurzeln ernähren. Die weißen Kügelchen waren ziemlich geschmacklos, der Saft schmeckte säuerlich.

Am Morgen des dritten Tages trieb ein weißer Fleck über den westlichen Himmel. Traz warf sich in Deckung und bedeutete Reith, es ihm nachzutun. »Das sind Dirdir«, erklärte er ihm. »Sie sind auf der Jagd.«

Mit seinem Scanskop erkannte Reith einen langen, bootsähnlichen Rumpf, der unbeholfen durch die Luft torkelte; den Erbauern schien es eher auf Schönheit, denn auf Nützlichkeit angekommen zu sein. Vier blaßfarbene Gestalten klammerten sich an den Rumpf, doch es war nicht auszumachen, ob es Dirdir oder Dirdirmenschen waren. Das Schiff folgte einem Kurs, der fast mit dem ihren parallel lief, aber ein paar Meilen weiter westlich. »Was jagen sie denn?« fragte Traz.

»Menschen. Das ist ihr Sport. Und sie essen Menschenfleisch.«

»Diesen Flieger könnte ich brauchen«, überlegte Reith laut. Er stand auf, obwohl Traz heftig protestierte, aber der Flieger verschwand nach Norden. Traz war wieder beruhigt, doch er suchte noch immer den Himmel ab. »Manchmal fliegen sie sehr hoch, bis sie einen einzelnen Krieger sehen. Dann gehen sie hinunter, spießen den Mann auf oder töten ihn mit elektrischen Schwertern.«

Sie wanderten weiter. Gegen Sonnenuntergang wurde

Traz erneut unruhig. »Es folgt uns jemand«, erklärte er. »Vielleicht sind es Pnumekin, die man nicht sieht. Oder Nachthunde.« Die Sonne war hinter einer Nebelwand fast ganz verschwunden, das Licht war spukhaft düster. Ihre eigenen Schatten konnten sie kaum mehr sehen.

»Was sind Pnumekin? Es sind doch Menschen, oder?«

»In gewissem Sinn sind es Menschen, vor allem aber Spione und Kuriere der Pnume. Manche sagen, sie hätten Tunnel unter der Steppe mit geheimen Eingängen und Fallen, vielleicht sogar unter diesem Busch hier.«

Reith untersuchte den Busch genau, auf den Traz gedeutet hatte, konnte jedoch nichts entdecken. »Würden sie uns etwas antun wollen?«

»Nur wenn die Pnume unseren Tod wünschen. Wer weiß aber, was sie wollen? Vielleicht sind es nur Nachthunde. Wir werden heute wohl besser ein Lagerfeuer anzünden.«

Die Sonne ging in einem Aufruhr von purpurnen, rötlichgrauen und braunen Farben unter. Traz und Reith sammelten Holz für das Feuer. Als die Dämmerung in das Nachtdunkel überging, hörten sie aus dem Osten die Nachthunde heulen; andere meldeten sich aus dem Norden und dem Süden. Traz legte sein Katapult zurecht. »Vor dem Feuer haben sie keine Angst«, sagte Traz, »wenn sie auch aus Klugheit das Licht vermeiden. Manche sagen, sie seien tierische Pnume.«

Reith hatte seine Handwaffe und die Energiezelle bereit, als dunkle Schatten außerhalb des Lichtkreises herumschlichen. Die Energiezelle war ein Mehrzweckgerät. An einem Ende gab ein Kristall entweder einen scharfen Strahl oder eine Lichtflut ab, wenn man einen Knopf berührte. Man konnte daran das Scanskop und den Transmitter aufladen. Am anderen Ende stieß es auf einen Knopfdruck einen starken Energiestrahl aus. Reith beschloß, diese Waffe nur im äußersten Notfall einzusetzen und Energie zu sparen. Mit der Handwaffe konnte er winzige Explosivnadeln abschießen, und sie traf auf eine Entfernung von fünfzig Metern sehr genau.

Traz schoß einen Nachthund ab, der sich zu nahe ans Feuer gewagt hatte.

Der schwarze Schatten tat einen hohen Satz und heulte vor Schmerz. »Wenn Sie jetzt springen, sind wir tot«, sagte Traz düster. »Sechs Männer können sich die Nachthunde vom Leib halten, aber fünf werden von ihnen fast immer getötet.«

Reith wartete eine Weile, ehe er seine Energiezelle einsetzte. Er zielte und beschrieb mit dem Strahl einen Halbkreis um das Feuer. Die überlebenden Hunde heulten vor Entsetzen und jagten davon.

Traz und Reith schliefen abwechslungsweise, und jeder glaubte, ihm sei während seiner Wache nichts entgangen. Doch als sie am Morgen aufwachten, waren sämtliche Kadaver verschwunden.

Zum Frühstück aßen sie Pilgerpflanzen und tranken Wataksaft. Dann machten sie sich wieder auf den Weg nach Nordwesten. Am späten Nachmittag kamen sie zu einer Ruinenstadt, wo sie, wie Traz meinte, zwar vor Nachthunden sicher waren, aber mit Banditen, Grünen Khasch oder Phung rechnen mußten. Die Phung beschrieb Traz so: Sie glichen den Pnume, seien nur größer und hätten eine unglaubliche Kraft, vor der sich sogar die grünen Khasch fürchteten.

Traz erzählte, als sie sich den größten Ruinen näherten, düstere Geschichten von den Phung und ihren makabren Gewohnheiten. »Die Ruinen könnten aber unbewohnt sein«, meinte er. »Wir müssen jedoch vorsichtig sein.«

»Wer hat diese alten Städte gebaut?« wollte Reith wissen.

Traz zuckte die Achseln. »Das weiß niemand. Vielleicht die Alten, vielleicht auch die Blauen Khasch, oder auch die Grauen Männer, doch das glaubt eigentlich niemand.«

Reith wußte nun einiges über die Rassen auf Tschai und ihre menschlichen Gefährten – die Dirdir und Dirdirmenschen, die Alten, die Grünen und die Blauen Khasch mit den jeweiligen Khaschmenschen; die Pnume und die menschlichen Abkömmlinge Pnumekin, die gelben Marschleute und die verschiedenen Nomadenstämme, die legendären Goldenen und jetzt auch noch die Grauen Männer.

»Und Wankh und Wankhmenschen gibt es auch noch«, ergänzte Traz. »Sie leben auf der anderen Seite von Tschai.«

Er konnte aber auch nicht sagen, auf welche Weise so viele Rassen nach Tschai gekommen waren und woher.

Die beiden erreichten die Ruinen des Stadtrandes, und Traz blieb lauschend stehen. Reith sah sich um, bemerkte aber nichts Bedrohliches. Langsam gingen sie weiter, mitten in die Ruinen hinein. Einst waren es riesige Hallen und elegante Paläste gewesen, jetzt standen davon nur noch ein paar Säulen und einige Mauern. Dazwischen lagen weite, windverblasene Plätze aus Stein und Beton.

Auf dem größten Platz entdeckten sie einen Brunnen, der von einer unterirdischen Quelle gespeist wurde. Reith fand, daß das Wasser trinkbar war, doch Traz näherte sich ihm mit großer Vorsicht. Er glaubte, hier müsse ein Phung gewesen sein und musterte das den Platz umgebende verfallene Mauerwerk voll Aufmerksamkeit und Besorgnis. Er wollte auch nicht trinken.

»Woher willst du das wissen?« fragte Reith.

Traz zuckte die Achseln, denn er begriff nicht, weshalb Reith das nicht selbst wußte, obwohl es doch auf der Hand lag. Dann entdeckte er etwas, das Reiths Aufmerksamkeit entgangen war. Er deutete: »Das Dirdirboot, schau doch!« Sie gingen unter einem überhängenden

Betonstück in Deckung, und einen Moment später schwebte das Boot über ihnen weg, beschrieb einen großen Kreis und blieb in einer Höhe von etwa zweihundert Metern über dem Platz hängen.

»Merkwürdig«, murmelte Traz. »Gerade als ob sie wüßten, daß wir hier sind.«

»Vielleicht benützen sie ein Infrarotsuchgerät. Wir auf der Erde können die Spur eines Menschen anhand der Wärme seiner Fußspuren verfolgen.«

Dann verschwand der Flieger endlich nach Westen. Traz und Reith kehrten zum Brunnen zurück. Reith genoß das kühle, klare Wasser nach den drei Tagen mit Wataksaft, doch Traz zog es vor, die großen Insekten zu jagen, die sich zwischen den Steinen aufhielten. Er zog ihnen geschickt die Haut ab und aß sie mit Appetit. Reith war noch nicht hungrig genug, es ihm gleichzutun.

Bald sank die Sonne hinter die zerborstenen Säulen und die halbverfallenen Bogen. Ein pfirsichfarbener Nebel hing über der Steppe, und Traz kündigte einen Wetterwechsel an. Reith wollte wegen des zu erwartenden Regens unter einem überhängenden Betonstück Schutz suchen, doch Traz wollte nichts davon hören. »Die Phung! Sie riechen uns doch«, erklärte er und wählte einen Treppenabsatz in ungefähr zehn Metern Höhe, um dort die Nacht zu verbringen. Reith protestierte trotz der drohenden schwarzen Wolken nicht, und gemeinsam trugen sie Zweige für ein Bett zusammen.

Die alte Stadt füllte sich mit den Schatten der Dämmerung. Ein offensichtlich sehr müder Mann betrat den Platz. Gierig trank er am Brunnen.

Reith musterte ihn mit seinem Scanskop. Der Mann war groß und schlank, hatte lange Arme und Beine, einen langen, schmalen und fast kahlen Kopf, runde Augen, eine kleine Knopfnase und winzige Ohren. Seine Kleidung mit Resten von Rosa und Blau und Schwarz mochte einmal sehr elegant gewesen sein; jetzt waren es nur noch Lumpen. Auf dem Kopf trug er ein ausgefallenes Werk aus rosafarbenen Fabeln und schwarzen Bändern. »Dirdirmann«, wisperte Traz und legte sein Katapult auf den müden Wanderer an.

»Warte!« protestierte Reith. »Was hast du vor?«

»Ihn töten will ich!«

»Er tut uns doch nichts. Warum willst du den armen Teufel nicht am Leben lassen?«

»Er hat ja nur keine Gelegenheit, uns etwas anzutun«, murrte Traz, doch er legte seine Waffe weg. Der Dirdirmann hatte genug getrunken und musterte nun eingehend den Platz.

»Er scheint sich verirrt zu haben. Könnte er ein Flüchtling sein, den das Dirdirboot suchte?«

»Möglich! Wer kann das schon wissen?« murmelte Traz.

Der Dirdirmann überquerte den Platz und wählte sich einen Unterschlupf in unmittelbarer Nähe des Treppenpodestes, wickelte sich in seine zerfetzten Kleider und legte sich zum Schlaf nieder. Traz brummte etwas, schien jedoch sofort einzuschlafen. Reith schaute über die Ruinenstadt und dachte über sein ungewöhnliches Schicksal nach. Im Osten erschien Az. Sein Licht schimmerte blaßrosa durch den dünnen Nebel und warf ein unwirkliches Licht über die Ruinenstadt. Der Anblick war faszinierend, Stoff für merkwürdige Träume. Dann folgte ihm Braz, und nun warfen die geborstenen Säulen und eingestürzten Mauern doppelte Schatten.

Ein Umriß am Ende einer ehemals eleganten Straße glich dem Standbild eines Nachdenklichen. Das habe ich doch vorher nicht gesehen? überlegte Reith. Es war eine sehr hagere, menschenähnliche Gestalt von mehr als zwei Metern Höhe; sie hatte die Beine leicht gespreizt und den Kopf in einer Geste der Konzentration gesenkt;

die eine Hand lag am Kinn, die andere am Rücken. Ein weicher Hut mit abfallender Krempe bedeckte den Kopf, von den Schultern hing ein weiter Mantel, und die Füße schienen in Stiefeln zu stecken.

War es wirklich eine Statue? Oder bewegte sich die Gestalt?

Reith nahm sein Scanskop zur Hand, und nun konnte er das hagere Gesicht erkennen, halb menschlich und halb insektenähnlich und zu einer Grimasse verzerrt. Langsam mahlten die Kiefer, die Gestalt bewegte sich einen Schritt vorwärts und blieb erneut stehen. Sie hob einen langen Arm zu einer Geste, die Reith nicht verstand. Traz war inzwischen erwacht und folgte Reiths Blick.

»Phung!« flüsterte er. Die Kreatur schien das gehört zu haben, wirbelte herum und tat zwei tanzende seitliche Schritte. »Das sind verrückte Dämonen«, erklärte er leise.

Der Dirdirmann hatte den Phung noch nicht bemerkt. Er wickelte sich fester in seinen Mantel. Der Phung schien erstaunt zu sein, näherte sich mit ein paar langen, lautlosen Sätzen und blieb über dem Dirdirmann stehen. Dann hob er ein paar Steinchen auf und ließ sie auf den Dirdirmann fallen.

Der Dirdirmann erschrak, sah jedoch den Phung noch immer nicht. Reith rief: »He!« Traz zischte beschwichtigend, doch die Wirkung von Reiths Ruf auf den Phung war äußerst komisch. Er tat einen riesigen Sprung rückwärts, starrte zum Podest hinauf und breitete die Arme aus. Nun entdeckte der Dirdirmann den Phung, erhob sich auf die Knie, konnte sich aber vor Entsetzen nicht vom Fleck rühren.

»Warum hast du gerufen?« fragte Traz. »Er wäre doch mit dem Dirdirmann zufrieden gewesen.«

»Dann schieß doch mit deinem Katapult«, riet ihm Reith.

»Kein Pfeil kann ihn treffen, kein Schwert ihn verwunden.«

»Dann schieß doch auf seinen Kopf.«

Traz seufzte, zielte mit seinem Katapult und ließ den Pfeil dem blassen Gesicht entgegenfliegen. In letzter Sekunde drehte der Phung den Kopf weg, und der Pfeil traf nur einen Stein.

Der Phung hob einen Felsbrocken auf, holte aus und warf mit sehr großer Kraft. Traz und Reith ließen sich zu Boden fallen, so das der Stein hinter ihnen zerbarst. Nun verlor Reith keine Zeit mehr und zielte mit seiner Handwaffe auf die Kreatur. Sie klickte, etwas zischte, und die Nadel explodierte im Brustkorb des Phung. Der tat einen Satz in die Luft, krächzte vor Wut und sank in sich zusammen.

Traz umklammerte Reiths Schulter. »Schnell, töte den Dirdirmann, ehe er fliehen kann!«

Reith stieg vom Podest herab.

Der Dirdirmann griff nach seinem Schwert, und das war offensichtlich seine einzige Waffe. Reith schob seine Pistole in den Gürtel und hob die Hand. »Leg dein Schwert weg«, bat er. »Wir haben keinen Grund zu kämpfen.«

Erstaunt trat der Dirdirmann einen Schritt zurück. »Warum hast du den Phung umgebracht«, fragte er.

»Weil er dich töten wollte. Warum sonst?«

»Aber wir sind einander fremd. Und du bist ein Halbmensch. Falls du mich töten willst ...«

»Nein«, erwiderte Reith. »Ich will nur etwas von dir erfahren. Von mir aus kannst du deiner Wege gehen.«

Der Dirdirmann zog eine Grimasse. »Du bist genauso verrückt wie dieser Phung. Warum soll ich dir aber etwas einreden?« Er trat ein paar Schritte näher, um Reith und Traz besser mustern zu können. »Wohnt ihr hier?«

»Nein, wir sind Reisende.«

»Dann wißt ihr wohl keinen passenden Platz, wo ich die Nacht verbringen könnte?«

Reith deutete zum Podest. »Steig dort hinauf. Wir schlafen auch dort oben.«

Der Dirdirmann schnippte mit den Fingern. »Das ist absolut nicht nach meinem Geschmack, und regnen könnte es auch.« Er schaute den toten Phung an. »Aber ihr seid nette Leute, gastfreundlich und intelligent, wie ich sehe, und ich bin müde und bedarf der Ruhe. Ihr könnt Wache halten, während ich schlafe.«

»Töte doch diesen unverschämten Kerl!« rief Traz.

Der Dirdirmann lachte, und das klang wie ein atemloses Kichern. Er wandte sich an Reith. »Du bist ein sehr merkwürdiger Halbmensch. Welcher Rasse gehörst du an? Ein seltener Hybride, nicht wahr? Und wo liegt deine Heimat?«

Reith war der Meinung, es sei am besten, wenig Aufmerksamkeit auf sich selbst zu ziehen, und so hatte er beschlossen, nichts mehr über seine irdische Abkunft zu sagen. Aber Traz war so empört über die Frechheit des anderen, daß er rief: »Heimat? Er ist von der Erde, einem weit entfernten Planeten! Und diese Welt ist die Heimat von Menschen, wie wir es sind. Du bist eine Mißgeburt!«

Der Dirdirmann schüttelte vorwurfsvoll den Kopf. »Ihr seid mir aber ein verrücktes Paar. Nun ja, was soll man sonst erwarten?«

Reith wechselte schnell das Thema.

»Was tust du hier? Hat der Dirdirflieger nach dir gesucht?«

»Ja, das fürchte ich. Sie fanden mich aber nicht.«

»Welches Verbrechen hast du begangen?«

»Das ist unwichtig. Ihr würdet es sowieso nicht verstehen. Es liegt jenseits eurer Fähigkeiten.«

Reith lächelte amüsiert und kehrte zum Podest zurück. »Ich lege mich jetzt schlafen. Wenn du bis morgen am

Leben bleiben willst, mußt du möglichst hoch klettern, damit du außerhalb der Reichweite der Phung bist.«

Reith und Traz kletterten zu ihrem Lager hinauf, und der Dirdirmann suchte sich einen Schlafplatz daneben aus. Inzwischen hatten sich die Wolken zusammengeschoben, doch es regnete noch nicht. Dann kam die Dämmerung, und ihr Licht war von der Farbe schmutzigen Wassers. Der Dirdirmann hatte sein Lager schon verlassen. Reith und Traz stiegen zum Platz hinab und zündeten ein kleines Feuer an, um die Morgenkühle zu vertreiben. Am anderen Platzrand erschien der Dirdirmann.

Langsam kam er heran, da er keine Feindseligkeit spürte. Er sah wie ein zerlumpter Harlekin aus. Traz runzelte die Brauen und machte sich am Feuer zu schaffen, aber Reith begrüßte ihn freundlich. »Komm zu uns, wenn du willst!«

Traz war das nicht recht. »Dieser Kerl wird uns etwas antun«, murrte er. »Er gehört zu den glattzüngigen Menschenfressern.«

Das hatte Reith vergessen, und er musterte den Fremden eingehend. Eine Weile herrschte Schweigen. Dann sagte der Dirdirmann: »Je länger ich euch ansehe, eure Kleidung und eure Geräte betrachte, desto rätselhafter werdet ihr für mich. Woher seid ihr?«

»Sag uns, wer du bist«, bat Reith.

»Das ist kein Geheimnis. Ich bin Ankhe Anacho, geboren in Zumberwal, in der Vierzehnten Provinz. Jetzt hat man mich zum Verbrecher erklärt, und ich bin Flüchtling. Mir geht es also auch nicht besser als euch, und ich will gar nichts beschönigen. Da sitzen wir drei verwahrlosten Wanderer nun um ein Feuer.«

Traz knurrte etwas, doch Reith fand die Frechheit des anderen erfrischend. »Welches Verbrechen hast du begangen?« fragte er.

»Du wirst das kaum verstehen. Nun, ich schätzte die

Verdienste eines gewissen Enzo Edo Ezdowirram zu gering ein, und der meldete mich dem Rat der Ersten Rasse. Ich vertraute deren Klugheit und verweigerte ihnen die Befriedigung, mich zu züchtigen. Ich wiederholte meine Beleidigung mindestens ein dutzendmal. Schließlich entzog ich in einem Anfall von Gereiztheit diesem Enzo Edo eine Meile über der Steppe seinen Sitz.« Ankhe Anacho machte eine Geste der Resignation. »Nun, jedenfalls entzog ich mich den Züchtigern und Vernehmungspersonen. Deshalb bin ich hier, habe keine Pläne und keine Mittel, sondern nur meine ...« Hier gebrauchte er ein Wort, das nur umschrieben werden kann mit Überlegenheit, raffinierter Intelligenz, persönlicher Energie und der unverbrüchlichen Hoffnung, aus diesen Tugenden Vorteile zu ziehen.

Traz zog die Nase hoch und begab sich auf die Frühstücksjagd.

Anacho beobachtete ihn interessiert, jagte auch nach den großen Insekten und verschlang sie heißhungrig. Reith gab sich mit einer Handvoll Pilgerpflanzen zufrieden.

Als der Dirdirmann seinen Hunger gestillt hatte, kam er zurück, um Reiths Kleider und Ausrüstung zu inspizieren. »Ich glaube, der Junge sagte ›Erde, ein ferner Planet‹, und fast glaubte ich ihm auch, wenn du nicht wie ein Halbmensch aussähst. Deshalb ist diese Vorstellung absurd.«

Traz bemerkte voll Hochmut: »Die Erde ist die ursprüngliche Heimat der Menschen. Wir sind echte Menschen, aber du bist nur ein Monstrum.«

»Erleuchte uns«, bat Reith mit seidiger Stimme. »Wie kamen die Menschen nach Tschai?«

Anacho tat überlegen. »Die Geschichte ist doch bekannt und ganz klar. Auf der Heimatwelt Sibot legte der Große Fisch ein Ei. Es trieb zur Küste von Remura und den Strand entlang. Die eine Hälfte blieb im Sonnenlicht, und daraus entsprang der Dirdir. Die andere rollte in den Schatten und wurde zum Dirdirmann.«

»Wie interessant!« rief Reith. »Was ist aber mit den Khaschmenschen? Und mit Traz? Und mit mir?«

»Die Erklärung ist doch gar nicht schwierig. Mich überrascht deine Frage. Vor fünfzigtausend Jahren flogen die Dirdir von Sibol nach Tschai. Während der folgenden Kriege fingen die Alten Khasch einige Dirdirmenschen, andere wurden von den Pnume gefangen, später auch von den Wankh. Diese wurden zu Khaschmenschen, zu Pnumekin und Wankhmenschen. Flüchtlinge, Verbrecher und Aufrührer vermischten sich mit ihnen, und so entstanden die Halbmenschen. So ist es doch!«

Traz sah Reith an. »Erzähl doch mal diesem Narren von der Erde, damit er begreift, wie dumm er ist.« Dazu lachte Reith nur.

Anacho musterte ihn verwirrt. »Du bist fraglos einmalig. Wohin geht deine Reise?«

Reith deutete nach Nordwesten. »Pera.«

»Ah, zur Stadt der Verlorenen Seelen hinter der Toten Steppe ... Da wirst du nie hinkommen. Die Grünen Khasch herrschen über die Tote Steppe.«

»Kann man ihnen denn nicht aus dem Weg gehen? Es ziehen doch auch Karawanen über die Steppe. Wo ist die Karawanenstraße?«

»Nicht weit von hier im Norden.«

»Dann reisen wir eben mit einer Karawane.«

»Man wird euch höchstens als Sklaven verkaufen. Die Karawanenführer machen wenig Federlesens. Warum wollt ihr nach Pera?«

»Ich habe gute Gründe dafür. Und wie sind deine Pläne?«

»Ich habe keine. Ich bin, genau wie ihr, ein Vagabund. Wenn ihr nichts dagegen habt, reise ich mit euch.«

»Wie du meinst«, antwortete Reith und überhörte Traz' Protest.

Sie wanderten nach Norden weiter, erklommen niedrige Hügel und rasteten unter kleinen Bäumen mit weichen blauen und grünen Blättern, die zwar mit prallen roten Früchten beladen, aber, wie Traz erklärte, giftig waren. Dann blickten sie über die Tote Steppe, eine weite, graue Wüste, auf der nur da und dort Ginster wuchs oder ein Büschel Pilgerpflanzen gedieh. Vom Südosten her lief eine Doppelspur um die Hügel und verschwand im Nordwesten zwischen Felsblöcken. Eine weitere Spur verlor sich im Süden zwischen den Hügeln, und eine andere ging nach Nordosten.

Traz deutete. »Schau doch mal mit deinem Instrument dort hinüber«, sagte er zu Reith. »Was siehst du dort?«

»Gebäude ... Nicht viele, nicht einmal ein Dorf, und in den Felsen sind Geschützstellungen.«

»Das muß das Kazabirdepot sein«, sagte Traz. »Dort tauschen die Karawanen ihre Ladungen aus. Die Kanonen sollen sie vor den Grünen Khasch beschützen.«

»Vielleicht gibt es dort sogar ein Gasthaus!« rief der Dirdirmann erfreut. »Kommt! Ich sehne mich nach einem Bad. Noch nie im Leben war ich so schmutzig wie jetzt.«

»Wie sollen wir das bezahlen?« fragte Reith. »Wir haben kein Geld und keine Tauschwaren.«

»Keine Angst, ich habe genügend Sequinen bei mir«, erklärte der Dirdirmann. »Sie reichen für uns alle. Wir von der Zweiten Rasse sind nicht undankbar oder geizig, und ihr habt mir gut gedient. Auch der Junge da soll eine zivilisierte Mahlzeit erhalten, vielleicht zum erstenmal in seinem Leben.«

Traz setzte zu einer stolzen, abweisenden Antwort an, doch dann sah er, daß Reith belustigt lächelte und zwang sich selbst ein Lächeln ab. »Wir trennen uns wohl hier am besten«, schlug er vor. »Dieser Platz ist gefährlich, eine

Fundgrube für die Grünen Khasch. Seht ihr die Spur? Hier halten sie nach Karawanen Ausschau.« Er deutete nach Süden. »Seht, dort kommt eine.«

»In diesem Fall eilen wir besser zum Gasthaus, um Räumlichkeiten zu belegen, ehe die Karawane ankommt. Ich will keine weitere Nacht unter Ginsterbüschen schlafen.«

Die klare Luft auf Tschai und die Weite des Horizonts machten es schwer, die Entfernungen richtig abzuschätzen. Als sie von den Hügeln herabgestiegen waren, befand sich die Karawane schon auf dem Pfad. Sie bestand aus sechzig oder siebzig riesigen Wagen, die so schwer beladen waren, daß sie kopflastig herumschwankten. Die Wagen fuhren auf sechs sehr hohen Rädern. Einige wurden von Maschinen angetrieben, andere von großen grauen Tieren mit kleinen Köpfen gezogen, die nur aus Augen und Maul bestanden.

Die drei ließen die Karawane an sich vorbeiziehen. Drei Ilanthpfadfinder ritten stolz wie Könige auf Springpferden; es waren große, breitschultrige Männer mit scharfen Gesichtszügen. Ihre Haut war intensiv gelb, und ihr rabenschwarzes Haar glänzte wie Lack. Auf den Köpfen trugen sie schwarze, in langen Spitzen auslaufende Kappen mit kieferlosen Menschenschädeln, hinter denen fröhlich ein Haarschopf wippte. Jeder hatte ein langes dünnes Schwert, das den Rapieren der Emblemmänner glich; in den Gürteln steckten zwei Pistolen, im rechten Stiefel zwei Dolche. Hochmütig blickten sie auf die drei Wanderer herab.

Einige der Wagen waren hoch mit Ballen und Paketen beladen, auf anderen befanden sich große Käfige, in denen sich Kinder, Frauen und junge Männer drängten. Jeder sechste Wagen war mit einer Kanone bestückt, hinter der grauhäutige Männer in schwarzen Hosen und schwarzen Lederhelmen hockten. Die Kanonen hatten kurze Rohre großen Kalibers, vielleicht waren es Rückstoßgeschütze. Andere Kanonen hatten lange, kleinkalibrige Rohre, die hielt Reith für Flammenwerfer.

»Das ist die Karawane vom Ioba«, sagte Traz zu Reith. »Hätten wir sie genommen, könnte ich noch immer Onmale tragen. Aber es tut mir nicht leid. Onmale hat mich sehr bedrückt.«

Etwa ein Dutzend Wagen war hoch mit schwarzfleckigem Bauholz beladen, andere Wagen hatten dreistöckige Aufbauten aus alten, verwitterten Brettern mit Kuppeln, Decks und schattigen Veranden. Reith sah diesen voll Neid an. Man konnte auf den Steppen von Tschai auch behaglich reisen! Ein besonders massiver Wagen trug sogar ein ganzes Haus mit vergitterten Fenstern und eisenbeschlagenen Türen. Das Vorderdeck war mit einem dichten Maschendraht umgeben. Drinnen saß eine junge Frau von außerordentlicher Schönheit. Dunkles Haar fiel ihr auf die Schultern, und ihre Augen waren so klar wie dunkelbraune Topase. Sie schien sehr temperamentvoll zu sein, war schlank und hatte eine Haut von der Farbe des Dünensandes. Sie trug ein kleines, rosenrotes Käppchen, eine dunkelrote Tunika und verknitterte und etwas beschmutzte Hosen aus weißem Leinen. Als der Wagen an den drei Wanderern vorüberschaukelte, fing Reith einen Blick tiefster Melancholie auf. An der Rückseite des Wagens stand unter einer offenen Tür eine große Frau mit strengen Zügen und glitzernden Augen. Ihr starres, graubraunes Haar war kurz geschnitten.

Die drei Männer folgten der Karawane in einen weitläufigen sandigen Hof. Der Karawanenmeister, ein kleiner, flinker alter Mann, ließ die Wagen in drei Reihen auffahren: die Frachtwagen stellte er neben die Lagerhäuser, dann folgten die Wagen mit den Sklaven und Baracken, und an sie schlossen sich die Kanonenwagen an, deren Geschütze auf die Steppe gerichtet waren.

Am anderen Hofende befand sich die Karawanserei, eine Herberge mit zwei Stockwerken aus gestampfter Erde. Taverne, Küche und Gaststube nahmen das untere Stockwerk ein, und darüber lag eine Reihe kleiner Zimmer, deren Türen sich auf eine Veranda öffneten. Die drei Wanderer fanden den Wirt in der Gaststube; es war ein bulliger Mann mit schwarzen Stiefeln und brauner Schürze, und seine Haut war so grau wie Holzasche. Er zog die Brauen hoch und musterte alle drei – Traz in seinem Nomadengewand, Anacho in seiner ehemals eleganten Dirdirkleidung und Reith in seinem irdischen Aufzug, aber er versprach ihnen Unterkunft und die Beschaffung neuer Kleider.

Die winzigen Zimmer enthielten ein Bett aus Lederstreifen, die über einen Holzrahmen gespannt waren, mit etwas Stroh darauf. Auf einem Tisch stand eine Waschschüssel mit einem Krug, und das erschien den drei Leuten nach der langen Steppenwanderung schon fast wie Luxus. Reith badete, rasierte sich mit dem Gerät aus seiner Notausrüstung und zog die neuen Kleider an, die ihn unverdächtiger aussehen lassen sollten. Es waren weite Hosen aus graubraunem Leinen, ein Hemd aus grobem weißen Wollstoff und eine schwarze Weste mit kurzen Ärmeln.

Er trat auf die Veranda und schaute zum Hof hinab. Wie fern erschien ihm jetzt sein altes Leben auf der Erde! Verglichen mit der rassischen Vielfalt auf Tschai war es dort ziemlich farblos und trübsinnig, und trotzdem sehnte er sich danach. Jetzt empfand er jedenfalls seine anfängliche Isoliertheit nicht mehr als so drückend. Sein neues Leben bot ihm genug Abenteuer.

Reith schaute über den Hof zu dem Wagen mit dem eisenbewehrten Haus. Das schöne Mädchen war also eine Gefangene. Was mochte sie erwarten?

Ehe Reith in die Gaststube hinabging, steckte er einige

Gegenstände aus seiner Notausrüstung in die Taschen, die anderen versteckte er im Wasserkrug. Traz saß unten steif auf einer Bank; er gab zu, noch nie an einem solchen Ort gewesen zu sein, und deshalb wollte er jetzt nicht als Narr erscheinen. Reith lachte und klopfte ihm auf die Schulter, worauf Traz etwas gequält lächelte.

Anacho erschien. Jetzt war er unauffälliger, denn er trug die Kleider der Steppenbewohner. Die drei begaben sich in den Speiseraum, wo sie sich eine Mahlzeit aus dicker Suppe mit Brot kauften. Reith fragte lieber nicht, was alles in der Suppe sein mochte.

Nach der Mahlzeit musterte Anacho seinen Wandergenossen Reith. »Ihr reist von hier aus nach Pera?« erkundigte er sich.

»Ja.«

»Pera ist auch die Stadt der Verlorenen Seelen, doch das ist nur sinnbildlich gemeint«, erklärte der Dirdirmann ein wenig hochmütig. »Die Theologen der Dirdir sind in ihrer Ausdrucksweise sehr eigen, und ›Seele‹ bedeutet eigentlich ›Herausforderung‹. Nun, mir liegt es fern, dich verwirren zu wollen. Pera ist auch das Ziel dieser Karawane. Ich ziehe es vor, zu fahren, und deshalb schlage ich vor, wir wählen die bequemste Transportmöglichkeit, die der Karawanenmeister uns bieten kann.«

»Eine ausgezeichnete Idee«, meinte Reith. »Ich habe jedoch ...«

»Ich weiß, ich weiß«, wehrte Anacho ab. »Mach dir deshalb keine Sorgen. Ich bin dir und dem Jungen verpflichtet, ihr seid höflich und respektvoll, und deshalb ...«

Traz sprang wütend auf. »Ich habe das Emblem Onmale getragen!« rief er empört. »Verstehst du das denn nicht? Glaubst du etwa, ich hätte keine Sequinen mitgenommen, als ich das Lager verließ?« Er knallte einen Beutel auf den Tisch. »Dirdirmann, wir sind nicht auf deine Überheblichkeit angewiesen.«

»Wie du meinst«, antwortete Anacho und sah Reith an.

»Da ich selbst keine Sequinen habe, nehme ich dankbar an, was mir geboten wird, egal von wem«, erwiderte Reith.

Die Gaststube hatte sich inzwischen mit den Leuten von der Karawane gefüllt, und alle riefen nach Essen und Trinken. Als der Karawanenführer gegessen hatte, näherten sich ihm Anacho, Traz und Reith, um eine Reisemöglichkeit nach Pera auszuhandeln. »Wenn ihr es nicht sehr eilig habt, könnt ihr mitkommen«, wurde ihnen geantwortet. »Wir warten hier auf die Aig-Hedajha-Karawane aus dem Norden, dann reisen wir über Golsse weiter. Habt ihr es jedoch eilig, müßt ihr euch anderswo umsehen.«

Reith wäre gern schneller gereist, denn er sorgte sich um sein Raumboot. Da es keine bessere Möglichkeit gab, durfte er nicht ungeduldig sein.

Auch andere wurden ungeduldig. Zwei Frauen in langen, schwarzen Gewändern kamen an den Tisch. Eine war dünn und lang. »Baojian, wie lange müssen wir hier warten?« fragte sie. »Ich höre, fünf Tage. Das ist ausgeschlossen! Wir kommen zu spät zum Seminar.«

»Wir müssen hier auf die aus dem Norden kommende Karawane warten«, erklärte der alte Mann den beiden Frauen, »denn es gibt Waren auszutauschen. Danach fahren wir sofort weiter.«

»Wir haben aber in Fasm dringende und wichtige Geschäfte.«

»Alte Mutter, ich versichere dir, daß wir dich schnellstens zu deinem Seminar bringen«, erhielt sie zur Antwort.

»Aber das ist nicht schnell genug. Ich fordere, daß du sofort weiterfährst.«

»Das geht nicht, Alte Mutter. Wolltest du sonst noch etwas?«

Die beiden Frauen wandten sich brüsk ab und gingen zu einem Tisch an der Wand.

Reith war sehr neugierig. »Wer sind diese beiden?« fragte er.

»Das sind Priesterinnen der Weiblichen Geheimnisse. Kennt ihr den Kult? Er ist sehr verbreitet. Aus welchem Landesteil seid ihr?«

»Aus einer weit entfernten Gegend ... Aber sag mir, wer ist die junge Frau, die in einem Käfig gehalten wird? Auch eine Priesterin?«

Baojian stand auf. »Sie ist eine Sklavin aus Charchan, glaube ich. Man bringt sie zu den Riten nach Fasm. Mir ist es egal, denn ich bin ja nur Karawanenmeister und reise zwischen Coad am Dawn und Tosthanag am Schanizademeer hin und her.« Er zuckte die Achseln und spitzte die Lippen. »Wen ich da mitnehme und zu welchem Zweck ... Es ist mir egal, ob Priesterin oder Sklavin, Dirdirmenschen, Nomaden oder nicht klassifizierte Hybriden.« Lachend ging er weg.

Die drei kehrten an ihren Tisch zurück, und Anacho musterte Reith nachdenklich. »Seltsam, wirklich sehr seltsam ... Ich meine deine Ausrüstung. So fein wie bestes Dirdirzeug. Der Schnitt deiner Kleider ist auf Tschai unbekannt. Auf der einen Seite weißt du gar nichts, auf der anderen bist du sehr geschickt. Mir scheint, du könntest doch das sein, was du von dir selbst behauptest – ein Mensch von einer anderen Welt. Trotzdem ist es sehr absurd.«

»Ich habe das doch gar nicht behauptet«, widersprach ihm Reith.

»Aber der Junge.«

»Dann müßt ihr beide das miteinander ausmachen.« Reith wandte sich den Priesterinnen zu, die sich mit ihrem Essen beschäftigten. Zwei weitere Priesterinnen brachten die schöne Gefangene. Die anderen beiden berichteten ihre Unterredung mit dem Karawanenmeister, und ihr Zorn hatte sich noch immer nicht gelegt. Das schöne Mädchen saß indessen mutlos da, und als man ihr eine Suppenschüssel vor die Nase schob, begann sie lustlos zu essen. Reith konnte die Augen nicht von ihr abwenden. Wenn sie eine Sklavin ist, überlegte er, werden die Priesterinnen sie vielleicht verkaufen. Nein, wahrscheinlich doch nicht, denn ein Mädchen von so ungewöhnlicher Schönheit war sicher auch für einen ungewöhnlichen Zweck bestimmt.

Reith seufzte und suchte sich ein anderes Objekt. Er bemerkte, daß die Ilanth ebenso fasziniert waren wie er; sie lachten, machten Witze und stießen einander an. Ihre Bewegungen waren sehr obszön, und darüber ärgerte sich Reith. Wußten sie denn nicht, daß dieses Mädchen einem traurigen Schicksal entgegenging?

Die Priesterinnen standen auf und zogen das Mädchen mit sich in den Hof hinaus. Dort gingen sie eine Weile auf und ab. Die Ilanth verließen ebenfalls das Gastzimmer und hockten sich die Wand entlang auf die Fersen. Sie hatten ihre Kriegsmützen mit den Menschenschädeln gegen viereckige Barette oder weiche Mützen aus braunem Samt ausgetauscht, und jeder hatte ein violettes Schönheitspflästerchen auf die gelbe Wange geklebt. Sie kauten Nüsse und spuckten die Schalen aus. Keiner nahm die Augen von dem Mädchen. Einer sprang auf und lief den Priesterinnen mit dem Mädchen nach, sprach es sogar an. Eine der Priesterinnen deutete ärgerlich zum Himmel hinauf und sprudelte zornige Worte heraus, doch der unverschämt lächelnde Ilanth ließ sich nicht abweisen. Da näherte sich von der Seite her eine stämmige Priesterin und versetzte seinem Kopf einen heftigen Schlag. Der Ilanth taumelte und fluchte entsetzlich, aber die Priesterin verpaßte ihm einen kräftigen Tritt, und die anderen taten es ihr gleich, so daß er der Länge nach auf die Erde fiel. Endlich gelang es ihm, den wütenden Priesterinnen zu entkommen und davonzukriechen. Seine Kameraden empfingen ihn mit vergnügtem Gejohle.

Die Priesterinnen gingen ruhig weiter. Die Sonne senkte sich dem Horizont entgegen und warf lange Schatten über den Hof. Allmählich kehrte Ruhe in die Karawanserei ein. Doch dann kam eine Spielgruppe von den Bergen herab, kleine, weißhäutige Leute mit gelbbraunem Haar und scharfen Profilen, deren Frauen einen seltsam hüpfenden Tanz aufführten, zu dem ein Gong erklang. Dürftig gekleidete Kinder gingen mit Tellern herum und sammelten Münzen ein. Die Reisenden auf den Wagen spannten Decken, um die kühle von den Bergen kommende Nachtluft abzuhalten. Die Priesterinnen zogen sich mit dem schönen Mädchen in ihr Wagenhaus zurück.

Es wurde dunkel, und auf den Wagen flammten die Lichter auf. Am Horizont glühte nur noch ein pflaumenfarbener Lichtstreifen.

Reith aß noch eine Schüssel gewürzten Fleisches mit einer Scheibe groben Brotes, und zum Nachtisch bekam er getrocknete Früchte. Eine Weile sah er noch den Spielern zu, dann schaute er zu den Sternen hinauf. Dort oben irgendwo war ein für das unbewaffnete Auge unsichtbarer Stern, zweihundertzwölf Lichtjahre von Tschai entfernt, seine Heimat ...

Er ging zum Wagenhaus der Priesterinnen, das ihn wie ein Magnet anzog. Die Priesterinnen saßen auf der Veranda, das Mädchen stand im Käfig. »Mädchen!« rief er leise. »Mädchen!«

Sie schaute ihn an, sagte jedoch nichts.

»Komm hierher, damit ich mit dir sprechen kann«, bat

er, und sie näherte sich dem Maschenzaun. »Was hat man mit dir vor?« fragte er.

»Ich weiß es nicht.« Ihre Stimme klang weich und ein wenig heiser. »Sie stahlen mich aus meinem Heim in Cath, brachten mich zum Schiff und sperrten mich in einen Käfig.«

»Warum?«

»Weil ich schön bin, das sagen sie wenigstens. Scht, sie hören uns. Verstecke dich.«

Reith duckte sich. Eine der Priesterinnen kam, spähte in den Käfig hinein, sah aber nichts und entfernte sich wieder.

»Jetzt ist sie weg«, rief das Mädchen leise.

Reith stand auf. Er kam sich ein wenig albern vor. »Willst du aus diesem Käfig heraus?« fragte er.

»Natürlich!« Es klang fast gekränkt. »Ich will mit ihren Riten nichts zu tun haben! Sie hassen mich, weil sie so entsetzlich häßlich sind.« Sie sah zu Reith hinab und musterte ihn. »Ich habe dich heute schon gesehen. Da standest du neben dem Fahrweg.«

»Ja, da habe ich dich auch bemerkt.«

»Geh jetzt. Sie kommen wieder«, bat sie.

Reith huschte weg und beobachtete aus einiger Entfernung, wie die Priesterinnen das Mädchen in das Haus brachten. Dann kehrte er in die Gaststube zurück, wo eine Art Schach mit neunundvierzig Feldern und auf jeder Seite sieben Figuren gespielt wurde. Andere waren mit einem Kartenspiel beschäftigt, ein paar Männer von der Karawane musizierten. Die Melodien fand Reith faszinierend.

Traz und der Dirdirmann waren schon lange in ihren Zimmern, und bald folgte ihnen auch Reith.

4. Kapitel

Reith erwachte mit einem Gefühl einer dunklen Drohung, deren Ursache er nicht verstand. Dann wurde er sich jedoch klar darüber: Es waren die Priesterinnen der Weiblichen Geheimnisse die das schöne Mädchen als Gefangene bei sich hatten. Eigentlich verrückt, sich mit solchen Dingen zu beschäftigen! Was konnte er schon erreichen?

Zum Frühstück bekam er eine Schüssel Haferbrei, die ihm von der schlampigen Tochter des Wirtes gebracht wurde. Nachdem er gegessen hatte, setzte er sich draußen auf eine Bank und hielt nach dem Mädchen Ausschau. Die Priesterinnen kamen mit ihr, doch die sahen nicht nach rechts und links. Sie verschwanden in der Karawanserei. Eine halbe Stunde später kamen sie mit einem der kleinen Männer von den Bergen zurück; er grinste und nickte ihnen verschwörerisch zu. Die Ilanth verließen den Gastraum warfen den Priesterinnen schräge Blicke zu und holten ihre Springpferde in den Hof, wo sie von den hornigen Auswüchsen auf ihrer graugrünen Haut befreit wurden. Schließlich beendeten die Priesterinnen ihre Unterhaltung mit dem kleinen Mann und verschwanden mit dem Mädchen.

Traz kam heraus und setzte sich neben Reith. Er deutete auf die Steppe. »Ein großer Trupp Grüner Khasch nähert sich«, sagte er. »Ich rieche den Rauch ihrer Feuer.«

»Ich rieche nichts«, erwiderte Reith.

Traz zuckte die Achseln. »Es sind aber drei- oder vierhundert. Weißt du, eine kleine Truppe macht weniger Wind und Rauch als eine große, und das hier ist der Rauch von mindestens dreihundert Grünen Khasch.« Da kam Reith nicht mehr mit.

Die Ilanth bestiegen ihre Springpferde und ritten ein

Stück auf die Steppe hinaus. Anacho sah sie wegreiten und lachte. »Jetzt machen sie sich ein Vergnügen daraus, die Priesterinnen zu ärgern.«

Reith sprang auf. Als die Priesterinnen an den Ilanth vorbeigingen, drangen die Männer auf sie ein. Die Frauen hatten Angst und wichen zurück, die Ilanth packten das Mädchen, warfen es über einen Sattel und ritten eiligst den Bergen entgegen. Entgeistert starrten ihnen die Priesterinnen nach.

Dann kreischten sie, rannten in den Hof zurück zum Karawanenmeister Baojian und deuteten mit zitternden Fingern in die Ferne. »Sie haben das Mädchen von Cath gestohlen!« beschwerten sie sich.

»Die kommen schon wieder zurück, wenn sie mit ihr ihren Spaß gehabt haben«, meinte er gleichmütig.

»Aber dann nützt sie uns doch nichts mehr!« jammerten die Priesterinnen. »Welch ein Unglück! Ich bin die Große Mutter des Seminars von Fasm, und du weigerst dich, mir zu helfen?«

Der Karawanenmeister spuckte in den Staub. »Ich habe nur die Karawane in Ordnung zu halten, aber ich helfe keinem. Für andere Dinge als meine Wagen habe ich keine Zeit.«

»Das sind doch deine Untergebenen! Rufe sie zurück!«

»In der Steppe habe ich nichts zu befehlen.«

»Was sollen wir nur tun? Wir sind beraubt, und es wird keine Feier der Klarheit geben.«

Reith sprang in den Sattel eines Springpferdes und jagte in die Steppe hinaus. Das hatte er unbewußt getan. Der Karawanenmeister schrie ihm nach, doch das Wohl des Mädchens war für Reith wichtiger als das Springpferd, das er sich ausgeliehen hatte.

Weit waren die Ilanth noch nicht gekommen. Sie ritten ein kleines Tal entlang zu einem Sandplatz unter einem Hügel. Verängstigt duckte sich das Mädchen dort neben einen Stein. Die Ilanth hatten gerade ihre Springpferde gebunden, als Reith herankam.

»Was willst du?« fragten sie unfreundlich. »Verschwinde! Wir wollen gerade dieses Mädchen aus Cath ausprobieren.«

»Sie braucht ja noch Unterricht für die Weiblichen Geheimnisse«, erklärte einer und lachte zotig.

Reith zog seine Pistole. »Wenn ihr meint, dann kann ich euch alle erschießen.« Er winkte dem Mädchen. »Komm mit.«

Auch vor ihm hatte sie Angst und wußte nicht, wohin sie rennen sollte. Die Ilanth standen schweigend und mit hängenden Schnurrbärten dabei. Langsam kletterte sie vor Reith auf das Springpferd. Er wendete es und ritt zurück. Hinter ihnen sprangen auch die Ilanth in die Sättel und jagten johlend und fluchend an ihnen vorbei.

Als sie zur Karawanserei kamen, standen die Priesterinnen im Hof und empfingen Reith mit befehlenden Gesten. Er musterte die vier schwarzen Gestalten.

»Was haben sie dir bezahlt?« fragte das Mädchen barsch.

»Gar nichts«, antwortete Reith. »Es war mein eigener Entschluß.«

»Bring mich nach Haus, nach Cath«, flehte das Mädchen. »Mein Vater wird dir geben, was immer du von ihm auch verlangen magst.«

Reith deutete auf eine sich nähernde schwarze Linie am Horizont. »Siehst du, das sind Grüne Khasch. Wir gehen jetzt wohl besser in das Gastbaus.«

»Aber die Frauen werden mich wieder in den Käfig sperren«, jammerte sie. »Sie hassen mich und wollen mir Böses tun! Siehst du, jetzt kommen sie. Laß mich gehen!«

»In die Steppe hinaus und allein? Nein, das lasse ich nicht zu. Und ich werde nicht erlauben, daß sie dich wieder einsperren.«

Die Priesterinnen standen am Durchgang zwischen zwei Felsblöcken.

»O edler Mann!« rief die Alte. »Du hast vornehm gehandelt. Sie wurde doch nicht entehrt?«

»Das geht dich nichts an, Große Mutter«, sagte Reith.

»Wie? Was? Wieso geht mich das nichts an?«

»Sie gehört jetzt mir. Ich nahm sie den Kriegern ab. Geht zu ihnen und verlangt dort Schadenersatz. Ich behalte das, was ich mir geholt habe.«

Die Priesterinnen lachten höhnisch. »Wir sind Priesterinnen der Weiblichen Geheimnisse, du dummer Kerl! Gib uns unser Eigentum zurück, oder es geht dir schlecht.«

»Wenn ihr die Finger nicht von meinem Eigentum laßt, seid ihr bald nur noch tote Priesterinnen, habt ihr gehört?« Reith ritt an ihnen vorbei in den Hof. Dann stieg er ab und half dem Mädchen vom Springpferd. Jetzt wußte er, weshalb ihn sein Instinkt den Ilanth nachgeschickt hatte.

»Wie ist dein Name?« fragte er das Mädchen.

Sie überlegte eine Weile, als habe Reith ihr ein Rätsel aufgegeben. »Mein Vater ist der Herr des Blauen Jadepalastes. Wir gehören der Aegiskaste an. Manchmal nennt man mich Blaue Jadeblume, manchmal auch Schöne Blume oder Blume von Cath. Mein Blumenname ist Ylin-Ylan.«

»Das müßte für den Augenblick genügen«, meinte Reith. »Es ist aber ziemlich kompliziert. Was soll ich jetzt mit dir anfangen?« Er führte sie zu einem ruhigen Tisch weit hinten in der Gaststube der Karawanserei.

Draußen redeten die Priesterinnen alle gleichzeitig auf den Karawanenmeister ein, der ihnen höflich zuhörte.

Reith sagte zu dem Mädchen: »Ich kenne die Rechtslage nicht. Es ist zu befürchten, daß mir das Problem aus der Hand genommen wird.«

»Hier in der Steppe gibt es keine Gesetze«, antwortete sie. »Hier regiert nur die Angst.«

Traz kam dazu und musterte das Mädchen. »Was willst du jetzt mit ihr tun?« fragte er Reith.

»Wenn ich kann, bringe ich sie nach Hause.«

»Ich bin die Tochter eines angesehenen Hauses«, sagte Ylin-Ylan. »Dir bliebe kein Wunsch mehr offen. Mein Vater würde dir einen Palast bauen.«

Das besänftigte Traz einigermaßen. »Nun ja, ganz unmöglich ist es nicht«, meinte er.

»Für mich schon«, erklärte Reith. »Ich muß mein Raumboot finden. Wenn du sie nach Cath bringen willst, dann tu's doch. Du kannst ein ganz neues Leben beginnen.«

Nun kam der Karawanenmeister an den Tisch und forderte im Auftrag der Priesterinnen die Auslieferung des Mädchens. Natürlich lehnte Reith ab, und Baojian gab ihm recht. »Ich bin auch deiner Ansicht, aber die Priesterinnen wurden schließlich beraubt. Ich will ihnen begreiflich machen, daß du ein Recht auf das Mädchen hast. Ich hoffe nur, daß der Vorfall den Frieden der Reise nicht stört. Die Sicherheit der Karawane ist mein größtes Anliegen.«

»Sicher, sie haben einen Verlust erlitten, doch das geht mich nichts an«, erwiderte Reith. »Sie haben ja auch keinen Finger gerührt, um das Mädchen aus den Händen der Ilanth zu befreien.«

»Sie werden wohl nicht in der Laune dazu gewesen sein«, bemerkte Baojian. »Eine gewisse Art Mädchen ist für ihre Riten notwendig. Jetzt müssen sie sich eben nach Ersatz umschauen. Ich werde ihnen jedenfalls deine Meinung übermitteln.«

»Unsere Abmachungen bezüglich der Reise werden doch hoffentlich davon nicht betroffen?« fragte Reith.

»Nein, natürlich nicht«, erklärte der Karawanenmeister nachdrücklich. »Diebstahl und Gewalttat werden bei mir nicht geduldet, denn die Sicherheit ist wichtig in meinem Geschäft.« Er verbeugte sich und ging.

Auch Anacho war inzwischen gekommen und musterte Ylin-Ylan mit Kennerblicken. »Sie ist eine Goldene Yao, eine sehr alte Rasse. Hybride der Ersten Tans und der Ersten Weißen. Vor hundertfünfzig Jahren wurden sie plötzlich größenwahnsinnig und versuchten neue Techniken zu entwickeln. Die Dirdir erteilten ihnen eine harte Lektion.«

»Vor hundertfünfzig Jahren? Wie lange ist denn das Tschai-Jahr?«

»Vierhundertachtzig Tage. Was hat das mit dieser Sache zu tun?«

Reith rechnete.

Hundertfünfzig Tschai-Jahre waren ungefähr zweihundertzwölf Erdenjahre. Zufall? Oder hatten die Vorfahren der Blume von Cath etwa das Radiosignal ausgesandt, das ihn nach Tschai brachte?

Die Blume von Cath musterte Anacho angewidert und sagte zu Reith: »Das ist ja ein Dirdirmensch! Sie haben Settra und Balisidre torpediert. Aus Neid versuchten sie uns zu vernichten.«

»Das ist nicht ganz richtig«, sagte Anacho. »Euer Volk spielte mit verbotenen Kräften und mit Dingen, die ihr nicht versteht.«

»Und was geschah dann?« erkundigte sich Reith.

»Nichts«, antwortete Ylin-Ylan. »Unsere Städte wurden zerstört, auch die Paläste der Künste und der Goldenen Gewebe, die Schätze von tausend Jahren. Ist es verwunderlich, wenn wir die Dirdir hassen? Mehr als die Pnume, mehr als die Khasch und die Wankh?«

Anacho zuckte die Achseln. »Ich war es nun wirklich nicht, der die Yo vernichtet hat«, erklärt er trocken.

»Wir werden lieber von anderen Dingen sprechen«,

schlug Reith vor. »Schließlich ist das alles schon zweihundertzwölf Jahre her.«

»Nur hundertfünfzig«, korrigierte die Blume von Cath.

»Nun ja, das stimmt. Aber willst du nicht andere Kleider anziehen?«

»Natürlich! Ich muß diese Kleider tragen, seit die bösen Frauen mich geraubt haben. Und baden würde ich gerne. Wasser bekam ich nur zum Trinken.«

Reith hielt Wache, als das Mädchen sich schrubbte, dann reichte er Ylin-Ylan die Kleider der Steppenreisenden, die für Männer und Frauen gleich waren. Bald kam sie in grauen Kniehosen und einer braunen Tunika heraus. Inzwischen gab es im Hof und in der Gaststube einige Aufregung, denn die Grünen Khasch hatten nur eine Meile von der Karawanserei ihre eigenen Wagen in Stellung gebracht und ungefähr hundert große, schwarze Zelte aufgestellt. Bisher hatten sie sich jedoch ruhig verhalten.

Baojian kratzte sich besorgt das Kinn. »Die Nord-Süd-Karawane wird nicht zu uns stoßen, wenn sie sieht, daß die Nomaden so nahe sind«, sagte er. »Wir werden noch warten müssen.«

Die Große Mutter tat einen lauten Schrei. »Dann werden die Riten ohne uns beginnen!« jammerte sie.

Jemand rief: »Baojian, schick doch die Priesterinnen hinaus! Sie sollen ihre Riten mit den Khasch tanzen!« Daraufhin zogen sich die Frauen wütend und gekränkt zurück.

Die Dämmerung senkte sich über die Steppe, und die Grünen Khasch zündeten ihre Lagerfeuer an. Von Zeit zu Zeit starrte einer zur Karawanserei herüber.

»Sie sind ein Telepathenvolk«, erklärte Traz Reith. »Und man sagt, sie lesen sogar die Gedanken der Menschen. Ich zweifle wohl daran, doch wer weiß das schon sicher?«

Es gab nur eine kurze Restemahlzeit bei spärlichem Licht, damit die Grünen Khasch die ausgestellten Posten nicht erkennen konnten. Ein paar Leute spielten, nur die Ilanth tranken viel und starke Sachen. Sie wurden laut, aber der Wirt drohte, sie hinauszuwerfen. Sie lümmelten sich über den Tisch und zogen die Mützen tief in die gelbe Stirn.

Reith brachte die Blume von Cath in der Kammer neben der seinen unter und riet ihr, die Tür zu verriegeln. »Komm erst am Morgen heraus«, warnte er sie. »Und wenn jemand an die Tür klopft, hämmerst du bei mir an die Wand.«

Sie sah ihn an mit einem Ausdruck, der ihm ans Herz griff. »Du hast also nicht die Absicht, mich wie eine Sklavin zu behandeln?« fragte sie.

»Nein«, versicherte er ihr, und sie warf ihm einen rätselhaften Blick zu, ehe sie in ihrer Schlafkammer verschwand.

Die Nacht verlief ruhig, und am folgenden Tag waren die Grünen Khasch noch immer da. Man konnte nichts tun und mußte abwarten.

Reith nahm die Blume von Cath mit und musterte die Geschütze der Karawane. Besonders die Sandstrahler interessierten ihn. Er erfuhr, daß sie tatsächlich Sand auf elektrostatischem Wege abschossen; die Körnchen erreichten dann fast Lichtgeschwindigkeit und damit eine etwa tausendfache Masse. Traf ein solches Sandkorn einen festen Gegenstand, so gab es seine Energie in einer Explosion ab. Die Waffe war von den Wankh entwickelt, später aber wieder aufgegeben worden; sie trug sogar noch deren Inschriften, Reihen von Rechtecken in verschiedenen Größen und Anordnungen.

Inzwischen stritten Traz und Anacho über die Natur der Phung. Traz behauptete, sie seien Wesen, welche die Pnumekin aus den Leichen der Pnume schufen. »Hast du je ein Phung-Paar gesehen? Oder ein Phung-Kind?« fragte er. »Nein. Jeder bleibt für sich. Und sie sind für eine Fortpflanzung viel zu verrückt und verzweifelt.«

Anacho hob belehrend die Hand. »Auch die Pnume bleiben für sich und pflanzen sich auf seltsame Art fort, jedenfalls seltsam für Menschen und Halbmenschen. Für ihr System ist diese Art jedenfalls ideal. Sie sind eine sehr widerstandsfähige Rasse. Wußtest du, daß sie eine Vergangenheit von einer Million Jahre haben?«

»Das habe ich gehört«, gab Traz zu.

»Überall regierten die Pnume, ehe die Khasch kamen. Sie lebten in Dörfern und Städten aus Kuppeln, aber die sind inzwischen spurlos verschwunden. Jetzt wohnen sie in Höhlen und unterirdischen Gängen, und ihr Leben ist ein Geheimnis. Selbst die Dirdir halten es für ein Unglück, wenn sie einen Pnume belästigen.«

»Dann waren also die Khasch vor den Dirdir auf Tschai?« fragte Reith, der sich wieder zu den beiden gesetzt hatte.

»Das weiß doch jeder«, erwiderte Anacho. »Nur ein Mann aus einer abgelegenen Provinz oder fernen Welt ist so unwissend. Zuerst waren die Alten Khasch da, sie kamen vor hunderttausend Jahren. Zehntausend Jahre später folgten ihnen die Blauen Kasch, die von einem Planeten stammten, den Khasch-Raumfahrer vorher kolonisiert hatten. Die beiden Rassen kämpften um Tschai und brachten die Grünen Khasch als Stoßtruppen mit.

Vor sechzigtausend Jahren kamen nun die Dirdir an. Die Khasch erlitten durch sie große Verluste, weil sie so zahlreich waren. Später wurde dann ein Waffenstillstand geschlossen, doch die beiden Rassen sind noch immer verfeindet, und zwischen ihnen gibt es nur wenig Handel.

Vor zehntausend Jahren, also in jüngster Zeit, brach zwischen den Dirdir und den Wankh ein Raumkrieg aus, der auch auf Tschai übergriff, als die Wankh auf Rakh und in Südkachan Festungen bauten. Jetzt gibt es nur noch harmlose Scharmützel, und dann und wann einen Überfall aus dem Hinterhalt. Die drei Rassen fürchten einander und halten einigen Abstand. Die Pnume sind neutral, schauen aber interessiert zu und ziehen für ihre eigene Geschichte Lehren daraus.«

»Und wann kamen die Menschen nach Tschai?« erkundigte sich Reith.

Anacho warf ihm einen ironischen Blick zu. »Du behauptest doch, die Welt zu kennen, von der die Menschen kommen, also müßtest du es doch wissen.«

Doch Reith ließ sich nicht herausfordern und schwieg.

Anacho setzte seinen Vortrag fort. »Die Menschen entstanden auf Sibol und kamen mit den Dirdir nach Tschai. Sie sind weich wie Wachs. Einige wurden zu Marschmenschen, zwanzigtausend Jahre später mutierten sie zu diesen Leuten.« Er deutete auf Traz. »Andere wurden Sklaven und Khaschmenschen, Pnumekin und Wankhmenschen. Es gibt Dutzende verschiedener Rassen und Mißgeburten. Auch die Dirdirmenschen sind untereinander ziemlich verschieden. Die Unbefleckten sind fast reine Dirdir« – zu ihnen zählte sich Anacho, wie er voller Stolz betonte – »andere sind weniger verfeinert. Das ist auch der Grund meiner eigenen Unzufriedenheit. Ich verlangte Vorrechte, die mir versagt wurden, doch ich habe sie ...«

Lang und breit beschrieb er seine Schwierigkeiten, aber Reith hörte ihm kaum zu. Jetzt wußte er endlich, wie die Menschen nach Tschai gekommen waren. Seit mehr als siebzigtausend Jahren hatten die Dirdir die Raumfahrt gekannt. Während dieser Zeit mußten sie mindestens zweimal die Erde besucht haben. Bei ihrem ersten Besuch hatten sie wohl einen Stamm Promongoloider gefunden, und beim zweiten Besuch, vor etwa zwanzigtausend Jahren, gelang es ihnen, eine ganze Schiffsladung von Protokaukasoiden einzusammeln. Diese beiden Gruppen hatten sich unter den Bedingungen von Tschai verändert und spezialisiert, mutierten dann erneut und erzeugten so eine ungeheure Vielfalt menschlicher Typen, die auf dem Planeten nun heimisch waren.

Zweifellos wußten die Dirdir von der Erde und ihrer menschlichen Bevölkerung, sahen in ihr aber noch immer einen barbarischen Planeten. Nichts war zu gewinnen, wenn man ihnen sagte, daß die Erde nun auch Raumfahrt betrieb. Reith glaubte, daraus könnten nur Schwierigkeiten entstehen. Im Raumboot gab es nichts, was auf seinen irdischen Ursprung hinwies, aber dieses Raumboot hatten nun die Blauen Khasch. Unbeantwortet war noch immer die Frage: Wer hatte den Torpedo abgeschossen, der die *Explorator IV* zerstörte?

Zwei Stunden vor Sonnenuntergang brachen die Grünen Khasch ihr Lager ab. Die hochrädrigen Wagen bildeten einen Kreis; die Krieger bestiegen ihre Springpferde, und auf ein vielleicht telepathisches Zeichen hin formte sich ein langer Zug, der sich nach Osten bewegte. In großen Abständen folgten ihnen die Scouts der Ilanth. Am Morgen kehrten sie zurück und meldeten, die Bande scheine sich nach Norden zu verziehen.

Am Spätnachmittag kam endlich die lange erwartete Karawane aus Aig-Hedajha an. Sie hatte Leder, aromatische Hölzer und Moos, Gewürze und Fässer mit eingelegten Gemüsen geladen.

Baojian brachte seine Frachtwagen in die Steppe hinaus, wo der Warenaustausch erfolgte. Die Träger und Fahrer strengten sich gewaltig an, um möglichst wenig Zeit zu verlieren.

Eine Stunde vor Sonnenuntergang waren sie fertig,

und alle Passagiere wurden aufgefordert, in den Hof zu kommen. Reith, Traz, Anacho und die Blume von Cath gingen gemeinsam, die Priesterinnen waren nirgends zu sehen.

Sie gingen auf die Karawane zu. Plötzlich entstand ein Gedränge, kräftige Arme umschlangen Reith, der an einen weichen Körper gedrückt wurde. Er wehrte sich, und beide stürzten zu Boden. Die Große Mutter nahm ihn nun mit ihren kräftigen Beinen in die Zange. Andere Priesterinnen packten die Blume von Cath und zerrten sie davon. Eine Hand drückte ihm die Kehle zu, so daß ihm die Augen aus dem Kopf quollen. Endlich bekam er einen Arm frei, und er stieß der Großen Mutter die gespreizten Finger ins Gesicht. Sie schrie. Er fand ihre Nase und verdrehte sie; sie schrie noch lauter und schlug mit den Füßen um sich. Endlich kam Reith frei.

Ein Ilanth wühlte in Reiths Sachen. Traz lag bewußtlos auf dem Boden und Anacho verteidigte sich verbissen gegen die beiden anderen Ilanth. Die Große Mutter versuchte Reiths Beine zu packen, doch er wehrte sie ab und drang auf den ein, der seine Sachen durchwühlte. Der zückte sofort ein Messer, doch Reith verpaßte ihm einen solchen Kinnhaken, daß der andere zu Boden ging. Dann sprang Reith dem zweiten, der Anacho angriff, auf den Rücken, und Anacho bearbeitete ihn mit seinem Messer. Den dritten Ilanth packte er am Arm und warf ihn über die Schulter. Der Dirdirmann hatte sein Schwert gezogen und stach es ihm in den gelben Hals.

Traz kam taumelnd auf die Beine und hielt sich den Kopf. Die Große Mutter stampfte in ihr Wagenhaus. Reith kochte vor Zorn. In seinem ganzen Leben war er noch nie so wütend gewesen. Er nahm sein Zeug und marschierte auf den Karawanenführer zu.

»Ich wurde angegriffen«, tobte er. »Das mußt du doch bemerkt haben! Die Priesterinnen haben das Mädchen aus Cath in ihr Haus gezerrt und halten sie dort gefangen.«

»Ja, so etwas habe ich gesehen«, gab Baojian zu.

»Nun, wo bleibt deine Autorität? Ich dachte, bei dir gibt es keine Gewalttaten.«

Der Karawanenmeister schüttelte den Kopf. »Das hat sich nicht unmittelbar in der Karawane, sondern auf einem Steppenstreifen zugetragen«, antwortete er. »Mir scheint, die Priesterinnen haben sich nur ihr Eigentum zurückgeholt. Du hast keinen Grund, dich zu beklagen.«

»Was?« brüllte Reith. »Du willst also zulassen, daß eine unschuldige Person diesen komischen Riten geopfert wird?«

»Was blieb mir anderes übrig?« klagte Baojian. »Ich bin doch nicht die Steppenpolizei! Ich will es auch nicht sein.«

Reith warf ihm noch einen verächtlichen Blick zu und stürmte zum Haus der Priesterinnen. Baojian rief ihm nach: »Ich muß dich warnen! Wenn du den Frieden der Karawane störst ...«

Das verschlug Reith die Sprache. Erst nach einer ganzen Weile vermochte er zu stottern: »Böse Taten gehen dich wohl nichts an?«

»Böse? Auf Tschai bedeutet dieses Wort nichts. Es passiert – oder passiert nicht. Tut einer Böses, wird er nicht lange leben. Darf ich dich jetzt zu deinem Abteil führen? Ich möchte hier weg sein, ehe die Grünen Khasch zurückkehren, und ich habe nur einen einzigen Scout ...«

5. Kapitel

Reith, Traz und Anacho wurden Abteile auf einem Barackenwagen zugewiesen, und jedes enthielt ein Schränkchen und eine Hängematte. Vier Wagen vor ihnen fuhren die Priesterinnen. Die ganze Nacht hindurch war dort kein Licht zu sehen.

Reith dachte über Rettungsmöglichkeiten nach, aber dann schlief er doch vor Erschöpfung, Zorn und Enttäuschung ein.

Kurz vor Sonnenaufgang hielt die Karawane an. Alle Reisenden begaben sich zu einem Versorgungswagen, wo jeder einen großen mit Fleisch beladenen Pfannkuchen und eine Kanne heißen Bieres bekam. Nebelfetzen trieben über die Steppe. Die kleinen Geräusche der Karawane unterstrichen nur die unermeßliche Weite und Stille. Hier gab es keine Farbe, der Himmel war schiefergrau, die Steppe graubraun, wie wäßrige Milch der Nebel.

Die Priesterinnen waren nicht zu sehen, auch nicht die Blume von Cath. Reith suchte den Karawanenmeister auf. »Wie weit ist es noch bis zum Seminar? Wann kommen wir dort an?«

Der alte Mann kaute an seinem Pfannkuchen herum und überlegte. »Heute schlagen wir unser Lager bei Slugah Knoll auf, morgen beim Depot Zadno, und am Morgen darauf sind wir bei der Straßengabelung von Fasm. Für die Priesterinnen ist es nicht zu früh. Sie fürchten, für die Riten schon zu spät zu kommen.«

»Was sind das für Riten? Was geht dort vor?«

Der alte Mann zuckte die Achseln. »Ich kann nur die Gerüchte weitergeben, die ich hörte. Die Priesterinnen sind eine ausgesuchte Gruppe von Männerfeinden, und deshalb hassen sie auch die Frauen, die durch ihre Schönheit die Männer anziehen. Die Riten scheinen dazu bestimmt zu sein, in den Mädchen jedes erotische Gefühl zu töten. Ich hörte, daß die Priesterinnen während der Riten auch Orgien feiern.«

»Dann bleiben mir also nur noch zweieinhalb Tage«, murmelte Reith.

Die Karawane schlug einen Kurs ein, der parallel zur Hügelkette verlief. Die Vegetation war dürftig, und so hatte Reith reichlich Gelegenheit, mit seinem Scanskop die Landschaft zu untersuchen. Manchmal beobachtete er Kreaturen, die in den Schatten lauerten. Das konnten Phung oder Pnume sein.

Meistens galt jedoch seine Aufmerksamkeit dem Wagen der Priesterinnen. Bei Tag nahm er keine Bewegung, bei Nacht keinen Lichtschimmer wahr. Manchmal lief er in seiner Ungeduld ein Stück neben dem Wagen her.

Anacho versuchte ihn abzulenken. »Warum sorgst du dich so um dieses Mädchen?« fragte er. »Für die anderen Sklaven dieser Karawane hast du doch auch keinen Blick. Überall leben und sterben Menschen. Du scheinst die Opfer der Alten Khasch und ihrer Spiele zu vergessen, die menschenfressenden Nomaden, die ihre Menschenherden durch das Kislovangebirge treiben, die Dirdir und Dirdirmenschen, die in den Verliesen der Blauen Khasch schmachten. Dich fasziniert Mottenstaub, ein einziges Mädchen, ein einziges Geschick!«

»Ein Mann kann doch nicht alles tun«, wehrte Reith diesen Vorwurf mit einem gezwungenen Lächeln ab. »Ich werde aber damit anfangen und das Mädchen vor diesen Riten retten – wenn ich kann.«

Auch Traz protestierte. »Was ist mit deinem Raumboot? Hast du es schon abgeschrieben? Wenn du dich mit den Priesterinnen anlegst, werden sie dich töten oder entmannen.« Reith nickte geduldig dazu, ließ sich aber nicht überzeugen.

Gegen Ende des zweiten Tages wurden die Hügel steiler und steiniger, und am Abend kam die Karawane nach Zadno. Das war nur eine kleine Karawanserei und lag am Rande einer Klippe. Dort nahm man Kristalle und Malachit auf. Baojian stellte die Wagen unter den Klippen auf, und die Kanonen waren wieder auf die Steppe gerichtet. Reith kam wieder einmal am Wagenhaus der Priesterinnen vorbei, als er von innen ein leises Jammern vernahm, so etwa, als habe jemand einen schweren Traum. Traz griff nach seinem Arm. »Verstehst du denn nicht, daß man dich nie aus den Augen läßt?« sagte er. »Der Karawanenmeister befahl dir, keine Unruhe zu stiften.«

Reith fletschte die Zähne wie ein Wolf. »Und ob ich Unruhe stiften werde! Aber ich warne dich, misch dich nicht ein. Geh deiner Wege, egal was ich tue und was mit mir geschieht.«

»Das glaubst du wohl selbst nicht«, erwiderte Traz zornig. »Meinst du, ich schaue weg? Sind wir nicht Kameraden?« Und dabei blieb er auch.

Reith ging ein Stück in die Steppe hinaus. Allmählich wurde die Zeit knapp. Er mußte handeln; aber wann? Während der Nacht? Oder unterwegs zur Straßengabelung Fasm, nachdem die Priesterinnen die Karawane verlassen hatten? Nein, jetzt konnte aus einer übereilten Tat nur Unglück entstehen, und die Priesterinnen würden auch morgen auf der Hut sein und Wache halten.

Was konnte er tun, wenn die Priesterinnen in Fasm die Karawane verlassen hatten? Das wußte er nicht. Sicher würden sie alles tun, um sich auch dann gegen ihn abzusichern.

Aus der Dämmerung wurde Nacht. Von der Steppe her kamen drohende Laute. Reith ging zu seiner Schlafstelle und legte sich in die Hängematte. Schlafen konnte er jedoch nicht, wollte es auch kaum. Er sprang auf.

Die Monde standen am Himmel. Az hing ziemlich tief im Westen und verschwand wenig später hinter einer Klippe. Braz warf vom Osten aus ein gespenstisches Licht über die Landschaft. Das Depot war fast ganz dunkel, denn hier gab es keinen Gastraum. Im Wagenhaus der Priesterinnen flackerte ein kleines Licht. Die Bewohnerinnen schienen aktiver zu sein als gewöhnlich. Plötzlich erlosch auch dieses Licht. Es herrschte tiefste Finsternis.

Reith schlich um den Wagen herum. War da nicht ein Geräusch? Er blieb stehen und lauschte. Wieder dieses Geräusch, etwa wie das Mahlen von Rädern. Reith rannte, dann blieb er stehen, denn er hörte leise Stimmen. Ein tiefschwarzer Schatten hob sich von der Nachtschwärze ab. Er machte eine heftige Bewegung. Jemand holte aus und schlug auf Reiths Kopf ein. Sterne tanzten vor seinen Augen und in seinem Gehirn. Die Welt drehte sich um ihn ...

Er wachte vom gleichen Geräusch auf, das er vorher gehört hatte. Man hatte ihn also niedergeschlagen und mißhandelt. Er konnte weder Arme noch Beine bewegen, denn man hatte ihn gefesselt. Er lag auf einer harten Unterlage und wurde heftig durchgeschüttelt. Es war das Ladedeck eines kleinen Wagens, wie er feststellte. Über ihm war der Nachthimmel, neben ihm türmten sich Ballen und Pakete. Der Wagen holperte über eine schlechte Straße. Reith versuchte mit aller Kraft, seine Arme zu bewegen, doch dies bereitete ihm nur Schmerzen. Er biß die Zähne zusammen. Von vorn hörte er eine leise geführte Unterhaltung. Jemand schaute zu ihm zurück, und er blieb bewegungslos liegen. Der dunkle Schatten verschwand. Sicher waren es Priesterinnen. Warum hatte man ihn gefesselt und nicht sofort getötet?

Reith glaubte es zu wissen. Wenn er sich gegen die Fesseln stemmte, nützte es ihm nichts. Jemand hatte ihn in allergrößter Eile gefesselt. Das Schwert hatte man ihm abgenommen, aber am Gürtel hatte er noch seine Tasche.

Der Wagen tat einen rumpelnden Satz. Reith wurde herumgeschleudert, und es gab ihm eine Idee ein. Er rutschte so weit herum, wie es seine Fesseln erlaubten, so daß er schließlich am Rand des Wagens lag. Er schwitzte vor Angst, daß jemand es bemerken könnte. Dann tat der Wagen wieder einen Satz, und Reith fiel herab. Der Wagen rumpelte in der Dunkelheit weiter. Die paar Beulen, die er sich beim Sturz zugezogen hatte, machten ihm nichts aus. Er wälzte sich so lange weiter, bis er einen steinigen Hang hinabrollte und schließlich im Schatten lag. Dort blieb er eine Weile liegen, weil er fürchtete, man könnte seinen Sturz vom Wagen bemerkt haben. Schließlich verklangen die Wagengeräusche. Die Nacht war sehr still, nur ein leichter Wind war aufgekommen.

Endlich kam er auf die Knie. Er fand einen scharfkantigen Stein, an dem er seine Fesseln wetzte. Es war ein hartes Stück Arbeit, und seine Handgelenke begannen zu bluten. Der Kopf tat ihm entsetzlich weh. Ein Alptraumgefühl überkam ihn, und die Felsen um ihn herum schienen lebendig zu werden. Er schüttelte den Kopf, um die Gespenster aus seinem Geist zu vertreiben. Endlich war ein Strick gerissen. Seine Arme waren frei.

Er setzte sich und bewegte die schmerzenden Finger, dann befreite er seine Füße von den Fesseln. Taumelnd stand er dann auf und hielt sich an einem Felsen fest. Über dem höchsten Grad der Bergkette stand Braz und tauchte das Tal in ein blasses, geisterhaftes Licht. Reith quälte sich einen Hang hinauf und gelangte endlich auf die Straße. Hinter ihm lag Zadnos Depot, vor ihm rollte in unbekannter Entfernung der Wagen. Vielleicht hatten die Priesterinnen jetzt sein Verschwinden bemerkt. Sicher befand sich auf diesem Wagen auch Ylin-Ylan. Reith hastete hinkend hinterher. Von Baojian wußte er, daß die Straßengabelung von Fasm für die Karawane noch einen halben Tag entfernt war, und wie weit es von dort zum Seminar war, ahnte er nicht einmal. Dieser Weg durch die Berge schien jedenfalls kürzer zu sein.

Der Weg stieg an und führte zu einem Paß. Reith taumelte weiter. Er hatte keine Hoffnung den Wagen überholen zu können, der mit gleichbleibender Geschwindigkeit von achtbeinigen großen Tieren gezogen wurde. Er erreichte den Paß und ruhte dort ein wenig aus. Von dort fiel der Weg zu einer bewaldeten Hochebene ab, die Braz in ein diffuses Licht tauchte. Die Bäume waren wundervoll und seltsam, die weißen Stämme glichen Spiralen, die oft in die Spiralen des Nachbarbaumes griffen. Das Laub war lackschwarz, und jeder Baum endete in einer schwachglühenden Kugel. Aus dem Wald kamen merkwürdige Laute. Reith tastete nach seiner Energiewaffe und war froh um ihre tröstliche Sicherheit.

Braz sank in die Wälder, und ihm war, als begleite ihn ein schwacher Lichtschimmer. Er trottete und hinkte weiter. Eine riesige Kreatur glitt über ihm durch die Luft; sie hatte weiche Schwingen und einen winzigen Babykopf. Einmal glaubte Reith auch nicht allzufern Stimmen zu hören, doch als er lauschte, vernahm er nichts mehr. Schließlich bewegte er sich wie im Traum weiter durch eine Landschaft der Seele, und wie ein Traum kamen ihm auch seine eigenen Gedanken vor.

Die Straße stieg nun steil an und führte durch eine enge Schlucht. Früher einmal hatte eine Mauer diese Schlucht versperrt, doch jetzt war sie nur noch Ruine, nur ein hohes Portal stand noch, durch das die Straße führte. Reith blieb stehen, denn in seinem Gehirn prickelte es. Irgendwie war die Situation zu geheimnisvoll, sah zu unschuldig aus.

Reith warf einen Stein durch das Portal. Er verließ die Straße und drückte sich am Rand der Schlucht die Mauer entlang. Nach etwa dreißig Metern kehrte er zur Straße zurück. Er schaute zurück, aber wenn das Portal wirklich eine Gefahr bedeutet hatte, so war sie im Dunkel der Nacht nicht zu erkennen.

Vorsichtig ging er weiter und blieb alle paar Minuten lauschend stehen. Die Schlucht wurde breiter, der Himmel schien näher zu sein, und die Sterne über Tschai erhellten die grauen Felsen.

Glühte vor ihm nicht der Himmel? War da nicht Stimmengemurmel zu vernehmen? Reith rannte. Die Straße stieg an, wand sich um einen Felskopf, und da blieb Reith stehen, denn er erblickte eine Szene, die so seltsam und wild war wie der ganze Planet Tschai.

Das Seminar der Weiblichen Geheimnisse lag auf einer unregelmäßigen, von Klippen und Felsspitzen eingerahmten Ebene. In einem breiten Hohlweg stand ein hohes, vierstöckiges Steinhaus zwischen zwei Bergspitzen. Überall standen Schuppen und Holzstöße, Flechtzäune, Ställe, Heuraufen und Futtertröge. Direkt unter Reith schob sich eine Steinplatte aus dem Hügel, die von zweistöckigen Gebäuden eingerahmt war.

Es war eine große Feier. Dutzende von Feuerpfannen schickten rotes, violettes und orangefarbenes Licht über eine Gruppe von mindestens zweihundert Frauen, die sich halb tanzend, halb kriechend in einem Zustand höchster Ekstase bewegten. Sie trugen schwarze Hosen und schwarze Stiefel, waren aber sonst nackt. Sogar die Köpfe hatten sie geschoren, und viele hatten statt der Brüste nur grellrote Narben. Diese Frauen marschierten herum wie eine Truppe, und ihre Leiber glänzten ölig. Andere saßen auf Bänken und ruhten von ihrer Hysterie aus.

Unter der Plattform sah Reith eine Reihe niederer

Käfige, in denen sich Männer zusammenduckten. Sie waren nackt, und von ihnen stammte der Gesang, den Reith schon einmal von den Höhen gehört hatte. Sobald einer aufhörte, schoß aus dem Boden neben ihm eine Flamme, und sofort schrie er wieder so laut er konnte. Die Flammen wurden von einem Pult aus dirigiert, an dem eine schwarzgekleidete Frau saß. Sie leitete den ganzen dämonischen Aufruhr.

Wie sehr diese Frauen doch die Männer hassen mußten, überlegte Reith. In einem Käfig brach ein Sänger zusammen und wand sich in der Hitze der Flammen. Man zerrte ihn weg. Ein Sack aus transparenter Folie wurde ihm über den Kopf gezogen und am Hals zusammengebunden. So warf man ihn in einen Futtertrog und einen anderen Sänger in den Käfig, einen starken, jungen Mann, der vor Haß glühte. Er weigerte sich zu singen und ertrug lieber stumm die Flamme. Eine Priesterin blies ihm eine Rauchwolke ins Gesicht, und da sang er dann mit den anderen.

Ein Trupp bunt und grotesk bemalter Clowns erschien auf der Bühne, alle ungeheuer mager und mit weißgebleichter Haut und tiefschwarz bemalten Brauen. Mit bizarren Sprüngen zogen sie an den Priesterinnen vorbei, die vor Vergnügen tobten. Danach erschien ein Mime mit einem langen Zopf blonder Haare, einer Maske mit übergroßen Augen und einem lächelnd roten Mund. Er sollte eine schöne Frau darstellen. Und Reith dachte: Sie hassen ja nicht nur die Männer, sondern auch die Liebe, die Jugend und Schönheit!

Im Hintergrund der Bühne schob sich nun ein Vorhang zur Seite, und ein nackter, völlig behaarter Kretin versuchte in einen Käfig aus dünnen Glasstäben einzubrechen, doch er fand die Öffnung nicht. Im Käfig kauerte ein Mädchen in einem hauchdünnen Gewand – die Blume von Cath.

Der Mime beendete seine komische Vorstellung, die Sänger stimmten eine neue, leise Meledie an, und die Priesterinnen drängten sich um die Plattform und feuerten den Kretin zu größeren Anstrengungen an.

Reith hatte seinen Beobachtungsplatz schon verlassen, hielt sich in den Schatten und gelangte zur Rückseite der Plattform.

In einer Hütte ruhte der Clown aus, zwölf junge Männer drängten sich in einem Pferch zusammen und wurden von einer weißhaarigen Alten bewacht, deren Flinte größer war als sie selbst.

Von der Bühne her war Jubelgeschrei zu hören. Dem Kretin war es endlich gelungen, den Käfig zu öffnen. Reith vergaß alle angeborene und anerzogene Höflichkeit den Frauen gegenüber, versetzte der Alten einen kräftigen Schlag, rannte den Pferch entlang und öffnete die Tür. »Nehmt die Flinte und befreit die Sänger!« rief er den jungen Männern zu, und sie drängten hinaus.

Mit ein paar Sätzen stand er auf der Bühne, zielte und schickte dem Kretin eine Explosivnadel in den breiten Rücken, als er gerade das Schleiergewand des Mädchens zerfetzte. Der Idiot hob sich auf die Zehenspitzen, drehte sich einmal um sich selbst und fiel tot in sich zusammen. Ylin-Ylan, die Blume von Cath, sah sich halb betäubt um und erblickte Reith. Er winkte ihr zu, und sie taumelte aus dem Käfig und quer über die Bühne.

Die Priesterinnen kreischten vor Wut, dann vor Angst, denn die befreiten jungen Männer kamen nun mit der Flinte auf die Bühne und schossen immer wieder in die Menge. Andere befreiten die Sänger. Der junge, zuletzt in den Käfig gesperrte Sänger ging auf die Frau am Pult los, zerrte sie zu einem leeren Käfig und sperrte sie dort ein. Dann kehrte er zum Pult zurück, drückte auf den Feuerknopf, und die Priesterin sang und jammerte in den höchsten Tönen. Ein anderer packte eine Fackel und warf sie in einen Schuppen. Andere begannen mit Stöcken und Keulen auf die Feiernden einzudreschen.

Reith führte das schluchzende Mädchen zum Rand der Ebene, riß irgendwem einen Umhang von den Schultern und legte ihn der Blume von Cath um. Eine der Priesterinnen versuchte ihn zu erstechen, doch Reith stieß sie und noch ein paar andere zu Boden. Aus dem Stall raste ein mit vier Priesterinnen besetzter Wagen heraus. Eine davon war die Große Mutter. Ein Mann sprang auf den Wagen und versuchte sie mit bloßen Händen zu erwürgen, doch sie ergriff ihn und schleuderte ihn mit ihren dicken Armen auf das Wagendeck, um ihm den Kopf zu zertrampeln. Reith sprang hinzu und versetzte ihr einen so heftigen Stoß, daß sie vom Wagen stürzte, und nun schrien die anderen drei Frauen vor Angst um ihr Leben.

Vier junge Männer, die wie Bären brüllten, umstanden die Große Mutter. Reith warf die anderen Priesterinnen vom Wagen, hob das Mädchen hinauf und raste die Oststraße entlang zur Gabelung von Fasm. Ylin-Ylan lehnte sich erschöpft und apathisch an ihn. Reith fühlte sich ausgepumpt und kauerte auf seinem Sitz. Der Himmel hinter ihm rötete sich, und Flammen züngelten in den schwarzen Nachthimmel.

6. Kapitel

Eine Stunde nach Tagesanbruch erreichten sie die Straßengabelung. Es war eine sehr kleine Karawanserei, die nur aus drei schäbigen Ziegelgebäuden am Rand der Steppe bestand. Sie hatten nur winzige, mit Holz eingerahmte Fenster. Die Tür war verschlossen. Reith hielt den Wagen an, rief und schlug an die Tür – nichts. Die beiden waren sehr erschöpft und richteten sich darauf ein, den Rest der Nacht im Wagen zu verbringen.

Aber vorher sah Reith noch nach, was alles im Wagen vorhanden war. Er fand zwei kleine Ledertaschen, die Sequinen enthielten. Es waren so viele, daß Reith ihren Wert nicht einmal abschätzen konnte.

»Nun haben wir den Reichtum der Priesterinnen«, sagte Reith zur Blume von Cath. »Ich denke, das reicht, um dir eine sichere Passage in die Heimat zu kaufen.«

»Du würdest mir also Geld geben, damit ich gut nach Hause komme und gar nichts dafür haben wollen?« fragte das Mädchen verwirrt.

»Ich würde nichts verlangen«, antwortete Reith und seufzte.

»Der Dirdirmann scheint also mit seinen Scherzen recht zu behalten, daß du von einem anderen Stern kommst«, sagte sie und wandte sich von ihm ab.

Reith lächelte traurig und schaute auf die Steppe hinaus. Angenommen, er wäre in der Lage, zur Erde zurückzukehren – wäre er dann damit zufrieden, dort zu bleiben, um in der Heimat sein Leben zu Ende zu leben, ohne jemals wieder nach Tschai zu kommen? Nein, vielleicht nicht, überlegte er. Konnte man schon die offizielle Haltung der Erde in diesem Fall nicht voraussagen, so traf das doch viel weniger auf ihn zu. Konnte er zulassen, daß die Khasch, die Dirdir und die Wankh weiterhin Menschen ausbeuteten und versklavten? Schon allein der Gedanke war eine persönliche Kränkung für ihn.

»Was hält dein Volk von den Dirdirmenschen, den Khaschmenschen und den anderen?« fragte er Ylin-Ylan ein wenig geistesabwesend.

Sie schien von seiner Frage erstaunt zu sein und runzelte die Brauen.

»Was soll es schon von ihnen halten? Es gibt sie eben. Wenn sie uns in Ruhe lassen, übersehen wir sie. Warum

erwähnst du die Dirdirmenschen? Wir sprechen doch von dir und mir!«

Reith sah sie prüfend an, holte tief Atem und rutschte ein wenig näher an sie heran, doch in diesem Augenblick öffnete sich die Tür der Karawanserei, und ein Mann schaute heraus. Er war mehr als stämmig, hatte ausnehmend dicke Beine und lange Arme. Im Gesicht hatte er eine riesige, schiefe Nase; Haut und Haar waren bleichfarben. Offensichtlich war er ein Grauer.

»Wer seid ihr? Das ist doch ein Wagen des Seminars. Vergangene Nacht sah ich Feuer am Himmel. War das bei den Riten? Die Priesterinnen sind bei den Riten die reinsten Gespenster.«

Reith gab ihm eine ausweichende Antwort und fuhr den Wagen in den Hof.

Zum Frühstück hatten sie Tee, gekochte Kräuter und hartes Brot. Danach kehrten sie zum Wagen zurück, um dort die Ankunft der Karawane abzuwarten. Die Stimmung des frühen Morgens war verflogen; beide fühlten sich ungeheuer müde und schwiegen. Reith überließ Ylin-Ylan das primitive Bett im Wagen und machte es sich auf dem Sitz so bequem wie möglich. Beide schliefen ein.

Erst um die Mittagszeit kam die Karawane in Sicht. Der einzige noch verbleibende Ilanth-Pfadfinder kam zusammen mit einem rundgesichtigen, verdrossen dreinschauenden Jugendlichen, der vom Kanonenwart zum Pfadfinder befördert worden war, einige Zeit vor der Karawane zum Depot; sie drehten aber sofort ihre Springpferde wieder um und jagten zur Karawane zurück.

Dann schaukelten die hochbeladenen Wagen heran. Die Fahrer hatten sich in riesige Mäntel gewickelt und die mageren Gesichter in die Kragen vergraben. Viele

Passagiere saßen schon vor ihren Schlafzellen. Traz begrüßte Reith voll Freude, und Anacho, der Dirdirmann, winkte überlegen mit den Fingern, was alles mögliche bedeuten konnte.

»Wir dachten schon, du seist entführt oder gar getötet worden«, sagte Traz zu Reith. »Wir durchforschten die Hügel und ritten weit in die Steppe hinaus, fanden jedoch nichts. Heute wollten wir das Seminar nach dir absuchen.«

»Wir?« fragte Reith erstaunt.

»Ja. Der Dirdirmann und ich. Er ist gar nicht so übel.«

»Das Seminar gibt es nicht mehr«, sagte Reith.

Baojian erschien und schien verblüfft, als er Reith und Ylin-Ylan sah, stellte jedoch keine Fragen. Reith hatte schon längst vermutet, daß der Karawanenführer den Priesterinnen geholfen hatte und erzählte ihm daher nichts. Baojian wies ihnen ein Abteil zu und nahm den Wagen der Priesterinnen als Entgelt für die Passage nach Pera an.

Im Depot wurden Waren abgeladen und andere angenommen und die Karawane machte sich auf den Weiterweg nach Nordosten.

Tage vergingen; gemütlich zockelten sie über die Steppe. Einmal fuhren sie lange Zeit am Ufer eines großen, seichten Sees mit Brackwasser entlang, dann querten sie vorsichtig eine Marsch, die stellenweise dicht mit Binsen und weißem Schilf bewachsen war. Der Pfadfinder entdeckte einen von den zwergenhaften Marschmännern gelegten Hinterhalt, die sofort in das dichte Schilf flohen, ehe die Kanonen Tod und Verderben spien.

Dreimal flogen Dirdir-Flugboote längere Zeit niedrig über der Karawane mit, und da hielt sich Anacho in seinem Abteil verborgen. Einmal schwebte auch ein Luftfloß der Blauen Khasch über sie hinweg.

Reith hätte die Reise sicher genossen, wenn er nicht immer an sein Raumboot gedacht hätte. Auch Ylin-Ylan, die Blume von Cath, war ein Problem. Von Pera aus wollte die Karawane nach Coad am Dwan Zher zurückkehren, wo das Mädchen ein Schiff nach Cath besteigen konnte. Reith nahm an, daß dies auch ihren Wünschen entsprach, obwohl sie nicht darüber sprach und sich sogar ihm gegenüber recht kühl benahm.

Und so kroch die Karawane unter dem schieferfarbenen Himmel weiter nach Norden. Zweimal erlebten sie schwere Nachmittagsgewitter, aber sonst war das Wetter immer gleich.

Einmal durchfuhren sie einen riesigen, dunklen Wald, und am nächsten Tag folgten sie einem uralten Damm durch einen Morast, der mit Blasenpflanzen dicht bewachsen war. Merkwürdig, die Insekten waren kaum von diesen Pflanzen zu unterscheiden. Es gab noch andere faszinierende Kreaturen wie flügellose, froschgroße Tiere, die sich mit einer heftigen Vibration ihres fächerartigen Schwanzes durch die Luft schossen, oder Tiere, die teils Fledermäusen, teils Spinnen glichen, sich mit Spinnfäden an Zweige klammerten und auf Fledermausflügeln dahinschwebten.

Im Depot der Windberge trafen sie auf eine Karawane, die nach Malagash zog, das südlich hinter den Bergen am Golf von Hedajha lag. Zweimal wurden kleine Banden von Grünen Khasch gesichtet, die aber nicht angriffen. Der Karawanenmeister erklärte ihnen, es handele sich um Paarungsgruppen, die zu ihrem Fruchtbarkeitsgebiet unterwegs seien. Einmal wartete ein Trupp Nomaden und ließ sie an sich vorbeiziehen; es waren große Männer und Frauen mit blau gemalten Gesichtern. Traz sagte, das seien Kannibalen, und die Frauen kämpften mit den Männern Seite an Seite. Zweimal kam die Karawane auch an Ruinenstädten vorbei. Einmal bog sie nach Süden ab, um Aromastoffe, Essenzen und Amphirholz in eine Stadt der Alten Khasch zu liefern, die Reith besonders interessant fand.

Zahllose weiße Kuppeln schimmerten durch das Laub, und überall sah man wundervolle Gärten. Große, gelbgrüne Bäume strömten einen erfrischenden Duft aus; sie glichen Pappeln und hießen Adarak. Sie wurden, wie Reith erfuhr, von den Alten und den Blauen Khasch eigens kultiviert, da sie die Luft reinigten und ihr eine besondere Klarheit verliehen.

Die Karawane hielt auf einem ovalen Grasplatz, und Baojian rief sofort alle Reisenden zusammen. »Das hier ist Golsse, eine alte Khasch-Stadt. Bleibt immer in unmittelbarer Nähe dieses Platzes, sonst fallt ihr den Tricks der Khaschleute zum Opfer. Entweder ihr verlauft euch in einem Irrgarten, oder man besprüht euch mit Essenzen, die euch dazu verdammen, wochenlang einen ekelhaften Geruch auszuströmen. Wenn sie besonders humorvoll sein wollen, können ihre Tricks sehr grausam oder sogar tödlich sein. Einmal haben sie einen meiner Fahrer mit einer Essenz betäubt und ihm ein neues Gesicht mit einem langen, grauen Bart verpaßt.

Verlaßt also unter gar keinen Umständen diesen ovalen Platz, auch wenn euch die Khasch dazu auffordern. Sie sind ohne Mitleid und denken nur an ihre Düfte, Essenzen und schlechten Streiche. Ich warne euch also: Geht in keinen ihrer Gärten, und mögen sie noch so zauberhaft sein, und wenn euch euer Leben lieb ist, dann geht auf gar keinen Fall in eine ihrer Kuppeln.«

Die Güter wurden von etlichen mageren Khaschmännern auf die niedrigen Motorwagen umgeladen; diese Leute waren kleiner und vielleicht nicht so entwickelt wie die Blauen Khaschmenschen, die Reith bisher gesehen hatte. Sie gingen leicht gebückt, hatten graue, verrunzelte Gesichter, eine wuchtige Stirn und einen kleinen Mund über einem höchstens angedeuteten Kinn. Genau wie die Blauen Khaschmenschen trugen sie falsche Haare, die bis zu den Augen reichten und in spitz zulaufenden Scheiteln endeten. Immer schienen sie es eilig zu haben; sie hatten nur Augen für ihre Arbeit und sprachen niemals mit dem Karawanenpersonal.

Einmal erschienen vier Alte Khasch. Als Reith sie sah, fühlte er sich an riesige Silberfische erinnert, die groteskerweise mit halbmenschlichen Armen und Beinen ausgestattet waren. Ihre Haut glich elfenbeinfarbener Seide und war kaum geschuppt. Sie erschienen fast zerbrechlich und hatten sehr lebendige und ständig herumhuschende Augen, die kleinen Silberplättchen glichen. Reith fand sie faszinierend; sie fühlten seinen Blick und schauten dorthin, wo er saß. Sie nickten und winkten ihm sogar zu, und Reith erwiderte diese Geste freundlich. Dann gingen sie weiter.

Baojian hielt sich in Golsse nicht länger als nötig auf. Als er seine Wagen mit Drogen und Tinkturen, Spitzen und getrockneten Früchten beladen hatte, zog er weiter nach Norden. Er verbrachte lieber die Nacht auf der offenen Steppe, statt sich den Streichen der Alten Khasch auszusetzen.

Die Steppe war leeres Grasland und flach wie eine Tischplatte. Reith erspähte durch sein Scanskop eine große Bande Grüner Khasch noch vor den Pfadfindern. Das meldete er Baojian, der sofort die Karawane zu einem Verteidigungsring aufstellte. Die Grünen Khasch stürmten auf ihren schnellen Tieren heran, und an ihren Lanzen flatterten schwarzgelbe Kriegsfähnchen. »Sie kommen gerade aus dem Norden«, erklärte Traz. »Dort leben sie von Fuchsfischen und Angbut. Davon wird ihr Blut dick, und sie werden bösartig. Wenn also die schwarzgelbe Fahne an ihren Lanzen weht, weicht man ihnen besser in großem Bogen aus.«

Aber die Grünen Krieger belästigten die Karawane nicht, und Reith konnte sie ganz gut beobachten. Sie waren anders als die Alten Khasch, etwa zwei Meter hoch, massiv, und mit dicken Armen und Beinen ausgestattet. Ihre Schuppen schimmerten metallisch grün, ihre Gesichter waren klein, düster und häßlich. Sie trugen große Lederschürzen und Schulterharnische, an denen Schwerter, Kampfäxte und Katapulte hingen. Reith hatte kein Bedürfnis, mit ihnen in einen Kampf verwickelt zu werden.

Als die Grünen Khasch weitergeritten waren, setzte die Karawane ihren Weg fort.

Traz wunderte sich über die Friedfertigkeit der Grünen und meinte, sie hätten es vielleicht vorgezogen, ihnen eine Falle zu stellen, und das vermutete auch Baojian. Also waren sie in den nächsten Tagen ganz besonders wachsam.

Endlich lag Pera vor ihnen, das Ziel der Reise. Reiths Funkgerät bezeichnete als Standort des Brudergerätes einen Abschnitt, der etwa sechzig Meilen westlich lag. Vom Karawanenmeister erfuhr er, daß dort die Stadt Dadiche der Blauen Khasch lag. »Aber die hältst du dir besser vom Leib«, riet ihm der, »denn sie sind eine verrückte Bande, raffiniert wie die Alten Khasch und wild wie die Grünen.«

»Treiben sie denn keinen Handel mit Menschen?«

»Sehr viel sogar. Pera ist Umschlagplatz für den Handel mit den Blauen Khasch, doch nur die Kaste der Fuhrleute darf nach Dadiche hinein. Von allen Khasch sind mir die Blauen am meisten zuwider, aber auch die Alten Khasch sind ein unfreundliches, boshaftes Volk.«

»In Pera wirst du wohl sofort umkehren und nach Coad zurückreisen?«

»Innerhalb von drei Tagen.«

»Dann wird wohl die Prinzessin Ylin-Ylan mit dir reisen und ein Schiff nach Cath nehmen.«

»Kann sie denn bezahlen?«

»Natürlich.«

»Dann geht es schon in Ordnung. Und du? Willst du nicht auch nach Cath?«

»Nein. Vielleicht bleibe ich eine Weile in Pera.«

Baojian schüttelte zweifelnd den Kopf. »Die Goldenen Yao von Cath sind ja ein sehr achtbares Volk, aber auf Tschai läßt sich nichts vorhersagen – außer Ärger. Ein Wunder, daß uns die Grünen Khasch nicht angegriffen haben. Allmählich beginne ich zu hoffen, daß wir ohne Zwischenfall nach Pera kommen.«

Aber dem war nicht so, denn die Grünen Khasch sprengten aus dem Osten heran. Gleichzeitig brach der Sturm los. Blitze tauchten die Steppe in gespenstisches Licht, und vom Süden her schob sich ein Regenteppich über das Land.

Baojian ließ die Wagen sofort in die kreisförmige Verteidigungsstellung gehen, da ihm Pera auch nicht sicher genug war. Sie wurden damit gerade noch rechtzeitig fertig, denn wenig später stürmten sie, geduckt auf ihren riesigen Tieren hockend, auf den Wagenring los.

Die Kanonen der Karawane gurgelten und rülpsten nicht einmal so laut, daß man sie im Regen hätte hören können, und der krachende Donner nahm ihnen vollends die Wirkung. Nur ein paar der Angreifer wurden von den Sandstrahlern getötet, andere, die von ihren Tieren stürzten, wurden zertrampelt, und bald herrschte größte Verwirrung. Die Kanoniere taten, was ihnen möglich war, um noch zu dieser Verwirrung beizutragen.

Nun fielen die Grünen Khasch doch schneller, als sie nachrücken konnten, und deshalb änderten sie ihre Taktik. Jene, die ihre Springpferde verloren hatten, duckten sich hinter deren Kadaver und schossen mit Katapulten. Der erste Pfeilregen tötete drei Kanoniere. Die noch berittenen Krieger griffen erneut an in der Hoffnung, den Verteidigungsring aufbrechen zu können, doch sie wurden zurückgeworfen, denn die verwaisten Kanonen waren mit Wagenfahrern besetzt worden, von denen wieder ein paar fielen, als die Grünen zum nächsten Angriff antraten.

Nach dem dritten Angriff waren viele von den Grünen Khasch tot, und auf dem Boden wälzten sich nicht nur schwerverwundete Reiter, sondern auch verletzte Tiere, und erdrückten die Verwundeten. Trotzdem waren sie noch immer in der Überzahl.

Am Ausgang des Kampfes ließ sich trotz größter Tapferkeit der Verteidiger nicht mehr zweifeln. Nun nahm Reith die Hand der Blume von Cath und winkte Traz heran. Die drei schlossen sich einer Gruppe verängstigter Flüchtlinge an, die sich mit einigen Barackenwagen, deren Fahrern und etlichen überlebenden Kanonieren nach Pera aufmachten. Die Karawane wurde aufgegeben.

Nun verfolgten die Grünen Khasch unter ohrenbetäubendem Geschrei die Flüchtlinge. Ein flammenäugiger Krieger sprang Reith an, dann Ylin-Ylan und auch Traz. Reith hatte seine Pistole zwar schußbereit, wollte aber mit der kostbaren Munition sparsam umgehen und duckte sich, um einem gewaltigen Schwertstreich auszuweichen. Das Springpferd rutschte auf dem nassen Gras aus und stürzte, so daß der Reiter in hohem Bogen aus dem Sattel flog. Reith rannte ihm nach, hob seinen Emblemschild hoch und hackte auf den dicken Hals des Gestürzten ein. Der Krieger schlug um sich, bis er starb. Die drei Flüchtlinge kämpften sich im strömenden Regen nach Pera durch.

Endlich erreichten sie tropfnaß die ersten Ruinen dieser Stadt, stellten sich unter ein Betondach und froren entsetzlich. Aber hier fühlten sie sich doch etwas sicherer vor den Grünen Khasch. »Wenigstens sind wir in Pera«, sagte Traz philosophisch, »und dorthin wollten wir ja.«

»Lebend, wenn auch nicht mit Ruhm bedeckt«, meinte Reith dazu.

Reith nahm nun sein Funkgerät aus der Tasche und prüfte den Indikator nach. »Er zeigt auf Dadiche«, stellte er fest. »Zwanzig Meilen von hier. Also gehe ich dorthin.«

Traz schniefte. »Dort werden dir die Blauen Khasch übel mitspielen.«

Das Mädchen aus Cath lehnte sich an die Wand, schlug die Hände vor das Gesicht und weinte bitterlich. Das war neu für Reith, und er klopfte ihr tröstend auf den Rücken. »Was ist denn los, außer daß dich friert, daß du naß, hungrig und erschreckt bist?« fragte er.

»Ich komme nie nach Cath, ich weiß es, ich weiß es«, jammerte sie.

»Natürlich kommst du nach Cath. Es gibt doch noch andere Karawanen.«

Überzeugen ließ sie sich davon zwar nicht, aber sie hörte wenigstens zu schluchzen auf. Der Regen ließ jetzt ein wenig nach, das Gewitter verzog sich nach Osten, und das Rumpeln des Donners hörte sich nicht mehr so bedrohlich an. Wenig später brachen die Wolken auf, und die Sonne schien durch den Regen auf nasse Pfützen. Die drei verließen, noch immer klatschnaß, ihr Schutzdach und stießen fast mit einem kleinen Mann in einem langen, alten Ledermantel zusammen, der ein Bündel Reisig trug, das er vor Schreck fallen ließ. Hastig griff er danach, um gleich davonrennen zu können, doch Reith hielt ihn am Mantel fest. »Warte doch! Warum hast du's so eilig? Sag uns nur, wo wir Obdach und etwas zu essen bekommen können.«

Der Mann war sichtlich erleichtert, sah von einem zum

anderen und entzog Reith voll großer Würde seinen Mantel. »Unterkunft und Essen? Das ist nicht einfach und nur mit Fürsprache zu bekommen. Könnt ihr bezahlen?«

»Ja, wir können bezahlen.«

Der Mann überlegte. »Nun, ich habe eine behagliche Wohnung mit drei Räumen.« Dann schüttelte er den Kopf. »Nein, ihr geht doch besser ins Gasthaus zur Toten Steppe. Wenn ich euch beherberge, nehmen mir die Schnapper doch nur meinen Profit ab, und ich hätte gar nichts.«

»Ist dieses Gasthaus das beste von Pera?«

»Ja, ein feines Hotel. Die Schnapper werden euren Reichtum abschätzen, aber das müssen wir uns eben für unsere Sicherheit gefallen lassen. In Pera darf niemand rauben, außer Naga Goho und den Schnappern. Das ist so etwas wie ein Gesetz. Was wäre wohl, wenn jeder eine Lizenz bekommen könnte?«

»Dann ist also Naga Goho der Herrscher von Pera?«

»So könnte man auch sagen.« Er deutete auf eine Ansammlung massiver Gebäude im Herzen der Stadt. »Das dort ist sein Palast, auf der Zitadelle. Dort wohnt er mit seinen Schnappern. Ich will jedoch nicht mehr sagen. Sie haben schließlich die Phung nach Nord-Pera verdrängt. Mit Dadiche treiben wir Handel, und Banditen meiden die Stadt. Es könnte schlechter sein.«

»Ah, ich verstehe«, sagte Reith. »Und wo ist das Gasthaus?«

»Dort drüben, am Fuß des Hügels. Dort ist auch das Ende der Karawanenstraße.«

7. Kapitel

Das Gasthaus zur Toten Steppe war das grandioseste Gebäude, das Reith je in einer Ruinenstadt gesehen hatte, ein langer Bau mit einem reichgegliederten Giebeldach, der sich an den Zentralhügel von Pera lehnte. Wie in allen Gasthäusern auf Tschai gab es auch hier einen riesigen Gastraum. Hier gab es statt der sonst üblichen rohen Tische und groben Holzbänke reichgeschnitzte und gepolsterte Stühle aus schwarzem, glänzendem Holz. Drei Kronleuchter aus geschwärztem Eisen und buntem Glas erhellten den Raum. An den Wänden hingen zahlreiche uralte Terrakottamasken, die Nachbildungen von Gesichtern eines halbmenschlichen Volkes.

Viele Karawanenflüchtlinge drängten zu den Tischen, und in der Luft hing würziger Essensgeruch. Allmählich kehrten Reiths Lebensgeister zurück. Hier gab es wenigstens Wärme, Gemütlichkeit und Stil.

Der Wirt war ein kleiner, dicker Mann mit einem sauber gestutzten roten Bart und vorquellenden rotbraunen Augen.

Seine Hände waren in unablässiger Bewegung, seine Füße schienen ständig rennen zu wollen. Als Reith nach einer Unterkunft fragte, rang er verzweifelt die Hände. »Habt ihr nicht gehört, daß die grünen Dämonen Baojians Karawane vernichtet haben? Hier sind die Überlebenden, und ich soll für alle Raum beschaffen. Nicht alle können bezahlen. Und du? Naga Goho hat angeordnet, daß ich auch sie aufnehmen muß.«

»Wir gehören auch zur Karawane«, erwiderte Reith, »aber wir können bezahlen.«

Jetzt wurde der Wirt optimistischer. »Ich sehe zu, daß ich euch einen Raum beschaffen kann, aber daraus müßt ihr dann selbst das Beste machen. Aber noch ein guter

Rat.« Er schaute über die Schulter. »In letzter Zeit gab es Veränderungen in Pera, also ist Vorsicht geraten.«

Die drei erhielten einen sauberen Raum zugewiesen, und wenig später wurden drei Strohsäcke gebracht. Trockene Kleider konnte das Gasthaus jedoch nicht liefern, und so kehrten sie in ihren nassen Sachen zum Gastraum zurück, wo Anacho, der Dirdirmann, vor einer Stunde angekommen war. Auch Baojian war da und starrte nachdenklich ins Kaminfeuer.

Zum Abendessen erhielten sie eine Schüssel mit Eintopf und hartes Brot. Während sie es verzehrten, betraten sieben große Männer den Raum und schauten sich um. Es ging ihnen offensichtlich gut, denn sie hatten viel Fleisch angesetzt, und ihre Gesichter waren gerötet. Sie trugen dunkelrote Kleidung, elegante schwarze Ledersandalen und knallbunte, mit allerhand Klinkern benähte Umhänge. Der siebente Mann hatte einen reichgestickten Mantel an und schien Naga Goho zu sein, die anderen waren also wohl seine Schnapper. Naga Goho war groß und mager und hatte einen merkwürdigen, großen Wolfskopf. Im Gastraum war es still geworden.

»Willkommen in Pera!« rief er. »Zum Glück haben wir eine ordentliche Stadt, wie Ihr selbst sehen werdet. Gesetze müssen hier streng befolgt werden. Wir erheben auch eine Aufenthaltssteuer. Kann jemand nicht bezahlen, muß er für die Allgemeinheit eine bestimmte Arbeit leisten. Gibt es irgendwelche Fragen oder Klagen?«

Er schaute sich um, doch niemand sprach. Die Schnapper gingen herum und sammelten Münzen ein. Widerwillig bezahlte Reith für sich, Traz und die Blume von Cath neun Sequinen. Niemand schien das für übertrieben zu halten. Es schien also auch hier selbstverständlich zu sein, daß man seinen Vorteil ausnützte.

Nun bemerkte Naga Gogo das schöne Mädchen, straffte die Schultern und zwirbelte seinen Schnurrbart.

Er winkte den Wirt heran. Die beiden flüsterten miteinander, und Naga Goho ließ die Blume von Cath nicht aus den Augen.

Der Wirt kam zu Reith und wisperte etwas in dessen Ohr. »Naga Goho hat die Frau bemerkt. Er möchte ihren Status wissen. Ist sie Sklavin, Tochter oder Frau?«

Reith warf Ylin-Ylan einen raschen Seitenblick zu und antwortete schlagfertig: »Ich bin ihr Begleiter, und sie steht unter meinem Schutz.«

Der Wirt zuckte die Achseln und kehrte zu Naga Goho zurück, der mit einer kurzen Geste antwortete. Dann verschwand er mit seinen Leuten.

Als sie sich in ihrem kleinen Raum befanden, zeigte sich die Blume von Cath sehr niedergeschlagen. Sie saß verzweifelt auf ihrem Strohsack. »Komm, sei doch wieder fröhlicher«, redete er ihr zu. »So schlimm ist es doch gar nicht.«

Sie schüttelte traurig den Kopf. »Ich bin unter Barbaren verloren. Ein Kiesel fiel in Tembaras Tiefen und wurde vergessen.«

»Unsinn«, schalt sie Reith. »Mit der nächsten Karawane, die Pera verläßt, wirst du nach Hause reisen.«

Ylin-Ylan ließ sich nicht trösten. »Zu Hause wird eine andere die Blume von Cath sein. Sie wird beim Bankett meine Blumen bekommen, und sie wird die anderen Mädchen auffordern, ihre Namen zu nennen. Ich werde nicht dort sein. Niemand wird mich fragen, niemand mehr meine Namen kennen.«

»Dann sag mir doch deine Namen«, bat Reith. »Ich höre sie gerne.«

Die Blume sah ihn an. »Meinst du das wirklich?«

»Gewiß«, versicherte ihr Reith.

Nun schaute sie Traz an, der gerade mit seinem Strohsack zu tun hatte. »Komm mit hinaus«, flüsterte sie in Reiths Ohr.

Reith folgte ihr zum Balkon. Sie schauten eine ganze Weile hinüber zur Ruinenstadt, und ihre Ellbogen berührten sich. Az hing zwischen dünnen Wolken hoch am Himmel. Unten brannte da und dort ein Licht, von irgendwoher erscholl schnarrender Gesang, vom dumpfen Ton einer Baumtrommel begleitet.

Das Mädchen sprach leise und hastig. »Meine Blume ist Ylin-Ylan und das ist, wie du ja weißt, mein Blumenname. Aber diesen Namen gebraucht man nur bei öffentlichen Anlässen und großen Festen.« Sie lehnte sich nun so an ihn, daß er ihren sauberen, süßen Duft in sich aufnahm.

»Hast du noch andere Namen?« fragte Reith leise.

»Ja.« Sie seufzte. »Warum hast du nicht schon längst danach gefragt? Du wußtest doch, daß ich sie dir sagen würde.«

»Nun, und welche Namen hast du sonst noch?« fragte er.

»Mein Hofname ist Shar Zarin.« Sie lehnte ihren Kopf an seine Schulter und schmiegte sich in seinen Arm. »Mein Kindername war Zozi, aber so rief mich nur mein Vater.«

»Blumenname, Hofname und Kindername ... welche Namen gibt es außerdem noch?«

»Meinen Freundesnamen, meinen Geheimnamen – und noch einen. Willst du meinen Freundesnamen hören? Wenn du ihn kennen willst, mußt du mir auch deinen nennen. Dann sind wir nämlich Freunde.«

»Natürlich.«

»Derl.«

Reith küßte ihr Gesicht. »Und ich heiße Adam.«

»Ist das dein Freundesname?«

»Ja, man könnte so sagen.«

»Und dein Geheimname?«

»Ich wüßte nicht, daß ich einen habe.«

Sie lachte nervös. »Vielleicht ist das auch gar nicht so wichtig, denn wenn du ihn mir sagtest, würde ich dein Geheimnis kennen, deine innerste Seele und dann ...« Atemlos blickte sie Reith an. »Du mußt doch einen Geheimnamen haben, den nur du kennst. Ich habe einen.«

Reith war von ihrer Nähe wie betrunken und vergaß alle Vorsicht. »Und wie ist dein Geheimname?«

Sie legte ihren Mund an sein Ohr. »L'lae. Sie ist eine Nymphe, die in den Wolken über dem Berg Daramthissa wohnt und den Sternengott Ktan liebt.« Hingebungsvoll lächelte sie ihn an, und Reith küßte sie leidenschaftlich. Sie seufzte. »Wenn wir allein sind, kannst du mich L'lae nennen, und ich sage Ktan zu dir. Das sind dann unsere Geheimnamen.«

»Wenn du meinst«, antwortete Reith lachend.

»Wir werden hier auf die nächste Karawane warten, die nach Coad zieht, dann kommen wir mit einem Schiff über den Draschade nach Vervode in Cath.«

Reith legte ihr eine Hand auf den Mund. »Ich muß nach Dadiche.«

»In die Stadt der Blauen Khasch? Aber warum denn nur?«

Reith sah zu den Sternen hinauf, als wolle er sich von dort Kraft holen. Was sollte er sagen? Erzählte er ihr die Wahrheit, dann hielt sie ihn für verrückt, obwohl ihre Vorfahren Signale zur Erde geschickt hatten.

Er zögerte, doch sie legte ihm die Hände auf die Schultern und sah zu ihm hinauf. »Ich kenne dich als Ktan, und du kennst mich als L'lae, dein Geist ist in meinem Geist, dein Wohl ist das meine. Was zieht dich nach Dadiche?«

Reith holte tief Atem. »Ich kam in einem Raumboot

nach Ktan. Die Blauen Khasch brachten mich fast um und verschleppten mein Raumboot nach Dadiche. Also muß ich es mir dort wiederholen.«

»Wo hast du gelernt, ein Raumboot zu fliegen? Du bist doch kein Dirdir- oder Wankhmann? Oder doch?«

»Nein, natürlich nicht. Man hat es mich gelehrt.«

»Welch ein Geheimnis ... Und was würdest du tun, wenn du dein Raumboot wieder finden könntest?«

»Zuerst würde ich dich nach Cath bringen. Und dann ... Ja, dann würde ich wohl in mein Heimatland zurückkehren.«

»Hast du dort eine Frau?«

»Nein, gewiß nicht.«

»Weiß dort jemand deinen Geheimnamen?«

»Ich hatte keinen, bevor du ihn mir gabst.«

Sie lehnte sich an das Geländer und starrte in die Nacht hinaus. »Wenn du nach Dadiche gehst, werden sie dich riechen und töten.«

»Mich riechen? Was meinst du damit?«

»Du bist ein Rätsel! Du weißt so viel und doch so wenig. Die Blauen Khasch riechen ebenso, wie wir sehen.«

»Trotzdem muß ich es versuchen.«

»Ich verstehe dich nicht. Ich habe dir meinen Geheimnamen gesagt und dir damit das gegeben, was für mich am kostbarsten ist. Aber du willst nicht einmal deine Pläne für mich ändern.«

Reith nahm sie in die Arme. »Ich muß nach Dadiche. Deinet- und meinetwegen.«

»Wieso meinetwegen? Um nach Cath zurückzukehren?«

»Das auch. Fühlst du dich so glücklich, wenn du von den Dirdir, den Khasch und Wankh beherrscht wirst, von den Pnume ganz zu schweigen?«

»Ich weiß es nicht... Ich habe noch nie darüber nachgedacht ... Sie behaupten von uns, wir seien alle nur Mißgeburten, aber König Hopsin erklärte, die Menschen seien von einem fernen Planeten gekommen. Er rief sie um Hilfe an, doch sie kamen nie. Das war vor hundertfünfzig Jahren.«

»Das ist eine lange Wartezeit«, sagte Reith und küßte sie, aber die Leidenschaft war verglüht.

»Ich weiß selbst nicht mehr, was ich fühle«, klagte sie. »Ich denke, ich gehe jetzt zu Bett.«

Reith hielt sie zurück. »Derl ... Wenn ich von Dadiche zurückkomme ...«

»Du wirst nie von Dadiche zurückkommen, denn die Blauen Khasch fangen dich für ihre Spiele ein ... Ich will jetzt schlafen und vergessen, daß ich lebe ...«

Reith blieb noch eine Weile auf dem Balkon. Morgen also: Dadiche.

Dort mußte er ja schließlich einmal seine Zukunft kennenlernen.

8. Kapitel

Mit sepiabraunem Licht kündigte sich der Morgen an, und bald danach ging die Sonne Carina 4269 auf. Aus der Küche kam Rauchgeruch. Reith ging hinab zum Gastraum, wo er Anacho schon über einem Krug Tee vorfand. Auch ihm brachte das Küchenmädchen Tee.

»Was weißt du von Dadiche?« fragte er Anacho.

»Die Stadt ist ziemlich alt, etwa zwanzigtausend Jahre. Sie hat den größten Raumhafen der Khasch, auch wenn sie wenig Verbindung mit ihrer Heimatwelt Godag haben. Südlich von Dadiche gibt es Fabriken und technische Werkstätten. Die Dirdir und Khasch treiben sogar ein wenig Handel miteinander, obwohl sie es nicht zugeben wollen. Aber was hast du in Dadiche zu suchen?«

Reith überlegte. Er gewann nichts, wenn er Anacho ins Vertrauen zog, denn er durchschaute ihn noch immer nicht. »Die Khasch«, antwortete er, »haben mir etwas sehr Wertvolles weggenommen, und ich möchte es mir zurückholen.«

»Interessant«, bemerkte Anacho. »Was können die Khasch einem Halbmenschen schon wegnehmen? Und wie willst du das Ding finden und wieder an dich bringen?«

»Finden kann ich es. Was dann geschieht, ist noch ein Problem.«

»Ich muß über dich staunen. Was willst du zuerst tun?«

»Ich brauche Informationen und will vor allem wissen, ob Leute wie du und ich ungehindert nach Dadiche hinein- und wieder herauskommen können.«

»Ich nicht«, erwiderte Anacho. »Mich als Dirdirmann riechen sie. Sie haben sehr feine Nasen. Die Nahrung, die du zu dir nimmst, verleiht deiner Haut einen bestimmten Geruch. So unterscheiden sich nicht nur die einzelnen Rassen, sondern auch Arme und Reiche, Gesunde und Kranke, Saubere und Unsaubere. Sie riechen sogar das Salz in den Lungen, wenn jemand am Meer war, sie riechen Ozon, kommt einer aus den Bergen. Sie wissen, wenn du hungrig, zornig oder ängstlich bist, sie riechen Alter, Geschlecht und Farbe deiner Haut. Sie erkennen dich durch die Nase.«

Anacho stand auf und ging zu einem Nachbartisch, an dem drei Männer saßen.

Er sprach eine Weile mit ihnen, doch sie gaben auf seine Fragen nur zurückhaltende Antworten. Anacho kehrte zu Reith zurück. »Diese Männer dort sind Viehtreiber. Sie besuchen Dadiche oft. Westlich von Pera, sagen sie, ist das Land sicher. Niemand wird uns belästigen, wenn die Straße ...«

»Uns? Willst du denn mitkommen?«

»Warum nicht? Ich habe Dadiche und seine herrlichen Gärten noch nie gesehen. Wir können uns Springpferde mieten und bis auf eine Meile an die Stadt heranreiten.«

»Gut«, antwortete Reith. »Erst muß ich aber noch mit Traz sprechen. Er kann das Mädchen begleiten.«

In einem Stall an der Rückseite des Gasthauses konnten sie Springpferde mieten, und am folgenden Morgen ritten sie los. Sie kamen ungehindert durch das Zentrum von Pera, wo viele Leute mitten in den Ruinen ihre Wohnungen gebaut hatten. Die Stadt mochte vier- oder fünftausend Einwohner haben, und oben in der Zitadelle wohnte Naga Goho mit seinen Schnappern.

Auf dem Hauptplatz sahen sie noch etwas Schreckliches: einige auf Pfähle gespießte Menschen. Am Arm eines Krans schwang ein Käfig, in dem eine nackte, sonnenbraune Kreatur kauerte, die kaum noch als Mensch zu erkennen war. Ein Schnapper lungerte dort herum, ein junger Mensch mit brauner Weste und knielangem, schwarzem Rock, der Uniform der Schnapper. Bei ihm erkundigte sich Reith nach dem Verbrechen, das dieser Mann begangen hatte.

»Er weigerte sich, als Naga Goho seine Tochter zum Dienst befahl. Jetzt muß er noch drei Tage hängenbleiben. Der Regen hat ihn erfrischt. Und diese dort« – er deutete auf die gepfählten Männer – »sind Säumige. Es gibt nämlich immer so schlechte Leute, die sich weigern, einen Teil ihres Reichtums an Naga Goho abzuführen.«

Das genügte Reith, und er ritt mit Anacho weiter. Niemals würde er wohl begreifen, was auf diesem grausamen Planeten Recht und Unrecht war. Er konnte jedoch nichts dagegen unternehmen. Wenn er sein Raumbont wieder an sich bringen und zur Erde zurückkehren konnte, müßte sich für die Menschen auf Tschai im Laufe der Zeit doch einiges verbessern lassen.

Außerhalb Peras waren Frauen und Mädchen auf Feldern beschäftigt; mit Nahrungsmitteln und Farmerzeugnissen hochbeladene Wagen waren nach Dadiche unterwegs.

Daß der Handel so lebhaft war, überraschte Reith.

Zehn Meilen weiter, direkt unter einer Hügelkette, war eine Straßensperre, an der die Schnapper von den Fuhrleuten eine Maut verlangten. Reith und Anacho mußten je eine Sequine bezahlen.

Wenig später hatten sie vor sich eine liebliche Landschaft mit zahlreichen Wasserläufen, die durch unzählige Teiche und Seen flossen. Es gab über hundert verschiedene Bäume, föhrenähnliche Gewächse, andere mit Blättern, die wie rote Federwedel aussahen, wieder andere mit schwarzen Stämmen und Ästen, an denen weiße Kugeln hingen, und vor allem waren da viele Adarakwälder. Das ganze Land war ein einziger sorgfältig gepflegter Garten.

Unter ihnen lag Dadiche. Die Stadt bestand aus niederen, flachen Kuppeln, und weitgeschwungene Dächer versteckten sich unter dichtem Laub. Es war unmöglich, Größe und Einwohnerzahl dieser Stadt zu erraten, und Reith mußte zugeben, daß die Blauen Khasch unter recht angenehmen Bedingungen lebten.

Der Dirdirmann urteilte nach anderen Maßstäben. »Hast du je eine Stadt der Dirdir gesehen? Nein? Verstehst du, das hier ist formlos, chaotisch und ohne Stil. Eine Dirdirstadt dagegen ist immer edel, ein herzbewegender Anblick! Natürlich sind die Blauen Khasch nicht ganz so degeneriert wie die Alten Khasch. Erinnerst du dich an Golsse? Aber die Alten Khasch sterben ja auch schon seit zwanzigtausend Jahren aus ... Was tust du da? Welches Instrument ist das?«

Reith las sein Funkgerät ab und erklärte es Anacho. »Es zeigt die Richtung an und eine Entfernung von dreieinhalb Meilen. Die Linie schneidet durch das Gebäude mit der hohen Kuppel, und die Entfernung dürfte stimmen.«

Fasziniert betrachtete Anacho das Gerät. »Sag mal, woher hast du das? Eine solche technische Vollkommenheit habe ich noch nie gesehen! Und diese Zeichen stammen weder von den Dirdir noch von den Khasch oder Wankh. Aus welcher Ecke von Tschai hast du das mitgebracht? Wie können Halbmenschen solche Fähigkeiten entwickeln?«

»Anacho, mein Freund, du hast noch vieles zu lernen«, sagte Reith lachend. »Du wirst noch manchmal einen heftigen Schock erleben.«

Anacho strich sich über das wenig ausgeprägte Kinn und zog seine weiche schwarze Mütze in die Stirn. »Du bist ebenso geheimnisvoll wie ein Pnume.«

Reith untersuchte mit seinem Scanskop die Landschaft, stellte den Verlauf der Straße fest, die sich hügelabwärts durch einen Wald mit flammenfarbenen Bäumen zog und weiter durch eine Mauer, die er vorher übersehen hatte. Das mußte die Stadtmauer sein, die Dadiche vor den Grünen Khasch schützte. An der Straße standen zahlreiche hochbeladene Wagen, die darauf zu warten schienen, in die Stadt hineinfahren zu dürfen.

»Ich denke, es hat keinen Sinn, weiter dieser Straße zu folgen«, meinte Reith. »Wenn wir eine Weile dem Hügelrücken folgen, können wir noch einen Blick auf dieses große Gebäude werfen.«

Anacho hatte nichts dagegen, und Reith las später wieder sein Gerät ab. Er nickte. »In diesem großen Gebäude sind Gegenstände, die mir gehörten, und ich will sie wiederhaben«, sagte er.

»Wie willst du das anstellen?« fragte ihn Anacho lächelnd. »Du kannst doch nicht einfach nach Dadiche reiten, an die Tür hämmern und rufen: Bringt mir mein Eigentum heraus! Du wirst enttäuscht werden. Und als Dieb bist du sicher nicht so gut, daß du die Khasch übertölpeln könntest. Was willst du also tun?«

»Erst werde ich mal einen Blick in dieses Gebäude werfen, denn das, was ich dringend brauche, ist vielleicht nicht dort.«

»Jetzt verstehe ich dich nicht mehr. Erst sagst du, es sei dort, dann soll es wieder nicht dort sein.«

Reith lachte ein wenig verlegen. Da stand er nun vor Dadiche und vermutlich vor seinem Raumboot, aber wie sollte er es in seinen Besitz bringen? Das war eine unheimlich schwierige Aufgabe. »Genug für heute«, sagte er. »Wir reiten nach Pera zurück.«

An der Straße hielten sie einmal kurz an. »All diese Wagen kommen nach Dadiche hinein«, sagte Reith. »Ich reise mit ihnen. Das dürfte doch nicht allzu schwierig sein.«

Der Dirdirmann schüttelte nachdrücklich den Kopf. »Die Blauen Khasch sind unberechenbar. Man kann nie vorhersehen, für welches Spiel sie einen aussuchen. Willst du auf glühenden Stäben über Skorpiongruben laufen? Die Khasch schicken nämlich auch noch Stromstöße durch die Stäbe. Ihr Einfallsreichtum kennt keine Grenzen.«

»Und das alles riskieren diese Wagenlenker?« fragte Reith.

»Sie haben Lizenzen und werden nicht belästigt, solange sie sich an die Vorschriften halten.«

»Dann werde ich eben als Wagenlenker gehen.«

Anacho nickte. »Ich schlage aber vor, du ziehst heute abend deine Kleider aus und reibst dich mit nasser Erde ein, stellst dich in den Rauch brennender Knochen, gehst durch Tierdung und schmierst dir übelriechendes Fett in die Haut. Dazu ißt du alles an scharfen Dingen, die ihren Geruch an die Haut abgeben. Natürlich brauchst du auch die Kleider der Wagenlenker. In der Nähe eines Blauen Khasch darfst du auch niemals ausatmen und nie in Windrichtung an ihnen vorbeigehen.«

Reith zog eine Grimasse. »Das klingt ja immer schwieriger! Aber ich will nicht sterben. Ich habe große Verantwortung, zum Beispiel die für das Mädchen aus Cath.«

»Ba, du bist ein Opfer deiner Sentimentalität«, schalt ihn Anacho. »Sie ist eitel und sehr dickköpfig. Überlaß sie doch ihrem Schicksal.«

»Wäre sie nicht eitel, würde ich sie für dumm halten.«

Anacho küßte seine Fingerspitzen. »Wenn du wahre Schönheit sehen willst, mußt du dir die Frauen meiner Rasse anschauen. Ah wie elegant sie sind! Blaß wie Schnee und den Dirdir so ähnlich, daß selbst diese sich bezaubern lassen. Nun ja, jeder nach seinem Geschmack. Das Mädchen aus Cath macht dir nur eine Menge Ärger. Denk doch nur an die Zeit, die hinter dir liegt!«

Reith zuckte die Achseln, drückte seinem Springpferd die Fersen in die Flanken und kehrte mit Anacho nach Pera, der alten Ruinenstadt, zurück.

Spät am Nachmittag kamen sie dort an und gaben die Pferde im Stall ab, Der Gastraum war halb voll mit Leuten, die Abendbrot aßen. Traz war nicht zu sehen, auch nicht die Blume von Cath, und in ihren Schlafzellen waren sie auch nicht. Reith erkundigte sich beim Wirt nach dem Verbleib seiner Freunde.

Der Wirt zog ein saures Gesicht und mied Reiths Blick. »Du mußt doch wissen, wo sie ist«, sagte er. »Der Bursche wurde sehr wütend, als man sie holte. Die Schnapper wollen ihn hängen.«

Reith versuchte ruhig zu bleiben. »Wann ist das alles geschehen?« fragte er.

»Es ist noch nicht lange her. Der Bursche war ein Narr. Ein so schönes Mädchen ist doch wirklich eine Verlockung. Er hatte kein Recht, sie zu verteidigen.«

»Brachten sie das Mädchen in den Turm?«

»Vermutlich. Was geht das mich an? Naga Goho tut doch, was er will. Er hat die Macht in Pera.«

Reith kehrte zu Anacho zurück, reichte ihm die Tasche und steckte nur seine Waffe ein. »Gib auf meine Sachen acht«, bat er. »Und sollte ich nicht zurückkehren, kannst du sie behalten.«

»Willst du dich schon wieder in Gefahr begeben?« fragte Anacho voller Mißbilligung. »Und was ist mit deinem Gegenstand?«

»Der kann warten.« Reith rannte zur Zitadelle.

9. Kapitel

Das Licht der untergehenden Sonne fiel voll auf die Plattform um den Galgen. Soweit es auf Tschai Farben gab, waren sie vertreten, sämtliche Grau-, Grün- und Braunschattierungen, und vor allem Erdfarben, und die Gesellschaft, die zur Exekution gekommen war, erwies sich als ebenso buntschattiert. Sechs Schnapper mit dunkelroten Jacken waren da; zwei standen neben dem Henkersseil, zwei neben Traz, der auf schwachen Beinen und mit blutender Stirn dastand, einer lehnte lässig an einem Pfosten, die Hand am Katapult, und der sechste unterhielt sich mit der apathischen Horde unter dem Galgen. »Auf Anweisung von Naga Goho muß dieser Aufrührer, der es wagte, Gewalt anzuwenden, hängen!«

Die Schlinge wurde Traz um den Hals gelegt. Er hob den Kopf, und sein glasiger Blick schweifte über die

Menge. Er ließ aber nicht erkennen, ob er Reith gesehen hatte.

Reith drängte sich zum Galgen durch. Jetzt hatte er keine Zeit mehr für Diplomatie, wenn eine solche auf Tschai je geübt wurde. Die Schnapper sahen ihn herankommen, aber Reith benahm sich so unauffällig, daß sie ihn nicht beachteten und das Zeichen zum Anziehen des Seiles gaben. In diesem Moment stieß Reith dem ersten das Messer in die Brust, und als der zweite erstaunt zuschaute, schnitt ihm Reith mit einem blitzschnellen Rückhandschlag die Kehle durch. Das Messer warf er dann dem dritten, der am Pfosten lehnte, an die Stirn, wo es steckenblieb. Jetzt waren es nur noch drei Schnapper. Nun zog Reith sein Schwert und stieß es dem in den Leib, der zur Menge gesprochen hatte. Die beiden, die Traz festgehalten hatten, ließen ihn los, behinderten sich aber gegenseitig, als sie auf Reith eindrangen. Das nützte Reith aus. Er lief zu Traz und nahm ihm die Schlinge ab. Dann sprang er zurück und zielte mit seinem Emblemkatapult auf den einen. Von den sechs Schnappern war noch einer geblieben, doch auch den erledigte Reith mit einem Faustschlag an den Kopf. Dann nahm er das Seil und legte die Schlinge um den Hals des gestürzten Schnappers; zwei Zuschauern aus der vordersten Reihe befahl er, den erschöpften Jungen zum Gasthaus zu bringen und zu veranlassen, daß man sich um ihn kümmere. Schließlich schrie er den Leuten zu: »Zieht den Schnapper hinauf! Hinauf mit ihm an den Galgen!« Die Leute zögerten ein wenig, doch Reith redete ihnen zu: »Tut, was ich euch sage. Wir wollen Naga Goho zeigen, wer in Pera regiert! Hinauf mit dem Schnapper!«

Bald schwang der Bursche hoch in der Luft und stieß verzweifelt mit den Beinen. Reith rannte zum Seil, das den Käfig am Kranarm hielt und ließ ihn hinab. Der arme, verängstigte Mensch, der da drinnen kauerte, sah erst sehr furchtsam, dann allmählich aber hoffnungsvoll drein. Da er vor Schwäche selbst nicht aufzustehen vermochte, half ihm Reith auf die Beine und befahl den Umstehenden: »Auch diesen Mann bringt ihr ins Gasthaus und seht zu, daß für ihn gesorgt wird. Jetzt braucht ihr die Schnapper nicht mehr zu fürchten. Nehmt den Toten die Waffen ab und tötet die Schnapper, die kommen und euch belästigen wollen. Versteht ihr? In Pera wird es keine Schnapper, keine Steuern, keine Galgen und keinen Naga Goho mehr geben!«

Als er sicher war, daß Traz und der Mann aus dem Käfig auf dem Weg zum Gasthaus waren, rannte er zu Naga Gohos Palast. Quer über dem Pfad waren Steine aus den Ruinen angehäuft, die einen Hof umschlossen. Etwa ein Dutzend Schnapper lümmelten an langen Tischen. Sie waren ziemlich betrunken. Reith sah nach links und rechts und drückte sich die Mauer entlang. Bald mußte er klettern, und seine Finger klammerten sich in Mauerritzen und an kleine Vorsprünge. Endlich erreichte er ein vergittertes Fenster. Reith spähte hinein, konnte aber nichts als Dunkelheit feststellen. Ein Stück weiter sah er ein größeres Fenster, doch unter dem fiel die Mauer etwa zwanzig Meter senkrecht ab. Es war eine sehr gefährliche Kletterei, und günstig war nur der Umstand, daß er in der einbrechenden Dämmerung nur ein unverdächtiger Fleck an der Mauer war.

Endlich hatte Reith das Fenster erreicht. Es hatte ein Gitter aus geflochtenen Weidengerten, das sich leicht eindrücken ließ.

Und nun konnte er in ein Schlafzimmer schauen. Auf einem Sofa lag eine schlafende Frau. Schlief sie wirklich? Sie lag ein wenig zu still da. War sie tot?

Er kletterte hinein und schaute sich die Frau genauer an. Man hatte ihr auf den Kopf geschlagen und sie dann stranguliert. Sie hatte den Mund offen und die Zunge herausgestreckt. Lebend mochte sie hübsch gewesen sein. Tot war sie ein grauenhafter Anblick.

Mit ein paar Schritten war Reith an der Tür und schaute in einen Gartenhof hinab. Aus einem Bogengang gegenüber vernahm er Stimmen.

Reith huschte durch den Garten und schaute durch den Bogen in einen Speisesaal, dessen Wände mit kostbaren bunten Teppichen geschmückt waren. Weitere Teppiche lagen auf dem Boden. Die schweren Möbel waren aus altersschwarzem Holz. Unter einem riesigen Kandelaber mit gelben Lichtern saß Naga Goho beim Abendessen. Ein prachtvoller Pelzmantel war ihm von den Schultern geglitten. Ihm gegenüber, an der Saalwand, saß die Blume von Cath. Sie hatte verzweifelt den Kopf gesenkt, und das Haar fiel über ihr Gesicht. Ihre Hände waren gebunden. Naga Goho aß mit größtem Appetit und beförderte zierlich mit einem Fingerschnippen einen Brocken nach dem anderen in seinen Mund. Er sprach, während er aß, und dabei spielte er mit einer kurzen Peitsche.

Die Blume von Cath bewahrte noch immer den Rest einer stolzen Haltung. Reith lauschte kurze Zeit. Einesteils war er entsetzt von dem, was er sah, anderenteils jedoch amüsiert, weil Naga Goho keine Ahnung hatte, was ihn erwartete.

Leise betrat er den Raum. Ylin-Ylan sah auf. Ihr Gesicht war ausdruckslos. Reith bedeutete ihr, sie solle schweigen, aber Naga Goho sah, daß sich ihre Augen bewegten und schwang sich im Stuhl herum. Er sprang auf, und sein Pelzmantel fiel zu Boden. »Ha, eine Ratte im Palast!« schrie er und lief, um sein Schwert zu holen, das auf einem Stuhl lag. Reith war zuerst dort. Er fand es jedoch praktischer, Naga Goho einen Faustschlag zu versetzen, der ihn quer über den Tisch schickte. Aber der Mann war stark und beweglich und kam schnell wieder auf die Füße. Es stellte sich ziemlich schnell heraus, daß Naga Goho in den Kampftechniken Tschais ebenso geübt war wie Reith in denen der Erde. Es war ein richtiges Geraufe, eine Mischung aus Boxen, Ringen und einer Rundum-Angriffs- und Verteidigungstechnik, doch schließlich behielt Reith in seinem gerechten Zorn die Oberhand.

Er bekam den Fuß seines Gegners zu fassen, zog fest daran, so daß Naga Goho auf den Rücken fiel, und dann bekam er noch einen ordentlichen Tritt und einen Knebel in den Mund. Dann lag er still da.

Reith befreite die blasse, erschöpfte Ylin-Ylan, die sich ihm weinend an die Brust warf. Er hielt sie fest und streichelte ihr beruhigend über das wirre Haar. Dann sagte er: »Bis jetzt hatten wir Glück, doch es muß nicht von Dauer sein. Wir müssen hier weg. Unten sind noch etwa ein Dutzend seiner Leute.«

Er legte der Sicherheit halber ein Seil um Naga Gohos Hals und befahl ihm aufzustehen. Als er nicht gehorchte, griff Reith nach der Peitsche und versetzte ihm einen Schlag ins Gesicht. »Auf mit dir!« befahl er wieder, und endlich stand er auf.

Mühsam hoppelte Naga Goho mit, als sie in den Hof kamen, wo die Schnapper noch immer vor ihren Bierkrügen saßen. Reith übergab das Seil der Blume von Cath. »Du gehst hier weiter, brauchst dich aber nicht zu beeilen. Paß nicht auf die Männer auf. Führe Goho zur Straße.« Und sie machte sich mit ihrem Gefangenen auf den Weg.

Zu den Schnappern, die ihrem Meister ungläubig nachstarrten, sagte Reith: »Naga Goho ist erledigt, und ihr seid es auch. Legt eure Waffen weg, wenn ihr den Hügel hinabgeht.« Reith lief Ylin-Ylan nach, die mit Naga Goho alle Hände voll zu tun hatte.

Az und Braz standen am Osthimmel, und die weißen

Blöcke der Ruinen von Pera schimmerten in geisterhaftem Licht.

Auf dem Platz hatte sich eine große Menschenmenge versammelt, denn es hatte sich herumgesprochen, daß etwas im Gange war. Sie glaubten, die Schnapper würden in großer Zahl kommen und machten sich bereit, sofort in den Ruinen zu verschwinden. Aber dann waren es nur Reith, das Mädchen und ein taumelnder Naga Goho, die vom Palast herabkamen. Langsam kamen sie näher.

Auch Reith blieb stehen und schaute von einem blassen Gesicht zum anderen. Er riß einmal am Seil und lachte den Leuten zu. »Nun, da habt ihr euren Naga Goho. Jetzt ist er kein Häuptling mehr, denn er hat ein Verbrechen zuviel begangen. Was sollen wir mit ihm tun?«

Ein wenig unsicher schauten sich die Leute um. Naga Goho, dem der Knebel wieder entfernt worden war, versprach den Umstehenden eine höllische Rache, doch sehr ernst nahmen sie das Versprechen offensichtlich nicht. Eine heisere Frauenstimme rief: »Aufhängen!« Ein alter Mann schlug vor: »Pfählen! Er hat meinen Sohn gepfählt, er verdient es nicht besser!« – »Verbrennen, aber am langsamen Feuer rösten«, schrie eine andere Stimme.

»Keiner rät zur Milde?« fragte Reith und wandte sich an Naga Goho. »Deine Zeit ist gekommen. Hast du noch etwas zu sagen?« Aber Naga Goho hatte es jetzt schon die Stimme verschlagen.

Reith wandte sich wieder an die Menge. »Er verdient es zwar nicht, aber wir wollen es kurz machen. Du, du und du, ihr holt den Schnapper herab. Das Seil ist gut für Naga Goho.«

Fünf Minuten später zappelte der Übeltäter hoch oben im Mondlicht. Reith sprach zur Menge: »Ich bin ein Neuankömmling in Pera, aber ich weiß ebenso wie ihr, daß die Stadt eine vernünftige, verantwortungsbewußte Leitung braucht. Ihr seid doch Menschen! Warum laßt ihr euch von solchen Schurken vergewaltigen? Morgen werdet ihr euch zusammensetzen und fünf tüchtige Männer aus eurer Mitte wählen, die den Rat der Ältesten bilden. Einer soll dann nach dem Willen des Rates ein Jahr lang regieren, Recht sprechen und Steuern festsetzen. Ihr müßt auch eine bewaffnete Truppe gegen die Grünen Khasch aufstellen, die sie vertreiben oder vernichten kann. Vergeßt nicht, daß ihr Menschen seid!«

Er schaute zur Zitadelle hinauf. »Zehn oder elf dieser Schurken sind noch oben. Morgen könnt ihr entscheiden, was mit ihnen geschehen soll. Vielleicht versuchen sie zu fliehen. Deshalb müßt ihr Wachen aufstellen. Zwanzig Mann werden genügen.« Reith deutete auf einen großen, kräftigen Mann mit schwarzem Bart. »Du siehst tüchtig und vertrauenswürdig aus. Nimm die Sache in die Hand. Du bist der Kommandant. Nimm soviel Männer, wie du brauchst, und teile sie zur Wache ein. Ich muß mich jetzt um meine Freunde kümmern.«

Reith kehrte mit der Blume von Cath zum Gasthaus zurück. Er hörte noch, wie der schwarzbärtige Mann die Männer aufrief, die Wache halten sollten. »Naga Goho ist billig weggekommen, weil er nur gehängt wurde«, sagte er. »Den Schnappern wollen wir aber einheizen!«

Die Blume von Cath nahm Reiths Hand und küßte sie. »Ich danke dir, Adam Reith«, sagte sie, und dann fing sie vor Erschöpfung an zu weinen. Reith küßte sie auf die Stirn und den Mund und vergaß all seine guten Vorsätze.

Traz schlief schon in einer Kammer neben der Gaststube. Neben ihm saß Anacho, der Dirdirmann. »Wie geht es ihm?« fragte Reith.

»Ziemlich gut«, brummte Anacho. »Ich habe seinen Kopf gebadet. Er hat eine Beule, keinen Schädelbruch. Morgen ist er wieder auf den Beinen.«

Als Reith in die Gaststube zurückkehrte, war die Blume von Cath nirgends zu sehen. Reith aß nachdenklich eine Schüssel voll Eintopf und ging nach oben in sein Zimmer. Dort wartete sie auf ihn.

Sie sagte: »Ich habe noch einen letzten, einen ganz geheimen Namen, und den sage ich nur meinem Geliebten. Komm näher ...«

Reith beugte sich zu ihr hinab, und sie flüsterte ihm den Namen ins Ohr.

10. Kapitel

Am folgenden Morgen besuchte Reith den Ladeplatz der Wagen. Er lag am äußersten südlichen Stadtrand und war der Umschlagplatz für alle Güter der Region. Die Wagen rumpelten zu den Laderampen. Die Wagenführer schwitzten und fluchten. Sie schienen unempfindlich zu sein für Hitze, Staub, Gestank, Gebrüll der Tiere und die Klagen der Jäger und Gemüselieferanten, deren Wagen immer bedroht waren – und von nach guten Plätzen suchenden Wagenführern.

Einige der Wagen waren mit zwei Fuhrleuten oder einem Wagenmeister und einem Helfer ausgestattet, andere wurden von einem einzelnen Mann besorgt. Einem der letzteren näherte sich Reith.

»Fährst du heute nach Dadiche?« fragte er.

Der Wagenmeister war ein kleiner, magerer Mann mit schwarzen Augen in einem Gesicht, das nur aus Nase und Stirn zu bestehen schien.

»Jawohl«, antwortete er.

»Und wie geht es dann weiter, wenn du in Dadiche ankommst?«

»Ich werde dort niemals ankommen, wenn ich meine Zeit mit Schwatzen vertue.«

»Keine Angst, du sollst nicht zu kurz kommen. Was tust du da?«

»Ich fahre zum Abladeplatz. Die Träger bringen die Waren weg, und ich bekomme von einem Schreiber eine Quittung. Dann gehe ich zum Schalter, und dort bekomme ich meine Sequinen oder eine Zahlungsanweisung. Es kommt darauf an, ob ich einen Auftrag für eine Ladung nach Pera habe. Habe ich sie, dann bringe ich meine Zahlungsanweisung zur Fabrik oder zum Lagerhaus, dort lade ich auf und kehre nach Pera zurück.«

»Du hast also keine bestimmten Vorschriften, wo du dich in Dadiche aufhalten kannst und wo nicht?«

»Selbstverständlich gibt es da Einschränkungen. Sie mögen es gar nicht, wenn die Wagen am Fluß entlang zwischen ihren Gärten herumfahren. Sie wollen auch keine Leute im Süden der Stadt, wo ihre Rennstrecken sind. Man sagt, dort lassen die Dirdir ihre Wagen laufen.«

»Und sonst gibt es keine Vorschriften?«

Der Wagenführer musterte Reith. »Warum willst du das wissen?«

»Ich möchte mit dir nach Dadiche und wieder zurückfahren.«

»Ausgeschlossen! Du hast keine Lizenz.«

»Die besorgst du mir eben. Ich bin bereit, eine angemessene Summe dafür zu bezahlen. Was verlangst du?«

»Zehn Sequinen. Und weitere fünf für die Lizenz.«

»Viel zuviel! Zehn Sequinen für alles zusammen, oder zwölf, wenn du mich dahin fährst, wohin ich will.«

»Bah! Hältst du mich etwa für einen Narren? Die Götter mögen wissen, wohin du fahren willst.«

»Keine Angst. Es ist in Dadiche, nur eine kurze Strecke. Ich möchte nur etwas ansehen, das mich interessiert.«

»Für fünfzehn Sequinen, nicht weniger.«

»Dann mußt du mir aber passende Kleider besorgen.«

»Na schön. Dann sage ich dir gleich noch etwas: Nimm nichts mit, was du jetzt an Metall bei dir trägst, denn das riechen sie. Deine Kleider ziehst du aus, reibst dich mit Lehm ein und trocknest dich mit Annelblättern ab. Außerdem kaust du Annel, um deinen Atem zu tarnen. Das mußt du sofort tun, denn ich fahre in einer halben Stunde weg.«

Reith tat dies alles, obwohl ihm die Haut juckte, als er in die alten Kleider des Fuhrmannes schlüpfte. Emmink, so hieß der Mann, untersuchte Reith noch nach Waffen, die in der Stadt verboten waren, und steckte eine Scheibe aus weißem Glas an Reiths Schulter. »Das ist die Lizenz. ›Sechsundachtzig‹, sagst du, wenn du gefragt wirst, und kein Wort mehr. Und steig nicht vom Wagen ab. Wenn sie riechen, daß du ein Fremder bist, kann ich nichts für dich tun, also schau mich erst gar nicht an.«

Bald rumpelte der Wagen den grauen Hügeln entgegen. Emmink war mißmutig und nicht gesprächig, und er zeigte kein Interesse für Reiths Gründe, nach Dadiche zu reisen. Auch Reith schwieg.

Dann fuhren sie über den Paß, den Emmink Belbal-Paß nannte, und da lag Dadiche zu ihren Füßen: eine Stadt von bizarrer und irgendwie drohender Schönheit. Reith fühlte sich nun deutlich unbehaglich, denn er war der Meinung, trotz der anderen Kleider gleiche er nicht den übrigen Fuhrleuten, und vor allem rieche er nicht so. Würde sich Emmink als zuverlässig erweisen? Schließlich war er kein Mensch wie er, Traz und Anacho, und seine Ahnen waren sicher vor langer Zeit von der Erde gekommen. Aber Emmink war ein Tschai-Mann geworden, und seine Seele war von der harten Landschaft, der gedämpften Sonne, dem grauen Himmel und den weichen Erdfarben geprägt. Reith wollte dem Fuhrmann nicht weiter vertrauen als sein Arm reichte.

»Wo gibst du deine Ladung ab?« fragte er ihn.

»Wo ich den besten Preis bekomme«, wurde ihm geantwortet. »Das kann auf dem Nord- oder Flußmarkt sein, aber auch im Basar von Bonte.«

»Ah, ich verstehe.« Reith deutete auf das große weiße Gebäude, das er am Tag zuvor entdeckt hatte. »Und was ist das dort?«

Emmink zuckte desinteressiert die Achseln. »Das geht mich nichts an. Ich kaufe, transportiere und verkaufe nur.«

»Hm. Nun, ich will an diesem Gebäude vorbeifahren.«

»Das liegt nicht auf meiner Route«, murrte Emmink.

»Mir ist das egal. Ich habe dich dafür bezahlt.«

Nach einer Weile antwortete der Fuhrmann: »Erst fahren wir zum Nordmarkt, um einen Preis für die Ware zu bekommen, dann zum Basar von Bonte. Unterwegs fahren wir an dem Gebäude vorbei.«

Sie rollten den Hügel hinab, kamen zu einem Garten mit grünen, federigen Büschen, in dem sich schwarzgrün gefleckte Zikaden tummelten. Vor ihnen lag nun die Stadtmauer von Dadiche. Sie war etwa zehn Meter hoch und aus einem braunschimmernden synthetischen Material erbaut. Am Tor wurden sie von einer Gruppe Khaschmänner in purpurroten Hosen, grauen Hemden und hohen, konisch zulaufenden Filzhüten kontrolliert. Sie waren mit Handwaffen und langen dünnen Stäben ausgestattet. Mit den Stäben stachen sie in die Ladung hinein. Emmink erklärte Reith, dies solle verhindern, daß sich Grüne Khasch in die Stadt schwindelten, denn die Blauen und Grünen Khasch seien die größten Feinde und sähen einander am liebsten tot.

»Was soll ich sagen, wenn sie mir Fragen stellen?« wollte Reith wissen.

Emmink zuckte die Achseln. »Das ist deine Sache. Wenn sie mich fragen, sage ich, du hättest die Fahrt nach

Dadiche bezahlt, denn das ist die Wahrheit. Schrei nur deine Nummer, wenn ich die meine rufe.«

Wenig später waren die Fahrzeuge vor ihnen abgefertigt, und sie fuhren zum Tor. Emmink schrie seine Nummer, Reith die seine. Die Khaschmänner kontrollierten die Ladung, und einer, ein kleiner, krummbeiniger Bursche mit zusammengequetschtem Gesicht und winziger Knopfnase, ging um den Wagen herum und winkte ihn schließlich durch.

»Du hast aber Glück gehabt, daß keiner von den Blauen Khaschoffizieren da war«, bemerkte Emmink säuerlich. »Die hätten nämlich deinen Angstschweiß gerochen. Wenn du als Wagenführer durchgehen willst, mußt du dir schon größere Kaltblütigkeit zulegen.«

»Du verlangst sehr viel von mir«, antwortete Reith. »Ich tue ja wirklich, was ich kann.«

Dadiche war nicht nur eine schöne, sondern auch eine sehr wohlriechende Stadt. Blaue Khasch waren überall in den Gärten zu sehen; sie beschnitten Bäume, rührten etwas in Steintrögen um und bewegten sich ruhig im Schatten ihrer Kuppelhäuser. Es roch nach Anis und Muskat, nach verbranntem Bernstein und Blumen, die einem moschusähnlichen Duft ausströmten. Reith wußte aber am Ende nicht, ob die Vielfalt der starken Düfte ihn anzog oder abstieß. Um jedes einzelne Haus war soviel freier Raum, daß einer vom anderen nicht belästigt wurde. Was Reith besonders auffiel, war der Umstand, daß man Blaue Khasch und Khaschmenschen nie zusammen sah; sie arbeiteten stets getrennt, und mußten sie einmal irgendwo aneinander vorübergehen, so taten beide, als sei der andere nicht vorhanden.

Emmink machte darüber keine Bemerkungen, doch Reith erwähnte einmal, wie er sich doch wundere, daß die Blauen Khasch die Wagen gar nicht zu beachten schienen.

»Laß dich nicht täuschen«, gab Emmink zur Antwort. »Versuch erst mal, den Wagen zu verlassen und zu einem ihrer Häuser zu gehen, dann siehst du schon, was dir passiert! Hast du gehört, was man dem armen Phosfer Ajan, dem Wagenführer, angetan hat? Er stieg von seinem Wagen ab, um einem körperlichen Bedürfnis zu genügen. Natürlich war das unklug, aber was willst du machen? Sie fingen ihn ein, banden ihn und warfen ihn in einen Tank mit übelriechendem Brei, der ihm bis zum Kinn reichte. Am Boden des Tanks war ein Ventil. Wenn der schleimige Brei zu heiß wurde, mußte er hinabtauchen und das Ventil abstellen. Daraufhin wurde der Brei eiskalt, bis er das Ventil wieder aufdrehte. So ging es eine ganze Weile weiter. Doch er überlebte, weil er stoisch genug war, ständig nach dem Ventil zu tauchen. Am vierten Tag ließen sie ihn wieder frei, damit er sein Erlebnis in Pera erzählen konnte. Sie erfinden für jede Gelegenheit ganz besondere Qualen, und die halten sie dann für sehr lustig ... Sag mal, was hast du vor? Ich kann ziemlich genau beschreiben, wie sie reagieren werden.«

»Ich habe gar nichts vor, sondern bin nur neugierig und will sehen, wie die Blauen Khasch leben.«

»Wie Irre leben sie, und das sagen alle, die sie kennen. Besonders genießen sie's, wenn ein bulliger Grüner Khasch und ein dürrer Phung miteinander kämpfen. Wenn sie einen Dirdir und einen Pnume fangen, kommen sie nicht mehr aus dem Lachen heraus. Die Blauen Khasch wollen sich unter keinen Umständen langweilen.«

»Warum führen sie dann nicht einmal einen großen Krieg mit ihren Feinden? Und sind die Dirdir nicht mächtiger als die Blauen Khasch?«

»Ja, das sind sie, und ihre Städte sind großartig, wie ich hörte. Aber die Khasch haben Torpedos und Minen, die alle Dirdirstädte vernichten könnten. Beide Seiten sind stark genug, um die andere zu besiegen und auszulöschen, also wagt es keine, die andere in einen Krieg zu verwickeln. Ah, solange sie mich in Ruhe lassen, kümmere ich mich nicht darum ... Ah, hier ist der Nordmarkt. Wie du siehst, sind hier überall die Blauen Khasch. Sie lieben den Handel und betrügen gern. Verhalte dich ruhig und mach vor allem den Mund nicht auf. Und wenn ich verhandle, darfst du nicht einmal mit dem Kopf nicken oder ihn schütteln.«

Emmink lenkte seinen Wagen in eine Lücke, und nun begann der schärfste Handel, den Reith je erlebt hatte. Ein Blauer Khasch kam heran und überprüfte die Ladung; er wollte einen Schilfhüpfer, eine Delikatesse, versuchen, doch Emmink begann laut zu schreien. Einige Minuten lang beschimpften sie einander auf jede nur erdenkliche Art und fuchtelten mit den Armen herum, bis es dem Blauen Khasch zuviel wurde und er zu einem anderen Wagen ging.

»Manchmal treibe ich den Preis absichtlich hoch, um den Marktpreis zu erfahren, oder um sie zu ärgern«, erklärte Emmink. »Und jetzt fahren wir zum Basar weiter.«

Er hatte nicht vergessen, daß Reith an dem großen weißen Gebäude vorbeifahren wollte, und so wählte er einen Weg, der ein Stück vom Fluß entfernt durch einen Stadtteil mit kleinen Kuppelhäusern in großen Gärten führte. Nackte Kinder spielten dort, und hier wohnten die Khaschmenschen. »Man sagt, hier sei der wahre Ursprung der Blauen Khasch«, erklärte Emmink höhnisch. »Die Khaschmenschen glauben nämlich, in jedem wachse ein Homunkulus heran, der nach dem Tod des Trägers befreit und zu einem echten Khasch werde. Das behaupten wenigstens die Blauen Khasch. Ist das nicht absurd?«

»Das meine ich auch«, erwiderte Reith. »Haben denn

die Khaschmenschen je menschliche Leichen oder Kinder der Blauen Khasch gesehen?«

»Sicher. Aber sie haben für jede Unglaubwürdigkeit eine Erklärung. Das wollen sie eben glauben. Wie sollten sie sonst ihre Unterwürfigkeit gegenüber den Khasch erklären?«

Emmink schien mehr über gewisse Dinge nachzudenken, als es den Anschein hatte, und deshalb fragte Reith: »Glauben sie denn, daß sich die Dirdir aus den Dirdirmenschen entwickeln? Oder die Wankh aus den Wankhmenschen?«

Emmink zuckte die Achseln. »Vielleicht ... Aber schau, dort drüben ist dein Gebäude.«

Sie hatten die kleinen Kuppelhäuser der Khaschmenschen hinter sich gelassen, die von einer Reihe blaßgrüner Bäume mit riesigen braunen Blumen gegen den Verkehr auf der öffentlichen Straße abgeschirmt waren. An der Straße selbst standen Verwaltungsgebäude mit niederen Bogen und reichgegliederten Dächern der verschiedensten Formen. Und diesen Gebäuden gegenüber stand jenes, in dem Reiths Raumboot sein mußte. Es war etwa so lang und so breit wie ein Fußballfeld, hatte niedere Mauern und ein fast ovales Dach; es sah fast gewalttätig aus.

Von außen war nicht festzustellen, welchem Zweck das Gebäude diente.

Es hatte keine großen Tore für den Transport umfangreicher Güter. Reith nahm sich vor, auch die Rückseite des Baus zu besichtigen.

Im Basar verkaufte Emmink seine Waren zu guten Preisen. Er war sehr zufrieden mit seinen Geschäften, aber das konnte er natürlich nicht zugeben. »Ich hätte mindestens zwanzig Sequinen mehr für meine ausgezeichnete Ware erhalten müssen«, klagte er, »doch wie soll man das einem Blauen klarmachen? Du bist ihm ver-

dächtig vorgekommen, und er versuchte deinen Atem zu riechen. Jedem alten Khaschweib wäre dein Benehmen aufgefallen. Eigentlich bist du verantwortlich dafür, daß ich nicht mehr herausholte, und du solltest mich dafür entschädigen.«

»Ich glaube nicht, daß du mehr hättest erzielen können«, antwortete Reith. »Dein Verlust ist nur eingebildet. Komm, fahren wir. Die Blauen dort drüben beobachten uns.«

Emmink kletterte eiligst auf den Fahrersitz und fuhr an. Aus reiner Boshaftigkeit fuhr er die gleiche Straße wieder zurück, aber Reith ließ ihm das nicht durchgehen. »Du fährst die Oststraße«, befahl er barsch. »Und keinen weiteren Trick mehr, bitte ich mir aus, sonst ...«

»Was? Du willst mir mitten in Dadiche drohen? Ich brauche doch nur einem Blauen zu winken, dann ...«

»Dann wäre dies das Ende deines Lebens.«

»Was ist mit meinen zwanzig Sequinen?«

»Du hast von mir fünfzehn bekommen und deinen normalen Profit hast du auch. Und jetzt keine Klagen mehr! Du fährst so, wie ich es sage, oder ich drehe dir den Hals um.«

Da fügte sich Emmink, obwohl er noch eine ganze Weile vor sich hin brummte und Reith wütende Blicke zuwarf.

Die Straße lief mit der Vorderseite des weißen Gebäudes parallel und war von diesem durch einen zwanzig Meter breiten Gartenstreifen getrennt. Von der Straße führte eine Zufahrt zu einem Tor. Es wäre sehr verdächtig gewesen, diese Zufahrt zu benutzen, denn der Verkehr auf der Straße war sehr lebhaft, und viele Blaue Khasch fuhren mit ihren kleinen Wagen zwischen den Frachtwagen. Reith musterte die Fassade. Es gab drei Tore; das rechte war offen, die anderen beiden waren geschlossen. Reith spähte, so gut es ging, hinein und erkannte riesige

Maschinen, das Glühen heißen Metalls und eine Plattform ähnlich jener, die sein Raumboot aus dem Sumpf gehoben hatte.

»Dieses Gebäude ist eine Fabrik, in der Luftschiffe und Raumfahrzeuge gebaut werden«, sagte Reith zu Emmink.

»Natürlich«, brummte dieser.

»Ich habe dich danach gefragt. Warum hast du nichts gesagt?«

»Für Informationen hast du mich *nicht* bezahlt.«

»Fahr noch einmal um das Gebäude herum.«

»Das kostet fünf Sequinen extra.«

»Zwei. Und kein Wort mehr, sonst schlag ich dir die Zähne ein.«

Fluchend drehte Emmink den Wagen um und fuhr noch einmal um die Fabrik. Reith fragte ihn: »Hast du je in diese Fabrik hineingeschaut?«

»Klar. Aber wenn du etwas wissen willst, kostet das etwas. Eine Sequine.«

Reith nickte, und der Fuhrmann sagte: »Manchmal sind die Tore weit offen. In der Mitte bauen sie Raumschiffteile, die dann herausgerollt und zum Zusammenbau weggebracht werden. Links bauen sie kleine Raumschiffe, falls sie gebraucht werden. In letzter Zeit gab es da wenig Arbeit, denn die Blauen Khasch mögen die Raumfahrt nicht.«

»Hast du vielleicht gesehen, ob sie vor ein paar Monaten Raumschiffe oder Raumboote zur Reparatur hierherbrachten?«

»Warum willst du das wissen?«

»Diese Information kostet etwas«, erwiderte Reith, Emmink grinste boshaft, entblößte dabei große gelbe Zähne und sagte nichts mehr.

»Langsam«, befahl Reith, als sie zum zweitenmal an der Vorderseite entlangfuhren. »Und jetzt fährst du von der Straße herunter und bleibst ein paar Minuten lang am Straßenrand stehen.« Er schob kurzerhand den Antriebshebel zurück, so daß der Wagen stand. Emmink war wütend.

»Steig aus«, befahl ihm Reith. »Schau nach deiner Energiezelle oder beschäftige dich an den Rädern. Tu irgend etwas.« Er sprang vom Wagen ab und schaute zur Fabrik hinüber. Das rechte Tor war offen. Welche Qual für Reith, daß er es nicht wagen konnte, einen Blick hineinzuwerfen! Wenn er sich nur als Khaschmann hätte verkleiden können! Allerdings sah sein Gesicht dem eines Khaschmannes so unähnlich wie nur möglich.

Emmink schien sich beruhigt zu haben, und Reith beschloß, ihn um seinen Rat zu bitten. »Angenommen«, sagte er, »du würdest sehen wollen, ob ein gewisses Objekt, etwa ein kleines Raumschiff, in dieser Fabrik ist – wie würdest du es anstellen?«

»An eine solche Narretei würde ich niemals denken. Ich würde auf den Wagen steigen und wegfahren, solange ich noch dazu in der Lage bin.«

»Kannst du dir nichts ausdenken, was uns in dieses Gebäude hineinbringt?«

»Nein, das ist ausgeschlossen.«

»Auch nicht an dem offenen Tor vorbei? Ganz nahe?«

»Nein, niemals. Das geht auch nicht.«

Jetzt wurde Reith wütend auf Emmink, auf die unerträglichen Umstände, die Blauen Khasch, den Planeten Tschai. Nur zwanzig lumpige Meter, die ihn nicht mehr als eine halbe Minute kosteten ...

»Warte hier«, befahl er Emmink, und mit langen Schritten ging er quer durch den Vorgarten.

»Komm sofort zurück!« schrie Emmink. »Bist du wahnsinnig?«

Aber Reith lief weiter. Auf dem am Gebäude entlangführenden Weg sah er einige Khaschmänner, die ihn jedoch nicht beachteten. Noch zehn Schritte bis zum offenen Tor. Drei Blaue Khasch kamen daher. Reiths Hände wurden feucht. Die Blauen Khasch mußten seinen Schweiß riechen. Aber vielleicht bemerkten sie ihn nicht? Er zog seinen breitkrempigen Hut tief in die Stirn und lief an ihnen vorbei. Da rief ihm einer mit seiner seltsamen Stimme nach: »Mann! Wohin gehst du?«

»Ich komme wegen Altmetall«, sagte Reith schnell. Er war froh, daß ihm diese Ausrede eingefallen war. »Wegen dem hier neben dem Tor. Man sagte mir, es sei in einer Kiste.«

»Ah! Es gibt kein Altmetall.« Den Ton konnte Reith nicht deuten. Sie murmelten etwas, und dann zischten sie, was nach Khasch-Begriffen Gelächter bedeutete.

»Altmetall? Nicht in der Fabrik. Dort drüben. Siehst du das Gebäude?«

»Danke!« rief Reith. »Ich will nur schnell nachsehen.« Er tat die letzten paar Schritte und schaute durch das Tor in eine große Halle; es roch nach Öl und Metall, und viele Maschinen arbeiteten dort. Eine Plattform wurde zusammengebaut. Blaue Khasch und Khaschmenschen arbeiteten nebeneinander.

Hier schien es also keine Rassentrennung zu geben. An den Wänden reihten sich ähnlich wie in irdischen Betrieben Werkbänke, Regale und Abfallkästen. In der Mitte stand ein großer Metallkörper, vielleicht der Rumpf eines kleineren Raumschiffes. Und dahinter erkannte Reith einen vertrauten Umriß – sein Raumboot, in dem er nach Tschai gekommen war!

Der Rumpf schien unbeschädigt zu sein. Es war nicht zu erkennen, ob die Instrumente ausgebaut waren, denn er durfte sich nicht auffällig lange hier aufhalten. Hinter ihm standen die drei Blauen Khasch mit lauschend geneigten Köpfen. Sie schienen ihn also zu riechen. Einer trat zu ihm.

»Mann, Achtung! Hier umkehren. Es gibt kein Altmetall.«

»Du riechst nach Menschenfurcht und seltsamen Substanzen«, sagte der zweite.

»Das ist nur eine Krankheit«, antwortete Reith.

»Du riechst wie ein seltsam gekleideter Mann, den wir in einem fremden Raumschiff fanden«, sagte der dritte. »Und du riechst auch nicht echt. Für wen spionierst du?«

»Für niemanden. Ich bin ein Fuhrmann und muß nach Pera zurück.«

»Wo ist dein Wagen? Oder bist du zu Fuß gekommen?«

»Mein Wagen steht auf der Straße.« Reith zog sich in diese Richtung zurück. Aber zu seinem großen Staunen entdeckte er, daß Emmink und der Wagen nicht mehr zu sehen waren. Er rief zu den drei Blauen Khasch zurück: »Mein Wagen ist gestohlen worden! Wer hat ihn gestohlen?« Mit einer hastigen Geste der Verabschiedung rannte er davon, um hinter einer Hecke weißwolliger und graugrün fedriger Büsche zu verschnaufen. Einer der Blauen Khasch war ihm ein Stück gefolgt, ein anderer sprach in ein Mikrophon, und der dritte schaute nach, ob das Raumboot noch da war.

Jetzt habe ich die ganze Sache verpatzt, sagte Reith zu sich selbst, blieb aber noch einen Moment stehen, um zu beobachten, wie ein Trupp Khaschmänner in purpurroten und grauen Uniformen auf Motorrädern heranfuhr. Einer der Blauen Khasch erteilte ihnen Befehle und deutete auf den Gartenstreifen. Jetzt wartete Reith nicht mehr länger. Er lief zur Straße und sprang auf einen Wagen, der mit leeren Körben beladen war. Der Fuhrmann bemerkte nichts.

Hinter ihm surrte eine Anzahl von Elektromotorrädern heran. Wollten sie etwa eine Straßensperre errichten? Oder die Wachen an den Haupttoren verstärken? Vielleicht sogar beides, meinte Reith, und dann endete das

Abenteuer mit jenem Fiasko, das Emmink vorhergesagt hatte.

Reith wußte, daß er keine Chance hatte, durch die Tore zu kommen. In der Nähe des Nordmarktes ließ sich Reith vom Wagen fallen und ging sofort hinter einem niederen Bau aus porösem weißen Beton in Deckung, der wahrscheinlich als Lagerhaus diente. Um besseren Ausblick zu haben, kletterte er auf das Dach, denn von da aus konnte er die Straße überschauen, die zum Tor führte.

Seine Befürchtungen waren mehr als berechtigt, denn eine Gruppe von Sicherheitspolizisten stand neben den Toren und beobachtete aufmerksam den Verkehr. Wie konnte er nur die Stadt verlassen? Über den Fluß? Dann mußte er bis zur Nacht warten. Aber Dadiche zog sich ein paar Meilen am Flußufer hin, und dort lagen vorwiegend die Villen der Blauen Khasch.

Außerdem wußte Reith nichts über die Wasserbewohner von Tschai, und er hatte keine Sehnsucht, sie kennenzulernen.

Ein schwaches Summen ließ ihn nach oben schauen. Ein Luftschlitten mit Blauen Khasch schwebte heran. Sie trugen seltsame Kopfbedeckungen mit langen Antennen, die Insektenfühlern glichen. Zum Glück schwebte der Schlitten weiter. Reith atmete erleichtert auf. Er hielt nach weiteren Luftschlitten Ausschau, entdeckte aber keinen mehr. Er erhob sich auf die Knie und sah sich um. Hinter hohen Adarakbäumen erkannte er den Nordmarkt mit seinem lebhaften Treiben, und der sanfte Wind trug eine Vielfalt von Gerüchen von dort herüber. Weiter rechts entdeckte er eine Anzahl von Khaschmenschenhäusern, die von Gärten umgeben waren; dahinter stand an der Mauer ein hölzernes Gebäude mit hohen schwarzen Bäumen daneben. Wenn er dieses Gebäude erreichte und auf das Dach klettern könnte, würde es ihm vielleicht gelingen, über die Mauer zu entkommen. Die Dämmerung war dafür die günstigste Zeit, doch bis dahin vergingen noch zwei oder drei Stunden.

Reith verließ das Dach und dachte eine Weile nach. Die Blauen Khasch konnten Gerüche mit unglaublicher Leichtigkeit feststellen. Vielleicht fanden sie, Bluthunden ähnlich, so seine Spur. Wenn ja, durfte er keine Zeit verlieren.

Er fand einige längere Holzstücke, die er sich unter die Schuhe band, und so stapfte er vorsichtig durch den Garten. Er hatte noch keine fünfzig Meter zurückgelegt, als er hinter sich Geräusche vernahm. Sofort ging er in Deckung, und es war keine Sekunde zu früh. Neben dem Schuppen standen drei Khaschmänner mit zwei Blauen Khasch; einer davon hatte ein Detektorgerät in den Händen, von dem eine Leitung zu seiner Nase führte. Mit einer Art Fahne wedelte er über den Boden und fand auf diese Art Reiths Spuren sofort. Als sie auf das Dach führten, wurde er anscheinend verwirrt, denn dort war Reith ja nicht mehr zu finden. Er mußte lachen und schlich vorsichtig davon.

Er näherte sich dem großen Gebäude und überdachte hinter einem hohen, dicken Baum die Lage. Dieses Gebäude war sehr düster und schien unbewohnt zu sein. Das Dach befand sich unmittelbar neben der Mauer und fast in gleicher Höhe mit ihr. Nun sah er einige Luftschlitten über der Stadt; ein paar schwebten genau über der Gegend, wo er vorher gewesen war. Sie zogen schwarze Zylinder hinter sich her, vermutlich Suchgeräte. Vielleicht konnte er sich im Gebäude verstecken?

Er nahm die Holzklötze von den Schuhen und lauschte einige Zeit. Da vernahm er einen Gong. Eine Prozession aus Khaschmännern in grauen und weißen Gewändern kam die Straße herauf. Auf einer Bahre trugen vier von ihnen einen Toten. Dahinter kamen Khaschmänner und zahlreiche singende Frauen. Das Gebäude war also ein

Mausoleum oder eine Leichenhalle. So düster sah es auch aus.

Die Prozession hielt vor dem Portal an, und die Gongschläge verklangen. Es herrschte tiefes Schweigen, als die Bahre auf dem Vorplatz abgestellt wurde. Die Trauernden zogen sich ein paar Schritte zurück und warteten. Der Gong schlug einmal an.

Langsam öffnete sich das Portal, und ein grellgoldener Strahl schoß auf die Leiche herab. Von links und rechts kamen ein paar Blaue Khasch in prunkvollen Zeremoniengewändern. Sie näherten sich dem Leichnam, schlugen das Leintuch vom Gesicht zurück und traten weg. Ein Vorhang ging herab und verbarg die Leiche.

Der Strahl goldenen Lichts wurde zu grellem Gleißen. Dann erklang ein Ton, als reiße eine Harfensaite. Der Vorhang hob sich, die Leiche lag da wie vorher, aber der falsche Schädel des Toten war gespalten. Im offenen Schädel hockte ein Knirps der Blauen Khasch und starrte die Trauernden an.

Der Gong schlug elf jubilierende Töne, und die Blauen Khasch sangen: »Die Erhöhung hat stattgefunden! Ein Mensch ist in sein neues Leben eingetreten! Der Mann, Zugel Edgz, hat seine Seele diesem wonnigen Kind gegeben. Was wäre ein größeres Glück für ihn? Die gleiche Segnung kann euch allen zuteil werden. Geht jetzt und freut euch. Der neue Zugel Edgz muß mit gesunderhaltender Salbe eingerieben werden, und der leere Leib kehrt zur Erde zurück. In zwei Wochen könnt ihr euren geliebten Zugel Edgz wieder besuchen.«

Die Trauernden kehrten sofort um und verschwanden aus Reiths Blickfeld. Die Bahre mit der Leiche und dem Knirps wurde in das Gebäude geholt. Die Blauen Khasch folgten, die Tür schloß sich.

Reith lachte, doch da glitt wieder ein Schatten über ihn dahin. Er kroch durch das dichte Gebüsch und näherte sich der Leichenhalle. Niemand war zu sehen, weder Khasch noch Khaschleute. Er huschte zur Rückseite des Gebäudes, hinter dem die Mauer lag. Dort fand er einen niederen Torbogen, der in einen Lagerraum führte. Auf Regalen standen Gefäße in allen Größen und Formen, und Haufen alter Kleider lagen herum. Das leise Summen von Maschinen war zu hören. Der Raum sah aus, als werde er selten benutzt; ein niederer Bogen führte in einen anstoßenden Raum. Indirektes Deckenlicht verbreitete eine gespenstische Atmosphäre. Reith duckte sich hinter ein gerüstartiges Gestell und wartete.

Zwei Stunden vergingen, und Reith wurde allmählich unruhig. Er machte sich daran, die Räume zu erforschen und fand nebenan eine ganze Menge falscher, spitz zulaufender Scheitelperücken. Er probierte eine auf, und sie schien zu passen. Aus einem Haufen Kleider wählte er einen alten Mantel und legte ihn um. Wenn man nicht genau hinschaute, konnte man ihn so für einen Khaschmenschen halten.

Es wurde dunkler; die Sonne war hinter einer Wolkenbank verschwunden, und die Adarakbäume bewegten sich leise im Wind vor einem Hintergrund aus wäßrigem Licht. Luftschlitten konnte Reith im Moment nicht entdecken. Er suchte sich einen passenden Baum aus, um ihn zu erklettern. Die Rinde war viel zu glatt und weich, doch endlich gelangte er nach vielen Mühen auf das Dach. Unter seinen übelriechenden Kleidern schwitzte er heftig.

Reith kroch zum hinteren Dachrand und schaute über die Mauer. Die Mauerkrone war nicht ganz zwei Meter vom Dach entfernt und flach. Im Abstand von je fünfzehn Metern befanden sich etwa fußhohe Zacken, die vielleicht Warnanlagen waren. Auf der anderen Seite fiel die Mauer etwa acht Meter senkrecht ab, es war also noch ein ganz schöner Sprung in die Tiefe. Mit einem Seil hätte er sich jedoch gefahrlos hinablassen können. Er konnte ja aus alten Kleidungsstücken etwas zusammenknoten und sich daran abseilen.

Was würde geschehen, wenn er die Mauerkrone erreichte? Das wollte er sofort herausfinden. Er kroch soweit das Dach entlang, bis er einen Zacken als Gegenüber hatte, und auf den warf er seinen Mantel. Sofort schoß weißes Licht heraus und setzte den Mantel in Brand. Eiligst zog ihn Reith zurück und trat das Feuer aus. Wahrscheinlich hatte er jetzt einen Alarm ausgelöst. Sollte er jetzt von der Mauer abspringen? Entdeckte man ihn, waren seine Fluchtchancen äußerst gering, denn schon wieder erschienen über der Stadt Luftschlitten. Reith hörte ein hohes, schrilles Pfeifen, von dem ihm die Ohren schmerzten. Er ließ sich vom Dach herab und ging unter den Bäumen in Deckung. Da erregte ein schwacher Schimmer am Boden seine Aufmerksamkeit. Es war ein kleiner Teich, der völlig mit blaßweißen Wasserpflanzen bewachsen war.

Er warf Mantel und falschen Scheitel ab, sprang hinein, tauchte bis zur Nase unter und wartete.

Etliche Minuten vergingen. Ein Trupp Sicherheitspolizisten auf Elektromotorrädern raste vorbei, zwei Luftschlitten mit Geruchsdetektoren schwebten über ihn weg und verschwanden nach Osten. Die Blauen Khasch schienen der Meinung zu sein, er habe die Mauer überklettert und befinde sich jetzt schon außerhalb der Stadt. Wenn sie vermuteten, daß er Zuflucht in den Bergen suchte, hatten sich seine Aussichten ein ganzes Stück verbessert. Da regte sich etwas unter seinen Füßen. Eine Wasserschlange? Ein Aal? Er sprang aus dem Teich und gleich darauf kam etwas grunzend und prustend an die Oberfläche.

Reith griff nach Mantel und falschem Scheitel und trottete tropfnaß zur Leichenhalle weiter. Bald erreichte er einen schmalen Weg, der zu den Bungalows der Khaschmenschen führte. Nachts erschienen ihm diese Häuser sehr klein und niedrig, und die Fenster waren winzig. Nur in wenigen sah er Licht.

Seine nassen Kleider strömten einen scheußlichen Geruch aus, der aber seine Spur tarnen konnte. Der Himmel war dunkel. Keiner der Monde stand zwischen den Wolken, und die Nebengäßchen waren nicht beleuchtet. Zwei Khaschmänner kamen ihm entgegen. Er zog den Mantel enger um sich und duckte den Kopf zwischen die Schultern. Sie schienen uninteressiert zu sein und schauten ihn nicht einmal an. Offensichtlich glaubten die Blauen Khasch wirklich, daß er die Stadt schon verlassen hatte.

Das Tor war jetzt noch etwa zweihundert Meter entfernt, doch er konnte es noch nicht wagen, sich dort zu zeigen. In der Nähe des Tores bemerkte Reith in einem großen Gebäude eine Kellertaverne, und dort ging es ziemlich laut zu. Drei Khaschmänner näherten sich; denen drehte er den Rücken zu und schaute angelegentlich in den Schankraum hinab, der von gelben Lampen erhellt wurde. Zehn oder zwölf Khaschmänner mit verkniffenen Gesichtern hockten über großen Bierkrügen und unterhielten sich lachend mit einigen Khaschfrauen. Diese trugen schwarz-grüne Kleider, die mit Bändern und Falbeln geschmückt waren. Ihre Knopfnasen hatten sie leuchtend rot angemalt. Es sah grotesk aus, unterstrich aber seltsamerweise die Menschlichkeit der Khaschleute.

Hier gab es berauschende Getränke, leichte Frauen und Kameraderie, und das alles war bei den Khasch unbekannt.

Bis jetzt war seine Verkleidung ziemlich wirksam gewesen, aber ob sie auch einer näheren Untersuchung standhielte, wollte Reith ganz gewiß nicht ausprobieren.

Langsam ging er zum Tor weiter und näherte sich ihm bis auf etwa fünfzig Meter. Dort versteckte er sich in einer Nische zwischen zwei Gebäuden, um von hier aus das Tor zu beobachten.

Allmählich wurde es kälter, und der Duft aus den Gärten von Dadiche verstärkte sich.

Er döste ein wenig. Als er aufwachte, erschien Az hinter einem Adarakbaum. Reith bewegte seine verkrampften Beine und rieb sich den Nacken. Seine Kleider stanken fürchterlich.

Von den drei Torwächtern waren zwei inzwischen verschwunden, und der dritte schlief beinahe. Reith drückte sich wieder in seine Nische. Allmählich kam eine graue Dämmerung auf, und die Stadt erwachte. Neue Wachen zogen auf, und die ersten Wagen aus Pera kamen an. Der erste wurde von starken Tieren gezogen und hatte Fässer mit eingelegtem Gemüse und fermentiertem Fleisch geladen, und die stanken noch schlimmer als seine Kleider. Auf dem Fahrersitz hockten zwei Personen: ein mißmutiger stocksaurer Emmink – und Traz. »Dreiundvierzig!« rief Emmink. Traz rief: »Hunderteins!« Die Wachen kamen heraus, zählten die Fässer und inspizierten den Wagen. Sie durften weiterfahren.

Als der Wagen an ihm vorbeifuhr, kam Reith aus seiner Nische heraus. »Traz«, sagte er leise.

Traz schaute auf und nickte erleichtert. »Ich wußte doch, daß du noch am Leben bist«, flüsterte er.

»Kaum noch. Sehe ich wie ein Khaschmann aus?«

»Nicht sehr. Zieh deinen Mantel eng um dich. Wenn wir vom Markt zurückkommen, halte dich am rechten Vorderfuß des rechten Tieres bereit.«

Eine Stunde später kehrte der Wagen zurück und fuhr langsam an Reith vorbei. Dann hielt er an. Traz sprang ab, um die Fässer sicherer zu befestigen, und stellte sich so auf, daß die Sicht nach rückwärts versperrt war. Reith rannte und duckte sich unter das rechte Tier. Zwischen den Vorderbeinen hatte es eine große Hautfalte, die zu einer kleinen Hängematte hergerichtet war. In die schlüpfte Reith, und der Wagen fuhr weiter. Nun sah er nichts mehr als den Bauch des Tieres.

Am Tor mußte der Wagen halten.

Er hörte Stimmen und sah die spitz zulaufenden Sandalen der Posten. Endlich konnten sie weiterfahren und rumpelten durch das Tor, den Bergen entgegen. Aber es verging, wie Reith glaubte, eine unendlich lange Zeit, bis Traz anhielt.

»Jetzt kannst du heraus. Niemand beobachtet uns«, sagte Traz. Erleichtert sprang Reith heraus, riß sich den falschen Skalp ab, warf den stinkenden Mantel, die Jacke und das Hemd in einen Graben und lehnte sich an eines der Fässer. »Bist du verletzt?« erkundigte sich Traz besorgt.

»Nein, nur müde, aber ich lebe«, erwiderte Reith. »Das verdanke ich dir und natürlich auch Emmink, nehme ich an.«

Traz warf dem Fuhrmann einen düsteren Blick zu. »Der? Dem mußte ich allerhand androhen und ihn sogar ein wenig verprügeln.«

»Ah, ich verstehe«, sagte Reith und musterte den offensichtlich eingeschüchterten Wagenmeister. »Im Zusammenhang mit ihm hatte ich auch schon einige unfreundliche Gedanken.«

Emmink drehte sich um und grinste. »Edler Herr, ich erinnere Euch daran, daß ich Euch Anweisungen gab und belehrte, noch ehe ich Euren hohen Rang kannte.«

»Hoher Rang?« fragte Reith erstaunt.

»Der Rat von Pera hat dich zum Ältesten und Sprecher ernannt«, berichtete Traz. »Und das ist, glaube ich, schon ein Rang.«

11. Kapitel

Eigentlich hatte Reith nicht die geringste Lust, in Pera zu regieren, denn dazu brauchte er viel Geduld und Energie, und überdies schränkte das Amt seine Bewegungsfreiheit ein, ohne ihm persönliche Vorteile zu verschaffen. Außerdem würde er ja sowieso nur nach irdischen Grundsätzen regieren, und dabei war die Bevölkerung von Pera viel buntscheckiger als sonstwo auf der Erde. Sie bestand aus Verbrechern, Banditen, Monstern, Hybriden der verschiedensten Arten und Wesen, die man nicht näher beschreiben konnte. Wie sollte man ihnen die Begriffe von Freiheit und Gleichheit, von menschlicher Würde und Fortschritt klarmachen?

Eine ungeheuer schwierige Aufgabe ...

Und was sollte aus seinem Raumboot werden? Aus den Hoffnungen, zur Erde zurückzukehren? Gut, er wußte, daß es in Dadiche war, aber die Blauen Khasch würden höchstens amüsiert zischen, wenn er sein Eigentum zurückforderte. Hilfe konnte er sowieso von keiner Seite erwarten. Außerdem wußten die Blauen Khasch nun von seiner Existenz und konnten sich darauf einrichten. Natürlich machten sie sich dann auch Gedanken über seine Herkunft.

Schließlich schlief Reith vor Müdigkeit ein, und der Wagen rumpelte weiter über den Paß; die Sonne wärmte seine Haut, und der Wind blies den üblen Gestank weg.

In Pera wachte er wieder auf, als der Wagen über das holprige Pflaster ratterte. Sie fuhren am Hauptplatz mit den Galgen vorbei, an denen acht Schnapper in ihren einst prächtigen, nun jedoch schmutzigen und zerfetzten Uniformen baumelten. Traz erklärte ihm möglichst gleichmütig die Geschichte. Sie seien lachend und winkend von der Zitadelle herabgekommen, als sei alles nur ein Witz gewesen. Sie waren sehr gekränkt, als die neue Miliz sie ergriff und zu den Galgen schleppte. Erst ihr Tod hatte ihren Klagen ein Ende gemacht.

»Dann ist die Zitadelle also leer«, stellte Reith fest.

»Ja, soviel wir wissen. Willst du dort deinen Wohnsitz nehmen?« So, wie Traz es sagte, klang die Frage als Mißbilligung, und Reith mußte lachen, weil er noch immer unter dem Einfluß von Onmale stand.

»Nein«, antwortete Reith. »Dort wohnte ja Naga Goho. Lebten wir auch dort, würden ja die Leute glauben, wir seien nur neue Naga Gohos.«

»Aber es ist ein schöner Palast mit vielen Reichtümern«, meinte Traz. »Offensichtlich hast du dich aber schon entschlossen, in Pera zu regieren.«

»Ja, offensichtlich«, gab Reith zu.

Im Gasthaus rieb sich Reith gründlich mit feinstem Sand, mit Ölen und gesiebter Asche ab wusch sich mit kaltem Wasser und wiederholte diesen Prozeß, bis er sicher sein konnte, den widerlichen Gestank beseitigt zu haben.

Seife, so überlegte er, würde wohl eine der ersten Neuerungen sein, die er auf Tschai einführte. Wie ließ es sich erklären, daß so ein einfaches Produkt wie Seife auf Tschai unbekannt war? Er mußte die Blume von Cath fragen, ob man in ihrer Heimat Seife kannte.

Geschrubbt, rasiert, in frischen Kleidern und neuen Sandalen aus feinem Leder aß Reith im Gastraum erst eine Schüssel Haferbrei, dann gemischtes Gemüse mit Fleisch. Man konnte feststellen, daß sich die Atmosphäre schon verändert hatte. Das Personal des Gasthauses behandelte ihn äußerst respektvoll; die anderen Leute im Gastraum unterhielten sich leise und beobachteten ihn heimlich.

Im Hof standen einige Leute und schauten ab und zu durch die Fenster. Als er mit seiner Mahlzeit fertig war, kamen sie herein und standen in einer Reihe vor ihm. Es waren die neuen Ratsherren von Pera, und Reith erkannte ein paar Gesichter. Einer war mager und gelbhäutig und hatte schwarze, brennende Augen – ein Marschmann vermutlich.

Ein paar Mischungen aus Khaschmännern und Grauen waren dabei, ein Nomade und ein anderer Steppenbewohner. Der Nomade, ein alter Mann mit hagerem Gesicht und langen Armen, die ihm fast bis zu den Knien reichten, gefiel ihm besonders. Er war zum Sprecher gewählt worden.

»Wir sind der Rat der Fünf«, meldete er, »und wir haben uns zusammengetan, wie Ihr es empfohlen habt. Wir hatten eine lange Besprechung. Da Ihr uns geholfen habt, Naga Goho und die Schnapper abzusetzen, haben wir Euch zum Oberhaupt von Pera gewählt.«

Reith lehnte sich zurück und besah sich den neuen Rat. »Ganz so einfach ist es nicht«, antwortete er schließlich. »Vielleicht wollt ihr gar nicht mit mir zusammenarbeiten. Wenn ich das Amt übernehmen soll, muß ich sicher sein, daß ihr auch bereit seid, großen Veränderungen zuzustimmen.«

»Wir sind ein konservatives Volk«, sagte der Graue vorsichtig. »Das Leben ist hart, und Experimente können wir nicht wagen.«

Aber der alte Nomade lachte dazu. »Experimente! Wir sollten darüber nur froh sein. Jede Veränderung kann nur Besseres bringen. Hören wir uns jedoch an, was der Mann zu sagen hat!«

»Es kann ja nicht schaden, ihm zuzuhören«, meinte der Graue.

»Dieser Meinung bin ich auch«, pflichtete ihm Reith bei. »Pera ist eine Ruinenstadt. Die Leute hier leben wie Flüchtlinge. Sie haben keinen Stolz und keine Selbstachtung, wohnen in Löchern, sind schmutzig und unwissend und laufen in Lumpen herum. Und noch schlimmer: es scheint ihnen nichts auszumachen.«

Der Nomade lachte zustimmend, die anderen sahen zweifelnd drein. Einer fragte: »Dürfen wir in Einzelheiten hören, was Ihr zu tun gedenkt?«

Reith schüttelte den Kopf. »Noch habe ich nicht darüber nachgedacht. Ihr müßt wissen, ich bin ein zivilisierter Mann und wurde entsprechend erzogen. Ich weiß, was die Menschen erreichen können. Es ist sehr viel mehr, als ihr euch vorstellen könnt. Die Bewohner von Pera sind Menschen. Ich würde also darauf bestehen, daß sie auch menschenwürdig leben.«

»Ja, ja«, riefen sie. »Aber wie sieht das genau aus?«

»Erstens brauchen wir eine gut ausgebildete, disziplinierte Miliz zur Aufrechterhaltung der Ordnung – und zum Schutz der Stadt und der Karawanen vor den Grünen Khasch. Dann sind Schulen und ein Hospital nötig, auch Läden und ein Markt. Ich würde auch die Leute ermutigen, Häuser zu bauen und die Ruinen zu beseitigen.«

Die Ratsmänner traten von einem Fuß auf den anderen.

Der alte Nomade brummte: »Wir sind Menschen, und das wollen wir auch sein. Aber ist es nötig, daß wir wie die Dirdir leben. Es genügt, wenn wir überleben.«

Der Graue meinte: »Das würden die Blauen Khasch nie zulassen. Sie dulden uns in Pera nur, weil wir friedlich sind.«

»Und weil wir ihnen unsere Produkte sehr billig verkaufen«, ergänzte ein anderer.

Reith hob eine Hand. »Ihr habt mein Programm gehört. Wenn ihr nicht mittun wollt, müßt ihr euch einen anderen Regenten suchen.«

Der alte Nomade zog die anderen zur Seite; die Unterredung war sehr lebhaft. Schließlich kamen sie zurück.

»Wir nehmen Eure Bedingungen an. Ihr werdet also unser Regent sein«, sagte der alte Nomade.

Reith hatte im stillen gehofft, der Rat würde seine Bedingungen ablehnen; er seufzte schwer. »Gut, dann sei es. Ich warne euch aber, denn ich verlange viel von euch. Ihr werdet härter als je arbeiten müssen, aber es wird zu eurem Besten sein. Das hoffe ich wenigstens.«

Noch eine Stunde lang sprach er mit ihnen, und zum Schluß zeigten sie nicht nur großes Interesse, sondern sogar ein gewisses Maß an Begeisterung.

Am Spätnachmittag machte sich Reith zusammen mit Traz und Anacho auf, um die Zitadelle zu besichtigen. Ihm und den anderen gingen fast die Augen über, als sie entdeckten, welche Schätze dort angesammelt waren: riesige Mengen von Stoffen, Leder, seltene Hölzer, Werkzeuge und Geräte, feinste Lebensmittel und köstliche Luxusartikel. In einer Nische fand Reith eine Truhe, die zur Hälfte mit Sequinen gefüllt war. Zwei weitere kleinere Truhen enthielten Edelsteine und sonstige Kostbarkeiten. Sie kamen sich wie in einer Schatzhöhle vor. Jeder suchte sich ein gutes Schwert mit reichen Verzierungen aus, und Traz konnte außerdem noch neue Kleider wählen.

Reith entdeckte auch einige Dutzend Energiepistolen mit verbrauchten Energiezellen. Anacho erklärte ihm, daß diese mit den Energiezellen, mit denen man die Wagen betrieb, wieder aufgeladen werden konnten. Naga Goho schien dies nicht gewußt zu haben, und das war gut so.

Als sie am späten Abend die Zitadelle verließen und den Hof überquerten, fiel Reith eine breite, beschlagene Tür auf, die eine ganze Nische ausfüllte. Er zog sie auf und entdeckte eine nach unten führende Steintreppe. Ein furchtbarer Geruch schlug ihnen entgegen. Es stank nach Moder, Schmutz und Verwesung.

»Das sind Verliese«, stellte Anacho fest. »Horcht!«

Ein schwaches Wimmern kam von unten. Neben der Tür fand Reith eine Lampe, die Anacho nur oben antippte, um sie zum Brennen zu bringen. Das war eine sehr praktische Erfindung der Dirdir.

Sie waren auf alles gefaßt, als sie in die Gewölbe hinabstiegen. Traz deutete auf einen schwarzen Schatten, der lautlos an der Wand entlangglitt. »Pnume«, flüsterte Anacho. »Sie hausen in allen Ruinen auf Tschai wie Würmer in faulem Holz.«

An allen Wänden des großen Raumes standen Käfige. In einigen lagen Knochen, in anderen verfaulende Leichen, in wenigen lebende Wesen, die nach Wasser stöhnten. »Gebt uns Wasser!« flehten sie. »Wasser, Wasser!«

»Khaschmenschen«, stellte Reith fest. Ein Wassertank befand sich im Raum. Dort füllte er Kannen und brachte sie zu den Käfigen. Gierig tranken die Khaschmenschen und baten um mehr. Endlich durften sie sich sattrinken.

In einem Käfig befanden sich zwei Grüne Khasch, die bewegungslos dasaßen und immer nur in eine Richtung starrten. Anacho erklärte, sie seien Telepathen und schauten dorthin, wo ihre Horde sei. Auch sie bekamen Wasser und tranken durstig die Kannen leer.

Die Khaschmenschen waren schon lange eingesperrt, und sie hatten jeden Zeitbegriff verloren. Die Ratsmitglieder hatten keine Ahnung von diesen Verliesen gehabt und waren sehr bedrückt. Reith öffnete sofort die Käfige. »Kommt heraus«, sagte er. »Ihr seid frei. Die, die euch eingesperrt haben, sind tot.« Die Leute krochen heraus und tranken sofort wieder Wasser.

Mit den Grünen Khasch konnte sich niemand verständigen, da sie nicht sprachen. Bruntego, der Graue, schlug vor, sie sofort zu töten, am besten auch die Khaschmenschen, die ja doch nichts taugten, aber Reith warf ihm einen bösen Blick zu.

»Wir sind keine Schnapper. Wenn wir töten, dann nur, wenn es sich nicht umgehen läßt. Die Khaschmänner können dorthin zurückkehren, wo sie her sind, oder hier als Freie leben, wie sie es wünschen.«

Die Pnume waren nicht mehr zu sehen. Die Khaschmenschen beklagten sich, daß sie sich geweigert hätten, ihnen Wasser zu bringen, sie seien die merkwürdigsten Einwohner von Tschai und müßten ausgerottet werden.

»Und die Dirdir, die Wankh und die Khasch wohl auch«, meinte Reith lachend.

»Nein, nicht die Khasch. Wir sind ja auch Khasch. Weißt du das nicht?«

»Ihr seid Menschen, keine Khasch.«

»Wir sind Khasch in einem Vorstadium, das ist die Wahrheit!«

Jetzt wurde Reith zornig. »Nehmt endlich eure falschen Köpfe ab!« rief er und riß einigen die komische Frisur ab. »Ihr seid Menschen und nichts sonst. Wie könnt ihr euch so herabwürdigen lassen ... Kommt, wir gehen jetzt.«

Verlegen und verängstigt ließen die Khaschmänner die Köpfe hängen.

Eine Woche verging. Reith stürzte sich in die Arbeit. Er suchte einige intelligente Männer und Frauen aus, die er selbst unterweisen konnte; ihr Wissen sollten sie dann an andere weitergeben. Er stellte eine Miliz auf und bestimmte zu ihrem Befehlshaber den alten Karawanenmeister Baojian. Zusammen mit Anacho und Tostig, dem alten Nomaden, arbeitete er eine Reihe neuer Gesetze aus. Bald erkannte er, daß es nicht damit getan war, Befehle zu erteilen. Er sollte überall gleichzeitig sein, und dabei mußte er immer mit einem Überfall der Blauen

Khasch und deren Versuch rechnen, sich seiner zu bemächtigen. Sie hatten sicher ihre Spione in Pera. Jeder andere hätte sich längst aus der Stadt zurückgezogen, doch Reith dachte nicht daran.

Die Khaschmenschen aus den Verliesen hatten keine Lust, nach Dadiche zurückzukehren. Ein Problem waren die Krieger der Grünen Khasch. Reith brachte es nicht über sich, sie zu töten, aber gegen ihre Freilassung hätte wohl die ganze Bevölkerung protestiert. Er stellte also ihre Käfige auf den Marktplatz, wo sie von den Bewohnern Peras nach Belieben beschimpft werden konnten. Aber sie blieben schweigsam und starrten immer nur in die Richtung, wo ihre Horde zu Hause war.

Reiths größte Sorge war die Blume von Cath, obwohl sie mehr denn je ein Rätsel für ihn war. Während der langen Reise war sie melancholisch und etwas hochmütig gewesen. Jetzt zeigte sie sich als sanfte, liebevolle, ein wenig geistesabwesende Person. Er fand sie anziehender denn je, denn sie dachte sich immer reizende Überraschungen für ihn aus. Allerdings blieb sie melancholisch. Vermutlich litt sie sehr unter Heimweh. Eines Tages würde er sich wohl ihre Klagen anhören müssen.

Dann stellte sich heraus, daß drei befreite Khaschmenschen nicht aus Dadiche stammten, sondern aus Saaba, einer Stadt im Süden. Einmal sagte man zu Reith in der Gaststube, er solle sich doch mit diesen Leuten nicht soviel Mühe geben, denn sie seien Untermenschen, die keine Zivilisation annähmen.

»Ihr wißt ja gar nicht, worüber ihr redet«, meinte Reith dazu, denn er wußte, daß sie auch ihn für einen Halbmenschen, vielleicht sogar für einen Untermenschen hielten, der auf die fortschrittlichen Rassen eifersüchtig war.

»In Dadiche sah ich das Leichenhaus«, erklärte Reith. »Ich sah, wie die Blauen Khasch den Schädel eines toten Khaschmenschen spalteten und einen winzigen Blauen

Khasch hineinsetzten. Mit solchen Tricks wollen sie euch nur weiter versklaven. Die Dirdir bedienen sich zweifellos gegenüber den Dirdirmenschen ähnlicher Tricks, wenn ich auch bezweifle, daß die Dirdirmenschen hoffen, zu Dirdir zu werden ... Nun, Anacho, was sagst du dazu?«

»Die Dirdirmenschen rechnen nicht damit, Dirdir zu werden. Das wäre Aberglaube. Sie sind die Sonne, wir der Schatten, aber beide stammen wir vom Urei. Die Dirdir sind die höchste Form kosmischen Lebens. Wir, die Dirdirmenschen, sind stolz darauf, ihnen nachzustreben. Welch andere Rasse hätte je einen solchen Glanz erreicht?«

»Die Rasse der Menschen«, belehrte ihn Reith.

Anacho verzog angewidert das Gesicht. »In Cath etwa? Lotusesser! Die Meribs? Überzüchtete, zerbrechliche Künstler. Die Dirdir sind auf Tschai die absolute Spitze.«

Die Khaschmenschen widersprachen entschieden, doch Anacho wies ihre Ansichten entrüstet zurück. Reith erklärte, beide Seiten hätten unrecht. »Ich kann euch sagen, warum; nur nicht im Augenblick. Die Tatsache kennt ihr aber ebenso gut wie ich. Ihr müßt nur die richtigen Schlüsse daraus ziehen.«

»Welche Tatsachen? Und welche Schlüsse?« wollten die Khaschmenschen wissen.

»Das ist doch sehr einfach. Khaschmenschen und Dirdirmenschen sind Diener. Biologisch sind die Menschen mit keiner dieser beiden Rassen, auch nicht mit den Wankh oder den Pnume, zu vergleichen. Die Menschen waren auch nicht seit jeher auf Tschai ansässig. Ihre Heimat ist anderswo. Es ist daher anzunehmen, daß sie vor sehr langer Zeit als Sklaven von der Welt der Menschen nach Tschai gebracht wurden.«

Die Khaschmenschen protestierten, Anacho musterte gelassen die Decke, und die Leute von Pera seufzten und wunderten sich. Die halbe Nacht hindurch gab es erregte Diskussionen.

Am nächsten Morgen reisten die drei Khaschmenschen nach Dadiche ab, zufällig mit Emminks Wagen. Reith war das nicht gerade angenehm, denn sie würden über ihn, seine Tätigkeit und seine radikalen Ansichten und Maßnahmen nun überall sprechen. Das mußte die Blauen Khasch noch mißtrauischer machen, und die Zukunft erschien ihm wieder einmal recht kompliziert. Er konnte sich aber noch nicht entschließen, wieder weiterzuziehen.

Nachmittags beobachtete er die neue Miliz beim Exerzieren. Es war eine bunt zusammengewürfelte Menge in einer alles andere als einheitlichen Aufmachung. Die Offiziere zeigten ebenso wenig Begeisterung wie die Männer, und Baojians Mühe war verschwendet.

Er mußte zwei Leutnants absetzen, weil sie offensichtlich gar nichts begriffen hatten. Nachdem er zwei neue ernannt hatte, sprang er auf einen Wagen und sprach zu den Leuten. »Versteht ihr denn nicht, wofür ihr das tut? Ihr müßt lernen, euch selbst zu beschützen! Du dort unten, was hast du dazu zu sagen? Sprich doch!«

»Ich sagte, das Marschieren und Üben sei Zeitverschwendung und Unsinn. Was soll uns das nützen?«

»Ihr lernt zu gehorchen und Befehle auszuführen und als Gruppe zu handeln. Eine Gruppe kann viel mehr erreichen als ein einzelner. Im Kampf macht der Anführer die Pläne, und die disziplinierten Krieger führen sie aus. Ohne Disziplin werden Kriege verloren. Versteht ihr jetzt?«

»Wie können Menschen Kriege gewinnen? Die Blauen Khasch haben Energiewaffen und Kampfflöße, wir nur ein paar Sandstrahler. Die Grünen Khasch sind unbesiegbar. Also ist es besser, sich in den Ruinen zu verstecken. So haben die Menschen in Pera immer gelebt.«

»Gut. Wenn ihr keine Männerarbeit verrichten wollt, zieht euch Weiberkleider an und tut deren Arbeit. Ihr könnt wählen.« Er wartete ein wenig, doch niemand meldete sich zu Wort.

Reith stieg vom Wagen herab und erteilte Befehle. Wenig später brachten einige Milizmänner aus der Zitadelle große Stoffballen und Lederbündel, andere kehrten mit Scheren und Rasiermessern zurück. Trotz ihres Protestes wurden die Milizmänner kahlgeschoren. Dann holte man die Frauen zusammen und ließ sie Uniformen nähen. Am folgenden Tag konnten sie einander schon in diesen Uniformen bewundern. Es waren lange, weiße ärmellose Röcke mit schwarzen, auf der Brust aufgenähten Blitzen. Korporale und Sergeanten hatten schwarze Schulterstücke, die Leutnants kurze rote Ärmel an den Uniformen.

Als sie exerzierten, stellte sich heraus, daß sie nun wesentlich besser waren und anscheinend sogar Spaß daran fanden.

Am dritten Tag nach der Abreise der Khaschmänner bestätigten sich Reiths Befürchtungen. Ein riesiges Luftfloß glitt über die Steppe, beschrieb einen Kreis über Pera und ließ sich dann direkt vor dem Gasthaus herab. Zwölf Khaschmänner stiegen aus, Sicherheitspolizisten in grauen Hosen und purpurnen Jacken. Sechs Blaue Khasch blieben an Bord und starrten herab. Diese Blauen Khasch schienen besondere Persönlichkeiten zu sein, denn sie trugen knappsitzende Anzüge aus Silberfiligran, große silbergefaßte Rauchquarze und Silberschutzkappen an den Arm- und Beingelenken.

Die Blauen Khasch unterhielten sich kurz mit den Khaschmännern; zwei marschierten zur Tür des Gasthauses und sprachen mit dem Wirt. »Ein Mann, der sich Reith nennt, hat sich zu eurem Häuptling hier erklärt. Holt ihn sofort. Der Lord Khasch will mit ihm sprechen.«

Der Wirt hatte keine rechte Lust. »Er ist irgendwo, und ihr müßt warten, bis er kommt.«

»Dann verständigt ihn. Aber schnell.«

Reith hatte gar keine Lust, folgte aber seufzend der Aufforderung, denn er hatte sie ja erwartet. Er wußte, daß seine Entscheidung das Leben aller Menschen von Pera, vielleicht von ganz Tschai verändern konnte – ob zum Guten oder Bösen mußte man abwarten. Er erteilte Traz einige Befehle und sagte zum Wirt, er sei bereit, mit den Khasch in der Gaststube zu sprechen.

Als den Blauen Khasch dies mitgeteilt worden war, stiegen sie aus ihrem Luftfloß und blieben vor dem Gasthaus stehen. Einer der Khaschmänner bellte: »Wer von euch ist hier der Häuptling? Er soll die Hand heben!«

Reith drängte sich an ihnen vorbei und stand dann vor den Blauen Khasch, die ihn anstarrten. Reith musterte fasziniert die fremden Gesichter. Die Augen glichen kleinen Metallkugeln, die im Schatten der vorspringenden Stirn glitzerten. Sie erschienen ihm im Moment weder besonders tüchtig noch kapriziös oder vielleicht von spielerischer Grausamkeit, sondern nur drohend.

Reith stand da, die Arme über der Brust gekreuzt. Er wartete.

Einer der Blauen Khasch trug einen Edelstein, der größer war als die der anderen. Mit der typisch kehligen Stimme seiner Rasse fragte er: »Was tust du hier in Pera?«

»Ich bin der gewählte Regent.«

»Du bist der Mann, der unerlaubterweise Dadiche besucht und sich das Technische Zentrum des Distrikts angeschaut hat.«

Reith gab keine Antwort.

»Gut. Du sagst also nichts. Du streitest auch nichts ab. Dein Geruch ist anders als der der anderen. Warum bist du nach Dadiche gegangen?«

»Weil ich nie vorher in Dadiche gewesen bin. Ihr

kommt ja auch ohne Erlaubnis nach Pera. Natürlich seid ihr willkommen, solange ihr euch an unsere Gesetze haltet. Ich meine, auf dieser Basis könnten die Leute aus Pera auch Dadiche besuchen.«

Die Khaschmänner lachten, und die Blauen Khasch schauten sichtlich erschüttert drein. Ihr Sprecher sagte: »Du hast eine falsche Doktrin verbreitet und überredest die Menschen von Pera zu Narreteien. Woher hast du solche Ideen?«

»Das sind keine falschen Doktrinen oder Narreteien. Sie sind selbstverständlich.«

»Du mußt mit uns nach Dadiche kommen«, sagte der Blaue Khasch, »und einige Punkte klären. Besteige sofort das Floß.«

Reith schüttelte lächelnd den Kopf. »Wenn ihr Fragen stellen wollt – bitte, aber jetzt. Dann stelle ich meine Fragen.«

Die Blauen Khasch gaben den Khaschmännern ein Zeichen und sie versuchten, Reith zu ergreifen, doch er trat einen Schritt zurück und schaute zu den oberen Fenstern hinauf. Im selben Moment regneten von dort Katapultpfeile herab und bohrten sich in die Köpfe der Khaschmänner. Die Blauen Khasch waren aber von einem Kraftfeld umgeben, so daß sie von den Pfeilen nicht verletzt wurden, da das Kraftfeld sie ablenkte. Aber Reith hatte schon seine Energiewaffe bereit. Eine halbkreisförmige Handbewegung – und die sechs Blauen Khasch fielen zu Boden.

Alle schwiegen. Die Zuschauer hielten den Atem an. Reith winkte Traz zu. Sie nahmen den Toten die Waffen ab, dann wurden die Leichen abtransportiert.

»Was werden wir jetzt tun?« wisperte der Rat Bruntego. »Wir sind verloren. Sie werden uns an ihre roten Blumen verfüttern.«

»Genau«, antwortete Reith, »das heißt, falls wir sie

nicht daran hindern.« Er gab Traz ein Zeichen, dann bestieg er das Luftfloß. Die Kontrollen – eine Ansammlung von Pedalen, Knöpfen und Hebeln – verstand er nicht. Anacho, der Dirdirmann, besah sich die Sache, und Reith fragte ihn, ob er damit umgehen könne.

»Natürlich«, erwiderte Anacho und schnaubte verächtlich. »Das ist das alte System Daidne.«

»Und was sind diese Rohre hier? Energieleitungen?«

»Ja. Sehr alt und überholt. Die Dirdir sind viel weiter.«

»Welche Reichweite?«

»Eine sehr geringe. Die Energie ist schwach.«

»Wenn wir vier oder fünf Sandstrahler auf das Floß montieren, haben wir eine ganz beträchtliche Feuerkraft.«

Am Nachmittag des folgenden Tages trieben einige Luftflöße hoch über Pera und kehrten, ohne zu landen, nach Dadiche zurück. Am Morgen darauf kam vom Belbal-Paß eine Wagenkolonne mit etwa zweihundert Khaschmännern und hundert Offizieren der Blauen Khasch. Vier Luftflöße mit Scharfschützen der Blauen Khasch schwebten heran.

Die Wagen blieben etwa eine halbe Meile vor Pera stehen. Die Truppen teilten sich in vier Kompanien auf, die aus allen vier Himmelsrichtungen auf Pera zumarschierten. Die Flöße blieben in der Luft.

Reith teilte seine Miliz in zwei Gruppen auf und schickte sie durch die Ruinen zum Stadtrand, wo die Khaschtruppen wohl zuerst angreifen würden.

Die Miliz wartete in gut gewählten Verstecken, bis sich die Khaschtruppen etwa hundert Meter in die Stadt vorgewagt hatten. Dann verließen die Männer ihre Verstecke und feuerten mit allen Waffen, die sie hatten, mit Katapulten, Sandstrahlern und Waffen, die sie aus Gohos

Arsenalen geholt, und anderen, die sie den toten Khasch abgenommen hatten.

Das Feuer konzentrierte sich auf die Blauen Khasch, von denen zwei Drittel in den ersten fünf Minuten starben, dazu auch noch die Hälfte der Khaschmänner. Die restlichen gaben auf und flohen in die offene Steppe hinaus.

Die Flöße stießen tief hinab und bestrichen die Ruinen mit Todesstrahlen. Die Miliz ging wieder in Deckung.

Nun erschien hoch am Himmel wieder ein Luftfloß, und zwar jenes, das Reith mit Sandstrahlern hatte ausrüsten lassen; das hatte er fünf Meilen von der Stadt entfernt unter Büschen in der Steppe versteckt. Immer weiter senkte es sich herab auf die Khaschflöße. Die Männer an den Sandstrahlern und Energiestrahlern eröffneten das Feuer. Die vier Flöße fielen wie Steine vom Himmel. Dann flog das Floß über die Stadt und beschoß die beiden Kompanien, die von Norden und Osten in die Stadt vordrangen, während die Miliz von der Flanke her angriff. Unter schwersten Verlusten zogen sich die Khaschtruppen zurück. Der Angriff aus der Luft hatte sie demoralisiert, und in ungeordneten Haufen traten sie, von der Miliz von Pera verfolgt, eine wilde Flucht in die Steppe an.

12. Kapitel

Reith beriet sich mit seinen stolzgeschwellten Leutnants. »Heute haben wir gewonnen, weil sie uns nicht ernst nahmen. Sie können aber mit viel stärkeren Kräften anrücken. Ich vermute, daß sie noch heute mit sämtlichen Luftflößen und Truppen angreifen und uns dann morgen schwer bestrafen werden. Klingt das vernünftig?«

Niemand war anderer Meinung.

»Da wir schon Krieg führen müssen«, fuhr Reith fort, »ist es besser, wir ergreifen selbst die Initiative, um den Khasch ein paar Überraschungen zu bereiten. Sie halten von den Menschen nicht viel, und das soll sich ändern. Das heißt also, wir müssen unsere eigenen Waffen dort einsetzen, wo wir den größten Schaden anrichten können.«

Bruntego, der Ratsherr, schlug die Hände vor das Gesicht und schüttelte sich vor Entsetzen. »Sie haben mindestens tausend Khaschmännersoldaten, vielleicht viel mehr. Sie haben Luftflöße und Energiewaffen, und wir sind nur ein paar Mann, die größtenteils nur mit Katapulten ausgerüstet sind.«

»Katapulte können einen Menschen ebenso mausetot schießen wie Energiestrahlen«, erwiderte Reith.

»Aber die Flöße, die Projektile, die Macht und Intelligenz der Blauen Khasch! Sie werden uns völlig vernichten und Pera zu einem einzigen Krater machen.«

Tostig, der alte Nomade, widersprach. »Wir haben ihnen in der Vergangenheit zu treu und billig gedient. Warum sollen sie sich nur des dramatischen Effektes wegen dieser Dienste berauben?«

»So sind eben die Blauen Khasch, und so handeln sie!«

Tostig schüttelte den Kopf. »Die Alten Khasch vielleicht. Die Blauen Khasch nicht. Sie werden uns eher belagern und aushungern und dann die Führer nach Dadiche entführen, um sie dort zu bestrafen.«

»Vernünftig klingt es«, gab Anacho zu, »aber wir können nicht erwarten, daß sich die Blauen Khasch vernünftig verhalten. Alle Khasch sind doch halb verrückt.«

»Deshalb müssen wir sie mit ihren eigenen Waffen schlagen«, sagte Reith.

Die Diskussion ging noch eine ganze Weile weiter. Man machte Vorschläge und Gegenvorschläge, doch schließlich wurde ein Übereinkommen erzielt. Man schickte Boten aus, die alle Leute warnen sollten. Natürlich gab es Proteste, als die Frauen und Kinder, die Alten und alle, die sich mitzuhelfen weigerten, auf Wagen geladen und mitten in der Nacht in eine versteckte Schlucht transportiert wurden, die ungefähr zwanzig Meilen südlich der Stadt lag. Dort wurde ein vorübergehendes Lager aufgeschlagen.

Die Miliz sammelte alle Waffen und marschierte noch in der gleichen Nacht zum Belbal-Paß.

Reith, Traz und Anacho blieben in Pera. Aus Gohos Tagen waren noch immer einige Krieger der Grünen Khasch in der Festung, denn auch Reith hatte noch immer nicht gewagt, sie freizulassen. Er ließ also die Käfige der Khaschkrieger mit Tüchern umhüllen und an Bord des Floßes bringen. Bei Sonnenaufgang stieg Anacho mit dem Floß auf und ließ es in jene Richtung gleiten, in die die Grünen Khasch starrten – nach Nordosten. Zwanzig Meilen legten sie so zurück, dann noch einmal zwanzig. Dann rief Traz, der die Grünen Khasch durch ein Guckloch beobachtete: »Jetzt drehen sie sich nach Westen!«

Anacho schwang also das Floß nach Westen, und wenige Augenblicke später entdeckten sie ein Kriegslager der Grünen Khasch in einem Wald aus Grasbäumen, der am Rand eines Sumpfes lag.

»Fliegt nicht zu nahe hin«, warnte Reith und musterte das Lager durch sein Scanskop. »Es genügt zu wissen, daß sie da sind. Und jetzt zurück zum Belbal-Paß.«

Das Floß kehrte nach Süden zurück und flog über die Palisaden, die dem Schanizade-Ozean zugekehrt waren. Über dem Belbal-Paß blieb es in der Luft hängen, um sowohl Dadiche als auch Pera beobachten zu können.

Zwei Stunden vergingen. Reith wurde allmählich nervös. Seine Pläne gründeten sich nur auf Hypothesen und vernünftige Überlegungen, doch die Khasch waren für ihre Unberechenbarkeit berüchtigt. Dann näherte sich endlich von Dadiche her zu Reiths großer Erleichterung eine lange, dunkle Kolonne. Durch sein Scanskop erkannte Reith etwa hundert Wagen, die mit Blauen Khasch und Khaschmännern beladen waren, und viele andere transportierten Waffen und Ausrüstungsgegenstände.

»Diesmal«, stellte Reith fest, »nehmen sie uns ernst.« Er schaute zum Himmel hinauf. »Noch keine Flöße sichtbar. Sicher schicken sie im letzten Moment noch Späher aus ... Zeit, daß wir uns in Bewegung setzen. In einer halben Stunde kommen sie durch den Belbal-Paß.«

Sie setzten das Floß auf die Steppe und landeten einige Meilen südlich der Straße. Sie rollten den Käfig auf den Boden und nahmen die Tücher ab, mit denen er zugedeckt war. Die riesigen Grünen Khasch sprangen sofort auf und schauten über die Landschaft.

Reith öffnete die Tür und zog sich zum Floß zurück, das Anacho sofort abhob. Die Grünen Khasch stimmten ein trommelfellzerreißendes Triumphgeheul an, hoben die Arme und schüttelten sie vor Verachtung. Dann wirbelten sie nach Norden herum und rannten im steifbeinigen Trott der Grünen Khasch in die Steppe hinaus.

Die Wagen von Dadiche kamen über den Paß. Die Grünen Khasch blieben verwundert stehen, dann trotteten sie weiter zu einem Dickicht aus Gartbüschen, wo sie unbeweglich und fast unsichtbar stehenblieben.

Immer mehr Wagen kamen vom Paß herab, und schließlich war die Fahrzeugkolonne über eine Meile lang.

Anacho ließ das Floß in einen dunklen Tobel gleiten und setzte es unmittelbar unter dem Kamm auf den

Boden. Reith suchte wieder den Himmel nach Flößen ab und konzentrierte sich schließlich auf den Osten. Die Grünen Khasch waren unter den Gartbüschen nicht zu sehen. Die Streitmacht, die sich von Dadiche heranwälzte, war wie eine dunkle, drohende Riesenraupe, die den Ruinen von Pera entgegenkroch.

Vierzig Meilen nördlich lagen die Grünen im Lager.

Reith kehrte zum Floß zurück. »Wir haben getan, was wir konnten. Jetzt werden wir warten«, bestimmte er.

Die Armee der Blauen Khasch näherte sich Pera und teilte sich wie zuvor in vier Kompanien auf. So schlossen sie die verlassenen Ruinen ein. Energiestrahlen wurden auf vermutlich befestigte Plätze konzentriert, Späher erkundeten unter Feuerschutz die Ruinen. Sie nahmen den ersten Ruinenblock, und als sie nicht beschossen wurden, formierten sie sich neu und wählten andere Ziele.

Eine halbe Stunde später kehrten die Späher mit ein paar von jenen Leuten zurück, die es aus Faulheit oder Widerspruchsgeist vorgezogen hatten, in Pera zu bleiben.

Wieder vergingen fünfzehn Minuten, als diese Personen vernommen wurden. Es gab eine Periode der Unentschlossenheit, als die Blauen Khasch Rat hielten. Mit einer verlassenen Stadt hatten sie nicht gerechnet, und diese Tatsache war ein ernstliches Problem von bestürzender Zwiespältigkeit.

Die Kompanien, die die Stadt eingekreist hatten, kehrten zur Hauptstreitmacht zurück, und es dauerte nicht lange, da zogen alle entmutigt und bitterböse nach Dadiche zurück.

Reith suchte die Wüsten im Norden, um zu sehen, ob sich dort etwas bewegte. War es richtig, daß die Grünen Khasch sich untereinander telepathisch verständigen konnten und entsprach es der Wahrheit, daß sie die Blauen Khasch über alle Maßen haßten, so mußten sie jetzt auf der Szene erscheinen. Aber nichts rührte sich in der Steppe.

Die Truppen der Blauen Khasch zogen sich zum Belbal-Paß zurück. Aus den dunkelgrünen Gartbüschen, aus Dickichten von Lagardbüschen, aus dem dicken und hohen Polster aus Salzgras, scheinbar aus dem Nichts und Nirgendwo erschienen ganze Horden von Grünen Khasch. Reith konnte nicht verstehen, wie sich so viele Krieger, die doch auf riesigen Springpferden ritten, so unbemerkt nähern konnten. Sie überfielen die Kolonne und schlugen mit ihren Schwerten Bogen von drei Metern Durchmesser. Die schweren Waffen auf den Wagen konnten nicht eingesetzt werden, denn die Grünen Khasch rasten die Kolonne entlang und wieder zurück und räumten dabei gründlich auf.

Reith drehte sich weg. Ihm war übel. Er kletterte an Bord des Floßes. »Und nun zurück über die Berge, zu unseren eigenen Männern«, befahl er.

Das Floß stieß am vereinbarten Platz zur Miliz; das war eine Schlucht etwa eine halbe Meile südlich des Belbal-Passes. Die Miliz zog die Berge hinab und bediente sich der Bäume und der Mooshecken als Tarnung und Deckung. Reith blieb auf dem Floß und beobachtete ständig den Himmel durch sein Scanskop, denn er rechnete damit, daß die Blauen Khasch einige Späherflöße ausschickten. Während er den Himmel beobachtete, stiegen zahlreiche Flöße von Dadiche auf und flogen mit Höchstgeschwindigkeit nach Osten; das sollte anscheinend die Verstärkung für die in Bedrängnis geratene Kriegsstreitmacht sein. Reith sah sie über dem Belbal-Paß verschwinden. Nun aber richtete er sein Scanskop wieder gegen Dadiche, wo er unter den Stadtmauern weiße Uniformen entdeckte.

»Jetzt ist es Zeit«, sagte er zu Anacho.

Das Floß schwebte zum Haupttor von Dadiche, näher und immer näher. Die Wachen nahmen an, es sei ein eigenes Luftfloß und verdrehten vor Verblüffung die Hälse. Reith drückte auf den Auslöserknopf des vorderen Sandstrahlers und der Energiewaffen. Der Weg nach Dadiche war nun offen. Die Miliz von Pera drang in die Stadt ein.

Reith sprang vom Floß ab und schickte zwei Gruppen aus, die das Floßdepot besetzen sollten. Eine weitere Gruppe blieb beim Stadttor und hatte Sandstrahler und Energiewaffen zur Verfügung. Eine vierte und fünfte Gruppe wurde ausgeschickt, um die Stadt zu besetzen und zu sichern.

Diese beiden letzten Gruppen waren so wild und erbarmungslos wie die meisten Einwohner von Tschai. Sie schweiften durch die ziemlich leeren Straßen, töteten Blaue Khasch und Khaschmenschen, aber auch alle Khaschfrauen, die Widerstand leisteten. Die Disziplin weniger Tage war schnell wieder vergessen, denn tausend Generationen Haß und Verachtung explodierten in Rachedurst und erbarmungslosem Gemetzel.

Reith flog mit Anacho, Traz und sechs anderen zum Technischen Zentrum des Distrikts. Die Tore waren geschlossen, das Gebäude schien verlassen zu sein. Er setzte das Floß neben dem Portal auf den Boden und sprengte mit Sandstrahlern die Türen. Reith rannte ungeduldig in das Gebäude hinein.

Da stand es noch, sein Raumboot, vertraut wie eh und je.

Das Herz klopfte ihm bis in die Kehle, als er langsam darauf zuging. Der Rumpf war aufgeschnitten worden, Antriebsmechanismus, die Akkumulatoren und den Konverter hatte man entfernt. Das Boot war eine leere Hülle.

Es war ein unmöglicher Traum gewesen, als er gehofft

hatte, er könne das Boot fast flugbereit vorfinden. Reith hatte gewußt, was damit geschehen war, doch er hatte sich an eine allzu optimistische Hoffnung geklammert.

Nun mußte er jede Hoffnung, zur Erde zurückkehren zu können, beiseite schieben. Das Boot war völlig ausgeschlachtet, die Maschinen waren zerlegt, den Antriebstank hatte man geöffnet, nichts war unberührt geblieben.

Anacho stand neben ihm, und endlich besann sich Reith wieder auf dessen Gegenwart. »Das ist kein Raumboot der Blauen Khasch«, stellte der Dirdirmann nachdenklich fest. »Auch keines von den Dirdir oder Wankh.«

Reith lehnte sich entmutigt und sehr niedergeschlagen an eine Werkbank. »Richtig«, antwortete er.

»Es ist eine sehr geschickte Konstruktion und zeigt ein außerordentlich verfeinertes Baumuster«, überlegte Anacho laut. »Wo mag es wohl gebaut worden sein?«

»Auf der Erde«, antwortete Reith.

»Erde?«

»Das ist der Planet der Menschen«, erklärte ihm Reith.

Anacho wandte sich ab. Sein kahles Harlekingesicht sah verkniffen und sehr bekümmert aus, denn die Grundlagen seiner Existenz waren in sich zusammengebrochen. »Eine interessante Vorstellung«, murmelte er.

Düster ging Reith das ganze Raumboot durch und fand sehr wenig, was ihn interessieren konnte. Als er es wieder verließ, wurde ihm berichtet, daß einige versprengte Trupps der Blauen Khasch in den Bergen gesichtet worden waren. Sie kamen in solcher Stärke von den Bergen herab, daß anzunehmen war, es sei ihnen schließlich doch gelungen, die Grünen Khasch zu vertreiben oder zu töten.

Jene Trupps, die ausgeschickt worden waren, die Stadt zu überwachen, konnten nicht zusammengeholt werden. Zwei Gruppen hatten das Landefeld der Luftflöße besetzt, eine bewachte das Haupttor der Stadt, und das waren nur etwas über hundert Mann.

Man bereitete eine Falle vor. Das Stadttor wurde so hergerichtet, daß es ganz normal aussah. Drei als Khaschmenschen getarnte Männer wurden dort als Wachen postiert.

Die Überreste der Khaschstreitmacht näherte sich dem Tor. Ihnen fiel nichts auf, und so betraten sie die Stadt. Sandstrahler und Energiewaffen eröffneten das Feuer. Die Kolonne schmolz zusammen, der Rest zerstreute sich. Die wenigen Überlebenden waren viel zu niedergeschlagen, als daß sie noch die Kraft gehabt hätten, sich zu verteidigen.

Ein paar liefen in das Parkland vor der Stadt, aber sie wurden von brüllenden Männern in weißen Uniformen verfolgt. Andere standen ganz benommen da, als warteten sie nur darauf, abgeschlachtet zu werden.

Die Kampfflöße hatten mehr Glück. Sie beobachteten das Debakel aus der Luft und verschwanden aus dem Umkreis der Stadt. Die Milizen hatten leider keine Ahnung von den Bordwaffen der Blauen Khasch und schossen, so gut sie es verstanden. Sie hatten viel Glück dabei und vernichteten vier Flöße. Die anderen drehten fünf Minuten lang Beobachtungskreise über der Stadt und verschwanden dann nach Süden in Richtung Saaba, Dkekme und Audsch.

Den ganzen Nachmittag hindurch gingen da und dort die Kämpfe in kleinerem Maßstab weiter, wo immer die Miliz aus Pera auf Blaue Khasch trafen, die sich natürlich verteidigen wollten. Der Rest – Alte, Frauen und kleine Kinder – wurde getötet. Reith befahl jedoch, als er davon erfuhr, daß alle Khaschmänner und Frauen zu schonen seien, bis auf die purpur- und grüngekleideten Sicherheitswachen, die das Schicksal ihrer Herren teilten.

Die noch übrigen Khaschmenschen warfen ihre fal-

schen Schöpfe weg und fanden sich bedrückt und verdrossen auf der Hauptstraße ein.

Bei Sonnenuntergang versammelte sich die Miliz am Haupttor der Stadt.

Sie hatte ihren Blutdurst gestillt und genug Beute gemacht. Nachts wollten sie auf keinen Fall die Stadt durchstreifen. Man zündete Lagerfeuer an, kochte Essen und verzehrte es.

Reith hatte Mitleid mit den Khaschmenschen, deren Welt so plötzlich und gründlich zusammengebrochen war.

Er ging zu ihnen; sie saßen in Gruppen zusammen, und die Frauen klagten leise um die Toten.

Einer, der etwas mehr Mut hatte als die anderen, fragte Reith: »Was werdet ihr jetzt mit uns tun?«

»Nichts«, antwortete Reith. »Wir haben die Blauen Khasch vernichtet, weil sie uns grundlos angegriffen haben. Ihr seid Menschen. Solange ihr Ruhe bewahrt, tun wir euch nichts.«

Der Khaschmann murrte: »Aber ihr habt schon viele von uns getötet.«

»Weil sie mit den Khasch gegen uns kämpften. Das ist unnatürlich.«

»Was soll daran unnatürlich sein?« fuhr der Khaschmann auf. »Wir sind Khaschmenschen, die erste Phase des großen Zyklus.«

»Welch ein Unsinn«, stellte Reith ruhig fest. »Ihr seid ebensowenig Khasch, wie der Dirdirmann da drüben ein Dirdir ist. Ihr seid Menschen, du und er. Die Khasch und die Dirdir haben euch versklavt und euch euer Eigenleben genommen. Höchste Zeit, daß euch einmal jemand die Wahrheit sagt!«

Die Khaschfrauen hörten zu klagen auf, und die Khaschmänner wandten Reith erstaunte Gesichter zu.

»Soweit es mich angeht, könnt ihr leben, wie ihr wollt.

Die Stadt Dadiche gehört euch, solange die Blauen Khasch nicht zurückkehren.«

»Was willst du damit sagen?« fragten sie ihn.

»Genau das, was ich sagte. Morgen kehren wir nach Pera zurück, und Dadiche gehört euch.«

»Das ist alles schön und gut, aber was ist, wenn die Blauen Khasch von Saaba, Dkekme und Lzizaudre zurückkehren? – Und das werden sie ganz gewiß tun.«

»Verjagt sie doch, tötet sie! Dadiche ist nun eine Stadt der Menschen. Und wenn ihr nicht glauben wollt, daß euch die Blauen Khasch unterjocht haben, dann schaut doch in das Leichenhaus an der Stadtmauer. Man hat euch gesagt, ihr seid nur die Brutstätte der kleinen Khaschkinder, die in euren Gehirnen heranwachsen. Geht doch und untersucht die Menschengehirne! Ihr werdet keine Khaschbälger darin finden! Nur Menschengehirne, sonst nichts.

Ihr könnt jetzt in eure Häuser zurückkehren. Ich verlange nur von euch, daß ihr eure falschen Schöpfe ablegt. Solange ihr sie tragt, betrachten wir euch nicht als Menschen, sondern als Blaue Khasch, und so werden wir euch auch behandeln.«

Reith kehrte nun in sein eigenes Lager zurück. Die früheren Khaschmenschen schienen noch nicht recht glauben zu können was Reith ihnen erklärt hatte und gingen nur zögernd in ihre Häuser zurück.

»Ich habe zugehört und weiß, was du ihnen gesagt hast«, sprach nun Anacho. »Du weißt nichts von den Dirdir und Dirdirmenschen! Selbst wenn deine Theorie richtig ist – wir werden immer Dirdirmenschen bleiben! Wir erkennen Überlegenheit und Subtilität an, wo wir sie sehen; wir glauben sogar an ein unmögliches Ideal. Da der Schatten niemals die Sonne überstrahlen kann, werden auch die Menschen niemals die Dirdir überflügeln.«

»Für einen intelligenten. Menschen, der du ja bist,

zeigst du dich erstaunlich einfallslos und dickköpfig«, fauchte Reith ihn an. »Eines Tages wirst aber auch du sicher deinen Irrtum erkennen. Bis dahin ist es mir egal, was du glaubst.«

13. Kapitel

Schon vor dem Morgengrauen wurde es im Lager lebendig. Wagen wurden mit Beute beladen und setzten sich nach Westen in Bewegung. Sie hoben sich schwarz vor einem blaßgelblichen Himmel ab.

In Dadiche sammelten die Khaschmenschen die Leichen ein, transportierten sie zu einer großen Grube und beerdigten sie. Ohne ihre falschen Schädel und Schöpfe sahen die Leute grotesk aus, fast wie kahle Gnome. Man entdeckte ein paar versprengte Blaue Khasch, fing sie ein und sperrte sie in Käfige. Der Blutdurst der Peraner war gestillt, und so verurteilte man sie zu Stockschlägen. Mit erschreckten Mienen und Bestürzung in den metallglitzernden Augen beobachteten sie das Kommen und Gehen der Menschen.

Reith machte sich große Sorgen über die Möglichkeit, daß die Blauen Khasch aus den Städten südlich von Dadiche einen Angriff unternehmen könnten. Anacho redete ihm dies aus. »Das sind doch keine Kämpfer«, behauptete er. »Sie bedrohen die Städte der Dirdir mit Torpedos, aber damit wollen sie nur den Krieg verhüten. Sie fordern niemals heraus, denn sie sind damit zufrieden, in ihren Gärten leben zu können. Sie könnten wohl Khaschmänner schicken, die uns belästigen, aber sie selbst werden gar nichts unternehmen, wenn wir sie nicht direkt bedrohen.«

»Vielleicht hast du damit recht«, meinte Reith dazu und entließ die Blauen Khasch. »Geht in eure Städte südlich von Dadiche« riet er ihnen, »und erzählt dort den Blauen Khasch von Saaba und Dkekme, daß wir sie vernichten werden, wenn sie uns belästigen.«

»Das ist ein weiter Weg«, krächzten die Blauen Khasch. »Müssen wir ihn zu Fuß zurücklegen? Gib uns ein paar Luftflöße!«

»Geht nur zu Fuß. Wir schulden euch gar nichts«, antwortete Reith. Und die Blauen Khasch machten sich zu Fuß auf den Weg.

Reith war noch lange nicht davon überzeugt, daß die Blauen Khasch nicht auf Rache sannen. Deshalb befahl er, die eroberten neun intakten Luftflöße sollten mit Waffen beladen und zu Verstecken in die Berge gebracht werden.

Am folgenden Tag besuchte er zusammen mit Traz, Anacho und Derl Dadiche und ließ sich dazu Zeit. Im Technischen Zentrum untersuchte er noch einmal den Rumpf seines Raumbootes, um sich die Möglichkeit einer Reparatur zu überlegen.

»Wenn ich diese ganze Werkstatt zur Verfügung hätte«, meinte er, »und wenn ich zwanzig geschickte Techniker als Helfer hätte, müßte es mir gelingen, ein neues Antriebssystem zu bauen. Es wäre vielleicht einfacher, das der Khasch für dieses Boot umzubauen ... Aber dann stimmt das ganze Kontrollsystem nicht mehr ... Wäre es nicht doch besser, ein ganz neues Boot zu bauen?«

Die Blume von Cath musterte das Raumboot und runzelte die Stirn. »Liegt dir wirklich soviel daran, Tschai zu verlassen? Du hast Cath noch nicht besucht, und wenn du es gesehen hast, wirst du dir vielleicht nie mehr wünschen, es zu verlassen.«

»Möglich«, meinte Reith dazu. »Aber du hast auch noch nie die Erde besucht. Du würdest vielleicht nie mehr nach Tschai zurückkehren wollen.«

»Es muß eine sehr seltsame Welt sein«, überlegte Ylin-Ylan.

»Sind die Frauen der Erde schön?«

»Einige ganz gewiß«, erwiderte Reith. Er nahm ihre Hand. »Aber auf Tschai gibt es auch sehr schöne Frauen. Und eine davon heißt ...« Er wisperte ihr einen Namen ins Ohr.

Sie wurde rot und legte eine Hand auf den Mund. »Scht, die anderen könnten zuhören!« flüsterte sie.

Der zweite Roman

GESTRANDET AUF TSCHAI

1. Kapitel

Zweitausend Meilen östlich von Pera, direkt über dem Herzen der Toten Steppe, begann das Luftfloß zu torkeln, flog wieder ein Stückchen geradeaus und bäumte sich dann recht merkwürdig auf.

Adam Reith schüttelte angewidert den Kopf und lief zum Kontrollturm. Er hob den reichverzierten bronzenen Deckel ab, schaute hinein, sah aber im wesentlichen nichts außer metallenen Schnecken, Blüten und Koboldgesichtern, hinter denen sich die Maschine versteckte. Anacho trat zu ihm.

»Weißt du, was hier nicht in Ordnung ist?« fragte er.

Anacho rümpfte die Nase und murmelte etwas von antiquierter Schnörkelei der Khasch, doch die sei ja sogar bei den Nomadenstämmen der Grünen Khasch üblich. Reith stellte, wenn er so etwas sah, unwillkürlich Vergleiche mit den Schmuckformen der alten Skythen von der Erde an, die sehr ähnlich waren. »Und übrigens ist die ganze Expedition ein Unsinn«, erklärte der Dirdirmann abschließend.

Wieder bäumte sich das Floß auf, und gleichzeitig kam aus einer schwarzen Holzkiste im Maschinenteil ein rasselndes Geräusch. Anacho schlug befehlend mit den Knöcheln an die Kistenwand, und das Geräusch hörte auf, nachdem sich die Maschine einmal ordentlich geschüttelte hatte. »Korrosion«, sagte er. »Ein elektromorphischer Prozeß über hundert Jahre oder länger. Ich glaube, es ist ein Modell des erfolglosen Heizakim Bursa, das die Dirdir schon vor mehr als zweihundert Jahren aufgaben.«

»Wie können wir das Ding reparieren?«

»Wie soll ich das wissen? Ich wage es nicht einmal anzurühren.«

Sie lauschten. Die Maschine seufzte ein paarmal und tuckerte weiter. Reith ließ den Deckel herab.

Traz lag zusammengerollt auf einem Sofa, denn er hatte die Nacht zuvor Wache gehalten. Auf den dicken grünen Kissen unter der reichverzierten Buglaterne saß die Blume von Cath auf untergeschlagenen Beinen, den Kopf auf die gekreuzten Unterarme gelegt, und so schaute sie nach Osten, wo Cath lag. Seit Stunden saß sie da, der Wind blies in ihr Haar, und zu keinem sagte sie auch nur ein Wort.

Reith fand dies verwirrend. In Pera hatte sie unablässig von Cath gesprochen, von der Behaglichkeit und Grazie des Palastes der Blauen Jade, von der Dankbarkeit ihres Vaters, wenn er, Reith, seine Tochter zurückbringe, von den herrlichen Bällen, den Bootsausflügen, den Maskenfesten, der unvergleichlichen Eleganz. Jetzt, da sie sich auf die Reise nach Cath begeben hatten, war die Blume von Cath plötzlich nachdenklich und schweigsam und beantwortete keine Frage. Die enge Vertrautheit von früher war geschwunden. Nun, dachte Reith, es ist vielleicht besser so. Trotzdem nagte immer noch das große WARUM an ihm.

Aus zwei Gründen flog er nach Cath: erstens, um das Versprechen einzulösen, das er der Blume von Cath gegeben hatte, und zweitens in der Hoffnung, eine Werkstätte zu finden, wo er wenigstens ein kleines, primitives Raumboot herstellen konnte. Wenn er auf die Unterstützung des Herrn der Blauen Jade zählen durfte – um so besser. Sie war sogar unbedingt nötig.

Um nach Cath zu gelangen, mußten sie die Tote Steppe überqueren, erst südlich an den Ojzanalai-Bergen vorbei, dann nordöstlich die Lok Lu-Steppe entlang, über Zhaarken und die Meerenge von Achenkin zur Stadt Nerv, dann weiter die Küste von Charchan entlang nach Cath. Hätte das Floß bis Nerv eine Panne, so bedeutete dies

Unheil, und es schien mit seinem Hüpfer auf diese Möglichkeit ausdrücklich hinweisen zu wollen; doch nun flog es wieder glatt weiter.

Der Tag verging. Bräunlichgrau lag die Tote Steppe im schwachen Licht von Carina 4269 unter ihnen. Bei Sonnenuntergang überflogen sie den großen Yatlfluß, und in der Nacht leuchteten ihnen der rosa Mond Az und der blaue Mond Braz. Am Morgen zeigten sich im Norden flache Hügel, die allmählich höher wurden, um dann zu den Ojzanalais aufzusteigen.

Um die Mitte des Vormittags landeten sie auf einem kleinen See, um ihre Wassertanks aufzufüllen. Traz fühlte sich unbehaglich. »Grüne Khasch sind in der Nähe«, sagte er und deutete auf einen Wald, der etwa eine Meile weiter südlich lag. »Dort sind sie versteckt, damit sie uns beobachten können.«

Ehe die Tanks voll waren, brach aus dem Wald eine Bande von vierzig Grünen Khasch auf Sprungpferden. Ylin-Ylan ließ sich Zeit, das Floß zu besteigen. Reith drängte sie an Bord. Anacho schob das Höhensteuer herum, vielleicht ein wenig zu schnell, denn die Maschine ächzte, und das Floß begann zu schlingern.

Reith lief zur Maschine, hob den Deckel hoch und schlug auf die schwarze Kiste; das Husten hörte auf, und das Floß stieg direkt vor den Nasen der heranstürmenden Horde in die Luft. Die Sprungpferde stemmten sich mit allen vier Füßen ein, als ihre Zügel straff angezogen wurden, und im nächsten Moment schossen lange Eisenpfeile hinter ihnen her. Aber das Floß war schon zu hoch, und nur ein paar Pfeile trafen den Rumpf, blieben aber nicht stecken. Und unten schwangen die Grünen Khasch ihre zehn Fuß langen Schwerter.

Das Floß taumelte nach Osten davon, die Grünen Khasch nahmen am Boden die Verfolgung auf, doch endlich blieben sie zurück. Aber das Gefährt torkelte allmählich immer unerträglicher herum, und wie oft Reith auch gegen die schwarze Kiste schlug, es wurde nicht besser. »Wir müssen das Ding reparieren«, sagte er zu Anacho.

»Versuchen können wir's ja, aber erst müssen wir landen«, erwiderte dieser.

»Mit den Grünen Khasch hinter uns?« wandte Reith ein.

»In der Luft können wir uns nicht halten.«

Traz deutete nach Norden, auf einen Bergkamm, der sich in einzelne Kuppen auflöste. »Am besten ist, wir landen auf einer flachen Kuppe«, schlug er vor.

Anacho lenkte, so gut es ging, das Floß nach Norden, aber jetzt begann der Bug wie eine Wippe nach oben und unten zu schnellen. »Festhalten!« schrie er. Aber er zweifelte daran, auch nur den ersten dieser Hügel erreichen zu können.

»Dann flieg den nächsten an«, schrie Traz, und Reith sah sofort, daß er auch viel günstiger war als der erste, denn das Plateau fiel nach allen Seiten steil ab.

Anacho ließ sich nun treiben, und schließlich landeten sie auch wirklich auf dem zweiten Hügel. Die plötzliche Bewegungslosigkeit wirkte wie Stille nach einem großen Lärm.

Die Reisenden entstiegen dem Floß. Ihre Muskeln waren noch steif von der gespannten Bewegungslosigkeit. Reith sah sich angewidert um. Einen noch trostloseren Ort als dieses Plateau, vierhundert Fuß mitten über der Toten Steppe, konnte er sich nicht vorstellen. Seine Vorstellungen von einer leichten und raschen Reise nach Cath blieben da natürlich auf der Strecke.

Traz schaute vom Plateaurand. »Wir werden wohl kaum da hinunter kommen«, bemerkte er.

Der Überlebenspack, den Reith aus seinem Bootswrack gerettet hatte, enthielt eine Schußwaffe, eine Energiezelle, ein elektronisches Teleskop, ein Messer, Antiseptika, einen Spiegel und eine große Rolle mit einer starken Leine. »Wir schaffen es schon«, sagte er und wandte sich an Anacho, der mißmutig das Floß musterte. »Glaubst du, daß wir reparieren können?«

Anacho rieb sich die langen, weißen Hände. »Du mußt dir darüber klar sein, daß ich in diesen Dingen nicht geübt bin«, antwortete er.

»Dann zeig mir doch, was nicht stimmt. Ich kann's vielleicht machen«, sagte Reith.

Anachos langes Gesicht wurde noch länger. Reith war der lebende Widerspruch all seiner Anschauungen. Nach der Doktrin der Dirdir hatten sich Dirdir und Dirdirmenschen miteinander auf der Heimatwelt Sibol aus dem Urei entwickelt; die einzigen wahren Menschen waren Dirdirmenschen, alle anderen galten als Untermenschen oder Mißgeburten. Es paßte nicht recht in Anachos Weltbild, daß Reith tüchtig und geschickt war und sich zu helfen wußte. Seine Haltung ihm gegenüber war daher von Mißbilligung, brummiger Bewunderung und unfreiwilliger Loyalität bestimmt. Da er nicht wollte, daß Reith ihn auch hier übertraf, eilte er zum Motorgehäuse, hob den Deckel ab und senkte sein Gesicht in die dunkle, verschnörkelte Tiefe.

Das Plateau, auf dem sie gelandet waren, wies keinerlei Pflanzenwuchs auf und hatte nur ein paar mit Sand gefüllte Rinnen. Mißmutig wanderte Ylin-Ylan herum. Sie trug die weiten grauen Hosen und die Bluse der Steppenbewohner, darüber eine schwarze Samtweste. Ihre flachen schwarzen Schuhe waren vielleicht die ersten, die über diese Felsen wanderten.

Traz schaute nach Westen, und Reith trat zu ihm. Er spähte zwar hinaus auf die Steppe, doch er sah nichts. »Die Grünen Khasch wissen, daß wir hier sind«, sagte Traz plötzlich.

Sosehr Reith auch seine Augen anstrengte, er sah

weder aufwirbelnden Staub noch die Andeutung einer Bewegung. Er nahm sein Scanskop heraus und spähte durch den graublauen Nebel. Endlich erkannte er hüpfende dunkle Punkte, die wie Flöhe aussahen. »Ja, da draußen sind sie«, bestätigte er.

Traz nickte, als sei er wenig interessiert. Reith lachte in sich hinein, denn ihn amüsierte die düstere Weisheit des Jungen. Er ging zum Floß. »Wie gehen die Reparaturen vorwärts?« erkundigte er sich.

Anacho zuckte gereizt die Achseln. »Schau doch selbst.«

Reith spähte in die schwarze Kiste hinein, die Anacho aufgemacht hatte. »Rost und Alter haben die Schuld. Ich hoffe, da und dort ein Stückchen neuen Metalls einsetzen zu können.« Er zeigte auf die schadhaften Stellen. »Aber ohne Werkzeuge und sonstige Hilfsmittel ist es ein sehr großes Problem.«

»Dann werden wir also heute abend nicht weiterfliegen können?«

»Vielleicht morgen mittag.«

Reith ging den ganzen Plateaurand ab, dann war er etwas beruhigter. Überall fielen die Felsen senkrecht ab, die Steilwände waren voller Grotten und Rippen. Nicht einmal für die Grünen Khasch schien dieses Plateau zu erklettern zu sein, und er bezweifelte, daß sie sich diese Mühe machen würden, nur um das Vergnügen zu haben, ein paar Menschen abzuschlachten.

Die alte, bräunliche Sonne hing tief im Westen, und die Schatten von Reith, Traz und Ylin-Ylan lagen lang auf dem Plateau. Zögernd trat das Mädchen zu Reith und Traz. »Wonach haltet ihr Ausschau?« fragte sie.

Reith deutete auf die Verfolger. Nun waren die Grünen Khasch mit ihren Springpferden schon mit bloßem Auge sichtbar: dunkle, springende Motten, die sich mit großer Geschwindigkeit näherten.

Ylin-Ylan hielt den Atem an. »Kommen sie ... unseretwegen?«

»Ich denke schon.«

»Können wir sie abwehren? Haben wir überhaupt Waffen?«

»Wir haben Sandstrahler an Bord. Wenn sie nach Dunkelwerden die Klippen erklettern, können sie schon einigen Schaden anrichten, doch tagsüber brauchen wir uns keine Sorgen zu machen.« Diese Sandstrahler waren eine sehr wirksame Waffe. Auf elektrostatischem Weg wurden Sandkörner fast mit Lichtgeschwindigkeit hinausgeschleudert, und jedes einzelne Korn gewann dabei ein Vielfaches an Masse und Durchschlagskraft. Jedes Korn löste beim Aufprall eine starke Explosion aus.

Ylin-Ylan sagte mit zitternden Lippen und fast unhörbar: »Wenn ich je nach Cath zurückkehre, werde ich mich in der fernsten Grotte des Gartens der Blauen Jade verbergen und nie wieder herauskommen. Falls ich zurückkehre ...«

Reith legte ihr den Arm um die Schultern, doch sie versteifte sich. »Natürlich kehrst du zurück und nimmst dein Leben dort wieder auf, wo es unterbrochen wurde.«

»Nein. Dann wird eine andere die Blume von Cath sein. Es sei ihr gegönnt, solange sie nicht Ylin-Ylan für ihren Strauß wählt.«

Der Pessimismus des Mädchens war für Reith ein Rätsel. Alle früheren Strapazen hatte sie mit stoischer Ruhe ertragen. Jetzt, da doch berechtigte Aussicht bestand, daß sie bald nach Hause kam, wurde sie so düster. Reith seufzte.

Die Grünen Khasch waren nun nur noch eine Meile entfernt. Reith und Traz zogen sich vom Plateaurand zurück, um keine Aufmerksamkeit zu erregen, falls die Khasch jetzt noch nicht sicher wußten, ob sie da waren. Mit dieser Hoffnung war es jedoch bald aus, denn die

Grünen Khasch sprengten bis zum Fuß des Felsens, stiegen ab und schauten hinauf.

Reith spähte hinab und zählte vierzig dieser Kreaturen. Sie waren zwischen zwei und zweieinhalb Meter groß, mit massiven Gliedmaßen und ganz mit metallisch-grünen Schuppen bedeckt. Ihre Gesichter unter den spitz zulaufenden, hohen Schädeln sahen klein und wie die von Insekten aus. Sie trugen Lederschürzen und Schulterharnische. Ihre Schwerter waren mindestens ebenso lang wie sie selbst und sahen sehr unhandlich aus. Einige waren auch mit Katapulten bewaffnet. Reith duckte sich, um eventuellen Pfeilen zu entgehen. Er hielt nach großen Steinen Ausschau, die er über die Kante hätte rollen können, doch er fand keine.

Einige der Khasch ritten um den ganzen Felsen herum und untersuchten die Felsmauern, und Traz beobachtete sie unauffällig. Alle kehrten dann zur Hauptgruppe zurück, wo sie miteinander murmelten und knurrten. Reith war der Meinung, sehr erfreut seien sie nicht von der Aussicht, die senkrechten Felswände erklimmen zu sollen, und sie machten sich auch daran, ihr Lager aufzuschlagen. Sie banden ihre Springpferde fest und stopften ihnen eine dunkle, klebrig aussehende Substanz in die hellen Mäuler. Dann machten sie drei Feuer, über denen sie Klumpen jenes Zeugs brieten, mit dem sie ihre Springpferde fütterten und stopften es sich dann selbst in die Krötenmäuler. Sehr viel Begeisterung schien diese Mahlzeit bei ihnen nicht auszulösen.

Die Sonne verschwand im Nebel des Westens. Bernsteinfarbenes Zwielicht fiel über die Steppe. Anacho kam vom Floß her und spähte zu ihnen hinab. »Niedere Zants«, sagte er. »Bemerkt ihr diese Gebilde zu beiden Seiten des Kopfes? Durch die unterscheiden sie sich von den Großen Zants und anderen Horden. So furchtbar gefährlich sind die hier nicht.«

»Mir sehen sie gefährlich genug aus«, meinte Reith.

Traz zeigte auf etwas. In einer Spalte zwischen zwei Felsrippen stand ein hoher, dunkler Schatten. »Phung!« flüsterte er.

Reith schaute durch das Scanskop und musterte den Schatten. Es war ein Phung. Er konnte sich nicht vorstellen, woher er gekommen war.

Er maß gute zweieinhalb Meter und sah in seinem weiten, schwarzen Mantel und dem weichen schwarzen Hut eher wie ein riesiger Grashüpfer in Magierverkleidung aus.

Der grobe untere Gesichtsteil des Phung war in ständiger Bewegung, als er nüchtern und voller düsterer Sachlichkeit die Grünen Khasch beobachtete, die keine zehn Meter entfernt vor ihren Töpfen kauerten.

»Verrückt«, wisperte Traz, und seine Augen glänzten. »Schau mal, paß auf seine Tricks auf!«

Der Phung streckte einen langen, dünnen Arm aus und hob einen kleinen Felsbrocken in die Höhe, den er hoch in die Luft schwang; der große Stein landete mitten unter den Khasch, direkt auf einem gebeugten Rücken.

Ein Grüner Khasch sprang auf und schaute böse zum Plateau hinauf. Der Phung blieb ruhig stehen, ihn sah man in den Schatten kaum. Der getroffene Khasch lag flach auf dem Gesicht und machte mit Armen und Beinen krampfhafte Schwimmbewegungen.

Der Phung hob einen zweiten großen Stein auf und warf auch ihn. Diesmal bemerkte einer der Khasch die Bewegung. Vor Wut quiekend griffen sie nach ihren Schwertern und warfen sich nach vorn. Der Phung tat sehr ruhig und gemessen einen Schritt zur Seite, dann flatterte sein Mantel; plötzlich hatte er ein Schwert in der Hand, und das schwang und wirbelte er, als sei es ein Zahnstocher. Er tänzelte und schlug blitzschnell zu, anscheinend ohne zu zielen. Die Khasch spritzten auseinander. Ein paar lagen auf dem Boden, und der Phung sprang hier- und dorthin, hieb, stach und wirbelte. Die Grünen Khasch, die Feuer, die Luft – alles schien außer Kontrolle geraten zu sein.

Aber nun duckten sich die Grünen Khasch und drangen von allen Seiten her auf den Phung ein. Sie schlugen und stießen und hackten, und schließlich warf der Phung sein Schwert weg, als sei es glühend heiß. Im nächsten Moment war er schon in Stücke gehackt. Der Kopf rollte davon und blieb vor dem Feuer liegen; es war grotesk, aber der schwarze Hut saß noch auf dem Kopf. Reith besah sich die ganze Metzelei durch das Scanskop. Der Kopf schien noch lebendig zu sein, die Augen sahen aus, als beobachteten sie das Feuer, und die Kinnbacken mahlten langsam.

»Der Kopf lebt noch ein paar Tage weiter, bis er ausdörrt«, erklärte Traz leise. »Allmählich wird er dann starr.«

Die Khasch kümmerten sich nun nicht mehr um den Toten.

Sie banden ihre Springpferde los, luden ihr Zeug auf und verschwanden fünf Minuten später in der Dunkelheit. Der Phungkopf schaute nachdenklich in die sterbenden Flammen.

Eine ganze Weile hockten die drei Männer am Rand des Abgrunds und schauten über die Steppe. Traz und Anacho stritten über die Phung und ihre Natur. Traz erklärte, sie seien Produkte einer unnatürlichen Verbindung zwischen Pnumekin und den Leichen der Pnume. »Der Same wächst im faulenden Fleisch wie ein Wurm, der schließlich als ein junger Phung durch die Haut bricht und nicht viel anders aussieht als ein nackter Nachthund.«

»So eine Dummheit, Junge!« erwiderte Anacho etwas herablassend. »Sie vermehren sich ganz bestimmt wie

Pnume. Ein erstaunlicher Vorgang, wenn das, was ich höre, Wahrheit ist.«

Traz hatte auch nicht weniger Stolz als der Dirdirmann und wurde nun ein wenig patzig. »Wie kannst du mit einer solchen Sicherheit sprechen? Hast du diesen Prozeß selbst beobachtet? Hast du einen Phung zusammen mit anderen gesehen oder etwa ein Junges beobachtet?« Er schniefte. »Nein! Die bleiben allein! Sie sind viel zu verrückt, als daß sie richtig brüten könnten.«

Anacho hob belehrend einen Zeigefinger. »Pnume werden kaum einmal in Gruppen gesehen, ebenso selten aber auch allein. Und doch gedeihen sie auf ihre seltsame Art. Es ist immer gefährlich, etwas zu verallgemeinern. Die Wahrheit ist, daß wir nach so vielen Jahren auf Tschai wenig von den Phung oder Pnume wissen.«

Traz knurrte leise, denn er wußte nur allzu gut, daß dieser Logik Anachos nichts entgegenzusetzen war, doch seine Ansicht wollte er auch nicht aufgeben. Anacho machte aber auch keinen Versuch, seine Meinung weiter auszuwalzen. Und Reith war der Ansicht, daß die beiden es doch noch lernen würden, einander zu respektieren.

Am Morgen beschäftigte sich Anacho wieder mit der Maschine, während dic anderen froren. Vom Norden her wehte ein kalter Wind. Traz prophezeite Regen, und bald zogen sich Wolken zusammen. Über die Berge im Norden senkten sich Nebelschwaden.

Schließlich warf Anacho gelangweilt das Werkzeug weg. »Ich habe getan, was ich konnte. Das Luftfloß wird fliegen, wenn auch nicht weit.«

»Wie weit glaubst du, daß es fliegen kann?« wollte Reith wissen, denn Ylin-Ylan hatte zugehört. »Nach Cath?«

Anacho hob abwehrend die Hände und ließ seine Finger in einer unbeschreiblichen und unnachahmlichen Dirdirgeste flattern. »Nach Cath, auf der von dir geplanten Route – unmöglich! Die Maschine zerfällt ja schon vor Rost!«

Ylin-Ylan sah weg und schaute auf ihre ineinander verschränkten Hände.

»Wenn wir nach Süden fliegen, könnten wir Coad am Dwan Zher erreichen«, fuhr Anacho fort, »und dort könnten wir eine Passage über den Draschade buchen. Diese Route ist länger und dauert auch länger, aber wir werden sicherer nach Cath kommen.«

»Mir scheint, wir haben keine Wahl«, stellte Reith fest.

2. Kapitel

Eine Zeitlang folgten sie dem breiten Nabigafluß südwärts und blieben immer knapp über der Wasseroberfläche, weil auf diese Art die Rückstoßaggregate am besten geschont wurden. Der Nabiga bog dann nach Westen ab und trennte die Tote Steppe von der Aman-Steppe; es ging weiter nach Süden über eine unbewohnbare Region undurchdringlicher Wälder, Sümpfe und Moraste. Einen Tag später waren sie wieder über der Steppe. Einmal sahen sie in der Ferne eine Karawane, eine Reihe hochrädriger Wagen und rumpelnder Hauswagen; dann begegneten sie einem Nomadentrupp mit roten Federfetischen an den Schultern, der über die Steppe sprengte, um die Karawane abzufangen, doch sie entkam ihnen ganz knapp.

Am späten Nachmittag stiegen sie mühsam über braune und schwarze Hügel. Das Floß bockte und torkelte, und aus der schwarzen Kiste kamen merkwürdige, schnarrende Geräusche. Reith flog sehr niedrig und streifte manchmal sogar die Spitzen der schwarzen

Baumfarne. Einmal flogen sie knapp über den Köpfen eines lagernden räuberischen Trupps in weiten, weißen Gewändern dahin; es waren offensichtlich Menschen. Sie duckten sich, fielen zu Boden und schossen brüllend mit uralten Gewehren hinter dem Floß her. Es war ein wackeliges Ziel, und deshalb hatten sie Glück.

Die ganze Nacht hindurch flogen sie über dichten Wald, und auch noch am Morgen sahen sie unter sich nichts als einen schwarzen, grünen und braunen Teppich, der die Aman-Steppe bis zum Horizont einhüllte. Traz meinte, die Steppe ende an den Hügeln, und das hier sei der Große Daduzforst. Anacho ließ sich dazu herbei, eine Karte auszulegen und mit seinem langen weißen Zeigefinger auf Punkte zu deuten, die Traz widersprachen.

Traz' eckiges Gesicht wurde mürrisch und eigensinnig. »Das ist der Große Daduzforst, und als ich das Onmale-Emblem trug, führte ich zweimal den Stamm hierher, wo wir Kräuter und Farberden suchten.«

Anacho faltete die Karte zusammen. »Ist doch egal, ob Wald oder Steppe, wir müssen beides überqueren.« Als von der Maschine wieder ein unheilvolles Geräusch kam, sah er sehr besorgt nach. »Ich glaube, wir werden gerade noch in die Nähe von Coad kommen, das sind noch etwa zweihundert Meilen, und wenn wir dort das Gehäuse aufmachen, finden wir nur noch Rost.«

»Aber werden wir denn nach Coad kommen?« fragte Ylin-Ylan mit tonloser Stimme.

»Das glaube ich schon. Was sind zweihundert Meilen?«

Da war Ylin-Ylan wieder etwas fröhlicher. »Wie anders als früher! Da kam ich nach Coad als Gefangene der Priesterinnen!« Der Gedanke schien sie sehr zu bedrücken, und sie schwieg nachdenklich.

Dann brach die Nacht herein. Nach Coad waren es immer noch etwa hundert Meilen. Der Forst hatte sich etwas verdünnt, und riesige schwarze und goldene Bäume wechselten mit Grasland ab, auf dem sechsbeinige, massive Tiere grasten, die vor Hörnern und Stoßzähnen starrten. Eine Landung für die Nacht ließ sich kaum durchführen. Reith und Anacho legten wenig Wert darauf, schon in aller Morgenfrühe nach Coad zu kommen. Sie verankerten also das Floß im Wipfel eines hohen Baumes und hielten es mit den Rückstoßaggregaten in der Luft.

Nach der Abendmahlzeit begab sich die Blume von Cath in ihre Kabine hinter dem Salon; Traz studierte den Himmel und lauschte den Geräuschen der Nacht, wickelte sich in seinen Mantel und streckte sich auf einem Sofa aus.

Reith lehnte am Geländer und sah dem rosa Mond Az zu, der den Zenith erreichte, als der blaue Mond Braz aufging und zwischen den Blättern eines fernen hohen Baumes sichtbar wurde. Anacho trat zu Reith.

»Nun, und was meinst du zu morgen?« fragte er.

»Ich weiß nichts über Coad. Ich schlage daher vor, wir fragen nach einer Passage über die Draschade.«

»Hast du noch immer die Absicht, die Frau nach Cath zu begleiten?«

»Aber gewiß«, antwortete Reith erstaunt.

Anacho pfiff leise durch die Zähne. »Du brauchst doch die Frau aus Cath nur auf ein Schiff zu bringen und mußt gar nicht selbst mitreisen.«

»Richtig. Aber in Coad will ich auch nicht bleiben.«

»Warum nicht? Sogar Dirdirmenschen besuchen diese Stadt gelegentlich. Wenn du Geld hast, kannst du in Coad alles kaufen.«

»Auch ein Raumschiff?«

»Wohl kaum. Mir scheint, du bist besessen von dieser Idee.«

Reith lachte. »Das kannst du nennen, wie du magst.«

»Du erstaunst mich über alle Maßen«, fuhr Anacho fort. »Die wahrscheinlichste Erklärung, die ich dir auch empfehlen würde, ist die, daß du dein Gedächtnis verloren hast. Im Unterbewußtsein hast du dir nun eine Geschichte zurechtgelegt, um deiner Existenz eine Grundlage zu geben. Du glaubst natürlich felsenfest an dein Märchen.«

»Vernünftig«, gab Reith zu.

»Aber ein paar merkwürdige Umstände verbleiben noch. Du hast seltsame Geräte. Dieses elektronische Teleskop, die Energiewaffe und andere Dinge, die ich nicht benennen kann und deren Herkunft mir unbekannt ist. Aber sie entsprechen durchaus guter Dirdirausrüstung. Ich nehme an, dein Heimatplanet ist Wankh. Stimmt das?«

»Wie soll ich das wissen, wenn ich kein Gedächtnis mehr habe?«

Anacho lachte leise. »Und du willst immer noch nach Cath gehen?«

»Natürlich. Und du?«

Anacho zuckte die Achseln. »Eine Stadt ist so gut wie die andere. Das ist wenigstens mein Standpunkt. Aber ich bezweifle, daß du dir darüber klar bist, was dich in Cath erwartet.«

»Ich weiß nur das von Cath, was ich gehört habe. Die Leute scheinen dort zivilisiert zu sein«, antwortete Reith.

Anacho zuckte überheblich die Achseln. »Sie sind Yao, eine heißblütige Rasse, die zu Riten, Extravaganzen und Übertreibungen neigt. Du wirst bald entdecken, wie schwierig es ist, sich in der komplizierten Gesellschaft von Cath zurechtzufinden.«

Reith runzelte die Stirn. »Ich hoffe, das wird gar nicht nötig sein. Das Mädchen schwor Dankbarkeit ihres Vaters, und ich denke, die würde die Dinge doch vereinfachen.«

»Diese Dankbarkeit wird es formell geben. Davon bin ich überzeugt.«

»Wieso nur formell und nicht tatsächlich?«

»Nun, die Tatsache, daß du mit dem Mädchen erotische Beziehungen aufgenommen hast, ist eine Komplikation.«

Reith lächelte säuerlich. »Diese erotische Beziehung ist doch längst eingeschlafen.« Er schaute sich zum Deckshaus um. »Offen gestanden, ich verstehe das Mädchen nicht. Die Aussicht, nach Hause zu kommen, scheint sie zu verstören.«

Anacho spähte in die Dunkelheit. »Bist du wirklich so naiv? Sie fürchtet doch den Augenblick, wenn sie uns drei der Gesellschaft von Cath vorstellen muß. Sie wäre vermutlich überglücklich, ließest du sie allein heimreisen.«

Reith lachte bitter. »In Pera hat sie ein ganz anderes Lied gesungen. Da bettelte sie darum, nach Cath zurückkehren zu dürfen.«

»Da war die Möglichkeit auch sehr gering. Und jetzt müssen wir mit der Wirklichkeit rechnen.«

»Wie absurd! Traz ist so, wie er ist, du bist ein Dirdirmann, und dafür kannst du doch nichts ...«

Er machte eine elegante Handbewegung. »Oh, unsere Rollen sind eindeutig. Da sind keine Schwierigkeiten zu erwarten. Aber dein Fall liegt ganz anders. Für uns alle wäre es am besten, du würdest das Mädchen mit einem Schiff nach Hause schicken.«

Reith schaute über das Meer von Baumwipfeln, die im Mondlicht badeten. Mochte diese Meinung auch richtig sein, verständlich war sie ihm nicht. Da steckte er nun in einer richtigen Klemme. Ginge er nicht nach Cath, so verzichtete er auf seine beste Möglichkeit, zu einem Raumschiff zu kommen; die einzige Alternative war die, eins von den Dirdir oder Wankh zu stehlen, unter Umständen sogar von den Blauen Khasch – alles in allem eine scheußliche Aussicht. »Warum«, fragte Reith, »sollte ich weniger akzeptabel sein als du oder Traz? Wegen der erotischen Beziehung?«

»Natürlich nicht. Die Yao legen viel größeren Wert auf Systematik als auf Taten. Mich wundert, daß du das nicht begreifst.«

»Nun, ich mit meiner Amnesie ...«

Anacho zuckte die Achseln. »Du hast keinen Rang, keine Rolle, keinen Platz in der *Runde* der Cath. Du bist rasselos, eine Art Zizyltier im Ballsaal. Und deine Anschauungen sind im heutigen Cath sowieso nicht modern.«

»Meinst du damit meine ... Besessenheit?«

»Leider entspricht sie einer Hysterie, die einen früheren Zyklus der Runde kennzeichnete. Vor etwa hundertfünfzig Jahren« – ein Jahr auf Tschai entspricht etwa sieben Fünfteln des irdischen Jahres – »warf man eine Gruppe von Dirdirmännern aus den Akademien von Eliasir und Anisma wegen eines angeblichen Verbrechens, nämlich der Verbreitung phantastischer Ideen. Sie brachten ihre Frauen nach Cath und mit ihnen zusammen gründeten sie die Gesellschaft der Sehnenden Flüchtigen oder den ›Kult‹. Dessen Glaubenssätze stellten es als Tatsache hin, daß alle Menschen, die Dirdirmenschen und Submenschen, kurzum alle, von einem fernen Planeten in der Konstellation Clari gekommen seien, und dieser Planet sei ein Paradies, in dem die Hoffnungen der Menschheit Wirklichkeit geworden seien. Ganz Cath wurde in einen Begeisterungstaumel für den Kult gerissen. Man konstruierte einen Radiotransmitter und projizierte Signale in Richtung Clari. Verschiedenen Leuten gefiel dies nicht, und jemand schoß Torpedos ab, die Settra und Ballisidre zerstörten. Man macht dafür die Dirdir verantwortlich, aber das ist absurd. Warum sollten sie sich diese Mühe machen? Ich versichere dir, dazu sind sie zu hochmütig, zu uninteressiert.

Aber es war schon geschehen. Settra und Ballisidre waren Ruinen, und der Kult geriet in Verruf. Die Dirdirmenschen warf man hinaus, und die *Runde* schwang zurück zur Orthodoxie. Wenn man heute den Kult auch nur erwähnt, so gilt das als vulgär, und damit sind wir wieder bei dir. Du bist ein deutlicher Anhänger des Kult-Dogmas, und das drückt sich aus in deiner Haltung, deinen Taten, deinen Zielen. Du scheinst Tatsachen von Phantasien nicht unterscheiden zu können. Um es grob auszudrücken: In dieser Beziehung machst du den Eindruck psychischer Unordnung.«

Reith kniff den Mund zusammen, um nicht laut herauszulachen, denn das würde Anacho nur in seinen Zweifeln an seiner Reiths, Vernunft bestärken. Einige schlagfertige Bemerkungen lagen ihm auf der Zunge. Er schluckte sie hinunter. Schließlich sagte er: »Nun, du bist wenigstens ehrlich, und das weiß ich zu schätzen.«

»Oh, das ist doch ganz selbstverständlich«, erklärte der Dirdirmann liebenswürdig. »Ich denke, ich habe dir damit hinreichend erklärt, weshalb das Mädchen die Heimkehr fürchtet.«

»Ja. Sie hält mich, genau wie du, für einen Irren.«

Der Dirdirmann blinzelte zum rosa Mond Az hinauf. »Solange sie in Pera und sonstwo außerhalb der *Runde* war, konnte sie Zugeständnisse machen. Jetzt steht sie vor der Tür von Cath . . .« Mehr sagte er nicht, und wenig später begab er sich zu seiner Couch im Salon.

Reith ging nach vorn zum Pfosten mit der großen Buglaterne. Ein kühler Wind fächelte sein Gesicht. Das Floß trieb lässig über den Baumwipfeln. Am Boden näherten sich geräuschvolle Schritte. Reith lauschte. Sie hielten an, nach einer Weile nahmen sie den Weg wieder auf und verklangen schließlich in der Ferne. Reith schaute zum rosa Mond Az und dem blauen Braz hinauf, die am Himmel ein Wettrennen zu veranstalten schienen. Er sah hinüber zum Deckshaus, in dem seine Kameraden schliefen: ein Junge der Emblem-Nomaden, ein clowngesichtiger Mann, der sich der Rasse hagerer Fremder annäherte; ein schönes Mädchen der Yao, das ihn für verrückt hielt. Und unten waren wieder Schritte zu vernehmen. Vielleicht war er doch verrückt ...

Gegen Morgen hatte Reith seinen Gleichmut wiedergefunden. Er entdeckte sogar in der ganzen Lage einen grotesken Humor. Er sah keinen Grund, seine Pläne zu ändern, und so hinkte das Luftfloß weiter nach Süden. Der Forst wurde zum Busch, dann zu isolierten Pflanzungen, zu großen Viehweiden, Feldhütten und Aussichtstürmen gegen die Annäherung von Nomaden. Gelegentlich war sogar ein tief ausgefahrener Weg zu erkennen. Aber das Floß wurde immer launischer und neigte dazu, das Heck hängen zu lassen. Im Lauf des Vormittags näherten sie sich einer flachen Hügelkette, aber das Floß weigerte sich entschieden, die nötigen hundert Fuß zu steigen um glatt über den Kamm zu fliegen. Sie hatten ein unbeschreibliches Glück, daß sie ein schmales Tal fanden, kaum breiter als das Floß, durch das sie zur anderen Seite der Hügelkette gelangen konnten.

Vor ihnen lagen nun der Dwan Zher und Coad, eine eng zusammengedrängte Stadt von erheblichem Alter. Die Häuser bestanden aus verwittertem Holz mit ungeheuer hohen, spitz zulaufenden Dächern und zahllosen Giebeln, Türmchen, Firsten und riesigen Kaminen. Mindestens zwölf Schiffe lagen vor Anker, noch viel mehr waren vor Handelshäusern angedockt. Im Norden der Stadt lag das Ende der Karawanenstraße; der riesige Hof war von Herbergen, Tavernen und Lagerhäusern umgeben. Der Hof der Karawanserei erschien ihnen geeignet, das Floß zu Boden zu bringen. Reith zweifelte daran, daß es sich noch weitere zehn Meilen in der Luft halten konnte.

Das Floß ging mit dem Heck voran nach unten. Die Rückstoßaggregate taten einen wimmernden Seufzer, dann gab die Maschinerie endgültig ihren Geist auf. »Das wär's«, sagte Reith. »Ich bin froh, daß wir da sind.« Sie nahmen ihr weniges Gepäck, gingen von Bord und ließen das Floß da liegen, wo es war.

Anacho erkundigte sich am Rand des Hofes bei einem Kaufmann nach einem guten Hotel und wurde zum Großen Kontinent, dem besten Hotel der Stadt geschickt.

Coad war eine sehr geschäftige Stadt. In den gewundenen Straßen drängten sich Menschen vieler Kasten und Farben: gelbe und schwarze Inselbewohner, Rindenhändler aus Horasin, die in graue Gewänder gehüllt waren; Kaukasoiden, wie Traz einer war, aus der Aman-Steppe; Dirdirmenschen und ihre Hybriden; zwergenhafte Sieps von den Osthängen des Ojzanalai, die als Straßenmusikanten herumzogen, und ein paar flachgesichtige, weißhäutige Männer aus dem tiefsten Süden von Kislovan.

Die Eingeborenen, die Tran, waren ein liebenswertes, fuchsgesichtiges Volk mit breiten, wie poliert aussehenden Wangenknochen, einem spitzen Kinn und rostfarbenen oder dunkelbraunem Haar, das über Stirn und Ohren gerade zugeschnitten war. Die übliche Kleidung bestand aus knielangen Hosen, gestickten Jacken und runden, flachen, schwarzen Hüten. Man sah zahlreiche Sänften, die von kleinen knorrigen Männern mit grotesk langen Nasen und schwarzen Strähnenhaaren getragen wurden, und das war offensichtlich eine ganz eigene Rasse. Reith sah sie bei keiner anderen Beschäftigung. Später erfuhr er, es seien Eingeborene von Grenie, ganz oben am Dwan

Zher. Auf einem Balkon glaubte Reith einen Dirdir zu sehen, doch er wußte es nicht bestimmt. Einmal griff Traz nach seinem Ellbogen und deutete auf ein paar magere Männer in weiten schwarzen Hosen und schwarzen Umhängen mit hohen Kragen, die fast ihre Gesichter verdeckten. Mit den weichen schwarzen Röhrenhüten und den breiten Krempen wirkten sie wie Karikaturen. »Pnumekin«, zischte ihm Traz erschüttert und wütend zu. »Schau sie dir nur an! Sie laufen, ohne nach links und rechts zu schauen, zwischen den Menschen herum – und haben den Kopf voller seltsamer Gedanken.«

Das Hotel war ein weitläufiges, dreistöckiges Gebäude mit einem Kaffeehaus auf der vorderen Veranda, einem Restaurant in einer hohen, gedeckten Laube an der Rückseite und Balkonen über der Straße. Ein Angestellter am Schalter nahm ihr Geld entgegen und teilte große, schön geschmiedete Schlüssel an die Gäste aus.

»Wir sind weit gereist und sehr verstaubt«, sagte Anacho, »und brauchen ein Bad mit Ölen und Salben von guter Qualität und frische Wäsche. Danach wollen wir speisen.« Und man erfüllte alle ihre Wünsche.

Eine Stunde später trafen sich die vier sauber und erfrischt in der Halle des Erdgeschosses. Sie wurden von einem schwarzäugigen Mann mit verkniffenem, melancholischem Gesicht in Empfang genommen, doch er sprach sehr freundlich. »Ihr seid gerade in Coad angekommen?«

Anacho zog sich mißtrauisch eine Kleinigkeit zurück. »Nicht gerade. Wir sind hier gut bekannt und benötigen nichts.«

»Ich bin Vertreter der Sklavenfängergilde, und so schätze ich eure Gruppe ein: das Mädchen ist wertvoll, der Junge weniger. Dirdirmenschen sind im allgemeinen ziemlich wertlos, außer für Schreiber- und Verwaltungsdienste, für die hier kein Bedarf besteht. Man würde dich als Winkelkehrer und Nußentkerner beschäftigen, und das ist wirklich keine besondere Beschäftigung. Dieser Mann jedoch, egal was er auch ist, scheint schwerer Arbeit fähig zu sein und ließe sich zu einer Standardrate verkaufen. Alles in allem würde eure Versicherung zehn Sequinen in der Woche betragen.«

»Versicherung gegen oder für was?« wollte Anacho wissen.

»Gegen die Gefahr, eingefangen und verkauft zu werden«, erwiderte der Agent. »Für tüchtige Arbeiter ist die Nachfrage groß. Aber für zehn Sequinen die Woche könnt ihr bei Tag und Nacht so sicher durch die Straßen Coads wandeln, als reite der Dämon Harasthy persönlich auf euren Schultern! Sollte ein nicht zugelassener Händler euch belästigen oder gar einfangen, so wird die Gilde eure sofortige Freilassung anordnen.«

Reith musterte den Mann etwas amüsiert und ziemlich angewidert, und Anacho sagte so überheblich wie nur möglich: »Zeig mir deine Ausweise.«

»Ausweise?« fragte der Mann und ließ vor Verblüffung das Kinn sinken.

»Zeig uns ein Dokument, eine Plakette, ein Patent. Was? Du hast nichts? Hältst du uns für Narren? Verschwinde!«

Geknickt ging der Mann davon. »Was ist er denn?« fragte Reith. »Ein Betrüger?«

»Das weiß man nie, aber man muß ja schließlich irgendwo eine Grenze ziehen. Wir wollen jetzt essen. Nach Wochen gekochter Pilze und Pilgerpflanzen habe ich guten Appetit auf Besseres.«

Sie nahmen im Speisesaal Platz, der eigentlich eine große Laube mit Glasdach war, so daß blasses, elfenbeinfarbenes Licht einfiel. Schwarze Kletterpflanzen rankten sich an den Wänden hoch. In den Ecken wuchsen blaßblaue und purpurne Farne. Es war ein milder Tag, und durch die offene Front sahen sie auf den Dwan Zher und eine windverblasene Wolkenbank am Himmel.

Nur etwa zwei Dutzend Leute saßen vor Tellern und Schüsseln aus schwarzem Holz und rotem Ton; sie unterhielten sich leise und beobachteten die Leute an den anderen Tischen. Traz sah sich mißtrauisch um; soviel Luxus mißbilligte er. Zweifellos war dies seine erste Begegnung mit dem für ihn unerhörten Luxus, der Reith ein wenig zu kompliziert und gleichzeitig verblaßt vorkam.

Ylin-Ylan schaute quer durch den Raum, als sehe sie etwas Erstaunliches, dann wandte sie jedoch die Augen ab, als fühle sie sich unbehaglich oder verlegen. Reith folgte ihrem Blick, entdeckte aber nichts Ungewöhnliches.

Er fragte nicht nach der Ursache ihrer Verlegenheit, denn er wollte keinen hochmütigen Blick ernten. Welch eine Situation! Es schien so zu sein, daß sie allmählich eine Abneigung gegen ihn entwickelte! War Anachos Erklärung richtig, dann konnte er es verstehen, sonst nicht. Aber nun klärte der sardonische Dirdirmann die Sache auf.

»Schau dir den Burschen dort drüben an«, murmelte er. »Den in dem grün-purpurnen Mantel.«

Reith sah einen sehr gut aussehenden jungen Mann mit sorgfältig geordneter Frisur und einem kräftigen Schnurrbart von erstaunlicher Goldfarbe. Er trug sehr elegante Kleider, wenn auch etwas abgenutzt und verknittert – eine Jacke aus weichen Lederstreifen in Grün und Purpur, Kniehosen aus gefälteltem gelbem Tuch mit Schnallen an den Knien und Broschen an den Knöcheln, in der Form phantastischer Insekten. Eine viereckige Kappe aus weichem Pelz mit handbreiten, goldenen Perlfransen saß keck auf seinem Kopf, und auf der Nase trug er einen mit Goldfiligran eingefaßten Kneifer. »Beobachte ihn jetzt«, flüsterte ihm Anacho zu, »er wird uns bemerken und das Mädchen sehen.«

»Wer ist das?« fragte Reith.

Anacho machte eine gereizte Bewegung mit seinen schlanken Fingern. »Seinen Namen kenne ich nicht. Aber er ist ein Yao-Kavalier von hohem Status; er ist wenigstens davon überzeugt.«

Reith beobachtete nun Ylin-Ylan, die wiederum aus den Augenwinkeln heraus den Mann musterte. Wie durch ein Wunder hatte sich ihre Laune verändert. Sie war nun lebhaft, wenn auch nervös und unsicher. Sie warf Reith einen Blick zu und wurde rot, als sie bemerkte, daß er sie anschaute. Sie senkte den Kopf auf ihren Teller, auf dem sie graue Trauben, Biskuit, geräucherte Seeinsekten und eingelegte Farnknospen hatte. Reith ließ den Kavalier nicht aus den Augen, der sichtlich ohne jede Begeisterung an einem schwarzen Kornhörnchen und etwas Sauergemüse herumstocherte und dabei auf die See hinausschaute. Er zuckte die Achseln, als sei er von seinen eigenen Gedanken entmutigt, und veränderte dann seine Blickrichtung. Und da sah er die Blume von Cath, die sehr wenig überzeugend nur mit ihrem Essen beschäftigt zu sein schien. Erstaunt lehnte sich der Kavalier vor und sprang so stürmisch auf, daß er dabei fast den Tisch umwarf. Mit drei langen Schritten hatte er den Raum durchquert, ging vor dem Mädchen auf die Knie und schwang seine Kappe zu einem so ergebenen Gruß, daß er Traz damit übers Gesicht wischte.

»Prinzessin der Blauen Jade!« rief er. »Euer Diener Dordolio. Ich habe mein Ziel erreicht!«

Die Blume von Cath beugte den Kopf mit einer genau abgemessenen Zurückhaltung, gemischt mit erfreutem Staunen. Reith bewunderte ihre Schauspielkunst. »Wie angenehm«, murmelte sie, »in einem fernen Land zufällig einem Kavalier aus Cath zu begegnen.«

»Zufällig ist nicht das richtige Wort, Prinzessin. Ich bin einer aus einem Dutzend, das auszog, Euch zu suchen, um die Belohnung zu gewinnen, die Euer Vater ausgesetzt hat, und zur Ehre Eures und meines Palastes. Bei allen Teufeln der Pnume, verehrte Blume, und mir war es beschieden!«

»Du hast also sehr nachdrücklich gesucht?« fragte Anacho heuchlerisch.

Dordolio richtete sich hoch auf, musterte Anacho, Reith und Traz und nickte jedem von ihnen mit sorgfältig abgemessener Huld zu. Die Blume machte eine kleine, fröhliche Handbewegung, als seien die drei nur zufällige Gesellschafter bei einem Picknick. »Meine ergebenen Gefolgsmänner. Alle drei waren mir eine große Hilfe, denn wären sie nicht gewesen, wäre ich wohl nicht mehr am Leben.«

»In diesem Fall«, erklärte der Kavalier, »mögen sie sich immer auf den Schutz Dordolios von Gold und Karneol verlassen. Es sei ihnen sogar erlaubt, sich meines Feldnamens Alutrin Sternengold zu bedienen.« Er salutierte vor den dreien, dann schnippte er mit den Fingern und befahl der Bedienerin: »Ich will an diesem Tisch speisen.«

Die Bedienerin schob ohne viel Aufhebens einen Stuhl zurecht.

Dordolio setzte sich und konzentrierte seine ganze Aufmerksamkeit auf die Blume. »Hast du viele gefährliche Abenteuer bestanden, Prinzessin? Das muß wohl so sein. Und doch siehst du schön und frisch aus wie eh und je.«

Die Blume lachte. »In diesen Kleidern der Steppenbewohner? Ich konnte nichts anderes anziehen. Erst muß ich Dutzende notwendiger Kleinigkeiten kaufen, ehe ich dir erlauben kann, mich anzusehen.«

Dordolio besah sich nur kurz ihre grauen Kleider, dann winkte er ab. »Ich habe es gar nicht bemerkt, denn du bist so wie immer. Wenn du willst, werden wir zusammen einkaufen, denn die Basare von Coad sind faszinierend.«

»Natürlich! Aber erzähl mir etwas von dir. Mein Vater setzte eine Belohnung aus, sagtest du?«

»Ja, das tat er. Die vornehmsten Kavaliere meldeten sich. Wir folgten deiner Spur nach Spang, wo wir erfuhren, wer dich entführte: die Priesterinnen der Weiblichen Geheimnisse. Viele gaben dich nun als verloren auf, ich jedoch nicht. Und meine Beharrlichkeit wurde belohnt. Im Triumph werden wir nach Settra zurückkehren!«

Ylin-Ylan lächelte Reith rätselhaft an. »Natürlich kann ich es kaum erwarten, nach Hause zu kommen. Welch ein Glück, dich hier in Coad zu sehen!«

»Ja, ein bemerkenswertes Glück«, sagte Reith trocken. »Wir sind erst vor einer Stunde aus Pera angekommen.«

»Pera? Die Stadt kenne ich nicht.«

»Sie liegt weit westlich der Toten Steppe.«

Dordolio starrte Reith an, wandte sich dann aber sofort wieder der Blume zu.

»Wie hart muß es doch für dich gewesen sein! Aber nun wirst du unter Dordolios Schutz wandeln. Wir kehren sofort nach Settra zurück.«

Während das Essen weiterging, unterhielt sich Ylin-Ylan außerordentlich angeregt mit Dordolio. Traz, dem die ungewohnten Tafelgeräte Schwierigkeiten machten, warf ihnen immer wieder böse Blicke zu, als glaube er, sie lachten über ihn. Anacho achtete gar nicht auf sie, und Reith aß schweigend. Endlich schob Dordolio seinen Stuhl zurück. »Und nun müssen wir zum Praktischen kommen. Die *Yazilissa* liegt vor Anker und wird bald nach Vervodei ablegen. Eine traurige Aufgabe, dich nun von deinen Kameraden, diesen guten Burschen, verabschieden zu müssen, doch es ist nötig, unsere Passage nach Hause zu besorgen.«

»Wir alle reisen zufällig nach Cath«, sagte Reith ruhig.

Dordolio schaute ihn so verständnislos an, als habe Reith eine unbekannte Sprache gesprochen.

Er stand auf, half auch Ylin-Ylan, und die beiden gingen zur Terrasse weiter. Die Bedienerin brachte die Rechnung. »Fünf Sequinen, bitte sehr, für fünf Mahlzeiten.«

»Fünf?«

»Der Mann aus Yao aß an eurem Tisch.«

Reith bezahlte also mehr als fünf Sequinen aus seiner Tasche. Anacho musterte ihn amüsiert.

»Die Gegenwart des Yao ist wirklich ein Vorteil. Du wirst bei deiner Ankunft in Settra keine Aufmerksamkeit erregen.«

»Vielleicht«, meinte Reith dazu. »Ich hatte jedoch auf die Dankbarkeit des Vaters des Mädchens gezählt. Ich brauche jeden Freund, den ich nur finden kann.«

»Manche Ereignisse sind in sich selbst lebendig«, bemerkte Anacho. »Dazu haben die Theologen der Dirdir einige interessante Dinge zu sagen. Ich erinnere mich einer Analyse von Vorfällen, die nicht von einem Dirdir, sondern von einem Makellosen Dirdirmann stammen ...« Anacho sprach ausführlich über dieses Thema, und dem wich Traz aus, indem er auf die Terrasse ging und über die Dächer von Coad blickte. Dordolio und Ylin-Ylan gingen langsam vorbei und übersahen ihn bewußt. Traz kochte vor Zorn und ging zu Reith und Anacho zurück. »Dieser Yao-Stutzer redet ihr zu, uns zu entlassen. Er sagt, wir seien Nomaden; grob, aber ehrlich und zuverlässig.«

»Ist doch egal«, sagte Reith. »Ihr Schicksal ist nicht das unsere.«

»Aber du hast ihr Schicksal zu dem unseren gemacht! Wir hätten in Pera bleiben oder zu den Glücklichen Inseln reisen können. Aber so ...«

»Es läuft manches nicht ganz so, wie ich dachte«, gab

Reith zu, »aber wer weiß? Vielleicht ist es besser so. Jedenfalls meint es auch Anacho. Würdest du ihr bitte sagen, sie soll zu uns kommen?«

Traz ging und kehrte sofort zurück. »Sie und der Yao sind gegangen, um das zu kaufen, was sie als passende Kleider bezeichnen. Welch ein Unsinn! Ich habe mein Leben lang die Kleider der Steppenbewohner getragen. Sie sind sehr nützlich und zweckmäßig.«

»Natürlich«, pflichtete ihm Reith bei. »Nun, sollen sie doch tun, was sie wollen. Vielleicht können wir uns auch ein wenig verändern. Äußerlich wenigstens.«

Die Basare lagen im Hafenviertel. Hier statteten sich Reith, Anacho und Traz mit Kleidern aus, die etwas weniger grob in Material und Schnitt waren: Hemden aus weichem hellen Leinen, kurzärmelige Westen, lose schwarze Kniehosen mit hübschen Schnallen und Schuhe aus weichem grauen Leder.

Sie gingen zum Hafen und besahen sich die Schiffe. Sofort fand die *Yazilissa* ihre Aufmerksamkeit. Das Schiff war über hundert Fuß lang und hatte in einem großen Deckshaus und im Zwischendeck Unterbringungsmöglichkeiten für viele Passagiere. Mit Ladebäumen wurden zahlreiche Warenballen in den Schiffsbauch geschwungen.

Sie fanden, als sie über die Gangway gingen, sofort den Lademeister, der ihnen bestätigte, daß dieses Schiff in drei Tagen absegelte und die Häfen Grenie und Horasin berührte, dann über Pag Choda, die Wolkeninseln, Tusa Tula am Kap Gaiz im Westen von Kachan nach Vervodei in Cath reiste; diese Reise würde sechzig bis siebzig Tage dauern.

Reith erfuhr auf seine Frage nach den Kabinen erster Klasse, daß alle schon vergeben waren, und auch alle Zwischendeckkabinen, bis auf eine. Aber in der Deckklasse konnten sie noch untergebracht werden, und auch die sei nicht unangenehm, oder nur während des Äquatorialregens; er mußte jedoch zugeben, daß dieser ziemlich häufig war.

»Nein, damit können wir uns nicht zufriedengeben«, erklärte Reith. »Wir brauchen mindestens vier Kabinen zweiter Klasse.«

»Die kann ich euch nicht bieten, außer es macht jemand eine Buchung rückgängig. Das ist natürlich immer möglich.«

»Schön. Ich bin Adam Reith und im Großen Kontinent zu erreichen.«

»Adam Reith?« fragte der Lademeister erstaunt. »Du stehst doch mit deiner Gruppe schon auf der Passagierliste.«

»Wir sind doch erst heute früh nach Coad gekommen.«

»Aber vor ungefähr einer Stunde kam ein Yao-Paar an Bord, ein Kavalier mit einer Edeldame. Sie nahmen Kabinen für Adam Reith; die große Suite im Deckshaus mit zwei Kabinen und einem Privatsalon, und Deckspassage für drei Personen. Ich forderte eine Anzahlung. Sie sagten, Adam Reith komme, um die Passage zu bezahlen. Sie beträgt zweitausenddreihundert Sequinen. Bist du Adam Reith?«

»Ja, der bin ich, doch ich bezahle keine zweitausenddreihundert Sequinen, denn soweit es um mich geht, mache ich die Buchung rückgängig.«

»Was soll das für ein Irrsinn sein?« fragte der Lademeister scharf. »Ich bin nicht geneigt, mir solchen Unsinn anzuhören.«

»Ich denke nicht daran, den Draschade-Ozean im Regen zu überqueren«, erwiderte Reith. »Such dir doch diesen Yao, wenn du eine Entschädigung verlangst.«

»Das ist sinnlos«, murrte der Lademeister. »Nun ja, dann lassen wir's. Wenn ihr mit weniger Luxus auch zufrieden seid, dann versucht es mal auf der *Vargaz*, dem

Schiff dort drüben. In ungefähr einem Tag legt es ab nach Cath, und ihr könnt dort gewiß Räume finden.«

»Danke für deine Hilfe.« Reith und seine Gefährten gingen also weiter zur *Vargaz*, einem gedrungenen Schiff mit langem Bugspriet. Zwischen den Masten war ein Seil gespannt, an dem Laternen hingen. Ein paar schlaffe Segel bekamen neue Flicken aufgesetzt.

Reith besah sich zweifelnd das Schiff, dann zuckte er die Achseln und ging an Bord. Im Schatten des Deckshauses saßen zwei Männer an einem mit Papieren übersäten Tisch und hatten Schreibzeug und einen Krug Wein vor sich stehen. Der eindrucksvollere der beiden war von der Hüfte an nackt, und auf seiner Brust wuchs eine dichte Matte schwarzen, groben Lockenhaars. Seine Haut war braun, das Gesicht klein, rund und unbeweglich. Der andere Mann war sehr mager und trug ein weites, weißes Gewand mit einer gelben Weste darüber, die von der Farbe seiner Haut war; ein langer Schnurrbart hing traurig zu beiden Seiten seines Mundes herab. An der Hüfte trug er einen Krummsäbel. Reith hielt die beiden für zwei düstere Schurken.

»Ja, was willst du?« fragte der Kleine, Stämmige.

»Ich möchte so behaglich wie möglich nach Cath reisen«, sagte Reith.

»Kein unbilliger Wunsch. Ich werde dir gleich zeigen, was noch vorhanden ist.«

Reith bezahlte dann etwas für zwei kleinere Kabinen, eine für Ylin-Ylan, eine größere Kabine für Anacho, sich selbst und Traz. Die Räumlichkeiten waren eng und wenig luftig, doch sie hätten schlechter sein können.

»Wann segelst du ab?« fragte er den Kapitän.

»Morgen gegen Mittag, mit der Flut. Seid aber bitte vormittags an Bord. Ich bin pünktlich.«

Die drei kehrten durch die krummen Straßen zum Hotel zurück. Weder die Blume noch Dordolio waren da.

Erst spät am Nachmittag kamen sie in einer Sänfte an, und hinter ihnen schleppten drei Träger eine Menge Bündel. Dordolio stieg aus und half Ylin-Ylan heraus. Die Träger und der Hauptträger der Sänfte betraten hinter ihnen das Hotel.

Ylin-Ylan trug jetzt ein sehr hübsches Kleid aus dunkelgrüner Seide mit dunkelblauer Korsage. Eine entzückende Kappe aus kristallglitzerndem Netzmaterial bedeckte ihr Haar. Als sie Reith sah, zögerte sie, drehte sich zu Dordolio um und sprach kurz mit ihm. Dieser strich sich über den auffallend goldenen Schnurrbart und kam mit langen Schritten auf Reith, Anacho und Traz zu.

»Alles ist in bester Ordnung«, berichtete er. »Ich habe an Bord der *Yazilissa* Passagen für alle gebucht. Es ist ein Schiff von bestem Ruf.«

»Ich fürchte, da hast du dir unnötige Ausgaben gemacht«, erwiderte Reith, »denn ich habe andere Vorkehrungen getroffen.«

Verblüfft wich Dordolio einen Schritt zurück. »Aber da hättest du vorher mit mir sprechen müssen.«

»Dazu sah ich keinen Grund«, meinte Reith trocken.

»Auf welchem Schiff wollt ihr reisen?«

»Auf der *Vargaz.*«

»Auf der *Vargaz?* Das ist doch ein schwimmender Schweinestall. Ich will auf diesem Schiff nicht reisen.«

»Das wird ja auch nicht nötig sein. Du hast ja auf der *Yazilissa* gebucht.«

Dordolio zerrte an seinem Bart.

»Die Prinzessin der Blauen Jade bevorzugt dieses Schiff ebenfalls, denn es hat die elegantesten Unterbringungsmöglichkeiten.«

»Du bist sehr großzügig und mußt sehr reich sein, wenn du für eine so große Gruppe dermaßen elegante Reisemöglichkeiten aussuchst.«

»Ich tat nur das, was ich konnte«, gab Dordolio zu.

»Du hast ja das Geld der Gruppe in Verwahrung, und so wird der Lademeister auch dir die Rechnung vorlegen.«

»Das auf keinen Fall. Ich habe ja auf der *Vargaz* gebucht.«

Dordolio pfiff angewidert durch die Zähne. »Welch entsetzliche Situation!«

Nun kamen auch die Träger und der Mann von der Sänfte heran und verbeugten sich vor Reith. »Erlaube uns, dir unsere Rechnungen vorzulegen«, sagte der eine.

Reith hob die Brauen. Dieser Dordolio schien unglaublich unverfroren zu sein. »Natürlich, warum nicht? Aber das tut ihr doch wohl bei denen, die eure Dienste in Anspruch genommen haben.« Er stand auf, ging zu Ylin-Ylans Zimmer und klopfte an die Tür. Er hörte innen eine Bewegung, dann bemerkte er, wie sie durch das Guckloch schaute. Die obere Türhälfte schob sich eine Kleinigkeit auf.

»Darf ich hereinkommen?« bat Reith.

»Aber ich ziehe mich doch um!«

»Da gab es früher doch auch keine Schwierigkeiten.«

Die Tür ging auf, Reith trat ein und Ylin-Ylan stand verdrossen da. Überall lagen Bündel herum; einige waren offen und enthielten Kleider und Lederwaren, dünne Schuhe, gestickte Leibchen, Filigrankopfschmuck und dergleichen. Reith blickte sich erstaunt um. »Dein Freund ist ja überaus großzügig«, bemerkte er.

Die Blume setzte zum Sprechen an, dann biß sie sich auf die Lippen. »Diese Kleinigkeiten sind für die Heimreise unbedingt nötig«, erklärte sie hochmütig. »Ich will nicht wie eine Spülmagd in Vervodei ankommen.« Soviel Hochmut hatte Reith noch nicht an ihr gesehen, obwohl sie in letzter Zeit häufig überheblich war. »Das sind Reisespesen. Bitte, notiere sie alle auf, damit mein Vater sie zu deiner vollen Zufriedenheit begleichen kann.«

»Du bringst mich da in eine sehr schwierige Situation«,

sagte Reith, »und ich verliere dabei unweigerlich meine Würde. Zahle ich, bin ich ein Dummkopf. Zahle ich nicht, nennst du mich einen Geizkragen. Mir scheint, du hättest etwas taktvoller handeln können.«

»Die Frage des Taktes ergab sich nicht, denn ich wünschte all diese Sachen. Deshalb befahl ich, sie herbringen zu lassen.«

Reith schnitt eine Grimasse. »Ich will nicht darüber streiten. Ich kam, dir dies zu sagen: Ich habe an Bord der *Vargaz* Passagen nach Cath gebucht, und wir reisen morgen ab. Es ist ein einfaches Schiff, und da genügen einfache Kleider.«

Die Blume starrte ihn verständnislos an. »Aber der Edelmann von Gold und Karneol nahm doch Passage auf der *Yazilissa!*«

»Wenn er mit dem Schiff reisen will, dann kann er es tun, falls er seine Passage zahlen kann. Ich habe ihm eben erklärt, daß ich weder die Sänfte noch seine Buchung nach Cath, noch ... dieses Luxuszeug bezahlen werde, das er dir offensichtlich aufgenötigt hat.«

Ylin-Ylan errötete vor Zorn. »Ich hätte nie geglaubt, daß du so geizig sein könntest.«

»Die Alternative ist schlimmer. Dordolio ...«

»Das ist sein Freundesname«, erklärte Ylin-Ylan mürrisch. »Du benützt lieber seinen Feldnamen oder seine formelle Anrede: Edler von Gold und Karneol.«

»Jedenfalls sogelt unser Schiff morgen ab. Du kannst selbst wählen, ob du an Bord kommen oder in Coad bleiben willst.«

Reith kehrte zu den anderen in die Halle zurück. Der Sänftenträger und die anderen Männer waren gegangen. Dordolio stand an der vorderen Veranda. Die edelsteinbesetzten Schnallen an seinen Kniehosen waren nicht mehr zu sehen.

3. Kapitel

Die behäbige Kogge *Vargaz* mit dem hohen, schmalen Vorschiff und dem stolzen Backbordaufbau schaukelte behaglich an ihrer Verankerung. Wie alles auf Tschai war auch an der Kogge jede Einzelheit übertrieben und dramatisiert. Die Kurve des Schiffskörpers war blumig geschwungen, das Bugspriet stach in den Himmel, die Segel waren mit bunten, malerischen Flicken besetzt.

Schweigend begab sich die Blume von Cath zusammen mit Reith, Traz und Anacho an Bord des Schiffes, und ein Träger brachte das Gepäck auf einem Handkarren.

Eine halbe Stunde später erschien auch Dordolio am Dock. Er musterte das Schiff ein paar Minuten lang, dann schlenderte er über die Gangway. Er unterhielt sich kurz mit dem Kapitän, dann warf er eine Geldbörse auf den Tisch. Der Kapitän musterte ihn düster unter buschigen schwarzen Brauen und machte sich wohl seine eigenen Gedanken. Dann öffnete er die Börse, zählte die Sequinen, fand sie nicht ausreichend, und erklärte es ihm. Mißmutig griff Dordolio in seine Tasche, fand die verlangte Summe, und der Kapitän wies mit dem Daumen zum Heckaufbau.

Dordolio zerrte an seinem Bart, schaute zum Himmel hoch ging zur Gangway und winkte zwei Trägern, die sein Gepäck heranschleppten. Dann machte er vor der Blume von Cath eine förmliche Verbeugung, stellte sich an die Reling gegenüber und schaute verdrossen über den Ozean.

Fünf weitere Passagiere kamen an Bord: ein kleiner, dicker Kaufmann in einem dunkelgrauen Kaftan und hohem Röhrenhut, ein Mann von den Wolkeninseln mit Frau und zwei Töchtern, frischen, zierlichen Mädchen mit blasser Haut und orangefarbenem Haar.

Eine Stunde vor Mittag wurde der Anker gelichtet, und die *Vargaz* lief aus. Die Dächer von Coad wurden zu dunkelbraunen Prismen, die an den Hügeln ausgelegt waren. Die Mannschaft setzte die Segel, rollte Taue auf und brachte auf dem Vordeck eine primitive Kanone in Stellung, die an einen Böller erinnerte.

Reith fragte Anacho. »Was fürchten sie? Piraten?«

»Es ist nur eine Vorsichtsmaßnahme«, erklärte ihm der Dirdirmann. »Solange eine Kanone zu sehen ist, halten sich die Piraten in respektvoller Entfernung. Wir haben nichts zu befürchten. Auf dem Draschade lassen sie sich selten blicken. Bezüglich der Verpflegung geht man meist ein größeres Risiko ein. Der Kapitän scheint aber selbst ein gutes Leben zu lieben, wir dürfen also in dieser Beziehung optimistisch sein.«

Geschickt bewegte sich die Kogge durch den dunstigen Nachmittag. Der Dwan Zher war ruhig; sein Wasser hatte die Farbe schimmernder Perlen. Langsam verschwand im Norden die Küste. Andere Schiffe sahen sie nicht. Dann kam der Sonnenuntergang mit einem prachtvollen Farbenspiel, das von Taubenblau bis Bernstein reichte, und mit ihm setzte eine kühle Brise ein, unter der sich das Wasser leise glucksend kräuselte.

Die Abendmahlzeit war einfach, aber sehr schmackhaft. Es gab Scheiben getrockneten Würzfleisches, einen Salat aus rohen Gemüsen, Insektenpaste, Essiggemüse und einen milden Weißwein aus grünen, bauchigen Gläsern. Die Passagiere aßen schweigend. Fremde sind auf Tschai automatisch verdächtig, und so bleibt man zurückhaltend. Nur der Kapitän kannte keine solchen Hemmungen. Er aß und trank herzhaft, unterhielt die Gesellschaft mit Witzen und Geschichten von seinen früheren Reisen, und versuchte den Reisezweck eines jeden Passagiers zu erraten. Seine Fröhlichkeit lockerte die Stimmung merklich auf. Ylin-Ylan aß wenig. Sie musterte die beiden Mädchen mit den orangefarbigen Haaren und wurde deutlich mißgestimmt, als sie sah, wie sehr ihre Zierlichkeit alle ansprach. Dordolio saß etwas abseits und achtete wenig auf den unterhaltsamen Kapitän, aber von Zeit zu Zeit musterte auch er die beiden Mädchen und zwirbelte heimlich seinen Schnurrbart.

Nach dem Essen führte er Ylin-Ylan zum Bug, wo sie die phosphoreszierenden Seeaale beobachteten. Die anderen saßen auf Bänken am hohen Viererdeck und unterhielten sich leise, während der rosafarbene Az und der blaue Braz aufgingen, einer unmittelbar hinter dem anderen, um eine Doppelspur auf das Wasser zu legen.

Ein Passagier nach dem anderen zog sich in die Kabinen zurück, und dann gehörte das Schiff nur noch dem Steuermann und dem Ausguck.

Die Tage vergingen; der Morgen war meist kühl, und perlfarbener Dunst hing über dem Wasser. Mittags brannte die Sonne Carina 4269 im Zenit; die Nachmittage waren von bierfarbener Sanftheit, die Nächte still.

Kurz wurde in zwei Häfen angelegt; es waren eigentlich nur Dörfer, die ganz im Laubwerk riesiger graugrüner Bäume verschwanden. Hier lud die Vargaz Häute, metallenes Werkzeug und Gerät ab, um ganze Ballen von Nüssen, Klumpen getrockneter Früchte, schwarzes Holz und große Mengen der herrlichsten Rosenknospen an Bord zu nehmen.

Als sie die Küste von Horasin verließen, zog die Kogge in den Draschade-Ozean hinaus und schlug einen Ostkurs ein, der direkt am Äquator entlangführte. Auf diese Art konnten die verschiedenen Strömungen und Gegenströmungen ausgenutzt werden, und gleichzeitig wurden die Schlechtwetterzonen im Norden und Süden umgangen. Die Winde waren lind, und die Kogge schaukelte träge durch die lange, kaum spürbare Dünung.

Die Passagiere vertrieben sich die Zeit meist mit Spielen. Die orangehaarigen Mädchen Heizari und Edwe spielten gerne Wurfring und neckten Traz so lange, bis er sich am Spiel beteiligte.

Reith lehrte sie Shuffleboard, das mit Begeisterung aufgenommen wurde. Palo Barba, der Vater der Mädchen, betätigte sich als Lehrer der Fechtkunst. Er und Dordolio fochten täglich eine Stunde. Dordolio war bis zur Hüfte nackt, und ein schwarzes Band hielt sein Haar zurück. Dordolio zog eine richtige Schau ab mit Füßestampfen und Stakkatorufen. Palo Barba focht weniger prachtvoll, legte aber größten Wert auf die Tradition dieser Kunst. Gelegentlich sah Reith ihnen zu, und einmal nahm er sogar Palo Barbas Einladung an, mit ihm zu fechten. Reith hielt die Degen für zu lang und zu flexibel, hielt sich aber ausgezeichnet. Dordolio machte kritische Bemerkungen zu Ylin-Ylan, und später erzählte ihm Traz, der einiges hörte, daß der Kavalier seine Technik naiv und exzentrisch genannt hatte.

Reith zuckte dazu nur die Achseln und grinste in sich hinein. Einen Mann wie Dordolio konnte er nicht ernst nehmen.

Zwei- oder dreimal sah man Segel in der Ferne, einmal erblickten sie eine lange, schwarze Motoryacht, die den Kurs wechselte. Reith besah sich das Schiff durch sein Scanskop. Ein Dutzend großer, gelbhäutiger Männer mit schwarzen Turbanen schaute zu ihnen herüber. Das berichtete Reith dem Kapitän. »Das sind nur Piraten. Uns lassen sie in Ruhe. Das Risiko ist zu groß«, meinte er. Die große Motoryacht zog dann auch eine Meile weiter südlich an ihnen vorüber, wechselte wieder den Kurs und verschwand nach Südwesten.

Zwei Tage später lag vor ihnen eine Insel, ein hoher Landbuckel, dessen Küste ganz unter hohen Bäumen verschwand. »Das ist Gozed«, erklärte der Kapitän auf

Reiths Frage. »Hier gehen wir für einen Tag oder zwei vor Anker. Du warst noch nie in Gozed?«

»Nein, noch nie.«

»Dann kannst du dich auf eine Überraschung gefaßt machen. Aber andererseits ... Nun ja, vielleicht auch nicht. Das kann ich nicht sagen, weil mir die Sitten deines Landes unbekannt sind. Vielleicht unbekannt auch dir selbst? Ich höre, du hast das Gedächtnis verloren.«

Reith zuckte die Achseln. »Ich stelle nie die Meinung anderer Leute in Frage.«

»Das ist nämlich eine recht bizarre Sitte«, erklärte der Kapitän. »Aber, verstehst du, das Land deiner Geburt kann ich nicht erraten. Du siehst mir irgendwie sehr fremd aus.«

»Ich bin ein Wanderer«, erklärte ihm Reith. »Wenn du willst: ein Nomade.«

»Für einen Wanderer bist du manchmal recht unwissend. Nun ja, jedenfalls ist das, was vor uns liegt, Gozed.«

Die Insel stand hoch und dunkel vor dem Himmel. Durch sein Scanskop erkannte Reith die Küste mit entlaubten Bäumen, auf denen Hütten standen. Der Grund darunter war nackter, sauber gehaltener und geharkter Sand. Auch der Dirdirmann musterte das Dorf durch das Scanskop. »Genau das, was ich erwartet habe«, sagte er.

»Du kennst also Gozed? Der Kapitän behandelt dieses Dorf ja wie ein Geheimnis.«

»Es ist kein Geheimnis. Die Menschen dieser Insel sind überaus religiös und verehren den in diesen Gewässern lebenden Seeskorpion. Man sagt, diese Tiere seien mindestens so groß wie Menschen, wenn nicht größer.«

»Warum stehen die Hütten auf diesen hohen Pfosten?«

»Nachts kommen die Seeskorpione zum Laichen an Land, und dabei bohren sie ihre Eier in ein Wirtstier. Manchmal läßt man zu diesem Zweck auch eine Frau am

Strand. Die Eier werden in diesem Wirtstier ausgebrütet, und die Larven fressen ›die Mutter der Götter‹ auf. Im letzten Stadium, wenn Schmerz und religiöse Ekstase bei der ›Mutter‹ einen seltsamen psychologischen Zustand erzeugen, rennt sie zum Strand und stürzt sich ins Wasser.«

»Keine schöne Religion.«

Das gab auch Anacho zu. »Aber dem Volk von Gozed scheint sie zu passen. Sie können sich jederzeit, wenn sie wollen, eine andere Religion zulegen. Untermenschen sind jedoch bekannt dafür, daß sie für solche Verrücktheiten anfällig sind.«

Reith mußte lachen, und Anacho musterte ihn erstaunt. »Darf ich wissen, was dich so amüsiert?«

»Mir scheint, das Verhältnis der Dirdirleute zu den Dirdir ähnelt dem des Volkes von Gozed zu ihren Skorpionen.«

»Ich sehe hier keine Analogie«, sagte Anacho steif.

»Oh, das ist doch einfach. Beide sind Opfer nichtmenschlicher Wesen, die die Menschen für ihre Zwecke mißbrauchen.«

»Pah!« machte Anacho. »Du bist manchmal der größte Dummkopf, der herumläuft.« Abrupt drehte er sich um und schaute auf die See hinaus. Aber Reith wußte, daß Anacho doch manchmal von einem unbewußten Unbehagen gequält wurde.

Die Kogge steuerte vorsichtig einen muschelverkrusteten Felsvorsprung an und ließ den Anker fallen. Der Kapitän ließ sich in einem Beiboot an Land rudern. Die Passagiere sahen ihn mit einer Gruppe strenggesichtiger Männer reden, die weißhäutig und bis auf Sandalen und Haarnetze völlig nackt waren. Man erzielte ein Übereinkommen, und der Kapitän kehrte zum Schiff zurück. Eine halbe Stunde später kamen zwei Leichter zum Schiff heraus. Ein Ladebaum wurde aufgerichtet. Wollballen und Seilrollen wurden an Bord gebracht, andere Ballen und Kisten in die Leichter verladen. Zwei Stunden nach der Ankunft in Gozed konnte die Kogge wieder den Anker lichten und sich auf die Weiterreise machen.

Nach der Abendmahlzeit saßen die Passagiere an Deck vor dem Heckaufbau; über ihnen schwang eine Laterne, und man unterhielt sich über die Leute von Gozed und ihre Religion. Val Dal Barba, die Frau von Palo Barba, Mutter von Heizari und Edwe, hielt das ganze Ritual für ungerecht. »Warum sind nur sie die ›Mütter der Götter‹?« fragte sie. »Warum gehen nicht auch die Männer zum Strand und werden die ›Väter der Götter‹?«

Der Kapitän lachte. »Mir scheint, diese Ehre ist den Damen vorbehalten.«

»In Murgen wäre das nicht so«, erklärte der Kaufmann. »Wir zahlen den Priestern hohe Abgaben, und sie übernehmen alle Verantwortung für Bismes Besänftigung. Wir brauchen keine solchen Unbequemlichkeiten zu übernehmen.«

»Ein System ist so gut wie das andere«, meinte Palo Barba dazu. »Dieses Jahr trugen wir uns bei der Pansogmatischen Gnosis ein, und diese Religion hat viel für sich.«

»Und mir gefällt sie vor allem besser als Tutelanie«, sagte Edwe. »Man rezitiert nur die Litanei, dann ist man für den ganzen Tag fertig.«

»Die Tutelanie war eine grauenhafte Langeweile«, pflichtete ihr Heizari bei. »Immer dieses Auswendiglernen! Und die gräßlichen Versammlungen der Seelen! Ich mag die Pansogmatische Gnosis auch lieber.«

Dordolio lachte überheblich. »Ihr zieht es also vor, euch nicht festzulegen. Ich selbst neige in diese Richtung. Die Yao-Doktrin ist natürlich bis zu einem gewissen Grad eine Synkrise. Oder, anders ausgedrückt, innerhalb der Runde hat man Gelegenheit, sich selbst zu manifestieren, so daß wir, wenn wir dem Zyklus folgen, die ganze Theopathie erleben.«

Anacho hatte Reiths Vergleich noch nicht ganz verdaut und schaute über das Deck.

»Nun, was ist mit Adam Reith, dem klugen Ethnologen? Welche theosophischen Einsichten kann er beisteuern?«

»Keine«, antwortete Reith. »Oder höchstens sehr spärliche. Mir scheint, der Mensch und seine Religion sind ein und dasselbe. Das Unbekannte gibt es. Jeder Mensch projiziert auf die weiße Fläche den Umriß seines eigenen Weltbildes. Seine Schöpfung bedenkt er mit seinen persönlichen Haltungen und Willensäußerungen. Der religiöse Mensch, der seine Religion auslegt, erklärt im Grunde sich selbst. Widerspricht ihm ein Fanatiker, so fühlt er sich in seiner Existenz bedroht, und er reagiert sehr heftig.«

»Interessant«, erklärte der dicke Kaufmann. »Und der Atheist?«

»Der kann kein Bild projizieren. Er akzeptiert kosmische Geheimnisse als das, was sie sind, und sieht keine Notwendigkeit, ihnen eine mehr oder weniger menschliche Maske aufzusetzen. Im übrigen ist natürlich die Beziehung zwischen einem Menschen und der Gestalt, in die er das Unbekannte steckt, um es besser manipulieren zu können, sehr aufschlußreich.«

Der Kapitän hob seinen Weinkelch gegen das Licht der Laterne und trank ihn leer. »Vielleicht hast du recht«, sagte er, »aber niemand wird sich deshalb ändern. Ich habe eine Unzahl von Leuten kennengelernt. Ich bin unter den Türmen der Dirdir gewandelt, durch die Gärten der Blauen Khasch gegangen und kenne die Burgen der Wankh. Ich kenne diese Völker und ihre menschlichen Wechselbälger. Ich habe alle sechs Kontinente von Tschai bereist. Ich habe mich mit tausend Menschen angefreundet, habe tausend Frauen geliebt und tausend Feinde getötet. Ich kenne die Yao, die Binth, die Walalukianer, die Shemolei, die Steppennomaden, die Marschmänner, die Insulaner, die Kannibalen von Rakh und Kislovan; ich sehe Unterschiede und Übereinstimmungen. Alle wollen aus ihrer Existenz möglichst große Vorteile ziehen, und zum Schluß sterben doch alle. Keiner ist besser dran als die anderen. Mein eigener Gott? Die gute alte *Vargaz*! Natürlich. Adam Reith weiß es, die bin ich selbst. Wenn sich mein Schiff ächzend durch einen Sturm kämpft, leide ich mit ihm und knirsche mit den Zähnen. Wenn wir unter dem rosa und blauen Mond durch stille Wasser gleiten, spiele ich die Flöte und trage ein rotes Band um die Stirn. Ich und mein Schiff, wir dienen einander, und an dem Tag, da die *Vargaz* in die Tiefe sinkt, versinke ich mit ihr.«

»Bravo!« rief Palo Barba, der Mann des Degens, der ebenfalls ziemlich viel Wein getrunken hatte. »Daran glaube ich auch.« Er hielt sein Schwert hoch, so daß das Licht der Laterne sich im blanken Stahl spiegelte. »Was dem Kapitän sein Schiff, ist dieses Schwert für mich.«

»Vater!« rief seine Tochter Edwe. »Und wir hielten dich immer für einen vernünftigen Pansogmatiker!«

»Bitte, leg das Schwert weg«, sagte Val Dal Barba, »sonst schneidest du in deiner Erregung noch jemandem das Ohr ab.«

»Was? Ich? Ein alter Schwertkämpfer? Wie denn? Nun ja, wie du meinst. Ich werde dieses Schwert für ein weiteres Glas Wein weglegen.«

So unterhielten sie sich noch eine ganze Weile. Dordolio schwankte über das Deck und trat zu Reith. »Mich wundert«, sagte er herablassend, »daß ein Nomade sich so geschickt und präzise auszudrücken vermag.«

Reith lachte Traz an. »Nomaden sind nicht unbedingt Dummköpfe.«

»Du verblüffst mich. Aus welcher Steppe kommst du? Welchem Stamm gehörst du an?« fragte Dordolio.

»Meine Steppe ist sehr weit weg, und mein Stamm ist in alle Richtungen zerstreut.«

Dordolio zupfte nachdenklich an seinem Schnurrbart. »Der Dirdirmann glaubt, du hast das Gedächtnis verloren. Und zur Prinzessin von der Blauen Jade sagtest du, du seist ein Mann von einer anderen Welt. Der Nomadenjunge, der dich am besten kennt, schweigt. Und ich bin, zugegeben, sehr neugierig.«

»Dann hast du einen aktiven Geist«, bemerkte Reith.

»Ja, natürlich. Ich stelle dir jetzt eine absurde Frage. Hältst du dich selbst für einen Mann von einer anderen Welt?«

Reith lachte. »Da gibt es vier Möglichkeiten. Bin ich von einer anderen Welt, kann ich mit ›ja‹ oder ›nein‹ antworten. Dasselbe kann ich sagen, wenn ich nicht von einer anderen Welt bin. Der erste Fall schafft Unannehmlichkeiten, der zweite verletzt meine Würde, der dritte ist verrückt, der vierte wäre die einzige Situation, die du nicht für abnorm halten würdest. Also ist die Frage, wie du selbst sagst, absurd.«

Ärgerlich zupfte Dordolio an seinem Bart. »Gehörst du etwa dem Kult an? Eine an den Haaren herbeigezogene Möglichkeit.«

»Wahrscheinlich nicht. Aber welchen Kult meinst du?«

»Den der Sehnenden Flüchtlinge, die unsere zwei großartigen Städte zerstörten.«

»Ich glaube doch, eine unbekannte Macht hat dies getan.«

»Egal, der Kult hat jedenfalls den Angriff ausgelöst.«

Reith schüttelte den Kopf. »Das ist mir unverständlich. Ein Feind zerstört eure Städte, aber eure Bitterkeit richtet sich nicht gegen diesen Feind, sondern gegen vermutlich ernsthafte und nachdenkliche Angehörige eures eigenen

Volkes. Ein irregeleitetes Gefühl, scheint mir. Ich weiß auch nichts von eurem Kult. Und was meinen Geburtsort angeht – da ziehe ich meinen Gedächtnisverlust bei weitem vor.«

»Sonst vertrittst du aber immer sehr genau umrissene Meinungen.«

»Nun, was würdest du sagen, wenn ich behaupte, von einer fernen Welt zu stammen?«

Dordolio spitzte die Lippen und blinzelte zur Laterne hinauf. »So weit hätte ich nicht gedacht. Nun, jedenfalls eine erschreckende Idee: eine alte Welt mit Menschen!«

»Wie erschreckend?«

Dordolio lachte unsicher. »Die Menschheit hat eine dunkle Seite, die wie ein Stein ist, der in eine Form gepreßt wurde. Die obere Seite der Sonne und der Luft ausgesetzt, ist rein. Schaut man jedoch darunter, so ist der Schmutz da, gibt es huschende Insekten ... Wir von Yao wissen das sehr gut. Nichts wird *Awaile* beenden. Aber genug davon! Bist du wirklich entschlossen, nach Cath mitzukommen? Was willst du dort tun?«

»Ich weiß es nicht. Irgendwo muß ich ja leben. Warum nicht in Cath?«

»Für Fremde ist es nicht besonders einfach. Es ist sehr schwierig, Zugang zu einem Palast zu finden.«

»Komisch, daß du das sagst. Die Blume von Cath erklärt, ihr Vater wird uns im Palast der Blauen Jade willkommen heißen.«

»Natürlich wird er euch Höflichkeit erweisen, aber wohnen könnt ihr im Palast ebensowenig wie am Grund des Draschade, weil euch etwa ein Fisch eingeladen hat, dort zu schwimmen.«

»Was sollte mich trotzdem daran hindern?«

»Nun, niemand läßt gern einen Narren aus sich machen. Haltung ist alles im Leben. Aber was weiß ein Nomade schon von Haltung!«

Darauf hatte Reith nichts zu sagen. »Zum Leben eines Kavaliers gehören tausend Dinge«, fuhr Dordolio fort. »Auf der Akademie lernten wir Anredeformen, sprachliche Darstellung, in der ich leider nicht besonders glänzte, wir lernten den Schwertkampf und die Grundsätze des Duells, Genealogie und Heraldik, aber auch die Feinheiten der Kleidung und hundert andere Dinge. Vielleicht hältst du das alles für nebensächlich oder übertrieben?«

»Trivial wäre schon das richtigere Wort«, warf Anacho ein.

Reith erwartete eine eisige Antwort, doch Dordolio zuckte nur gleichgültig die Achseln. »Nun, ist dein Leben bedeutender? Oder das des Kaufmanns? Des Degenkämpfers? Vergiß nicht, daß die Yao eine Rasse von Pessimisten sind. *Awaile* ist die ständige Drohung. Vielleicht sind wir düsterer als es scheint. Wir erkennen die Bedeutungslosigkeit der Existenz, aber gerade deshalb fachen wir ganz nach Absicht das kleinste Flackern der Vitalität an, ziehen aus jedem Ereignis das Beste allein dadurch, daß wir auf der Form bestehen. Trivial? Dekadent? Wer macht die Sache besser?«

»Schön und gut«, gab Reith zu, »aber warum soll man sich mit Pessimismus herumschlagen? Warum nicht den Horizont erweitern? Mir scheint, ihr akzeptiert die Zerstörung eurer Städte mit erstaunlicher Gleichgültigkeit. Rache ist nicht gerade die nobelste Reaktion, aber tatenlose Unterwürfigkeit ist noch viel schlimmer.«

»Pah! Wie kann ein Barbar das Unheil mit all seinen Nachwirkungen überhaupt begreifen? Die Flüchtlinge nahmen in großer Zahl Zuflucht zu *Awaile*. Das Unglück hat unserem Land viel Kraft gekostet. Für andere Dinge reichte die Energie nicht. Wärst du aus einer besseren Kaste, müßte ich dir jetzt das Herz aus dem Leib schneiden, denn diese Bezichtigung ist eine Frechheit.«

Reith lachte. »Gut, daß mich meine niedere Kaste davor bewahrt! Aber nun eine andere Frage: Was ist *Awaile*?«

Dordolio warf die Arme in die Luft. »Gedächtnisverlust ... und dazu ein Barbar sein ... Nein, mit dir kann ich nicht reden. Frage doch diesen Dirdirmann, der ist gerissen genug.« Ärgerlich stolzierte er davon.

»Warum ist er jetzt so beleidigt?« fragte Reith.

»Er schämt sich«, meinte Anacho. »Der Yao ist so empfindlich gegen Scham wie ein Augapfel gegen ein Sandkorn. Geheimnisvolle Feinde zerstörten ihre Städte. Sie vermuten, es waren die Dirdir, doch laut dürfen sie es nicht sagen, und so bleibt ihnen nur eine hilflose Wut – und Scham. Und das macht sie geneigt für *Awaile.*«

»Und was ist das nun?«

»Mord. Jener, der sich schämt, tötet so viele Personen, wie ihm möglich ist, egal welchen Geschlechts, Alters oder Verwandtschaftsgrades. Wenn er keinen mehr töten kann, unterwirft er sich und wird apathisch. Seine Strafe ist furchtbar und sehr dramatisch, aber das ganze Volk feiert seine Strafe und drängt sich um den Platz der Hinrichtung. Eine solche Hinrichtung hat einen gewissen Stil, und sogar das Opfer scheint Schmach und Schmerzen zu genießen. Diese Institution bestimmt in großem Ausmaß das Leben von Cath. Auf dieser Basis halten die Dirdir alle Halbmenschen für verrückt.«

»Dann riskieren wir also, wenn wir nach Cath reisen, ermordet zu werden« brummte Reith.

»Das Risiko ist gering, denn bei normalen Anlässen kommt es ja nicht in Frage ...« Er sah sich an Deck um. »Mir scheint, es ist schon spät.« Er wünschte Reith eine gute Nacht und begab sich in seine Koje.

Reith blieb noch eine Weile und schaute über das Wasser. Nach dem Blutbad in Pera war ihm Cath als Hafen der Ruhe erschienen, als zivilisierte Umgebung, in der er vielleicht ein Raumboot zusammenbauen konnte. Die Aussicht schien immer mehr dahinzuschwinden.

Dann stand jemand neben ihm. Es war Heizari, das ältere der beiden orangehaarigen Mädchen. »Du scheinst bedrückt zu sein. Was macht dir Sorgen?« fragte sie.

Reith schaute hinab in das blasse Oval ihres Gesichtes. Es glühte vor unschuldiger Koketterie. Das Mädchen war zweifellos entzückend. »Warum bist du nicht schon im Bett, wie deine Schwester Edwe?« fragte er.

»Oh, das ist einfach. Sie ist auch noch nicht im Bett, sondern sitzt mit deinem Freund Traz auf dem Vordeck und neckt und quält ihn. Sie ist viel gefährlicher als ich.«

Armer Traz, dachte Reith. »Und machen sich deine Eltern deshalb keine Sorgen?« fragte er.

»Warum denn? Als sie jung waren, machten sie's doch auch nicht anders. Das war damals ihr gutes Recht, und heute ist es das unsere.«

»Die Sitten ändern sich wie die Zeiten, weißt du.«

»Und was ist mit dir? Wie sind die Sitten deines Volkes?«

»Ziemlich vielfältig und kompliziert.«

»Bei den Wolkeninsulanern ist es auch so«, antwortete Heizari und rückte ein wenig näher an ihn heran. »Wir sind absolut nicht automatisch verliebt. Gelegentlich überkommt einen Menschen eine ganz seltsame Stimmung. Aber das ist doch ein Naturgesetz, nicht wahr?«

»Darüber kann ich nicht streiten«, meinte Reith lächelnd, folgte dem Naturgesetz und küßte das pikante Gesichtchen. »Aber, mein Kind, ich will deinen Vater nicht herausfordern. Er ist ein ausgezeichneter Fechter.«

»Oh, in dieser Beziehung brauchst du dir keine Sorgen zu machen. Wenn du seine Erlaubnis willst – ich glaube, er ist noch wach.«

»Ich weiß nur nicht, was ich ihn fragen würde. Nun, wenn man sich's genau überlegt ...« Die beiden schlenderten nach vorn und stiegen die Stufen zum oberen Deck hinauf. Az hing tief im Westen und warf ein amethystfarbenes Prisma über das Wasser. Ein Mädchen mit orangefarbenem Haar, ein purpurner Mund, eine Märchenkogge auf einem fernen Ozean – würde er das alles aufgeben, wenn er dafür zur Erde zurückkehren könnte? Natürlich würde er es tun. Aber warum sollte er auf den Zauber des Augenblicks verzichten?

Er küßte das Mädchen etwas leidenschaftlicher als vorher, und da sprang aus dem Schatten eine Gestalt und lief davon. Reith erkannte Ylin-Ylan, die Blume von Cath. Der Zauber war gebrochen. Schuldbewußt schaute er hinter ihr her. Aber warum sollte er sich schuldig fühlen? Seit langem hatte sie ihm klargemacht, daß die frühere Beziehung zu Ende war. Also wandte sich Reith wieder dem Mädchen mit den orangefarbenen Haaren zu.

4. Kapitel

Der Morgen dämmerte ohne Wind. Die Sonne stieg auf an einem Himmel von der Farbe eines Vogeleis: beige und taubengrau am Horizont, blaß grau-blau im Zenit.

Die Morgenmahlzeit bestand, wie immer, aus grobem Brot, Salzfisch, eingelegten Früchten und bitterem Tee. Alle aßen schweigend, jeder war mit seinen eigenen Gedanken beschäftigt.

Die Blume von Cath kam spät. Leise schlüpfte sie in den Salon, lächelte höflich nach links und rechts und aß wie im Traum.

Dordolio beobachtete sie bestürzt.

Der Kapitän kam von Deck herein. »Ein Tag der Windstille. Abends wird es ein Gewitter geben. Und morgen?

Keine Ahnung. Wahrscheinlich kein durchschnittliches Wetter.«

Reith zwang sich ein wenig gereizt zu normalem Benehmen. Nun ja, Gründe für Vorwürfe bestanden nicht. Er selbst hatte sich nicht verändert. Ylin-Ylan war es, die ganz anders geworden war. Selbst während der Zeit ihrer innigsten Vertrautheit hatte sie stets ein Stück von sich für sich selbst behalten: eine Person, die einen ihrer vielen Namen darstellte? Reith schob den Gedanken an sie von sich.

Ylin-Ylan verschwendete keine Zeit im Salon, sondern ging sofort an Deck. Dordolio folgte ihr, und dann lehnten die beiden an der Reling, und Ylin-Ylan sprach drängend auf ihn ein. Dordolio zupfte an seinem Schnurrbart und sagte nur dann und wann ein Wort.

Plötzlich rief einer der Seeleute etwas und deutete über das Wasser. Reith sah einen dunklen, schwimmenden Umriß mit einem Kopf und schmalen Schultern, aber sehr menschenähnlich. Die Gestalt tauchte wieder ein und verschwand. Anacho erklärte, es sei ein Pnume gewesen.

»So weit vom Land entfernt?« fragte Reith.

»Warum nicht? Das ist doch die gleiche Sorte wie die Phung. Und wer macht einen Phung für seine Taten verantwortlich?«

»Was tut er hier, mitten im Ozean?«

»Vielleicht kommt er nachts an die Oberfläche, um die Monde zu beobachten.«

Der Morgen verging. Traz spielte Ringwerfen mit den beiden Mädchen, und der Kaufmann ackerte ein ledergebundenes Buch durch. Palo Barba und Dordolio machten ihr Fechttraining. Dann hatte Palo Barba keine Lust mehr, und Dordolio ließ seine Klinge durch die Luft pfeifen. Ylin-Ylan kam heran und setzte sich auf eine Ladeluke, und Dordolio wandte sich an Reith.

»Komm, du Nomade. Nimm eine Klinge und zeig mir die Fechtkunst deiner heimatlichen Steppe.«

»Da mußt du mich schon entschuldigen. Ich habe keine Lust.«

»Adam Reith, so fechte doch!« rief Ylin-Ylan. »Sonst wirst du uns alle enttäuschen.«

Reith musterte die Blume für einen Augenblick; ihr verkniffenes und vor Gefühlen zitterndes Gesicht war nicht mehr das jenes Mädchens, das er in Pera gekannt hatte.

Er sah in das Gesicht einer Fremden.

Dann schaute Reith zurück zu Dordolio, der anscheinend von der Blume angestiftet worden war. Jedenfalls sollte das, was sie ausgeheckt hatten, nicht zu seinem Vorteil sein.

»Laß doch den Mann in Ruhe«, sagte Palo Barba zu Dordolio. »Ich will noch einmal mit dir fechten, damit du alle Übung hast, die du brauchst.«

»Ich will aber mit diesem Burschen fechten«, erklärte der andere. »Seine Manieren sind so überheblich, daß er eine Züchtigung dringend nötig hat.«

»Wenn du unbedingt einen Streit vom Zaun brechen willst, so ist das natürlich deine Angelegenheit«, erwiderte Palo Barba kalt.

»Keinen Streit«, meinte Dordolio hochmütig. »Eine Demonstration. Dieser Bursche scheint die höchste Kaste von Cath mit gewöhnlichem Gesindel gleichzusetzen. Ich möchte ihm klarmachen, daß hier ein deutlicher Unterschied besteht.«

Reith erhob sich müde. »Na schön. Wie willst du es demonstrieren?«

»Mit Degen oder Schwert, wie du willst. Da dir die kavaliersmäßigen Formen nicht bekannt sind, genügt ein einfaches ›Los‹!«

»Und ›Halt‹?«

Dordolio grinste verächtlich. »Wie die Umstände es fordern.«

»Na schön.« Reith wandte sich an Palo Barba. »Darf ich mir deine Waffen ansehen?«

Palo Barba öffnete sofort seine Kiste, und Reith wählte zwei kurze, leichte Klingen.

Dordolio hob angewidert die Brauen. »Kinderwaffen! Nur für das Training kleiner Jungen.«

Reith ließ eine Klinge durch die Luft sausen. »Mir gefällt sie. Wenn sie dir nicht paßt, dann wähle etwas anderes.«

Brummend nahm Dordolio die leichte Klinge. »Da ist doch kein Leben drin! Sie federt nicht, sie . . .«

Reith hob die seine und schob Dordolio den Hut über die Augen. »Aber du siehst, man kann sich ihrer bedienen.«

Ohne Kommentar nahm Dordolio den Hut und auch die Manschetten seiner weißen Seidenbluse ab. »Bist du bereit?« fragte er barsch.

»Ja, wenn du soweit bist.«

Der Kavalier schwang sein Schwert zu einem übertriebenen, spöttischen Salut und verbeugte sich nach rechts und links vor den Zuschauern. Reith trat einen Schritt zurück. »Ich dachte«, meinte er, »du wolltest auf Zeremonien verzichten.«

Dordolio verzog nur spöttisch den Mund und führte seine Stampfparade auf, das Vorspiel zum Angriff. Reith parierte leicht, zwang Dordolio aus der Position und zielte auf eine der Schnallen, die seine Kniehosen zusammenhielten.

Dordolio sprang zurück, griff erneut an, doch diesmal war seine Miene düster. Er versuchte in Reiths Abwehr einzudringen, da und dort ein wenig herumzupicken, und machte schließlich einen Ausfall, da er glaubte, Reith sei wirklich so ungeschickt, wie er sich anstellte. Doch der war schon seitlich ausgewichen, so daß Dordolios Klinge die leere Luft durchschnitt. Und nun hackte Reith kräftig nach unten, so daß die Knieschnalle wegbrach.

Dordolio machte einen Rückzieher und runzelte die Stirn, doch im nächsten Moment hatte Reith auch schon die zweite Schnalle weggeschlagen. Nun rutschten Dordolio langsam die Hosen herab. Er wurde feuerrot, zog sich zurück und warf sein Schwert weg. »Dieses lächerliche Spielzeug!« fauchte er. »Nimm eine ordentliche Waffe!«

»Du kannst nehmen, was du willst, ich bleibe bei dem hier. Aber erst würde ich dir raten, dich um deine Hosen zu kümmern. Du kommst sonst in Verlegenheit.«

Dordolio verbeugte sich mit einiger Haltung, ging ein Stück weg und band seine Hosen mit Lederstreifen fest. »Ich bin bereit«, sagte er dann. »Da du darauf bestehst, und da es meine Absicht ist, dich zu bestrafen, werde ich die Waffe benutzen, die ich vorziehe.« Er nahm eine lange, dünne Klinge, wirbelte sie pfeifend durch die Luft und nickte Reith zu, daß es weitergehen könne. Die biegsame Spitze schwang nach links und rechts, und Reith hüpfte nach rechts und links, und gelegentlich ritzte er Dordolios Wange mit seiner Klinge.

Da wurde Dordolio wütend und griff an; Reith wich zurück, der andere folgte stampfend, stoßend, schlagend und springend; Reith parierte und berührte Dordolios andere Wange. Dann zog er sich zurück.

»Ich bin ein wenig außer Atem«, sagte er. »Hattest du jetzt genug Übung für den Tag?«

Dordolio schnaubte wie ein wütender Hengst und keuchte vor Zorn. Dann drehte er sich um und schaute über die See hinaus. Endlich tat er einen tiefen Seufzer. »Ja«, sagte er mißmutig, »wir hatten genug Übung.« Am liebsten hätte er jetzt das Rapier ins Wasser geworfen, so wütend sah er es an, doch er schob es in die Scheide und verbeugte sich vor Reith. »Dein Schwertspiel ist ausgezeichnet. Ich bin dir Dank schuldig für die Demonstration.«

Palo Barba trat einen Schritt vor. »Gut gesprochen. Du bist ein wahrer Kavalier aus Cath. Und jetzt genug damit. Wir wollen lieber unseren Morgenwein trinken.«

Dordolio verbeugte sich. »Später«, sagte er und ging in seine Kabine. Die Blume saß wie versteinert da.

Heizari brachte Reith einen Kelch voll Wein. »Ich habe eine wundervolle Idee«, erklärte sie. »Du mußt das Schiff in Wyness verlassen und zum Orchideenberg kommen, wo mein Vater eine Fechtakademie aufmachen will. Ein leichtes, sorgloses Leben hättest du dort.«

»Das ist eine gute Aussicht«, erwiderte Reith. »Ich wollte, ich könnte mit dir kommen, doch ich habe eine andere Verantwortung.«

»Laß sie doch! Ist sie denn so groß? Du hast doch nur ein Leben. Aber du brauchst mir nicht zu antworten. Ich weiß, was du sagen willst. Du bist ein merkwürdiger Mann, Adam Reith, grimmig und heiter auf einmal.«

»Ich komme mir selbst gar nicht merkwürdig vor; ich bin ein ganz gewöhnlicher Mensch. Aber Tschai ist seltsam.«

»Tschai ist ...«, begann Heizari lachend. »Nun ja, manchmal ist es schrecklich, aber seltsam? Ich kenne keine andere Welt ... Nun, trinken wir Wein. Es ist ein ruhiger Tag, und was hätten wir sonst zu tun?«

Der Kapitän kam vorbei. »Genießt die Windstille, solange ihr könnt, denn bald kommen Winde auf. Schaut nach Norden.«

Am Horizont hing eine schwarze Wolkenbank, und die See glühte wie Kupfer. Ein kalter Windstoß traf sie; die Segel flappten, und die Takelage ächzte.

Dordolio kam aus der Kabine; er hatte sich umgezogen und trug jetzt einen dunkelbraunen Anzug mit schwarzen Samtschuhen und einen flachen schwarzen Samthut. Wo war Ylin-Ylan? Sie lehnte am Geländer und schaute über die See. Er ging zu ihr, dann drehte er sich um und ließ sie stehen. Palo Barba reichte ihm einen Becher Wein, und damit setzte sich der Kavalier unter eine Messinglaterne.

Die Wolkenbank rollte immer weiter südlich; purpurne Lichtblitze schossen heraus, und dann war auch schon der Donner zu vernehmen. Die Segel wurden gerefft, und nur noch ein kleines, quadratisches Sturmsegel ließ man stehen. Der Sonnenuntergang war gespenstisch, denn die dunkelbraune Sonne schien unter schwarzen Wolken heraus.

Die Blume von Cath kam aus dem Heckaufbau, splitternackt stand sie da und schaute die Decks entlang und in die verblüfften Gesichter der Passagiere.

In einer Hand hielt sie eine Pfeilpistole, einen Dolch in der anderen. Sie lächelte steinern. Reith hatte ihr Gesicht unter anderen Umständen gesehen und es so nicht wiedererkannt. Dordolio schrie etwas Unverständliches und rannte auf sie zu.

Die Blume von Cath zielte auf ihn; der Pfeil flog an seinem Kopf vorbei, weil er sich duckte. Dann sah sie Heizarie und richtete die Pistole auf das Mädchen. Heizarie schrie und rannte hinter den Hauptmast. Blitze zuckten, und in ihrem purpurnen Schein sprang Dordolio die Blume an, die ihm mit dem Dolch den Hals aufritzte. Dordolio taumelte und ließ sich hinter eine Luke fallen. Heizarie rannte zum Vordeck, die Blume folgte ihr; ein Seemann kam heraus – und blieb wie versteinert stehen; die Blume stieß ihm den Dolch ins Gesicht, der Mann taumelte und stürzte die Deckstreppe hinab.

Nun griff die Blume das Mädchen hinter dem Mast an und stach es in die Seite. Dann zielte sie mit der Pfeilpistole auf Palo Barba, der ihr die Waffe aus der Hand schlug, so daß sie scheppernd über die Planken hüpfte. Sie stach nach ihm, dann nach Reith, der sie festhalten wollte. Schließlich rannte sie die Leiter zum Bugspriet hinauf. Mit einem Arm hielt sie sich fest. Die Kogge hob und senkte sich mit den Wellen.

»Komm zurück!« rief ihr Reith zu, doch sie schaute ihn nur an. »Derl!« rief Reith. »Ylin-Ylan!« Nichts. »Blume der Blauen Jade!« und schließlich rief er ihren Hofnamen: »Shar Zarin!«

Sie lächelte ihn nur traurig an.

Nun versuchte er sie mit ihrem Kindernamen zu locken: »Zozi, Zozi, komm doch zurück!« Jetzt veränderte sich das Gesicht des Mädchens, doch es klammerte sich nur noch fester. »Zozi! Willst du nicht mit mir sprechen? Zozi, sei lieb und komm!«

Sie schien unendlich weit weg zu sein ...

Nun versuchte es Reith mit ihrem Geheimnamen. »L'lae! Komm, komm her! Ktan ruft dich, L'lae!«

Sie schüttelte nur den Kopf und schaute auf die See hinaus.

Nun rief Reith ihren Liebesnamen; er rief, doch der Donner verschluckte ihn, und das Mädchen hörte nicht. Die Sonne war nur noch ein dunkles Stück Scheibe. Die Blume trat einen Schritt zurück und ließ sich in die aufschäumende See fallen. Reith sah noch einmal ihr dunkles Haar, dann war sie verschwunden.

Spät am Abend, als die Kogge sich durch eine schwere See kämpfte, fragte Reith den Dirdirmann: »Hatte sie nur den Verstand verloren oder war das *Awaile*?«

»Es war *Awaile.* Die Flucht vor der Scham.«

»Aber ...«, begann Reith, doch dann zuckte er nur die Achseln.

»Du hast dem Mädchen von der Wolkeninsel Aufmerksamkeit erwiesen. Ihr Gefährte machte sich zum Narren. Vor sich sah sie nichts als nur Demütigung. Wäre sie dazu in der Lage gewesen, hätte sie uns alle getötet.«

»Das ist mir unverständlich«, murmelte Reith.

»Natürlich. Du bist auch kein Yao. Die Prinzessin der Blauen Jade konnte diesen Druck nicht mehr ertragen. Sie ist jetzt glücklich. In Settra hätte man sie öffentlich bestraft und gefoltert.«

Das verstand Reith nicht. Er stand lange auf Deck. Über ihm schwang die Messinglaterne. Irgendwo dort draußen in der Dunkelheit schwamm ein weißer Mädchenkörper ...

5. Kapitel

Die ganze Nacht hindurch tobte der Sturm. Erst die Dämmerung ließ ihn abflauen, und bei Sonnenaufgang hob und senkte sich die Kogge in einer aufgewühlten See.

Gegen Mittag wirbelte ein Hurrikan das Schiff herum wie ein Kinderspielzeug. Die Passagiere blieben in den Kabinen. Heizarie war blaß und dick verbunden, und Reith leistete ihr länger als eine Stunde Gesellschaft. Sie konnte nur immer von ihrem schrecklichen Erlebnis sprechen, und ständig wiederholte sie die Frage: »Warum mußte sie das tun?«

»Die Yao neigen offensichtlich zu solchen Taten. Aber selbst der Wahnsinn hat seine Gründe«, antwortete Reith.

»Der Dirdirmann sagt, die Scham habe sie überwältigt. Aber ein so schönes Mädchen wie sie? Was könnte sie dazu veranlaßt haben?«

»Ich würde nicht darüber nachdenken«, riet ihr Reith.

Erst am nächsten Morgen beruhigte sich das Meer wieder, und die braune See schien von einem wolkenlosen Himmel. Endlich wehte wieder eine gute Brise aus dem Westen, und die Kogge konnte alle Segel setzen.

Drei Tage später stieg eine dunkle, düstere Insel aus dem Meer. Der Kapitän sagte, es sei ein Piratenschlupfwinkel, und alle waren froh, als sie wieder in die Schwärze der Nacht tauchte.

Ein Tag glich nun wieder dem anderen. Reith wurde allmählich nervös und gereizt. Wie lange lag Pera schon zurück? War das eine unkomplizierte und unschuldige Zeit gewesen! Damals war ihm Cath als ein Himmel der Sicherheit und Zivilisation erschienen, und Reith hatte sich in der Gewißheit gesonnt, daß der Dank des Herrn der Blauen Jade ihm die Zukunft und seine Pläne erleichtern würde. Welch eine vergebliche Hoffnung!

Man näherte sich nun der Küste von Kachan, wo der Kapitän hoffte, die Strömung ausnützen zu können, die ihn nach Parapan bringen sollte.

Eines Morgens kam Reith an Deck, als eine bemerkenswerte Insel vor ihm aus dem Meer tauchte; sicher war sie nicht groß, doch eine schwarze Glaswand von hundert Fuß Höhe umschloß das Stückchen Land. Dahinter erhoben sich etwa zwölf massive Gebäude von unterschiedlicher Höhe, aber sie sahen nicht sonderlich ansprechend aus. Anacho kam heran, zog die Schultern hoch und machte ein verdrießliches Gesicht: »Da siehst du die Festung einer bösen Rasse: der Wankh.«

»Böse? Weil sie mit den Dirdir im Krieg liegen?«

»Weil sie den Krieg nicht beenden wollen. Was nützt er den Dirdir oder den Wankh? Oft haben die Dirdir den Frieden angeboten, doch die Wankh wollen ihn nicht. Ein hartes, unbegreifliches Volk!«

»Wozu dient diese Mauer um die Insel?« wollte Reith wissen.

»Um die Pnume fernzuhalten, die sich wie Ratten auf

Tschai einnisten. Die Wankh sind nicht sehr kontaktfreudig. Schau mal unter die Oberfläche!«

In einer Tiefe von zehn oder fünfzehn Fuß erblickte er menschenähnliche Schatten, die um das Schiff herumschwammen. Um die Körpermitte trugen sie eine Metallstruktur, die wohl ein Antriebsmittel sein mußte, da sich die Körper selbst nicht bewegten.

»Die Wankh sind eine Amphibienrasse und haben Elektrodüsen für ihren Unterwassersport«, erklärte Anacho.

Reith musterte mit seinem Scanskop erneut die Türme. Sie waren, ebenso wie die Mauer, aus schwarzem Glas. Runde Fenster waren tiefschwarze Scheiben, und zwischen den einzelnen Gebäuden schwangen sich zerbrechlich aussehende Brücken aus gedrehtem Glas. Reith bemerkte eine Bewegung. Als er genauer hinschaute, entdeckte er, daß dies Menschen waren. Wankhmenschen zweifellos, mit mehlweißer Haut und dichtem, schwarzem Pelz auf flachen Köpfen. Die Gesichter schienen glatt und düster zu sein. Sie trugen einteilige schwarze Kleidungsstücke mit breiten schwarzen Ledergürteln, an denen allerlei kleine Werkzeuge hingen, an denen sie auch ihre Geräte befestigten. Als sie das Gebäude betraten, schauten sie einmal zur *Vargaz* herüber, und Reith sah ihnen voll in die Gesichter. Abrupt ließ er das Scanskop fallen.

»Was ist los?« fragte Anacho.

»Ich sah zwei Wankhmenschen ... Selbst du siehst recht gewöhnlich aus, wenn man dich mit ihnen vergleicht.«

Anacho lachte leise. »Sie sind auch dem durchschnittlichen Halbmenschen ziemlich ähnlich.«

Die Wankhmenschen waren inzwischen verschwunden, so daß Reith sie nicht eingehender betrachten konnte. Dordolio kam nun ebenfalls heran und schaute fasziniert durch das Scanskop. »Welches Instrument ist das?« wollte er wissen.

»Ein elektronisch-optisches Gerät«, erklärte Reith gleichmütig.

»So etwas habe ich noch nie gesehen. Ist es eine Dirdir-Maschine?«

»Ich glaube nicht«, erwiderte Anacho und zuckte die Achseln.

»Dann stammt es wohl von den Khasch oder Wankh?« Er musterte das Typenschild. »Welche Schrift ist das?«

Anacho zuckte wieder die Achseln. »Ich kann sie nicht lesen.«

»Und du?« fragte der Kavalier Reith.

»Ja, ich schon.« Und in einem Anflug von Boshaftigkeit und Mutwillen las er laut vor:

Amt für Raumfahrt/Abteilung Werkzeuge und Geräte – Fotovergrößerungs-Teleskop l x 1000x. Nichtprojektiv, nicht anwendbar bei totaler Dunkelheit. (BAF. 1301-K-29023) Nur für D5-Energiepatrone. Bei Dämmerlicht Farbenergänzungsschalter umlegen. Nicht in die Sonne sehen, starke Lichtquellen meiden. Bei Versagen des automatischen Lichtfilters besteht die Gefahr von Augenschäden.

»Welche Sprache ist denn das?« fragte Dordolio verblüfft.

»Einer der zahlreichen menschlichen Dialekte«, erwiderte Reith.

»Aus welcher Region? Die Menschen auf Tschai sprechen, soviel ich weiß, überall dieselbe Sprache.«

»Ich sage lieber nichts, um euch nicht zu ärgern. Glaubt lieber an meinen Gedächtnisschwund«, meinte Reith lächelnd.

»Hältst du uns etwa für Dummköpfe?« knurrte Dordolio. »Sind wir denn Kinder, daß du unsere Fragen mit Ausflüchten beantwortest?«

»Manchmal ist es weiser«, sagte Anacho in die Luft, »einen Mythos beizubehalten. Zuviel Wissen kann zur Last werden.« Das paßte Dordolio absolut nicht. Er kaute an seinem Schnurrbart und entfernte sich.

Drei weitere Inseln mit schwarzen Glasmauern um das ganze Land stiegen aus der See, und dahinter zeichnete sich am Horizont ein Schatten ab: die Landmasse von Kachan.

Im Lauf des Nachmittags ließen sich Einzelheiten erkennen – Berge, in deren Schatten sie die Küste entlangsegelten. Um ihre Masten schwebten drachenähnliche, hupende Gebilde mit schwarzen Schwingen und klappernden Beißwerkzeugen. Am Spätnachmittag kamen sie zu einer fast ganz von Landzungen eingeschlossenen Bucht. Am Südstrand lag eine Stadt ohne Besonderheiten, und weiter nördlich stand auf einem vorspringenden Felsen eine Wankhfestung, die eine planlose Anhäufung von Glasstücken zu sein schien. Auf dem Flachland im Osten war deutlich ein Raumhafen zu erkennen, auf dem zahlreiche Raumschiffe verschiedener Größen und Bauarten standen.

Reith studierte durch das Scanskop Bucht und Umgebung sehr eingehend. Interessant, dachte er, sehr interessant ...

Der Kapitän erklärte ihnen, dies sei der Hafen Ao Hidis und sehr wichtig für die Wankh. »Ich hatte nicht die Absicht, so weit nach Süden zu reisen, doch jetzt sind wir hier, und ich werde meine Lederwaren und Hölzer eben hier verkaufen. Dann nehme ich Chemikalien für Cath mit. Und euch eine Warnung: Es gibt hier zwei Städte, das eigentliche Ao Hidis, das eine Menschenstadt ist, und etwas Unaussprechliches, die Wankhstadt. In der Menschenstadt gibt es die verschiedensten Völker, etwa die Lokhar, aber hauptsächlich die Schwarzen und Purpurnen, und die erkennen nur ihre eigene Art an und sprechen mit keinem anderen. Angst braucht ihr keine zu haben. Ihr könnt in jedem Laden und in jedem vorn offenen Kiosk einkaufen, aber betretet keinen geschlossenen Laden und keine Kneipe der Schwarzen oder Purpurnen, ihr werdet sonst beleidigt, vielleicht sogar angegriffen. Was ihr bei Schwarzen kauft, nehmt nicht mit zu Purpurnen und umgekehrt. In der Wankhstadt dürft ihr nur die Wankh anstarren, es scheint ihnen nichts auszumachen. Ein richtig langweiliger Hafen, und ohne jedes Vergnügen.«

Die *Vargaz* ging vor Anker und zog eine kleine Purpurflagge auf. – »Bei meinem letzten Besuch machte ich mit den Purpurnen gute Geschäfte und wurde ordentlich bedient«, erklärte dazu der Kapitän. »Deshalb will ich nicht wechseln.«

Die Stauer der Purpurnen waren rundgesichtige, rundköpfige Männer mit pflaumenfarbener Haut, und die Schwarzen sahen ihnen sehr ähnlich, nur war deren Haut grau mit schwarzen Flecken. Die Blicke zwischen diesen beiden Gruppen waren deutlich feindlich.

»Keiner weiß den Grund dafür«, erklärte der Kapitän. »Die gleiche Mutter kann ein purpurnes und ein schwarzes Kind haben. Manche schieben es auf die Ernährung, andere auf Drogen, und wieder andere meinen, irgendein Krankheitserreger störe oder vernichte die Pigmentanlage im mütterlichen Ei. Aber sie werden als Schwarze und Purpurne geboren und bleiben es auch, und beide sind füreinander Parias. Man sagt, eine Beziehung zwischen Schwarz und Purpur bleibe unfruchtbar. Eine solche Aussicht entsetzt jede Rasse, und sie würden sich wohl lieber mit Nachthunden zusammentun.«

»Was ist mit dem Dirdirmann?« fragte Reith. »Wird man ihn belästigen?«

»Pah! Solche Kleinigkeiten sind für die Wankh nicht interessant. Die Blauen Khasch sind wegen ihrer sadistischen Bosheit bekannt, und das Verhalten der Dirdir läßt sich nie vorhersagen, aber die Wankh sind meiner Ansicht nach die gleichgültigsten Leute auf Tschai und legen sich kaum einmal mit Menschen an. Vielleicht tun sie Böses so geheim wie die Pnume, doch das weiß niemand. Die Wankhmenschen sind anders, kalt wie Geister, und es ist nicht ratsam, ihren Weg zu kreuzen oder sie zu ärgern. Wollt ihr an Land gehen? Dann vergeßt meine Warnungen nicht. Ao Hidis ist eine rauhe Stadt. Kümmert euch weder um Schwarze noch um Purpurne, redet mit keinem, mischt euch in nichts ein. Im vorigen Jahr habe ich einen Seemann verloren, der einen Schal bei den Schwarzen kaufte und danach Wein bei den Purpurnen trank.«

Anacho zog es vor, an Bord zu bleiben, doch Reith ging mit Traz an Land. Vom Hafen aus kamen sie über eine mit Glitzersteinen gepflasterte Straße in die Stadt. Die Häuser links und rechts waren lieblos aus Holz und Stein gebaut und von Abfallbergen umgeben. Ein paar Motorfahrzeuge waren unterwegs, doch den Typ hatte Reith noch nie gesehen. Es mußten wohl Wankh-Produkte sein. Im Norden standen etliche Türme, und in dieser Richtung lag auch der Raumhafen.

Verkehrsmittel schien es nicht zu geben, und so machten sich Reith und Traz zu Fuß auf den Weg. Die Hütten wurden abgelöst von besseren Häusern, dann kamen sie zu einem auf allen Seiten von Läden und Buden umgebenen Platz. Die eine Hälfte der Leute war schwarz, die andere purpurn, und keine nahm von der anderen Notiz. Schwarz kaufte bei Schwarz, Purpurn bei Purpurn. Es roch geradezu nach Feindseligkeit.

Reith und Traz überquerten den Platz und folgten einer nach Norden führenden gepflasterten Straße; bald kamen sie zu einem Zaun aus hohen Glasstäben, der den ganzen Raumhafen umschloß. Reith blieb stehen und besah sich die Gegend.

»Ich bin meiner ganzen Natur nach kein Dieb«, sagte er zu Traz. »Aber schau dir mal dieses kleine Raumboot an! Das würde ich dem gegenwärtigen Besitzer recht gerne entziehen.«

»Das ist ein Wankhboot«, meinte Traz pessimistisch. »Das könntest du nie fliegen.«

Reith nickte. »Richtig. Aber wenn ich etwa eine Woche Zeit habe, lerne ich, es zu fliegen. Raumschiffe müssen gewissermaßen ähnlich sein.«

»Ja, aber die praktische Seite«, mahnte Traz. Gelegentlich wurde er wieder zum strengen Onmale, dem lebendigen Emblem, das er getragen hatte, als sie einander kennenlernten. Traz schüttelte den Kopf. »Es ist doch unwahrscheinlich, daß so wertvolle Fahrzeuge unbewacht herumstehen.«

»Niemand scheint an Bord des kleinen Schiffes zu sein, sogar die Frachter sehen leer aus. Warum sollten auch Wachen an Bord sein? Wer will schon ein solches Fahrzeug stehlen – außer mir?«

»Nun ja ... Und wenn du in das Schiff hineinkämst? Ehe du noch begriffen hättest, wie es zu fliegen ist, wärst du gefangen und würdest getötet.«

»Natürlich ist es sehr riskant«, gab Reith zu.

Sie kehrten zum Hafen zurück, und als sie wieder an Bord waren, kam ihnen das Schiff wie der Inbegriff der Normalität vor. Die ganze Nacht hindurch wurde ent- und beladen. Am Morgen, als die ganze Fracht verstaut war, wurde der Anker gehoben, und die Kogge zog mit windgeblähten Segeln auf den Ozean hinaus.

Die *Vargaz* segelte nach Norden, immer in Sichtweite der kargen Küste von Kachan. Am ersten Tag kamen sie an etlichen Wankhfestungen vorbei, und am zweiten Tag passierten sie drei große Fjorde. Aus dem letzten schoß ein Motorschiff heraus; sofort schickte der Kapitän ein paar Mann an die Kanone. Das Schiff raste hinter dem Heck der Kogge vorbei, und der Kapitän ließ die Kanone herumschwingen. Dann bog es auf die See hinaus, und die Männer an Bord johlten und schrien, daß die Passagiere der *Vargaz* es weit über das Wasser hörten.

Eine Woche später erblickten sie die erste der Wolkeninseln, und am folgenden Tag legte die Kogge in Wyness an. Hier gingen Palo Barba, seine Frau und ihre zwei Töchter von Bord. Traz schaute ihnen sehnsüchtig nach. Edwe drehte sich um und winkte, dann verschwand die Familie im Gewühl der gelben Seiden- und weißen Leinenmäntel der Menge am Kai.

Zwei Tage lang luden sie in Wyness aus, nahmen neue Fracht auf und ersetzten die alten, zerfetzten Segel durch neue. Dann warf man die Leinen los und stach wieder in See.

Eine steife Brise trieb die Kogge weiter. Zwei Tage und eine Nacht vergingen, und nun wuchs die Spannung auf dem Schiff. Alle hielten Ausschau nach Charchan. Der Abend kam, und die Sonne sank in ein braungraues, mit rauchigem Orange verbrämtes Wolkenbett. Zum Abendessen gab es eingelegten Fisch und Obst, doch keiner aß, denn alle standen lieber an der Reling. In der Nacht ließ der Wind nach, und die Passagiere zogen sich in ihre Kabinen zurück. Nur Reith blieb an Deck; für ihn verging die Zeit mit Nachdenken. Dann kamen vom Achterdeck gemurmelte Befehle. Das Hauptsegel wurde eingeholt, und nun machte die Kogge nur noch wenig Fahrt. Voraus schimmerten durch das Nachtdunkel Reihen winziger Lichter: die Küste von Coad.

6. Kapitel

Die Küste war flach und lag schwarz vor einem sepiafarbenen Himmel. Das Hauptsegel wurde wieder aufgezogen, und die Kogge lief in den Hafen Vervodei ein.

Die Stadt schlief noch. Im Norden beherrschten hohe Häuser mit flachen Dächern das Hafenviertel, im Süden lagen die Werften und Lagerhäuser. Der Anker wurde ausgeworfen, die Leute holten die Segel ein. Eine Pinasse nahm die Kogge ins Schlepp und brachte sie achtern voraus ans Dock.

Hafenbeamte kamen an Bord und sprachen mit dem Kapitän, begrüßten Dordolio und gingen wieder. Die Reise war zu Ende.

Reith verabschiedete sich vom Kapitän und ging mit Traz und Anacho von Bord. Als sie am Kai standen, näherte sich ihnen Dordolio. »Ich möchte mich jetzt von euch verabschieden«, erklärte er hochmütig, »denn ich reise sofort nach Settra weiter.«

»Ist der Palast der Blauen Jade in Settra?« fragte Reith.

»Ja, natürlich. Aber ihr braucht euch nicht zu bemühen. Ich werde dem Herrn der Blauen Jade die nötigen Mitteilungen schon zukommen lassen.«

»Du weißt noch vieles nicht«, sagte Reith. »Oder fast gar nichts.«

»Deine Information wird kein großer Trost sein«, meinte Dordolio steif.

»Vielleicht kein Trost, aber sicher interessant.«

Dordolio schüttelte den Kopf. »Du hast keine Ahnung von den Zeremonien. Glaubst du, es wäre möglich, daß du einfach in den Palast marschierst und deine Neuigkeiten hinausposaunst? Und deine Kleider! Unmöglich, ganz unmöglich. Ganz zu schweigen von dem marmornen Dirdirmann und dem Nomadenjungen.«

»Wir hoffen auf die Höflichkeit und das Verständnis des Herrn der Blauen Jade«, entgegnete Reith.

»Pah! Du hast wirklich keine Scham.« Doch er ging mit ihnen weiter. »Wollt ihr wirklich nach Settra reisen?«

»Natürlich.«

»Nehmt meinen Rat an. Bleibt heute über Nacht hier in einem Gasthaus, das Dulvan da drüben wäre passend, dann könnt ihr morgen einen vertrauenswürdigen Kleiderhändler aufsuchen. Seid ihr dann passend gekleidet, könnt ihr nach Settra kommen. Das Gasthaus am Oval bietet euch angemessene Unterkunft. Unter diesen Umständen könntet ihr mir einen Dienst erweisen. Mir scheint, ich habe meinen Geldbeutel verlegt oder verloren. Könnt ihr mir hundert Sequinen leihen?«

»Aber sicher«, erwiderte Reith. »Nur wäre es besser, wir würden zusammen nach Settra reisen.«

Dordolio winkte ab. »Ich habe es eilig, und ihr braucht Zeit für eure Vorbereitungen.«

»Absolut nicht. Wir sind reisefertig. Zeige uns den Weg.«

Angewidert musterte Dordolio Reith von Kopf bis Fuß. »Wenigstens könntest du dir andere Kleider beschaffen. Komm, ich werde dir dabei helfen.« Er schlug den Weg zum Stadtzentrum ein; Reith, Traz und Anacho folgten, doch Traz kochte vor Wut.

»Warum müssen wir uns immer seine Arroganz gefallen lassen?« murrte er.

»Die Yao sind ein Volk der Händler, und es hat keinen Sinn, sich von ihnen ärgern zu lassen«, riet ihm Anacho.

Diese Stadt hatte einen ganz eigenen Charakter. Breite, etwas nackte Straßen waren mit mehrstöckigen Häusern aus gebrannten Ziegeln bebaut. Alles war in einem Zustand vornehm zurückhaltender Vernachlässigung. Sehr betriebsam war die Stadt nicht, und nur wenige Leute zeigten sich auf der Straße. Einige trugen sehr komplizierte Kleider, weiße Leinenhemden, Krawatten in umständliche Knoten geschlungen und Schleifchen. Andere, offenbar von geringerem Stand, hatten weite grüne oder braune Kniehosen an, dazu Jacken oder Blusen in gedeckten Farben.

Dordolio führte sie zu einem großen Kleiderladen, in dem einige Dutzend Männer und Frauen nähten. Dordolio sprach energisch mit dem ältlichen, kahlköpfigen Besitzer, während die anderen drei warteten.

»Ich habe mit dem Mann gesprochen und ihm beschrieben, was ihr braucht«, berichtete Dordolio dann. »Er kann euch zu geringen Kosten aus seinen Lagerbeständen ausstaffieren.«

Drei blasse junge Männer erschienen und fuhren einen Kleiderständer heran. Der Besitzer traf schnell seine Wahl und legte die Kleider den dreien vor. »Sie werden den Herren wohl passen«, meinte er. »Wenn ihr euch sofort umziehen wollt – Umkleideräume sind vorhanden.«

Reith besah sich die Sachen recht kritisch. Das Material war ein bißchen grob, die Farben erschienen ihm zu grell. Anacho zwinkerte ihm zu und schien der gleichen Ansicht zu sein. Da sagte Reith zu Dordolio: »Deine eigenen Kleider sind auch nicht mehr besonders gut. Warum willst du nicht diesen Anzug hier anprobieren?«

Dordolio hob entrüstet die Brauen. »Ich bin mit dem zufrieden, was ich trage.«

»Sie gefallen mir nicht«, erklärte Reith dem Besitzer. »Zeig mir deinen Katalog oder die Muster, nach denen du arbeitest.« Zusammen mit Anacho sah er dann ein paar hundert Farbskizzen durch. Er deutete auf einen dunkelblauen Anzug von konservativem Schnitt. »Wie wär's mit dem?« fragte er.

Dordolio war sehr ungeduldig. »Den würde ein wohlhabender Gemüsegärtner zur Beerdigung eines Verwandten tragen.«

»Und dies hier?« Reith zeigte auf ein anderes Muster.

»Die sind noch weniger passend. Sie sind für einen ältlichen Philosophen auf seinem Landsitz. Freizeitkleidung.«

»Hm. Dann zeig mir doch etwas für einen jüngeren Philosophen von makellosem Geschmack, das er gelegentlich eines Stadtbesuches tragen würde«, bat Reith den Ladenbesitzer.

Dordolio schnaubte, sagte jedoch nichts mehr. Der Kleiderhändler gab die entsprechenden Aufträge. »Und für diesen Gentleman hier«, fuhr Reith fort und deutete auf Anacho, »kommt ein Reisekostüm für einen hohen Würdenträger in Frage. Und hier wird ein sportlicher Anzug für einen jungen Herrn gewünscht.« Er deutete auf Traz.

Die nun ankommenden Kleider unterschieden sich erheblich von den zuerst angebotenen, und sie wurden nach geringfügigen Änderungen gekauft und gleich angezogen. Dordolio zupfte ständig an seinem Schnurrbart und platzte fast, da er eine Bemerkung nicht mehr unterdrücken konnte. »Schöne Kleider. Selbstverständlich. Aber sind sie auch angemessen? Aber euer Benehmen wird euer Aussehen Lügen strafen.«

Da wurde Anacho aber böse. »Willst du vielleicht, daß wir wie Trottel gekleidet nach Settra kommen? Die Kleider, die du uns zugedacht hast, lassen kaum schmeichelhafte Schlüsse zu.«

»Was macht das schon aus?« schrie Dordolio. »Ein flüchtiger Dirdirmann, ein Nomadenjunge und ein mysteriöser Niemand – ist es nicht absurd, solche Leute in die Kleider von Edelmännern zu stecken?«

Reith lachte, Anacho ließ seine Finger flattern und Traz musterte Dordolio angewidert, aber Reith bezahlte die Rechnung.

»Und jetzt zum Flughafen«, sagte Dordolio. »Wenn ihr

schon das Beste wollt, dann mieten wir einen Luftwagen.«

»Nur nicht so voreilig«, warnte Reith. »Es muß eine billigere und weniger auffallende Möglichkeit geben, nach Settra zu gelangen.«

»Wer sich wie ein Herr kleidet, muß sich auch wie ein Herr benehmen.«

»Wir sind bescheidene Herren«, meinte Reith. Er wandte sich an den Kleiderhändler. »Wie machst du gewöhnlich die Reise nach Settra?«

»Ich bin ein Mann ohne Stand«, antwortete dieser, »und reise in der Regel mit dem öffentlichen Wagen.«

»Gut. Wenn du, Dordolio, mit einem privaten Luftwagen reisen willst, trennen sich hier unsere Wege.«

»Gerne. Aber ich brauche fünfhundert Sequinen.«

Reith schüttelte den Kopf. »Nein, das glaube ich nicht.«

»Dann muß ich auch mit dem öffentlichen Wagen reisen«, seufzte Dordolio, und von da an wurde er eine Spur herzlicher. »Ihr werdet sehen, daß die Yao großen Wert auf Harmonie legen. Harmonie in Erscheinung und Benehmen. Ihr seid jetzt wie Personen von Stand gekleidet, und nun werdet ihr euch wohl auch so benehmen. Dann wird alles von selbst laufen.«

Bald saßen sie in einem gut ausgestatteten Wagenhaus erster Klasse und ließen sich behaglich durch die Landschaft schaukeln.

Reith zerbrach sich ein wenig den Kopf über diesen Wagen. Die Motoren waren klein, stark und raffiniert im Baumuster, aber warum war der Wagen so kopflastig? An Geschwindigkeit konnte der Wagen siebzig Meilen in der Stunde erreichen, und da fuhren die Räder auf Luftkissen; war die Straße glatt, so wurde die kleinste Unebenheit abgefangen. Auf harten Straßen mit ausgefahrenen Rinnen, wo die Räder immer wieder in die Furchen brachen, schwankte der gesamte Aufbau jedesmal bedrohlich. Die Yao schienen ausgezeichnete Theoretiker, aber miserable Praktiker zu sein.

Das Land schien zivilisierter zu sein als alles andere, was Reith bisher auf Tschai gesehen hatte. Die Luft war leicht dunstig und wob einen dunkelgelben Schleier vor die Sonne. Die Schatten waren tiefschwarz. Sie fuhren durch Wälder knorriger, schwarzblättriger Bäume, vorbei an Parks und Herrenhäusern, an halbzerfallenen Steinmauern und Dörfern, in denen nur die Hälfte der Häuser bewohnt zu sein schien. Sie durchquerten ein Hochmoor, bogen dann nach Osten und fuhren durch Marschen, Sümpfe und steiniges Brachland. Kein Mensch war zu sehen, obwohl da und dort in der Ferne eine halbzerfallene Burg zu erkennen war.

»Ein Geisterland«, sagte Dordolio. »Das ist das Audan-Moor. Hast du schon davon gehört? Nein? Eine trostlose Gegend, wie du siehst. Hier treiben sich die Ausgestoßenen herum, sogar ab und zu ein Phung. In der Nacht bellen die Nachthunde . . .«

Vom Audan-Moor aus rollten sie in ein Land von großem Reiz. Überall gab es Bäche und Teiche, an denen hohe, schwarze, braune oder rostfarbene Bäume standen. Auf Inselchen träumten hohe Häuser mit sehr spitzen Giebeln und geschnitzten Balkongittern vor sich hin. Dordolio deutete auf eines. »Siehst du das große Herrenhaus vor dem Wald? Gold und Karneol, der Palast meiner Sippe. Dahinter liegt Halmeur, ein Außenbezirk von Settra, den man jedoch noch nicht sehen kann.«

Nach einem großen Wald kamen sie in offenes Farmland, und nun hatten sie die Kuppeln und Türme von Settra vor sich. Ein paar Minuten später hielten sie vor dem Wagendepot; sie stiegen aus und gingen zu einer Terrasse. Hier sagte Dordolio: »Nun muß ich euch aber verlassen. Da drüben hinter dem Platz, am Oval, werdet ihr ein gutes Gasthaus finden, und dorthin schicke ich euch einen Boten mit dem Geld, das ich euch schulde.« Er räusperte sich. »Sollte uns eine Laune des Schicksals bei einer anderen Gelegenheit zusammenführen, etwa wenn du deinem Ehrgeiz Genüge tun konntest, den Herrn der Blauen Jade zu treffen, so ist es zweifellos für uns beide von Vorteil, wenn wir einander nicht kennen.«

»Ich kann mir auch keinen Grund denken, der dagegen spräche«, entgegnete Reith höflich.

Dordolio musterte ihn scharf und machte eine formelle Verbeugung.

»Dann wünsche ich dir viel Glück.« Mit langen Schritten ging er davon.

»Ihr beide«, sagte Reith zu Anacho und Traz, »besorgt jetzt im Gasthaus Unterkunft für uns drei. Ich gehe inzwischen zum Palast der Blauen Jade. Habe ich Glück, dann komme ich noch vor Dordolio an, der es besonders eilig hatte.«

Er fand sofort ein motorisiertes Dreirad, von dem er sich eilig zum Palast bringen ließ. Sie fuhren nach Süden, vorbei an einem Viertel kleiner Holzhäuser, dann an einem offenen Markt, auf dem es recht lebhaft zuging. Sie fuhren über eine alte Steinbrücke und kamen durch ein Portal in einer hohen Steinmauer auf einen riesigen runden Platz. Am Rand standen Buden, die meisten leer, und in der Mitte führte eine Rampe zu einer Plattform mit Sitzen.

»Wie heißt dieser Platz?« erkundigte sich Reith beim Fahrer.

»Das ist der Platz der Pathetischen Vereinigung«, erklärte der Mann. »Bist du fremd hier in Settra?« Reith bejahte, und der Mann nahm eine Karte heraus. »Das nächste große Ereignis ist der Ivenstag. Der Mann hat neunzehn Menschen getötet, vier davon waren Kinder. Ganz Settra kommt zu diesem Fest. Wenn du dann noch in der Stadt bist, wirst du eine ausgezeichnete Gelegenheit haben, etwas für deine Seele zu tun. Und wir sind jetzt fast schon am Palast der Blauen Jade.«

»Fahr so schnell wie möglich, ich habe es sehr eilig.«

»Aber ich kann keinen Unfall riskieren. Meine Seele würde sich schämen.«

»Verständlich.«

Das Motordreirad surrte einen breiten Boulevard entlang, und so gut es ging, fuhr der Mann auch um die Schlaglöcher herum. Die Straße lag im Schatten riesiger Bäume mit braunen und purpurgrünen Blättern, und zu beiden Seiten standen inmitten düsterer, riesiger Gärten prunkvolle Herrenhäuser von ungewöhnlicher Architektur. »Dort drüben an dem Hügel ist der Palast der Blauen Jade«, erklärte der Fahrer. »Welchen Eingang ziehst du vor, Herr?«

»Den Haupteingang. Welchen sonst?«

»Wie du meinst. Allerdings kommen die Leute, die durch den Haupteingang gehen, meist nicht im Motordreirad an.«

Unter einem breiten Baldachin hielt das Fahrzeug an, und Reith bezahlte. Als er ausstieg, lag ein Seidentuch unter seinen Füßen, und zwei Diener verbeugten sich tief. Reith schritt schnell durch einen offenen Bogengang in einen Saal mit Spiegelwänden. An silbernen Ketten schwangen und klirrten viele tausend Kristallprismen, in denen sich das Licht fing. Ein Lakai in dunkelgrüner Livree verbeugte sich tief. Er war schon mehr ein Haushofmeister.

»Der Herr ist nicht zu Hause«, sagte er. »Willst du etwas ruhen? Mein Herr Cizante verlangt danach, dich zu begrüßen.«

»Ich möchte ihn sofort sehen. Ich bin Adam Reith.«

»Herr welchen Reiches?«

»Sag Herrn Cizante, ich bringe wichtige Botschaften.«

Der Haushofmeister sah Reith unentschlossen an, und

nun wußte Reith, daß er schon gegen die Etikette verstoßen hatte. Macht nichts, dachte er, der Herr der Blauen Jade wird sowieso einiges schlucken müssen.

»Willst du bitte mit mir kommen?« Der Haushofmeister führte Reith in einen Hof, in dem ein leuchtendgrüner Wasserfall rauschte.

Zwei Minuten vergingen. Ein junger Mann in grünen Kniehosen und eleganter Jacke erschien. Sein Gesicht war sehr blaß, die Augen blickten düster, und das Haar unter der viereckigen Mütze aus weichem Samt war pechschwarz. Er war sehr schön und elegant und sah sogar ungemein tüchtig aus. Er musterte Reith kritisch. »Herr, du behauptest, du brächtest eine Botschaft für den Herrn der Blauen Jade?« fragte er. »Ich bin sein Assistent. Du kannst mir die Botschaft übergeben.«

»Meine Informationen betreffen das Schicksal seiner Tochter. Ich möchte mit dem Herrn persönlich sprechen. Ich heiße Adam Reith.«

»Dann folge mir, bitte.«

Er führte Reith in einen mit bräunlichem Elfenbein getäfelten Raum, der von einem Dutzend leuchtender Prismen erhellt war. Am anderen Ende stand ein Mann in einem eleganten Anzug aus schwarzer und purpurner Seide. Er war schlank, sein Gesicht rund, sein Haar dunkel. Die weitstehenden Augen waren ebenfalls dunkel, und Reith wußte sofort, daß dieser Mann überaus mißtrauisch war.

»Herr Cizante«, sagte der Assistent. »Hier bringe ich Euch den bisher unbekannten Adam Reith, der zufällig in der Nähe ist und erfuhr, daß Ihr hier seid.«

Der Lord schwieg, und Reith mußte nun eine zeremonielle Antwort geben. »Ich freue mich, Lord Cizante in seinem Palast anzutreffen. Ich bin erst vor einer Stunde in Kotan angekommen.« Er wußte aber sofort, daß dies falsch war.

»Ach, wirklich«, erwiderte der Lord, »du hast Nachricht von Shar Zarin?«

»Ja.« Reith sprach ebenso kalt wie der Lord. »Ich kann Euch einen genauen Bericht ihrer Erlebnisse bis zu ihrem unglücklichen Tod geben.«

Der Herr der Blauen Jade schaute zur Decke und sprach, ohne Reith anzuschauen. »Du forderst also die Belohnung?«

Nun kam der Haushofmeister herein und flüsterte seinem Herrn etwas zu. »Seltsam, da ist einer von Gold und Karneol, ein gewisser Dordolio, der will auch die Belohnung.«

»Den könnt Ihr wegschicken«, sagte Reith. »Sein Wissen ist oberflächlich.«

»Meine Tochter ist tot?«

»Es tut mir leid, sagen zu müssen daß sie sich nach einem Anfall seelischer Krankheit selbst ertränkte.«

»Wo und wann war das?«

»Vor etwa drei Wochen, an Bord der Kogge *Vargaz*, etwa auf halbem Weg über den Draschade.« Der Lord ließ sich in einen Sessel fallen, und Reith erwartete, auch zum Sitzen eingeladen zu werden, doch das blieb aus.

»Sie scheint tief gedemütigt worden zu sein«, meinte der Lord trocken.

»Das weiß ich nicht. Ich half ihr, den Priesterinnen der Weiblichen Geheimnisse zu entkommen, danach war sie in Sicherheit und stand unter meinem Schutz. Sie konnte es kaum erwarten, nach Cath zurückzukehren und drängte mich, mitzukommen. Sie versicherte mich Eurer Freundschaft und Dankbarkeit. Aber als wir auf dem Schiff waren und nach Osten segelten, wurde sie immer düsterer, und dann warf sie sich, wie ich schon sagte, über Bord.«

Des Lords Gesicht hatte viele Gefühle ausgedrückt, während Reith sprach. »Und jetzt, da meine Tochter tot ist und ich die näheren Umstände nicht überprüfen kann, kommst du und forderst die Belohnung«, sagte er barsch.

»Von dieser Belohnung«, antwortete Reith kalt, »wußte ich damals nichts, und ich weiß noch heute nichts davon. Ich kam aus verschiedenen Gründen nach Cath. Der unwichtigste Grund war der, daß ich Euch kennenlernen wollte. Aber ich finde Euch nicht gewillt, mir die selbstverständlichste Höflichkeit zu erweisen, und so gehe ich nun.« Er nickte kurz, drehte sich um und ging zur Tür. Dort wandte er sich noch einmal um. »Falls Ihr genaue Einzelheiten über eure Tochter hören wollt, wendet Ihr Euch besser an Dordolio, den wir völlig abgebrannt in Coad aufgelesen haben.« Damit ging Reith.

Er hörte noch, wie der Lord sagte: »Ein grober Kerl ist das.«

In der Halle nahm ihn der Haushofmeister in Empfang. Er lächelte fast unmerklich und deutete auf einen dunklen Gang.

Reith kümmerte sich nicht darum. Er durchquerte die große Spiegelhalle und verließ den Palast auf dem gleichen Weg, den er gekommen war.

7. Kapitel

Reith kehrte zu Fuß in die Stadt zurück und dachte über Settra und das merkwürdige Temperament der Einheimischen nach. In Pera war es ihm noch irgendwie möglich erschienen, ein kleines Raumschiff zu bauen, doch jetzt mußte er zugeben, daß der Plan sich wohl nicht durchführen lassen würde. Vom Herrn der Blauen Jade hatte er Dankbarkeit und Freundschaft erwartet – und Feindseligkeit geerntet. Bezüglich der technischen Fähigkeiten der Yao war er pessimistisch, und nun beobachtete er die Fahrzeuge auf der Straße genauer. Sicher, sie funktionierten, aber wichtiger als technische Perfektion erschien den Konstrukteuren anscheinend die Eleganz der Aufmachung. Die Energie bezogen sie von den überall verwendeten Energiezellen der Dirdir; die Kupplung krachte, ein Zeichen mangelnder Ingenieurskunst. Jedes Fahrzeug schien für sich gebaut worden zu sein, es gab also keine Serien.

Die Yao-Technik genügte also seinen Zwecken nicht. Wollte er ein Raumboot bauen, brauchte er gewisse Standard-Bestandteile; Stromkreisblöcke in sehr kompakter Form, Computer, Analysatoren, Generatoren, tausend Instrumente, Werkzeuge und Meßgeräte, von tüchtigem technischen Personal ganz abgesehen.

Selbst der Bau eines primitiven Raumbootes schien eine Aufgabe zu sein, die hier auf Tschai mehr als ein Leben erforderte.

Er kam zu einem kleinen runden Park mit hohen Bäumen, deren Blätter dünn und rostfarbig waren und wie Papier raschelten. Im Mittelpunkt stand ein Monument, eine weibliche Figur, die mit hocherhobenen Armen und verzerrtem Gesicht eine überwältigende Emotion darzustellen schien. Männer mit Instrumenten und Werkzeugen tanzten voll ritueller Grazie um diese Gestalt. War es Angst, Kummer, Erhebung und Verehrung, was sie damit ausdrücken wollten? Ihn störte dieses Monument. Es mochte schon sehr alt sein, vielleicht tausend Jahre. Ein kleines Mädchen und ein noch kleinerer Junge kamen vorbei und musterten Reith, doch dann schauten sie fasziniert den Tänzern zu. Reith ging in trüber Stimmung weiter.

Im Gasthaus waren zwar Räume bestellt, aber Anacho und Traz waren nicht da. Reith badete und wechselte die Wäsche. Da schon die Dämmerung aufkam, hatte man in der Halle große leuchtende Kugeln in Pastellfarben eingeschaltet. Wenig später kamen auch Anacho und Traz über den Platz. Reith sah ihnen entgegen. Sie waren einander im Grund so fremd wie Hund und Katze, doch da die Umstände sie zusammengeworfen hatten, benahmen sie sich gegenüber dem anderen wie gute, ein wenig vorsichtige Kameraden.

Anacho und Traz waren zufällig an einen Ort geraten, wo die Kavaliere ihre Ehrenhändel auszutragen pflegten. Drei Duelle hatten sie am Nachmittag beobachtet, ziemlich unblutige Affären. Traz berichtete darüber voller Spott, und Anacho sagte: »Die Energie wird ja schon durch die Zeremonien verbraucht, auch die Zeit. Für den Kampf selbst bleiben ihnen nur ein paar Minuten.«

»Die Yao sind noch viel merkwürdiger als die Dirdirmenschen«, bemerkte Reith.

»Ha, ha! Du kennst einen einzigen Dirdirmann, aber ich kann dir Tausende zeigen, bis du völlig verwirrt bist. Übrigens, der Speiseraum ist um die Ecke. Die Yao-Küche ist nicht schlecht.«

Die drei speisten in einem großen Saal, dessen Wände mit Teppichen und Seidenstoffen bespannt waren. Reith konnte, wie üblich, nicht erkennen, was er aß, und es war ihm auch im Moment ziemlich egal. Es gab eine gelbe Brühe, die etwas süß schmeckte; in ihr schwammen Flocken von sauer eingelegter Rinde. Scheiben hellen Fleisches waren mit Blütenblättern belegt, ein sellerieähnliches Gemüse hatte eine Kruste aus feurig-scharfem Gewürz. Dann gab es Kuchen, die nach Muskat und Rosinen dufteten, und schwarze Beeren mit Moorgeschmack. Ein klarer weißer Wein, den sie dazu bekamen, perlte spritzig.

In der Taverne nebenan tranken die drei nach dem Abendessen noch etwas Wein. Unter den Gästen waren viele Nichtyaos, die sich hier gesellschaftlich zu treffen schienen. Ein großer, alter Mann mit Ledermütze, der ziemlich viel trank, musterte Reith. »Ich hielt dich für einen Vect von Holanger«, sagte er, »aber das bist du nicht. Aber viele kommen hierher, um jemanden vom eigenen Volk zu sehen.«

»Nichts würde mir mehr Freude machen, als einen von meinem Volk zu sehen«, erwiderte Reith und seufzte tief.

»Ja? Woher kommst du denn? Aus deinem Gesicht kann ich es nicht schließen.«

»Ich bin ein Wanderer aus sehr fernen Landen.«

»Aber nicht weiter als die meinen. Ich komme aus Vord, wo das Kap des Grauens den Schanizade zurückhält. Ich sage dir, ich habe schon einiges erlebt! Überfälle auf Arkady, Kämpfe mit Seevölkern ... Einmal fuhren wir in die Berge und rotteten die Banditen aus. Damals war ich noch ein junger Mann und großer Soldat. Jetzt arbeite ich, damit es die Yao bequemer haben, und verdiene mir dabei meine eigene Bequemlichkeit. Also ist es kein hartes Leben.«

»Wahrscheinlich nicht. Bist du Techniker?«

»Nicht so großartig. Ich überprüfe die Räder im Wagenhof.«

»Arbeiten viele fremde Techniker in Settra?«

»Ja. In Cath hat man es behaglich, wenn man die Verrücktheiten der Yao übersehen kann.«

»Arbeiten auch Wankhmenschen hier in Settra?«

»Nein, nie! Ich war einige Zeit in Ao Zalil, östlich vom Falas-See, und da sah ich, wie das ging. Die Wankhmenschen wollen auch nicht für die Wankh arbeiten. Sie spielen nur ihre merkwürdigen kleinen Instrumente, und das sehr gut.«

»Wer arbeitet denn in den Werkstätten der Wankh? Schwarze und Purpurne?«

»Pah! Keiner von denen rührt doch einen Gegenstand an, den ein andersfarbiger Arbeiter angefaßt hat. Lokhar vom finsteren Land arbeiten in den Werkstätten. Das tun sie zehn oder zwanzig Jahre lang, dann kehren sie als reiche Männer in ihre Dörfer zurück. Wankhmenschen in den Werkstätten? Das ist ein Witz. Die sind so stolz wie die Makellosen Dirdirmenschen. Und ich sah schon, daß du auch einen Dirdirmann bei dir hast.«

»Ja, er ist mein Kamerad.«

»Seltsam, daß sich ein Dirdirmann so herabläßt. Ich habe bisher erst drei gesehen, und alle drei haben mich wie den letzten Dreck behandelt.« Er trank sein Glas leer. »Aber jetzt muß ich gehen. Ich wünsche allen einen guten Abend, auch dem Dirdirmann.«

Der alte Mann ging, und gleichzeitig kam ein blasser, schwarzhaariger junger Mann in unauffälliger blauer Tuchkleidung herein. Diesen Mann glaubte Reith schon irgendwo gesehen zu haben; erst kürzlich – aber wo? Langsam, fast geistesabwesend ging er den Zwischengang entlang zur Theke und ließ sich ein Glas mit scharfem Sirup geben. Als er sich damit umwandte, traf sein Blick den Reiths.

Er nickte höflich, und nach kurzem Zögern kam er heran. Jetzt wußte Reith, wer er war: der Assistent von Lord Cizante.

»Guten Abend«, sagte der junge Mann. »Vielleicht erkennst du mich? Ich bin Helsse von Isan, ein Verwandter der Blauen Jade. Ich glaube, wir sind einander heute begegnet.«

»Ich sprach ein paar Worte mit deinem Herrn.«

Helsse nippte an seinem Glas, schnitt eine Grimasse und stellte es weg.

»Gehen wir an einen ruhigeren Ort, wo wir reden können«, schlug er vor.

Reith sprach mit Anacho und Traz und bat dann den jungen Mann, voranzugehen. Helsse schaute kurz zum Eingang, zog dann aber den Weg durch das Restaurant vor. Als sie gingen, kam ein weiterer Mann in die Taverne, der sich wild umsah: Dordolio.

Helsse schien ihn nicht zu bemerken. »In der Nähe ist ein Unterhaltungslokal, und das ist so gut oder so schlecht wie andere auch. Wir sind aber dort ungestörter«, erklärte er. Die Gäste saßen unter roten und blauen Lampen in Nischen; einige Musikanten schlugen kleine Gongs und Trommeln, und eine Tänzerin ging zwischen den Gästen in sehr aufreizender Weise herum. Helsse wählte eine Nische in der Nähe der Tür, möglichst weit von den Musikern entfernt, und sie setzten sich auf weiche blaue Kissen. Helsse bestellte zwei Becher voll Waldtinktur, die wenig später an den Tisch gebracht wurden.

Dann kamen andere Musiker mit Flöten, Kesselpauken, Cello und Oboe; die Flöte hatte ein eigenartiges Timbre. Helsse beugte sich Reith entgegen. »Du bist wohl nicht vertraut mit Yao-Musik? Das dachte ich mir. Das hier ist eine traditionelle Klage.«

»Nun ja, lustig kann man diese Komposition sicher nicht nennen.«

»Du darfst nun aber nicht glauben, die Yao seien ein trauriges Volk. Da müßtest du einmal einen Ball besuchen. Du würdest dich wundern.«

»Ich fürchte nur, dazu werde ich nie eingeladen«, meinte Reith.

»Ich hoffe, die Ereignisse des Nachmittags haben dir keine Unannehmlichkeiten bereitet«, sagte Helsse.

»Nun, ich war ziemlich gereizt. Ich wußte ja nichts von dieser Belohnung. Ich habe zumindest eine gewisse Höflichkeit erwartet, doch mein Empfang bei Lord Cizante erscheint mir, wenn ich so zurückschaue, sehr merkwürdig.«

Helsse nickte betrübt. »Er ist ein sehr seltsamer Mann, doch jetzt befindet er sich in einer unangenehmen Lage. Du warst kaum gegangen, als dieser Kavalier Dordolio erschien, der dich als Hochstapler bezeichnete und für sich die Belohnung forderte. Um offen zu sein, ein Handeln nach Dordolios Bedingungen würde den Lord in Verlegenheit bringen. Du weißt vielleicht nicht, daß Blaue Jade und Gold-Karneol rivalisierende Häuser sind. Lord Cizante vermutet, Dordolio wolle die Belohnung dazu benutzen, um Blaue Jade zu demütigen, und die Konsequenzen daraus ließen sich nicht absehen.«

»Was versprach eigentlich Lord Cizante als Belohnung?«

»Er erklärte: ›Wer immer mir meine Tochter zurückbringt oder mir wenigstens sichere Nachricht bringt, der möge seine Wünsche sagen, und ich werde sie nach besten Kräften erfüllen.‹ Das war natürlich nur für die Ohren der Blauen Jade gesprochen, und es ist eine starke Sprache, nicht wahr? Es machte jedenfalls schnell die Runde.«

»Mir scheint, ich tue Cizante einen Gefallen, wenn ich seinen Großmut annehme.«

»Das wollte ich eben feststellen. Dordolio hat über dich einige recht sonderbare Bemerkungen gemacht. Er erklärt, du seist ein abergläubischer Barbar, der den Kult wiederbeleben will. Würdest du von Lord Cizante verlangen, er solle seinen Palast in einen Tempel verwandeln und sich selbst dem Kult unterwerfen, würde er lieber Dordolios Bedingungen annehmen.«

»Obwohl ich zuerst bei ihm war?«

»Dordolio sagt dir die übelsten Tricks nach und ist furchtbar böse auf dich. Aber davon ganz abgesehen – was würdest du dir von Lord Cizante wünschen?«

Reith überlegte. Leider konnte er sich den Luxus nicht leisten, die Belohnung auszuschlagen. »Ich weiß nicht recht«, sagte er schließlich. »Ich könnte vor allem einen guten Rat brauchen, doch ich habe keine Ahnung, wo ich den finden kann.«

»Versuch's doch bei mir.«

»Du bist nicht frei von Vorurteilen.«

»Oh, vielleicht mehr als du denkst.«

Reith musterte das schöne, blasse Gesicht und die ruhigen schwarzen Augen. Ein rätselhafter Mann, dieser Helsse, weder herzlich noch kalt. Er schien sehr offen zu sprechen, doch er ließ keinen Blick in seine Seele zu.

Nun kam ein sehr dicker Mann in einer langen, braunen Robe auf die Plattform. Hinter ihm saß eine Frau mit langen schwarzen Haaren und zupfte eine Art Laute. Der Dicke gab einen jammernden Gesang von sich, doch es war ein Lied ohne Worte. Es schien auch Helsse nicht zu gefallen. Dann besang der Dicke ein schreckliches Verbrechen, das er begangen habe, und deshalb sei er so entsetzlich traurig und verzweifelt.

»Mir scheint«, sagte Reith schließlich, »es ist absurd, meinen Vorteil mit Lord Cizantes Assistenten zu besprechen.«

»Dein Vorteil muß nicht unbedingt des Lords Nachteil sein«, erwiderte Helsse. »Bei Dordolio liegt der Fall anders.«

»Sehr höflich war der Lord nicht zu mir, also liegt mir wenig daran, ihm einen Gefallen zu tun. Natürlich will ich auch Dordolio nicht nützlich sein, der mich einen Hochstapler und abergläubischen Barbaren nennt.«

»Vielleicht war Lord Cizante von deiner Nachricht erschüttert. Dordolios Nachricht war ungenau und sollte gar nicht mehr erwogen werden.«

Reith lachte. »Dordolio kennt mich einen Monat lang. Kann man nach so kurzer Bekanntschaft einen Menschen richtig einschätzen?«

Helsse lächelte. »Mein Urteil ist meist richtig.«

»Nun, und wenn ich die Ansichten des Kults verträte, daß Tschai flach sei und die Menschen unter Wasser leben könnten?«

Helsse überlegte. »Ich würde mich fragen, ob du nicht vielleicht doch recht haben könntest und mich von klugen Leuten beraten lassen. Soviel ich weiß, gibt es jedoch für diese Meinung keine Beweise, also könnte ich meine persönliche Entscheidung hinausschieben. Die Pnume tauchen jedoch unter, auch die Wankh tun es. Warum sollten es die Menschen mit entsprechender Ausrüstung nicht auch tun können?«

»Tschai ist nicht flach«, erwiderte Reith. »Und die Menschen können mit künstlichen Lungen einige Zeit unter Wasser leben. Vom Kult und seinen Doktrinen habe ich keine Ahnung.«

Nun kam eine gemischte Tanzgruppe, und Reith schaute ein paar Minuten lang fasziniert zu. »Das sind traditionelle Tänzer«, erklärte Helsse, »und sie verherrlichen die Kunst des Folterns. Viele von diesen sogenannten Ministranten werden wegen ihrer ausgefeilten Technik zu Helden. Aber komm. Du scheinst doch einiges Interesse für den Kult zu haben.« Helsse stand auf. »Ich kenne einen ihrer Treffpunkte, er ist nicht weit von hier. Ich will dich hinbringen, wenn du willst.«

»Verstößt das nicht gegen die Gesetze von Cath?«

»Keine Angst. Cath kennt keine Gesetze, nur Gebräuche, und das ist den Yao gerade recht.«

»Seltsam. Töten ist nicht verboten?«

»Unter bestimmten Bedingungen verstößt es gegen die Gebräuche. Die Gilde der Mörder und die Dienstgesellschaft arbeiten jedoch in aller Öffentlichkeit, und niemand erhebt Vorwürfe gegen diese Unternehmen. Das Volk von Cath tut im allgemeinen das, was es für gut hält. Also kannst auch du den Kult besuchen, um dich zu unterrichten.«

»Gut«, sagte Reith, »dann führ mich hin.«

Durch ein gewundenes Gäßchen kamen sie in eine spärlich beleuchtete Straße. Die seltsamen Umrisse der

Häuser hoben sich vor dem Nachthimmel ab, an dem Az und Braz um die Wette rannten. Helsse klopfte an eine Tür, die mit blauer Phosphorfarbe gestrichen war. Die Tür ging einen Spaltbreit auf, ein langnasiges Gesicht spähte heraus.

»Besucher«, sagte Helsse. »Dürfen wir eintreten?«

»Gehört ihr dazu? Das ist ist nämlich die Distriktszentrale der Gesellschaft Sehnender Flüchtlinge.«

»Wir sind keine Mitglieder. Dieser Herr hier ist Ausländer, er möchte etwas über den Kult erfahren.«

»Ihr seid willkommen. Tretet ein. Wir haben jedoch wenig an Unterhaltung zu bieten – Überzeugungen, ein paar Theorien, sehr wenige Tatsachen.« Der Vorhang wurde zurückgezogen. »Kommt herein.«

Sie betraten einen langen, niedrigen Raum. An der einen Seite tranken zwei Männer und zwei Frauen Tee aus eisernen Töpfen. Sie wirkten recht verloren. Der Flüchtling machte eine etwas spöttische Geste. »Hier, das sind wir. Das ist der schreckliche Kult. Habt ihr je etwas so Harmloses gesehen?«

»Der Kult«, erklärte Helsse wie ein Lehrer, »wird nicht wegen des Aussehens seines Tempels verdächtigt, sondern wegen seiner herausfordernden Behauptungen.«

»Pah, Behauptungen!« erwiderte der Langnasige. »Die anderen verfolgen uns, doch wir sind die Erwählten des Wissens.«

»Und was genau wißt ihr?« fragte Reith.

»Wir wissen, daß die Menschen auf Tschai Fremde sind.«

»Woher wollt ihr das wissen? Die menschliche Geschichte verliert sich im Dunkel«, erklärte Helsse.

»Das ist eine intuitive Wahrheit. Wir sind uns auch dessen sicher, daß eines Tages die großen Zauberer der Menschheit ihre Saat zurückholen werden. Welche Freude! Unser Heim ist eine Welt der Luft, die den Lungen Freude macht, und sie ist süßer als der süßeste Wein aus Iphthal! Und goldene Berge, gekrönt mit Opalen, und Wälder unserer Träume. Tod ist kein Schicksal, sondern ein tragischer Unfall. Alle Menschen sind glücklich und voller Frieden, und es gibt die köstlichsten Dinge zu essen.«

»Hm, das sind herrliche Aussichten«, meinte Helsse, »aber ist das nicht doch ein bißchen weit hergeholt? Oder ein zu institutionelles Dogma?«

»Möglich«, erklärte der unnachgiebige Flüchtling. »Ein Dogma muß nicht immer falsch sein. Es gibt Wahrheiten der Erleuchtung, und Erleuchtung ist auch unser Bild von der Heimat der Menschen.« Er deutete auf einen Globus von etwa drei Fuß Durchmesser, der in Augenhöhe hing.

Reith besah sich diesen Globus näher und versuchte die Umrisse der Meere und Kontinente zu bestimmen. Manche schienen ihm seltsam vertraut zu sein, andere nicht, doch die Ähnlichkeiten waren spukhaft.

»Nun, wie erscheint er dir?« fragte Helsse leichthin.

»Nichts Besonderes«, antwortete Reith.

Helsse schien darüber erleichtert zu sein, vielleicht auch enttäuscht; das wußte Reith nicht genau.

Eine der beiden Frauen, eine sehr dicke Person, stand auf und trat zu den beiden. »Warum wollt ihr nicht der Gesellschaft beitreten? Wir brauchen neues Blut, neue Gesichter. Wollt ihr uns nicht helfen, den Kontakt zu unserer wahren Heimat herzustellen?«

Reith lachte. »Gibt es da eine praktische Methode?«

»Sicher! Telepathie. Im Moment haben wir keine anderen Hilfsmittel.«

»Warum nicht ein Raumschiff?«

Die Frau schien entsetzt zu sein, und sie musterte Reith scharf, ob er es auch ernst meine. »Wo könnten wir unsere Hände auf ein Raumschiff legen?« fragte sie.

»Ist denn nirgends eines zu kaufen? Wenn auch nur ein kleines?«

»So etwas habe ich noch nie gehört.«

»Ich auch nicht«, erklärte Helsse trocken.

»Wohin könnten wir reisen?« fragte die Frau. »Unsere Heimat liegt in der Konstellation Clari, doch der Raum ist unendlich. Wir würden ewig dahintreiben.«

»Die Probleme sind riesig«, gab Reith zu, »doch wenn eure Annahme richtig ist ...«

»Annahme?« fragte die Dicke erschüttert. »Es ist eine Erleuchtung, eine Erkenntnis.«

»Möglich. Aber mit Mystik kommt man in der Raumfahrt nicht voran. Nehmen wir an, aus irgendeinem Grund hättet ihr ein Raumschiff; dann könntet ihr doch sehr leicht feststellen, ob die Grundlage eures Glaubens richtig ist. Fliegt doch in die Konstellation Clari und überwacht den durchmessenen Raum in regelmäßigen Abständen nach Radiosignalen. Wenn diese Heimat existiert, werdet ihr früher oder später Signale auffangen.«

»Interessant«, meinte Helsse. »Du nimmst also an, daß eine solche Heimatwelt, wenn es sie gibt, soweit fortgeschritten ist, daß sie Signale aussenden kann?«

Reith zuckte die Achseln. »Wenn wir schon eine solche Welt annehmen, können wir ebensogut Signale annehmen.«

»Das ist alles überflüssig«, erklärte die Dicke. »Denn wie sollen wir zu einem Raumschiff kommen?«

»Mit genügend Geld und technischem Können ist ein kleines Schiff leicht zu bauen.«

»Wir haben kein Geld«, murmelte die Frau.

»Das wäre das geringste Hindernis«, meinte Helsse.

»Man könnte ja auch ein kleines Boot von den Dirdir, den Wankh oder sogar von den Blauen Khasch kaufen.«

Helsse spitzte die Lippen. »Ich schätze, selbst wenn

jemand eines verkaufen würde, so wären mindestens eine halbe Million Sequinen nötig.«

»Es gibt noch eine dritte Möglichkeit: Beschlagnahme. Einfach und direkt«, sagte Reith.

»Von wem? Von wem? Wir vom Kult sind doch keine Irren.« Die Dicke schüttelte den Kopf. »Dieser Mann ist ein wildgewordener Romantiker.«

Der langnasige Kultist sagte: »Wir würden dich gern als Mitglied aufnehmen, aber du müßtest erst lernen, methodisch zu denken. Kurse in Gedankenkontrolle und projektiver Telepathie finden zweimal wöchentlich statt. Wenn du es wünschst ...«

»Ich fürchte, das ist unmöglich«, erklärte Reith. »Euer Programm ist jedoch sehr interessant, und ich hoffe, es bringt euch viel Nützliches ein.« Helsse machte nur noch eine Geste der Höflichkeit, dann gingen die beiden.

»Nun, was meinst du jetzt?« fragte Helsse nach einer Weile.

»Die Situation spricht für sich selbst«, erwiderte Reith. »Ich würde nicht sagen, daß die Doktrin Spinnerei ist. Wissenschaftler haben sicher biologische Verbindungsglieder zwischen Pnume, Phung, Nachthunden und anderen unheimlichen Kreaturen festgestellt. Blaue Khasch, Grüne Khasch und Alte Khasch sind gleichermaßen verwandt, so wie alle menschlichen Rassen. Aber Pnume, Wankh, Khasch, Dirdir und Menschen unterscheiden sich biologisch voneinander. Was sagt dir das?«

»Hast du eine Erklärung? Zugegeben, die Umstände sind verwirrend.«

»Ich habe das Gefühl, man braucht viel mehr Fakten. Vielleicht werden die Flüchtlinge gute Telepathen und erstaunen uns noch alle.«

Schweigend gingen sie weiter und bogen um eine Ecke. Da hielt Reith Helsse zurück. »Still«, flüsterte er, und sie warteten.

Schnelle, etwas schlurfende Schritte näherten sich, eine dunkle Gestalt bog um die Ecke. Reith nahm die Gestalt in den Schwitzkasten, behielt aber auch Helsse im Auge. »Mach Licht«, sagte er. »Wir wollen mal sehen, wen oder was wir da haben.«

Helsse nahm aus der Tasche ein Glühinstrument. Der Gefangene wand sich, stieß und schlug; Reith verstärkte seinen Griff und hörte einen Knochen krachen. Die Gestalt sackte zusammen aber Reith kam aus dem Gleichgewicht. Die Gestalt zischte triumphierend, gab jedoch, als Metall blitzte, einen Schmerzensschrei von sich.

Helsse zog den Dolch aus dem Rücken der Gestalt, und Reith sagte mißbilligend: »Du bist rasch mit dem Messer, Helsse.«

Der zuckte die Achseln. »Sie haben Stechwerkzeuge.« Mit dem Fuß drehte er den Körper um, und klirrend fiel ein Glasstichel auf das Pflaster. Neugierig schauten die beiden in das blasse Gesicht das unter dem äußerst breitrandigen Hut kaum zu erkennen war.

»Er haßt sich selbst, wie ein Pnumekin, und ist blaß wie ein Geist«, meinte Helsse.

»Er könnte auch ein Wankhmann sein.«

»Vielleicht ist er ein Mischling, man sagt, das seien die besten Spione. Er sieht weder wie ein Pnumekin noch wie ein Wankhmann aus.«

Als Reith ihm den Hut abnahm, kam ein kahler Schädel zum Vorschein. Das Gesicht war feinknochig, die Muskulatur etwas schlaff, die Nase dünn, ging aber in eine Knollenform aus. Die halboffenen Augen schienen schwarz zu sein. Der Schädel war geschoren.

»Komm«, drängte Helsse, »wir müssen uns beeilen, sonst kommt die Patrouille, und wir müssen Rede und Antwort stehen.«

»Es eilt nicht so. Niemand ist in der Nähe. Bleib dort

stehen, wo du die Straße überschauen kannst.« Helsse gehorchte, und Reith durchsuchte die Leiche, beobachtete aber gleichzeitig Helsse. Die Kleider rochen irgendwie nach Moschus. In einer Tasche des Mantels fand Reith einige Papiere, und am Gürtel hing ein weicher Lederbeutel. Das nahm er an sich, dann kehrten sie schnell zum Oval zurück. Vor dem Eingang zum Gasthaus blieben sie stehen.

»Der Abend war interessant«, sagte Reith. »Ich lernte viel.«

»Ich wollte, das könnte ich auch sagen«, erwiderte Helsse. »Was hast du dem toten Mann abgenommen?«

Reith zeigte ihm den Beutel, der nur eine Handvoll Münzen enthielt. Dann besah er sich die Papiere. Sie waren mit seltsamen Zeichen beschrieben – Rechtecken, die mit verschiedenen Farben schattiert und mit etlichen Markierungen versehen waren. »Kennst du diese Schrift?« fragte er.

Helsse lachte. »Das ist die Wankh-Schrift. Jetzt ist die Sache noch geheimnisvoller. Settra ist ein ausgezeichneter Platz für Spione.«

»Und Spionagegeräte? Mikrofone? Augenzellen und dergleichen?« Helsse nickte. »Dann ist wohl auch anzunehmen, daß der Tempel der Flüchtlinge überwacht wird ... Vielleicht sagte ich etwas zuviel.«

»War der Tote ein Spion, dann erfährt niemand etwas davon. Aber gib mir die Papiere zur Verwahrung; ich werde sie übersetzen lassen. In der Nähe ist eine Lokhar-Kolonie, und vielleicht versteht jemand dort genug von der Sprache der Wankh.«

»Wir gehen zusammen. Wird es morgen recht sein?«

»Ja, natürlich.Was soll ich Lord Cizante wegen der Belohnung sagen?«

»Jetzt weiß ich es noch nicht. Ich werde es dir morgen sagen«, versprach Reith.

»Vielleicht wird dieser Punkt schon früher geklärt. Da ist nämlich Dordolio.«

Richtig. Dordolio kam heran, gefolgt von zwei Kavalieren. Er rauchte vor Wut. Zwei Schritte vor Reith blieb er stehen.

»Mit deinen gemeinen Tricks hast du mich ruiniert!« schrie er. »Schämst du dich denn gar nicht?« Er riß den Hut vom Kopf und warf ihn Reith ins Gesicht. Er traf aber nicht, weil Reith seitlich auswich. Der Hut flog weit über den Platz.

Dordolio schüttelte die Faust vor Reiths Gesicht. »Der Tod ist dir sicher!« schrie er. »Aber nicht durch die Ehre meines Schwertes! Mörder der unteren Kaste werden dich in den Kot der Tiere treten. Zwanzig Parias werden deine Leiche zerstückeln, und ein Köter wird deinen Kopf an der Zunge durch die Straßen schleifen.«

Reith grinste. »Cizante wird dasselbe, wenn ich es verlange, für dich arrangieren. Das ist auch eine gute Belohnung.«

»Cizante! Pah, dieser verrückte Emporkömmling. Die Blaue Jade ist nichts! Der Untergang dieses Hauses wird die Runde nur erhöhen.«

Helsse trat vor. »Ehe du weiter deine bemerkenswerten Feststellungen triffst, vergiß nicht, daß ich das Haus Blaue Jade vertrete, und den Inhalt deiner Rede werde ich Seiner Exzellenz berichten müssen.«

»Langweile mich doch nicht mit diesem Unfug!« schrie Dordolio. Er wirbelte zu Reith herum. »Du holst mir meinen Hut, oder du erlebst morgen die erste der zwölf Berührungen!«

»Wenn es dein Verschwinden beschleunigt, gern«, meinte Reith lachend und hob den Hut auf. »Hier, dein Hut, den du so achtlos auf den Platz geworfen hast.« Dann ging er um den Kavalier herum und betrat die Halle des Gasthauses. Dordolio lachte meckernd und stülpte sich den Hut auf den Kopf. Dann winkte er seinen Begleitern zu und ging.

»Was sind diese zwölf Berührungen?« fragte Reith in der Halle.

Helsse erklärte: »Innerhalb von zwei Tagen wird ein Mörder das Opfer – sagen wir – mit einem Zweig berühren. Die zwölfte Berührung ist dann tödlich, der Mann stirbt, entweder durch allmählich angesammeltes Gift, durch eine Überdosis, oder durch morbide Beeinflussung; das weiß nur die Mördergilde. Und jetzt muß ich zum Palast zurückkehren. Lord Cizante wird meinen Bericht hören wollen.«

»Was wirst du ihm erzählen?«

Helsse lachte. »Du, der verschwiegenste Mann, stellst eine solche Frage! Cizante will natürlich hören, daß du eine Belohnung akzeptiert hast und wahrscheinlich bald aus Cath abreisen wirst.«

»Ich habe nichts dergleichen gesagt.«

»Aber mein Bericht wird so sein.«

8. Kapitel

Durch die dicken Fensterscheiben schien gelbliches Licht, als Reith aufwachte. Er lag auf einer ungewohnten Couch und versuchte die Fäden seines Lebens zu ordnen. Es war nicht leicht, dabei optimistisch zu bleiben. Cath, auf das er so viele Hoffnungen gesetzt hatte, war keine Spur besser als die Aman-Steppe. Es war Wahnwitz, damit zu rechnen, daß er in Settra ein Raumboot bauen könnte.

Er hatte Entsetzen, Kummer und Desillusionierung kennengelernt, aber immer hatte es auch Momente des Triumphes und der Hoffnung gegeben, vielleicht sogar der Freude, auch wenn sie sehr kurz gewesen waren. Wenn er morgen oder nach zwölf Berührungen sterben würde, hätte er noch immer ein sehr interessantes, wundervolles Leben gehabt. Nun gut. Es würde sich erweisen. Helsse hatte von seiner Abreise aus Cath gesprochen, und vielleicht hatte er sein – Reiths – Wesen und seine Zukunft genauer gesehen als er selbst.

Beim Frühstück mit Anacho und Traz berichtete er von seinen Abenteuern. Anacho fand, das sei alles nicht sehr schön. »Das hier ist eine verrückte Gesellschaft, faul wie ein verdorbenes Ei. Wie immer deine Ziele auch aussehen mögen – manchmal halte ich dich für den verrücktesten aller Verrückten –, hier wirst du sie nicht erreichen.«

»Das glaube ich auch«, antwortete Reith.

»Und was kommt jetzt?« fragte Traz.

»Es ist gefährlich, was ich plane, vielleicht ist es verrückt, doch ich sehe keine andere Möglichkeit. Ich möchte Cizante um Geld bitten. Das teilen wir auf. Dann trennen wir uns. Du, Traz, könntest nach Wyness zurückkehren und dir ein neues Leben aufbauen. Du, Anacho, könntest es ähnlich machen. Ihr habt nichts davon, wenn ihr bei mir bleibt. Eher garantiere ich euch das Gegenteil – Unglück.«

»Bis jetzt«, erklärte Anacho, »haben wir überlebt, wenn auch manchmal nur knapp. Ich möchte wissen, was du erreichen willst. Mit deiner Erlaubnis will ich mich deiner Expedition anschließen, die mir, egal wie sie auch aussehen mag, nicht so verzweifelt erscheint, wie du sie hinstellst.«

»Ich habe die Absicht, ein Raumboot der Wankh zu stehlen. Vom Raumhafen Ao Hidis oder sonstwo.«

»Mit weniger habe ich nicht gerechnet«, bemerkte Anacho trocken. Natürlich hatte er hundert Einwände dagegen.

»Das mag alles richtig sein«, gab Reith zu. »Vielleicht

verbringe ich meine ganze Zukunft in einem Verlies der Wankh oder im Magen von Nachthunden, doch ich will es trotzdem versuchen. Geh du mit Traz zu den Wolkeninseln, macht euch dort ein schönes Leben.«

»Pah! Wieso nimmst du dir keine aussichtsreichere Aufgabe vor, etwa die Ausrottung der Pnume oder Gesangsunterricht für die Khasch?«

»Mein Ehrgeiz geht in eine andere Richtung.«

»Ja, das weiß ich. Zu deinem fernen Planeten, der Heimat der Menschen. Ich bin versucht, dir zu helfen, nur um dir zu beweisen, wie verrückt du bist.«

»Und ich«, sagte Traz, »möchte seine ferne Welt sehen. Ich weiß, es gibt sie, denn ich sah sein Raumboot, als er ankam.«

Anacho musterte den Jungen mit hochgezogenen Brauen.

»Davon hast du aber noch nie gesprochen.«

»Du hast mich ja auch noch nie gefragt.«

»Wie soll ich auf eine so absurde Idee kommen?«

»Leute, die Tatsachen absurd nennen, werden oft überrascht.«

»Na, kommt schon!« redete ihnen Reith zu. »Wir brauchen unsere Energien für andere Dinge, wenn ihr schon auf Selbstmord aus seid. Heute werden wir uns Informationen verschaffen. Und da ist Helsse. So, wie er aussieht, bringt er uns interessante Nachrichten.«

Helsse begrüßte die drei sehr höflich. »Du kannst dir vorstellen«, sagte er zu Reith, »daß ich gestern sehr viel zu berichten hatte. Lord Cizante drängt mich, du sollst einen vernünftigen Vorschlag machen, auf den er gern eingeht. Er empfiehlt, die Papiere, die wir dem Toten abnahmen, zu vernichten, und ich bin auch seiner Meinung. Lord Cizante könnte dann weitere Zugeständnisse machen.«

»Welcher Art?«

»Ich nehme an, er wird auf einiges Protokoll verzichten, wenn du dich im Palast der Blauen Jade aufhältst.«

»An den Dokumenten bin ich mehr interessiert als an Lord Cizante. Wenn er mich sehen will, kann er ja hierher ins Gasthaus kommen.«

Helsse lachte belustigt. »Deine Antwort überrascht mich nicht. Ich will dich jetzt nach Süd-Ebron führen, wo wir einen Lokhar finden.«

»Gibt es keine Yao-Gelehrten, die die Wankh-Schrift verstehen?«

»Für einen Yao ist solches Wissen nicht respektabel.«

»Außer es will jemand das Dokument verstehen. Aber ich fürchte, darüber werden wir uns doch nie einig.«

Helsse war in einem ungemein eleganten Gefährt angekommen.

Es hatte sechs hohe, scharlachrote Räder und eine Menge goldener Quasten. Innen war es ein luxuriöser Salon, grau ausgeschlagen, mit grauem Teppich und grün bezogener gewölbter Decke. Die Stühle waren dick gepolstert, und unter den Fenstern aus blaßgrünem Glas stand ein Büfett mit Platten voller Süßigkeiten. Helsse bat seine Gäste sehr höflich herein. Er trug einen grau verzierten, blaßgrünen Anzug und paßte in seiner Aufmachung absolut zu dem Salongefährt.

Als alle saßen, drückte er auf einen Knopf. Die Türen schlossen sich, die Trittstufen wurden eingezogen. »Lord Cizante scheint nur theoretisch alles Nützliche abzulehnen«, bemerkte Reith.

»Oh, er weiß gar nicht, daß es einen solchen Mechanismus gibt. Es ist immer jemand da, der für ihn den Knopf drückt. Wie andere seiner Klasse berührt er nur Gegenstände zu seinem Vergnügen. Du findest das sonderbar? Nun, du mußt den Yao-Adel nehmen, wie er ist.«

»Zu dem zählst du dich offensichtlich nicht.«

Helsse lachte. »Ich möchte es anders ausdrücken: Ich

genieße das, was ich tue ...« Der Wagen setzte sich in Bewegung, und Helsse bot Erfrischungen an. »Wir kommen dann in das Gebiet, aus dem wir unseren Reichtum beziehen, obwohl wir es vulgär finden, darüber zu sprechen.«

»So überheblich sind die Dirdir niemals«, erklärte Anacho.

»Sie sind eine andere Rasse. Überlegen? Davon bin ich nicht überzeugt. Die Wankh würden es entschieden abstreiten.« Anacho zuckte nur die Achseln, sagte aber nichts darauf.

Das Marktviertel bestand vorwiegend aus kleinen Wohnhäusern in einer Vielzahl von Stilen. Vor einer Ansammlung niedriger, breiter Ziegeltürme hielt der Wagen an. Helsse deutete zu einem Garten hinüber, in dem etliche Männer von erstaunlicher Aufmachung saßen. Sie trugen weiße Hemden und Hosen, und ihr langes, üppiges Haar war auch weiß. Dafür war ihre Haut kohlschwarz. »Lokhar«, sagte Helsse. »Zuwanderer aus dem Hochland nördlich vom Falas-See in Zentral-Kislovan. Sie sind Mechaniker. Ihre natürlichen Farben sind das nicht. Sie bleichen ihr Haar und färben die Haut. Einige behaupten, die Wankh hätten ihnen dies aufgezwungen, schon vor vielen tausend Jahren, damit sie sich von den Wankhmenschen unterscheiden, die natürlich weißhäutig und schwarzhaarig sind. Sie sind ein sehr geschicktes Volk und arbeiten dort, wo sie am meisten verdienen. Einige arbeiten in den Werkstätten der Wankh, und viele verstehen einiges von der Wankh-Sprache; vielleicht entziffert der eine oder andere auch die Schrift. Seht ihr den alten Mann, der mit dem Kind spielt? Er ist ein Könner. Mit ihm werde ich verhandeln. Sicher verlangt er eine ordentliche Summe, und ich muß daher mit ihm feilschen.«

»Moment noch«, bat Reith. »Ich bin von deiner Ehrlichkeit zwar überzeugt, aber ich bin von Natur aus ein mißtrauischer Mensch. Ich komme mit.«

»Wie du meinst. Ich werde den Fahrer schicken, er soll ihn holen.«

»Mir scheint«, murmelte Anacho, »es ist schon alles ausgehandelt.«

Ein paar Augenblicke später kam der Mann zum Wagen und schob seinen Kopf durch das Fenster.

»Meine Zeit ist kostbar«, sagte er. »Was wollt ihr von mir?«

»Du wirst etwas verdienen.«

»Verdienen? Nun, ich kann es mir ja anhören.« Er stieg in den Wagen und setzte sich mit einem behaglichen Grunzen auf die weichen Polster. Sofort roch der ganze Wagen nach ranziger Moschuspomade. Helsse stand vor ihm.

»Unsere Abmachungen sind hinfällig«, sagte er mit einem Seitenblick zu Reith. »Geh nicht von meinen Instruktionen aus.«

»Instruktionen? Abmachungen? Wovon redest du? Hältst du mich für einen anderen? Ich bin Zarfo Detwiler.«

Helsse winkte ab. »Ist doch egal. Wir wollen, daß du uns ein Wankh-Dokument übersetzt; es ist der Führer zu einem Schatz. Aber übersetze genau. Du wirst am Erlös beteiligt.«

»Nein, so nicht. Die Beute teile ich gern mit euch, aber ich will hundert Sequinen, und keine Vorwürfe, falls ich euch nicht genüge!«

»Gut. Keine Vorwürfe. Aber hundert Sequinen für vielleicht gar nichts? Lächerlich. Hier sind fünf Sequinen, und iß von diesen Dingen hier, soviel du kannst.«

»Letzteres tue ich sowieso; bin ich nicht euer Gast?« Zarfo Detwiler warf sich eine Handvoll Bonbons in den Mund. »Aber fünf Sequinen? Hältst du mich für ein

Mondkalb? Ganze drei Personen in Settra können dir sagen, wo bei einem Dokument der Wankh oben und unten ist, und ich allein kann es lesen, denn seit dreißig Jahren arbeite ich in ihren Werkstätten.«

Man einigte sich schließlich auf fünfzig Sequinen in bar und einem Zehntel der voraussichtlichen Beute. Reith gab dem Mann die Papiere.

Der alte Mann überflog sie und fuhr sich mit den schwarzen Fingern durch die weiße Mähne. »Ich will euch gebührenfrei etwas über die Wankh erzählen. Sie sind ein seltsames, ein einzigartiges Volk. Ihr Gehirn wirkt wie ein Puls. So sehen sie, so denken sie, so sprechen sie auch. Jedes Ideogramm ist eine Bedeutungseinheit. Aus diesem Grund muß man auch logisch und in Ideogrammen denken, um die Schrift entziffern zu können. Selbst die Wankhmenschen sind nicht immer sehr genau. Nun zu diesen Dokumenten.

Dieses erste Zeichen. Hm. Seht ihr diesen Kamm? Er bedeutet fast immer eine Identität. Ein Viereck in dieser Schattierung heißt meist ›Wahrheit‹ oder ›bestätigte Wahrnehmung‹, vielleicht auch ›derzeitiger Zustand des Kosmos‹. Diese Zeichen hier – na, ich weiß nicht recht ... Diese Schattierungen hier ... Ich denke, das heißt, eine Person, die spricht. Die Schattierung ist unten ... mir scheint, das heißt ... jawohl, genau, das ist ein positiver Willensausdruck. Und diese Zeichen hier, die drücken aus, daß hier eine bestimmte Ordnung vorliegt, und diese hier weisen auf andere Elemente hin. Ich kann sie nicht verstehen, nur den Gesamtsinn vermuten. Es müßte etwa so heißen: Etwa wie ›Ich möchte berichten, daß die Bedingungen identisch oder unverändert sind‹, oder ›Eine Person bemüht sich außerordentlich, zu spezifizieren, daß der Kosmos stabil ist‹. Etwa in dieser Art. Bist du sicher, daß es bei dieser Mitteilung um einen Schatz geht?«

»Man hat uns die Dokumente auf dieser Grundlage verkauft.«

»Hm.« Zarfo zog an seiner langen schwarzen Nase. »Mal sehen. Dieses zweite Symbol ... Siehst du diese Schattierung und diese Ecke hier? Das heißt ›Sicht›, das andere ›Verneinung‹. Die Gliederung kann ich nicht verstehen, aber das hier könnte ›Unsichtbarkeit‹ oder ›Blindheit‹ bedeuten ...«

So schwafelte Zarfo noch eine ganze Weile weiter und legte jedes Ideogramm, jede Schattierung und jede Ecke auf vielfache Weise aus; dabei erwischte er manchmal zufällig die Ahnung einer Bedeutung, doch meist mußte er zugeben, daß er nichts sicher wußte. »Man hat euch ordentlich angeschmiert«, stellte er schließlich fest. »Ich bin ziemlich sicher, daß hier weder Geld noch ein Schatz erwähnt wird. Meine Meinung ist die, daß dies ein Handelsbericht ist. Der Inhalt dürfte, soweit ich ihn ausloten kann, etwa so sein: ›Ich möchte feststellen, daß die Bedingungen unverändert sind.‹ Dann kommt etwas über Wünsche, Hoffnungen und Absichten. ›Ich will später den beherrschenden Mann, den Führer unserer Gruppe sehen‹, heißt es dann, dazwischen ist etwas Unbekanntes. Dann: ›Der Führer ist nicht hilfsbereit‹, oder vielleicht ›bleibt hochmütig‹. Dann scheint sich der Führer langsam zu verändern, eine Metamorphose durchzumachen, zum Feind zu werden. Jedenfalls ist es eine Veränderung, welche, kann ich nicht verstehen. ›Ich brauche mehr Geld‹, das verstehe ich ganz deutlich. Es folgt etwas über die Ankunft eines Fremden ›von größter Bedeutung‹. Das ist ungefähr alles.«

Reith hatte das Gefühl, daß Helsse unwahrscheinlich erleichtert war. »Eine große Erleuchtung ist das ja nicht«, meinte Helsse. »Aber du hast natürlich getan, was du konntest. Hier sind deine zwanzig Sequinen.«

»Zwanzig Sequinen!« röhrte Zarfo Detwiler empört.

»Fünfzig waren ausgemacht! Wie soll ich mir ein Stückchen Wiese kaufen können, wenn ich ständig betrogen werde?«

»Warum mußt du dir unbedingt von der Arbeit einer halben Stunde gleich eine ganze Wiese kaufen wollen? Nun, wenn du gar so habgierig bist ...«

»Habgierig? Nein, wirklich! Das nächste Mal kannst du deine Sachen selbst entziffern.«

»Das werde ich auch tun, denn viel war deine Hilfe sowieso nicht wert.«

»Man hat dich hereingelegt. Das mit dem Schatz ist sowieso ein Betrug.«

»Es scheint so. Also dann, guten Tag.«

Reith folgte Zarfo und sagte vorher zu Helsse: »Ich bleibe hier, weil ich mit diesem Herrn noch ein paar Worte reden will.«

Sehr erfreut war Helsse nicht.

»Wir müssen noch eine andere Sache besprechen. Es ist unerläßlich, daß der Lord der Blauen Jade deine Information erhält.«

»Diesen Nachmittag habe ich eine endgültige Antwort für dich.«

Helsse nickte kurz. »Gut, wenn du meinst.«

Der Wagen fuhr ab. Reith und der Lokhar standen auf der Straße. »Ist hier irgendwo eine Kneipe, wo wir über einer Flasche ein wenig schwatzen können?«

»Ich bin ein Lokhar«, murrte der schwarzhäutige Mann, »und ich verneble mir das Hirn nicht mit Trinken. Auf gar keinen Fall vor der Mittagszeit. Aber wenn du unbedingt meinst, kannst du mir eine feine Zamwurst kaufen oder auch einen schönen Käse ...«

»Mit Vergnügen.«

Zarfo führte ihn zu einem Laden. Dann nahmen die beiden Männer ihre Einkäufe und gingen zu einem Tisch auf der Straße.

»Ich muß staunen, wie gut du die Ideogramme zu lesen verstehst«, sagte Reith. »Wo hast du das gelernt?«

»In Ao Hidis. Ich arbeite dort neben einem Stempelschneider, und der war ein Genie. Er lehrte mich einige Zeichen und die Unterscheidung der Schattierungen. Es ist schwierig, die Betonungen von den Tonhöhen zu unterscheiden, denn sie werden teils regelmäßig angewandt, teils aber auch logisch oder gefühlsmäßig. Diese Unterscheidung ist schwierig.« Zarfo biß tüchtig von seiner Wurst ab. »Die Wankhmenschen, und das muß ich feststellen, ermutigen solche Studien nicht. Sobald sie auch nur vermuten, daß ein Lokhar fleißig lernt, wird er entlassen. Oh, das sind kluge Leute, und sie sind eifrig darauf bedacht, sich von keinem ihre Rolle als Vermittler zwischen der Welt der Wankh und jener der Menschen schmälern zu lassen. Merkwürdiges Volk! Die Frauen sind von eigenartiger Schönheit, wie schwarze Perlen, aber grausam und kalt. Von einem kleinen, unschuldigen Flirt halten sie nichts.«

»Bezahlen die Wankh gut?«

»So wenig wie möglich, wie alle anderen. Aber wir müssen eben Zugeständnisse machen. Steigen die Kosten für die Arbeiter, dann nehmen sie Sklaven, oder sie lernen Schwarze und Purpurne an, die eine oder die andere Rasse. Wir würden dann unsere Arbeit verlieren, vielleicht sogar unsere Freiheit. Wir klagen also so wenig wie möglich und suchen anderswo besser bezahlte Arbeit, sobald wir uns gute Geschicklichkeit erworben haben.«

»Es ist sehr wahrscheinlich, daß der Yao Helsse, der in Grau und Grün, dich fragen wird, worüber wir sprachen. Er wird dir vielleicht sogar Geld bieten.«

Zarfo biß wieder ein Stück Wurst ab.

»Natürlich werde ich sagen, was du willst, wenn ich gut bezahlt werde.«

»In diesem Fall hat unsere Unterredung nur aus Nettigkeiten und allgemeinen Redensarten bestanden, die uns beiden nichts einbrachten.«

»Was hattest du dir als Bezahlung vorgestellt?«

»Du bräuchtest Helsse ja nur um mehr zu bitten, oder die gleiche Summe, die er dir zahlt, aus mir herauszupressen.«

Zarfo seufzte. »Du hast aber eine sehr schlechte Meinung von den Lokhar. An unser Wort fühlen wir uns gebunden. Haben wir erst einmal einen Handel abgeschlossen, so halten wir uns an die Abmachung.«

Das Feilschen wurde nun eine ganze Weile fast herzlich fortgesetzt, bis Zarfo zustimmte, er werde für die Summe von zwanzig Sequinen über diese Unterhaltung so unverbrüchlich schweigen, wie er sein Geldversteck hüte, und die Summe wechselte ihren Besitzer.

»Und nun kurz zurück zu diesen Wankhdokumenten. Es war die Rede von einem Führer. Wie ist er zu identifizieren?«

»Ein Wolfton weist auf eine Person in hoher Stellung hin, oder auf eine Person von ausgezeichneter Stellung ›deines eigenen Bildes‹. Das ist alles sehr schwierig. Beim Wankh wird, wenn er liest, eine gewisse Betonung sofort ein bestimmtes Bild hervorrufen, und dieses Bild ist genau bis in alle Einzelheiten. Der Wankh bekommt ein genaues, mentales Bild, aber für Unsereinen gibt es nur vage Umrisse, weil wir nicht mit der Sprache und Schrift geboren sind. Mehr kann ich dir da nicht sagen.«

»Du arbeitest in Settra?«

»Du sagst es. Eine Schande, ein verarmter Mann in meinem Alter ... Aber ich nähere mich meinem Ziel, und dann kehre ich sofort nach Smargash in Lokhara zurück, um ein bißchen Wiese, ein junges Weib und einen behaglichen Stuhl am Feuer zu genießen.«

»Du hast in den Raumwerften von Ao Hidis gearbeitet?«

»Ja. Ich kam von der Werkzeugfabrik zu den Raumwerften, und dort reparierte ich Luftreiniger und setzte sie wieder ein.«

»Die Lokhar-Mechaniker sind also sehr geschickt.«

»Oh, ganz gewiß!«

»Und gewisse Mechaniker sind auf die Installation von Instrumenten und Kontrollgeräten spezialisiert, nicht wahr?«

»Klar. Beides ist sehr schwierig.«

»Sind viele solche Mechaniker nach Settra gekommen?«

Zarfo warf Reith einen berechnenden Blick zu. »Was ist dir diese Information wert?«

»Du, zähme deine Habgier. Geld gibt es nicht mehr, aber eine Wurst kannst du noch bekommen, wenn du willst.«

»Später vielleicht. Nun, die Mechaniker. In Smargash sind ein paar Dutzend oder gar Hunderte, die sich nach einem mühsamen Arbeitsleben zur Ruhe gesetzt haben.«

»Könnten sie sich bereitfinden, bei einer gefährlichen Sache mitzumachen?«

»Sicher. Wenn die Gefahren sich in Grenzen halten und der Profit groß ist. Was schlägst du vor?«

Reith schlug alle Vorsicht in den Wind. »Angenommen, jemand will ein Raumschiff der Wankh stehlen und es zu einem nicht angegebenen Ort fliegen – wie viele Spezialisten sind nötig, und wieviel kosten sie?«

Zarfo war zu Reiths Erleichterung nicht erschüttert. Er kaute nachdenklich an seinem Wurstbrot, rülpste und sagte: »Es wurde im Spaß schon oft über eine solche Möglichkeit gesprochen; sie ist durchführbar, denn streng bewacht sind die Schiffe nicht. Wozu willst du ein Raumschiff? Ich selbst möchte die Dirdir auf Sibol gewiß nicht besuchen oder die Unendlichkeit des Raumes ergründen.«

»Über das Ziel kann ich nicht sprechen ...«

»Was bietest du an Geld?«

»So weit bin ich mit meinen Plänen noch nicht. Was hältst du für angemessen?«

»Für weniger als fünfzigtausend würde ich mich nicht vom Fleck rühren, um Leben und Freiheit zu riskieren.«

Reith stand auf. »Du hast deine fünfzig Sequinen, ich bekam meine Information. Ich hoffe, du schweigst, wie versprochen.«

»Na, na, nicht so schnell!« wandte Zarfo ein. »Ich bin ein alter Mann, und mein Leben ist nicht mehr sehr viel wert. Dreißigtausend? Zwanzig? Zehn? Wir brauchten noch etwa fünf Mann. Wird es eine lange Reise?«

»Sobald wir im Raum sind, werde ich mein Ziel nennen. Zehntausend Sequinen sind nur eine Vorauszahlung. Jene, die mit mir kommen, werden so reich zurückkommen, wie sie sich's in ihren kühnsten Träumen nicht vorgestellt hätten. Ich möchte so bald wie möglich reisen. Und noch etwas: Settra wimmelt von Spionen. Es ist überaus wichtig, daß wir nicht die geringste Aufmerksamkeit erregen.«

Zarfo lachte. »Heute früh kamst du in einem eleganten Wagen, der viele tausend Sequinen wert ist. Wir werden jetzt schon bewacht.«

»Den habe ich schon bemerkt, doch er ist zu plump. Wann treffen wir uns wieder? Und wo?«

»Morgen, genau um die Mitte des Vormittags am Stand des Gewürzkaufmanns auf dem Markt. Aber gib acht, daß dir niemand folgt. Und dieser Kerl dort drüben ist seiner ganzen Erscheinung nach ein Mörder.«

In diesem Augenblick kam der Mann an den Tisch. »Du bist doch Adam Reith?« Reith nickte. »Dann muß ich dir leider sagen, daß die Mördergilde einen Kontrakt für dich geschlossen hat: auf Tod bei der zwölften Berührung. Und nun erfolgt die erste. Willst du bitte so gut sein und deinen Arm freimachen? Ich steche nur ganz leicht mit dem Holzsplitter zu.«

»Fällt mir nicht ein« erklärte Reith.

»Verschwinde!« schrie ihn Zarfo Detwiler an. »Für mich ist der Mann lebend zehntausend Sequinen wert, tot keine einzige.«

Der Mörder sagte zu Reith. »Bitte, mach keine Geschichten, sonst wird die Sache für uns beide unangenehm. Also ...«

»Verschwinde, hab ich gesagt!« brüllte Zarfo, nahm einen Stuhl und schlug damit den bestellten Mörder nieder. Dann nahm er den Holzsplitter und stieß ihn dem Mann durch den Hosenstoff ins Bein. Nun war auch des Mörders Beutel aufgegangen, und Zarfo nahm eine Handvoll Splitter und stieß einen nach dem anderen in jene Stellen, die möglichst schmerzhaft waren, vom Hals angefangen bis in das Gesäß. »So, da hast du deine zwölf Berührungen, du mörderischer Dummkopf! Willst du jetzt noch dreizehn bis vierundzwanzig oder eine Sonderbehandlung?«

»Nein, nein, nein, ich bin schon jetzt ein toter Mann!«

Es waren viele Passanten stehengeblieben, um zuzusehen. Eine dicke Frau in rosa Seide lief herbei. »Du haariger Schurke, was hast du mit diesem armen Mörder getan? Er ist doch auch nur ein ehrlicher Arbeiter in seinem Beruf.«

Zarfo hob eine Liste auf, die aus dem Beutel gefallen war und überflog sie. »Halt, mir scheint, dein Ehemann ist der nächste auf der Liste«, sagte er zu ihr, und die bestürzte Frau hastete davon.

Nun führte Zarfo seinen Partner zu einem Schuppen, der von der Straße her nicht einzusehen war, da ihn ein dichtbewachsenes Spalier schützte. »Hier sind wir sicher. Das ist das Leichenhaus. Und jetzt sag mir, wer dein Feind ist.«

»Wohl ein gewisser Dordolio, aber genau weiß ich es nicht.«

»Hm. Wir werden ja sehen ... Adam Reith, Stil achtzehn, Gebühr bezahlt ... Hm. Nun, wir versuchen es mit einer List. Komm mit in mein Haus.«

Er führte Reith zu einem der Ziegeltürme. In der Halle stand auf einem Tisch ein Telefon. Zarfo ließ sich mit der Mördergilde verbinden. »Es geht um den Kontrakt zwei-drei-null-fünf Adam Reith«, sagte er. »Ich will die Gebühr bezahlen.«

»Moment, Herr, ich will nachsehen«, sagte die Stimme am anderen Ende. Nach wenigen Augenblicken meldete sie sich wieder. »Der Kontrakt ist schon bezahlt. Inhaber der Quittung und Auftraggeber Helsse Izam. Das ist eindeutig hier.«

»Bei mir nicht. Ich werde mich mit der diesbezüglichen Person in Verbindung setzen.«

9. Kapitel

Reith kehrte zum Gasthaus zurück und fand Traz in der Halle. »Nun, was geschah, nachdem ich zurückgeblieben war?« fragte er.

»Dieser Helsse wurde recht schweigsam. Mit uns wollte er sich wohl nicht unterhalten, doch er erzählte uns, am Abend werde er mit dem Herrn der Blauen Jade speisen, und wir seien auch dazu gebeten. Er würde uns aber noch offiziell und im vorgeschriebenen Stil davon benachrichtigen. Dann fuhr er weg.«

Das fand Reith alles ein wenig verwirrend. Wollte Helsse seinen Tod beschleunigen, indem er die zwölf Berührungen unmittelbar aufeinander folgen ließ? »Es ist vieles geschehen«, sagte er zu Traz, »und ich verstehe längst nicht alles.«

»Je eher wir Settra verlassen, desto besser«, sagte Traz, und Reith pflichtete ihm bei.

Anacho erschien nun, frisch vom Haarschneider und großartig aussehend, in einer neuen schwarzen Jacke mit hohem Kragen, mit blauen Hosen und knöchelhohen weichen Stiefeln, deren Spitzen sehr modisch aufgebogen waren.

Reith berichtete ihm in einem ruhigen Winkel über die Ereignisse des Tages und stellte fest, nun bräuchten sie nur noch das Geld, das sie von Cizante zu bekommen hofften.

Am Spätnachmittag kam Helsse in kanariengelbem Samt und erkundigte sich, ob sie ihren Aufenthalt in Cath auch genössen.

»Noch nie habe ich mich so wohl gefühlt«, erklärte Reith.

»Ausgezeichnet! Wegen des heutigen Abends meinte Lord Cizante, ein formelles Dinner sei für euch vielleicht zu ermüdend, und so schlägt er einen zwanglosen Imbiß vor, zu dem ich euch gleich mitnehmen kann, wenn es euch recht ist.«

»Wir sind bereit. Aber um Mißverständnisse auszuschließen: Wir bestehen auf einem würdigen Empfang«, erklärte Reith. »Wir denken nicht daran, uns durch einen Hintereingang in den Palast zu schleichen.«

Helsse winkte ab. »Für einen kleinen Anlaß ein kleiner Empfang, so lautet unsere Regel.«

»Unser Standard erfordert, daß wir den Haupteingang benutzen. Paßt das Lord Cizante nicht, muß er uns anderswo treffen, vielleicht in der Taverne am Oval.«

Helsse lachte ungläubig. »Eher würde er Mantel und Mütze eines beruflichen Spaßmachers anziehen. Aber gut, wir werden, um Schwierigkeiten zu vermeiden, den

Vordereingang benutzen, denn es ist ja doch am Ende egal.«

Reith lachte. »Besonders deshalb, weil Cizante befahl, uns durch die Spülküche ins Haus zu bringen. Nun ja, gehen wir.«

Man fuhr in einem einfachen, schwarzen offenen Wagen zum Palast der Blauen Jade, und nach einem etwas sorgenvollen Blick die ganze Palastfront entlang brachte Helsse die drei Fremden durch das Hauptportal in den Palast. Er murmelte ein wenig mit einem Diener, und dann führte er die Gäste in einen kleinen, grüngoldenen Salon über dem Hof. Lord Cizante war nirgends zu sehen, aber Helsse versprach, er würde in wenigen Augenblicken erscheinen. Dann ging er selbst.

Einige Zeit verging, dann kam der Lord. Er trug ein langes weißes Gewand, weiße weiche Schuhe und ein schwarzes Käppchen. Er sah düster und mißmutig aus. »Wer von euch ist der Mann, mit dem ich früher schon sprach?« fragte er.

Helsse flüsterte ihm etwas zu, und er wandte sich an Reith. »Ah, ich verstehe. Nun, macht es euch bequem. Helsse, du hast eine passende Erfrischung befohlen?«

Schon rollte ein Diener einen Servierwagen mit süßen Waffeln, Salzrinde, Gewürzfleisch und Wein heran. Reith wählte Wein, Traz ein Glas Sirup, und Anacho nahm eine grüne Essenz. Lord Cizante griff nach einem Weihrauchstock und ging damit herum.

»Ich habe schlechte Nachrichten für euch«, sagte er. »Ich habe all meine Angebote und Versprechen zurückgezogen; mit anderen Worten: Ihr könnt keine Belohnung erwarten.«

Reith überlegte. »Ihr honoriert also Dordolios Anspruch?«

»Ich werde mich dazu nicht äußern, und ihr könnt meine Antwort so großzügig auslegen, wie ihr wollt.«

»Ich habe keinen Anspruch an Euch«, erklärte Reith. »Ich kam gestern nur, um Euch über das Schicksal Eurer Tochter zu berichten.«

»Die Umstände interessieren mich nicht mehr.«

Anacho lachte dazu. »Verständlich! Denn sonst müßtet Ihr ja Euer Versprechen einhalten. Und Ihr habt ja inzwischen auch Mörder gegen meinen Freund gedungen.«

»Mörder? Was soll das?« fragte der Lord.

»Euer Helfer ...« – Reith deutete auf Helsse – »hat bei der Mördergilde einen Kontrakt Typ achtzehn geschlossen, um mich zu ermorden. Und ich denke daran, Dordolio zu warnen. Euer Wohlwollen, Lord, hat einen giftigen Stachel.«

»Was soll das?« fragte Cizante seinen Helfer.

Helsse hob die schwarzen Brauen. »Ich wollte nur meine Pflicht tun.«

»Übereifer! Willst du die Blaue Jade lächerlich machen? Wenn sich das herumspricht ...« Helsse zuckte nur die Achseln und bediente sich mit einem Glas Wein.

Reith stand auf. »Unser Geschäft ist damit wohl zu Ende.«

»Moment ... Ich muß nachdenken ... Du bist dir doch darüber klar, daß der sogenannte Mordauftrag ein Nest von Lügen ist?«

Reith schüttelte den Kopf. »Nein, nein. Man hat mich zu oft betrogen. Ich bin skeptisch.«

Lord Cizante drehte sich abrupt um, dabei fiel der Weihrauchstab auf den Teppich und brannte ein Loch hinein. Reith hob ihn auf und legte ihn auf den Servierwagen. Lord Cizante winkte Helsse in eine Ecke, flüsterte mit ihm und ging dann.

»Lord Cizante hat mich ermächtigt«, erklärte Helsse, »euch sofort zehntausend Sequinen auszuzahlen – unter der Bedingung, daß ihr Cath noch heute zu verlassen habt und mit der ersten aus Vervodei auslaufenden Kogge nach Kotan zurückkehrt.«

»Lord Cizante ist von erstaunlicher Unverfrorenheit«, sagte Reith.

»Wie hoch wird er wohl gehen?« fragte Anacho beiläufig.

»Er hat keine Summe genannt«, gab Helsse zu. »Interessiert ist er nur an eurer Abreise, die alles erleichtern würde.«

»Dann wollen wir eine Million Sequinen haben«, erklärte Anacho. »Wenn wir uns schon eine so entwürdigende Behandlung gefallen lassen, muß er teuer dafür bezahlen.«

»Viel zu teuer. Zwanzigtausend müßten auch reichen«, sagte Helsse.

»Nein, niemals. Wir brauchen viel mehr«, erwiderte Reith.

Helsse musterte die drei. »Um die Verhandlungen abzukürzen, nenne ich euch die Höchstsumme, die Lord Cizante bezahlen will: fünfzigtausend Sequinen. Ich halte das für großzügig. Und natürlich Transport nach Vervodei.«

»Wir akzeptieren, aber unter der Bedingung, daß der Mordauftrag zurückgezogen wird«, erklärte Reith.

»In dieser Beziehung habe ich bereits meine Instruktionen. Und wann werdet ihr aus Settra abreisen?«

»In einem Tag. Oder in zweien.«

Fünfzig purpurne Tausenderstreifen in der Tasche, verließen sie den Palast und kletterten in den kleinen schwarzen Wagen; ohne Helsse, selbstverständlich. Sie rollten durch die Dämmerung, und in den Stadthäusern brannten schon Lichter. In den Gärten fanden Feste statt.

Auf dem nun schon bekannten Weg erreichten sie das Oval.

Reith stieg aus. Traz sprang an ihm vorbei und warf sich auf eine dunkle Gestalt; Reith duckte sich, entkam aber dem weißpurpurnen Strahl nicht mehr ganz und lag halb betäubt am Boden. Traz kämpfte mit dem Mörder, doch Anacho zielte nur mit seinem Stock, aus dem eine dünne Nadel schoß, der des Mannes Schulter durchbohrte. Die Schußwaffe klapperte über das Pflaster.

Reith stand auf, war aber noch ein wenig benommen. Sein Haar war an der einen Kopfseite angesengt, und seine Haut schmerzte. Traz hielt den Mörder in einem Zangengriff, und Anacho nahm ihm Dolch und Brieftasche ab.

Der Mörder trug eine Kapuze. Reith hob sie und zu seiner Verwunderung blickte er in das Gesicht des langnasigen Sehnenden Flüchtlings, mit dem er am Abend vorher gesprochen hatte.

Passanten waren neugierig geworden und kamen heran. Die Pfeife eines Ordnungshüters schrillte. Der Flüchtling flehte: »Laßt mich los! Sie werden fürchterlich mit mir umgehen.«

»Warum wolltest du mich umbringen?« fragte Reith. »Die sollen dich nur ordentlich durch die Mühle drehen.«

»Bitte nicht! Darunter wird nur die Vereinigung leiden. Aber ich sage dir den Grund: du bist gefährlich. Du würdest uns spalten, hast es sogar schon getan. Ein paar schwache Seelen haben keinen Glauben. Sie wollen ein Raumschiff finden und damit auf die Reise gehen. Verrücktheit! Der einzige Weg ist der orthodoxe. Du bist eine Gefahr. Deshalb hielt ich es für besser, dich auszuschalten.«

Reith holte tief Atem. Die Patronille war jetzt schon sehr nahe. »Morgen«, sagte er, »verlassen wir Settra. Du hast dich umsonst angestrengt.« Er gab dem Mann einen

solchen Stoß, daß er taumelte und schrie, weil ihm die Schulter so weh tat. »Sei lieber dankbar, daß wir barmherzige Leute sind«, riet ihm Reith.

Der Mann verschwand in der Dunkelheit, und ein Mann von der Patronille fragte Reith, was Ursache des Tumults sei. »Er war ein Dieb, der mich auszuplündern versuchte. Aber er ist hinter jene Gebäuden verschwunden«, erklärte er. Die Patrouille machte sich an die Verfolgung, und die drei betraten das Gasthaus. Reith erzählte seinen Kameraden von seinen Abmachungen mit Zarfo Detwiler. »Morgen verlassen wir Settra, wenn alles gutgeht.«

»Und keinen Tag zu früh«, meinte Anacho säuerlich.

»Richtig. Die Wankh haben mir nachspioniert, der Adel hat mich verfolgt, der Kult mich beschossen. Sehr viel mehr möchte ich auch nicht mehr ertragen müssen.«

Da kam ein Bote an den Tisch und brachte eine Mitteilung für Adam Reith. Er riß den Brief auf und las:

Die Mördergilde sendet ihre Grüße. Da du, Adam Reith, einen unserer autorisierten Angestellten in unschuldiger Erfüllung seiner Pflicht angegriffen und seine Ausrüstung verdorben hast, verlangen wir von dir eine Wiedergutmachung von achtzehntausend Sequinen. Wird diese Summe nicht sofort in unserem Hauptbüro bezahlt, so wirst du in einer Kombination verschiedener Prozesse getötet. Deine sofortige Reaktion wird daher begrüßt. Bitte, versuche nicht aus Settra abzureisen, ehe du uns gegenüber deine Verpflichtung erfüllt hast, sonst wird die Strafe um ein Vielfaches höher.

Reith warf den Brief auf den Tisch. »Dordolio, die Wankh, Lord Cizante, Helsse, die Vereinigung, die Mördergilde – wer fehlt noch?«

»Morgen wird kaum früh genug sein«, meinte Traz.

10. Kapitel

Am folgenden Morgen benutzte Reith das komische Yao-Telefon und sprach mit Helsse. »Natürlich hast du den Kontrakt mit der Mördergilde rückgängig gemacht?« fragte er.

»Ja, das stimmt. Aber ich hörte, sie wollen persönlich mit dir abrechnen, und das ist natürlich deine Sache.«

»Genau. Wir verlassen Settra sofort, und wir akzeptieren auch Lord Cizantes Angebot des Beistandes.«

Helsse schniefte. »Wie sehen eure Pläne aus?«

»Wir wollen Settra lebend verlassen.«

»Ich komme in kürzester Zeit und bringe euch zu einer abgelegenen Wagenstation. In Vervodei gibt es täglich Schiffe in alle Richtungen, und von dort aus werdet ihr sicher weiterkommen.«

»Wir sind jedenfalls bis zum Mittag bereit.«

Reith ging zu Fuß zum Treffpunkt mit Zarfe und gab acht, daß ihm auch niemand folgte. Zarfo wartete schon auf ihn. Sein Hut war so schwarz wie seine Haut, so daß man sein weißes Haar nicht sah. Er führte Reith zu einem Keller in einem Bierhaus, wo sie je einen Krug des erdig schmeckenden Bieres vorgesetzt bekamen.

Zarfo kam sofort auf das Geschäft zu sprechen, und vor allem wollte er das Geld sehen. Reith wies die zehn Streifen Purpur vor.

»Ah!« Zarfo war sehr beeindruckt. »Welche Schönheit! Und das soll alles mir gehören? Ich werde es sofort in Gewahrsam nehmen.«

»Wer wird dich beschützen?« wollte Reith wissen. Er steckte das Geld sofort wieder ein. »Die Mörder sind hinter uns her. Man hat mich gewarnt, Settra zu verlassen, damit sie mich umbringen können. Aber ich werde natürlich sofort abreisen.«

»Ja, das ist eine verrückte Bande. Wenn sie Geld von dir wollen, kannst du dich schon gegen sie wehren. Aber wie willst du den Mördern entkommen? Sie haben ja viele Möglichkeiten und beobachten dich.«

Reith schaute sich um, weil er ein Geräusch hörte, doch da war nur der Bedienungsjunge, der Zarfos Krug nachfüllen wollte. Zarfo strich sich lächelnd den Bart. »Ja, die Mörder sind sehr einfallsreich, doch wir werden sie überlisten. Irgendwie. Geh jetzt zu deinem Hotel zurück und mache dich reisefertig. Ich werde mittags bei dir sein, und dann habe ich mir überlegt, was wir tun können. Ich muß vorher noch meine Angelegenheiten in Ordnung bringen.«

Helsse war schon in dem schwarzen Wagen angekommen, als Reith zum Gasthaus zurückkam. Es herrschte eine recht gespannte Atmosphäre. Helsse sprang sofort auf, als er Reith sah und drängte auf sofortige Abreise. »Wir haben gerade noch genug Zeit, den ersten Nachmittagswagen nach Vervodei zu bekommen.«

»Damit würden die Mörder bestimmt rechnen«, wandte Reith ein. »Der Plan erscheint mir schlecht.«

Helsse zuckte die Achseln. »Hast du etwa eine bessere Idee?«

»Ich werde mir etwas einfallen lassen.«

»Hat Lord Cizante einen Luftwagen?« wollte Anacho wissen.

»Der ist nicht einsatzbereit. Ich glaube nicht, daß wir für diesen Zweck etwas anderes haben.« Fünf Minuten vergingen. »Je länger wir warten, desto weniger Zeit bleibt euch«, hielt ihnen Helsse vor. »Seht ihr die beiden Männer da draußen, die mit den runden Hüten? Sie warten auf euch; jetzt können wir nicht einmal mehr den Wagen benutzen.«

»Dann geh doch hinaus und sag ihnen, sie sollen verschwinden«, forderte ihn Reith auf.

»Ich nicht«, erwiderte Helsse lachend.

Wieder verging eine halbe Stunde. Zarfo stampfte in die Halle. Er winkte einen Gruß. »Sind alle bereit?« fragte er.

Reith deutete auf die beiden Mörder draußen. »Sie warten auf uns«, erklärte er.

»Ekelhafte Kreaturen. Nur in Cath wird so etwas geduldet. Und warum ist der hier?« Er machte eine Kopfbewegung zu Helsse.

Reith erklärte die Umstände. Zarfo schaute hinaus und sah auf dem Oval den Wagen stehen. »Ist das sein Wagen? Dann ist nichts einfacher. Wir fahren mit ihm weg.«

»Das geht nicht«, wandte Helsse ein. »Lord Cizante will nicht in diese Sache hineingezogen werden, ich auch nicht. Die Mördergilde würde sonst mich in ihre Liste aufnehmen.«

Reith lachte bitter. »Du hast doch gegen mich einen Kontrakt gemacht? Marsch, zum Wagen, und du fährst uns jetzt sofort aus dieser Stadt der Irren hinaus.«

Helsse musterte Reith erst ungläubig, dann nickte er. »Wie du meinst ...« Die Gruppe ging geschlossen zum Wagen. Die beiden Mörder kamen heran.

»Du bist doch Adam Reith? Dann wollen wir deinen Bestimmungsort erfahren.«

»Der Palast der Blauen Jade.« Und Helsse mußte es auch noch bestätigen.

»Du kennst unser Verfahren und unsere Strafen?«

»Ja, die kenne ich.«

Die beiden flüsterten miteinander. »Wir kommen mit«, entschied der eine.

»Wir haben keinen Platz«, widersprach Helsse kühl, doch der eine wollte schon den Wagen besteigen.

Zarfo zerrte ihn zurück. »Du, gib acht«, warnte der Mörder. »Ich gehöre der Gilde an.«

»Und ich bin ein Lokhar.« Zarfo verpaßte ihm eine gewaltige Ohrfeige, so daß der Mörder der Länge nach auf das Pflaster taumelte. Der zweite zog eine Schußwaffe, doch den erledigte Anacho mit einer Nadel in die Brust aus seinem Stockgewehr. Dem ersten versetzte Zarfo noch einen ordentlichen Tritt mit großer Schuhnummer unter das Kinn, worauf der Bursche sofort einschlief. »Und jetzt nichts wie weg«, rief er.

»Nein, so was, nein, so was!« jammerte Helsse.

Der schwarze Wagen fuhr auf Zarfos Geheiß durch ruhige Seitenstraßen und auf das Land hinaus, in östlicher Richtung, weil er Vervodei für viel zu gefährlich hielt. »Wir müssen zum Jinga-Fluß und flußabwärts nach Kabasas am Parapan.«

»Das ist doch eine Wildnis«, widersprach Helsse. »Das hält der Wagen nicht aus. Wir haben keine Reserveenergiezellen mit.«

»Egal. Und mir ist es auch egal, wie du nach Settra zurückkommst.«

Helsse murmelte etwas Bösartiges, und dann jammerte er: »Ich bin jetzt gezeichnet. Sie werden von mir fünfzigtausend Sequinen verlangen, die ich nicht bezahlen kann.«

»Das ist doch unwichtig. Fahr weiter nach Osten, bis der Wagen stehenbleibt oder die Straße aufhört.«

Da ergab sich Helsse notgedrungen in sein Schicksal. Die Straße führte durch eine schöne Ebene mit lieblichen Bächen und Teichen. Bäume mit schwarzen Hängeästen ließen tabakbraune Blätter in das Wasser hängen. Reith paßte fortwährend scharf auf, doch er entdeckte keine Verfolger. Settra verschwand allmählich im Dunst.

Da war Helsse plötzlich hellwach und lebhaft und erweckte Reiths Verdacht. »Moment anhalten!« rief er dem Fahrer zu.

»Warum?« wollte Helsse wissen.

»Was ist da vorn? Ja, die Berge sehe ich selbst. Aber warum ist die Straße in so gutem Zustand? Hier scheint es viel Verkehr zu geben.«

»Ho!« rief Zarfo. »Ich weiß es. Das muß das Berglager für verrückte Leute sein.«

Helsse versuchte es mit Ausreden. »Ihr wolltet ja bis ans Ende dieser Straße fahren. Ihr habt nichts davon gesagt, daß ich euch nicht in diesem Asyl abliefern darf.«

»Deshalb sage ich es dir jetzt«, erklärte Reith. »Bitte, versage dir künftig solche Irrtümer.«

Jetzt war Helsse wieder so mißmutig wie vorher. Die Straße begann steiler zu werden und bald gabelte sie sich. »Wohin führt diese Abzweigung?« wollte Reith wissen.

»Zu den alten Quecksilberminen, ein paar Bergsanatorien, etlichen bäuerlichen Niederlassungen.«

Sie kamen in einen dunklen Wald, in dem die Straße nun sehr steil anstieg. Danach waren sie auf einer nebelbedeckten Wiese. »Nun haben wir noch für eine Stunde Energie« erklärte Helsse.

Reith deutete auf die Berge. »Was liegt dahinter?«

»Wildnis. Die Schwarzen Berge mit den Hoch Har-Stämmen, die Quelle des Jinga. Sicher und gut ist die Route nicht, aber immerhin ein Weg, der aus Cath herausführt.«

Auf der Wiese standen einzelne große Bäume, deren Blätter wie gelbe Pilze aussahen. Die Straße wurde hier schlechter und führte zwischen Felsblöcken hindurch. Vor einer verlassenen Mine endete sie. Und gleichzeitig gab auch die Energiezelle ihren Geist auf. Der Motor spuckte noch ein paarmal, dann war es aus. Der Nebel hatte sich verzogen, weil ein leichter Wind aufkam. Die Gruppe stieg mit ihren wenigen Besitztümern aus. Über der Landschaft lag honigfarbenes Licht.

Reith musterte die Berge und versuchte einen Weg

zum Kamm zu finden. »Nun, wohin soll es gehen?« fragte er Helsse. »Nach Kabasas, oder zurück nach Settra?«

»Natürlich nach Settra, und lieber auch zu Fuß als nach Kabasas.«

»Und die Mörder?«

»Dieses Risiko muß ich eingehen«, meinte Helsse resigniert.

Mit seinem Scanskop untersuchte Reith den Weg, den sie gekommen waren. »Anscheinend keine Verfolgung. Du ...« Da sah er Helsses Gesicht.

»Was ist dieses Objekt?« fragte Helsse.

Reith erklärte es ihm.

»Dann hat Dordolio also die Wahrheit gesagt«, stellte Helsse verwundert fest.

»Er kann doch höchstens gesagt haben, wir seien Barbaren«, wandte Reith ein. »Na, dann leb wohl, und schönste Grüße an den Lord der Blauen Jade!«

»Moment noch«, bat Helsse und sah unentschlossen in Richtung Settra. »Schließlich könnte Kabasas doch sicher sein. Die Mörder könnten mich als Ersatz für euch willkommen heißen.« Er seufzte schwer und besah sich die Berge von unten bis oben. »Völlig verrückt«, stellte er fest und schüttelte den Kopf.

»Wir sind ja nicht auf eigenen Wunsch und zu unserem Vergnügen hier«, bemerkte Reith. »Also gehen wir wohl besser.«

Sie erkletterten die Minengerüste und schauten in den Tunnel hinab. Rötlicher Schleim kam da heraus. Sie sahen Fußstapfen von Menschengröße, die in den Tunnel führten, dann sahen sie ganz genau drei Abdrücke menschlicher Zehen. Reith stellten sich die Nackenhaare auf, als er sie sah. Aus dem Tunnel kam kein Geräusch. Er fragte Traz, welche Spuren das sein könnten.

»Vielleicht sind sie von einem barfüßigen Phung,

einem kleinen. Wahrscheinlicher ist es aber ein Pnume. Die Abdrücke sind frisch. Man hat unsere Ankunft beobachtet.«

»Na, dann wollen wir lieber weiterziehen«, schlug Reith vor.

Eine Stunde später hatten sie den Kamm erreicht und hielten Ausschau. Im Westen lag gelblicher, undurchsichtiger Dunst, und Settra war ein mißfarbener Fleck. Ganz im Osten schimmerte der See der Schwarzen Berge.

Die Reisenden verbrachten eine spukhafte Nacht am Waldrand und erschraken jedesmal, wenn sie ungewohnte Geräusche vernahmen: ein dünnes, jammerndes Schreien, ein Rap-Ta-Tap, wie Schläge an hartes Holz, das Heulen eines Nachthundes.

Sie waren heilfroh, als die Dämmerung kam. Aus Pilgerpflanzen machten sie sich ein Frühstück, dann stiegen sie über Basalthänge ab zum Boden eines waldigen Tales, zum See der Schwarzen Berge. Still und ganz ruhig lag er da. Ein Fischerboot verschwand lautlos hinter einem Felsvorsprung. »Das sind Hoch Har, Erzfeinde der Yao«, erklärte Helsse. »Jetzt bleiben sie hinter den Bergen.«

Traz deutete auf etwas. »Hier ist ein Pfad.« Reith sah zwar nichts, aber Traz roch Holzrauch aus einer Entfernung von etwa drei Meilen. Fünf Minuten später kündigte Traz an: »Einige Männer nähern sich.«

Reith lauschte. Er konnte nichts hören. Aber es dauerte nicht lange, da erschienen auf dem Pfad vor ihnen drei sehr große Männer mit dicken Leibern, dünnen Armen und Beinen, angetan mit Röcken von schmutzigweißer Farbe und kurzen Umhängen aus dem gleichen Stoff. Als sie die Reisenden sahen, blieben sie erst stehen, kehrten dann um und schauten, während sie davongingen, immer wieder ängstlich über die Schulter zurück.

Nach einer Weile verließ der Pfad den Dschungel und führte über moorigen Grund am Ufer des Sees. Das Dorf der Hoch Har stand auf Stelzen über dem Wasser; ein Landesteg führte ein ganzes Stück in den See hinaus, und dort waren zehn oder zwölf kleinere Boote angebunden. Am Ufer selbst liefen aufgeregte Männer herum und hatten Buschmesser oder Pfeil und Bogen in den Händen.

Der größte und dickste der Hoch Har rief mit lächerlich schriller Stimme: »Wer seid ihr und was wollt ihr hier?«

»Wir sind Reisende auf dem Weg nach Kabasas.«

Sie spähten den Pfad entlang, der auf den Berg führte. »Und wo ist der Rest eurer Bande?«

»Es gibt keine Bande. Wir sind allein. Könnt ihr uns ein Boot und etwas Lebensmittel verkaufen?«

Die Männer legten ihre Waffen weg. »Lebensmittel sind spärlich«, jammerte der Große. »Und Boote sind unsere wertvollsten Besitztümer. Was könnt ihr uns als Entschädigung bieten?«

»Nur ein paar Sequinen«, antwortete Reith.

»Was taugen Sequinen, wenn wir nach Cath müssen, um sie auszugeben?«

Helsse flüsterte Reith etwas ins Ohr. »Na schön, dann gehen wir eben so weiter«, sagte Reith. »Auf der anderen Seeseite gibt es noch weitere Dörfer, wie ich höre.«

»Was? Ihr wollt euch mit Dieben und Betrügern abgeben? Um euch vor eurer eigenen Dummheit zu retten, werden wir uns bemühen, euch etwas anzubieten.«

Am Ende bezahlte Reith zweihundert Sequinen für ein recht ordentliches Boot und, wie der Hoch Har-Häuptling brummend meinte, genügend Lebensmittel, die bis Kabasas reichen müßten: getrockneten Fisch, ein paar Säcke Knollen, etliche Rollen Pfefferrinde, frische und eingelegte Früchte. Für dreißig Sequinen mieteten sie einen Führer namens Tsutso. Er war ein behäbiger mondgesichtiger junger Mann mit einem liebenswürdigen Lächeln, bei dem er ein prachtvolles Gebiß zeigte. Tsutso erklärte, das erste Stück der Reise sei am mühsamsten. »Erst die Stromschnellen, dann der Große Hang, und danach läßt man sich stromabwärts nach Kabasas treiben.«

Um die Mittagszeit hatten sie das kleine Segel gesetzt und sich vom Dorf der Hoch Har auf den Weg gemacht. Den Nachmittag über segelten sie nach Süden und in den Abfluß des Sees, der zum Jinga-Fluß wurde. Bei Sonnenuntergang kamen sie durch Wäldchen; auf jedem der Hügel stand eine Ruine, und unter jedem Hügel war eine Bucht. Reith hätte gern hier an einer Bucht für die Nacht haltgemacht, aber Tsutso wollte nichts davon hören. Diese Burgen seien alle Spukruinen, sagte er, und um Mitternacht wandelten hier die alten Geister von Tschai.

»Was hält uns davon ab, in der Bucht zu lagern, wenn sich die Gespenster doch an die Burg halten?« meinte Reith, aber Tsutso warf ihm einen sehr verwunderten Blick zu und hielt sich weiter in der Flußmitte. Ein Stück stromabwärts teilte sich der Fluß um eine felsige Insel, und dort legte Tsutso an. »Hier kann uns nichts aus den Wäldern belästigen«, meinte er.

Die Reisenden setzten sich um das Lagerfeuer, kochten ein einfaches Abendessen und hörten in der Nacht nur ein paar Nachthunde klagen und ein paar leise Pfiffe von anderen Tieren.

Am nächsten Tag hatten sie zehn Meilen Stromschnellen vor sich. Da verdiente sich Tsutso mindestens zehnmal sein Führerhonorar, und Reith war heilfroh, daß sie ihn hatten. Der Hochwald wurde allmählich zum Busch, dann zu einzelnen Klumpen von Dornbüschen. Die Ufer waren kahl, und dann war nur noch ein seltsames Röhren zu vernehmen. Plötzlich verschwand der Fluß etwa hundert Meter vor ihnen unter dem Uferrand. Ehe

Reith oder die anderen noch protestieren konnten, war das Boot förmlich über den Grasrand gehüpft.

»Alle aufpassen!« warnte Tsutso. »Hier, der Hang! Anhalten und in der Mitte bleiben!«

Das Boot schoß plötzlich in eine dunkle Höhle. Die Felswände rasten an ihnen vorbei. Der Fluß selbst war ein schwarzes, schäumendes, aber im Verhältnis zum Boot, statisches Tosen. Die Reisenden duckten sich, und Tsutso grinste dazu etwas herablassend, denn er kannte sich ja aus. Unendliche Minuten dauerte dieses Rennen, und dann stürzten sie in eine Wand aus Schaum, um schließlich in glattem, friedlichem Wasser wieder herauszukommen.

Aber hier stiegen die Felswände weit über dreihundert Meter senkrecht in die Höhe; der dunkelbraune Sandstein sah pockennarbig aus. Wo ein bißchen Platz oder ein Loch war, wuchs ein schwarzer Sternbusch heraus. An einer Stelle, an der angeschwemmtes Holz lag, hielt Tsutso an. »Hier verlasse ich euch«, kündigte er an.

»Was? Hier in dieser Schlucht?« fragte Reith.

Tsutso deutete auf einen kaum erkennbaren Pfad, der sich durch die Steilwand nach oben wand. »Fünf Meilen sind es bis zum Dorf«, erklärte er.

»Na, dann viel Vergnügen, gute Rückkehr und herzlichen Dank«, sagte Reith.

»Das ist doch nichts«, meinte der junge Mann und winkte ab. »Die Hoch Har sind ein großzügiges Volk, außer es handelt sich um die Yao. Denen hätten wir keinen Gefallen getan. Ihr seid ja keine Yao.«

Reith sah Helsse an. »Sind die Yao eure Feinde?«

»Unsere alten Feinde und Verfolger, die das Reich der Hoch Har zerstörten. Jetzt halten sie sich auf ihrer Bergseite, und das ist gut so, weil wir jeden Yao wie einen schlechten Fisch riechen können. Die Sümpfe liegen vor euch.« Er sprang aus dem Boot. »Verirren könnt ihr euch nicht. Und wenn ihr euch die Sumpfleute nicht zu Feinden macht, seid ihr so gut wie in Kabasas.« Er winkte noch einmal und stieg den Pfad hinauf.

Das Boot trieb durch sepiafarbenes Halbdunkel, der Himmel schimmerte wie ein nasses Seidenband hoch oben am Himmel. Der Nachmittag verging, und die Schlucht erweiterte sich allmählich. Die Vegetation am Ufer wurde dichter, kleine Tiere wie Spinnen und Halbäffchen waren zu sehen; dann folgten Hügel und gelbgrasige Täler. Hier und da mündete ein Bach, der Jinga wurde breit und ruhig. Als der Himmel abendlich rauchbraun wurde, standen hohe Bäume am Ufer, und dann folgte wieder Dschungel an beiden Seiten. Das Segel hing schlaff herab, die Luft war ruhig und sehr feucht, und es roch nach fauligem Holz und Verwesung. Die hüpfenden Baumtiere hielten sich an die oberen Äste, und unten waren Insekten in großer Vielfalt; vogelähnliche Tiere mit vier Flügeln und blaßblaue, blasenförmige Flugtiere surren, pfiffen und gaben ein blökendes Geräusch von sich. Dann hörten die Reisenden wieder ein schweres Trampeln, lautes Kreischen und wildes Zischen, doch die Verursacher dieser Geräusche sahen sie nicht.

Nun wurde der Jinga zum behäbigen Strom mit zahlreichen kleinen Inseln; jede dieser Inseln trug reiche Vegetation, meist federblättrige und fächerförmige Palmenarten. Einmal bemerkte Reith aus den Augenwinkeln heraus ein mit drei jungen Leuten besetztes Kanu, doch als er wieder hinschaute, war da nur eine Insel, und schließlich wußte er selbst nicht mehr, was er gesehen hatte. Einmal schwamm ihnen eine Weile ein Biest nach, das mindestens zwanzig Fuß lang war, doch es verlor allmählich das Interesse und tauchte weg.

Bei Sonnenuntergang schlugen die Reisenden am Strand einer kleinen Insel ihr Lager auf. Nach einer halben Stunde wurde Traz unruhig, stieß Reith an und deutete in das Unterholz. Sie hörten ein leises Rascheln, und dann nahmen sie einen merkwürdigen Geruch wahr. Einen Augenblick später tat das Biest, das hinter ihnen hergeschwommen war, einen furchtbaren Schrei und machte einen Satz, aber Reith schoß ein Explosivgeschoß direkt in das aufgerissene Maul; das Biest beschrieb ein paar hüpfende Kreise, ließ sich schließlich ins Wasser gleiten und verschwand.

Die Gruppe nahm wieder die Plätze am Lagerfeuer ein, und Helsse sah besorgt zu, wie Reith die Schußwaffe wieder in seinem Beutel verstaute. Doch seine Neugier war noch etwas größer als seine Angst.

»Woher hast du diese Waffe?« fragte er.

»Ich habe die Erfahrung gemacht, daß Offenheit Probleme schafft. Dein Freund Dordolio hält mich für einen Irren; Anacho, der Dirdirmann, glaubt, ich leide an einem Gedächtnisverlust. Denk also, was du magst.«

»Wir könnten alle wohl seltsame Geschichten erzählen, hielten wir uns an die Offenheit«, murmelte Helsse.

»Wer will schon Offenheit?« meinte Zarfo. »Und wer braucht sie? Ich erzähle merkwürdige Geschichten, solange mir einer zuhört.«

»Aber Leute mit hoffnungslosen Zielen müssen ihre Geheimnisse bei sich behalten«, warf Helsse ein.

Traz, der Helsse abscheulich fand, warf ihm einen verächtlichen Seitenblick zu. »Wen kann er nur damit meinen? Ich habe weder aussichtslose Ziele, noch Geheimnisse.«

Anacho schüttelte den Kopf. »Geheimnisse? Nein. Nur Zurückhaltung. Hoffnungslose Ziele? Ich reise mit Adam Reith, weil ich nichts Besseres zu tun habe. Unter den Halbmenschen gelte ich als Auswurf. Und als Ziel kenne ich nur das Überleben.«

»Ich habe ein Geheimnis«, erklärte Zarfo. »Das Versteck meiner paar Sequinen. Mein Ziel? Auch bescheiden.

Eine Wiese am Fluß südlich von Smargash, eine Hütte unter Taybeerenbäumen ein freundliches Mädchen, das meinen Tee kocht. Und die empfehle ich euch auch.«

Helsse schaute in das Feuer und lächelte. »Jeder meiner Gedanken ist fast zwangsläufig ein Geheimnis. Und meine Ziele – wenn ich nach Settra zurückkehre und die Mördergilde irgendwie von mir ablenken kann, will ich recht zufrieden sein.«

»Und ich bin zufrieden, wenn es diese Nacht trocken bleibt«, meinte Reith.

Sie zogen schließlich das Boot an den Strand, kehrten es um und machten mit dem Segel einen trockenen Unterschlupf. Kaum waren sie damit fertig, begann es auch schon zu regnen. Das Lagerfeuer erlosch, und unter dem Boot sammelten sich Pfützen. Erst gegen Mittag des nächsten Tages brachen die Wolken auf, und die Reisenden luden ihre Vorräte in das Boot und setzten die Reise nach Süden fort.

Der Jinga wurde immer breiter, bis die beiden Ufer nur noch als Schatten am Horizont zu erkennen waren. Der Sonnenuntergang wurde zu einem Aufruhr an Schwarz, Gold und Braun. Als sie durch das bernsteinfarbene Zwielicht fuhren, hielten sie nach einem Platz für die Nacht Ausschau, und als die Dämmerung sich zu einem dunklen Purpurbraun vertiefte, fanden sie endlich einen Sandhügel, auf dem sie die Nacht verbrachten.

Am folgenden Tag kamen sie in die Sümpfe. Der Jinga teilte sich in mindestens ein Dutzend Arme, die Schilfinseln einschlossen, und die Reisenden verbrachten eine unbequeme Nacht im Boot. Gegen Abend schob sich grauer Schiefer über den Sumpf und schuf eine Kette felsiger Inseln. Vor unendlich langer Zeit hatte das Volk von Tschai diese Inseln als Pfeiler für eine Brücke über den Strom benutzt, doch sie war schon sehr lange zerfallen. Auf der größten Insel schlugen die Reisenden ihr Lager auf, aßen getrockneten Fisch und etwas muffig schmeckende Linsen, die sie von den Hoch Har bekommen hatten.

Traz wurde immer unruhiger, machte eine Runde um die Insel und erstieg den höchsten Punkt, Reith trat zu ihm. Aber sie sahen nichts. Sie kehrten zum Lagerfeuer zurück, stellten aber Wachen auf. Reith wachte bei Anbruch der Dämmerung auf und wunderte sich, warum man ihn nicht geweckt hatte. Das Boot war verschwunden. Er schüttelte Traz wach, der die erste Wache gehabt hatte. »Wen hast du dann gerufen?« fragte ihn Reith.

»Es war Helsse.«

»Und er hat mich nicht geweckt. Das Boot ist weg.«

»Und Helsse auch«, stellte Traz fest. Aber er deutete zur nächsten Insel, die nur etwa einen guten Steinwurf entfernt war. Dort schwamm das Boot. »Da hat Helsse einen mitternächtlichen Ausflug gemacht«, bemerkte er.

Reith rief wiederholt nach ihm, es kam aber keine Antwort, und zu sehen war er auch nicht. Reith schätzte die Entfernung zum Boot ab. Das Wasser war ruhig und schieferfarben. Aber Reith schüttelte den Kopf. Hier stimmte etwas nicht. Er entnahm seinem Beutel die Leine, die einst zu seinem Überlebenskoffer gehört hatte, band einen Stein ans Ende und warf ihn nach dem Boot. Er fiel zu kurz, und Reith zog ihn zurück. Plötzlich straffte sich die Leine. Etwas Schweres und sehr Lebendiges hing daran.

Reith schnitt eine Grimasse. Er warf den Stein noch einmal, und diesmal landete er im Boot. Nun konnte er es übers Wasser heranziehen. Zusammen mit Traz fuhr er hinüber zur Nachbarinsel, doch von Helsse war keine Spur zu entdecken. Aber unter einem Felsen fanden sie ein Loch, das schräg in den Boden hineinführte. Traz schnüffelte und winkte Reith heran. Es roch nach Erdwürmern. Leise erst, dann lauter rief er hinein: »Helsse! Helsse!« Keine Antwort.

Sie kehrten zu ihren Gefährten zurück. »Es scheint, die Pnume spielen uns Streiche«, erklärte Reith leise. Schweigend aßen sie ihr Frühstück und warteten noch eine Stunde. Dann beluden sie das Boot und fuhren weiter. Reith beobachtete die Insel durch sein Scanskop, bis er nichts mehr sehen konnte.

11. Kapitel

Die Arme des Jinga vereinigten sich wieder, der Sumpf wurde zum Dschungel. Ranken und Zweige hingen in das Wasser, allerlei Getier kroch und flog herum. Rosafarbene und blaßgelbe Bänder wanden sich wie Aale durch die oberen Baumbereiche, schwarzpelzige Kugeln mit sechs weißen, langen Armen schwangen sich lässig von Ast zu Ast. Einmal erblickte Reith hoch oben in den Baumwipfeln lange Reihen von geflochtenen Hütten, dann auch Brücken aus Ästen und Lianen. Drei Nackte kamen auf die Brücke, als die Reisenden sich näherten; es waren magere Gestalten mit pergamentartiger Haut. Als sie das Boot sahen, rannten sie davon und verschwanden im Busch.

Eine Woche lang segelten und paddelten sie, und immer noch breiter wurde der Strom. Einmal sahen sie einen alten Mann, der mit dem Netz fischte, dann ein Dorf an einem Ufer, schließlich begegnete ihnen auch ein Boot mit Motorantrieb. Wenig später kamen sie an eine Stadt. Die Nacht verbrachten sie in einem Gasthaus, das auf Stelzen über dem Wasser stand.

Noch zwei Tage segelten sie stromabwärts, dann kam

ein Wind auf, der ordentliche Wellen erzeugte. Die Navigation wurde nun zum Problem, da der Strom so unendlich breit war. Endlich sahen sie an der nächsten Stadt ein größeres Schiff, das stromabwärts fuhr. Sie gaben das Boot auf, nahmen Passage auf dem Schiff und fuhren drei Tage damit weiter. Die Hängematten und frischen Lebensmittel genossen sie über alle Maßen. Am vierten Tag, als das andere Ufer des Jinga nicht mehr zu erkennen war, sahen sie die blauen Kuppeln von Kabasas auf einem Hügel vor sich.

Ähnlich wie Coad diente auch Kabasas als Handelsmetropole für ein weites Hinterland, und auch hier schien die Intrige zu Hause zu sein. Die Docks waren mit Schuppen und Lagerhäusern eingefaßt, und dahinter lagen hohe Gebäude mit Arkaden und Säulen. Die Häuser waren beige, grau, weiß oder dunkelblau. Aus einem für Reith nicht recht verständlichen Grund lehnte immer eine Mauer eines jeden Gebäudes nach innen oder außen, so daß die ganze Stadt irgendwie recht grotesk wirkte. Das paßte aber zu den Bewohnern. Es waren schlanke, sehr lebhafte Menschen mit langem, braunem Haar, breiten Wangenknochen und brennenden schwarzen Augen. Die Frauen waren von großer Schönheit, und Zarfo warnte sie: »Wenn euch das Leben lieb ist, haltet euch von den Frauen fern! Schaut ihnen nicht nach, und wenn sie euch noch so aufreizend ansehen. Hier in Kabasas spielen sie merkwürdige Spiele. Läßt jemand seine Bewunderung für sie erkennen, so machen sie ein schreckliches Geschrei, und dann rennen hundert oder mehr andere Frauen herbei, kreischen und fluchen und dringen mit Messern auf den angeblichen Missetäter ein.«

»Hm«, meinte Reith. »Und die Männer?«

»Die retten einen, wenn sie können und schlagen die Weiber in die Flucht, und das paßt dann allen Beteiligten.

So werben sie umeinander. Ein Mann, der ein Mädchen begehrt, schlägt es erst einmal grün und blau. Niemand mischt sich da ein. Und wenn der Mann dem Mädchen recht ist, läuft es ihm wieder in den Weg und läßt sich noch ein paarmal verprügeln. Ja, die Kab haben eine merkwürdige Art der Werbung.«

»Verrückt so was«, bemerkte Reith.

»Ja, verrückt und pervers. Aber so ist alles hier. Haltet euch besser an meinen Rat. Und als Operationsbasis empfehle ich das Gasthaus zum Seedrachen.«

»Wir bleiben doch nicht lange hier. Warum suchen wir uns am Dock nicht gleich ein Schiff, das uns über den Parapan bringt?«

»So leicht ist das alles nicht«, erklärte Zarfo. »Und warum sollen wir nicht eine Woche oder auch zwei im Seedrachen bleiben?«

»Bezahlst du für dich selbst?« wollte Reith wissen.

Da hob Zarfo die Brauen. »Ich bin doch ein armer Mann! Jede von meinen wenigen Sequinen bedeutet harte Schufterei. Bei einem solchen Unternehmen wie dem unsrigen sollte man schon großzügiger sein.«

»Heute bleiben wir im Seedrachen, aber morgen verlassen wir Kabasas«, bestimmte Reith.

»Hm. Ich kann deine Wünsche nicht gut in Frage stellen«, meinte Zarfo. »Es ist also dein Plan, in Smargash Techniker zu finden und nach Ao Hidis weiterzureisen? Nun, dann aber Diskretion! Ich schlage vor, wir nehmen das Schiff nach Zara über den Parapan und den Ish hinauf. Du hast doch hoffentlich dein Geld nicht verloren?«

»Nein, gewiß nicht.«

»Dann gib gut darauf acht. Die Taschendiebe von Kabasas sind ungemein geschickt. Und dort drüben ist das Gasthaus zum Seedrachen.«

Es war ein großartiges Haus mit riesigen Gasträumen und angenehmen Schlafzellen. Das Restaurant war dekoriert wie ein Unterwassergarten, hatte sogar dunkle Grotten, in denen Mitglieder einer örtlichen Sekte speisten, die dies nicht vor anderen Menschen tun wollten.

Reith bestellte frische Wäsche und nahm auf der untersten Terrasse ein Bad. Er schrubbte sich ab und wurde dann mit erfrischenden Essenzen besprüht und mit würzig duftendem Moos massiert.

In einem weiten Mantel aus weißem Leinen kehrte er in seine Kammer zurück.

Auf der Couch saß ein Mann in einem schmutzigen, dunkelblauen Anzug. Reith fiel vor Staunen die Kinnlade hinab, denn es war Helsse. Er sagte nichts, er rührte sich auch nicht, so daß sich Reith vorsichtig zum Balkon zurückzog. Zarfo erschien, und Reith winkte ihn heran.

»Komm, ich zeig dir was«, flüsterte er ihm zu, riß die Tür auf und rechnete damit, das Zimmer leer vorzufinden. Aber Helsse saß noch da, genau wie zuvor. »Ist er verrückt?« flüsterte Zarfo. »Er sitzt da, starrt uns an, sagt aber nichts.«

»Helsse, was tust du hier?« fragte Reith. »Was ist mit dir passiert?«

Helsse stand auf und sah sie mit einem fast unmerklichen Lächeln an. Er trat auf den Balkon hinaus und ging langsam die Stufen hinab. Einmal drehte er ihnen das blasse, ovale Gesicht zu. Dann war er verschwunden, wie eine Erscheinung.

»Was soll das alles bedeuten?« flüsterte Reith. »Hätten wir ihn nicht zurückhalten können?«

»Er hätte schon bleiben können, wenn er gewollt hätte. Das sind so die Späße der Pnume.«

»Ich fürchte nur, er war nicht mehr richtig im Kopf.« Reith ging zum Rand des Balkons und schaute nach Helsse aus. »Die Pnume wissen, wo wir schlafen.«

»Ein Mensch, der den Jinga entlangtreibt, endet in Kabasas«, erwiderte Zarfo. »Und wenn er kann, sucht er den Seedrachen auf. Das ist klar. Und soviel über die Allgegenwart der Pnume.«

Am nächsten Tag machte sich Zarfo allein auf den Weg und kam wenig später mit einem kleinen Mann zurück, dessen Haut mahagonifarben und dessen Schritt der eines sehr müden Fußgängers war, der in zu engen Schuhen lief. Kleine, nervöse Augen schielten fürchterlich, und die Blicke kreuzten sich über einer riesigen Adlernase. »Das hier ist Seelord Dobagq Hrostilfe, eine Persönlichkeit von großem Ruf; er wird alles arrangieren«, meldete Zarfo stolz.

Reith dachte, daß er noch nie einen so durchtriebenen Fuchs gesehen hatte, und einen so häßlichen noch dazu.

»Er kommandiert die *Pibar*«, erklärte Zarfo. »Für eine recht vernünftige Summe liefert er uns an unserem Bestimmungsort ab. Über den Parapan kostet es nur fünftausend Sequinen. Wer würde das glauben?«

Reith lachte schallend. »Ich brauche deine Hilfe nicht mehr«, sagte er zu Zarfo. »Du und dein Freund Hrostilfe, ihr könnt andere Leute anschwindeln, soviel ihr wollt.«

»Und ich habe für dich mein Leben riskiert?« jammerte Zarfo. Reith ließ ihn stehen. Zarfo lief ihm nach. »Jetzt machst du aber einen großen Fehler«, behauptete er.

»Den hab ich schon gemacht«, erwiderte Reith. »Ich hätte einen ehrlichen Mann gebraucht und habe dich angeheuert.«

»Wer darf mich anders als ehrlich nennen?« tat Zarfo entrüstet.

»Ich. Hrostilfe würde sein Boot für hundert Sequinen vermieten. Dir hat er fünfhundert geboten, und du hast ihm gesagt ›Warum sollen wir nicht beide einen schönen Profit einstreichen?‹ Du glaubst, dieser Adam Reith ist so dumm, daß er jeden Preis bezahlt, den du ihm angibst. Also verschwinde.«

Zarfo zupfte verlegen an seiner langen Nase. »Du tust

mir unrecht. Ich habe aus Spaß mit Hrostilfe gewettet, aber er bietet das Boot für nur ganze zwölfhundert Sequinen an.«

»Mehr als dreihundert gibt's nicht.«

Zarfo warf die Arme in die Höhe und stapfte weg. Da lud Hrostilfe Reith ein, sein Boot zu besichtigen. Es war etwa vierzig Fuß lang und hatte elektrostatische Düsen. »Ein schnelles Schiff, und sehr seetüchtig«, pries der Fuchs sein Schiff an. »Dein Preis ist absurd. Was ist mit meiner Erfahrung und Geschicklichkeit? Und mit der Energie? Eine Kraftzelle wird für die Reise verbraucht, sie kostet allein hundert Sequinen. Du mußt für Energie und Lebensmittel eigens bezahlen. Ich bin zwar großzügig, kann aber nichts verschenken.«

Reith verpflichtete sich, für Energie und Lebensmittel zu bezahlen, nicht aber für einen neuen Wassertank, Schlechtwetterausrüstung und Gutwetterfetische, dann forderte er die Abreise für den folgenden Tag, wozu Hrostilfe nur sauer lachte, weil Zarfo ihm gesagt hatte, daß er mindestens noch eine Woche im Seedrachen bleiben wolle, und er solle seine Abreise so einrichten.

»Er kann bleiben, solange er will«, sagte Reith. »Bezahlen muß er aber selbst.«

»Das tut er gewiß nicht«, meinte Hrostilfe. »Und was ist mit den Lebensmitteln?«

»Die kannst du kaufen. Zeig mir dann die Rechnung, wir gehen alles gemeinsam durch.«

»Ich brauche aber hundert Sequinen als Vorauszahlung.«

»Hältst du mich für einen Dummkopf? Und vergiß nicht, morgen mittag segeln wir.«

»Ich werde bereit sein«, erklärte der Mann düster.

Im Seedrachen fand Reith auf der Terrasse Anacho vor, der auf einen dunklen Schatten an der Wand deutete. Es war Helsse.

»Ich rief ihn beim Namen an. Den scheint er noch nie gehört zu haben«, berichtete der Dirdirmann.

Da wandte Helsse den Kopf. Sein Gesicht war totenblaß. Langsam ging er davon.

Um die Mittagszeit gingen die Reisenden an Bord der *Pibar.* Hrostilfe hieß seine Passagiere herzlich willkommen. Reith sah sich mißtrauisch um. »Wo sind die Lebensmittel?« wollte er wissen.

»Im Hauptsalon.«

Reith prüfte die Kisten und Säcke genau nach und gab schließlich bereitwillig zu, daß Hrostilfe gute Ware zu einem vernünftigen Preis eingekauft hatte. Aber warum hatte er sie nicht gleich im Lager verstaut? Reith ging zur Tür. Sie war verschlossen. Interessant, dachte er. »Am besten ist wohl, du verstaust die Waren gleich ordentlich dort, wo sie hingehören, ehe wir uns den hohen Wellen aussetzen«, rief er.

»Alles zu seiner Zeit«, entgegnete Hrostilfe. »Wichtiger ist jetzt, daß wir die Morgenströmung ausnutzen.«

»Das dauert doch nicht lange. Mach die Tür hier auf, denn wenn du's nicht tust, tu ich's selber.«

Zarfo, der in den Salon gekommen war, schielte auf die Tür und runzelte die Brauen. Er wollte etwas sagen, sah aber Reiths Miene und zuckte nur die Achseln.

Hrostilfe hoppelte hierhin und dorthin, warf die Leinen los und startete die Düsen, und schließlich sprang er in die Kontrollkanzel. Das Boot legte ab.

Reith sprach mit Traz, der hinter Hrostilfe blieb. Mit seinem Katapult am Gürtel stand er da. Hrostilfe zog eine Grimasse. »Sei vorsichtig, Junge. Du gehst mit deinem Katapult recht lässig um«, mahnte er. Traz schien nichts zu hören.

Reith sprach ein paar Worte mit Zarfo und Anacho,

ging dann zum Vordeck und brannte ein paar alte Lumpen an, die er an den vorderen Ventilator hielt, so daß der Rauch unten ins Lager zog.

»He, was soll der Unsinn?« schrie Hrostilfe. »Willst du Feuer an mein Schiff legen?«

Reith brannte noch ein paar Lumpen an und warf sie in den Ventilator. Von unten kam bellender, keuchender Stickhusten, dann waren Stimmen zu hören und das Stampfen von Füßen. Hrostilfe griff an seinen Gürtelbeutel, doch Traz hatte sein Katapult bereit. »Er hat eine Waffe im Beutel«, sagte Traz zu Reith.

Hrostilfe stand verlegen da und mußte es dulden, daß Reith ihm den Beutel abnahm, aus dem Traz zwei Dolche holte, und dann fand er noch ein Stilett.

»Du gehst jetzt hinunter«, befahl ihm Reith, »machst die Lagertür auf und holst deine Freunde einen nach dem anderen heraus.«

Hrostilfe war grau vor Wut, hoppelte hinab, schrie Reith etliche Drohungen zu und öffnete die Tür. Sechs Schurken kamen heraus und wurden von Anacho und Zarfo entwaffnet und auf Deck gebracht, wo sie Reith kurzerhand über Bord warf.

Nun war das Lager zwar rauchig, aber leer. Hrostilfe wurde an Deck gezerrt, wo er sehr schnell vernünftig und unterwürfig wurde. Es sei ein Mißverständnis, und er könne alles erklären, behauptete er, was Reith natürlich nicht interessierte. Hrostilfe wurde seinen Kumpanen nachgeschickt. Als er aus dem Wasser auftauchte, fluchte er heftig und schrie den lachenden Gesichtern auf der *Pibar* unanständige Worte zu, machte sich dann aber schwimmend auf den Rückweg zum Land.

»Mir scheint«, meinte Reith, »uns fehlt jetzt ein Navigator. In welcher Richtung liegt Zara?«

Zarfo war nun auch recht kleinlaut und deutete mit einem schwarzen Finger. »Dorthin müssen wir.« Er sah die sieben hüpfenden Köpfe im Wasser. »Diese Geldgier«, murmelte er, »ist mir einfach unverständlich. Sie muß ja zu einem solchen Unglück führen. Zum Glück gehört dieser bedauernswerte Zwischenfall der Vergangenheit an. Und nun voraus nach Zara, Fluß Ish und nach Smargash!«

12. Kapitel

Der erste Tag war recht ruhig, am zweiten gingen die Wellen ziemlich hoch, und das Boot fing an zu tanzen. Am dritten Tag zog im Westen eine schwarzbraune Wolkenbank auf, und bald zuckten daraus Blitze in die See. Wind kam in kräftigen Stößen. Zwei Stunden lang wurde das Boot unbarmherzig herumgeworfen, doch dann war der Sturm vorüber, die See wieder glatt und friedlich.

Am vierten Tag erschien Kachan am Horizont. Reith ging an einem Fischerboot längsseits, um die genaue Richtung nach Zara zu erfragen. Der Fischer, ein alter, wettergegerbter Mann mit Stahlringen in den Ohren, deutete wortlos in die Richtung. Bei Sonnenuntergang erreichten sie die Mündung des Ish. An der Westküste schimmerten die Lichter von Zara, doch die *Pibar* fuhr weiter nach Süden, den Ish hinauf.

Der rosa Mond Az schien auf das Wasser, und sie fuhren weiter. Am Morgen befanden sie sich in einem reichen Land mit stattlichen Keelbäumen entlang der Ufer. Dann aber wurde das Land kahler, und der Fluß wand sich durch ein Gebirge aus Obsidian-Spitztürmen. Am nächsten Tag sahen sie am Ufer große Männer in schwarzen Mänteln; Zarfo sagte, es seien Leute vom Stamm der Niss, um die man am besten einen weiten

Bogen mache. Sie lebten wie Nachthunde in Löchern, und es gebe Leute, die behaupteten, die Nachthunde seien freundlicher und liebenswerter als sie.

Am Spätnachmittag schoben sich Sanddünen an den Fluß heran, und Zarfo bestand darauf, das Boot müsse über Nacht im tiefen Wasser ankern. »Vor uns sind Sandbänke und Untiefen. Wenn wir irgendwo auflaufen und die Niss uns folgen, entern sie bestimmt das Boot.«

»Greifen sie denn nicht an, wenn wir vor Anker liegen?«

»Nein, sie haben Angst vor dem tiefen Wasser und benutzen selbst nie Boote. Vor Anker sind wir so sicher wie in Smargash.«

Az und Braz jagten in der klaren Nacht über den alten Tschai-Himmel. Die Niss lagerten am Ufer an ihren Feuern und kochten ihr Essen, und später fiedelten und trommelten sie eine wilde Musik. Stundenlang saßen die Reisenden da und schauten zu, wie die anderen drüben tanzten und sprangen.

Am Morgen waren die Niss nirgends mehr zu sehen. Ohne Zwischenfall kam das Boot durch die Untiefen, und am späten Nachmittag erreichten sie ein Dorf, vor dem die Niss Posten aufgestellt hatten. Zarfo erklärte, dies sei das Ende der Bootsfahrt, und von jetzt an müßten sie quer über Wüsten und Berge als Karawane weiterreisen, um nach Smargash zu gelangen, das noch dreihundert Meilen weiter südlich lag. Nachts wollte er ins Dorf gehen und sich über den Weg unterrichten.

Er blieb über Nacht an Land und kehrte am Morgen mit der Nachricht zurück, es sei ihm gelungen, die *Pibar* für eine erstklassige Karawanenpassage nach Hamil Zut zu verhökern.

Reith überlegte. Dreihundert Meilen. Zweihundert Sequinen pro Person, also achthundert für vier. Und das Schiff war, selbst wenn man es verschleuderte, gut zehntausend wert. Er schaute Zarfo scharf an. »Erinnerst du dich noch an das unbehagliche Gefühl in Kabasas?«

»Natürlich«, erwiderte Zarfo. »Bis heute leide ich noch unter der Ungerechtigkeit deiner Vorwürfe.«

»Das hier ist ein neuer Vorwurf. Wieviel hast du für das Boot verlangt und zugesagt bekommen?«

Zarfo schaute unbehaglich drein. »Natürlich wollte ich die angenehme Überraschung für später aufheben.«

»Wieviel?«

»Dreitausend Sequinen«, murmelte Zarfo. »Nicht mehr, nicht weniger. Das Land ist arm, und ich finde den Preis anständig.«

»Und wo ist das Geld?« fragte Reith.

»Es wird bezahlt, wenn wir an Land gehen.«

»Wann reist die Karawane ab?«

»Bald. In einem Tag oder in zweien. Es gibt ein passables Gasthaus. Wir können die Nacht dort verbringen.«

»Schön. Dann wollen wir also gehen und das Geld holen.«

Zu Reiths Überraschung enthielt der Sack, den Zarfo vom Wirt erhielt, genau dreitausend Sequinen, und Zarfo zog die Nase hoch. Er mußte sich einen Krug Bier im Gasthaus bestellen, um seine Enttäuschung hinunterzuspülen.

Drei Tage später war die Karawane auf dem Weg nach Süden – zwölf Motorwagen, vier mit Sandstrahlgebläsen. Die Sarsazma-Straße führte durch wildes Land, durch Schluchten und über Berge, durch einen ausgetrockneten See, vorbei an Bergketten, an Keelwäldern und Schwarzfarn. Gelegentlich zeigten sich Niss, doch sie hielten sich in respektvoller Entfernung. Am Abend des dritten Tages fuhr die Karawane in Hamil Zut ein. Das war eine kleine Stadt mit etwa hundert Lehmhütten und einem Dutzend Kneipen.

Am Morgen mietete Zarfo Packtiere, Ausrüstung und

ein paar Führer, und so machten sie sich auf in das Hochland von Lokharan.

»Haltet die Waffen bereit«, warnte Zarfo. »Es ist wildes Land, und gelegentlich streifen gefährliche Tiere herum.«

Der Pfad war steil, das Gelände wirklich wild. Ein paarmal sahen sie Kar Yan, schlanke graue Raubtiere, die manchmal aufrecht auf zwei Beinen liefen, manchmal auf allen sechsen. Einmal erblickten sie ein tigerköpfiges Reptil, das gerade einen Kadaver verschlang, und deshalb kamen sie unbelästigt an ihm vorbei.

Am dritten Tag nach der Abreise aus Hamil Zut erreichten sie Lokhara, die riesige Hochlandebene, und im Laufe des Nachmittags sahen sie Smargash vor sich. Zarfo sagte zu Reith: »Mir scheint, und du wirst wohl selbst wissen, daß dies ein sehr kitzliges Abenteuer ist.«

»Da hast du recht.«

»Die Leute hier stehen den Wankh nicht gleichgültig gegenüber, und ein Fremder könnte leicht mit den falschen Leuten reden. Deshalb wäre es wohl besser, ich würde das Personal aussuchen.«

»Aber gewiß. Die Frage der Bezahlung wirst du jedoch mir überlassen.«

»Wie du meinst«, brummte Zarfo.

Das Land war schön, fruchtbar, gut bewässert und von vielen Bauern bevölkert. Die Männer waren, wie Zarfo, entweder schwarz gefärbt oder tätowiert und hatten weiße Mähnen. Im Gegensatz dazu waren die Gesichter der Frauen kalkig weiß, ihre Haare schwarz. Die Kinder hatten, dem Geschlecht entsprechend, weißes oder schwarzes Haar, doch die Haut wies eine einheitliche Schmutzfarbe auf.

Die Straße lief an einem Flußufer entlang, an dem majestätische, uralte Keelbäume wuchsen. Zu beiden Seiten standen kleine Bungalows in Gärten, die mit Reben und Büschen bepflanzt waren. Zarfo seufzte vor überströmenden Gefühl. »Der unermüdliche Arbeiter kehrt nach Hause zurück«, sagte er. »Aber wo ist mein Vermögen? Wie kann ich mein Haus am Fluß kaufen? Die Armut zwingt mir seltsame Verhaltensweisen auf. Ich bin einem steinherzigen Geizkragen ausgeliefert, der seine Freude daran findet, die Hoffnungen eines gutmütigen alten Mannes zu zerstören.«

Reith hörte es sich an, sagte aber nichts. Und dann waren sie in Smargash.

13. Kapitel

Reith saß im Salon des gedrungenen Turmes, den er gemietet hatte; sehr viele Häuser hier waren abgeschnittene runde Türme. Ihm gegenüber saßen fünf weißhaarige Männer aus Smargash, eine Gruppe, die aus den ursprünglichen zwanzig ausgewählt worden war, die Zarfo vorgeschlagen hatte. Es war Nachmittag, und draußen wirbelten die Tänzer zur Musik von Glocken, Trommeln und einer Art Ziehharmonika herum.

Reith erklärte soviel von seinem Programm, wie er wagen durfte, und das war sehr wenig. »Ihr könntet mir bei einem gewissen Abenteuer helfen. Zarfo Detwiler hat euch gesagt, daß es um große Geldsummen geht, und das gilt auch dann, wenn uns der Erfolg versagt bleibt. Haben wir aber Erfolg, und die Aussichten sind vorzüglich, dann werdet ihr ein Vermögen gewinnen, das jeden von euch zufriedenstellen wird. Natürlich ist etwas Gefahr damit verbunden, doch die reduzieren wir auf ein Minimum. Hat jemand keine Lust zu diesem Abenteuer, kann er jetzt noch aussteigen.«

Jag Jaganig war der Älteste, ein Fachmann für Kontrollsysteme. »Bis jetzt können wir weder ja noch nein sagen. Keiner von uns zieht nicht gern einen Sack voll Sequinen nach Hause, aber keiner läßt sich auch gern auf Unmöglichkeiten ein.«

»Ihr wollt mehr Informationen?« Reith sah von einem zum anderen. »Das ist natürlich. Aber Neugierige ziehe ich nicht ins Vertrauen. Wenn einer von euch keine Lust zu einem gefährlichen, aber keineswegs verzweifelten Abenteuer hat, soll er sich bitte jetzt melden.«

Aber niemand meldete sich.

»Gut«, sprach Reith weiter. »Dann müßt ihr euch zum Schweigen verpflichten.«

Die Leute sprachen ihren Lokhar-Eid. Zarfo zupfte jedem ein Haar vom Kopf, band sie zusammen und zündete sie an. Jeder sog den Rauch davon ein. »So sind wir gebunden, einer an alle, alle an einen. Ist einer ungetreu, so werden ihn die anderen erschlagen.«

Nun zögerte Reith nicht mehr, offen zu reden. »Ich kenne die genaue Quelle eines unerhörten Reichtums, doch sie liegt nicht auf dem Planeten Tschai. Wir brauchen ein Raumschiff und eine Mannschaft. Ich schlage vor, vom Raumhafen Ao Hidis ein Raumschiff wegzuholen, und ihr, Männer, seid die Mannschaft. Um meine Ehrlichkeit und meinen guten Glauben zu beweisen, bezahle ich jedem am Tag der Abreise fünftausend Sequinen. Haben wir keinen Erfolg, erhält jeder noch einmal fünftausend.«

»Jeder Überlebende«, brummte Jag Jaganig.

»Haben wir Erfolg, so sind euch mindestens zehntausend Sequinen sicher, wenn nicht mehr. Das ist in großen Zügen der Plan.«

Die Lokhar rutschten auf ihren Stühlen herum, und Jag Jaganig sprach für die anderen. »Wir haben hier offensichtlich den Grundstock einer Mannschaft, mindestens für eine Zeno oder eine Kud, sogar für eine kleine

Kadant. Aber es ist keine Kleinigkeit, sich mit den Wankh anzulegen.«

»Noch schlimmer, mit den Wankhmenschen«, meinte Zorofim.

Thadzei sagte: »Es gibt wenig Wachen. Der Plan scheint durchführbar zu sein, vorausgesetzt natürlich, das Schiff, das wir stehlen, ist flugtauglich und einwandfrei.«

»Aha!« rief Belje. »Das ist doch der Schlüssel zum ganzen Unternehmen, nicht wahr?«

»Natürlich ist ein Risiko dabei«, sagte Zarfo. »Glaubt ihr, daß ihr soviel Geld verdienen könnt, ohne einen Finger zu rühren?«

»Angenommen, wir haben das Schiff«, warf Jag Jaganig ein, »ist da weiteres Risiko dabei?«

»Nein.«

»Wer navigiert?«

»Ich.«

»Wie sieht dieser Reichtum aus?« wollte Zorofim wissen. »Edelsteine? Sequinen? Edelmetalle? Antiquitäten? Essenzen?«

»Ihr werdet nicht enttäuscht sein. Mehr will ich nicht sagen.«

Die Unterredung ging weiter, jeder Gesichtspunkt wurde gründlich durchleuchtet,

Alternativvorschläge wurden besprochen und verworfen. Niemand hielt das Risiko für unannehmbar, niemand zweifelte daran, daß die Gruppe das Schiff fachmännisch zu führen verstand. Aber niemand zeigte Begeisterung. Jag Jaganig drückte es so aus: »Wir verstehen den Zweck nicht. Die großen Schätze machen uns mißtrauisch.«

»Jetzt muß ich reden«, sagte Zarfo. »Adam Reith hat gewiß seine Fehler, und die leugne ich nicht. Er ist stur, schlau und rücksichtslos, wenn sich ihm etwas in den

Weg stellt. Aber er steht zu seinem Wort. Erklärt er, daß ein Schatz zu gewinnen ist, so ist dies wahr.«

»Ich gehe das Risiko ein«, erklärte Zorofim.

»Ich auch«, sagte Jag Jaganig. »Wer lebt schon ewig?«

Auch Belje kapitulierte und wollte wissen, wann man reisen wurde.

»So schnell wie möglich«, antwortete Reith. »Je länger wir warten, desto nervöser werde ich.«

»Und inzwischen könnte einer mit unserem Schatz davonrennen, he?« warf Zarfo ein.

»Laß uns drei Tage Zeit« bat Jag Jaganig.

»Und wann kriegen wir die fünftausend, damit wir jetzt noch was davon haben?« wollte Thadzei wissen.

Reith zögerte nur einen Sekundenbruchteil. »Ihr müßt mir vertrauen, ich muß euch vertrauen.« Er bezahlte jedem der geldbewußten Lokhar fünftausend Sequinen in purpurnen Scheinen aus.

»Ausgezeichnet«, erklärte Jag Jaganig. »Nichts vergessen. Äußerste Verschwiegenheit, denn Spione sind überall. Ich mißtraue vor allem diesem Fremden, der sich wie ein Yao kleidet.«

»Ein junger Mann, schwarzhaarig, sehr elegant?« fragte Reith.

»Genau. Er starrt immer über den Tanzboden, ohne ein Wort zu sagen.«

Reith, Zarfo, Anacho und Traz gingen zum Gasthaus, und im Schankraum saß tatsächlich Helsse, die langen Beine in schwarzen Tuchhosen unter dem Tisch ausgestreckt. Er schaute nur starr vor sich hin.

»Helsse!« sagte Reith. Er rührte sich nicht. Reith rief ihn noch ein paarmal an, dann drehte er langsam den Kopf. Reith sah in seine Augen. Sie waren wie Linsen aus schwarzem Glas. »Helsse, sprich doch!« drängte Reith.

Helsse öffnete den Mund und krächzte voller Trauer. Teilnahmslos sah er zu, wie Reith langsam zurückwich, dann schaute er wieder stur geradeaus.

Zarfo fragte ihn bei einem Krug Bier: »Ist der Yao verrückt?«

»Ich weiß es nicht. Vielleicht simuliert er nur. Oder er ist hypnotisiert. Oder steht unter Drogen.«

»Vielleicht wäre es dem Yao recht, wir würden ihn kurieren.«

»Zweifellos. Aber wie?«

»Die Dugbo haben ein Lager außerhalb der Stadt, es sind geschickte Leute, die sich darauf verstehen, wenn sie auch in Lumpen herumlaufen und stehlen. Aber ihre Medizinmänner wirken Wunder. Wenn er simuliert, tut er's dann nicht mehr lange.«

Reith zuckte die Achseln. »Für ein paar Tage hätten wir sowieso keine bessere Beschäftigung.«

Der Medizinmann der Dugbo war ein spindeldürrer, kleiner Mann in braunen Lumpen und Stiefeln aus ungegerbtem Leder. Seine braunen Augen leuchteten, sein rosafarbenes Haar war zu drei fettigen Zöpfen gedreht. Wenn er sprach, hüpften auf seinen Wangen gezackte Narben. Voll klinischer Neugier musterte er Helsse, der gleichgültig auf einem Weidenstuhl saß.

Der Dugbo sah Helsse in die Augen, besah sich seine Ohren und nickte. Er winkte den dicken Jungen heran, der ihm half, beide duckten sich hinter Helsse und berührten ihn hier und dort, und der Junge hielt Helsse auch noch eine Flasche mit einer scharfen Essenz unter die Nase. Der Yao wurde schließlich schlaff, der Dugbo zündete die Essenz an und trieb ihm die Dämpfe ins Gesicht, während der Junge Flöte spielte und der Medizinmann dazu sang. Dann drückte er Helsse einen Lehmklumpen in die Hand und flüsterte ihm Worte ins Ohr. Helsse begann den Klumpen zu kneten und zu murmeln.

»Es ist ein Fall einfacher Besessenheit«, sagte der Medizinmann. »Die knetet er jetzt in den Lehm. Sprich sanft, aber fest mit ihm, er wird dir antworten.«

»Helsse, beschreib deine Beziehungen zu Adam Reith«, sagte Reith.

»Adam Reith kam nach Settra«, sprach Helsse vollkommen klar. »Ein Zufall führte ihn zur Blauen Jade, wo ich ihn kennenlernte. Danach kam Dordolio und behauptete, Reith gehöre dem Kult an; er sei ein Mann, der sage, er komme von einer fernen Welt. Ich sprach mit Adam Reith, erntete jedoch nur Verwirrung. Ich brachte ihn zum Hauptquartier des Kults, doch dort kannte man ihn nicht. Ein in Settra unbekannter Kurier folgte uns, Adam Reith tötete ihn und nahm ihm eine Mitteilung ab, deren Wichtigkeit nicht bekannt ist, und ich konnte nicht darauf bestehen, mehr darüber zu erfahren. Ich brachte ihn mit einem Lokhar zusammen, der sehr viel von dieser Botschaft verstand. Ich befahl Reiths Ermordung, doch der Versuch schlug fehl; Reith und seine Bande flohen in den Süden. Ich erhielt Befehl, ihn zu begleiten, um seine Motive zu erfahren. Auf einer Insel im Jinga ...« Da tat Helsse einen keuchenden Schrei und sank zusammen.

Der Medizinmann brachte ihn wieder zur Ruhe, so daß Reith fragen konnte: »Warum hast du Adam Reith bespitzelt?«

»Ich mußte es tun. Außerdem machte es mir Vergnügen.«

»Warum mußtest du es tun?«

»Ich bin ein Wankhmann. Jeder Wankhmann dient seiner Bestimmung.«

Jetzt wurde Reith klar, weshalb Helsse bei den Hoch Har durchgekommen war; als Yao wäre es ihm nie gelungen. Er sah seine Kameraden an, dann wandte er sich wieder an Helsse. »Warum haben die Wankhmenschen Spione in Cath?«

»Sie bewachen die Runde, um die Wiedergeburt des Kults zu verhindern.«

»Warum?«

»Sie wollen den derzeitigen Zustand erhalten. Die Bedingungen sind jetzt optimal. Jede Veränderung kann nur zum Schlechten führen.«

»Du hast Adam Reith von Settra bis zu einer Insel in den Sümpfen begleitet. Was geschah dort?«

Da verfiel Helsse wieder in einen Zustand einer Krampflähmung. Der Medizinmann zwickte ihm kräftig in die Nase.

»Wie bist du nach Kabasas gereist?« Diesmal zwickte ihm Reith die Nase, doch er antwortete nicht. »Warum kannst du nicht antworten?«

Helsse schien bei Bewußtsein zu sein, doch er sagte nichts. Der Medizinmann fächelte Dampf in sein Gesicht. Reith zwickte seine Nase, und da schielte Helsse in ganz verschiedene Richtungen. Der Medizinmann sammelte seine Sachen ein.

»Er ist tot, das ist alles.«

»Wegen der Befragung?« wollte Reith wissen.

»Der Dampf stieg in das Gehirn. Meist überlebt das Subjekt. Der hier starb schnell. Die Fragen zerstörten seine Sinne.«

Der folgende Abend war klar und windig, und die Männer kamen in grauen Mänteln zu dem gemieteten Rundhaus. Die Fenster waren innen verhängt, die Lampen klein gedreht. Man sprach leise miteinander. Zarfo legte eine Karte auf den Tisch und deutete mit einem dicken schwarzen Finger darauf. »Wir können zur Küste und dort entlang reisen, doch das ist alles Niss-Land. Im Osten zum Falas-See ist es weit. Wir können auch nach Süden gehen, durch die Verlorenen Lande, über den Infnet und weiter nach Ao Hidis. Das wäre die logische und direkte Route.«

»Sind keine Luftflöße zu bekommen?« fragte Reith.

Belje, der am wenigsten begeistert war, schüttelte den Kopf. »Die Bedingungen sind nicht mehr so gut wie früher. Da gab es viele, jetzt sind keine mehr da. Sequinen und Luftflöße sind schwer zu bekommen.«

»Wie werden wir dann reisen?«

»Bis nach Blalag mit dem Motorwagen, und dort können wir vielleicht einen Reisewagen nach Infnet bekommen. Von dort aus geht es zu Fuß weiter. Die alten Straßen nach Süden sind vergessen und verfallen.«

14. Kapitel

Nach Blalag waren es drei Tagesreisen über windiges Wüstenland. Dort kamen die Reisenden in einem schäbigen Gasthaus unter, wo sie eine Transportmöglichkeit nach dem Bergdorf Derduk fanden, das tief im Infnet liegt. Die Reise dauerte fast zwei Tage und war unbequem. In Derduk bekamen sie nur eine ärmliche Hütte, und die Lokhar murrten darüber. Aber der Besitzer, ein streitsüchtiger alter Mann, kochte ihnen ein ordentliches Essen aus Wildbret mit Waldbeeren, so daß sie wieder zufrieden waren.

Ab Derduk war die Straße nur noch eine wenig benutzte Spur. Als es dämmerte, machte sich eine schlechtgelaunte Gruppe auf den Weg. Den ganzen Tag marschierten sie über felsiges Gelände, und bei Sonnenuntergang kam kalter Wind auf. Am nächsten Tag mußten sie sich den Weg am Rand breiter Abgründe und Klüfte suchen, und am dritten fanden sie endlich einen

Abstieg zum Grund einer riesigen Schlucht. Nun folgten sie dem Fluß Desidea bis zum Falas-See, wo die Gruppe ihr Lager aufschlug und eine gespenstische Nacht verbrachte, weil menschenähnliche Schreie zwischen den Felsen hallten.

Am Morgen kamen sie zu einer unendlichen Savanne, deren Ränder sich im Dunst verloren. Zwei Tage marschierten die Abenteurer nach Süden und erreichten die Gipfel des Infnet im einfallenden Zwielicht, aber sie hatten noch eine grandiose Aussicht über die Lande im Süden. »Ao Hidis!« schrien die Lokhar erleichtert, aber auch ahnungsvoll.

An einem kleinen Lagerfeuer unterhielten sie sich lange über die Wankh und Wankhmenschen. Die Lokhar mochten die Wankhmenschen nicht, sie zogen die Dirdirmenschen vor.

Anacho lachte dazu. »Die Dirdirmenschen halten die Wankhmenschen auf gar keinen Fall für überlegen, keiner Halbmenschenrasse gegenüber.«

»Aber sie verstehen die Wankh zu nehmen«, gab Zarfo zu. »Ich selbst sehe und höre vieles, mir entgeht wenig, aber auch in fünfundzwanzig Jahren habe ich nur ein paar Worte der Wankhsprache gelernt, das kann ich nicht leugnen.«

»Pah«, machte Zorofim. »Sie sind doch dazu geboren. Vom ersten Lebenstag an hören sie deren Gezirpe und Geschnalze, und daher ist es für sie keine Kunst, die Sprache der Wankh zu beherrschen.«

»Aber sie machen etwas draus«, bemerkte Belje voller Neid. »Sie haben keine Verantwortung, stehen nur zwischen den Wankh und der Welt von Tschai und leben herrlich in Luxus.«

»Ein Mann wie Helsse«, sagte Reith, »ein Wankhmann und Spion – was hoffte er zu erreichen? Welche Wankh-Interessen beschützte er in Cath?«

»Keine. Aber vergiß nicht, die Wankhmenschen wollen keine Veränderung, denn die kann nur zu ihrem Nachteil sein. Wenn ein Lokhar die Wankhsprache zu verstehen beginnt, schickt man ihn fort. In Cath – wer weiß, was sie fürchten?«

Die Nacht verging langsam, und am Morgen schaute Reith mit dem Scanskop in Richtung Ao Hidis, konnte wegen des Nebels aber nicht viel sehen.

Ziemlich mißmutig, weil sie zu wenig geschlafen hatten, machten sie sich am Morgen auf den Weiterweg nach Süden.

Langsam trat die Stadt aus dem Nebel heraus. Reith fand das Dock, wo seinerzeit die *Vargaz* angelegt hatte. Wie lange war das schon her! Er fand auch die über den Markt zum Raumhafen führende Straße. Die Stadt schien aus der Höhe unlebendig, ganz ruhig zu sein. Die schwarzen Türme der Wankhmenschen brüteten über dem Wasser. Auf dem Raumhafen ließen sich deutlich fünf Raumschiffe erkennen.

Gegen Mittag standen sie auf dem Bergkamm über der Stadt. Von hier aus studierte Reith noch einmal voller Sorgfalt den Raumhafen, der direkt unter ihnen lag. Links waren die Reparaturwerkstätten; ein großes Frachtschiff war halb zerlegt, und hohe Gerüste standen unter und neben den freigelegten Maschinen. Das ihnen am nächsten stehende Schiff schien ein leerer Rumpf zu sein, und der Zustand der anderen Schiffe ließ sich nicht genau erkennen, doch die Lokhar erklärten sie für tauglich. »Das ist Routinesache«, sagte Zorofim. »Ein Schiff, das repariert werden soll, steht direkt neben den Werkstätten. Die Schiffe im Transitdock drüben stehen in der Ladezone.«

»Diese drei Schiffe scheinen also für unseren Zweck geeignet zu sein?« fragte Reith.

Soweit wollten die Lokhar nun nicht gehen. »Manchmal werden in der Ladezone auch kleine Reparaturen ausgeführt«, sagte Belje.

»Der Reparaturwagen neben der Rampe ist beladen. Die Sachen müssen von den drei Schiffen in der Ladezone stammen.«

Das waren zwei kleine Frachtschiffe und ein Passagierfahrzeug. Die Lokhar zogen eines der Frachtschiffe vor, denn die kannten sie besser. Reith hielt das Passagierschiff für besser, aber die anderen meinten, es sei ein Spezialrumpf oder ein neues Modell, das vielleicht Schwierigkeiten machte.

Den ganzen Tag hindurch beobachteten sie das, was am Raumhafen vorging und wie sich der Verkehr auf der Straße abspielte. Um die Mitte des Nachmittags trieb ein schwarzer Luftwagen herein, um neben dem Passagierschiff zu landen, und dann fanden Transporte vom Luftwagen zum Schiff statt. Später brachten Lokhar-Mechaniker eine Kiste mit Energie-Rohren zum Schiff, und Zarfo sagte, das sei ein Signal dafür, daß das Schiff nun sehr bald ablege.

Die Sonne senkte sich dem Ozean entgegen, die Männer wurden ziemlich schweigsam. Alle studierten die Schiffe, die kaum mehr als eine Viertelmeile entfernt waren, und sie schienen so leicht erreichbar zu sein. Aber welches der drei Schiffe in der Ladezone war die beste Wahl? Die meisten wollten ein Frachtschiff, nur Reith und Jag Jaganig zogen das Passagierschiff vor.

Reith wurde allmählich nervös. Die nächsten paar Stunden waren entscheidend für seine Zukunft, und es gab zu viele Möglichkeiten, die er nicht zu kontrollieren vermochte. Merkwürdig, daß die Schiffe so dürftig bewacht waren. Aber wer würde schon vermuten, daß jemand die Absicht hatte, eines zu stehlen? In tausend Jahren war so etwas vermutlich nicht vorgekommen.

Als die Dämmerung sich vertiefte, stiegen die Männer

ab. Die Lagerhäuser, die Depots hinter der Ladezone und die Werkstätten waren hell beleuchtet, der Rest des Raumhafens lag mehr oder weniger in völliger Dunkelheit. Die Schiffe warfen lange Schatten.

Die Männer durchquerten ein Stückchen sumpfigen Landes und kamen zum Rand des Raumhafens. Hier warteten sie fünf Minuten lang und lauschten. In den Lagerhäusern rührte sich nichts, doch in den Werkstätten arbeiteten ein paar Leute.

Reith, Zarfo und Thadzei gingen auf Spähtrupp. Geduckt rannten sie zum leeren Rumpf, wo sie in der Dunkelheit warteten.

Aus der Werkstatt kam das Jaulen einer Maschine. Vom Depot her rief eine Stimme etwas Unverständliches. Zehn Minuten warteten sie. In der Stadt waren lange Lichtpfeile lebendig geworden, und in den schwarzen Wankhtürmen zeigten sich einige gelbe Lichtflecke.

Dann wurde es still in der Werkstatt; die Arbeiter schienen gehen zu wollen. Reith, Zarfo und Thadzei hielten sich in den langen Schatten und erreichten das erste der kleinen Frachtschiffe, wo sie wieder eine Weile lauschten. Nichts war zu hören. Zarfo und Thadzei huschten zur Einstiegsluke, hoben sie an und schlüpften hinein, während Reith mit klopfendem Herzen draußen Wache hielt.

Zehn unendlich lange Minuten vergingen. Endlich kamen die beiden zurück. »Nicht gut«, sagte Zarfo. »Keine Luft, keine Energie. Wir sehen uns das andere an.«

Wieder stiegen Zarfo und Thadzei ein, während Reith Wache hielt. Fast sofort kamen die beiden zurück. »Wird repariert«, meldeten sie mißmutig. »Aus dem Schiff kamen auch die Sachen auf dem Reparaturwagen.«

Nun nahmen sie sich das Passagierschiff vor, das kein Standardbaumuster war. Als sie einsteigen wollten, huschte ein Licht über das Gelände, und Reith fürchtete schon, sie seien nun entdeckt. Vom Tor her kam eine Gestalt in einem Fahrzeug, das neben dem Passagierschiff anhielt. Etliche dunkle Gestalten stiegen aus. Sie konnten nicht genau zählen, wie viele es waren. Sie bestiegen das Schiff.

»Wankh«, murmelte Zarfo. »Sie gehen an Bord.«

»Dann ist also das Schiff startbereit«, flüsterte Reith zurück. »Diese Chance dürfen wir nicht auslassen.«

Zarfo wollte nicht. »Ein leeres Schiff ist leicht zu stehlen, aber mit einem halben Dutzend Wankh und Wankhmännern ist nicht leicht fertig zu werden. Diese Lichter zeigen an, daß Wankhmänner dabei sind. Die Wankh selbst projizieren Strahlungsimpulse und beobachten die Reflexe.«

Hinter ihnen war ein leichtes Geräusch zu vernehmen. Reith wirbelte herum. Es war Traz. »Wir hatten Angst um euch«, flüsterte er.

»Geh zurück und bring alle her. Wenn es geht, nehmen wir das Passagierschiff. Es ist das einzige flugbereite.«

Traz verschwand in der Dunkelheit, aber schon fünf Minuten später hatte sich die ganze Gruppe im Schatten des Frachtschiffes versammelt.

Eine halbe Stunde verging. Im Passagierschiff bewegten sich Schatten vor den Lichtern, und die nervösen Männer wußten nicht, was die dort drinnen taten. Sollten sie das Schiff stürmen? Das war natürlich ein ungeheures Risiko, und so beschloß die Gruppe einen konservativen Weg. Sie wollten in die Berge zurückkehren, um eine bessere Gelegenheit abzuwarten. Als die Männer sich jedoch auf den Weg machten, kamen etliche Wankh aus dem Schiff, schlurften zum Fahrzeug und verließen sofort das Feld. Im Schiff brannten noch Lichter, doch es rührte sich nichts.

»Ich schau mal nach«, schlug Reith vor, rannte über

das Feld aber die anderen folgten ihm sofort. Sie erstiegen die Rampe und kamen durch eine Einstiegszone in den Hauptsalon des Schiffes, in dem sich niemand befand. »Alle sind auf den Stationen«, sagte Reith. »Packen wir's an!« Traz rief eine Warnung. Reith drehte sich um und sah einen einzelnen Wankh, der den Salon betreten hatte und mißbilligend aussah. Er war eine schwarze Kreatur, etwas größer als ein Mensch, mit schwerem Körper, einem viereckigen Kopf mit zwei schwarzen Linsen, die in Halbsekundenintervallen blitzten. Die Beine waren kurz, die Füße hatten Schwimmhäute. Der Wankh hatte keine Waffe, trug keine Kleidung, nicht mal einen Harnisch. Aus einem Sprechorgan am Grund des Schädels kamen grunzende, zirpende Laute, die nicht besonders aufgeregt klangen. Reith trat vor, deutete auf ein Sofa, doch der Wankh blieb stehen und schaute die Lokhar an, die Maschinen, Energie, Vorräte und vor allem Sauerstoff überprüften. Doch dann schien er zu verstehen, was hier los war und wollte zum Ausgang. Reith versperrte ihm den Weg und deutete wieder auf das Sofa.

Die glasigen Augen des Wesens flackerten, dann kamen wieder zirpende, diesmal auch schnurrende Laute, die befehlend klangen.

Zarfo kehrte in den Salon zurück. »Das Schiff ist in Ordnung, aber das Modell ist mir leider unbekannt«, meldete er.

»Können wir es starten?«

»Erst müssen wir nachsehen, wie es zu machen ist. Das kann Minuten, aber auch Stunden dauern.«

»Dann können wir den Wankh nicht gehen lassen.« Reith stieß ihn zurück und zog seine Handwaffe. Der Wankh gab einen schreiähnlichen Ton von sich, Zarfo zirpte etwas, der Wankh zog sich zurück.

»Ich habe ihm gerade erklärt, es drohe Gefahr, er solle

sich ruhig verhalten«, erklärte Zarfo, »und das hat er verstanden.«

Wieder verging einige Zeit. Von den im Schiff verteilten Lokhar kamen Rufe. Traz stand in der Beobachtungskuppel und bewachte das Feld. Der Wankh stand ruhig da; er wußte offensichtlich nicht, was er tun sollte.

Das Schiff begann zu zittern, die Lichter flackerten, und Zarfo schaute in den Salon. »Wir müssen die Maschinen pumpen. Wenn Thadzei die Kontrollschemen ausknobeln kann ...«

»Der Wagen kommt zurück!« rief Traz, »und die Flutleuchten sind eingeschaltet!«

Thadzei rannte durch den Salon und zur Kontrollkonsole. Zarfo drängte zur Eile. Reith übergab Anacho die Bewachung des Wankh und ging zu Traz. Der Wagen hielt nun neben dem Schiff.

Zarfo deutete auf die Instrumentenbank, Thadzei nickte und drückte auf einen breiten Knopf. Das Schiff zitterte, hob sich an; Reith fühlte die Beschleunigung. Sie begannen ihre Reise! Thadzei nahm ein paar Berichtigungen vor, das Schiff kippte ein wenig. Reith hielt sich fest, der Wankh fiel auf das Sofa, wo er blieb. Irgendwo im Schiff fluchte ein Lokhar sehr ausführlich.

Reith hangelte sich zur Brücke und stand neben Thadzei, der verzweifelt an den Instrumenten arbeitete. »Gibt es hier einen automatischen Piloten?« fragte Reith.

»Müßte es geben, irgendwo. Aber wo? Es ist kein Standardmuster.«

»Weißt du, was du tust?«

»Nein.«

Reith schaute auf Tschai hinab. »Solange wir nach oben gehen, ist es gut.«

»Wenn ich nur eine Stunde Zeit hätte, könnte ich die Stromkreise nachprüfen. Dann wüßte ich schon Bescheid.«

Jag Jaganig kam herein, um zu protestieren. »Ich tu doch, was ich kann«, rief Thadzei zurück. »Halt, jetzt hab' ich einen Hebel, der noch nicht ausprobiert ist.« Das Schiff tat einen Satz und schoß nach Osten davon. Die Lokhar schrien ängstlich auf. Thadzei bewegte den Hebel zurück in die Ausgangsstellung. Das Schiff lag nun ganz ruhig da. Thadzei seufzte erleichtert.

»Unsere Höhe ist noch keine tausend Fuß«, meldete Zarfo. »Jetzt neunhundert ...«

Thadzei arbeitete fieberhaft. Das Schiff tat einen Satz und schoß wieder nach Osten. »Hinauf, hinauf!« schrie Zarfo. »Wir stürzen sonst noch ab!«

Dann lag es wieder ruhig da. »Dieses Ding hier aktiviert sicher den Rückstoß«, sagte Thadzei, und als er den Schalter umlegte, krachte es im Heck.

»Fünfhundert ...«, las Zarfo ab. »Vierhundert ... drei ... zwei ...«

Es klatschte, hüpfte und torkelte, aber das Schiff schien nicht beschädigt zu sein, sondern auf einem Gewässer zu schwimmen. Der Parapan? Der Schanizade? Also war man wieder auf Tschai.

Im Salon stand der Wankh wie eine Statue da. Emotionen ließ er nicht erkennen. Reith ging weiter zum Maschinenraum. Dort rauchte etwas. »Überladung«, sagte Belje. »Sicher sind Stromkreise zusammengeschmolzen. Wenn wir Ersatzteile an Bord haben, können wir Reparaturen vornehmen. Und falls wir Zeit haben.«

Reith kehrte in den Salon zurück und warf sich auf ein Sofa, von dem aus er den Wankh anstarrte. Der Plan war gelungen. Oder fast. Er war hundemüde. Den anderen mußte es genauso gehen. Er stand auf und rief die Gruppen zusammen. Zwei Mann hielten Wache, die anderen durften schlafen.

Die Nacht verging. Az raste über den Himmel und wurde von Braz gejagt. In der Dämmerung erkannte

Zarfo den Falas-See, und er meinte, er habe noch nie einem nützlicheren Zweck gedient als jetzt, damit sie heil hatten landen können.

Reith stieg auf den Rumpf hinaus und beobachtete den Horizont mit seinem Scanskop. Das Wasser reichte weit nach Süden, Osten und Westen. Im Norden trieb das Schiff einer flachen Küste entgegen, und eine leichte Brise wehte aus dem Süden. Reith kehrte ins Schiff zurück. Die Lokhar hatten die Instrumentenbank abmontiert und diskutierten angeregt. Nun wußte Reith genau Bescheid.

Im Salon fand er Anacho und Traz, die an Kugeln aus schwarzer Paste knabberten. Die hatten sie in einem Schrank gefunden. Reith bot eine dieser Kugeln dem Wankh an, der gar nicht auf ihn achtete. Reith aß sie also selbst und fand, daß sie nach Käse schmeckte. Dann kam Zarfo und meldete, was Reith schon vermutet hatte, daß Reparaturen nicht zu machen seien. Eine ganze Bank von Kristallen sei vernichtet, Ersatz sei nicht an Bord. »Und was jetzt?« fragte er.

»Sobald uns der Wind an den Strand weht, kehren wir nach Ao Hidis zurück und versuchen es noch einmal«, erklärte Reith.

»Und was tun wir mit dem Wankh?« wollte Zarfo wissen.

»Der muß selbst sehen, wie er weiterkommt. Ermorden werde ich ihn ganz bestimmt nicht.«

»Ein Fehler«, murmelte Anacho. »Besser, wir töten das abstoßende Ding.«

»Übrigens liegt die größte Zitadelle der Wankh, Ao Khaha, am Falas-See, also hat er nicht weit dorthin.«

Reith kehrte zum Vordeck zurück. Die Küste war nur noch eine halbe Meile entfernt und lag hinter einem Sumpfstreifen. Ein solcher Sumpf war natürlich nicht leicht zu überwinden, und deshalb war Reith froh, als der Wind das Schiff ein wenig weiter nach Westen trieb, wo festes Land war. Dort entdeckte Reith mit dem Scanskop eine Reihe von Felsvorsprüngen.

Nun kam der Wankh, gefolgt von Anacho und Traz, auf das Vordeck. Der Wankh fixierte Reith eine halbe Sekunde lang mit seinen flackernden Linsen, um ein Bild zu bekommen, dann nahm er den Horizont in sich auf. Ehe Reith es noch verhindern konnte, rannte der Wankh mit seinen komischen schlurfenden Schritten zur Luke und warf sich ins Wasser. Reith sah nur noch eine nasse schwarze Haut, dann war die Kreatur verschwunden.

Eine Stunde später beobachtete er die westliche Küste. Angewidert erkannte er in den Felsvorsprüngen die schwarzen Glastürme einer weitläufigen Festungsstadt. Wortlos erkundete Reith den Sumpf im Norden mit einem neuen Interesse, das der Verzweiflung verdächtig nahe kam.

Aus weiten Feldern schwarzen Schleimes und schillernder Teiche wuchs weißes, haariges Gras. Reith dachte daran, ein Floß zu bauen, doch das Gras war nicht geeignet dafür. Auch die Polsterung der Sofas ergab nichts, und ein Rettungsfloß war nicht an Bord. Alle, natürlich vor allem die Lokhar, waren ziemlich deprimiert.

»Kennst du die Stadt dort drüben?« fragte Reith Zarfo.

»Das muß Ao Khaha sein.«

»Was haben wir zu erwarten, wenn man uns fängt?«

»Den Tod.«

Der Morgen verging, die Sonne kletterte am Himmel hoch und löste den Nebel auf; und nun sahen sie klar die Türme von Ao Khaha.

Das Schiff war bemerkt worden. Eine Barke näherte sich vom Ufer her. Reith musterte sie durch sein Scanskop. An Deck standen Wankhmänner, vielleicht ein Dutzend, alle einander ähnlich mit ihren kalkweißen, meist asketischen Gesichtern. Jedenfalls schauten sie sehr düster drein. Reith überlegte: Sollten sie die Barke angehen? Nein, da konnten sie keinen Erfolg haben.

Die Wankhmänner kletterten an Bord des Schiffes. Sie wandten sich an die Lokhar. »Habt ihr Waffen? Alle in die Barke!«

»Nein«, knurrte Zarfo. »Keine Waffen.«

Da bemerkten sie Anacho. »Ist das ein Dirdirmann?« Sie lachten überrascht, dann musterten sie Reith. »Und von welcher Sorte ist der? Nein, wirklich, eine zusammengewürfelte Bande! Und jetzt alle hinab in die Barke!«

Was blieb ihnen anderes übrig? Zuerst gingen die Lokhar mit eingezogenen Köpfen, denn sie wußten, was sie erwartete. Dann folgten Reith, Traz und Anacho. Sie mußten sich an das Schanzkleid stellen und sich umdrehen. Die Wankhmänner zogen ihre Waffen.

Die Lokhar wollten schon gehorchen, aber Reith hatte eine solche Schlächterei nicht erwartet. »Sollen wir zulassen, daß sie uns so leicht abschlachten?« schrie er. »Wir wollen um unser Leben kämpfen!«

Die Wankhmänner gaben scharfe Befehle. »Schnell, wenn ihr nicht noch Schlimmeres erleben wollt! An das Schanzkleid mit euch!«

Neben der Barke wellte sich das Wasser, ein schwarzer Umriß kam an die Oberfläche und zirpte etwas. Die Wankhmänner versteiften sich. Die Kinnladen fielen ihnen herab, und sie waren ungemein enttäuscht. »Geht in die Kanzel«, befahlen sie den Gefangenen.

Die Barke kehrte zur schwarzen Festung zurück, und die Wankhmänner flüsterten miteinander. Sie trieben die Gefangenen zum Landesteg und an Land, dann weiter durch ein Portal, nach Ao Khaha hinein.

15. Kapitel

Schwarzes Glas, dicke Mauern und schwarzer Beton, Ecken, Blöcke und alles in Massen – eine Verneinung organischer Formen. Reith wunderte sich über die Architektur. Sie war abstrakt und streng. Man führte die Gefangenen in eine von dunklem Beton auf drei Seiten umschlossene Sackgasse. Dort ließ man sie anhalten. Sie mußten es tun.

Hier war ein Wassertrog, der diente zum Waschen, zum Trinken, zum Gegenteil. Lärm sollten sie auch keinen machen, aber Wachen stellten die Wankhmänner nicht auf, als sie gingen.

»Sie haben uns ja nicht einmal durchsucht«, bemerkte Reith. »Ich habe meine Waffen noch.«

»Es ist nicht weit zum Portal«, meinte Traz. »Warum sollen wir darauf warten, daß sie uns umbringen?«

»Bis zum Portal schaffen wir's nie«, brummte Zarfo.

»Dann müssen wir hier stehen wie gefügige Tiere?«

»Ich werde es jedenfalls tun«, brummte Belje und warf Reith einen bösen Blick zu. »Smargash sehe ich ja doch nie mehr. Aber mit dem Leben kann ich vielleicht davonkommen. Das mit den Minen sind vielleicht doch nur Märchen.«

»Wenn ein Mann je in den Untergrund muß, kommt er nie wieder heraus. Es gibt genug Hinterhalte und schreckliche Tricks von den Pnume und Pnumekin. Wenn wir nicht gleich hingerichtet werden, kommen wir in die Minen.«

»Nur alles wegen dieser Verrücktheit und unserer Habgier. Adam Reith, dafür mußt du uns noch geradestehen«, jammerte Belje.

»Sei doch ruhig, du Stänkerer«, wies ihn Zarfo in aller Ruhe zurecht. »Keiner hat dich gezwungen, mitzukommen, und jeder ist selbst dran schuld. Reith hat unserem Wissen vertraut, und wir zeigten ihm nur unsere Unfähigkeit.«

»Jeder hat sein Bestes getan«, entgegnete Reith. »Es war riskant. Es ist nicht gelungen. So ist es ... Und eine Flucht ... Hm, ich kann es nicht glauben, daß sie uns so einfach davonkommen lassen.«

Jag Jaganig schnaubte. »Sei da nicht allzu sicher. Die Wankhmänner halten uns für Tiere.«

Reith wandte sich an Traz, dessen Wahrnehmungsgabe ihn gelegentlich über alle Maßen verblüffte. »Könntest du den Weg zum Portal finden?« fragte er.

»Nicht direkt, es gibt so viele Ecken. Diese Gebäude verwirren mich.«

»Dann bleiben wir wohl besser vorerst hier ... Vielleicht können wir uns irgendwie herausreden.«

Der Nachmittag verging, dann die lange Nacht. Az und Braz warfen phantastische Schatten. Der Morgen war kühl, ihre Gelenke waren steif, sie hatten Hunger. Sie wurden immer nervöser, weil ihre Gefangenenwärter nicht kamen. Selbst die ängstlichen Lokhar hätten es vorgezogen, die verhaßten Wankhmänner zu sehen, als immer nur warten zu müssen.

Reith riet immer wieder zur Geduld. »Wir schaffen eine Flucht nicht, sondern wir müssen versuchen, uns das Wohlwollen der Wankhmänner zu verschaffen.«

»Warum sollten sie wohlwollend sein? Sie halten uns für eine Plage, und so behandeln sie uns auch.«

Jag Jaganig war auch pessimistisch. »Diesen Wankh sehen wir nicht wieder. Und die Wankhmänner stehen immer nur zwischen den Wankh und Tschai.«

»Wir werden ja sehen«, meinte Reith.

Der Morgen verging. Die Lokhar lehnten apathisch an der Wand. Traz behielt seinen Gleichmut, wie immer. Woher nahm er nur seine Stärke, seinen Charakter? War es Fatalismus? Wirkte das Emblem noch immer nach? Hatte es seine Seele so entscheidend geformt?

Andere Probleme waren im Moment wichtiger. »Es ist doch kein Zufall, daß sie nicht kommen«, sagte Reith zu Anacho. »Es gibt doch einen Grund dafür. Wollen sie uns zermürben?«

»Da gibt es viel bessere Möglichkeiten als diese«, antwortete der Dirdirmann, aber sonst hatte er auch keine Antwort auf Reiths Fragen.

Sehr spät am Nachmittag kamen drei Wankhmänner. Einer trug eine Silberkette mit Medaillen um den Hals und silberne Beinschienen. Er schien eine wichtige Persönlichkeit zu sein. Er musterte die Gruppe mit hochgezogenen Augenbrauen, ein wenig mißbilligend, aber auch amüsiert, als seien diese Männer ungezogene Kinder. »Na schön. Wer ist der Anführer eurer Gruppe?« fragte er.

Reith trat möglichst würdig vor. »Der bin ich.«

»Du? Keiner von den Lokhar? Was wolltest du damit erreichen?«

»Wer fällt ein Urteil über uns?« fragte Reith.

»Urteil? Wieso Urteil? Hier geht es nur um eure Motive, um sonst gar nichts.«

»Das stimmt nicht. Daß wir das Schiff stahlen, war ein einfacher Diebstahl, daß wir einen Wankh mit in die Luft nahmen, ein Zufall.«

»Einen Wankh! Wißt ihr, wer das war? Nein, natürlich nicht. Er ist ein Weiser des höchsten Grades, ein Meister des Originals.«

»Und er will wissen, weshalb wir sein Raumschiff wegnahmen?«

»Was denn sonst? Ihr braucht ihm nur durch mich eure Informationen zukommen zu lassen, denn das ist meine Aufgabe.«

»In seiner Gegenwart erklärte ich ihm den Zweck gern,

und ich hoffe, dies geschieht in einer ansprechenderen Umgebung als in einer Sackgasse.«

»Du bist sehr mutig. Bist du dieser Adam Reith?«

»Ja, der bin ich.«

»Du hast kürzlich Settra in Cath besucht, und da kamst du mit den sogenannten Sehnenden Flüchtlingen zusammen, nicht wahr?«

»Deine Information stimmt nicht ganz.«

»Das ist egal. Wir wollen nur wissen, weshalb du ein Raumschiff gestohlen hast.«

»Sei bitte dabei, wenn ich es dem Meister des Originals erkläre. Es ist eine sehr komplizierte Sache, und ich bin überzeugt, daß er Fragen stellen wird, die im voraus nicht beantwortet werden können.«

Der Wankhmann wandte sich säuerlich ab.

Zarfo sagte: »Du bist ein eiskalter Bursche. Was willst du gewinnen, wenn du mit dem Wankh sprichst?«

»Ich weiß nicht, ich will's nur einmal versuchen. Der Wankhmann wird ja doch nur das berichten, was ihm paßt.«

»Das wissen alle, nur nicht die Wankh selbst.«

»Sind sie so naiv? Oder so hochmütig?«

»Keines von beiden. Sie haben ihre eigenen Informationsquellen. Die Wankhmänner wollen nur, daß die Lage so bleibt wie jetzt, und die Wankh sind an Tschai ziemlich uninteressiert. Sie wollen hier nur der Drohung der Dirdir begegnen.«

»Pah!« sagte Anacho. »Das ist doch ein Märchen. Es gibt keine Drohung der Dirdir. Die Expansionisten sind vor mehr als tausend Jahren verschwunden. Nur das gegenseitige Mißtrauen ist geblieben.«

»Das ist natürlich. Die Dirdir sind eine unleidige Rasse.«

Anacho war ziemlich gekränkt, Zarfo lachte und Reith schüttelte mißbilligend den Kopf. »Nimm meinen Rat an,

Adam Reith«, sagte Zarfo, »ärgere die Wankhmänner nicht, weil wir nur durch sie unsere Freiheit gewinnen könnten, wenn überhaupt. Willst du kriechen?«

»Dazu bin ich nicht zu stolz«, erklärte Reith, »falls es etwas nützt, doch damit rechne ich nicht. Aber ich habe mir einiges durch den Kopf gehen lassen, das uns helfen würde, wenn wir mit den Wankh reden könnten.«

»Mit den Wankhmenschen wirst du nicht fertig. Die erzählen den Wankh nur, was sie wollen, und den Unterschied kriegst du nie heraus.«

»Was ich tun möchte, ist das«, sagte Reith. »Ich möchte eine Lage herbeiführen, in der nur die Wahrheit einen Sinn ergibt und jede andere Aussage eine offensichtliche Lüge ist.«

Zarfo schüttelte den Kopf. Er ging zum Brunnen, um zu trinken. Da erinnerte sich Reith daran, daß seit zwei Tagen keiner etwas gegessen hatte. Kein Wunder also, daß sie mutlos waren.

Drei Wankhmänner kamen, doch der Silbergeschmückte von vorher war nicht darunter. »Kommt mit«, sagte einer. »Eine ordentliche Reihe bilden.«

»Wohin gehen wir?« wollte Reith wissen, bekam aber keine Antwort.

Fünf Minuten gingen sie durch krumme Straßen und verwinkelte Höfe, durch tiefe Schatten und den gelblichen Schein der Sonne Carina 4269. Sie betraten das Erdgeschoß eines Turmes, wurden mit einem Lift mehrere Dutzend Meter in die Höhe getragen und gelangten schließlich in eine riesige, achteckige Halle.

Dort herrschte gedämpftes Licht. Eine linsenartige Vertiefung im Dach enthielt Wasser; das einfallende Licht wurde durch das windbewegte Wasser zu tanzenden Kringeln auf dem Boden und an den Wänden. Eine seltsame Musik, kaum hörbar und in merkwürdigen Dissonanzen, klang leise von irgendwoher. Die Wände waren fleckig, und das fand Reith sonderbar, bis er näher hinschaute und die Ideogramme der Wankh erkannte. Erst jetzt sah er, wie ungeheuer kompliziert sie waren. Jedes Ideogramm bedeutete einen Ton, und jeder Ton, ob ein Sirren, Summen, Zirpen oder Schnurren, vertrat ein Bild. Das hier an den Wänden waren überaus abstrakte Bilder.

Der Saal war leer.

Schweigend wartete die Gruppe, und nun nahmen sie die Töne schon mit dem Unterbewußtsein wahr. Bernsteinfarbenes Licht, zurückgestrahlt, gebrochen und gebündelt, tanzte durch den Raum.

Reith hörte, wie Traz einen erstaunten Ausruf tat. Das kam selten vor, also mußte es etwas Besonderes sein. »Schau mal dorthin!« flüsterte Traz ihm zu.

In einem Alkoven stand Helsse mit gesenktem Kopf, als gebe er sich einem Traum hin, der ihn voll beanspruchte. Jetzt trug er die schwarzen Kleider der Wankhmenschen. Sein Haar war ganz kurz geschnitten, und an den jungen, eleganten Mann aus dem Blauen Jade-Palast erinnerte nichts mehr. Reith sah Zarfo an. »Du hast mir gesagt, er sei tot.«

»Helsse!« rief Reith. »Hier ist Adam Reith!«

Helsse wandte den Kopf und schaute ihn an. Reith wunderte sich, wie er ihn je für etwas anderes als einen Wankhmann hatte halten können. Langsam kam Helsse heran, und er lächelte sogar andeutungsweise. »So seid ihr also hier. Euer Abenteuer fand ein trauriges Ende«, sagte er.

»Die Lage ist entmutigend«, gab Reith zu. »Kannst du uns helfen?«

Helsse hob die Brauen. »Warum sollte ich? Du bist weder demütig, noch kennst du Behagen. Ich halte dich persönlich für widerlich. Du hast mich zahllosen Würdelosigkeiten ausgesetzt. Deine kultähnliche Einstellung ist ekelhaft. Daß du ein Raumschiff mit einem Weisen des

Originals an Bord gestohlen hast, läßt dein Verlangen als absurd erscheinen.«

»Darf ich fragen, warum du hier bist?«

»Sicher. Um Informationen über dich zu liefern.«

»Sind wir denn so wichtig?«

»Es scheint so«, erwiderte Helsse gleichgültig.

Vier Wankh betraten nun den Raum, vier schwarze, massive Schatten. Helsse stand stramm. Die anderen Wankhmänner schwiegen. Wie immer auch die innere Haltung der Wankhmänner sein mochte, Respekt hatten sie anscheinend vor den Wankh.

Die Gefangenen wurden vor den Wankh in einer Reihe aufgestellt. Eine Minute verging, nichts geschah. Dann tauschten die Wankh einiges Zirpen und Schnurren aus, offensichtlich unverständlich für die Wankhmänner. Dann sprach ein Wankh zu den Wankhmännern in Klimpertönen, wie mit einem Xylophon hervorgebracht, immer drei schnelle Noten.

Der älteste Wankhmann trat vor, lauschte und wandte sich an die Gefangenen. »Welcher von euch ist der Piratenmeister?«

»Keiner«, erwiderte Reith. »Wir sind keine Piraten.«

Einer der Wankh schien eine Frage zu stellen, und Reith glaubte den Meister des Originals zu erkennen. Die Wankhmänner holten etwas zögernd ein kleines Tasteninstrument herbei, das der Wankh erstaunlich geschickt bediente.

»Und sag ihm«, forderte Reith, »wir bedauern die ihm bereitete Unbequemlichkeit, doch die Umstände zwangen uns, ihn mit nach oben zu nehmen.«

»Ihr habt nur Informationen zu geben, sonst nichts, und danach findet der normale Prozeß statt«, wies ihn ein Wankhmann zurecht. »Aber sprich nur, wenn du direkt angesprochen wirst.«

Helsse trat mit einem eigenen Instrument hervor und

spielte eine ganze Reihe von Tonfolgen. Allmählich fühlte sich Reith unbehaglich. Die Ereignisse entglitten seiner Kontrolle, doch als er eine Frage stellen wollte, bedeutete ihm ein Wankhmann, die Vernehmung – beziehungsweise die Anhörung – sei gleich zu Ende.

Reith wandte sich an Zarfo und sagte ihm, er solle dem Wankh irgend etwas erzählen.

Zarfo blies die Wangen auf, deutete auf die Wankhmänner und gab zirpende Laute von sich. »Du bist jetzt still«, befahl ihm der älteste Wankhmann, »du störst nur.«

»Was hast du gesagt?« wollte Reith wissen.

»Falsch falsch, falsch, sagte ich, mehr weiß ich nicht.«

Der Meister deutete auf Reith und Zarfo und zirpte. Der älteste Wankhmann übersetzte: »Der Wankh will wissen, wo ihr geplant habt, das Raumschiff zu stehlen, wo eure Piraterie ...«

»Du hast nicht richtig übersetzt«, fiel ihm Reith ins Wort. »Ich sagte ja schon, wir sind keine Piraten, und auch keine Irren.«

»Ihr seid offensichtlich Piraten«, erwiderte der Wankhmann, »oder auch Irre.« Dann spielte er für den Wankh sein Instrument, und Reith war überzeugt, daß er falsch übersetzte. Deshalb wandte er sich an Helsse. »Was erzählt er ihm alles? Daß wir keine Piraten sind?« Aber von Helsse bekam er keine Antwort. Da lachte Zarfo und flüsterte Reith ins Ohr: »Erinnerst du dich an Dugbo? Kneif ihn doch in die Nase.«

»Helsse«, sagte Reith.

Helsse sah ihn verständnislos an, und da kniff ihn Reith in die Nase. Helsse versteifte sich. »Sag den Wankh, daß ich ein Mensch von der Erde bin, der Welt, von der die Menschen stammen«, befahl ihm Reith. »Und ich nahm das Raumschiff, um nach Hause zurückzukehren.«

Helsse spielte eine ganze Folge von Trillern und Läufen, und sofort wurden die anderen Wankhmänner furchtbar aufgeregt; das war für Reith der Beweis, daß Helsse richtig übersetzt hatte. Sie drängten sich heran und protestierten, damit Helsses Information untergehen sollte, doch Helsse machte weiter.

»Und sag ihnen, die Wankhmänner hätten meine Antwort ganz falsch übersetzt aus ganz eigensüchtigen Gründen«, befahl ihm Reith.

Helsse spielte, die anderen Wankhmänner protestierten und wurden zurückgewiesen.

Jetzt hatte sich Reith für seine Aufgabe angewärmt. »Und sag ihnen auch, daß die Wankhmänner mein Raumschiff zerstört und alle an Bord getötet haben, bis auf mich, und unsere Mission sei friedlicher Natur gewesen. Wir hätten Radiosignale aufgefangen, die Tschai vor hundertfünfzig Jahren aussandte, und um diese Zeit haben die Wankhmänner auch Settra und Ballisidre zerstört, woher die Signale gekommen sind. Damals ging viel Leben verloren, und alles nur aus einem einzigen Grund: um zu verhindern, daß eine neue Lage entstand, die den Waffenstillstand zwischen den Wankh und den Dirdir irgendwie hätte verändern können.«

Unter den Wankhmännern gab es eine große Aufregung, und die überzeugte Reith, daß seine Anschuldigungen angekommen waren. Man brachte sie wieder zum Schweigen. Helsse spielte das Instrument mit der Miene eines Mannes, der über sein eigenes Handeln erstaunt war.

»Du sagst ihnen ferner, daß die Wankhmänner systematisch die Wahrheit verdreht haben. Zweifellos sind sie auch an der Verlängerung des Dirdir-Krieges schuld. Als der Krieg zu Ende war, wollten die Wankh auf ihre Heimatwelt zurückkehren, und dann wären die Wankhmenschen auf sich selbst angewiesen gewesen.«

Helsse wollte das Instrument fallen lassen, doch seine

Finger weigerten sich, es zu tun. Er spielte also weiter, und die anderen Wankhmänner standen in tödlichem Schweigen da. Das war die schlimmste aller Anschuldigungen. Der älteste Wankhmann schrie: »Die Befragung ist zu Ende! Gefangene in einer Reihe aufstellen! Marsch!«

Reith befahl Helsse: »Verlange, daß die Wankh befehlen, die anderen Wankhmänner sollen gehen, so daß wir ohne Unterbrechung weitermachen können.«

Helsses Gesicht verzog sich, Schweiß lief ihm über die Stirn.

»Übersetze meine Mitteilung«, sagte Reith.

Helsse gehorchte.

Verlegen und schweigend schauten die Wankhmänner die Wankh an. Der Meister zirpte ein paarmal.

Die Wankhmänner murmelten untereinander und kamen zu einem schrecklichen Entschluß. Sie zogen ihre Waffen und wandten sich nicht gegen die Gefangenen, sondern gegen die vier Wankh. Reith und Traz machten einen Satz vorwärts, die Lokhar folgten. Die Waffen wurden den Aufrührern entwunden.

Der Meister zirpte wieder ein paarmal.

Helsse lauschte, dann drehte er sich langsam zu Reith um. »Er befiehlt mir, daß du ihm deine Waffe gibst.«

Reith reichte ihm seine Schußwaffe. Helsse wandte sich an die drei anderen Wankhmänner, drückte auf den Knopf, und die drei fielen mit zerschmetterten Köpfen zu Boden.

Die Wankh standen einen Augenblick lang schweigend da, dann verließen sie die Halle. Die Gefangenen blieben bei Helsse und den Toten. Reith nahm seine Waffe aus Helsses kalten Fingern, ehe es diesem einfallen würde, sie noch einmal zu gebrauchen.

Der Saal verdüsterte sich, weil es draußen dämmrig wurde. Reith musterte Helsse. Wie lange würde der hypnotische Zustand noch anhalten? »Bring uns vor die Mauern hinaus«, befahl er.

»Komm.«

Helsse führte die Gruppe durch die schwarz-graue Stadt. Sie kamen zu einer kleinen Stahltür. Helsse berührte einen Knopf, die Tür schwang auf. Draußen führte ein Felsenweg zum Hauptland. Nacheinander traten sie hinaus, dann wandte sich Reith zu Helsse um. »Zehn Minuten, nachdem ich deine Schulter berührt habe, kehrst du in deinen normalen Zustand zurück. Du erinnerst dich an nichts, was in der letzten Stunde geschehen ist. Hast du verstanden?«

»Ja.«

Reith berührte Helsses Schulter, die Gruppe eilte durch das Zwielicht davon.

Einmal schaute Reith zurück. Helsse stand noch so da wie vorher und schaute ihnen ein wenig sehnsüchtig nach.

16. Kapitel

Sie waren erschöpft, als sie sich endlich in einem recht rauhen Waldland auf den Boden fallen ließen. Ihre Mägen waren vor Hunger zusammengezogen. Beim Licht der beiden Monde durchstreifte Traz das Unterholz und fand einen Klumpen Pilgerpflanzen, so daß die Gruppe wenigstens, seit zwei Tagen zum erstenmal, wieder etwas zu essen bekam. Ein wenig gekräftigt wanderten sie weiter durch die Nacht, erstiegen einen langen Hang und erreichten den Kamm, von dem aus sie zurückschauten. Ao Khaha war eine düstere Silhouette vor dem mondhellen Himmel. Jeder hing seinen eigenen

Gedanken nach, und dann wanderten sie weiter nach Norden.

Am Morgen, bei einem Frühstück aus gerösteten Pilzen, öffnete Reith seinen Beutel.

»Die Expedition war ein Mißerfolg. Ich habe euch versprochen, jeder von euch bekommt weitere fünftausend Sequinen. Nehmt sie jetzt – zugleich mit meinem Dank für eure Treue.«

Zarfo nahm die Purpurstreifen mit vorsichtigen Fingern und wog sie dann in der Hand. »Ich bin ein ehrlicher Mann, und da dies unsere Abmachung war, nehme ich das Geld.«

Jag Jaganig sagte: »Eine Frage, Adam Reith. Du sagtest dem Wankh, du seist ein Mann von einer fernen Welt, der Heimat der Menschen. Ist das wahr?«

»Ja. Deshalb erzählte ich es dem Wankh. Es ist wahr, auch wenn Anacho, der Dirdirmann, ein schiefes Gesicht zieht.«

»Erzähl uns etwas von diesem Planeten.«

Reith redete eine Stunde lang, und seine Kameraden schauten schweigend in das Feuer.

Dann räusperte sich Anacho. »Ich bezweifle deine Aufrichtigkeit nicht. Aber du sagst, die Geschichte der Erde sei kurz, verglichen mit der von Tschai. Es liegt doch auf der Hand, daß die Dirdir die Erde früher einmal besucht und eine Kolonie von Dirdirmenschen zurückgelassen haben, von der alle Erdenmenschen abstammen.«

»Ich könnte es dir anders beweisen«, erwiderte Reith. »Wenn unsere Reise erfolgreich verlaufen und wir zur Erde gekommen wären.«

»Interessant ...«, sagte Anacho und legte frisches Holz auf das Feuer. »Natürlich würden die Dirdir kein Raumschiff verkaufen, und ein Diebstahl wie bei den Wankh wäre unmöglich. Aber am Raumhafen Groß-Sivish kann man fast alles bekommen, wenn man es kauft oder ...

diskret einhandelt, Richtig, man braucht viele Sequinen dazu ...«

»Wie viele?« wollte Reith wissen.

»Hunderttausend könnten Wunder wirken.«

»Zweifellos. Aber im Moment habe ich kaum tausend.«

Zarfo warf ihm seinen Beutel mit fünftausend Sequinen zu. »Hier. Es tut mir weh, als hätte ich ein Bein verloren. Aber das soll das erste Geld im Topf sein.«

Reith gab ihm das Geld zurück. »Im Moment würde es nur ein bißchen klimpern, sonst nichts.«

Dreizehn Tage später war die Gruppe in Blalag, wo sie einen Kraftwagen bestiegen und nach Smargash zurückkehrten.

Drei Tage lang aßen, schliefen und schauten Reith, Anacho und Traz dem jungen Volk beim Tanzen zu. Am Abend des vierten Tages trat Zarfo zu ihnen, als sie in der Kneipe saßen. »Alles sieht sehr schön aus. Hast du's schon gehört?«

»Was denn?«

»Erstens, ich habe mir ein schönes Stückchen Land an einer Schleife des Whisfer-Flusses gekauft, auf dem fünf feine Keelbäume stehen, drei Psillas und eine Asponistra, von den Taybeeren ganz zu schweigen. Dort werde ich meine Tage beenden – außer du verführst mich zu einem neuen verrückten Abenteuer. Zweitens, diesen Morgen kamen zwei Techniker von Ao Hidis nach Smargash. Ah, da stehen Veränderungen bevor! Die Wankhmänner verlassen die Festungen. Sie wurden davongejagt und leben jetzt in den Hütten der Schwarzen und Purpurnen. Es scheint, die Wankh wollen nichts mehr mit ihnen zu tun haben.«

Reith lachte belustigt. »In Dadiche fanden wir eine fremde Rasse, die Menschen ausbeutet; in Ao Hidis waren es Menschen die eine fremde Rasse ausnutzten. Beides hat sich jetzt geändert. Anacho, hättest du Lust, von deiner entnervenden Philosophie befreit und ein richtiger, vernünftiger Mensch zu werden?«

»Worte nützen mir nichts, ich will Taten sehen. Bring mich zur Erde.«

»Dorthin gehen können wir nicht.«

»Im Raumhafen von Sivish befinden sich mindestens ein Dutzend Raumschiffe, die nur zusammengebaut und flugfertig gemacht werden müssen.«

»Und wo sind die erforderlichen Sequinen, mein Freund?«

»Das weiß ich auch nicht«, erwiderte Anacho.

»Und ich auch nicht«, fügte Traz hinzu.

Der dritte Roman

IM REICH DER DIRDIR

1. Kapitel

Die Sonne Carina 4269 war in die Konstellation Tartus übergegangen. Das bedeutete den Auftakt zur Balul Zac Ag, der »Unnatürlichen Traumzeit«, während welcher Schlachten, Sklavenfang, Plünderungen und Brandstiftungen im ganzen Lokharhochland zum Stillstand kamen. Balul Zac Ag bot eine günstige Gelegenheit für den Großen Basar in Smargash; vielleicht war auch zuerst der Große Basar veranstaltet worden, und daraus hatte sich nach wer weiß wie vielen Jahrhunderten die Balul Zac Ag ergeben. Aus dem Lokharhochland sowie den umliegenden Gebieten kamen Xaren, Zhurveg, Seraf, Niss und andere Volksstämme nach Smargash; hier trieben sie miteinander Handel, entschieden uralte Fehden und sammelten Nachrichten. Haß hing in der Luft wie ein übler Geruch; verstohlene Blicke, geflüsterte Fluchworte und zwischen zusammengepreßten Zähnen hervorgestoßene verächtliche Zischlaute verliehen der Atmosphäre und Verworrenheit des Basars Ausdruck. Nur die Lokhar (die Männer mit schwarzer Haut und weißem Haar, die Frauen mit weißer Haut und schwarzem Haar) behielten ihre gelassene Gleichgültigkeit bei.

Am zweiten Tag der Balul Zac Ag bemerkte Adam Reith, als er durch den Basar schlenderte, daß man ihn beschattete. Diese Erkenntnis machte ihm angst. Auf Tschai nahm Überwachung immer ein schlimmes Ende.

Vielleicht habe ich mich geirrt, sagte sich Reith. Er hatte dutzendweise Feinde. Für viele verkörperte seine Person ein ideologisches Unheil; aber wie konnte ihn einer der Betreffenden in Smargash aufgespürt haben? Reith ging durch die überfüllten Straßen des Basars weiter, blieb bei den Verkaufsständen stehen und blickte in die Richtung zurück, aus der er gekommen war. Aber der Verfolger war – wenn er tatsächlich existierte – im Gewühl verschwunden. Es gab zwei Meter große, schwarz gekleidete Niss, die wie die Raubvögel umherstolzierten; Xaren; Seraf; Dugbonomaden, die um ihre Lagerfeuer kauerten; menschliche Wesen, die ihre Gesichter hinter Keramikmasken versteckten; Zhurveg in kaffeebraunen Kaftanen; die schwarzen und weißen Lokhar aus Smargash. Es herrschte die altbekannte, abgehackte Geräuschkulisse: Eisengeklirr, das Knarren von Leder, mißtönende Stimmen, schrille Schreie; die winselnde, krächzende und kreischende Dugbomusik. Düfte schwängerte die Luft: Farngewürz, Drüsenöl, leichter Moschusgeruch, aufgewirbelter Staub, der Dunst von Nußkohle und gegrilltem Fleisch, die Ausdünstung der Seraf. Es gab Farben: Schwarz, Dunkelbraun, Orange, abgetragenes Scharlachrot, Dunkelblau, Dunkelgold. Reith verließ den Basar und überquerte den Tanzplatz. Er blieb kurz stehen und sah aus den Augenwinkeln, wie eine Gestalt hinter ein Zelt huschte.

Nachdenklich kehrte Reith in den Gasthof zurück. Traz und der Dirdirmann Ankhe at afram Anacho saßen im Speiseraum und verzehrten Fleisch mit Brot. Die beiden schwiegen beim Essen; völlig verschiedene Wesen, von denen jedes das andere unverständlich fand. Der wie alle Dirdirmenschen große, magere und blasse Anacho war vollkommen kahl, ein Manko, das er jetzt wie die Yao mit Hilfe einer weichen, mit Quasten geschmückten Kappe zu bagatellisieren suchte. Er war unberechenbar und neigte zu Geschwätzigkeit, makabren Scherzen, plötzlicher Gereiztheit. Der stämmige, dunkelhäutige und robuste Traz war fast das genaue Gegenteil von Anacho. Traz hielt Anacho für eitel, spitzfindig, überzivilisiert; Anacho schätzte Traz als taktlos, ernst und übertrieben pedantisch ein. Reith verstand nicht, wie die beiden es fertigbrachten, in verhältnismäßig gutem Einvernehmen zusammen zu reisen.

Reith setzte sich zu ihnen an den Tisch. »Ich glaube, man beobachtet mich«, verkündete er.

Anacho lehnte sich erschrocken zurück. »Dann müssen wir uns auf das Schlimmste gefaßt machen – oder fliehen.«

»Ich ziehe die Flucht vor«, erklärte Reith und schenkte sich aus einem Steinkrug Bier ein.

»Willst du noch immer zu deinem geheimnisvollen Planeten fliegen?« Anacho stellte seine Frage in einem Ton, als müsse er einem widerspenstigen Kind gut zureden.

»Gewiß will ich zur Erde zurückkehren.«

»Pah«, murmelte Anacho. »Du bist das Opfer einer Falschmeldung oder einer fixen Idee. Kannst du dir das nicht aus dem Kopf schlagen? Das Unternehmen ist leichter zu besprechen als durchzuführen. Raumschiffe sind keine Warzenscheren, die man an jedem Marktstand kaufen kann.«

Reith nickte traurig. »Das weiß ich nur zu gut.«

Anacho fuhr lässig fort: »Ich empfehle dir, dich an die großen Hangars in Sivish zu wenden. Man kann sich fast alles beschaffen, wenn man über genügend Sequinen verfügt.«

»Ich fürchte, das ist bei mir nicht der Fall«, bedauerte Reith.

»Geh in die Carabas. Dort kann man eimerweise Sequinen scheffeln.«

Traz schnaubte spöttisch. »Hältst du uns für wahnwitzig?«

»Wo liegt die Carabas?« erkundigte sich Reith.

»Die Carabas liegt im Jagdrevier der Dirdir, nördlich von Kislovan. Männer mit Glück und starken Nerven haben manchmal Erfolg.«

»Dummköpfe, Spieler und Mörder, besser gesagt«, brummte Traz.

Reith fragte: »Wie erwerben diese Männer die Sequinen?«

Anachos Antwort klang schnippisch und affektiert. »Auf die übliche Weise: sie legen Chrysopinadern frei.«

Reith strich sich übers Kinn. »Also das ist die Quelle für die Sequinen. Ich dachte, die Dirdir oder eine andere Rasse würden sie prägen.«

»Du kommst tatsächlich von einem anderen Stern!« rief Anacho.

Reiths Mundwinkel zuckten wehmütig. »Wie könnte es anders sein.«

»Das Chrysopin«, dozierte Anacho, »wächst nur in der Schwarzen Zone, mit anderen Worten in der Carabas; dort treten im Boden Uraniumverbindungen auf. Eine reiche Ader bringt zweihundertzweiundachtzig Sequinen der einen oder anderen Farbe ein. Eine purpurrote Sequine ist hundert farblose wert; eine scharlachrote fünfzig; und dann weiter abwärts von den smaragdgrünen, blauen, sarden bis zu den milchweißen. Selbst Traz weiß das.«

Traz funkelte Anacho mit verächtlich geschürzten Lippen an. »Selbst Traz?«

Anacho beachtete ihn nicht. »Aber das nebenbei. Wir haben keinen sicheren Beweis für die Überwachung. Adam Reith könnte sich irren.«

»Adam Reith irrt sich nicht«, widersprach Traz. »›Selbst Traz‹, wie du es ausgedrückt hast, weiß das besser.«

Anacho runzelte die unbehaarten Augenbrauen. »Wieso?«

»Sieh dir den Mann an, der eben den Raum betreten hat.«

»Ein Lokhar. Was ist mit ihm?«

»Er ist kein Lokhar. Er läßt uns nicht aus den Augen.«

Anachos Kiefer sank herab.

Reith musterte den Mann verstohlen; er schien weniger dick, weniger direkt und kürzer angebunden zu sein als ein echter Lokhar. Anacho sagte leise: »Der Junge hat recht. Seht nur, wie er sein Bier trinkt – mit gesenktem Kopf, statt ihn zurückzulegen ... Beunruhigend.«

Reith murmelte: »Wer sollte sich schon für uns interessieren?«

Anacho lachte sarkastisch. »Glaubst du wirklich, unsere Heldentaten seien unbemerkt geblieben? Die Geschehnisse in Ao Hidis haben allerorts Aufsehen erregt.«

»Und dieser Mann – in wessen Diensten steht er?«

Anacho zuckte die Achseln. »Auf Grund seiner schwarzgefärbten Haut kann ich die Herkunft nicht erraten.«

»Wir ziehen lieber ein paar Auskünfte ein«, erklärte Reith. Er überlegte einen Augenblick. »Ich spaziere durch den Basar und dann weiter in die Altstadt. Wenn mir der Mann dort drüben folgt, gebt ihr ihm einen Vorsprung und geht ihm dann nach. Wenn er sitzenbleibt, bleibt einer von euch hier, und der zweite kommt hinter mir her.«

Reith schlenderte in den Basar hinaus. Bei einem Zelt der Zhurveg blieb er stehen und betrachtete die ausgelegten Teppiche, die – Gerüchten zufolge – Kinder ohne Beine webten; man munkelte, daß letztere von den Zhurveg entführt und verstümmelt wurden. Er blickte zurück in die Richtung, aus der er gekommen war. Niemand folgte ihm. Reith ging ein paar Schritte weiter und hielt bei den Regalen, auf denen die häßlichen Nissfrauen geflochtene Lederschnüre, Pferdegeschirre und wunderschöne, roh behauene Silberpokale feilboten. Noch immer kam niemand hinterher. Reith überquerte die

Straße und begutachtete die ausgestellten Musikinstrumente eines Dugbo. Wenn ich eine Ladung aus Zhurvegteppichen, Nissilber und Dugbeinstrumenten zur Erde transportieren könnte, dachte Reith, wäre mein Glück gemacht. Er blickte über die Schulter und entdeckte jetzt Anacho, der fünfzig Meter hinter ihm herschlenderte. Anacho hatte zweifellos nichts erfahren.

Reith ging langsam weiter. Er blieb stehen, um einem Dugbo-Geisterbeschwörer zuzuschauen: ein buckliger Greis, der hinter unförmigen Flaschen, Salbentöpfen, Verbindungssteinen zur Erleichterung der Telepathie, Liebesstöcken und Fluchsprüchen auf rotem oder grünem Papier kauerte. Über ihm flogen zwölf phantastische Drachen, mit denen der Alte geschickt hantierte und dadurch eine matte, wimmernde Musik hervorrief. Er bot Reith ein Amulett an, das dieser nicht kaufen wollte. Daraufhin bedachte ihn der Geisterbeschwörer mit Schimpfnamen, brachte seine Drachen ins Schleudern und ließ sie Dissonanzen erzeugen.

Reith ging in das Zeltlager der Dugbo weiter. Mädchen mit Schals und rüschenbesetzten Röcken in Schwarz, Altrosa und Ockergelb boten sich den Zhurveg, Lokhar und Seraf an. Die prüden Niss schmähten sie; letztere stolzierten schweigend mit hocherhobenem Kopf und Nasen, die wie polierte Knochensensen aussahen, vorbei. Hinter dem Lager war die offene Prärie, in weiter Ferne lagen die Berge, die im Licht von Carina 4269 schwarz und golden schimmerten.

Ein Dugbomädchen näherte sich Reith. Es schwang die Hüften, so daß der Silberschmuck um seine Taille leise klirrte, und lächelte breit, wobei es ein lückenhaftes Gebiß sehen ließ. »Was suchst du, mein Freund? Bist du müde? Das ist mein Zelt. Komm mit hinein und ruh dich aus.«

Reith lehnte die Einladung ab und zog sich zurück,

bevor sich ihre Finger oder die ihrer jüngeren Schwestern in die Nähe seiner Geldbörse stehlen konnten.

»Warum sträubst du dich?« zirpte das Mädchen. »Sieh mich an! Bin ich nicht anmutig? Ich habe mich mit Serafsalbe eingerieben; ich rieche nach Duftwasser. Du könntest es weit schlechter treffen!«

»Zweifellos«, versicherte Reith. »Aber ...«

»Wir unterhalten uns, Adam Reith! Wir erzählen uns viele seltsame Dinge.«

»Woher weißt du meinen Namen?« wollte Reith wissen.

Das Mädchen wedelte mit dem Schal den jüngeren Mädchen zu, als würde es lästige Insekten verscheuchen. »Wer in Smargash kennt nicht Adam Reith, der wie ein Ilanthprinz durchs Land streift und den Kopf stets voller Einfälle hat?«

»Dann bin ich also berühmt?«

»Aber natürlich. Mußt du wirklich gehen?«

»Ja, ich habe eine Verabredung.« Reith setzte seinen Weg fort. Das Mädchen sah ihm mit einem rätselhaften Lächeln nach, dies beunruhigte Reith, der über die Schulter zurückblickte.

Zweihundert Meter weiter trat Anacho aus einer Seitenstraße zu ihm. »Der wie ein Lokhar gefärbte Mann blieb im Gasthaus. Eine Weile folgte dir die junge Frau, die wie eine Dugbo gekleidet ist. Im Zeltlager sprach sie dich an und ging dann nicht mehr hinter dir her.«

»Seltsam«, murmelte Reith. Er blickte die Straße hinauf und hinunter. »Jetzt kommt uns niemand nach?«

»Es ist keiner zu sehen. Wir können aber trotzdem unter Beobachtung stehen. Dreh dich bitte um.«

Anacho fuhr mit seinen langen, weißen Fingern über Reiths Jackenstoff. »Das habe ich vermutet.« Er förderte einen kleinen schwarzen Knopf zutage. »Und jetzt wissen wir auch, wer dich beschattet. Kennst du das?«

»Nein. Aber ich kann's mir denken. Eine Anzeigevorrichtung.«

»Eine Jagdhilfe der Dirdir. Die ganz Jungen oder Uralten benutzen sie, um ihrem Opfer auf der Spur zu bleiben.«

»Also interessieren sich die Dirdir für mich.«

Anachos Gesicht wurde lang und schmal, als hätte er in etwas Saures gebissen. »Natürlich haben die Vorkommnisse in Ao Hidis ihre Aufmerksamkeit erregt.«

»Was könnten sie wohl von mir wollen?«

»Die Beweggründe der Dirdir sind selten fein. Sie möchten dir ein paar Fragen stellen und dich anschließend töten.«

»Dann wird es Zeit, daß wir uns aus dem Staub machen.«

Anacho blickte zum Himmel. »Schon zu spät. Ich nehme an, daß in diesem Augenblick ein Gleiter der Dirdir anfliegt ... Gib mir die Wanze.«

Ein Niss kam heran; sein schwarzes Gewand umflatterte die Beine. Anacho näherte sich in einer raschen Bewegung der schwarzen Kleidung. Der Niss schnellte mit einem drohenden Grunzen herum und schien einen Moment lang versucht, sich der unnatürlichen Zwänge der Balul Zac Ag zu entledigen. Dann machte er auf dem Absatz kehrt und ging seiner Wege.

Anacho stieß ein dünnes, flötendes Lachen aus. »Die Dirdir werden überrascht sein, wenn sich Adam Reith als Niss entpuppt.«

»Ehe sie ihren Irrtum einsehen, sind wir besser verschwunden.«

»Einverstanden, aber wie?«

»Ich schlage vor, daß wir den alten Zarfo Detwiler aufsuchen.«

»Glücklicherweise wissen wir, wo er zu finden ist.«

Die beiden umrundeten den Basar und näherten sich

dem Bierhaus, einem baufälligen Gebäude aus Stein und verwitterten Brettern. Heute saß Zarfo drinnen, um dem Staub und dem Trubel des Basars zu entgehen. Ein irdener, mit Bier gefüllter Krug verdeckte sein schwarzgefärbtes Gesicht fast ganz. Er hatte ungewöhnlich elegante Kleider an: auf Hochglanz gewichste schwarze Schuhe, kastanienbrauner Umhang und schwarzer Dreispitz, den er über das weiße, wallende Haar gezogen hatte. Er war ein wenig betrunken und noch redseliger als gewöhnlich. Mit Mühe erklärte ihm Reith sein Problem. Endlich wurde Zarfo doch unruhig. »Jetzt sind es also die Dirdir! Niederträchtig! Und während der Balul Zac Ag! Sie sollten sich lieber beherrschen, sonst lernen sie den Zorn der Lokhar kennen!«

»Wie können wir Smargash auf dem schnellsten Wege verlassen?« fragte Reith.

Zarfo kniff die Augen zusammen und schöpfte eine weitere Kelle Bier aus dem Krug. »Zuerst muß ich wissen, wohin ihr wollt.«

»Zu den Wolkeninseln, oder vielleicht in die Carabas.«

Zarfo ließ die Kelle erschrocken sinken. »Die Lokhar sind überaus habgierige Leute – und dennoch, wie viele haben in die Carabas zu gehen versucht? Ganz wenige! Und wie viele kehren reich zurück? Hast du das große Herrschaftshaus im Osten gesehen – mit dem geschnitzten Elfenbeinzaun?«

»Ja.«

»Solch ein Haus gibt es in der Nähe von Smargash kein zweitesmal«, erklärte Zarfo unheilvoll. »Verstehst du, was ich damit sagen will.« Er klopfte auf die Bank. »Bierjunge! Mehr Bier!«

»Ich habe auch die Wolkeninseln erwähnt«, lenkte Reith ein.

»Tusa Tala im Draschade liegt für die Inseln günstiger. Wie man Tusa Tala erreicht? Der Elektrowagen fährt nur bis Siadz am Rande des Hochlandes. Ich kenne keinen Weg über die Steilhänge zum Draschade hinunter. Die Karawane nach Zara ist seit zwei Monaten fort. Ein Luftfloß wäre das einzig vernünftige Transportmittel.«

»Schön, und wie bekommen wir ein solches Gefährt?«

»Von den Lokhar nicht; wir besitzen keins. Schaut dort hinüber, ein Luftfloß und eine Gruppe reicher Xaren! Sie stehen kurz vor dem Abflug. Vielleicht wollen sie nach Tusa Tala. Fragen wir sie.«

»Moment. Wir müssen Traz benachrichtigen.« Reith rief den Bierjungen und schickte ihn zum Gasthof.

Zarfo ging über den Platz, Reith und Anacho folgten ihm auf den Fersen. Fünf Xaren standen neben ihrer alten Himmelskutsche; kleine, breitschultrige Männer mit pausbäckigen Gesichtern. Sie trugen kostbare graue und grüne Gewänder; ihre schwarzen Haare standen in starren, gefirnißten Säulen vom Kopf ab, bauschten sich leicht nach außen und waren flach abgeschnitten.

»Verlaßt ihr Smargash schon so bald?« rief Zarfo fröhlich.

Die Xaren flüsterten miteinander und wandten sich ab.

Zarfo übersah die mangelnde Leutseligkeit. »Wohin fliegt ihr denn?«

»Zum Falas-See; wohin sonst?« erklärte der älteste Xar. »Unsere Geschäfte sind abgeschlossen; wie gewöhnlich hat man uns betrogen. Wir können es kaum erwarten, wieder in die Sümpfe zurückzukehren.«

»Ausgezeichnet. Dieser Herr und seine beiden Freunde brauchen ein Transportmittel in eure Richtung. Sie fragten mich, ob sie Bezahlung anbieten sollten. Ich antwortete: ›Unsinn! Die Xaren sind so großzügig wie die Fürsten . . .‹«

»Halt!« fiel ihm der Xar scharf ins Wort. »Ich muß mindestens drei Punkte klären. Erstens: unser Floß ist überfüllt. Zweitens: wir sind großzügig, solange unsere

Sequinen nicht davon betroffen werden. Drittens: diese beiden Personen, über die nichts Näheres bekannt ist, besitzen eine verwegene und äußerst gefährliche Ausstrahlung, die keineswegs beruhigend wirkt. Ist das der dritte?« Er bezog sich auf Traz, der auf dem Schauplatz erschienen war. »Nur ein Jüngling, aber deshalb nicht weniger fragwürdig.«

Ein anderer Xar ergriff das Wort: »Noch zwei Fragen: Wieviel könnt ihr zahlen? Wohin wollt ihr?«

Reith, der an die unerfreulich spärlichen Sequinen in seiner Börse dachte, erwiderte: »Wir können nur hundert Sequinen bieten; und wir wollen nach Tusa Tala.«

Die Xaren warfen entrüstet die Arme in die Luft. »Tusa Tala? Eintausendsechshundert Kilometer im Nordwesten! Wir fliegen nach Südosten zum Falas-See! Hundert Sequinen? Soll das ein Witz sein? Glücksritter! Schert euch fort!«

Zarfo starrte dem entschwindenden Fahrzeug nach. Er seufzte. »Fehlanzeige ... Nun, alle sind vielleicht nicht so ungehobelt. Am Himmel taucht ein neues Schiff auf. Wir werden den Besitzern unser Anliegen unterbreiten; im äußersten Notfall machen wir sie betrunken und borgen uns das Gefährt. Ein hübscher Schlitten. Sicher ...«

Anacho rief erschrocken: »Ein Gleiter der Dirdir! Sie sind schon da! Verstecken wir uns, wenn uns das Leben lieb ist.«

Er wollte davonrennen. Reith packte seinen Arm. »Nicht laufen. Willst du, daß sie uns so schnell erkennen?« Und zu Zarfo: »Wo können wir uns verstecken?«

»Im Lagerraum des Bierhauses – aber vergeßt Balul Zac Ag nicht! Die Dirdir würden es niemals wagen, Gewalt anzuwenden!«

»Pah«, schnaubte Anacho. »Was wissen die schon von euren Bräuchen, oder was scheren sie sich darum?«

»Ich werde sie aufklären«, versicherte Zarfo. Er führte

die drei zu einem Schuppen neben dem Bierhaus und schob sie hinein. Durch einen Spalt in der Bretterwand beobachtete Reith, daß der Gleiter der Dirdir im Hof landete. Auf Grund eines plötzlichen Einfalls wandte er sich Traz zu, betastete dessen Kleider und entdeckte mit ungeheurem Entsetzen einen schwarzen Knopf.

»Schnell«, befahl Anacho. »Gib ihn mir.« Er verließ den Schuppen und ging ins Bierhaus. Einen Augenblick später kam er zurück. »Jetzt trägt ein alter Lokhar, der gerade aufbrechen will, die Wanze.« Er trat zu einem Schlitz und spähte auf den Platz hinaus. »Natürlich die Dirdir! Wie immer, wenn ein Zeitvertreib winkt!«

Der Gleiter lag ruhig; ein solches Fahrzeug hatte Reith noch nie zuvor gesehen. Es war das Ergebnis von unfehlbaren und hochentwickelten technischen Kenntnissen. Fünf Dirdir stiegen aus: eindrucksvolle Gestalten – grausam, lebhaft, entschlossen. Sie waren etwa so groß wie ein Mensch und bewegten sich mit unheimlicher Geschwindigkeit – wie Eidechsen an einem heißen Tag. Die Hautfarbe erinnerte an glänzende Knochen; der Schädel endete in einem spitzen, einer Klinge ähnelndem Schopf, von dem aus zu beiden Seiten weißglühende Antennen nach hinten ragten. Die Gesichtsform war sonderbar menschlich mit tiefen Augenhöhlen und einem Kopfhautkamm, der sich – wie beim Mensch der Nasenrücken – nach unten senkte. Sie hoppelten teils, teils sprangen sie – wie aufrecht gehende Leoparden; man konnte sich in ihnen leicht jene wilden Geschöpfe vorstellen, die in der Wüste von Sibol gejagt hatten.

Drei Personen traten den Dirdir entgegen: der falsche Lokhar, das Dugbomädchen sowie ein nicht klassifizierbarer, graugekleideter Mann. Die Dirdir sprachen ein paar Minuten mit den dreien; dann zogen sie Geräte heraus und hielten sie in verschiedene Richtungen. Anacho zischte: »Sie machen ihre Wanzen ausfindig. Und der alte

Lokhar trödelt im Bierhaus noch immer über seinem Krug!«

»Egal«, winkte Reith ab. »Genauso gut dort wie anderswo.«

Die Dirdir näherten sich dem Bierhaus in ihrer komischen, halb springenden Gangart. Die drei Spione folgten ihnen.

In diesem Augenblick schlurfte der alte Lokhar ins Freie. Die Dirdir musterten ihn bestürzt und näherten sich ihm mit großen Sprüngen. Der Lokhar wich ängstlich zurück. »Was haben wir denn da? Dirdir? Laßt mich in Ruhe!«

Die Dirdir redeten in zischenden, lispelnden Lauten, was vermuten ließ, daß ihnen der Kehlkopf fehlte. »Kennst du einen Mann namens Adam Reith?«

»Nein, ehrlich! Geht mir aus dem Weg!«

Zarfo stürzte vor. »Adam Reith sagtet ihr? Was ist mit ihm?«

»Wo ist er?«

»Warum wollt ihr das wissen?«

Der falsche Lokhar trat vor und flüsterte mit dem Dirdir. Der Dirdir fragte: »Kennst du Adam Reith gut?«

»Nicht besonders gut. Wenn Ihr für ihn Geld habt, so laßt es bei mir. So würde er es wünschen.«

»Wo ist er?«

Zarfos Blick schweifte über den Himmel. »Habt ihr das Luftfloß gesehen, das abflog, als ihr gelandet seid?«

»Ja.«

»Vielleicht war er mit seinen Freunden an Bord.«

»Wer behauptet das?«

»Nicht ich«, wehrte Zarfo ab. »Ich stelle nur eine Vermutung an.«

»Ich auch nicht«, sagte der alte Lokhar, der die Wanze getragen hatte.

»In welche Richtung fliegen sie?«

»Pah. Die großartigen Spurenleser seid doch ihr«, schnaubte Zarfo. »Warum fragt ihr uns arme Einfaltspinsel?« Die Dirdir eilten mit langen Schritten über den Hof zurück. Der Gleiter schoß in die Luft.

Zarfo stellte sich den drei Dirdiragenten in den Weg; sein dickes Gesicht verzog sich zu einem feindseligen Grinsen. »Ihr übertretet also hier in Smargash unsere Gesetze. Wißt ihr nicht, daß Balul Zac Ag ist?«

»Wir haben keine Gewalttaten verübt, sondern nur unsere Arbeit getan«, verteidigte sich der falsche Lokhar.

»Schmutzige Arbeit, die zu Gewalttaten führt! Man soll euch alle auspeitschen. Wo sind die Polizisten? Ich verlange, daß man die drei verhaftet!«

Die drei Spitzel wurden abgeführt, wobei sie protestierten, schrien und Forderungen stellten.

Zarfo kam in den Schuppen. »Am besten verschwindet ihr sofort. Die Dirdir werden sich nicht lange aufhalten.« Er deutete über den Hof. »Der Wagen nach Westen steht zur Abfahrt bereit.«

»Wohin bringt er uns?«

»Zum Rand des Hochlandes. Dahinter liegen die Klüfte! Eine fürchterliche Gegend. Aber wenn ihr hierbleibt, fangen euch die Dirdir. Balul Zac Ag hin, Balul Zac Ag her.«

Reith blickte auf die staubbedeckten Stein- und Holzhäuser von Smargash, auf die schwarzen und weißen Lokhar, auf das heruntergekommene alte Wirtshaus. Hier hatte er auf Tschai die einzige Zeit des Friedens und der Sicherheit verbracht; jetzt zwangen ihn die Ereignisse wieder einmal, sich der Ungewißheit auszuliefern. Mit belegter Stimme erklärte er: »Wir brauchen fünfzehn Minuten, um zu packen.«

Anacho sagte düster: »Die Umstände decken sich nicht mit meinen Hoffnungen ... Aber ich muß das Beste daraus machen. Tschai ist eine Welt der Qual.«

2. Kapitel

Zarfo brachte weiße Serafkleider und Pickelhauben ins Gasthaus. »Zieht das an. Möglicherweise könnt ihr ein bis zwei Stunden Vorsprung gewinnen. Beeilt euch – der Wagen fährt gleich ab.«

»Einen Augenblick.« Reith inspizierte den Platz. »Vielleicht gibt es noch andere Spione, die uns auf Schritt und Tritt belauern.«

»Nun, dann durch die Hintertür. Schließlich können wir nicht jede Möglichkeit in Erwägung ziehen.«

Reith machte keine Einwände mehr. Zarfo wurde langsam mißmutig und wollte sie schleunigst aus Smargash abschieben, egal in welche Richtung.

Schweigend gingen sie zur Elektrowagenstation. Jeder hing seinen eigenen Gedanken nach. Zarfo belehrte sie: »Sprecht mit keinem Menschen. Gebt vor, zu meditieren. So halten es die Seraf. Seht bei Sonnenuntergang nach Osten und stoßt einen lauten Schrei aus: ›Ah-oo-cha!‹ Niemand weiß, was er bedeutet, aber so halten es die Seraf. Wenn man euch unter Druck setzt, behauptet, daß ihr Geschäfte zu tätigen hattet. Also dann: steigt ein! Möget ihr den Dirdir entkommen und bei allen künftigen Unternehmungen Erfolg haben. Und wenn nicht, dann denkt daran, daß man nur einmal stirbt!«

»Danke für den Trost«, spottete Reith.

Der Elektrowagen rollte auf seinen acht großen Rädern davon: aus Smargash hinaus, über das Flachland nach Westen. Reith, Anacho und Traz saßen allein im rückwärtigen Abteil.

Anacho äußerte sich pessimistisch über ihre Chancen: »Die Dirdir werden sich nicht lange an der Nase herumführen lassen. Schwierigkeiten stacheln sie noch mehr an. Wißt ihr, daß sich die jungen Dirdir wie Bestien benehmen? Sie müssen erst gezähmt und erzogen werden. Die Gesinnung der Dirdir bleibt wild; das Jagen ist ihre große Leidenschaft.«

»Die Selbsterhaltung ist für mich eine nicht minder große Leidenschaft«, versicherte Reith.

Die Sonne sank hinter den Horizont; graubraunes Zwielicht legte sich über die Landschaft. Der Wagen hielt in einem trostlosen kleinen Dorf. Die Passagiere vertraten sich die Beine, tranken brackiges Wasser aus einem Ziehbrunnen und feilschten mit einem verhutzelten alten Weib um Korinthenbrötchen; die Alte verlangte unerhört hohe Preise und antwortete auf Gegengebote mit schallendem Gelächter.

Der Wagen fuhr weiter; die alte Frau blieb mit ihren Korinthenbrötchen murrend zurück.

Die Dämmerung ging in Dunkelbraun und schließlich in Finsternis über. Durch die Wüste zog ein unheimliches Geheul: die Schreie von Nachthunden. Im Osten erschien der rosafarbene Mond Az, dem alsbald der blaue Braz folgte. Vor ihnen türmte sich ein Felsvorsprung auf: ein alter Vulkanengpaß, wie Reith vermutete. Auf dem Gipfel schimmerten drei fahlgelbe Lichter. Als Reith durch sein Scanskop hinaufblickte, sah er die Ruinen einer Burg ... Er döste eine Stunde lang und entdeckte beim Erwachen, daß der Wagen im feinen Sand neben einem Fluß fuhr. Am anderen Ufer hoben sich Psillas gegen den mondbeschienenen Himmel ab. Bald darauf kamen sie an einem Herrschaftshaus mit vielen Kuppeln vorbei, das offensichtlich leerstand und langsam verfiel.

Eine halbe Stunde später – um Mitternacht – rumpelte der Wagen in ein großes Dorf und machte für die Nacht Station. Die Fahrgäste legten sich auf den Bänken oder dem Wagendach zum Schlafen nieder.

Endlich ging Carina 4269 auf: eine kalte, gelbbraune Scheibe, die den Morgennebel nur mühsam vertreiben konnte. Händler brachten Tablette mit gepökeltem Fleisch, Teigwaren, gekochter Rinde und gerösteten Pilgerpflanzen, woraus sich die Passagiere ein Frühstück zusammenstellten.

Der Wagen fuhr weiter gen Westen zu den Grenzbergen, die jetzt hoch aufragten. Reith suchte gelegentlich mit seinem Scanskop den Himmel ab, entdeckte jedoch keine Verfolger.

»Dafür ist es noch zu früh«, bemerkte Anacho freudlos. »Keine Angst; sie werden schon kommen.«

Mittags erreichte der Wagen Siadz, die Endhaltestelle: ein Dutzend Steinhütten, die sich um eine Zisterne scharten.

Zu Reiths größtem Ärger konnte man kein einziges Transportmittel – weder einen Elektrowagen noch ein Springpferd – mieten, das sie zur Grenze befördert hätte.

»Wißt ihr denn, was dahinter liegt?« wollte der Dorfälteste wissen. »Die Klüfte.«

»Gibt es dorthin keinen Weg, keine Handelsstraße?«

»Wer möchte schon in die Klüfte eindringen, um Handel zu treiben? Was seid ihr nur für Leute?«

»Seraf«, log Anacho. »Wir suchen nach der Asofawurzel.«

»Ach ja, die Seraf mit ihren Duftwässerchen. Ich habe davon gehört. Schön, aber verschont uns mit euren Mätzchen; wir sind einfache Leute. In den Klüften gibt es ohnehin keine Asofa. Nur Stechpalme, Schaumkraut und Wucherblume.«

»Wir machen uns trotzdem auf die Suche.«

»Dann geht. Angeblich gibt es irgendwo im Norden eine alte Straße; aber von meinen Bekannten hat sie noch keiner gesehen.«

»Was für ein Volk lebt denn dort?«

»›Volk?‹ Daß ich nicht lache. Ein paar Affenmenschen, unter jedem Felsen rote Skorpione, Unglücksvögel. Wenn man sehr viel Pech hat, trifft man vielleicht auf einen Wüstenfuchs.«

»Das scheint ja eine entsetzliche Gegend zu sein.«

»Ja, eintausendsechshundert katastrophale Kilometer. Doch wer weiß? Bei dem, was Feiglinge niemals anzupacken wagen, erwerben Helden Ruhm. So könnte es auch mit eurem Duftwasser sein. Geht nach Norden und sucht die alte Küstenstraße. Sie wird nur eine Kerbe, ein ganz schmaler Pfad sein. Wenn die Dunkelheit kommt, bringt euch in Sicherheit. Nachthunde streifen durch die Wüste!«

Darauf Reith: »Ihr habt uns überzeugt; wir fahren mit dem Elektrowagen wieder zurück.«

»Sehr weise! Schließlich, warum dem Leben sinnlos entsagen – Seraf oder nicht?«

Reith und seine Gefährten fuhren im Elektrowagen eineinhalb Kilometer zurück und sprangen dann unbemerkt ab.

Der Wagen rumpelte weiter und verschwand bald in der gelbbraunen Düsternis.

Stille hüllte sie ein. Sie standen auf grobkörnigem, grauem Boden; an vereinzelten Stellen wuchsen lachsfarbene Dornenbüschel, und in noch größeren Abständen ein wirres Knäuel aus Pilgerpflanzen, das Reith mit finsterer Befriedigung registrierte. »Solange wir Pilgerpflanzen finden, können wir wenigstens nicht verhungern.«

Traz brummte unbehaglich: »Es wäre besser, wenn wir die Berge noch vor Einbruch der Dunkelheit erreichen würden. In der Ebene werden die Nachthunde mit drei Männern leicht fertig.«

»Ich kenne sogar einen noch überzeugenderen Grund für die Eile«, sagte Anacho. »Die Dirdir werden sich nicht lange täuschen lassen.«

Reith suchte den leeren Himmel und die kahle Landschaft ab. »Vielleicht verlieren sie die Lust.«

»Niemals! Wenn man ihnen einen Strich durch die Rechnung macht, stachelt das nur ihren Jagdeifer an.«

»Wir sind nicht mehr weit weg von den Bergen. Wir können uns im Schatten der Geröllblöcke oder in einer Schlucht verstecken.«

Nach einer Stunde erreichten sie den Fuß der bröckeligen Basaltpalisade. Traz blieb plötzlich stehen und sog die Luft ein. Reith nahm keinen Geruch wahr, aber er hatte schon lange gelernt, sich in dieser Beziehung auf Traz zu verlassen.

»Der Kot eines Phung«, erklärte Traz. »Ungefähr zwei Tage alt.«

Reith tastete nervös nach seiner Pistole. Acht Kugeln besaß er noch. Waren die abgeschossen, wurde die Waffe nutzlos. Vielleicht hat mich das Glück verlassen, sinnierte Reith. Er fragte Traz: »Ist er nah?«

Traz zuckte die Schultern. »Die Phung sind bösartige Wesen. Soweit ich weiß, befindet sich einer hinter diesem Hügel.«

Reith und Anacho sahen sich unbehaglich um. Schließlich meinte Anacho: »In erster Linie müssen wir uns mit den Dirdir beschäftigen. Die kritische Periode hat begonnen. Sie haben uns bestimmt im Elektrowagen aufgespürt und können uns leicht bis Siadz folgen. Trotzdem sind wir noch im Vorteil, besonders, wenn sie keine Spurensuchgeräte mit sich führen.«

»Was sind das für Geräte?« fragte Reith.

»Anzeigevorrichtungen für den menschlichen Geruch oder die Wärmeausstrahlung. Einige machen infolge der rückständigen Wärme Fußabdrücke ausfindig, andere reagieren auf die Ausdünstung von Kohlendioxyd und orten einen Menschen aus einer Entfernung von fünf Meilen.«

»Und wenn sie das Wild stellen?«

»Die Dirdir sind konservativ und erkennen den Wandel der Zeit nicht an«, erklärte Anacho. »Sie haben die Jagd nicht mehr nötig, werden aber vom Instinkt dazu getrieben. Sie halten sich für Raubtiere und tun sich keinen Zwang an.«

»Mit anderen Worten, sie fressen uns auf«, sagte Traz.

Reith schwieg traurig. Schließlich meinte er: »Nun, wir dürfen uns eben nicht einfangen lassen.«

»Wie Zarfo der Lokhar so treffend bemerkt hat: ›Man stirbt nur einmal.‹«

Traz deutete mit dem Finger nach vorn. »Seht ihr die Lücke in der Palisade? Wenn jemals eine Straße existiert hat, muß sie dort beginnen.«

Sie eilten über öde kleine Erdhügel, umrundeten Dornengestrüpp und Geröllschichten. Dabei beobachteten die drei ständig den Himmel. Schließlich erreichten sie die Kerbe, entdeckten jedoch nicht die leiseste Spur einer Straße. Wenn wirklich jemals eine existiert haben sollte, hatten Schutt und Verwitterung sie seit langem getilgt.

Plötzlich stieß Anacho einen leisen, mutlosen Schrei aus. »Das Luftschiff! Es kommt. Wir werden verfolgt.«

Reith unterdrückte einen panikartigen Drang zur Flucht. Er blickte den Einschnitt hinauf. In der Mitte rieselte ein kleines Rinnsal herunter und mündete in einen stillstehenden Weiher. Rechts erhob sich ein steiler Hang; links warf ein massiver Strebepfeiler tiefe Schatten, und dahinter lag ein noch dunklerer Fleck: ein Höhleneingang.

Die drei krochen hinter den Wasserfall, der die halbe Klamm ausfüllte. Das Schiff der Dirdir glitt mit entmutigender Bedachtsamkeit über die Ebene in Richtung Siadz.

Reith sagte tonlos: »Durch den Felsen können sie unsere Ausstrahlung nicht orten. Unser Kohlendioxyd zieht den Engpaß hinauf.« Er drehte sich um und sah über das Tal.

»Laufen ist zwecklos«, erklärte Anacho. »Es gibt keinen sicheren Ort. Wenn sie uns so weit verfolgen, jagen sie uns ewig.«

Fünf Minuten später kehrte der Gleiter aus Siadz zurück und flog in einer Höhe von zwei- bis dreihundert Metern die Straße nach Osten entlang. Plötzlich schwenkte er ab und kreiste. Anacho erläuterte in sein Schicksal ergeben: »Sie haben unsere Spur entdeckt.«

Der Gleiter kam über die Ebene direkt auf die Kerbe zu. Reith zog seine Handfeuerwaffe. »Acht Kugeln sind noch übrig. Genug, um acht Dirdir in die Luft zu sprengen.«

»Nicht genug, auch nur einen in die Luft zu sprengen. Gegen solche Geschütze tragen sie Schilde.«

In einer halben Minute würde der Gleiter über ihnen schweben. »Am besten gehen wir in die Höhle«, überlegte Traz.

»Wahrscheinlich der Schlupfwinkel eines Phung«, murmelte Anacho. »Oder ein Stollen der Pnume. Sterben wir ehrbar unter freiem Himmel.«

»Wir könnten durch den Teich waten«, schlug Traz vor, »und uns unter den Überhang stellen. Dann ist unsere Fährte unterbrochen; vielleicht folgen sie dem Fluß talaufwärts.«

»Wenn wir hier stehenbleiben, sind wir mit Sicherheit erledigt«, pflichtete Reith bei.

Die drei rannten durch die seichten Ausläufer des kleinen Bergsees; Anacho bildete die Nachhut. Dann kauerten sie sich unter die hoch aufragende Klippe. Der Geruch des Phung war stark.

Über der gegenüberliegenden Bergschulter tauchte der Gleiter auf. »Sie werden uns sehen!« prophezeite Anacho dumpf. »Wir sind vollkommen ungeschützt!«

»In die Höhle«, zischte Reith. »Zurück, noch weiter zurück!«

»Der Phung ...«

»Vielleicht ist gar kein Phung da. Die Dirdir sind uns sicher!« Reith tastete sich in die Dunkelheit, gefolgt von Traz und zuletzt Anacho. Der Schatten des Gleiters zog über den Bergsee und huschte talaufwärts weiter.

Reith schaltete seine Taschenlampe ein. Sie standen in einer großen, unregelmäßig geformten Kammer. Die entgegengesetzte Wand lag im Dunkeln. Hellbraune Nester und Schuppen bedeckten knöcheltief den Boden; die Wände überzogen Halbkugeln aus Horn, jede so groß wie eine Männerfaust.

»Nachthundlarven«, murmelte Traz.

Eine Weile standen sie schweigend da.

Anacho schlich zum Höhleneingang und blickte vorsichtig hinaus. Er sprang zurück. »Sie haben unsere Spur verloren; sie kreisen.«

Reith löschte die Taschenlampe und spähte seinerseits behutsam ins Freie. Hundert Meter entfernt senkte sich der Gleiter lautlos wie ein welkes Blatt zu Boden. Fünf Dirdir stiegen aus. Einen Moment blieben sie stehen und beratschlagten. Dann gingen sie zu der Lücke in der Palisade; jeder trug einen langen, lichtdurchlässigen Schild. Wie auf ein Stichwort sprangen zwei wie Silberleoparden voraus und sahen dabei auf den Boden. Zwei weitere folgten ihnen im langsamen Galopp mit schußbereiten Waffen, der fünfte bildete die Nachhut.

Die beiden Anführer machten kurz halt und unterhielten sich in seltsamen Pieps- und Grunzlauten. »Ihre Jagdsprache«, flüsterte Anacho, »aus der Zeit, als sie noch Tiere waren.«

»Sie sehen jetzt kein bißchen anders aus.«

Die Dirdir blieben am entgegengesetzten Seeufer stehen, blickten in die Runde, lauschten und schnupperten; offensichtlich wußten sie genau, daß die Beute ganz nah war.

Reith zielte mit der Pistole, aber die Dirdir bewegten ständig ihre Schilde und verhinderten seine Absicht.

Einer der Anführer suchte das Tal mit einem Feldstecher ab; der andere hielt ein schwarzes Gerät an die Augen. Sofort fand er etwas von Interesse. Ein großer Satz brachte ihn an die Stelle, an der Reith, Traz und Anacho gestanden hatten, bevor sie zur Höhle gegangen waren. Mit dem schwarzen Instrument vor den Augen folgte der Dirdir den Spuren zum Teich und suchte dann den Platz unter dem Überhang ab. Er stieß eine Reihe Grunz- und Piepslaute aus; die Schilde schnellten herum.

Anacho murmelte: »Sie haben die Höhle gesehen. Sie wissen, wo wir stecken.«

Reith spähte in den rückwärtigen Höhlenteil.

Traz sagte sachlich: »Dort hinten befindet sich ein Phung. Oder er ist noch nicht lange fort.«

»Woher weißt du das?«

»Ich rieche es. Ich spüre den Luftdruck.«

Reith wandte sich wieder den Dirdir zu. Schrittweise kamen sie näher, die Antennen an ihren Köpfen funkelten. Reith krächzte ergeben: »Zurück in die Höhle. Vielleicht können wir ein Versteck errichten.«

Anacho stöhnte. Traz schwieg. Die drei zogen sich über den Teppich aus zerbrechlichen Körnchen in die Dunkelheit zurück. Traz tastete nach Reiths Arm und flüsterte: »Siehst du hinter uns das Licht? Der Phung ist ganz nah.«

Reith blieb stehen und bemühte sich angestrengt, die Dunkelheit zu durchdringen. Er konnte nicht einen Schimmer wahrnehmen. Die Stille lastete auf ihnen.

Jetzt glaubte Reith, sehr schwache, kratzende Geräusche zu hören. Vorsichtig schlich er mit gezogener Waffe weiter. Und jetzt entdeckte er einen flackernden, gelben Schein, der sich in der Höhlenwand spiegelte. Das Kratzen wurde etwas lauter. Mit äußerster Vorsicht spähte Reith um einen Felsvorsprung in die nächste Kammer.

Darin saß ein Phung mit ihnen schräg zugewandtem Rücken und rieb seine Armplatten mit einer Feile blank. Eine Ölfunzel verströmte gelbes Licht; daneben hing ein schwarzer Hut mit breiter Krempe und ein Mantel am Haken.

Vier Dirdir standen im Höhleneingang: vor sich die Schilde, die Waffen im Anschlag. Die hoch aufgerichteten Glanzantennen dienten ihnen als einzige Lichtquelle.

Traz pflückte eine Hornhalbkugel von der Wand und warf sie nach dem Phung, der erschrocken gluckste. Traz drängte Anacho und Reith hinter den Felsvorsprung zurück.

Der Phung kam. Seine Umrisse hoben sich deutlich im Lampenlicht ab. Er kehrte in seine Kammer zurück und verließ sie mit Hut und Mantel wieder.

Einen Augenblick lang stand er regungslos keine eineinhalb Meter von Reith entfernt, der befürchtete, daß die Kreatur sein Herzklopfen hörte.

Die Dirdir taten drei Sprünge vorwärts und füllten die Kammer mit einem schwachen, weißen Schimmer. Der Phung wirkte wie eine zweieinhalb Meter hohe, in einen Mantel gehüllte Statue. Er gluckste ein- oder zweimal wütend, dann brachte ihn eine Reihe hastiger Hüpfschritte mitten zwischen die Dirdir. Einen spannungsgeladenen Moment musterten sich Dirdir und Phung. Der Phung breitete die Arme aus, preßte zwei Dirdir gegeneinander und zermalmte sie. Die restlichen Dirdir zogen sich lautlos zurück und hoben die Waffen. Der Phung sprang auf sie zu und schleuderte die Waffen beiseite. Dem einen riß er den Kopf ab; der andere floh mit dem fünften Dirdir, der im Freien Wache geschoben hatte. Sie liefen durch den kleinen Bergsee. Der Phung tanzte eine kuriose, kreisförmige Gigue, sprang und landete mit einem gewaltigen Satz vor den Flüchtenden, so daß das Wasser in hohem Bogen aufspritzte. Er drückte einen Dirdir unter die Wasseroberfläche und stellte sich auf dessen Kopf, während der andere das Tal hinaufrannte. Bald darauf nahm der Phung steifbeinig die Verfolgung auf.

Reith, Traz und Anacho stürzten aus der Höhle und hasteten auf den Gleiter zu. Der überlebende Dirdir sah es und heulte verzweifelt. Der Phung war einen Augenblick abgelenkt. Der Dirdir schlüpfte hinter einen Felsen und flitzte dann mit der Geschwindigkeit der Verzweiflung dem Phung in den Rücken. Er packte eine der Waffen, die ihnen zuvor aus den Händen geschlagen worden waren, und schoß dem Phung ein Bein ab. Der Phung fiel der Länge nach hin.

Reith, Traz und Anacho bestiegen jetzt den Gleiter. Anacho setzte sich ans Schaltpult. Der Dirdir kreischte eine wütende Warnung und rannte los. Der Phung machte einen riesigen Hopser und landete mit wehendem Mantel auf dem Dirdir. Als der Dirdir schließlich nur mehr ein Häufchen Haut und Knochen war, hüpfte der Phung in die Mitte des Weihers, blieb dort wie ein Storch stehen und musterte traurig sein verbliebenes Bein.

3. Kapitel

Unter ihnen lagen die Klüfte, die von messerscharfen Felsgraten unterteilt wurden. Ein dunkler, tiefer Einschnitt reihte sich an den anderen. Während Reith hinabsah, fragte er sich, ob er mit seinen Gefährten den Draschade wohl lebend erreicht hätte. Mit fast hundertprozentiger Sicherheit nicht. Er grübelte: Duldeten die Klüfte überhaupt Leben? Der alte Mann in Siadz hatte Affenmenschen und Wüstenfüchse erwähnt; wer weiß, was für Lebewesen die tiefgelegenen Bergschluchten sonst noch bevölkerten? Jetzt entdeckte Reith – hoch oben zwischen zwei Gipfeln verkeilt – eckige Gebilde, wie ein Ausschlag des Mutterfelsens: offensichtlich eine menschliche Siedlung, obwohl niemand zu sehen war. Wo fanden sie Wasser? In den Klüften? Wie versorgten sie sich mit Nahrung? Warum wählten sie als Heimat einen so abgelegenen Wohnsitz? Niemand beantwortete seine Fragen; das Dorf blieb im Dunkeln zurück.

Ein Geräusch unterbrach Reiths Überlegungen: eine seufzende, krächzende, zischende Stimme, die er nicht verstand.

Anacho drückte auf einen Knopf: die Stimme wurde abgeschnitten. Anacho zeigte sich in keiner Weise beunruhigt, und Reith unterließ es, Fragen zu stellen.

Der Nachmittag verblaßte; die Klüfte wurden zu flachgründigen Schlünden voller Finsternis, während die Spitzen der dazwischenliegenden Berggrate dunkelgold aufleuchteten. Ein Gebiet, das so grausam und aussichtslos ist wie das Grab, dachte Reith. Er besann sich auf die Siedlung, die jetzt weit hinter ihnen lag, und wurde melancholisch.

Die Gipfel und Bergkämme hörten plötzlich auf und machten der Vorderfront einer gigantischen, steilen Böschung Platz. Die Kare wurden breiter und verbanden sich miteinander. Vor ihnen lag der Draschade. Die untergehende Carina 4269 zauberte ein Topasband über das bleigraue Wasser.

Ein Kap ragte ins Meer hinaus und verdeckte zwölf aufgebockte Fischerboote. Ein Dorf schlängelte sich am Küstenvorland entlang; in der Dämmerung blitzten bereits die ersten Lichter auf.

Anacho kreiste langsam über dem Dorf. Er deutete hinunter: »Seht ihr den Steinbau mit den beiden Kuppeldächern und den blauen Laternen? Eine Taverne oder

ein Gasthof. Ich schlage vor, daß wir landen und uns ausruhen. Wir haben einen sehr anstrengenden Tag hinter uns.«

»Stimmt, aber könnten uns die Dirdir nicht aufspüren?«

»Das Risiko ist gering. Sie besitzen nicht die nötigen Hilfsmittel dazu. Es ist schon geraume Zeit verstrichen, seit ich die Aufspürkristalle entfernt habe. Und es entspricht ohnehin nicht ihrer Art.«

Traz schaute zweifelnd auf das Dorf. Da er in der Binnensteppe geboren war, mißtraute er dem Meer und dem Seevolk; beides hielt er für unberechenbar, für zweideutig. »Die Dorfbewohner könnten feindlich gesinnt sein und über uns herfallen.«

»Das glaube ich nicht«, widersprach Anacho in jenem hochmütigen Tonfall, der Traz ständig reizte. »Erstens befinden wir uns an der Grenze zum Gebiet der Wankh; dieses Volk ist an Fremde gewöhnt. Zweitens deutet ein so großes Wirtshaus auf Gastlichkeit hin. Drittens müssen wir früher oder später landen, um zu essen und zu trinken. Warum also nicht hier? Das Risiko ist mit Sicherheit nicht größer als in jedem anderen Gasthof auf Tschai. Viertens haben wir keinen Plan, keinen Bestimmungsort. Ich halte es für töricht, ziellos durch die Nacht zu fliegen.«

Reith lachte. »Du hast mich überzeugt. Landen wir.«

Traz schüttelte mißmutig den Kopf, machte jedoch keine Einwände mehr.

Anacho landete den Gleiter auf einem Feld neben dem Gasthaus unter einer Reihe schwarzer Chymasbäume, die im kalten Seewind ächzend hin- und herschwankten. Die drei stiegen argwöhnisch aus, aber ihre Ankunft erregte kein großes Aufsehen. Zwei Männer, die sich auf der Straße gegen den Wind stemmten und die Mäntel fester um sich wickelten, blieben einen Augenblick stehen und musterten den Gleiter; dann setzten sie mit ein paar gemurmelten Worten ihren Weg fort.

Beruhigt gingen die drei zum Haupteingang des Gasthauses und betraten durch ein schweres Holzportal die große Halle. Sechs Männer mit spärlichem, sandfarbenem Haar und blassen, höflichen Gesichtern scharten sich um den Kamin und tranken bedächtig aus Zinnkrügen. Sie trugen derbe Kleider von grauem oder braunem Barchent; dazu Schaftstiefel aus gut gefettetem Leder. Reith hielt sie für Fischer. Die Unterhaltung brach ab. Alle musterten die Neuankömmlinge mit zusammengekniffenen Augen. Kurz danach kehrten sie sich wieder dem Feuer, ihren Krügen sowie der knappen Konservation zu.

Eine dralle Frau in einem schwarzen Kleid trat aus einem Nebenzimmer. »Wer seid ihr?«

»Reisende. Könnt Ihr uns etwas zu essen machen und ein Nachtquartier geben?«

»Was für Leute seid ihr? Fjordmänner? Oder Rab?«

»Weder noch.«

»Reisende sind oft Individuen, die in ihrem Heimatort ein Verbrechen begehen und davongejagt werden.«

»Das ist häufig der Fall, da muß ich Euch recht geben.«

»Mm. Was wollt ihr essen?«

»Was könnt Ihr uns denn bieten?«

»Brot und gedünsteten Aal.«

»Dann müssen wir uns damit begnügen.«

Die Frau wandte sich zwar brummend ab, aber sie stellte zusätzlich einen Salat aus Süßflechten und ein Gewürzbord auf den Tisch. Das Gasthaus war, wie sie erzählte, der frühere Wohnsitz von Foglarpiraten gewesen. Angeblich wurde damals ein Schatz unter dem Burgverlies verscharrt. »Aber wenn man nachgräbt, stößt man bloß auf Knochen – einige gebrochen, andere versengt. Harte Männer, diese Foglar. Wollt ihr Tee?«

Die drei setzten sich ans Feuer. Draußen brauste der

Wind ums Haus. Die Wirtin kam und schürte das Feuer. »Eure Zimmer liegen am anderen Ende des Ganges. Wenn ihr Frauen braucht, muß ich danach schicken. Ich selbst kann euch nicht dienen, weil ich an einer Rückgratverletzung leide; natürlich ist dafür ein Aufpreis zu entrichten.«

»Bitte, bemüht Euch nicht«, bat Reith sie. »Solange die Betten sauber sind, sind wir zufrieden.«

»Seltsame Reisende, die in einem so großen Gleiter eintreffen. Ihr«, sie deutete mit dem Finger auf Anacho, »könntet ein Dirdirmann sein. Ist das ein Gleiter der Dirdir?«

»Ich könnte ein Dirdirmann sein, und der Gleiter könnte den Dirdir gehören. Und wir könnten einen Auftrag auszuführen haben, bei dem absolute Diskretion nötig ist.«

»Ach, tatsächlich!« Die Frau riß staunend den Mund auf. »Zweifellos handelt es sich um die Wankh! Wißt ihr, daß es hier im Süden große Veränderungen gegeben hat? Die Wankhmenschen und die Wankh sind sich uneins!«

»Wir haben davon gehört.«

Die Frau beugte sich vor. »Was ist los mit den Wankh? Befinden sie sich auf dem Rückzug? Man munkelt so allerlei.«

»Ich glaube nicht«, antwortete Anacho. »Solange die Dirdir auf Haulk leben, halten die Wankh ihre Festungen in Kislovan besetzt; und die Blauen Khasch halten ihre Torpedos klar zum Gefecht.«

Die Frau jammerte: »Und wir erbärmlichen Sterblichen: Schachfiguren des großen Volkes, die man nach Belieben herumschiebt! Bevol soll sie alle holen!«

Sie schüttelte die Faust nach Süden, Südwesten und Nordwesten, wo sie ihre Hauptwidersacher vermutete; dann verließ sie den Raum.

Anacho, Traz und Reith saßen in der alten Steinhalle

und sahen in die flackernden Flammen. »Also, was machen wir morgen?« fragte Anacho.

»Meine Pläne bleiben die gleichen«, antwortete Reith. »Ich will wieder zur Erde zurück. Irgendwo, irgendwie muß ich mir ein Raumschiff beschaffen. Dieser Plan ist aber für euch beide bedeutungslos; ihr solltet dahin gehen, wo ihr in Sicherheit seid: auf die Wolkeninseln, oder eventuell nach Smargash zurück. Unser Ziel richtet sich nach eurer Entscheidung. Vielleicht erlaubt ihr mir dann, daß ich mit dem Gleiter weiterfliege.«

Anachos längliches Clowngesicht nahm einen fast affektierten Ausdruck an. »Und wohin willst du?«

»Du hast die Hangars in Sivish erwähnt; das wird mein Reiseziel.«

»Wie steht's mit Geld? Du wirst davon eine Menge brauchen; dazu noch Gerissenheit und – am wichtigsten – Glück.«

»Für Geld bleibt immer noch die Carabas.«

Anacho nickte. »Jeder Bandit auf Tschai wird dir das gleiche sagen. Aber Reichtum erringt man nur unter größten Gefahren. Die Carabas liegt im Jagdrevier der Dirdir. Unbefugte Eindringlinge gelten als Freiwild. Wenn man den Dirdir entwischt, bleiben noch die Räuber Buszli, die Blaue Horde, die Vampirfrauen, die Hasardeure und die Hakenmänner. Für jeden Mann, der eine Handvoll Sequinen erbeutet, brechen sich drei andere die Knochen oder landen in den Bäuchen der Dirdir.«

Reith zog eine unbehagliche Grimasse. »Ich muß mein Glück trotzdem versuchen.«

Die drei starrten ins Feuer. Traz ergriff das Wort: »Vor langer Zeit trug ich das Onmale, und ich bin nie ganz frei von der Bürde. Manchmal spüre ich es aus dem Boden rufen. Zu Beginn lautete sein Befehl: Leben für Adam Reith. Jetzt würde ich – selbst wenn ich wollte – Adam Reith aus Furcht vor dem Onmale nicht verlassen.«

»Ich bin ein Flüchtling und habe kein eigenes Leben«, sagte Anacho. »Wir haben zwar das erste Initiativrecht* unschädlich gemacht, aber früher oder später wird es ein zweites Initiativrecht geben. Die Dirdir sind hartnäckig. Wißt ihr, wo wir am sichersten wären? In Sivish, neben der Dirdirstadt Hei. Was die Carabas angeht ...« Anacho seufzte trübselig. »Adam Reith scheint es gut zu verstehen, am Leben zu bleiben. Ich habe nichts Besseres vor und will mein Glück versuchen.«

»Ich sage nichts mehr«, versprach Reith, »denn ich bin froh, daß ihr mich begleitet.«

Eine Weile sahen die drei in die Flammen. Draußen pfiff der Wind ums Haus. »Also ist unser Ziel die Carabas«, stellte Reith fest. »Warum sollte der Gleiter uns nicht von Vorteil sein?«

Anacho ließ die Finger flattern. »Nicht in der Schwarzen Zone. Die Dirdir würden ihn entdecken und sofort über uns herfallen.«

»Es muß doch möglich sein, die Gefahr zu verringern«, meinte Reith.

Anacho lachte grimmig. »Jeder, der die Zone besucht, hat eine eigene Anschauung. Ein paar kommen bei Nacht; andere tragen eine Tarnung und Pufferstiefel, um ihre Fährte zu verwischen. Einige stellen Brigaden zusammen und ziehen als Einheit los; wieder andere fühlen sich allein sicherer. Die einen betreten sie von Zimle, die anderen kommen aus Maust. Die Chancen bleiben gewöhnlich die gleichen.«

Reith rieb sich nachdenklich das Kinn. »Nehmen die Dirdirmänner an der Jagd teil?«

Anacho lächelte in die Flammen. »Die Makellosen

* Eine ungenaue Wiedergabe des Wortes tsau'gsh; genauer: eine Horde entschlossener Jäger, die für sich das Recht in Anspruch nehmen, eine strafrechtliche Verfolgung durchzuführen, um Rang und Namen zu erringen.

waren bekannt als Jäger. Aber dein Gedanke taugt nichts. Weder du noch Traz oder ich könnten sich als Makellose ausgeben.«

Das Feuer brannte langsam nieder. Die drei gingen in ihre großen, düsteren Zimmer und schliefen auf harten Betten in Linnen, das nach Salzwasser roch. Am Morgen frühstückten sie gesäuerte Biskuits und Tee; dann beglichen sie die Rechnung und verließen das Gasthaus.

Es war ein trostloser Tag. Kalte Nebelschwaden drangen durch die Chymasbäume. Die drei bestiegen den Gleiter. Sie durchstießen die Wolkendecke bis hinauf in das matte, gelbbraune Sonnenlicht und flogen über den Draschade nach Westen.

4. Kapitel

Der graue Draschade wogte unter ihnen: jener Ozean, den Reith – vor einer Ewigkeit, wie es schien – an Bord der Kogge *Vargaz* überquert hatte. Anacho flog dicht über der Oberfläche, um damit das Risiko zu verringern, daß Dirdirsche Radarschirme sie einfingen. »Wir müssen wichtige Entscheidungen treffen«, kündigte er an. »Die Dirdir sind Jäger und haben uns zur Beute auserkoren. In der Regel muß eine begonnene Jagd zu Ende geführt werden, aber die Dirdir sind kein zuammenhängendes Volk wie zum Beispiel die Wankh. Ihre Pläne entstehen auf Grund der Eigeninitiative, der sogenannten *zhna-dih*. Das bedeutet wörtlich: ein gewaltiger, kühner Sprung, bei dem die Funken sprühen. Der Eifer, mit dem die Suche nach uns betrieben wird, hängt davon ab, ob der Jagdleiter – derjenige, der die ursprüngliche *zhna-dih* ergriffen hat – sich an Bord des Gleiters befand und jetzt tot ist. Verhält es sich so, wird das Risiko beträchtlich geringer, außer ein anderer Dirdir wünscht die *h'so* geltend zu machen – was soviel wie ›fabelhafte Herrschaft‹ besagt – und organisiert ein zweites *tsau'gsh*, worauf die gleichen Bedingungen entstehen wie zuvor. Lebt der Jagdleiter, wird er unser Todfeind.«

Reith fragte verwundert: »Was war er vorher?«

Anacho ging nicht weiter darauf ein. »Dem Jagdleiter steht die Streitmacht der Gemeinde zur Verfügung, obwohl er seiner *h'so* mit der *zhna-dih* größeren Nachdruck verleiht. Wenn er jedoch annimmt, daß wir den Gleiter benutzen, wäre es leicht denkbar, daß er Radargeräte einsetzt.« Anacho deutete kurz auf eine graue Glasscheibe neben dem Schaltpult. »Wenn wir in den Bereich eines Radargeräts kommen, seht ihr hier ein orangefarbenes Liniennetz.«

Die Stunden verstrichen. Anacho erklärte ihnen etwas gönnerhaft die Bedienung des Gleiters. Traz und Reith machten sich beide mit den Kontrollgeräten vertraut. Carina 4269 zog am Himmel entlang, überholte den Gleiter und sank im Westen. Unter ihnen wogte der Draschade – eine rätselhafte, graubraune Wüste, die mit dem Himmel verschmolz. Anacho begann von der Carabas zu erzählen: »Die meisten Sequinensucher betreten sie achtzig Kilometer südlich der Ersten See von Maust aus. In Maust gibt es die besten Ausstattungsläden, die genauesten Karten und Handbücher sowie weitere Dienstleistungen. Ich halte den Ort für ein günstiges Reiseziel.«

»Wo werden die Chrysopinadern normalerweise gefunden?«

»Überall in der Carabas. Es gibt keine Regel, kein Schema. Dort, wo viele graben, sind die Adern natürlich spärlicher gesät.«

»Warum wählen wir dann nicht einen weniger überlaufenen Zugang?«

»Maust ist überlaufen, weil der Ort am brauchbarsten ist.«

Reith blickte in Richtung der noch nicht erkennbaren Küste von Kislovan und in die unbekannte Zukunft. »Was, wenn wir keinen dieser Eingänge wählen, sondern eine Stelle irgendwo dazwischen?«

»Was wird dadurch gewonnen? Die Zone ist überall gleich.«

»Es muß doch eine Möglichkeit geben, das Risiko zu verringern und den Gewinn zu vergrößern.«

Anacho schüttelte geringschätzig den Kopf. »Du bist ein hartnäckiger Sonderling! Zeugt dein Verhalten nicht von einer gewissen Überheblichkeit?«

»Nein«, antwortete Reith. »Meiner Meinung nach nicht.«

»Warum sollte dir mit Leichtigkeit gelingen, worin andere versagt haben?« entgegnete Anacho.

Reith lächelte. »Es ist keine Überheblichkeit, sich zu fragen, warum sie versagt haben.«

»Eine Dirdirsche Tugend ist die *zs'hanh*«, erklärte Anacho. »Das bedeutet ›geringschätzige Gleichgültigkeit gegenüber dem Treiben anderer‹. Es gibt achtundzwanzig Dirdirkasten, die ich nicht alle aufzählen möchte; und vier Kasten bei den Dirdirmenschen: die Makellosen, die Starken, die Erhöhten, die Klugen. Die *zs'hanh* wird dem dreizehnten Dirdirgrad bis zum letzten zugerechnet. Die Makellosen üben die *zs'hanh* gleichfalls aus. Eine edle Doktrin.«

Reith schüttelte verwundert den Kopf. »Wie konnten die Dirdir eine technische Zivilisation schaffen? Bei einem solchen Sammelsurium an Widersprüchlichkeiten ...«

»Du mißverstehst mich«, tadelte Anacho näselnd. »Die Sache ist viel komplizierter. Um aufzusteigen, muß ein Dirdir in der nächsthöheren Kaste akzeptiert werden.

Achtung gewinnt er auf Grund von Leistungen, nicht dadurch, daß er Streitigkeiten heraufbeschwört. Die *zs'hanh* ist für niedrigere Kasten oft ungeeignet; und noch häufiger für die höchsten, die sich der Doktrin *pn'hanh* bedienen: ›ätzender Scharfsinn‹.«

»Ich muß in eine hohe Kaste gehören«, brüstete sich Reith. »Ich ziehe die *pn'hanh* der *zs'hanh* vor. Ich möchte alle Vorteile nützen und jedes Risiko vermeiden.«

Reith musterte verstohlen das lange, mürrische Gesicht und lachte sich ins Fäustchen. Er will mir beweisen, daß ich wegen solcher Affektiertheit einer zu niedrigen Kaste angehöre, dachte Reith, weiß aber genau, daß ich ihn auslachen würde.

Die Sonne schien unnatürlich langsam unterzugehen, wofür der Flug in westlicher Richtung verantwortlich war. Am Spätnachmittag stieg eine grauviolette Masse über den Horizont und traf mit der blaßbraunen Sonne zusammen. Das war die Insel Leume, kurz vor Kislovan.

Anacho lenkte den Gleiter ein wenig nördlich und landete neben einem schäbigen Dorf auf dem sandbedeckten Nordkap. Die drei verbrachten die Nacht im Gasthaus »Der Glasbläser«, einem Gebäude aus Flaschen und Krügen, welche die Ladenbesitzer in die Sandgruben hinter der Stadt geworfen hatten. Das Wirtshaus war dumpfig, und ein eigenartiger, beißender Geruch erfüllte es. Der Suppe, die als Abendessen in klobigen, grünen Glasterrinen aufgetragen wurde, entströmte ein ähnliches Aroma. Reith machte Anacho darauf aufmerksam; dieser ließ den Grauen* Bediensteten kommen und stellte ihm diesbezüglich hochnäsig eine Frage. Der Kellner deutete auf ein großes schwarzes Insekt, das über den Boden

* Grauer: vage Bezeichnung für die verschiedenen Kreuzungen aus Dirdirmenschen, Sumpfmenschen, Khaschmenschen und anderen; im allgemeinen untersetzte Gestalt mit großem Kopf, häufig von gelblichgrauer Hautfarbe, gelegentlich etwas albonoid.

flitzte. »Die Pillendreher sind scharfe Geschöpfe und verbreiten einen furchtbaren Mief. Bevol hat uns damit eine wahre Landplage geschickt, bis wir uns die Tiere zunutze gemacht und sie nahrhaft gefunden haben. Jetzt können wir den Bedarf kaum mehr decken.«

Reith war seit langem vorsichtig genug, sich niemals danach zu erkundigen, welche Nahrungsmittel ihm vorgesetzt wurden, aber jetzt blickte er angeekelt in die Terrine.

»Willst du damit sagen ... die Suppe?«

»Natürlich«, bejahte der Diener. »Die Suppe, das Brot, das Eingepökelte: alles schmeckt nach Pillendreher; wenn wir sie nicht zweckdienlich verwenden würden, würden sie uns auffressen; also machen wir aus der Not eine Tugend und reden uns ein, daß sie uns munden.«

Reith schob den Suppenteller von sich. Traz löffelte gleichmütig weiter. Anacho rümpfte gereizt die Nase und aß gleichfalls.

Reith fiel ein, daß er auf Tschai niemals Zimperlichkeit angetroffen hatte. Er seufzte tief, und da kein zweiter Gang aufgetragen wurde, würgte er die ranzige Suppe hinunter.

Am nächsten düsterbraunen Morgen bestand das Frühstück wieder aus einer mit Meerespflanzen angereicherten Suppe.

Die drei brachen danach sofort auf und flogen nordwestwärts über den Golf von Leume sowie die Steinwüsten von Kislovan.

Anacho, der gewöhnlich Nerven wie Drahtseile hatte, wurde nun unruhig. Er suchte den Himmel und den Boden ab; er musterte die Knöpfe und Hebel, die braunen Fell- und zinnoberroten Samtabzeichen sowie die flimmernden Kontrollspiegel. »Wir nähern uns dem Reich der Dirdir«, sagte er. »Wir schwenken nach Norden zur Ersten See, dann westwärts nach Khorai; dort müssen wir den Gleiter zurücklassen und auf dem Zoga'ar zum Fulkash am* nach Maust reisen. Dann ... in die Carabas.«

5. Kapitel

Der Gleiter schwebte über die große Steinwüste, die parallel zu den schwarzen und roten Gipfeln der Zopalberge verlief; über ausgedörrte Ebenen, Felsbrockenfelder, dunkelrosa Sanddünen und eine Oase, die die Wedel weißer Nebelbäume einkreisten.

Am Spätnachmittag trieb ein Windsturm löwengelbe Staubwolken über die Landschaft, die Carina 4269 einhüllten. Anacho ging auf Nordkurs. Bald wies eine schwarzblaue Linie am Horizont auf die Erste See hin.

Anacho landete mit dem Gleiter sofort auf dem Ödland, ungefähr fünfzehn Kilometer vom Meer entfernt.

»Khorai liegt noch etliche Flugstunden vor uns; wir treffen dort besser nicht nach Einbruch der Dunkelheit ein. Die Khor sind mißtrauisch und zücken das Messer schon beim geringsten schroffen Wort. Nachts stechen sie ohne Herausforderung zu.«

»Und dieses Volk soll unseren Gleiter in Obhut nehmen?«

»Welcher Dieb wäre so verrückt, sich mit den Khor anzulegen?«

Reith blickte sich um. »Da war mir ja das Abendessen im ›Glasbläser‹ noch lieber.«

* Wörtlich: der Weg der Totenköpfe mit den wie Purpur schimmernden Augenhöhlen.

»Unsinn!« sagte Anacho. »In der Carabas wirst du mit Sehnsucht an die Stille und den Frieden dieser Nacht denken.«

Die drei legten sich in den Sand. Die Nacht war finster und sternenklar. Direkt über ihnen flammte das Sternbild Clari, in dem – für das Auge unsichtbar – die Sonne glimmte. Werde ich die Erde jemals wiedersehen? fragte sich Reith. Wie oft würde er dann unterm nächtlichen Sternenzelt liegen und droben im Argo Navis nach der unsichtbaren braunen Sonne Carina 4269 und ihrem düsteren Planeten Tschai suchen?

Ein Flackern im Innern des Gleiters erregte seine Aufmerksamkeit, er schaute nach und entdeckte über den Radarschirm ein Netz aus orangefarbenen Linien.

Fünf Minuten später verlosch es und ließ Reith fröstelnd und mit einem Gefühl der Trostlosigkeit zurück.

Am Morgen ging die Sonne am Rande der Ebene an einem ungewöhnlich klaren und lichtdurchlässigen Himmel auf, so daß jede noch so kleine Unebenheit, jeder Kiesel einen langen, schwarzen Schatten warf. Anacho zog den Gleiter hinauf und flog dicht am Boden entlang; auch er hatte in der vorhergehenden Nacht das orangene Flackern wahrgenommen. Allmählich wurde die Wüste weniger unwirtlich: verkümmerte Nebelbaumgruppen tauchten auf, und bald darauf schwarze Holzgewächse sowie Blasenbüsche.

Sie erreichten die Erste See, schwenkten nach Westen ab und folgten der Küste. Sie flogen über Dörfer: ein Wirrwarr aus trübbraunen Ziegelsteinen mit kegelförmigen schwarzen Eisendächern, daneben niedrige Wäldchen aus riesigen Dyanbäumen, die Anacho als geweihte Haine auswies. Wackelige Molen ragten wie tote Tausendfüßler in das dunkle Wasser hinaus; die Auslegerboote aus schwarzem Holz hatte man auf den Strand gezogen. Durch sein Scanskop sah Reith Männer und

Frauen mit senfgelber Hautfarbe. Sie trugen schwarze Kleider und große schwarze Hüte; während der Gleiter über sie hinwegflog, starrten sie unfreundlich nach oben.

»Khor«, erklärte Anacho. »Ein seltsames Volk mit geheimnisvollen Bräuchen. Sie sind bei Tag anders als in der Nacht – wenigstens behauptet man das. Jede Person hat zwei Seelen, die mit der Morgendämmerung und dem Sonnenuntergang kommen und gehen, so daß jeder Khor zwei verschiedene Charaktere verkörpert. Man erzählt sich über sie absonderliche Geschichten.« Er deutete nach vorn. »Sieh dort zur Küste, wo sie einen Trichter bildet.«

Reith blickte in die angegebene Richtung und erkannte eins der jetzt schon vertrauten Dyanwäldchen sowie ein Gewirr aus schmutzigbraunen Hütten mit schwarzen Eisendächern. Von einem kleinen Platz führte eine Straße nach Süden über die Hügel in die Carabas.

Anacho sagte: »Sieh dir den geweihten Hain der Khor an, in dem Gerüchten zufolge Seelen ausgetauscht werden. Dahinter kannst du die Karawanserei und die Straße nach Maust erkennen. Weiter wage ich mit dem Gleiter nicht zu fliegen; folglich müssen wir landen und den Weg nach Maust wie gewöhnliche Sequinensucher zurücklegen, was nicht unbedingt ein Nachteil zu sein braucht.«

»Ist denn der Gleiter noch da, wenn wir zurückkommen?«

Anacho deutete zum Hafen hinunter. »Siehst du die vor Anker liegenden Boote?«

Reith blickte durch sein Scanskop und entdeckte drei bis vier Dutzend Boote in den verschiedensten Bauweisen.

»Diese Boote«, erklärte Anacho, »haben Sequinensucher aus Coad, Hedaijha, den Kargen Inseln sowie von der Zweiten und Dritten See nach Khorai gebracht. Wenn sich die Besitzer innerhalb eines Jahres wieder melden, segeln sie von Khorai in ihre Heimat zurück. Können sie diese Frist nicht einhalten, werden die Boote Eigentum des Hafenmeisters. Sicher können wir die gleiche Abmachung treffen.«

Reith erhob keine Einwände, und Anacho setzte den Gleiter auf den Strand.

»Denkt daran, daß die Khor empfindliche Leute sind«, warnte Anacho, »sprecht sie nicht an. Beachtet sie nicht, außer wenn es unbedingt notwendig ist; in diesem Fall müßt ihr so wenig Worte wie möglich machen. Sie halten Geschwätzigkeit für ein Vergehen gegen die Natur. Einem Khor soll man nicht feindselig und wenn möglich auch nicht unterwürfig begegnen; ein solches Verhalten steht symbolisch für Feindschaft. Nehmt niemals Notiz von der Anwesenheit einer Frau, schaut ihre Kinder nicht an – man verdächtigt euch sonst, daß ihr sie mit Bannsprüchen belegt. Und ignoriert vor allem den geweihten Hain. Ihre Waffe ist der eiserne Wurfspeer, den sie mit erstaunlicher Treffsicherheit handhaben. Ein gefährliches Volk.«

»Hoffentlich kann ich das alles behalten«, stöhnte Reith.

Der Gleiter landete auf dem trockenen Kiesstrand. Sekunden später rannte ein großer hagerer, braungebrannter Mann mit tief eingesunkenen Augenhöhlen, hohlen Wangen und einer spitzen Nase auf sie zu. Sein derber brauner Kittel flatterte ihm um die Beine. »Wollt ihr in die schreckliche Carabas?«

Reith bejahte vorsichtig.

»Das ist unsere Absicht.«

»Verkauft mir euren Gleiter! Viermal bin ich in die Zone eingedrungen und von Fels zu Fels gekrochen; jetzt habe ich meine Sequinen. Verkauft mir euren Gleiter, damit ich wieder nach Holangar zurückkehren kann.«

»Leider brauchen wir das Fahrzeug selbst für die Rückreise«, lehnte Reith ab.

»Ich gebe euch Sequinen, scharlachrote Sequinen!«

»Sie bedeuten uns nichts. Wir finden unsere Sequinen selbst.«

Der Hüne machte eine wilde Geste, die sich nicht beschreiben läßt, und stürzte am Strand entlang davon. Jetzt näherten sich ihnen zwei Khor: ziemlich schlanke und schwächliche Männer. Sie trugen schwarze Kleider und zylinderähnliche schwarze Hüte, die Größe vortäuschten. Die senfgelben Gesichter waren ernst und undurchdringlich, die Nasen schmal und klein, die Ohren zarte Muscheln. Dünnes schwarzes Haar wuchs mehr nach oben als nach unten und verschwand in den hohen Hüten. Sie schienen Reith ein ebenso abweichender humaner Strom zu sein wie die Khaschmenschen – vielleicht sogar eine eigenständige Rasse.

Der ältere der beiden fragte mit dünner, leiser Stimme: »Warum seid ihr hier?«

»Wir gehen auf Sequinensuche und wollen den Gleiter eurer Obhut übergeben«, antwortete Anacho.

»Ihr müßt dafür bezahlen. Der Gleiter ist ein wertvolles Transportmittel.«

»Um so besser für euch, wenn wir nicht zurückkommen sollten. Wir können nichts bezahlen.«

»Ihr müßt bezahlen, wenn ihr zurückkommt.«

»Nein, ohne Bezahlung. Besteht nicht darauf, oder wir fliegen direkt nach Maust.«

Die senfgelben Gesichter blieben starr. »Schön, aber ihr dürft nur bis Temas ausbleiben.«

»Bloß drei Monate? Das ist zu kurz! Laßt uns Zeit bis Ende Meumas, oder noch besser Azaimas.«

»Bis Meumas. Euer Gleiter ist vor allen sicher, außer vor jenen, denen ihr ihn gestohlen habt.«

»Dann ist er vollkommen sicher. Wir sind keine Diebe.«

»Also genau bis zum ersten Meumas.«

Die drei nahmen ihre Habe an sich und marschierten durch Khorai zur Karawanserei. In einem offenen Schuppen wurde ein Elektrowagen reisefertig gemacht; ein Dutzend Männer ebenso vieler Rassen standen daneben. Die drei regelten die Beförderungsfrage und verließen Khorai eine Stunde später auf der Straße nach Maust.

Der Elektrowagen rollte über ausgedorrte Hügel und trockene Niederungen. Die Nacht verbrachte man in einer Herberge, die von etlichen weißgesichtigen Frauen bewirtschaftet wurde. Letztere gehörten entweder einer ausschweifenden religiösen Sekte an oder waren ganz einfach Prostituierte. Noch lange, nachdem sich Reith, Anacho und Traz auf den Bänken, die als Betten dienten, ausgestreckt hatten, drangen aus der von Rauchschwaden erfüllten Gaststube betrunkenes Gegröle und wildes Gelächter.

Am Morgen war der Aufenthaltsraum düster und ruhig; es roch nach verschüttetem Wein und dem Rauch verloschener Lampen. Die Männer kauerten mit dem Gesicht nach unten über den Tischen oder lagen mit aschfahler Haut ausgestreckt auf den Bänken. Die Wirtinnen betraten – jetzt schroff und herrisch – den Raum mit großen Kesseln, in denen dünnes, gelbes Gulasch schwappte. Die Männer richteten sich stöhnend auf, löffelten mürrisch die Steingutnäpfe leer und stolperten zum Elektrowagen hinaus, der alsbald wieder weiter nach Süden fuhr.

Um die Mittagszeit tauchte in der Ferne Maust auf: ein Wirrwarr aus großen, schmalen Häusern mit hohen Giebeln und buckligen Dächern, die aus dunklem Holz und vom Alter geschwärzten Ziegeln bestanden. Dahinter reichte ödes Flachland bis zu den dunklen Hügeln der

Erinnerung. Laufburschen rannten dem Elektrowagen entgegen. Sie riefen Werbesprüche und hielten Schilder oder Spruchbänder in die Höhe: »Achtung, Achtung! Kobo Hux veräußert einen seiner ausgezeichneten Sequinendetektoren.« – »Entwerft Euren Schlachtplan im Gasthof der Purpurlichter.« – »Waffen, Pufferkissen, Karten, Schürfgeräte von Sag dem Kräger sind überaus nützlich.« – »Sucht nicht aufs Geratewohl; Seher Garzu verrät die Lage reicher Purpuradern.« – »Flieht vor den Dirdir mit möglichst großer Schnelligkeit; tragt die geschmeidigen Schuhe von Awalko.« – »Eure letzten Gedanken werden angenehm, wenn Ihr vor dem Tod die euphorischen Pillen von Laus dem Zauberer schluckt.« – »Gönnt Euch vor dem Betreten der Zone eine vergnügte Ruhepause auf der Terrasse der Lustbarkeit.«

Der Elektrowagen blieb auf einem Platz am Rande von Maust stehen. Die Passagiere warfen sich in das Getümmel aus brüllenden Männern, zudringlichen Knaben und Grimassen schneidenden Mädchen – alle mit einem anderen Angebot. Reith, Traz und Anacho kämpften sich durch die Menge und mieden so gut es ging die Hände, die nach ihnen und ihrer Habe zu fassen trachteten.

Sie bogen in eine schmale Gasse, die zwischen großen, im Verlauf der Jahre dunkel gewordenen Häusern hindurchführte, das bierfarbene Sonnenlicht drang nur spärlich bis in die Straße vor. In einigen Häusern verkaufte man Ausrüstungsstücke und Werkzeuge, die für Sequinensucher eventuell von Nutzen waren: Planiergeräte, Tarnungen, Spurenwischer, Zangen, Forken, Stangen, Monokel, Karten, Handbücher, Amulette und Gebetspulver. Aus anderen Gebäuden drang das Klirren von Zimbeln und ein heiseres Oboengedudel, begleitet von betrunkenen Beifallsrufen. Bestimmte Häuser warben um Spieler; andere dienten als Gasthäuser und hatten im Erdgeschoß Speiselokale. Auf allen lag der Einfluß des

Alters, selbst auf dem trockenen, würzigen Luftgeruch. Die Steine hatten die zufälligen Berührungen abgeschliffen, die Holzverkleidung war dunkel und wächsern, die alten braunen Schindeln zeigten im hellen Sonnenlicht einen feinen Glanz.

Im Hintergrund des Hauptplatzes erhob sich ein geräumiger Gasthof, der bequeme Unterkünfte zu bieten schien und den Anacho bevorzugte, obwohl Traz quengelte, er sei zu luxuriös. »Müssen wir denn für eine Nacht den Kaufpreis eines Springpferdes ausgeben?« beschwerte er sich. »Wir sind an einem Dutzend Gasthäuser vorbeigekommen, die mehr meinem Geschmack entsprochen hätten.«

»Zu gegebener Zeit wirst du die Annehmlichkeiten der Zivilisation zu schätzen lernen«, erwiderte Anacho nachsichtig. »Kommt, sehen wir, was drinnen geboten wird.«

Durch das geschnitzte Holzportal betraten sie die Vorhalle. Lüster in Form von Sequinentrauben hingen an der Decke; ein herrlicher Teppich – schwarzes Feld mit gelblichgrauem Saum und fünf Zierleisten in Scharlach und Ocker – bedeckte den gefliesten Boden.

Ein Majordomus erschien und erkundigte sich nach ihren Wünschen. Ananacho verlangte drei Zimmer, sauberes Bettzeug, Bäder und Salben. »Was kostet das?«

»Für solchen Komfort pro Person hundert Sequinen* pro Tag«, antwortete der Haushofmeister.

Traz stieß einen erschrockenen Schrei aus; selbst Anacho protestierte. »Was?« rief er. »Für drei bescheidene Zimmer verlangt Ihr hundert Sequinen? Habt Ihr keinen Sinn für Größenverhältnisse? Die Preise sind unverschämt hoch.«

Der Majordomus nickte kurz. »Mein Herr, dies ist das

* In Sequinen bezeichnete Summen beziehen sich auf den Einheitswert, die ›farblose‹ Sequine.

berühmte Alawan am Rande der Carabas. Unsere Kunden beschweren sich nie; sie werden entweder reich oder machen mit dem Magen eines Dirdir Bekanntschaft. Was spielen da ein paar Sequinen mehr oder weniger für eine Rolle? Wenn ihr unsere Preise nicht bezahlen könnt, so verweise ich auf die Hütte der Erholsamkeit oder das Wirtshaus zur Schwarzen Zone. Bedenkt aber, daß im Preis ein erstklassiges Büfett inbegriffen ist; dazu eine Bibliothek mit Karten, Handbüchern und technischen Ratgebern; ganz zu schweigen von den Dienstleistungen eines erfahrenen Gutachters.«

»Alles schön und gut«, meinte Reith, »aber zuerst sehen wir uns das Gasthaus zur Schwarzen Zone sowie ein bis zwei andere Unterkunftsmöglichkeiten an.«

Das Wirtshaus zur Schwarzen Zone lag über einer Spielhöhle. Die Hütte der Erholsamkeit war eine unfreundliche Mietskaserne neben einem Schuttabladeplatz, ungefähr neunzig Meter nördlich der Stadt.

Nachdem sie noch einige weitere Herbergen inspiziert hatten, kehrten die drei zum Alawan zurück. Mit Hilfe einer heftigen Feilscherei gelang es ihnen, einen etwas niedrigeren Preis auszuhandeln, den sie im voraus zahlen mußten.

Nach einem Mahl aus gedünsteter Reiswurzel und Mehlfladen zogen sich die drei in die Bibliothek auf der zweiten Etage zurück. An der Seitenwand hing eine große Karte der Zone. In den Regalen standen Broschüren, Mappen, Sammelwerke. Der Gutachter, ein kleiner Mann mit traurigen Augen, saß daneben und beantwortete alle Fragen in vertraulichem Flüsterton. Die drei studierten den ganzen Nachmittag die Beschaffenheit der Zone, die Routen erfolgreicher und erfolgloser Unternehmen, die statistische Aufstellung der Todesfälle. Von denen, die in die Zone eindrangen, kamen etwas weniger als zwei Drittel mit einem durchschnittlichen Gewinn von ungefähr sechshundert Sequinen wieder zurück. »Diese Zahlen sind ein bißchen irreführend«, erklärte Anacho. »Sie zählen auch die Randläufer mit, die sich niemals mehr als bis zu achthundert Meter in die Zone wagen. Diejenigen, die die Hügel und entferntesten Hänge absuchen, werden am häufigsten getötet oder am reichsten.«

Es gab tausenderlei Ansichten über die Wissenschaft des Sequinensuchens zusammen mit Statistiken, um jede eventuell auftauchende Frage auszuleuchten. Wenn er einer Dirdirbande ansichtig wurde, konnte der Sequinensucher laufen, sich verstecken oder kämpfen; die Möglichkeiten eines Entkommens hingen von der Beschaffenheit der Gegend, der Tageszeit und der Entfernung zum Tor der Hoffnung ab. Sequinensucher, die sich in Gruppen zusammengeschlossen hatten, lockten eine zahlenmäßig überlegene Dirdirmeute an, und ihre Überlebenschancen verringerten sich. Chrysopinadern fand man überall in der Zone – die meisten in den Hügeln der Erinnerung sowie im Südabschnitt der Savanne jenseits der Hügel. Die Carabas galt als Niemandsland. Gelegentlich lauerten sich die Sequinensucher gegenseitig auf; solche Überfälle wurden statistisch mit elf Prozent errechnet.

Der Abend nahte, und in der Bibliothek wurde es langsam dunkel. Die Freunde gingen hinunter in den von drei großen Lüstern beleuchteten Speisesaal, wo Kellner in schwarzsilbernen Livreen bereits das Abendessen aufgetragen hatten. Reith äußerte sich beeindruckt über soviel Eleganz. Anacho erwiderte sarkastisch lachend: »Wie wären sonst so unverschämte Preise gerechtfertigt?« Er ging zum Büfett und kehrte mit drei Gläsern Gewürzwein zurück.

Die drei lehnten sich in den altertümlichen Polsterbänken zurück und musterten die anderen Gäste, die größtenteils getrennt saßen. Einige waren zu zweit. Eine einzige Gruppe aus vier Männern kauerte an einem entfernten Tisch; sie trugen dunkle Mäntel mit Kapuzen, die nur die langen Elfenbeinnasen freigaben.

Anacho dozierte: »Uns mit eingerechnet, befinden sich achtzehn Männer im Raum. Neun werden Sequinen finden, die anderen neun nicht. Zwei finden vielleicht eine Ader von hohem Wert – purpur oder scharlachrot. Zehn oder zwölf wandern in die Eingeweide der Dirdir. Sechs bis acht Männer werden nach Maust zurückkommen. Die, welche am weitesten umherstreifen, um die besten Adern zu finden, gehen das größte Wagnis ein; die sechs oder acht Heimkehrer werden keinen großen Reinerlös erzielen können.«

Traz brummte: »In der Zone setzt sich ein Mann jeden Tag dem Tod mit einem Risikofaktor von vier zu eins aus. Sein durchschnittlicher Gewinn beläuft sich auf etwa vierhundert Sequinen. Es scheint, als würden diese Männer – und wir mit ihnen – den Wert des Lebens nur auf sechzehnhundert Sequinen veranschlagen.«

»Irgendwie müssen wir die Chancen vergrößern«, beharrte Reith.

»Jeder, der in die Zone kommt, schmiedet ähnliche Pläne«, erinnerte Anacho trocken. »Nicht alle haben Erfolg.«

»Dann müssen wir etwas ausprobieren, woran bisher kein anderer gedacht hat.«

Anacho stieß einen skeptischen Laut aus.

Sie machten noch einen Stadtbummel. Die Musikhäuser schmückten rote und grüne Lampen; auf den Balkons stellten sich Mädchen mit einem gefrorenen Lächeln im Gesicht zur Schau und sangen seltsame, einlullende Lieder. Die Spielhöhlen waren heller erleuchtet, und drinnen ging es hoch her. Jede schien sich auf ein bestimmtes Spiel zu spezialisieren – auf ein so einfaches wie das Knobeln mit vierzehnseitigen Würfeln, oder ein so kompliziertes wie Schach, das gegen die hauseigenen Berufsspieler ausgetragen wurde.

Sie blieben stehen und sahen bei einem Spiel zu, das »Suche der ergiebigsten Purpurader« hieß. Ein neun Meter langes und drei Meter breites Brett stellte die Carabas dar. Das Vorland, die Hügel der Erinnerung, der Südabschnitt, Schlünde und Täler, Savannen, Flüsse und Wälder waren naturgetreu eingezeichnet. Blaue, rote und purpurfarbene Lichter deuteten die Lage von Chrysopinadern an – spärlich im Vorland, reichlicher in den Hügeln der Erinnerung sowie auf dem Südabschnitt. Khusz, das Hauptquartier der Dirdir, war ein weißer Block mit Purpurzacken an allen vier Ecken. Ein numeriertes Gitter lag über dem ganzen Feld. Zwölf Spieler saßen darum; jeder hatte eine Spielfigur. Außerdem befanden sich auf dem Spielfeld noch die Nachbildungen von vier Dirdirjägern. Die Spieler warfen der Reihe nach vierzehnseitige Würfel; die erzielten Augen galten für alle Figuren auf dem Brett, in die vom Spieler gewünschte Richtung. Die Dirdirjäger, die ebenfalls die gewürfelte Zahl sprangen, versuchten ein Feld zu erreichen, auf dem eine Figur stand; in diesem Fall wurde letztere für vernichtet erklärt und mußte ausscheiden. Jeder Spieler wollte die Lichter kreuzen, die Sequinenadern darstellten, um so seinen Gewinn zu vermehren. Wann immer er es wünschte, verließ er die Zone durch das Tor der Hoffnung, und sein Gewinn wurde ihm ausbezahlt. Häufiger ließ der Spieler – von der Gier getrieben – seine Figur auf dem Feld, bis sie ein Dirdir niederstreckte und er den gesamten Gewinn einbüßte. Reith beobachtete das Spiel fasziniert. Die Teilnehmer umklammerten die Armlehnen ihrer Sessel, starrten auf das Brett und zappelten nervös riefen den Spielleitern heisere Anordnungen zu; sie jubelten, wenn sie eine Ader erreichten, stöhnten beim Näherkommen eines Dirdir und sanken aschfahl zurück, wenn ihre Figuren ausschieden und ihr Gewinn verloren war.

Das Spiel ging zu Ende. Keine einzige Figur durchstreifte mehr die Carabas.

Kein Dirdir machte auf einer leeren Zone Jagd. Die Spieler erhoben sich steifbeinig von ihren Plätzen. Diejenigen, welche die Zone unbehelligt verlassen hatten, nahmen ihren Gewinn in Empfang. Die Dirdir kehrten nach Khusz hinter dem Südabschnitt zurück. Neue Spieler erstanden Figuren; sie nahmen die Plätze ein, und das Spiel begann von neuem.

Reith, Traz und Anacho gingen weiter. Reith blieb bei einem Stand stehen und musterte einen Stapel ausgestellter, zusammengefalteter Papiere. Plakate priesen an:

Siebzehn Jahre lang peinlich genau notiert:
die Karte von Sanbour Yan.
Nur 1000 Sequinen, garantiert unerforscht

und

die Karte von Goragonso dem Geheimisvollen,
der in der Zone wie ein Schatten gelebt und seine
Geheimadern wie Kinder umhegt hat.
Nur 3500 Sequinen. Nie erforscht.

Reith bat Anacho mit den Augen um eine Erklärung.

»Ganz einfach. Solche Leute wie Sanbour Yan und Gorangonso der Geheimnisvolle durchforschen jahrelang die ungefährlichen Gebiete der Carabas und suchen Adern minderer Qualität: die Wasserklaren und Milchweißen; die Blaßblauen, bekannt als Sarden; die Hellgrünen. Wenn sie solche Adern ausfindig machen, notieren sie sich sorgfältig ihre Lage und verstecken sie so gut wie möglich unter Geröll oder Schieferplatten, denn sie wollen wiederkommen, wenn die Adern gereift sind. Finden sie Purpuradern, um so besser; aber in den nahe gelegenen Gebieten, die sie aus Sicherheitsgründen aufsuchen, gibt es selten Purpuradern – außer solche, die als ›Wasserklare‹, ›Milchweiße‹ oder ›Sarden‹ eine Generation früher entdeckt und versteckt worden sind. Kommen diese Männer um, werden ihre Karten zu wertvollen Dokumenten. Leider kann es riskant sein, eine solche Karte zu kaufen. Der erste, dem sie in die Hände fällt, könnte die ertragsreichsten Adern ausgebeutet haben und die Karte dann als ›unerforscht‹ zum Verkauf feilbieten. Wer beweist das Gegenteil?«

Die drei kehrten ins Alawan zurück. In der Vorhalle verbreitete ein einzelner Lüster das Licht von hundert trüben Juwelen, das sich im Schatten verlor und nur hin und wieder einen Farbtupfer auf das dunkle Holz warf. Das Speisezimmer war ebenfalls schwach beleuchtet; einige sich leise unterhaltende Gruppen hielten sich darin auf. Sie schenkten sich aus einem Samowar Pfeffertee ein und setzten sich in eine Nische.

Traz meinte verärgert: »Dieser Ort ist ungesund: Maust und die Carabas. Wir sollten ihn verlassen und auf normale Weise reich zu werden versuchen.«

Anacho ließ lässig die weißen Finger flattern und sagte mit seiner schulmeisterlichen und flötenden Stimme: »Maust ist bloß eine Erscheinung im Wechselspiel zwischen Mensch und Geld und muß von dieser Warte aus gesehen werden.«

»Mußt du immer Unsinn verzapfen?« fragte Traz. »Sequinen in Maust oder in der Zone zu erwerben, das ist ein Spiel mit miserablen Chancen. Ich bin keine Spielernatur.«

»Was mich betrifft«, schaltete sich Reith ein, »so habe ich zwar vor, Sequinen zu erwerben, gedenke aber nicht zu spielen.«

»Unmöglich!« erklärte Anacho. »In Maust spielt man mit Sequinen, in der Zone mit dem Leben. Wie willst du das vermeiden?«

»Ich kann versuchen, die Gewinnchancen auf ein erträgliches Maß zu bringen.«

»Jeder hofft das gleiche. Aber die Feuer der Dirdir brennen in der Carabas die ganze Nacht, und in Maust verdienen die Geschäftsleute mehr als die meisten Sequinensucher.«

»Die Sequinensuche ist unsicher und langwierig«, erklärte Reith. »Ich ziehe Sequinen vor, die bereits gesammelt worden sind.«

Anacho schürzte spöttisch die Lippen.

»Du beabsichtigst, die Sequinensucher auszurauben? Das ist gewagt.«

Reith blickte zur Decke. Wie konnte ihn Anacho noch immer so verkennen? »Die Sequinensucher will ich nicht ausrauben.«

»Dann bin ich mit meiner Weisheit am Ende«, gestand Anacho. »Wen willst du sonst ausrauben?«

Reith sagte vorsichtig: »Während wir dem Jagdspiel zusahen, begann ich mich zu fragen: Was passiert mit den Sequinen, wenn die Dirdir einen Sucher töten?«

Anacho machte eine weitschweifige Handbewegung. »Die Sequinen sind Beutegut; was denn sonst?«

»Denk dir eine typische Jagdgruppe der Dirdir. Wie lange bleibt sie in der Zone?«

»Drei bis sechs Tage. Großjagden und Gedächtnisfeiern dauern länger. Wettbewerbsjagden werden ein wenig abgekürzt.«

»Und wie viele Opfer schlägt sie am Tag?«

Anacho überlegte laut: »Alle Jäger erhoffen sich natürlich täglich eine Trophäe. Die in der Regel kampferprobte Gruppe tötet zwei- bis dreimal am Tag, manchmal auch öfter. Sie verschwenden zwangsläufig viel Fleisch.«

»So daß die typische Jagdgruppe mit den Sequinen von etwa zwanzig Männern nach Khusz zurückkehrt.«

Anacho bestätigte barsch: »Möglich.«

»Der Durchschnittssucher trägt – sagen wir mal – eine Summe von fünfhundert Sequinen bei sich. Folglich kehrt jede Jagdgesellschaft mit zehntausend Sequinen heim.«

»Laß dir von dieser Berechnung nicht den Kopf verdrehen«, warnte Anacho trocken. »Die Dirdir sind keine freigebigen Leute.«

»Das Spielbrett ist, wie ich verstanden habe, eine genaue Nachbildung der Zone?«

Anacho nickte mürrisch. »Leidlich. Warum fragst du?«

»Morgen möchte ich die Jagdrouten von Khusz und wieder zurückverfolgen. Wenn die Dirdir in die Carabas kommen, um Jagd auf Menschen zu machen, können sie schwerlich etwas dagegen haben, wenn Menschen die Dirdir jagen.«

»Wer kann sich vorstellen, daß Menschen die Strahlenden jagen?« krächzte Anacho.

»Man hat es nie zuvor getan?«

»Nie! Jagen Geckos das Smur?«

»In diesem Fall haben wir den Überraschungseffekt auf unserer Seite.«

»Zweifellos!« gab Anacho ihm recht. »Aber ohne mich. Ich will nichts damit zu tun haben.«

Traz würgte vor Lachen. Anacho drehte sich zu ihm um.

»Was belustigt dich?«

»Deine Angst.«

Anacho lehnte sich zurück. »Wenn du die Dirdir kennen würdest wie ich, hättest du auch Angst.«

»Sie leben. Also töte sie.«

»Sie sind schwer zu töten. Wenn sie jagen, bedienen sie sich eines eigenen Verstandesbereiches, des sogenannten

›Alten Status‹. Kein Mensch kann gegen sie an. Reiths Plan grenzt an Wahnsinn.«

»Morgen studieren wir noch einmal das Spielbrett«, meinte Reith besänftigend. »Vielleicht kommt uns eine Idee.«

6. Kapitel

Drei Tage später verließen Reith, Traz und Anacho eine Stunde vor Sonnenaufgang Maust. Sie gingen durch das Tor der Hoffnung und über das Vorland auf die Hügel der Erinnerung zu, die sich fünfzehn Kilometer südlich schwarz gegen den braun und violett gesprenkelten Himmel abhoben. Vor und hinter ihnen liefen zwölf weitere Gestalten mit tief gebeugtem Rücken durch die kühle Dunkelheit. Einige waren wie die Maulesel mit Ausrüstungsgegenständen bepackt: Schürf- und Planiergeräte, Waffen, deodorierende Salben, Gesichtsfärbemittel, Tarnungen; andere hatten nur einen Sack, ein Messer und ein Bündel mit nahrhaftem Teig bei sich.

Carina 4269 vertrieb die Finsternis; einige Männer krochen ins Unterholz und versteckten sich unter Tarnstoff, um auf den Einbruch der Nacht zu warten, bevor sie weiterzogen. Andere stürmten voran und waren bestrebt, das Feld der Geröllblöcke zu erreichen, wobei sie das Risiko, entdeckt zu werden, in Kauf nahmen. Angetrieben auf Grund von sichtbaren Beweisstücken für dieses Risiko – Asche, vermengt mit verbrannten Knochen und Lederresten – beschleunigten Reith, Traz und Anacho den Schritt. Teils trabend, teils rennend, gelangten sie zum Feld der Geröllblöcke wohin sich die Dirdir nur ganz selten verirrten.

Sie luden ihr Gepäck ab und legten sich zur Ruhe. Im gleichen Augenblick näherten sich schon zwei ungeschlachte Individuen: braungebrannte Männer, deren Rassenzugehörigkeit Reith nicht kannte, mit langen, verfilzten Haaren und krausen Bärten. Sie trugen Lumpen, stanken abscheulich und musterten die drei mit gehässiger Selbstsicherheit. »Wir herrschen über dieses Gebiet«, grollte der eine kehlig. »Eure Rastgebühr beträgt pro Kopf fünf Sequinen. Wenn ihr euch weigert, jagen wir euch fort ... Dirdir pirschen über den nördlichen Gebirgskamm.«

Anacho sprang sofort auf und versetzte dem Wortführer mit der Schaufel einen gewaltigen Schlag auf den Kopf. Der zweite Schurke schwang seine Keule. Anacho fing den Angriff mit dem Schaufelblatt ab und versetzte dem Kerl einen lähmenden Schlag auf die Gelenke. Die Keule flog zur Seite. Der Mann taumelte zurück und starrte entsetzt seine Hände an. Sie baumelten wie ein Paar leere Handschuhe an den Gelenken. Anacho befahl: »Schert euch fort zu den Dirdir.« Dann sprang er mit erhobener Schaufel vorwärts; die beiden torkelten zwischen die Felsen davon. Anacho beobachtete ihren Abzug. »Wir gehen lieber weiter.«

Die drei nahmen ihre Sachen und brachen auf; fast im selben Moment stürzte ein großer Felsbrocken herab und krachte auf den Boden. Traz sprang auf einen Felsblock und schoß sein Katapult ab, was mit einem Schmerzenslaut quittiert wurde.

Die drei gingen ungefähr neunzig Meter weiter südlich und stiegen ein Stück den Abhang hinauf; hier konnten sie das Vorland überschauen und trotzdem nicht einfach von hinten angegriffen werden.

Reith lehnte sich an die Felswand, zog sein Scanskop heraus und überblickte die Landschaft. Auf einem Kap im Osten entdeckte er sechs fliehende Männer sowie eine

Horde Dirdir. Zehn Minuten lang rührten sich die Dirdir nicht vom Fleck, dann verschwanden sie plötzlich aus dem Sichtbereich des Fernglases. Einen Augenblick später fing er sie wieder ein, wie sie gerade mit langen Sprüngen den Abhang hinunter und hinaus aufs Vorland stürmten.

Am Nachmittag wagten die Sequinensucher nach und nach das Schutz bietende Feld der Geröllblöcke zu verlassen, weil kein Dirdir in Sicht war.

Reith, Traz und Anacho erklommen den Hang und nahmen den direktesten Weg, den die Vorsicht gestattete, in Richtung Bergkamm. Sie waren jetzt allein. Ringsum herrschte Stille.

Weil Vorsicht geboten war, kamen sie nur langsam voran. Bei Sonnenuntergang kletterten sie mühsam eine Schlucht genau unter der Hügelkette hinauf und kamen gerade noch rechtzeitig, um zu sehen, wie der letzte Silberstrahl von Carina 4269 verblaßte. Im Süden fiel das Gelände in lange Bodenwellen und Niederungen ab: ergiebiger Grund für Chrysopinadern, aber wegen der Nähe von Khusz – ungefähr fünfzehn Kilometer weiter südlich – höchst gefährlich.

Mit der Dämmerung fiel eine seltsame Stimmung, gemischt aus Melancholie und Entsetzen, über die Carabas. Allerorts tauchten blinkende Lichter auf, jedes ein grauenhaftes Fanal. Erstaunlich dachte Reith, daß Menschen trotz aller Lockungen einen solchen Ort überhaupt betreten. Nicht mehr als vierhundert Meter entfernt flammte ein Lagerfeuer auf, und die drei zogen sich schnell in den Schatten zurück. Die blassen Dirdirgestalten waren mit bloßem Auge erkennbar.

Reith musterte sie durch das Scanskop. Sie stolzierten hin und her und schienen unhörbare Laute auszustoßen. Ihre Glanzantennen leuchteten phosphoreszierend.

Anacho flüsterte: »Sie befinden sich im ›Alten Status‹.

Sie sind wilde Bestien, genau wie vor einer Million Jahre in den Sibol-Ebenen.«

»Warum gehen sie auf und ab?«

»Das ist bei ihnen Sitte. Sie bereiten sich auf ihre Freßorgie vor.«

Reith musterte den Boden rund um das Lagerfeuer. Im Schatten lagen zwei sich windende Gestalten. »Sie leben noch!« flüsterte Reith entsetzt.

Anacho brummte. »Den Dirdir liegt nichts daran, Lasten zu schleppen. Die Opfer müssen nebenher rennen und wie die Dirdir hoppeln und springen – wenn nötig den ganzen Tag. Wenn das Opfer erlahmt, stacheln sie es mit Nervenglut an, und es rennt um so schneller.«

Reith ließ das Scanskop sinken.

Vorsichtshalber flüsternd, sagte Anacho: »Jetzt siehst du sie im ›Alten Status‹ als wilde Bestien, wie es ursprünglich ihrer Natur entspricht. Es sind herrliche Geschöpfe. In anderen Fällen zeigen sie sich in anderer Weise herrlich. Menschen können nicht über sie urteilen, sondern nur ehrfürchtig zurücktreten.«

»Was ist mit den auserlesenen Dirdirmännern?«

»Den Makellosen? Was soll mit ihnen sein?«

»Ahmen sie die Dirdir in der Jagd nach?«

Anacho blickte über die nächtliche Zone hinweg in die Ferne. Im Osten kündigte ein rosafarbener Strahl das Aufsteigen des Mondes Az an. »Die Makellosen jagen. Natürlich können sie sich nicht mit den Dirdir messen und sind nicht dazu berechtigt, in der Zone zu jagen.« Er spähte zum Lagerfeuer hinüber. »Am Morgen weht der Wind von uns zu ihnen. Wir ziehen lieber weiter.«

Der niedrig am Himmel stehende Az warf einen rosigen Schein über die Landschaft. Reith vermochte nur an verwässertes Blut zu denken. Sie gingen mal nach Osten, mal nach Süden, und suchten sich mühsam einen Weg über die Felsen von Tschai. Das Feuer der Dirdir blieb zurück und verschwand schließlich hinter einem schroffen Vorgebirge. Geraume Zeit stiegen die drei zum Südabschnitt hinunter. Dann machten sie Rast, schliefen einige Stunden unruhig und marschierten anschließend wieder über die Hügel der Erinnerung abwärts. Az hing jetzt tief im Westen, während Braz im Osten aufging. Die Nacht war klar; alles warf zwei Schatten; einen rosafarbenen und einen blauen.

Traz ging voraus; er hielt Ausschau, lauschte und prüfte jeden Schritt. Zwei Stunden vor Tagesanbruch blieb er kurz stehen und bedeutete seinen Kameraden, still zu sein. »Kalter Rauch«, wisperte er. »Ein Lager vor uns ... es rührt sich etwas.«

Die drei lauschten. Die Landschaft antwortete nur mit Stille. Äußerst vorsichtig schwenkte Traz in eine andere Richtung, hinauf über einen Grat, durch ein niedriges Federwedelwäldchen hinunter. Wieder einmal machte Traz halt und lauschte, dann gab er den beiden anderen plötzlich Zeichen, in den Schatten zurückzutreten. Von ihrem Versteck aus sahen sie auf der Hügelkuppe zwei blasse Gestalten; sie standen zehn Minuten stumm und wachsam dort oben und verschwanden dann plötzlich.

Reith flüsterte: »Wußten sie, daß wir in der Nähe waren?«

»Ich glaube nicht«, murmelte Traz. »Aber vielleicht haben sie uns gewittert.«

Eine halbe Stunde später schlichen sie vorsichtig weiter, hielten sich aber im Schatten. Die Morgendämmerung färbte den Osten. Az war verschwunden, gefolgt von Braz. Die drei eilten durch die pflaumenblaue Düsternis und suchten schließlich in einem dichten Gestrüpp aus Tabakstauden Schutz. Bei Sonnenaufgang fand Traz unter Zweigen und zusammengerollten schwarzen Blättern eine Sequinentraube, die so groß war wie seine beiden Fäuste. Als man sie von ihrem brüchigen Stengel losgerissen und gespalten hatte, ergossen sich Hunderte von Sequinen, die alle in feurigem Scharlachrot schimmerten.

»Wunderbar!« flüsterte Anacho. »Genug, um Neid zu wecken! Noch ein paar solche Funde, und wir können Adam Reiths wahnwitzigen Plan aufgeben.«

Sie suchten im Gebüsch weiter, fanden aber sonst nichts.

Das Tageslicht zeigte die südliche Savanne, die nach Osten und Westen bis in nebelige Fernen reichte. Reith studierte die Karte und verglich den Berg dahinter mit dem abgebildeten Umriß. »Hier sind wir.« Er deutete mit dem Finger darauf. »Die Dirdir, die nach Khusz zurückkehren, kommen dort drüben vorbei, westlich des Grenzwaldes, der unser Ziel ist.«

»Zweifellos auch unser Verhängnis«, erwiderte Anacho mit einem pessimistischen Schnauben.

»Ich sterbe genauso gern, während ich Dirdir töte, wie auf andere Weise«, erklärte Traz.

»Man stirbt nicht, während man Dirdir tötet«, korrigierte ihn Anacho sanft. »Sie lassen es nicht zu. Wenn jemand den Versuch unternehmen sollte, peinigen sie ihn mit Nervenglut.«

»Wir werden unser Bestes tun«, versprach Reith. Er hob das Scanskop und überflog damit die Landschaft sowie die Hügelkette; dabei entdeckte er drei Dirdirgruppen, die die Hänge nach Wild absuchten. Ein Wunder dachte Reith, daß überhaupt jemand lebend nach Maust zurückkommt.

Der Tag ging langsam zur Neige. Traz und Anacho forschten im Unterholz nach Sequinen, hatten jedoch keinen Erfolg. Am Spätnachmittag zog eine Jagdgruppe nur achthundert Meter entfernt über den Abhang. Voraus lief ein Mann, der wie ein Reh sprang und dabei mächtig mit den Beinen ausholte. Fünfzig Meter hinter ihm rannten ohne Anstrengung drei Dirdir. Der Flüchtige gab auf, blieb mit dem Rücken an einen Felsen gelehnt stehen und bereitete sich auf den Kampf vor. Er wurde umzingelt und überwältigt. Die Dirdir krochen über die ausgestreckte Gestalt, ließen ihr irgendeine Behandlung zukommen und richteten sich dann auf. Der Mann lag zuckend und um sich schlagend am Boden. »Nervenglut«, erläuterte Anacho. »Er hat sie irgendwie verärgert; vielleicht hatte er eine Energiewaffe bei sich.« Die Dirdir zogen ab. Das Opfer kam mit Hilfe einer Reihe grotesker Verrenkungen auf die Beine und begann torkelnd in Richtung der Hügel zu fliehen. Die Dirdir blieben stehen und sahen ihm nach. Der Mann hielt an, stieß einen lauten Schmerzensschrei aus, drehte sich um und folgte den Dirdir. Sie begannen zu laufen und in wilder Ausgelassenheit zu springen. Ihr Gefangener folgte ihnen mit wahnwitzigem Eifer. Die Gruppe verschwand nach Norden.

Anacho fragte Reith: »Willst du deinen Plan noch immer ausführen?«

Reith sehnte sich plötzlich danach, so weit wie möglich außerhalb der Carabas zu sein. »Jetzt verstehe ich, warum dieser Plan nicht schon früher versucht worden ist.«

Der Nachmittag ging in einen traurigen und milden Abend über. Sobald die Lagerfeuer entlang der Hügelkette aufflammten, verließen die drei die Deckung und zogen nach Norden.

Um Mitternacht erreichten sie den Grenzwald. Traz fürchtete das geschmeidige, halb reptilartige Tier, welches als Smur bekannt war, und weigerte sich, ihn zu betreten. Reith erhob keinen Widerspruch, und die drei hielten sich bis zur Dämmerung am Waldrand auf.

Als es heller wurde, drangen sie vorsichtig zwischen die Bäume, fanden aber nichts Schädlicheres als die scheuen Eidechsen vor. Vom Westrand des Waldes war nur fünf Kilometer weiter südlich deutlich Khusz zu erkennen. Beim Betreten und Verlassen der Zone gingen die Dirdir um den Wald herum.

Am Nachmittag begannen die drei mit der Arbeit, nachdem sie sorgfältig geprüft hatten, welche Möglichkeiten der Wald bot. Traz grub, Anacho und Reith knüpften ein großes, rechteckiges Netz aus Zweigen, Ästen und der Schnur, die sie mitgebracht hatten.

Am Abend des folgenden Tages war die Vorrichtung fertig. Während Reith das System überprüfte, schwankte er zwischen Hoffnung und Verzweiflung. Würden die Dirdir so reagieren, wie sie hofften? Anacho schien daran zu glauben, obwohl er viel von Nervenglut redete und sich überaus pessimistisch zeigte.

Am hellichten Vormittag sowie am frühen Nachmittag, wenn die Jagdgruppen nach Khusz zurückkehrten, waren theoretisch ertragreiche Zeiten. Früher und später pflegten die Dirdir erneut auszuschwärmen, und die Aufmerksamkeit dieser Horden wollten die drei nicht auf sich lenken.

Die Nacht ging zu Ende, und die Sonne leitete einen Tag ein, der sich auf die eine oder andere Weise als schicksalhaft zeigen sollte. Eine Zeitlang schien es, als wollte es regnen, aber bis zur Hälfte des Vormittags waren die Wolken nach Süden getrieben. In der plötzlich klaren Atmosphäre wirkte das Licht von Carina 4269 wie altes Metall.

Reith wartete am Waldrand und bestrich mit seinem Scanskop die Landschaft. Im Norden tauchten vier Dirdir auf, die unbekümmert den Pfad entlang auf Khusz zuhüpften. »Da kommen sie«, sagte Reith. »Jetzt gilt's.«

Die Dirdir sprangen auf dem Pfad abwärts und stießen gelegentlich ausgelassene Pfiffe aus. Die Jagd war gut gewesen. Sie hatten sich amüsiert. Aber seht! Was war das? Ein Manntier am Waldrand! Was suchte der Narr so dicht bei Khusz? Die Dirdir nahmen beglückt die Verfolgung auf.

Das Manntier rannte um sein Leben, wie alle Kreaturen. Es stockte früh und stand in die Enge getrieben, mit dem Rücken an einen Baum gelehnt da. Ihren abschreckenden Todesschreien Luft machend, sprangen die Dirdir voran. Unter den Füßen des ersten gab der Boden nach. Er fiel und war nicht mehr zu sehen. Die drei anderen machten bestürzt halt. Ein Geräusch: ein Krachen, ein Schlag. Über ihre Köpfe fiel eine Matte aus Zweigen, unter der sie gefangen waren. Und jetzt erschienen unaussprechlich schadenfrohe Männer! Eine List, eine Falle! Mit mörderischer Wut in der Brust kämpften sie vergeblich gegen die Matte, verzweifelt bestrebt, sich zu befreien und die bösen Männer Haß und Entsetzen kennenlernen zu lassen ...

Die Dirdir wurden erstochen, zerhackt oder mit Schaufelschlägen getötet.

Man hob die Matte, nahm den Leichen die Sequinen ab, schleppte sie fort und setzte die Todesfalle wieder instand.

Eine zweite Gruppe kam von Norden herunter. Nur drei, aber strahlende, behelmte Helden mit wie Glühdrähte leuchteten Antennen. Anacho sagte ehrfürchtig: »Das sind Vortrefflichkeiten mit hundert Trophäen!«

»Um so besser.« Reith gab Traz ein Zeichen. »Bring sie herein. Wir werden sie Vortrefflichkeit lehren.«

Traz benahm sich wie zuvor: er zeigte sich und floh dann wie in blinder Hast. Die Vortrefflichkeiten verfolgten ihn nur mit halbem Herzen. Sie hatten eine ertragreiche Jagd hinter sich. Der Pfad unter den Bäumen war schon begangen worden, vielleicht von anderen Jägern. Die Beute zeigte – seltsam genug – wenig von der krampfhaften Behendigkeit, welche die Jagd reizvoll machte. Offen gesagt, der Mann hatte sich umgedreht und sah ihnen – den Rücken einer riesigen, knorrigen Tabakstaude zugewandt – entgegen. Phantastisch! Er schwang einen Degen. Wollte er sie, die Vortrefflichkeiten, herausfordern? Stürmt vorwärts, springt ihn an, reißt ihn zu Boden! Die Trophäe gehört dem, der ihn als erster berührt! Aber – oh Schreck! – der Boden bricht zusammen, der Wald fällt; ein wirres Durcheinander! Und schaut nur: Untermenschen kommen mit Klingen, zerhacken, erstechen! Den Verstand raubende Wut, ein irrsinniges Strampeln, Zischen und Schreien – dann der Degen. Es gab an diesem Tag vier Schlachten, vier am nächsten, fünf am dritten; bis dahin war die Prozedur zur gut funktionierenden Routine geworden. Morgens und abends wurden die Leichen verscharrt, das Zubehör repariert. Das Ganze dünkte Reith genauso leidenschaftslos wie die Angelei – bis er sich noch einmal die Jagden ins Gedächtnis rief, deren Zeuge er geworden war, und damit seine Begeisterung neu entfachte.

Die Entscheidung, die Operation abzubrechen, entstand nicht auf Grund von abnehmendem Gewinn – jede Jagdgruppe trug an die zwanzigtausend Sequinen bei sich – oder weil die drei die Lust verloren hätten. Aber selbst nachdem sie die Farblosen, die Milchweißen und die Sarden aussortiert hatten, blieb die Beute schier unvorstellbar groß, und Anachos Pessismismus war der Besorgnis gewichen. »Früher oder später wird man die Gruppen vermissen und eine Suchaktion in die Wege leiten. Wie können wir dann entkommen?«

»Noch ein Mord«, sagte Traz. »Jetzt kommt gerade eine Gruppe, die ihre Jagd reich gemacht hat.«

»Aber warum? Wir haben soviel Sequinen, wie wir zu tragen vermögen!«

»Wir können die Sarden sowie ein paar Smaragdgrüne zurücklassen und nur die Roten und Purpurnen mitnehmen.«

Anacho sah zu Reith, der die Achseln zuckte. »Die eine Gruppe noch.«

Traz ging zum Waldrand und zog seine jetzt wohlgeübte Panikschau ab. Die Dirdir reagierten nicht. Hatten sie ihn gesehen? Sie gingen weiter, ohne den Schritt zu beschleunigen. Traz zögerte einen Augenblick, dann zeigte er sich noch einmal. Die Dirdir sahen ihn. Scheinbar hatten sie ihn beim erstenmal auch schon gesehen, denn statt sofort die Verfolgung aufzunehmen, setzten sie ihren leichten Trab fort. Reith beobachtete sie vom Schatten aus und versuchte festzustellen, ob sie Verdacht geschöpft hatten oder nur der Jagd überdrüssig waren.

Die Dirdir blieben stehen und untersuchten die Spur in den Wald. Sie drangen langsam ein: einer voraus, der nächste dahinter, zwei in der Nachhut. Reith eilte zurück auf seinen Posten.

»Es gibt Schwierigkeiten«, warnte er Anacho. »Wir müssen uns eventuell den Weg freikämpfen.«

»Kämpfen?« schrie Anacho. »Vier Dirdir, drei Männer?«

Traz, der etwa neunzig Meter weiter unten auf dem Pfad stand, beschloß, die Dirdir zu reizen. Er verließ die Deckung, zielte mit seinem Katapult auf die vorderste Kreatur und feuerte ihr einen Pfeil in die Brust. Sie stieß einen wütenden Pfiff aus und sprang mit steil aufgerichteten und vor Wut glühenden Antennen nach vorne. Traz sprang zurück und blieb am gewohnten Platz stehen ein unnatürlich vergnügtes Schmunzeln auf dem Gesicht. Er schwang drohend seinen Degen. Der verwundete Dirdir griff an und stürzte in die Fallgrube. Seine Schreie wurden ein unheimliches Wehklagen aus Schmerz und Entsetzen. Die übrigen drei zögerten kurz, dann kamen sie wütend Schritt um Schritt näher. Reith zog an der Auslösevorrichtung für das Netz. Es fiel und begrub zwei unter sich; der letzte entwischte tänzelnd.

Reith trat vor, schrie Anacho und Traz zu: »Tötet die Dirdir unterm Netz!« Er selbst sprang durch das wirre Knäuel, um sich dem noch verbleibenden Dirdir zu stellen. Dieser durfte nicht entkommen.

Aber der Dirdir dachte überhaupt nicht an Flucht. Er sprang Reith wie ein Leopard an und schlug ihm die Krallen ins Fleisch. Traz lief hinzu, schwang drohend den Degen und warf sich auf den Rücken des Dirdir. Der Dirdir wälzte sich herum, riß Traz' Bein los und parierte mit seinem eigenen Degen. Anacho eilte herbei und hackte mit einem mächtigen Schwertstreich den Arm des Dirdir entzwei. Mit einem zweiten Schlag spaltete er den Kopf der Kreatur. Taumelnd und wankend, fluchend und keuchend schlugen die drei den letzten Dirdir nieder, dann standen sie erleichtert da, daß sie soviel Glück gehabt hatten. Blut schoß aus dem Bein von Traz. Reith legte eine Aderpresse an und öffnete die Erste-Hilfe-Tasche, die er nach Tschai mitgebracht hatte. Er desinfizierte die Wunde, trug ein Spannkraft verleihendes Mittel auf, preßte die Wundränder zusammen, sprühte eine Schicht künstliche Haut darüber und lockerte die Aderpresse. Traz schnitt eine Grimasse, aber es drang keine Klage über seine Lippen. Reith gab ihm eine Tablette. »Schluck das. Kannst du stehen?«

Traz stand steifbeinig auf.

»Kannst du gehen?«

»Nicht besonders gut.«

»Versuch dich zu bewegen, damit das Bein nicht steif wird.«

Reith und Anacho filzten die Leichen: eine Purpurtraube, zwei scharlachrote, eine dunkelblaue, drei hellgrüne und zwei hellblaue. Reith schüttelte verwundert und besorgt den Kopf. »Reichtum! Aber zwecklos, wenn wir ihn nicht nach Maust zurückschaffen können.«

Er beobachtete, wie Traz mit offensichtlicher Anstrengung auf und ab humpelte. »Wir können nicht alles tragen.«

Die Leichen rollten sie in die Fallgrube und schütteten diese zu, das Netz wurde ins Unterholz gezerrt. Dann sortierten sie die Sequinen und machten daraus drei Bündel: zwei schwere, ein leichtes. Es blieb noch immer ein Vermögen an Farblosen, Milchweißen, Sarden, Dunkelblauen und Grünen übrig. Diese verstauten sie in einem vierten Bündel, das sie unter den Wurzeln der großen Tabakstaude verbargen.

Bis Sonnenuntergang waren es noch zwei Stunden. Sie nahmen ihre Bündel und gingen zum östlichen Waldrand, wobei sie ihre Schritte denen von Traz anpaßten. Hier beratschlagten sie über die Möglichkeit, ein Lager aufzuschlagen, bis das Bein von Traz verheilt war. Traz wollte nichts davon hören. »Ich kann mithalten, solange wir nicht laufen müssen.«

»Laufen würde uns ohnehin nichts nützen«, erklärte Reith.

»Wenn sie uns entdecken«, sagte Anacho, »müssen wir laufen. Mit Nervenglut im Nacken.«

Das Nachmittagslicht wandelte sich von Gold in Dunkelgold. Carina 4269 verschwand und die Landschaft wurde tintenschwarz. Auf den Hügeln zeigten sich winzige Flammenzünglein. Die drei traten ihre schaurige Heimreise an: quer über den Südabschnitt von einer schwarzen Baumgruppe zur nächsten. Schließlich erreichten sie die Hänge und begannen verbissen zu klettern.

Die Dämmerung überraschte sie unterhalb der Hügelkette; sowohl Jäger als auch Gejagte waren schon auf den Beinen. Weit und breit gab es keine Deckung. Die drei stiegen in eine Schlucht hinunter und errichteten sich aus trockenem Geäst ein Versteck.

Der Tag nahm seinen Lauf. Anacho und Reith dösten,

während Traz zum Himmel starrte. Die auferzwungene Untätigkeit hatte sein Bein steif werden lassen. Mittags überquerten vier stolze Dirdir mit glitzernden Helmen den Kamm. Einen Augenblick blieben sie stehen und witterten anscheinend die Nähe der Beute, aber andere Dinge zogen ihre Aufmerksamkeit auf sich, und sie gingen weiter gen Norden.

Die Sonne sank und beleuchtete dabei die Ostwand der Schlucht. Anacho stieß ein unnatürliches, schnaubendes Lachen aus. »Seht dorthin.« Er wies mit dem Finger die Richtung. Keine sechs Meter entfernt hatte der Boden nachgegeben und die faltige Haube einer großen, reifen Chrysopintraube freigelegt. »Mindestens Scharlachrote. Vielleicht sogar Purpurne.«

Reith winkte in trauriger Resignation ab. »Wir können kaum das Vermögen tragen, das wir besitzen. Es ist genug.«

»Du unterschätzt die Habgier von Sivish«, schimpfte Anacho.

»Zu dem, was du vorhast, gehören zwei Vermögen oder mehr.« Er grub die Ader auf. »Eine Purpurne. Wir können sie nicht liegenlassen.«

»Na schön«, meinte Reith. »Ich trage sie.«

»Nein, ich«, widersprach Traz. »Ihr beide schleppt bereits die größten Bündel.«

»Wir teilen sie auf«, erklärte Reith. »Es wird gar nicht so sehr ins Gewicht fallen.«

Endlich wurde es Nacht. Die drei schulterten ihr Gepäck und gingen weiter. Traz humpelte und verzog vor Schmerz das Gesicht. Sie stiegen den Nordhang hinunter; je näher sie dem Tor der Hoffnung kamen, desto gespenstischer und abscheulicher wirkte die Zone.

Bei Tagesanbruch befanden sie sich am Fuß der Hügel; das Tor lag noch sechzehn Kilometer weiter nördlich. Während sie in einem schattigen Spalt Rast machten, suchte Reith die Landschaft mit seinem Scanskop ab. Das Vorland schien ruhig und fast wie ausgestorben zu sein. Weit drüben im Nordwesten strebten etliche Gestalten auf das Tor der Hoffnung zu. Sie wünschten noch vor dem hellichten Tag in Sicherheit zu sein und liefen in der eigentümlichen, gebückten Haltung, die die Menschen instinktiv innerhalb der Zone annahmen, als könnten sie sich dadurch unsichtbar machen. Eine Meute Jäger stand – reglos und wachsam wie die Adler – auf einer verhältnismäßig nahe gelegenen Felsspitze.

Die drei beobachteten die fliehenden Männer mitleidig. Reith verwarf jede Hoffnung, das Tor noch vor Einbruch des Tages zu erreichen, und man verbrachte einen weiteren trostlosen Tag – mit Tarntuch bedeckt – hinter einem Felsen.

Am Vormittag flog ein Gleiter über ihre Köpfe. »Sie suchen nach den vermißten Jagdgruppen«, erklärte Anacho flüsternd. »Zweifellos gibt es ein *tsau'gsh* ... Wir sind in großer Gefahr.«

Reith blickte dem Gleiter nach, dann schätzte er die Entfernung zum Tor. »Bei Mitternacht sollten wir in Sicherheit sein.«

»Vielleicht leben wir gar nicht mehr so lange, wenn die Dirdir das Vorland abriegeln, was leicht denkbar wäre.«

»Jetzt können wir unmöglich aufbrechen. Man würde uns bestimmt abfangen.«

Anacho nickte mürrisch. »Richtig.«

Nachmittags schwebte ein zweiter Gleiter über das Vorland. Anacho zischte zwischen den Zähnen hervor: »Wir sitzen in der Falle.« Aber nach einer halben Stunde trieb der Gleiter wieder südwärts über die Hügel davon.

Reith prüfte sorgfältig die Landschaft. »Ich sehe keine Jagdgruppen. Sechzehn Kilometer bedeuten mindestens zwei Stunden Fußmarsch. Wollen wir einen Spurt einlegen?«

Traz sah wehmütig auf sein Bein. »Geht ihr zwei voraus. Ich komme nach, wenn die Sonne untergeht.«

»Dann ist es zu spät«, erklärte Anacho. »Es ist jetzt schon zu spät.«

Noch einmal suchte Reith die Bergkämme ab. Er half Traz auf die Beine. »Entweder alle oder keiner.«

Sie traten hinaus auf das Ödland und fühlten sich dabei nackt und verwundbar. Jede Jagdgruppe, die zufällig von der Kammlinie aus in diesen besonderen Sektor sah, mußte sie einfach wahrnehmen.

Sie hasteten – wie die anderen halb gebückt – eine halbe Stunde dahin. Von Zeit zu Zeit blieb Reith stehen, um die Landschaft hinter sich mit seinem Scanskop abzusuchen. Er fürchtete, die entsetzlichen Gestalten folgen zu sehen. Aber die Meilen blieben zurück, und entsprechend begann Hoffnung zu keimen. Das Gesicht von Traz war von Schmerz und Erschöpfung grau. Trotzdem beschleunigte er den Schritt und taumelte halb laufend dahin, bis Reith vermutete, daß er aus lauter Hysterie rannte.

Aber plötzlich machte Traz halt. Er blickte zurück zur Hügelkette. »Wir werden beobachtet.«

Reith musterte eingehend die Bergspitzen, Hänge und dunklen Schluchten, sah aber nichts. Traz war bereits im ungleichmäßigen Galopp weitergelaufen, und Anacho folgte ihm hastig. Reith eilte hinterher. Einige hundert Meter weiter nördlich blieb er wieder stehen, und dieses Mal glaubte er, Metall aufblitzen zu sehen. Dirdir? Reith schätzte die noch verbleibende Entfernung ab. Sie hatten ungefähr die halbe Strecke über das Ödland zurückgelegt.

Reith holte tief Luft und lief hinter Traz und Anacho her. Es war denkbar, daß ihnen die Dirdir nicht so weit ins Vorland folgen würden.

Er blieb ein zweites Mal stehen und blickte zurück.

Jetzt gab es keinen Zweifel mehr: vier Gestalten sprangen die Hänge herunter. Ihre Absicht stand außer Frage.

Reith holte Traz und Anacho ein. Traz rannte mit glasigen Augen und offenem Mund, so daß seine Zähne zu sehen waren. Reith nahm ihm das schwerste Paket ab und lud es sich selbst auf die Schultern. Wenn überhaupt, so verlangsamte Traz den Schritt noch ein wenig. Anacho schätzte die Entfernung vor ihnen, musterte die sie verfolgenden Dirdir. »Wir haben keine Chance.«

Das Tor der Hoffnung kam in Sicht: Ein wunderbar sicherer Hafen. Hinter ihnen rückten die Jäger mit mächtigen Sprüngen auf.

Traz schwankte, als das Tor noch achthundert Meter entfernt lag. »Onmale!« schrie Reith.

Die Wirkung war verblüffend. Traz schien sich zu strecken, größer zu werden. Er hielt plötzlich inne und drehte sich um, um sich den Verfolgern zu stellen. Sein Gesicht gehörte einem Fremden: einem scharfsinnigen, grimmigen und herrischen Wesen – die personifizierte Verkörperung von Onmale.

Onmale war zu stolz zur Flucht.

»Lauf!« schrie Reith in einem Anfall von Panik. »Wenn wir schon kämpfen müssen, dann kämpfen wir zu unseren Bedingungen!«

Traz, oder Onmale – die beiden waren eins –, ergriff einen Packen von Reith und einen von Anacho und sprang voraus auf das Tor zu.

Reith vergeudete eine halbe Sekunde, indem er die Entfernung zum ersten Dirdir abschätzte, dann setzte er die Flucht fort. Traz flitzte über das Ödland. Anacho keuchte mit gerötetem und verzerrtem Gesicht hinterher.

Traz erreichte das Tor, drehte sich um und erwartete sie mit dem Katapult in der einen und dem Schwert in der anderen Hand. Anacho rannte hindurch, dann Reith – keine fünfzehn Meter vom vordersten Dirdir entfernt.

Traz trat zurück, stand direkt hinter der Grenzlinie und forderte den Dirdir zum Kampf heraus. Der Dirdir stieß einen spitzen Wutschrei aus, beutelte den Kopf, und seine steil aufgerichteten Antennen zitterten. Dann trollte er sich mit Luftsprüngen nach Süden hinter seinen Gefährten her, die bereits wieder auf dem Weg zurück in die Berge waren.

Anacho lehnte keuchend am Tor der Hoffnung. Reith stand mit rasselndem Atem daneben. Das Gesicht von Traz war ausdruckslos und grau. Seine Knie gaben nach. Er fiel zu Boden und lag vollkommen reglos auf der Erde.

Reith taumelte herbei und drehte ihn auf den Rücken. Traz schien nicht zu atmen. Reith setzte sich rittlings über ihn und begann mit der Mund-zu-Mund-Beatmung. Traz keuchte herzzerreißend auf und fing bald darauf gleichmäßig an zu atmen.

Die Werber, Kundenschlepper und Bettler, die sich normalerweise am Tor der Hoffnung aufhielten, hatten sich beim Auftauchen der Dirdir entsetzt zerstreut. Als erster kehrte ein junger Mann im kastanienbraunen Kittel zurück, der sorgenvoll auf Traz schaute. »Eine Schande, wie sich die Dirdir aufführen!« lamentierte er. »Sie dürften nie so dicht beim Tor jagen! Sie haben den armen Jungen fast umgebracht!«

»Still!« schimpfte Anacho. »Du störst uns.«

Der junge Mann trat beiseite. Reith und Anacho zogen Traz auf die Beine, der etwas benommen stehenblieb.

Der junge Mann näherte sich ihnen abermals. Seine sanften braunen Augen sahen alles, wußten alles. »Erlaubt mir, euch zu helfen. Ich bin Issam der Thang und vertrete das Gasthaus zum Verheißungsvollen Wagnis, das erholsame Räumlichkeiten bietet. Erlaubt mir, daß ich euch beim Tragen behilflich bin.« Als er das Bündel von Traz aufhob, blickte er bestürzt Reith und Anacho an. »Sequinen?«

Anacho entriß ihm das Bündel. »Scher dich fort! Wir haben unsere eigenen Pläne!«

»Wie ihr wollt«, lenkte Issam der Thang ein, »aber das Gasthaus zum Verheißungsvollen Wagnis liegt gleich in der Nähe, sowie etwas abseits von Lärm und Spiel. Obwohl bequem, kostet die Unterbringung nicht annähernd soviel wie im Alawan mit seinen unverschämten Preisen.«

»Na schön«, meinte Reith. »Bring uns zum Verheißungsvollen Wagnis.«

Anacho murrte leise, woraufhin Issam der Thang leicht tadelnd abwinkte. »Hier entlang, wenn ich bitten darf.«

Sie schleppten sich nach Maust; Traz humpelte wegen seines lahmen Beines.

»Mein Erinnerungsvermögen ist ein einziger Wirrwarr«, murmelte er. »Ich besinne mich darauf, daß wir über das Vorland rannten und mir jemand etwas ins Ohr rief ...«

»Das war ich«, gestand Reith.

»... danach eigentlich an nichts mehr; als nächstes lag ich neben dem Tor.« Und einen Augenblick später grübelte er laut: »Ich hörte brüllende Stimmen. Tausend Gesichter blickten hinter mir her, die wütenden Gesichter von Kriegern. Ich habe solche Dinge schon im Traum gesehen.« Seine Stimme brach ab; er sagte nichts mehr.

7. Kapitel

Das Gasthaus zum Verheißungsvollen Wagnis stand am Ende einer schmalen Gasse – ein beklemmendes, vom Alter geschwärztes Gebäude. Der Gaststube nach zu urteilen, die dunkel und ruhig war, hatte es keinen übermäßig hohen Zulauf. Wie sich jetzt herausstellte, war Issam der Besitzer. Er gab sich überschwenglich gastfreundlich und ordnete an, man solle Wasser, Lampen und Bettbezüge in die »Fürstenflucht« bringen. Diese Befehle führte ein griesgrämiger Bediensteter mit riesigen, rothäutigen Händen und einem Schopf derber roter Haare aus. Die drei stiegen eine Wendeltreppe hinauf zu der Zimmerflucht, die sich aus einem Wohnzimmer, einem Waschraum und einigen regellos angebrachten Schlafnischen mit sauer riechenden Liegesofas zusammensetzte. Der Diener stellte die Lampen auf, brachte Weinflaschen und ging. Anacho untersuchte die Blei- und Wachspropfen, dann schob er die Flaschen beiseite. »Zu riskant in bezug auf Drogen oder Gift. Wenn der Mann – überhaupt – wieder aufwacht, sind seine Sequinen verschwunden, man hat ihn ausgeraubt. Ich bin unzufrieden. Mit dem Alawan wären wir besser gefahren.«

»Morgen ist auch noch ein Tag«, sagte Reith und sank mit mattem Stöhnen auf einen Stuhl.

»Morgen müssen wir Maust verlassen haben«, mahnte Anacho. »Wenn wir bis jetzt noch keine gezeichneten Männer sind, werden wir es bald sein.« Er ging fort und kehrte bald darauf mit Brot, Fleisch und Wein zurück.

Sie aßen und tranken. Dann untersuchte Anacho Schloß und Riegel. »Wer weiß schon, was in diesen alten Gemäuern passiert? Ein Messer im Dunkeln, ein einziger Laut, und wer außer Issam dem Thang kennt die Wahrheit?«

Die drei prüften ein zweites Mal die Sperrvorrichtungen und bereiteten sich für die Nachtruhe vor. Anacho erklärte, er habe einen leichten Schlaf, und klemmte die Sequinen zwischen sich und die Wand. Bis auf ein flackerndes Nachtlicht löschte man alle Lampen. Wenige Augenblicke später schlich Anacho lautlos quer durchs

Zimmer zu Reiths Liege. »Ich vermute Spione und Abhörrohre«, flüsterte er. »Hier – die Sequinen. Leg sie neben dich. Bleiben wir eine Zeitlang ruhig sitzen und geben acht.«

Reith zwang sich, wach zu bleiben, aber die Müdigkeit übermannte ihn. Die Lider senkten sich. Er schlief ein.

Die Zeit verstrich. Reith wurde von Anachos Stoß mit dem Ellbogen geweckt. Er fuhr schuldbewußt hoch. »Still«, befahl Anacho kaum vernehmbar. »Sieh dort hinüber.«

Reith spähte durch die Dunkelheit. Ein Kratzen, eine Bewegung im Schatten, eine dunkle Gestalt – plötzlich flammte Licht auf. Traz stand lauernd und mit funkelnden Augen da, die Arme hinter dem Rücken versteckt.

Die beiden Männer neben Anachos Liege drehten sich um und sahen verdutzt und erschrocken auf die Lampe. Der eine war Issam der Thang, der zweite sein stämmiger Diener, der mit seinen riesigen Pranken nach dem Hals von Anacho getastet hatte, den er schlafend auf der Liege wähnte. Der Bedienstete zischte seltsam erregt und sprang mit ausgestreckten Händen quer durchs Zimmer. Traz schoß mit seinem Katapult mitten in das verzerrte Gesicht. Der Mann fiel lautlos zu Boden und verschied, ohne zu verstehen oder zu bereuen. Issam eilte auf eine Öffnung in der Wand zu. Reith riß ihn zu Boden. Issam kämpfte verbissen. Trotz seiner schlanken und schwächlichen Statur war er so stark und flink wie eine Schlange. Reith nahm ihn in den Schwitzkasten und riß ihn hoch, während Issam gequält aufschrie.

Anacho warf ein Seil um Issams Hals und wollte die Schlinge zuziehen. Reith schnitt eine Grimasse, erhob jedoch keinen Einspruch. So ging man in Maust mit Dieben ins Gericht. Es war nur recht und billig, daß Issam hier, im flackernden Lampenschein, zur Hölle fahren sollte.

Issam schrie inbrünstig: »Nein! Ich bin nur ein erbärmlicher Thang! Tötet mich nicht! Ich schwöre, daß ich euch helfen werde! Ich verhelfe euch zur Flucht!«

»Warte«, gebot Reith. Und zu Issam: »Wie meinst du das, uns zur Flucht verhelfen? Sind wir in Gefahr?«

»Ja, natürlich. Was habt ihr denn erwartet?«

»Berichte mir von dieser Gefahr.«

Weil er die Aussicht auf Begnadigung spürte, richtete sich Issam auf und schüttelte ungehalten Anachos Hände ab. »Diese Auskunft ist wertvoll. Wieviel gebt ihr mir?«

Reith nickte Anacho zu. »Mach weiter.«

Issam jammerte herzzerreißend: »Nein, nein! Schenkt mir das Leben für eure drei – ist das nicht genug?«

»Wenn es stimmt.«

»Es stimmt. Also seht von eurem Vorhaben ab. Entfernt die Schlinge.«

»Nicht, bevor wir wissen, auf welchen Handel wir uns da einlassen.«

Issam blickte von Gesicht zu Gesicht und sah nichts, was ihm Mut gemacht hätte. »Nun gut, man hat mir geheime Nachrichten hinterbracht. Die Dirdir schäumen vor Wut. Jemand hat unwahrscheinlich viele Jagdgruppen vernichtet und die Beute gestohlen – ganze zweihunderttausend Sequinen. Spezialagenten liegen auf der Lauer – hier und andernorts. Wer einen Hinweis gibt, erwirbt sich großes Wohlwollen. Wenn ihr die betreffenden Personen seid, wie ich vermute, werdet ihr Maust höchstens mit Stachelkrausen verlassen – außer ich helfe euch.«

Reith fragte vorsichtig: »Wie?«

»Ich kann euch retten – gegen eine Belohnung.«

Reith blickte zu Anacho, der das Seil straffte. Issam klammerte sich an die Abschnürung, seine Augen traten aus den Höhlen. Die Schlinge wurde gelockert. Issam krächzte: »Mein Leben gegen das eure, so lautet unsere Abmachung.«

»Dann rede nicht mehr von ›Belohnung‹. Unnötig, dich darauf hinzuweisen, daß du uns nicht überlisten kannst.«

»Nie, nie!« krächzte Issam. »Ich lebe oder sterbe mit euch! Euer Leben ist das meine! Wir müssen jetzt aufbrechen. Morgen ist es zu spät.«

»Wie? Zu Fuß?«

»Das ist vielleicht nicht nötig. Macht euch fertig. Enthalten diese Taschen und Bündel tatsächlich Sequinen?«

»Scharlachrote und purpurne«, bestätigte Anacho mit sadistischer Freude. »Wenn du auch welche willst, so geh in die Zone und töte die Dirdir.«

Issam schauderte. »Seid ihr soweit?« Er wartete ungeduldig, während die drei sich wieder anzogen. Einer plötzlichen Eingebung zufolge fiel er auf die Knie, plünderte die Leiche des Dieners und schnalzte zufrieden über die Handvoll Farblose und Milchweiße, die er in dessen Börse fand.

Die drei waren fertig. Trotz Issams Protest ließ Anacho die Schlinge um seinen Hals. »Damit du uns nicht mißverstehst.«

»Muß ich denn stets mit mißtrauischen Gefährten gestraft sein?«

Auf der Hauptstraße von Maust pulsierte das Leben; es wimmelte von den verschiedensten Gesichtern sowie bunten Lichtern. Aus den Tavernen drang Katzenmusik, trunkene Lachsalven, gelegentlich ein wütender Schrei. Auf verstohlenen Abkürzungen und dunklen Umwegen führte sie Issam zu einem Gestüt im Norden der Stadt, wo schließlich ein finster blickender Pfleger auf Issams Klopfen reagierte. Fünf Minuten mürrisches Feilschen hatte zur Folge, daß vier Springpferde gesattelt wurden. Während die Monde Az und Braz gleichzeitig im Osten aufstiegen, ritten Reith, Anacho, Traz und Issam zehn Minuten später auf den riesigen weißen Springpferden von Kachan nach Norden und ließen Maust hinter sich.

Sie ritten die ganze Nacht und erreichten bei Tagesanbruch Khorai. Rauch kräuselte sich aus den eisernen Kaminen und trieb gen Norden über die Erste See, die auf Grund eines sonderbaren Lichteffektes schwarz wie ein Meer voller Pech wirkte; den Hintergrund bildete der pflaumenblaue Nordhimmel.

Sie stampften durch Khorai und zum Hafen hinunter, wo sie von den Pferden stiegen. Issam verneigte sich mit einem überaus bescheidenen Lächeln vor Reith, wobei er die Hände hinter seinem dunkelroten Kittel verschränkt hatte. »Ich habe mein Ziel erreicht. Meine Freunde sind sicher in Khorai gelandet.«

»Die Freunde, die du vor wenigen Stunden zu erwürgen hofftest.«

Issams lächelnder Mund begann zu zittern. »Das war in Maust! Das Verhalten eines Mannes in Maust muß toleriert werden.«

»Soweit es mich betrifft, kannst du heimkehren.«

Issam verbeugte sich abermals tief. »Möge der neunköpfige Sagorio eure Feinde zermalmen! So lebt denn wohl!« Issam führte die fahlen Springpferde wieder durch Khorai und verschwand nach Süden.

Der Gleiter stand noch an der gleichen Stelle, an der sie ihn zurückgelassen hatten. Als sie an Bord gingen, betrachtete sie der Hafenmeister mit finsterem Spott, schwieg aber. Weil sie an die Wildheit der Khor dachten, bemühten sich die drei, ihn nicht zur Kenntnis zu nehmen.

Der Gleiter erhob sich in den Morgenhimmel und schwebte über die Küste der Ersten See. So begann die Reise nach Sivish.

8. Kapitel

Der Gleiter flog nach Westen. Südlich lag eine ausgedehnte Sandwüste, nördlich die Erste See. Unter und vor ihnen wechselten in monotoner Folge Sümpfe mit Vorgebirgen aus Sandstein, soweit das Auge reichte.

Traz schlief total erschöpft. Anacho hingegen saß uninteressiert und gleichgültig da, als wären ihm Furcht und Not völlig fremd. Obwohl Reith todmüde war, konnte er den Blick nur kurz vom Radarschirm losreißen, um den Himmel abzusuchen. Schließlich ging ihm Anachos Sorglosigkeit auf die Nerven. Er starrte ihn aus rotumrandeten Augen an und sagte mürrisch: »Für einen Flüchtling bist du überraschend unbekümmert. Ich bewundere deine Ruhe.«

Anacho winkte lässig ab. »Was du Ruhe nennst, ist das Vertrauen eines Kindes. Ich bin abergläubisch geworden. Bedenk doch: Wir sind in die Carabas eingedrungen, haben Dutzende von Supergeschöpfen getötet und ihre Sequinen davongetragen. Warum sollte ich jetzt die Aussicht auf einen unerwarteten Zwischenfall tragisch nehmen?«

»Dein Vertrauen ist größer als das meine«, grollte Reith. »Ich rechne damit, daß die gesamte Streitmacht des Dirdirstaates den Himmel nach uns absucht.«

Anacho lachte nachsichtig. »Das ist nicht ihre Art! Du überträgst deine eigenen Ansichten auf die Dirdir. Denk daran, daß sie Gesellschaft nicht für das Wichtigste halten. Das ist eine Eigenschaft des Menschen. Der Dirdir existiert nur allein – als Wesen, das bloß seinem Stolz gegenüber verantwortlich ist. Er arbeitet mit seinen Zeitgenossen zusammen, wann es ihm paßt.«

Reith schüttelte skeptisch den Kopf und beobachtete den Radarschirm weiter. »Es muß mehr sein als das. Wie hält die Gesellschaft zusammen? Wie können die Dirdir das Interesse an langfristigen Vorhaben wachhalten?«

»Ganz einfach. Ein Dirdir ist ganz wie der andere. Es gibt rasseneigene Kräfte, die alle gleichermaßen binden. Stark abgeschwächt kennen die Untermenschen diese Kräfte als ›Tradition‹, ›Rangbefugnisse‹, ›Tatkraft‹. In der Dirdirgesellschaft werden sie zu Zwängen. Der einzelne ist an die Sitten der Rasse gebunden. Sollte ein Dirdir Hilfe brauchen, muß er nur *hs'ai hs'ai hs'ai* rufen, dann erhält er sie. Wird ein Dirdir hintergangen, schreit er *dr'ssa dr'ssa, dr'ssa* und fordert ein Schiedsgericht. Wenn ihm das Urteil nicht gefällt, kann er den Schiedsrichter – für gewöhnlich eine Vortrefflichkeit – herausfordern. Besiegt er den Schiedsrichter, ist er gerechtfertigt. Häufiger wird er selbst besiegt. Man reißt ihm die Antennen ab und erklärt ihn zum Ausgestoßenen ... Ein Schiedsspruch wird selten angefochten.«

»Bei solchen Bedingungen scheint die Gesellschaft höchst konservativ zu sein.«

»Ja, bis ein Umschwung notwendig wird. Dann nimmt sich der Dirdir des Problems mit der ›Tatkraft‹ an. Er kann kreativ denken. Sein Gehirn ist beweglich und empfänglich. Er verschwendet keine Energie mit geziertem Benehmen. Natürlich sorgen Polygamie und die ›Geheimnisse‹ für Ablenkung, aber wie die Jagd werden sie mit einer Leidenschaftlichkeit betrieben, die das menschliche Fassungsvermögen übersteigt.«

»Schön und gut, aber warum sollten sie die Suche nach uns so einfach abbrechen?«

»Ist das nicht sonnenklar?« fragte Anacho unwirsch. »Wie könnten selbst die Dirdir ahnen, daß wir mit einem Gleiter in Richtung Sivish fliegen? Nichts identifiziert die Männer, die in Smargash gesucht wurden, mit jenen Männern, die in der Carabas Dirdir getötet haben. Vielleicht stellt man mit der Zeit eine Verbindung her, wenn zum Beispiel Issam der Thang befragt wird. Bis dahin wissen sie nicht, daß wir einen Gleiter besitzen. Warum also Radargeräte einsetzen?«

»Hoffentlich hast du recht«, meinte Reith.

»Das wird sich zeigen. In der Zwischenzeit – wir leben, fliegen bequem in einem Gleiter, besitzen über zweihunderttausend Sequinen. Schau nach vorne: Kap Braiz! Dahinter liegt der Schanizade. Wir ändern jetzt den Kurs und steuern Haulk an. Wer beachtet schon einen einzelnen Gleiter unter hundert? In Sivish mischen wir uns unter die Menge, während die Dirdir uns über den Zhaarken, in Jalkh oder draußen auf der Hunghus-Tundra suchen.«

Sechzehn Kilometer glitten unter dem Luftschiff vorbei, während Reith über die Seele der Dirdirrasse nachdachte. Er fragte: »Angenommen, einer von uns – du oder ich – wäre in Schwierigkeiten und würde *dr'ssa dr'ssa, dr'ssa* rufen?«

»Das ist die Forderung nach einem Schiedsgericht. *Hs'ai hs'ai, hs'ai* lautet der Hilferuf.«

»Na schön. *Hs'ai hs'ai, hs'ai* – wäre ein Dirdir gezwungen, zu helfen?«

»Ja, auf Grund der Tradition. Das erfolgt automatisch, als Reflexhandlung. Das Bindeglied, welches eine sonst ungezügelte und quecksilbrige Rasse zusammenschweißt.«

Zwei Stunden vor Sonnenuntergang kam vom Schanizade ein Sturm auf. Carina 4269 wurde zur braunen Geistererscheinung und verschwand schließlich ganz, als schwarze Wolken den Himmel überzogen. Die Brandung schwappte wie schmutziger Bierschaum über die Ufer bis dicht zu den starken Stämmen der schwarzen Baumgebilde, die die Küste säumten. Ihre Wedel bogen sich unter den Böen und kehrten die glatten, grauen Unterseiten nach oben. Aufregende Muster zogen über die schwarzen Oberflächen.

Der Gleiter entschwand nach Süden durch das dunkelbraune Halbdunkel und landete dann beim letzten Lichtschimmer im Windschatten eines Basaltvorsprungs. Die drei kuschelten sich auf den Sitzen zusammen, ignorierten den Dirdirgeruch und schliefen, während der Sturm über die Felsen brauste.

Die Dämmerung brachte eine seltsame Beleuchtung mit sich, als fiele Licht durch braunes Flaschenglas. Im Gleiter gab es weder Essen noch Trinken; aber im Ödland wuchsen Pilgerpflanzen, und in der Nähe strömte ein brackiger Fluß vorbei. Traz ging schweigend am Ufer entlang und verrenkte sich den Hals, um durch die spiegelnde Wasseroberfläche zu spähen. Er blieb plötzlich stehen, duckte sich, fuhr mit der Hand ins Wasser und zog ein gelbes Wesen an Land, das nur aus um sich schlagenden Tentakeln und Gliederfüßen bestand; er und Anacho verzehrten es roh. Reith blieb bei der Pilgerpflanze.

Nachdem das Mahl beendet war, lehnten sie sich gegen den Gleiter, sonnten sich im honiggelben Licht und genossen den friedlichen Morgen. »Morgen erreichen wir Sivish«, verkündete Anacho. »Unser Leben ändert sich noch einmal. Wir sind nicht länger Diebe und Banditen, sondern vermögende Männer – oder wenigstens müssen wir den Anschein erwecken.«

»Schön«, meinte Reith. »Und was kommt dann?«

»Wir müssen raffiniert vorgehen, dürfen nicht einfach mit unserem Geld zu den Raumschiffhangars laufen.«

»Kaum«, bestätigte Reith. »Auf Tschai ist alles, was vernünftig scheint, falsch.«

»Es ist unmöglich«, erklärte Anacho, »ohne die Unterstützung einer einflußreichen Persönlichkeit etwas zu unternehmen. Dem wird unsere erste Sorge gelten.«

»Ein Dirdir? Oder ein Dirdirmann?«

»Die Stadt Sivish gehört den Untermenschen. Die Dirdir und die Dirdirmenschen leben in Hei auf dem Festland. Du wirst schon sehen.«

9. Kapitel

Haulk hing an Kislovan wie ein verworrener und entstellter Wurmfortsatz an einem aufgeblähten Bauch. Der Schanizade lag im Westen, im Osten der Golf von Azjan. Am oberen Ende des Golfes befand sich die Insel Sivish mit einem unordentlichen Fabrikengewirr auf der Nordspitze. Ein Damm führte zum Festland und nach Hei, der Dirdirstadt. In der Mitte von Hei stand, die ganze Landschaft beherrschend, ein graues Glasgehäuse. Es war acht Meter lang, fünf Kilometer breit und ungefähr dreihundert Meter hoch: ein derartig großes Gebäude, daß die Perspektiven verzerrt wirkten. Ein Wald aus Spitztürmen umgab den Komplex. Diese waren dreißig Meter hoch in Scharlachrot und Purpur, nach außen hin dann malvenfarben, grau und weiß.

Anacho deutete auf die Türme. »Jeder beherbergt einen Clan. Eines Tages erzähle ich dir mehr über das Leben von Hei – von den Bällen, den Geheimnissen der Polygamie, den Kasten und Clans. Aber was unmittelbar jetzt von Interesse ist – dort drüben liegt der Raumflughafen.«

Reith sah in der Mitte der Insel ein Gebiet, das von Läden, Warenhäusern, Depots und Hangars umgeben war. Sechs große Raumschiffe und drei kleinere Fahrzeuge standen auf der einen Seite in den Parkbuchten. Anachos Stimme unterbrach seine Überlegungen.

»Die Raumschiffe sind gut gesichert, und die Dirdir bei weitem strenger als die Wankh – eher instinkt- als verstandesmäßig, denn bisher hat noch niemand ein Raumschiff gestohlen.«

»Bisher ist auch noch keiner mit zweihunderttausend Sequinen zurückgekommen. Soviel Geld wird viele Türen öffnen.«

»Was nützen schon Sequinen im Glasgehäuse?«

Reith sagte nichts mehr. Anacho landete mit dem Gleiter auf einem gepflasterten Platz neben dem Raumflughafen.

»Jetzt entscheidet sich unser Schicksal«, meinte Anacho gelassen.

Reith war sofort alarmiert. »Was willst du damit sagen?«

»Wenn man unsere Spur entdeckt hat und wir erwartet werden, nimmt man uns gefangen. Und dann ist es bald aus mit uns. Aber der Wagenhof wirkt ganz normal. Ich sehe keine Katastrophe voraus. Denkt jetzt daran, daß wir hier in Sivish sind. Ich bin ein Dirdirmann, ihr seid Untermenschen. Verhaltet euch entsprechend.«

Reith suchte zweifelnd den Hof ab. Wie Anacho richtig festgestellt hatte, schien keine Unheil verheißende Rührigkeit zu herrschen.

Der Gleiter landete. Die drei stiegen aus. Anacho stand einfach daneben, während Reith und Traz das Gepäck abluden.

Ein Elektrowagen fuhr heran und befestigte am Gleiter Klammerschrauben. Der Wagenlenker, eine Kreuzung zwischen Dirdirmensch und einer anderen, unbekannten Rasse, musterte Anacho mit unbeteiligter Neugier, während er Reith und Traz völlig übersah. »Wie lautet die Anordnung?«

»Bis auf Abruf einstweilige Unterstellung«, antwortete Anacho.

»Zu welcher Gebührenklasse?«

»Extraklasse. Ich entrichte die Anerkennungsprämie.«

»Nummer vierundsechzig.« Der Angestellte reichte Anacho eine Messingscheibe. »Ich bekomme zwanzig Sequinen.«

»Zwanzig, und fünf für dich.«

Der Abschleppwagen zog den Gleiter in eine numerierte Parknische. Anacho begab sich zu einem Förderband. Reith und Traz schleppten das Gepäck hinter ihm her. Sie bestiegen das Band und gelangten zu einer breiten Straße, die ziemlich verkehrsreich war.

Hier blieb Anacho stehen und überlegte laut: »Ich war so lange fort, bin so weit gereist, daß mir Sivish etwas fremd ist. Zuerst brauchen wir natürlich eine Unterkunft. Auf der anderen Straßenseite liegt, wie ich mich entsinne, ein ganz passabler Gasthof.«

Im Alten Reichshof führte man die drei einen schwarzweiß getäfelten Gang hinunter zu einer Zimmerflucht, die auf den Innenhof hinausging; in diesem saßen ein Dutzend Frauen auf den Bänken und beobachteten die Fenster, ob man ihrer bedurfte.

Zwei davon schienen Dirdirfrauen zu sein: dünne, schneeweiße Kreaturen mit spitzem Gesicht und einem spärlichen grauen Haarflaum am Hinterkopf. Anacho musterte sie einen Augenblick nachdenklich, dann wandte er sich ab. »Natürlich sind wir Flüchtlinge«, sagte er, »und müssen wachsam sein. Trotzdem sind wir hier in Sivish, wo viele Leute kommen und gehen, genauso sicher wie anderswo. Die Dirdir kümmern sich nicht um Sivish, außer die Verhältnisse mißfallen ihnen. In diesem Fall wandert der Verwalter in das Glasgehäuse. Sonst hat er freie Hand. Er erhebt die Steuern und besitzt polizeiliche Befehlsgewalt; er spricht Recht, bestraft und belohnt, wie er es für richtig hält. Deshalb ist er der unbestechlichste Mann in Sivish. Einflußreiche Hilfe müssen wir anderenorts suchen. Morgen ziehe ich Erkundigungen ein. Als nächstes brauchen wir ein Gebäude mit den geeigneten Größenverhältnissen – dicht neben dem Raumflughafen, aber unverdächtig. Wieder eine Sache, die diskreter Nachforschungen bedarf. Dann – am heikelsten – müssen wir Techniker einstellen, die die Einzelteile zusammensetzen und die nötigen Justierungen vornehmen. Wenn wir Spitzenlöhne bezahlen, können wir uns zweifellos die richtigen Leute sichern. Ich werde mich als Auserlesener präsentieren – mein echter früherer Rang – und auf die Vergeltungsmaßnahmen der Dirdir gegenüber geschwätzigen Männern anspielen. Ich sehe keinen Grund, warum das Unternehmen nicht gelingen sollte, bis auf die von Natur aus widrigen Umstände.«

»Mit anderen Worten«, sagte Reith, »die Chancen stehen gegen uns.«

Anacho überhörte diese Bemerkung. »Noch eine Warnung: In der Stadt wimmelt es von Intriganten. Die Leute kommen nur nach Sivish, um sich einen Vorteil zu verschaffen. Die Stadt ist ein Getümmel aus illegalen Geschäften, Diebstahl, Erpressung, Verderbtheit, Spielsucht, Völlerei, übertriebenem Pomp, Schwindel. Diese Laster sind hier heimisch, und dem Opfer bleibt nur wenig Hoffnung, ihnen zu entgehen. Die Dirdir machen sich darüber keine Gedanken; die Mätzchen der Untermenschen bedeuten ihnen nichts. Der Verwalter ist nur daran interessiert, die Ordnung aufrechtzuerhalten. Also Vorsicht! Traut keinem. Beantwortet keine Fragen! Gebt euch als Steppenmänner auf Arbeitssuche aus. Stellt euch dumm. Auf diese Weise verringern wir das Risiko.«

10. Kapitel

Am Morgen machte sich Anacho auf, um Erkundigungen einzuziehen. Reith und Traz gingen hinunter in das Straßencafé und beobachteten die Fußgänger. Traz war mit allem, was er sah, unzufrieden. »Alle Städte sind abstoßend«, murrte er. »Das hier ist die schlimmste: ein abscheulicher Ort. Nimmst du den Gestank wahr? Chemikalien, Rauch, Krankheit, verwitterte Steine. Der Geruch hat das Volk infiziert. Schau dir die Gesichter an.«

Reith konnte nicht leugnen, daß die Bewohner von Sivish wenig anziehend wirkten. Ihr Teint reichte vom schlampigen Braun bis zum Weiß der Dirdirmenschen. Ihre Mienen spiegelten die abertausend Jahre einer fast zweckmäßigen Mutation wider. Noch nie hatte Reith so argwöhnische und verschlossene Leute kennengelernt. Daß sie neben einer fremden Rasse lebten, hatte kein Zusammengehörigkeitsgefühl bewirkt. In Sivish war jeder ein Fremder. Als positive Folge davon blieben Reith und Traz unverdächtig. Niemand blickte sie genauer an.

Reith saß entspannt und beinahe friedlich vor einer Schale mit hellem Wein. Während er über das alte Tschai nachdachte, fiel ihm auf, daß einzig die Sprache, die auf dem ganzen Planeten dieselbe war, alle einander gleichen ließ. Vielleicht hatte sie ihre Allgemeingültigkeit deshalb beibehalten, weil die Verständigung über Leben und Tod entschied; weil diejenigen, die sich nicht artikulieren konnten, starben. Wahrscheinlich hatte die Sprache ihre Wurzeln auf der Erde. Sie glich keiner, die ihm vertraut war. Er dachte an einige Schlüsselworte. Vam bedeutete ›Mutter‹; Tatap besagte ›Vater‹, Issir hieß ›Schwert‹. Die Kardinalzahlen lauteten aine, sei, dros, enser, nif, hisz, yaga, managa, nuwai, tix. Keine bedeutsamen Parallelen, aber irgendwie das schmerzliche Echo irdischer Töne ...

Im allgemeinen, überlegte Reith, umfaßte das Leben auf Tschai eine breitere Skala als auf der Erde. Die Leidenschaften waren intensiver: Kummer ergreifender, Freude ekstatischer. Die Personen handelten entschlossener. Im Gegensatz dazu wirkten die Terraner nachdenklich, unverbindlich und gesetzt. Das Lachen klang auf der Erde nicht so ausgelassen. Aber es gab auch weniger entsetztes Keuchen.

Wie so oft fragte sich Reith auch jetzt: Angenommen, ich kehre zur Erde zurück, was dann? Kann ich mich wieder an ein Leben gewöhnen, das so friedlich und ruhig ist? Oder werde ich mich das ganze Leben lang nach den Steppen und Meeren von Tschai sehnen? Reith lächelte traurig. Ein Problem, dem er sich mit Freuden stellen würde.

Anacho kam zurück. Mit einem hastigen Blick nach links und rechts setzte er sich an den Tisch. Er zeigte sich niedergeschlagen. »Mein Optimismus war zu groß«, murmelte er. »Ich habe mich viel zuviel auf meine Erinnerung verlassen.«

»Wie meinst du das?« fragte Reith.

»Nichts Direktes. Es scheint bloß, als hätte ich die Situation unterschätzt. Zweimal hörte ich heute morgen über die Verrückten reden, die in die Carabas eingedrungen sind und Dirdir abgeschlachtet haben, als seien sie Mücken. In Hei ist man völlig aus dem Häuschen – wenigstens munkelt man das. Verschiedene *tschau'gsh* sind in Vorbereitung. Keiner möchte mit den Wahnwitzigen tauschen, wenn man sie fängt.«

Traz war wütend. »Die Dirdir gehen in die Carabas, um Menschen zu töten«, tobte er. »Warum sollten sie es übelnehmen, wenn sie selbst getötet werden?«

»Pst!« rief Anacho. »Nicht so laut! Willst du auf dich aufmerksam machen? In Sivish sagt niemand, was er denkt. Das ist ungesund!«

»Ein weiterer Minuspunkt für diese verwahrloste Stadt!« erklärte Traz, aber etwas gedämpfter.

»Kommt jetzt«, bat Anacho nervös. »Noch ist nicht alles verloren. Denkt doch! Während die Dirdir die Kontinente absuchen, sitzen wir drei im Alten Reichshof von Sivish.«

»Eine zweifelhafte Befriedigung«, stellte Reith fest. »Was hast du sonst noch erfahren?«

»Der Verwalter heißt Clodo Erlius. Er wurde gerade ins Amt erhoben – für uns nicht unbedingt von Vorteil, denn wie schon ein Sprichwort sagt: Neue Besen kehren gut. Ich zog vorsichtig Erkundigungen ein, und da ich als Auserlesener gelte, war man mir gegenüber nicht ganz offen. Aber ein bestimmter Name wurde zweimal erwähnt: Aila Woudiver. Seine angebliche Beschäftigung ist die Beschaffung sowie der Transport von Baumaterial. Man kennt ihn als Feinschmecker und Lüstling, dessen Genußsucht so raffiniert, üppig und unbeherrscht ist, daß sie riesige Summen verschlingt. Diese Information gab man mir freiwillig und mit einer Nuance neidischer Bewunderung in der Stimme. Woudivers illegale Geschäfte wurden nur angedeutet.«

»Woudiver scheint mir ein widerwärtiger Zeitgenosse zu sein«, meinte Reith.

Anacho schnaubte spöttisch.

»Du verlangst, daß ich jemanden finde, der ein Auge zudrückt und sich mit Rechtskniffen und Diebstahl auskennt. Wenn ich diesen Mann dann beschaffe, rümpfst du die Nase.«

Reith lächelte. »Sind keine anderen Namen erwähnt worden?«

»Ein zweiter erklärte mit vorsichtigen, drolligen Umschreibungen, daß jedes ungewöhnliche Treiben mit Sicherheit die Aufmerksamkeit von Woudiver erregen müsse. Es scheint, als wäre er unser Mann. In gewisser

Hinsicht ist sein Ruf beruhigend. Er verfügt notgedrungen über die erforderlichen Kenntnisse.«

Traz schaltete sich ins Gespräch: »Was, wenn dieser Woudiver sich weigert, uns zu helfen? Sind wir ihm dann nicht auf Gnade und Ungnade ausgeliefert? Könnte er uns nicht unsere Sequinen abnehmen?«

Anacho schürzte die Lippen und zuckte die Achseln. »Ein solches Unterfangen ist nie absolut zuverlässig. Aila Woudiver scheint von unserem Standpunkt aus gut gewählt zu sein. Er hat Zugang zu den Bezugsquellen, besitzt Transportfahrzeuge und kann möglicherweise die geeigneten Räumlichkeiten beschaffen, um darin ein Raumschiff zusammenzusetzen.«

Reith meinte zögernd: »Wir wollen den fachkundigsten Mann, und wenn wir ihn bekommen, dürfen wir seine persönlichen Eigenschaften vermutlich nicht bemängeln. Andererseits ... Na schön. Welchen Vorwand benutzen wir?«

»Jene Geschichte, die du den Lokhar aufgetischt hast – daß wir ein Raumschiff brauchen, um einen Schatz zu bergen; sie tut's genauso gut wie eine andere. Woudiver wird alles anzweifeln, was man ihm unterbreitet. Er rechnet mit Falschheit, deshalb ist eine Geschichte so gut wie die andere.«

Traz murmelte: »Achtung! Dirdir nähern sich.«

Es waren ihrer drei, die energisch die Straße entlangschritten.

Käfige aus Silberdraht hafteten rückwärts an ihren knochenweißen Schädeln. Die Glanzantennen bogen sich zu beiden Seiten bis über die Schultern hinab. Weiche, helle Lederlappen hingen von ihren Armen bis fast auf den Boden. Andere Streifen baumelten vorne und hinten herunter; sie waren mit senkrechten Reihen aus roten und schwarzen runden Symbolen beschrieben.

»Inspektoren«, murmelte Anacho und verzog traurig

die Mundwinkel. »Sie kommen nur nach Sivish, wenn Beschwerden auftreten.«

»Erkennen sie in dir den Dirdirmann?«

»Natürlich. Hoffentlich erkennen sie in mir nicht Ankhe at afram Anacho, den Flüchtling.«

Die Dirdir gingen vorbei. Reith sah sie teilnahmslos an, obwohl er bei ihrem Anblick eine Gänsehaut bekam. Sie ignorierten die drei und gingen weiter die Straße entlang; die blassen Lederlappen schwangen im Takt ihrer Schritte.

Anachos Gesicht entspannte sich. Reith sagte leise: »Je eher wir Sivish verlassen, desto besser.«

Anacho trommelte mit den Fingern auf die Tischplatte, dann meinte er mit einem letzten entschlossenen Schlag: »Schön. Ich rufe Aila Woudiver an und arrangiere ein Treffen.« Er ging in den Gasthof und kam schnell wieder zurück. »In Kürze holt uns ein Wagen ab.«

Auf eine so rasche Reaktion war Reith nicht gefaßt gewesen. »Was hast du ihm gesagt?« fragte er unbehaglich.

»Daß wir ihn auf Grund einer geschäftlichen Angelegenheit sprechen möchten.«

»Hm.« Reith lehnte sich zurück. »Zuviel Eile ist genauso schlecht wie zu wenig.«

Anacho warf verzweifelt die Hände in die Luft. »Was gibt es für einen Grund, die Sache auf die lange Bank zu schieben?«

»Eigentlich keinen. Sivish ist mir fremd, und ich bin mir meiner Reaktionen nicht sicher – deshalb mache ich mir Sorgen.«

»Dafür besteht kein Grund. Wenn man die Stadt genauer kennt, wirkt Sivish noch beunruhigender.«

Reith sagte nichts mehr. Fünfzehn Minuten später hielt vor dem Gasthof ein schwarzer Wagen, der früher einmal eine eindrucksvolle Limousine gewesen sein mußte. Ein schroffer, grimmiger Mann mittleren Alters sah aus dem Fenster. Er deutete mit dem Kopf auf Anacho: »Wartet Ihr auf einen Wagen?«

»Zu Woudiver?«

»Steigt ein.«

Die drei bestiegen das Fahrzeug und setzten sich auf die Bänke. Der Wagen rollte langsam die Straße hinunter, dann bog er nach Süden ab und fuhr in ein Gebiet mit schmuddeligen Wohnhäusern: geschmacklos und unpräzise errichtete Bauten. Auch nicht zwei Türen glichen sich; Fenster von unterschiedlicher Form und Größe waren aufs Geratewohl in die dicken Mauern eingelassen. Leute mit blassen Gesichtern standen in Nischen oder blickten auf die Straßen hinunter; sie alle drehten sich nach dem vorbeifahrenden Wagen um. »Arbeiter«, erklärte Anacho mit einem angewiderten Schnauben.

»Kheraner, Thangs, elende Insulaner. Sie kommen aus ganz Kislovan und sogar aus dem Hinterland.«

Der Wagen fuhr weiter über einen mit Unrat besäten Platz in eine Straße mit kleinen Geschäften, die alle schwere Eisenklappen besaßen. Anacho fragte den Fahrer: »Wie weit ist es bis zu Woudiver?«

»Nicht weit.« Er antwortete, ohne groß die Lippen zu bewegen.

»Wo wohnt er? Draußen im Hochland?«

»Auf der Zamia-Anhöhe.«

Reith betrachtete seine Hakennase sowie die mürrischen Falten um den blutleeren Mund; wie das Gesicht eines Henkers.

Der Weg führte einen niedrigen Hügel hinauf. Die Häuser paßten zu den vernachlässigten Gärten. Der Wagen hielt am Ende einer Schneise. Der Fahrer bedeutete den dreien mit einer knappen Geste, auszusteigen; er führte sie schweigend eine dämmerige Einfahrt entlang, die nach Feuchtigkeit und Moder roch, durch einen

Bogengang über einen Hof und eine flache Treppe hinauf in einen Raum mit senfgelb gefliesten Wänden.

»Wartet hier.« Er ging durch eine Tür aus schwarzem, mit Eisen beschlagenem Psillaholz. Einen Moment später sah er wieder zu ihnen herein und krümmte den Finger. »Kommt.«

Die drei traten hintereinander in eine große, weißgetünchte Kammer. Ein scharlachroter und kastanienbrauner Teppich bedeckte den Boden. Die Einrichtung bestand aus Sitzbänken, die mit rosafarbenem, rotem und gelbem Plüsch gepolstert waren; einem schweren Tisch von geschnitztem Wachsholz; einem Rauchfaß, dem dicke Wolken entstiegen. Hinter dem Tisch stand ein gelbhäutiger Hüne in roten, schwarzen und elfenbeinfarbenen Kleidern. Sein Gesicht war rund wie eine Melone, und den fleckigen Schädel bedeckten nur ein paar strohblonde Haarsträhnen. Es war ein in jeder Dimension gewaltiger Mann, und ihn trieb – wie es Reith schien – ein hochtrabender und zynischer Verstand. Er sagte: »Ich bin Aila Woudiver.« Seine Stimme hatte er vorzüglich unter Kontrolle; jetzt klang sie sanft und flötend. »Ich sehe einen Dirdirmann von der Ersten . . .«

»Auserlesenen!« korrigierte ihn Anacho.

». . . einen Burschen einer rohen, unbekannten Rasse sowie einen Mann von noch zweifelhafterer Abstammung. Warum sucht mich ein so unterschiedliches Dreiergespann auf?«

»Um eine Angelegenheit zu besprechen, die vielleicht von beidseitigem Interesse ist«, antwortet Reith.

Das untere Drittel von Woudivers Gesicht verzog sich zu einem Lächeln. »Redet weiter.«

Reiths Augen wanderten durch den Raum, dann kehrten sie wieder zurück zu Woudiver. »Ich schlage vor, daß wir uns an einen anderen Ort begeben; am besten ins Freie.«

Woudivers dünne, fast nicht vorhandene Augenbrauen hoben sich überrascht. »Ich verstehe nicht. Wollt Ihr mir das bitte erklären?«

»Gewiß, wenn wir uns an einen anderen Ort begeben könnten.«

Woudiver runzelte plötzlich gereizt die Stirn, ging aber voraus. Die drei folgten ihm durch einen Bogengang, eine Rampe hinauf und auf eine Plattform, die gen Westen zu bis in nebelige Fernen Ausblick bot. Jetzt fragte Woudiver mit Bedacht volltönender: »Scheint dieser Ort angemessen?«

»Besser«, bestätigte Reith.

»Ihr verwirrt mich«, gestand Woudiver und setzte sich in einen schweren Sessel. »Welch schädlichen Einfluß fürchtet Ihr denn so?«

Reith blickte bedeutungsvoll über das Land zu den bunten Spitztürmen und dem wolkengrauen Glasgehäuse im fernen Hei. »Ihr seid ein bedeutender Mann. Eure Geschäfte interessieren möglicherweise gewisse Leute so sehr, daß sie Eure Gespräche abhören.«

Woudiver wedelte heiter mit der Hand. »Euer Anliegen scheint ja höchst vertraulich, wenn nicht sogar illegal zu sein.«

»Stört Euch das?«

Woudiver schürzte die Lippen zu einem Wulst. »Kommen wir zur Sache.«

»Gewiß. Seid Ihr daran interessiert, reich zu werden?«

»Sicher«, antwortete Woudiver. »Es reicht zwar für meine bescheidenen Ansprüche, aber jeder kann mehr Geld brauchen.«

»Im wesentlichen ist die Situation wie folgt: Wir wissen, wo und wie man einen ziemlich großen Schatz ohne Risiko bergen kann.«

»Ihr seid die glücklichsten Menschen unter der Sonne!«

»Gewisse Vorbereitungen sind vonnöten. Wir glauben, daß Ihr – ein Mann mit bekannten Talenten – uns gegen einen Anteil am Gewinn helfen könnt. Ich meine damit natürlich keine finanzielle Unterstützung.«

»Ich kann weder ja noch nein sagen, bevor ich nicht alle Einzelheiten kenne«, bedauerte Woudiver in seiner verbindlichen Stimmlage. »Natürlich könnt Ihr ohne Vorbehalt sprechen. Meine Diskretion ist sprichwörtlich.«

»Zuerst brauchen wir einen klaren Beweis für Euer Interesse. Warum umsonst Zeit verschwenden?«

Woudiver blinzelte. »Mein Interesse ist so groß, wie es bei diesem Mangel an Fakten möglich ist.«

»Nun gut. Unser Problem lautet folgendermaßen: Wir müssen uns ein kleines Raumschiff beschaffen.«

Woudiver saß regungslos da; seine Augen bohrten sich in die von Reith.

Schnell blickte er zu Traz und Anacho, dann ließ er ein kurzes, munteres Gelächter hören. »Ihr traut mir bemerkenswert viel zu! Um nicht zu sagen verwegene Waghalsigkeit! Wie kann ich ein Raumschiff beschaffen – groß oder klein? Entweder seid ihr verrückt, oder ihr haltet mich dafür!«

Reith belächelte Woudivers Ungestüm, das er für Taktik hielt. »Wir haben uns alles genau überlegt«, versicherte Reith. »Das Unterfangen ist mit Hilfe eines Mannes, wie Ihr es seid, nicht unmöglich.«

Woudiver schüttelte mißmutig den großen, zitronengelben Kopf. »Ich deute also einfach mit dem Finger auf den Raumflughafen und zaubere ein Raumschiff herbei? Ist das euer Ernst? Ich würde durch den Glaskäfig springen, bevor der Tag zur Neige geht.«

»Denkt daran«, erinnerte Reith, »daß es kein großes Gefährt sein muß. Möglicherweise erhalten wir ein ausrangiertes Fahrzeug und können es wieder startklar machen. Oder wir bekommen vielleicht Einzelteile von bestechlichen Personen und setzen sie zu einem behelfsmäßigen Rumpf zusammen.«

Woudiver zupfte sich am Kinn. »Die Dirdir hätten gegen ein solches Vorhaben bestimmt etwas einzuwenden.«

»Ich erwähnte bereits, daß Diskretion vonnöten ist«, mahnte Reith.

Woudiver plusterte die Backen auf.

»Um wieviel Geld geht es denn? Was für ein Schatz ist es? Wo liegt er?«

»Das sind Einzelheiten, die Euch im Augenblick nicht ernstlich interessieren können«, wehrte Reith ab.

Woudiver klopfte mit dem gelben Zeigefinger gegen sein Kinn. »Also besprechen wir die Angelegenheit abstrakt. Zuerst die praktische Seite. Eine riesige Geldsumme wäre erforderlich: Bestechungsgelder, Löhne für Techniker, Miete der geeigneten Räumlichkeiten zum Zusammenbauen, und natürlich Geld für die Einzelteile, die Ihr erwähnt habt. Woher würde das Geld kommen?« Seine Stimme bekam einen zynischen Nachhall. »Ihr erwartet doch nicht, daß Aila Woudiver das alles finanziert?«

»Die Finanzierung ist kein Problem«, erklärte Reith. »Wir besitzen genügend Kapital.«

»Tatsächlich!« Woudiver war beeindruckt. »Wieviel wollt ihr ausgeben, wenn ich fragen darf?«

»Oh, fünfzig- bis hunderttausend Sequinen.«

Woudiver schüttelte in nachsichtiger Belustigung den Kopf. »Hunderttausend wären kaum genug.« Er blickte in Richtung Hei. »Ich könnte mich niemals auf ein illegales oder verbotenes Unternehmen einlassen.«

»Natürlich nicht.«

»Ich könnte euch auf freundschaftlicher und zwangloser Basis beraten; für – sagen wir zum Beispiel – ein festes Gehalt oder vielleicht für einen bestimmten Prozentsatz der Anschaffungskosten sowie einen geringen Anteil am eventuellen Gewinn.«

»Etwas in dieser Art entspricht genau unseren Vorstellungen«, bestätigte Reith. »Wie lange würde ein solches Projekt schätzungsweise dauern?«

»Wer weiß? Wer kann das voraussagen? Einen Monat? Zwei Monate? Dazu gehören Auskünfte, die wir jetzt noch nicht haben. Man muß eine kluge Person des Großen Raumflughafens um Rat fragen.«

»Klug, fachkundig und vertrauenswürdig«, ergänzte Reith.

»Das versteht sich von selbst. Ich kenne genau den richtigen Mann: jemand, dem ich etliche Dienste geleistet habe. In ein bis zwei Tagen suche ich ihn auf und bringe die Angelegenheit zur Sprache.«

»Warum nicht sofort?« fragte Reith. »Je eher, desto besser.«

Woudiver hob die Hand.

»Eile führt zu Rechenfehlern. Kommt in zwei Tagen wieder. Vielleicht habe ich dann für euch Neuigkeiten. Aber zuerst die Finanzierungsfrage. Ich kann meine Zeit nicht ohne Vorschuß investieren. Ich brauche einen kleinen Betrag – sagen wir fünftausend Sequinen – als Handgeld.«

Reith schüttelte den Kopf.

»Ich zeige Euch fünftausend.« Er zog einen purpurnen Sequinenstreifen aus der Tasche. »Das sind zwanzigtausend. Aber wir können es uns nicht leisten, auch nur eine Sequine über die wirklichen Unkosten hinaus auszugeben.«

Woudiver blickte enttäuscht. »Was ist dann mit meinem Lohn? Soll ich mich bloß zum Spaß abschinden?«

»Natürlich nicht. Wenn alles gutgeht, wird man Euch zu Eurer Zufriedenheit entlohnen.«

»Das muß für den Augenblick genügen«, erklärte

Woudiver mit plötzlicher Heiterkeit. »In zwei Tagen schicke ich Artilo zu euch. Sprecht mit keinem darüber! Geheimhaltung ist unbedingt nötig!«

»Das verstehen wir sehr gut. Dann also in zwei Tagen.«

11. Kapitel

Sivish war eine triste, graue und bedrückte Stadt, als würde ihr die unmittelbare Nachbarschaft von Hei Unbehagen bereiten. Die vornehmen Wohnungen auf den Aussichtsgipfeln und der Zamia-Anhöhe waren zwar ziemlich protzig, doch mangelte es ihnen an Stil und Feinheit. Die Einwohner von Sivish wirkten nicht weniger trist: eine finstere, humorlose Rasse von grauer Hautfarbe, die zu Übergewicht neigte. Zu den Mahlzeiten verschlangen sie große Schalen Sauermilch, Platten mit gekochten Knollengewächsen, Fleisch und Fisch; letztere wurden mit einer ranzigen schwarzen Soße gewürzt, bei der sich Reith der Magen umdrehte, obwohl Anacho erklärte, die Soße gebe es in zahlreichen Varianten und schmeckte wirklich vorzüglich. Zur Unterhaltung fanden täglich Rennen statt, die nicht von Tieren, sondern von Männern ausgetragen wurden. Am Tag nach der Zusammenkunft mit Woudiver schauten die drei bei einem solchen Rennen zu. Acht Männer nahmen daran teil; sie waren verschiedenfarbig gekleidet und hielten in der Hand eine Stange mit einer zerbrechlichen Glaskugel auf der Spitze. Die Läufer suchten ihre Gegner nicht nur zu überholen, sondern brachten sie auch mit flinken Seitentritten zu Fall, so daß deren Glaskugeln zerbrachen und sie deshalb ausscheiden mußten. Die etwa zwanzigtausend Zuschauer ließen während des ganzen Rennens ein leises, kehliges Geheul hören. Reith entdeckte unter dem Publikum auch eine Anzahl Dirdirmenschen. Sie wetteten ebenso begeistert wie alle anderen, blieben jedoch unter ihresgleichen. Reith wunderte sich darüber, daß Anacho das Risiko einging, von einem früheren Bekannten entdeckt zu werden. Anacho lachte bitter.

»In dieser Aufmachung bin ich sicher. So sehen sie mich nie. Wenn ich die Kleidung eines Dirdirmannes tragen würde, würde man mich sofort erkennen und den Schergen melden. Ich habe bereits ein Dutzend früherer Bekannte gesehen. Keiner hat mich auch nur eines Blickes gewürdigt.«

Die drei statteten dem Großen Raumflughafen von Sivish einen Besuch ab. Sie schlenderten am Rand entlang und beobachteten das Treiben auf dem Gelände. Die Raumschiffe waren lang, spindelförmig mit komplizierten Steuerschwänzen und seitlichen Auslegern – völlig verschieden von den sperrigen Luftgondeln der Wankh oder den bombastischen Fahrzeugen der Blauen Khasch – so wie sich diese von den terranischen Raumschiffen unterschieden.

Der Flughafen schien bei weitem nicht auf Hochtouren zu laufen. Trotzdem herrschte reger Betrieb. Zwei Frachtschiffe wurden überholt; ein Passagierschiff befand sich anscheinend gerade im Bau. In einem anderen Winkel entdeckten sie drei kleinere Schiffe – offensichtlich nicht in Dienst gestellte Kampffahrzeuge –, fünf bis sechs Raumboote in verschiedenen Stadien der Reparatur sowie im Hintergrund auf einem Abfallhaufen ein Gewirr an Rümpfen. Am anderen Ende des Raumflughafens standen drei startklare Schiffe in großen schwarzen Kreisen.

»Sie fliegen nur gelegentlich nach Sibol«, erklärte Anacho. »Es herrscht kein reger Verkehr. Vor langer Zeit, als die Anhänger der Expansionspolitik regierten, schwirrten die Schiffe in alle Welt. Jetzt verhalten sich die Dirdir ruhig. Sie würden gern die Wankh von Tschai vertreiben und die Blauen Khasch abschlachten, stellen aber keine Truppen auf. Es ist irgendwie beängstigend. Sie sind eine schreckliche, rührige Rasse und können nie zu lange untätig bleiben. Eines Tages müssen sie sich entladen.«

»Was ist mit den Pnume?« fragte Reith.

»Es gibt keine feststehende Regel.« Anacho deutete auf die Palisaden hinter Hei. »Durch dein elektronisches Teleskop siehst du vielleicht die Warenhäuser der Pnume, in denen sie das Metall für den Handel mit den Dirdir lagern. Die Pnumekin kommen gelegentlich aus dem einen oder anderen Grund nach Sivish. Sämtliche Berge sowie das Land dahinter durchziehen Tunnels. Die Pnume beobachten jeden Schritt der Dirdir. Sie zeigen sich jedoch aus Angst nie den Dirdir, von denen sie wie Ungeziefer getötet werden. Auf der anderen Seite kehrt ein Dirdir, der allein auf Jagd geht, möglicherweise nicht zurück. Die Pnume haben ihn in ihre Tunnels hinuntergezogen, wie man glaubt.«

»Das kann es nur auf Tschai geben«, meinte Reith. »Die Leute treiben miteinander Handel, obwohl sie sich verabscheuen, und töten einander, sobald sie sich erblicken.«

Anacho schnaubte mürrisch. »Darin sehe ich nichts Besonderes. Der Handel dient dem gemeinsamen Profit; das Töten befriedigt die gegenseitige Abscheu. Diese Bräuche haben nichts miteinander gemein.«

»Was ist mit den Pnumekin? Belästigen die Dirdir oder die Dirdirmenschen sie?«

»Nicht in Sivish. Hier herrscht Waffenstillstand. Anderswo vernichtet man sie auch, obwohl sie sich selten zeigen. Es gibt schließlich verhältnismäßig wenig Pnumekin, die das seltsamste und bemerkenswerteste Volk auf Tschai sein dürften – wir müssen jetzt gehen, bevor die Flugpolizei auf uns aufmerksam wird.«

»Zu spät«, erklärte Traz düster. »Wir werden schon beobachtet.«

»Von wem?«

»Hinter uns stehen zwei Männer auf der Straße. Der eine trägt eine braune Jacke und einen schwarzen Schlapphut; der andere einen dunkelblauen Mantel und einen Turban.«

Anacho spähte die Straße entlang. »Sie gehören nicht zur Polizei – wenigstens nicht zur Flughafenpolizei.«

Die drei wandten sich wieder dem schmutzigen Betongewirr zu, das das Zentrum von Sivish prägte. Carina 4269 spähte durch eine dicke Nebelschicht und warf kaltes, braunes Licht über die Landschaft. Die beiden Männer traten ins volle Licht, und ihr lautloses Schleichen versetzte Reith in Panik. »Wer kann das sein?« murmelte er.

»Ich weiß es nicht.« Anacho blickte kurz über die Schulter, konnte aber nur die Silhouetten der Männer erkennen. »Ich halte sie nicht für Dirdirmänner. Wir waren mit Aila Woudiver in Verbindung; eventuell wird er beobachtet. Es wäre denkbar, daß es Woudivers eigene Leute sind. Oder eine Räuberbande? Man kann uns auch beobachtet haben, als wir mit dem Gleiter gelandet sind oder die Sequinen in die Stahlkammern gebracht haben. – Schlimmer noch! Vielleicht hat unsere Beschreibung von Maust die Runde gemacht. Wir sind keine normalen Typen.«

Reith bestimmte grimmig: »Wir müssen es irgendwie herausbekommen. Achtet auf die Stelle, an der die Straße dicht an der Ruine vorbeiführt.«

»Ja.«

Die drei schlenderten an einem bröckeligen Strebepfeiler aus Beton vorbei; sobald sie außer Sichtweite waren, sprangen sie zur Seite und warteten. Die zwei Männer liefen mit langen, geräuschlosen Sprüngen hinter ihnen her. Als sie den Strebepfeiler passierten, griff sich Reith den einen; Anacho und Traz packten den anderen. Mit einem plötzlichen Aufschrei ließen ihn letztere wieder los. Einen Moment nahm Reith einen seltsam ranzigen Geruch wahr – wie Kampfer oder Sauermilch. Dann ließ ihn ein durch Mark und Bein dringender elektrischer Schlag zurücktaumeln. Er stieß ein entsetztes Krächzen aus. Die beiden Männer flohen.

»Ich habe sie gesehen«, erklärte Anacho leise. »Es waren Pnumekin, vielleicht auch Gzhindra. Trugen sie Schuhe? Die Pnumekin gehen barfuß.«

Reith wollte dem Paar nachschauen, aber es war spurlos verschwunden. »Was sind Gzhindra?«

»Verstoßene Pnumekin.«

Die drei schleppten sich durch die sumpfigen Straßen von Sivish zurück.

Anacho meinte darauf: »Es hätte schlimmer sein können.«

»Aber warum sollten uns die Pnumekin folgen?«

Traz murmelte: »Sie sind uns gefolgt, seit wir Settra verlassen haben. Und vielleicht auch schon davor.«

»Die Pnume vollziehen sonderbare Gedankengänge«, erklärte Anacho bedrückt. »Für ihre Handlungen gibt es selten eine vernünftige Erklärung. Sie sind der Stoff von Tschai.«

12. Kapitel

Die drei saßen an einem Tisch vorm Alten Reichshof, tranken milden Wein und beobachteten die Fußgänger. Musik ist der Schlüssel zur Seele eines Volkes, dachte Reith. Heute morgen hatte er im Vorübergehen bei einer

Taverne der Musik von Sivish gelauscht. Das Orchester bestand aus vier Instrumenten. Das erste war eine Bronzekiste, die schleierverhüllte Kegel schmückten; wenn man darüberstrich, klang es wie ein Kornett in der tiefsten Stimmlage. Das zweite, eine senkrechte Röhre von dreißig Zentimeter Durchmesser mit zwölf Saiten über zwölf Löchern, ließ volltönende zupfende Arpeggios hören. Das dritte, eine Reihe von zweiundvierzig Trommeln, steuerte einen komplizierten, gedämpften Rhythmus bei. Das vierte, ein hölzernes Zughorn, blökte und hupte und brachte zugleich wundervolle, winselnde Glissandos hervor.

Die Musik, die die Gruppe machte, kam Reith besonders einfach und beschränkt vor: die Wiederholung einer schlichten Melodie, die nur mit ganz kleinen Abwandlungen gespielt wurde. Einige Leute tanzten; Männer und Frauen standen einander gegenüber; sie hatten die Hände seitlich an den Körper gelegt und hüpften vorsichtig von einem Fuß auf den anderen. Trostlos! dachte Reith. Dennoch trennten sich die Paare am Ende der Weise mit einem triumphierenden Gesichtsausdruck und nahmen ihre Übungen wieder auf, sobald die Musik erneut einsetzte. Während die Minuten verstrichen, begann Reith die Vielfalt, fast kaum wahrnehmbare Abweichungen, zu erkennen. Ebenso wie mit jener ranzigen schwarzen Soße, die die Mahlzeiten tränkte, erforderte es bei der Musik viel Mühe, sie auch nur aufzunehmen. Verständnis dafür und Vergnügen daran mußten einem Fremden stets versagt bleiben. Vielleicht, dachte Reith, sind diese kaum hörbaren Triller und Verzögerungen die Grundbestandteile der Virtuosität. Vielleicht liebte die Bevölkerung von Sivish Anspielungen und Andeutungen, flüchtigen Glanz, fast unmerkliche Abwandlungen: eine Reaktion auf die Nachbarschaft der Dirdir.

Einen weiteren Hinweis auf die Gedankengänge eines Volkes gab die Religion. Die Dirdir waren Atheisten, wie Reith von Anacho wußte. Die Dirdirmenschen hatten sich im Gegensatz dazu eine kunstvolle Theologie zurechtgebastelt; diese stützte sich auf ein Schöpfungsmärchen, nach dem Mensch und Dirdir von demselben Urei abstammten. Die Untermenschen von Sivish besuchten regelmäßig ein Dutzend verschiedene Gotteshäuser. Die Riten bedienten sich, soviel Reith beurteilen konnte, mehr oder weniger eines gemeinsamen Schemas – Erniedrigung, gefolgt von der Bitte um Gnade oder häufig auch der Voraussage der nächsten Rennergebnisse. Gewisse Kulte hatten ihre Lehren verfeinert und komplizierter gemacht; ihr Lobgesang bestand aus einem metaphysischen Jargon, der unklar und zweideutig genug war, um selbst der Bevölkerung von Sivish zu gefallen. Andere Glaubenszweige, die unterschiedlichen Bedürfnissen dienten, hatten das ganze Verfahren vereinfacht, so daß die Gläubigen nur ein heiliges Zeichen machten, in die Schale des Priesters Sequinen legten, den Segen empfingen und wieder ihren Geschäften nachgingen.

Die Ankunft von Woudivers schwarzer Limousine unterbrach Reiths Grübeleien. Artilo beugte sich mit einem gehässigen Seitenblick heraus und machte eine gebieterische Handbewegung; dann kauerte er über dem Lenkrad und starrte die Straße hinunter.

Die drei stiegen in den Wagen, und dieser zuckelte quer durch Sivish. Artilo hielt sich südöstlich, ungefähr in Richtung des Raumflughafens. Am Rande von Sivish, wo nur noch ein paar Hütten über die Salzebene verstreut lagen, umgab eine Anzahl baufälliger Lagerhäuser Aufschüttungen von Sand, Kiesel, Ziegelsteinen und Mergel. Der Wagen rollte über den Hauptplatz und hielt vor einem kleinen Bürogehäuse aus Ziegel- und schwarzem Vulkangestein.

Woudiver stand im Türrahmen. Heute trug er eine weite braune Jacke, blaue Hosen sowie einen blauen Hut. Seine Miene war höflich und nichtssagend; die Lider bedeckten das halbe Auge. Er hob den Arm zu einem gemessenen Gruß, dann trat er in die düstere Hütte zurück. Die drei stiegen aus und gingen hinein. Artilo folgte ihnen, goß sich aus einem großen schwarzen Samowar eine Schale Tee ein, zischte gereizt und setzte sich in eine Ecke.

Woudiver deutete auf eine Bank. Die drei nahmen Platz. Woudiver ging auf und ab, hob das Gesicht zur Decke und sagte: »Ich habe ein paar Erkundigungen eingezogen und fürchte, euer Vorhaben erweist sich als undurchführbar. Was die Räumlichkeiten betrifft, so gibt es keine Schwierigkeiten – das südliche Lagerhaus dort drüben würde wunderbar passen, und ihr könntet es gegen einen vernünftigen Mietpreis haben. Einer meiner vertrauenswürdigen Verbündeten, der Unteraufseher beim Raumflughafen, erklärt, daß die nötigen Einzelteile erhältlich sind ... für eine gewisse Summe. Zweifellos könnte man einen schrottreifen Rumpf organisieren; ihr braucht kaum Bequemlichkeit, und ein Team kompetenter Techniker wäre für einen ausreichend zugkräftigen Lohn erhältlich.«

Reith begann zu ahnen, daß Woudiver etwas bezweckte. »Warum ist das Vorhaben dann undurchführbar?«

Woudiver lächelte in unschuldiger Einfalt. »Mein Gewinn steht in keinem Verhältnis zu dem damit verbundenen Risiko.«

Reith nickte finster und stand auf. »Es tut mir leid, daß wir Eure Zeit so lange in Anspruch genommen haben. Vielen Dank für die Auskunft.«

»Keine Ursache«, antwortete Woudiver liebenswürdig. »Ich wünsche euch viel Glück bei eurem Unternehmen.

Vielleicht wollt ihr, wenn ihr mit eurem Schatz zurückkommt, einen herrlichen Palast bauen. Dann wendet ihr euch hoffentlich an mich.«

»Schon möglich«, sagte Reith. »Also dann ...«

Woudiver schien es nicht eilig zu haben, sie loszuwerden. Er setzte sich salbungsvoll grunzend in einen Sessel. »Ein anderer lieber Freund handelt mit Juwelen. Er wird euren Schatz rasch zu barer Münze machen, wenn es sich um Juwelen handelt, wie ich annehme. Nein? Seltenes Metall also? Auch nicht! Aha! Wertvolle Substanzen?«

»Es könnte das eine wie das andere sein«, erwiderte Reith. »In dieser Phase halte ich es für das beste, keine Einzelheiten zu verraten.«

Woudiver schnitt eine schrullige, schmerzliche Grimasse. »Eben diese Verschwiegenheit gibt mir zu denken! Wenn ich besser wüßte, was ich zu erwarten habe ...«

»Wer immer mir hilft«, erklärte Reith, »oder wer immer mich begleitet, kann mit einem Vermögen rechnen.«

Woudiver schürzte die Lippen. »Also muß ich an dieser Piratenexpedition teilnehmen, um an der Beute Anteil zu haben?«

»Ich zahle einen vernünftigen Preis, bevor wir aufbrechen. Wenn Ihr uns begleitet« – Reith machte bei dem Gedanken daran einen Augenaufschlag zur Decke – »oder wenn wir zurückkommen, erhaltet Ihr mehr.«

»Wieviel mehr genau?«

»Das möchte ich lieber nicht sagen. Ihr würdet mich für unzurechnungsfähig halten. Aber Ihr wärt sicher nicht enttäuscht.«

Artilo ließ aus seiner Ecke ein skeptisches Krächzen verlauten das Woudiver nicht beachtete. Er sagte überaus würdevoll: »Als praktischer Mann kann ich nicht mit Mutmaßungen operieren. Ich müßte einen Vorschuß von zehntausend Sequinen verlangen.« Er blähte die Backen auf und blickte Reith an. »Nach Empfang dieser Summe würde ich sofort meinen Einfluß geltend machen, um euer Projekt in Gang zu bringen.«

»Alles schön und gut«, erwiderte Reith. »Aber nehmen wir einmal an, Ihr wärt ein Halunke, ein Spitzbube, ein Betrüger. Ihr könntet mein Geld nehmen und dann das Projekt aus dem einen oder anderen Grund für unmöglich erklären. Ich hätte keinen Regreßanspruch. Deshalb kann ich nur für Arbeiten bezahlen, die auch wirklich ausgeführt worden sind.«

Ein ärgerliches Zucken ging über Woudivers Gesicht, aber seine Stimme war die Höflichkeit selbst. »Dann gebt mir die Miete für das Lagerhaus dort drüben. Das ist ein ausgezeichneter Plan – unauffällig, nahe beim Raumflughafen, mit allem Komfort. Außerdem kann ich einen schrottreifen Rumpf bekommen – offiziell, um ihn als Sammelbehälter zu verwenden. Ich fordere nur eine Sollmiete; zehntausend Sequinen im Jahr, zahlbar im voraus.«

Reith nickte. »Ein interessanter Vorschlag. Aber da wir die Räumlichkeiten bloß wenige Monate benötigen, warum Euch Unannehmlichkeiten bereiten? Wir können anderswo billiger und zu noch günstigeren Bedingungen mieten.«

Woudivers Augen wurden schmal; die Falten um seinen Mund zitterten. »Reden wir offen miteinander. Unsere Interessen decken sich, solange ich dabei verdiene. Ich werde nicht gerade billig arbeiten. Entweder bezahlt Ihr Handgeld oder unser Geschäft ist geplatzt.«

»Schön«, lenkte Reith ein. »Wir benutzen Euer Lagerhaus, und ich bezahle tausend Sequinen Miete für drei Monate; und zwar an dem Tag, an dem ein geeigneter Rumpf in den Räumlichkeiten steht und eine Kolonne zu arbeiten beginnt.«

»Hm. Das könnte morgen sein.«

»Ausgezeichnet!«

»Ich brauche Geld, um den Rumpf sicherzustellen. Er hat den Wert von Alteisen. Transportkosten werden anfallen.«

»Schön. Hier sind tausend Sequinen.« Reith zählte die Summe auf den Tisch. Woudiver hieb mit seiner dicken Hand auf die Platte. »Unzureichend! Unangemessen! Armselig!«

Reith sagte barsch: »Offenbar traut Ihr mir nicht. Das macht mich nicht dafür empfänglich, Euch zu trauen. Aber Ihr riskiert nur ein bis zwei Stunden Eurer Zeit, während ich Tausende von Sequinen aufs Spiel setze.«

Woudiver wandte sich an Artilo: »Was würdest du tun?«

»Die Finger von dieser verhunzten Sache lassen.«

Woudiver wandte sich wieder an Reith und breitete die Arme aus. »Da hört Ihr es.«

Reith nahm rasch die tausend Sequinen an sich. »Dann lebt wohl. Es war mir ein Vergnügen, Euch kennengelernt zu haben.«

Weder Woudiver noch Artilo rührten sich.

Die drei fuhren mit einem öffentlichen Wagen ins Gasthaus zurück.

Einen Tag später erschien Artilo im Alten Reichshof. »Aila Woudiver will euch sehen.«

»Wozu?«

»Er hat einen Rumpf erworben, der im alten Lagerhaus steht. Eine Gruppe Arbeiter zerlegt und reinigt ihn. Er will Geld. Was sonst?«

13. Kapitel

Der Rumpf war zufriedenstellend und hatte die richtigen Maße. Das Metall war brauchbar. Die Beobachtungsluken erwiesen sich als trüb und fleckig, aber gut angebracht und abgedichtet.

Woudiver stand daneben, während Reith den Rumpf untersuchte; er machte eine Miene edler Duldsamkeit. Anscheinend trug er jeden Tag neue, extravagante Kleider; heute kleidete ihn ein schwarzgelber Anzug und ein schwarzer Hut mit scharlachrotem Federbusch. Die Spange, die seinen Mantel zusammenhielt, bestand aus einem silbernen und schwarzen Oval, das entlang der Mittelachse in zwei Hälften geteilt war. Auf der einen Hälfte zeichnete sich der stilisierte Kopf eines Dirdir ab, auf der anderen ein Menschenkopf. Woudiver bemerkte Reiths Blick und nickte inhaltsschwer. »Ihr würdet es mir niemals ansehen, aber mein Vater war ein Makelloser.«

»Tatsächlich! Und Eure Mutter?«

Woudivers Mund zuckte. »Eine Dame aus dem Norden.«

Artilo lästerte von der Einstiegsluke her: »Eine Tavernendirne von Thang, mit dem Blut einer Sumpffrau.«

Woudiver seufzte. »In Artilos Gegenwart ist romantischer Selbstbetrug unmöglich. Auf jeden Fall würde hier der makellose Dirdirmann Aila Woudiver vom violetten Grad stehen statt Aila Woudiver, Sand- und Kieshändler sowie tapferer Verfechter aussichtsloser Sachen – wäre nicht zufällig der falsche Bauch dazwischengekommen.«

»Unlogisch«, murmelte Anacho. »Offen gesagt, unwahrscheinlich. Nicht ein Makelloser unter Tausend behält das ursprüngliche Paraphernalgut zurück.«

Woudivers Gesicht überzog sich unverzüglich mit einem eigentümlichen Magentarot. Erstaunlich schnell wirbelte er herum und streckte den dicken Finger aus. »Wer wagt hier von Logik und Wahrscheinlichkeit zu sprechen? Der Abtrünnige Ankhe at afram Anacho! Wer hat Blau und Rosa getragen, ohne sich der Tortur zu unterziehen? Wer verschwand gleichzeitig mit der Vortrefflichkeit Azarvim issit Dardo, die man seitdem nicht mehr gesehen hat? Ein stolzer Dirdirmann, dieser Ankhe at afram!«

»Ich sehe mich nicht mehr als Dirdirmann«, erklärte Anacho ruhig. »Ich habe bestimmt keinerlei Sehnsucht nach Blau und Rosa; nicht einmal nach den Trophäen meiner Abstammung.«

»In diesem Fall enthalte dich freundlichst eines Kommentars über die Zwangslage eines Mannes, dem unglücklicherweise seine richtige Kaste verschlossen bleibt!«

Anacho kochte vor Wut, hielt es jedoch offensichtlich für klüger, den Mund zu halten. Es schien, als wäre Aila Woudiver nicht untätig gewesen, und Reith fragte sich, wie weit seine Nachforschungen zurückreichten.

Langsam gewann Woudiver wieder Fassung. Sein Mund zuckte, die Wangen blähten sich auf und wurden wieder eingesogen. Er meinte spöttisch: »Zu gewinnbringenderen Dingen. Was haltet ihr von diesem Rumpf?«

»Akzeptabel«, lobte Reith. »Vom Schrott konnten wir keinen besseren erhoffen.«

»Das meine ich auch«, bestätigte Woudiver. »Die nächste Phase wird natürlich etwas schwieriger. Mein Freund im Raumflughafen ist auf keinen Fall darauf erpicht, im Glasgehäuse zu landen; und ich ebensowenig. Aber eine angemessene Anzahl Sequinen wirkt Wunder. Womit wir beim Thema Geld angelangt wären. Meine Auslagen betragen achthundertneunzig Sequinen für den Rumpf, was meines Erachtens ein guter Preis ist. Transportkosten: dreihundert Sequinen. Miete für einen Monat: eintausend Sequinen. Gesamtsumme: zweitausendeinhundertneunzig Sequinen. Meine Provision setze ich mit zehn Prozent oder zweihundertneunzehn Sequinen an, was insgesamt zweitausendvierhundertneun Sequinen ergibt.«

»Halt, halt!« rief Reith. »Nicht tausend Sequinen im Monat, tausend für drei Monate; so lautete mein Angebot.«

»Das ist zu wenig.«

»Fünfhundert, keinen Heller mehr. Was jetzt Eure Provision betrifft, so bleiben wir auf dem Teppich. Ihr sorgt mit Gewinn für den Transport, und ich bezahle für Euer Lagerhaus eine hohe Miete; ich sehe nicht ein, warum ich Euch für diese Posten zusätzlich zehn Prozent geben sollte.«

»Warum nicht?« fragte Woudiver verwundert. »Es dient Eurer Bequemlichkeit, daß ich diese Dienstleistungen erbringen kann. Ich nehme sozusagen zwei Funktionen ein: die des Vermittlers sowie die des Lieferanten. Warum sollte dem Vermittler der Lohn versagt bleiben, nur weil er einen bestimmten Lieferanten für zweckdienlich, preiswert und tüchtig hält? Hätte den Transport ein anderes Unternehmen durchgeführt, wären die Kosten nicht geringer gewesen, und ich würde meine Prozente ohne Klage erhalten.«

Reith konnte sich der Logik dieser Ausführungen nicht verschließen und versuchte es auch gar nicht. Er sagte: »Ich zahle nicht mehr als fünfhundert Sequinen für einen baufälligen alten Schuppen, den für zweihundert zu vermieten Ihr Euch glücklich preisen würdet.«

Woudiver hob den gelben Finger. »Bedenkt das Risiko! Wir stehen im Begriff, den Diebstahl von wertvollem Eigentum anzustiften! Bitte versteht doch – ich werde teils für geleistete Dienste, teils zur Beschwichtigung meiner Furcht vor dem Glasgehäuse entlohnt.«

»Das ist von Eurem Standpunkt aus eine vernünftige Erklärung«, gab Reith zu. »Soweit es mich betrifft, will ich ein starkes Raumschiff, bevor mir das Geld ausgeht. Wenn das Schiff fertig und mit Kraftstoff und Lebensmitteln versorgt ist, könnt ihr meinetwegen alle noch verbleibenden Sequinen bekommen.«

»Wirklich!« Woudiver kratzte sich am Kinn. »Wieviel Sequinen habt Ihr denn, damit ich entsprechend disponieren kann?«

»Etwas über hunderttausend.«

»Mm. Ich frage mich, ob das überhaupt ausreicht – von Überschuß ganz zu schweigen.«

»Genau meine Worte. Ich will die Ausgaben, die nicht mit dem Bau zusammenhängen, auf ein Minimum reduzieren.«

Woudiver wandte sich an Artilo: »Sieh nur, wie man mich erniedrigt. Alle streichen Gewinn ein, außer Woudiver. Wie gewöhnlich büßt er für seine Großzügigkeit.«

Artilo antwortete nur mit einem Grunzlaut.

Reith zählte die Sequinen auf den Tisch. »Fünfhundert – eine horrende Miete für diesen baufälligen Schuppen. Transport: dreihundert. Der Rumpf: achtundachtzig. Ergibt eine Gesamtsumme von eintausendsiebenhundertneunundsiebzig.«

Auf Woudivers breitem, gelbem Gesicht spiegelten sich eine Reihe von Gefühlsregungen. Schließlich meinte er: »Ich muß Euch daran erinnern, daß einen Geiz zum Schluß oft teuer zu stehen kommt.«

»Wenn die Arbeit tüchtig vorangeht, will ich mich nicht geizig zeigen«, versicherte Reith. »Ihr werdet mehr Sequinen zu Gesicht bekommen, als Ihr Euch jemals habt träumen lassen. Aber ich beabsichtige, nur für Resultate zu bezahlen. Es liegt in Eurem Interesse, den Bau des Raumschiffes nach besten Kräften zu fördern. Wenn das Geld ausgeht, sind wir alle die Verlierer.«

Wieder einmal wußte Woudiver nichts zu erwidern. Er starrte trübselig den glitzernden Haufen auf dem Tisch an, trennte dann Purpurne, Scharlachrote und Dunkelgrüne und zählte sie. »Ihr seid ein zäher Geschäftsmann.«

»Letzten Endes haben wir beide etwas davon.«

Woudiver verstaute die Sequinen in seiner Börse. »Wenn es denn sein muß.« Er trommelte mit den Fingern auf seinen Oberschenkel. »Nun, was die Einzelteile betrifft, was braucht Ihr zuerst?«

»Ich kenne die Dirdirmaschinen nicht. Wir brauchen den Rat eines technischen Experten. So ein Mann sollte bereits hier sein.«

Woudiver schielte ihn von der Seite an. »Wie wollt Ihr ohne Kenntnisse fliegen?«

»Ich bin mit den Raumschiffen der Wankh vertraut.«

»Hmm. Artilo, hol Deyne Zarre aus dem Technikerklub.«

Woudiver ging in sein Büro und ließ Reith, Anacho und Traz allein im Schuppen zurück.

Anacho musterte den Rumpf. »Der alte Fuchs hat seine Sache gut gemacht. Das ist die Ispra, eine Serie, die jetzt zugunsten des Concax-Heulers überholt ist. Wir müssen uns Isprateile beschaffen, um die Arbeit zu vereinfachen.«

»Sind solche erhältlich?«

»Sicher. Ich glaube, du hast den besseren Teil der gelbhäutigen Bestie getroffen. Sein Vater ein Makelloser – daß ich nicht lache! Seine Mutter eine Sumpffrau – das glaube ich! Er hat sich offensichtlich große Mühe gegeben; unsere Geheimnisse zu erfahren.«

»Hoffentlich erfährt er nicht zuviel.«

»Solange wir bezahlen können, sind wir sicher. Wir

haben einen brauchbaren Rumpf für einen vernünftigen Preis; und selbst die Miete ist nicht übermäßig hoch. Aber wir müssen vorsichtig sein; mit einem normalen Gewinn wird er sich nicht zufriedengeben.«

»Zweifellos wird er uns übers Ohr hauen«, bestätigte Reith. »Aber wenn wir am Schluß ein brauchbares Raumschiff haben, macht mir das eigentlich nichts aus.« Er ging um den Rumpf herum und strich gelegentlich verwundert mit der Hand darüber. Hier stand die solide Basis für ein Fahrzeug, das ihn nach Hause bringen konnte! Reith spürte einen Anflug von Zuneigung für das kalte Metall – trotz des fremdartigen dirdirschen Aussehens.

Traz und Anacho traten ins Freie und setzten sich in die fahle Nachmittagssonne; Reith gesellte sich bald zu ihnen. Weil an seinem geistigen Auge Bilder von der Erde vorüberzogen, erschien ihm die Landschaft plötzlich fremd, als würde er sie zum ersten Mal sehen. Die zerfallende graue Stadt Sivish, die Spitztürme von Hei; das Glasgehäuse, in dem sich ein dunkler Bronzeschein von Carina 4269 spiegelte; die sich in der Düsternis undeutlich abzeichnenden Palisaden: das war Tschai. Er blickte zu Traz und Anacho: das waren Männer von Tschai.

Reith setzte sich auf die Bank und fragte: »Was ist in dem Glasgehäuse?«

Anacho schien erstaunt über seine Unwissenheit. »Ein Park, eine Nachahmung von Sibol. Junge Dirdir lernen jagen; andere suchen dort Übung und Entspannung. Es gibt Besuchergalerien. Verbrecher dienen als Beute. Es gibt Felsen, die Vegetation von Sibol, Klippen, Höhlen. Manchmal gelingt es einem Mann tagelang, nicht erlegt zu werden.«

Reith blickte hinüber zu dem Glasbau. »Jagen die Dirdir jetzt auch dort?«

»Das nehme ich an.«

»Was ist mit den Makellosen?«

»Manchmal wird ihnen gestattet, zu jagen.«

»Sie verschlingen ihre Beute?«

»Natürlich.«

Die schwarze Limousine kam die ausgefahrene Straße entlang. Sie preschte durch eine ölige Schlammlache und bremste vor dem Büro. Woudiver trat in die Türöffnung – ein grotesker Klotz in schwarzen und gelben Prunkgewändern. Artilo verließ den Fahrersitz; aus der Limousine stieg ein alter Mann. Sein Gesicht war hager, und der Körper schien verstümmelt oder verbogen zu sein. Er ging langsam, als würde ihm die Anstrengung Schmerzen verursachen. Woudiver stolzierte ihm entgegen und sagte ein paar Worte, dann führte er den Greis zum Schuppen.

Woudiver stellte vor: »Das ist Deyne Zarre, der unser Projekt leiten wird. Deyne Zarre, ich darf Euch mit diesem Mann unbestimmter Abstammung bekannt machen? Er nennt sich Adam Reith. Dahinter seht Ihr einen abtrünnigen Dirdirmann, einen gewissen Anacho; und einen Burschen, der aus der Kotansteppe zu kommen scheint. Das sind die Leute, mit denen Ihr verhandeln müßt. Ich bin nur ein Mitarbeiter; trefft Eure Abmachungen alle mit Adam Reith.«

Deyne Zarre wandte sich Reith zu. Seine Augen waren hellgrau und schienen im Gegensatz zu den schwarzen Pupillen direkt zu leuchten. »Um was für ein Projekt geht es?«

Noch ein Mann, der das Geheimnis erfährt, dachte Reith. Mit Aila Woudiver und Artilo war die Liste bereits zu lang. Aber es half nichts. »Im Schuppen steht der Rumpf eines Raumschiffs. Wir wollen ihn wieder betriebsfähig machen.«

Deyne Zarre zuckte kaum mit der Wimper. Er musterte Reith einen Augenblick prüfend, dann drehte er sich um und humpelte in den Schuppen. Bald darauf tauchte er wieder auf. »Dein Vorhaben ist möglich. Alles ist möglich. Aber durchführbar? Ich weiß es nicht.« Noch einmal forschte er in Reiths Gesicht. »Damit sind Gefahren verbunden.«

»Woudiver wirkt nicht sehr beunruhigt. Von uns allen ist er für die Gefahr am empfänglichsten.«

Deyne Zarre streifte Woudiver mit einem gelassenen Blick. »Er ist auch am beweglichsten und findigsten. Für mich persönlich fürchte ich nichts. Wenn die Dirdir mich holen, werde ich so viele wie möglich töten.«

»Kommt, kommt«, tadelte Woudiver, »die Dirdir sind nun mal, wie sie sind: ein Volk mit phantastischen Fertigkeiten und Mut. Stammen wir nicht alle vom selben Ei ab?«

Deyne Zarre brummte düster: »Wer sorgt für Triebwerk, Instrumente, Einzelteile?«

»Der Raumflughafen«, antwortete Woudiver trocken. »Wer sonst?«

»Wir brauchen Techniker; mindestens sechs Männer von absoluter Diskretion.«

»Eine gewagte Sache«, gab Woudiver zu. »Aber das Risiko kann mit Bestechung auf ein Mindestmaß reduziert werden. Wenn Reith sie gut bezahlt, mit der Bestechung des Geldes. Wenn Artilo ihnen dazu rät, mit der Bestechung der Einsicht. Wenn ich auf die Folgen von Geschwätzigkeit hinweise, mit der Bestechung der Angst. Man darf nie vergessen, daß Sivish eine Stadt voller Geheimnisse ist! Wie wir alle bezeugen können.«

»Das ist wahr«, gab ihm Deyne Zarre recht. Wieder suchten seine bemerkenswerten Augen Reith. »Wohin wollt Ihr in Eurem Raumschiff fliegen?«

Woudiver erklärte mit spöttischen und boshaften Nebentönen: »Er will einen märchenhaften Schatz heben, den wir alle mit ihm teilen sollen.«

Deyne Zarre lächelte. »Ich verlange keinen Schatz. Gebt mir hundert Sequinen pro Woche. Mehr verlange ich nicht.«

»So wenig?« fragte Woudiver. »Ihr schmälert meine Provision.«

Deyne Zarre achtete nicht auf ihn. »Ihr wollt, daß sofort mit der Arbeit begonnen wird?« erkundigte er sich bei Reith.

»Je eher, desto besser.«

»Ich fertige über die derzeitig erforderlichen Gegenstände eine Liste an.« Zu Woudiver: »Wann könnt Ihr liefern?«

»Sobald Adam Reith das nötige Kleingeld beschafft hat.«

»Gebt heute nacht die Bestellung auf«, befahl Reith. »Morgen bringe ich Geld.«

»Wie steht's mit dem Honorar für meinen Freund?« fragte Woudiver gereizt. »Arbeitet er umsonst? Was ist mit dem Lohn für die Lagerwachen? Sollen sie nichts bekommen?«

»Wieviel?« wollte Reith wissen.

Woudiver zögerte, dann meinte er matt: »Vermeiden wir einen ermüdenden Zank. Ich nenne zuerst die niedrigste Summe. Zweitausend Sequinen.«

»So viel? Unglaublich. Wie viele Männer müssen denn bestochen werden?«

»Drei. Der Aufseher, zwei Wachtposten.«

Deyne Zarre mischte sich ein: »Gebt ihm das Geld. Ich hasse die Feilscherei. Wenn Ihr sparen müßt, so zahlt mir weniger.«

Reith wollte Beschwerde einlegen dann zuckte er die Schultern und lächelte gequält: »Schön. Zweitausend Sequinen.«

»Denkt daran«, mahnte Woudiver. »Ihr müßt für die Ware den Listenpreis entrichten. Es ist schwierig, sie zu stehlen.«

Am Abend luden vier Elektrowagen vor dem Schuppen ab. Reith, Traz, Anacho und Artilo wälzten die Lattenkisten hinein, während Deyne Zarre sie von seiner Liste abhakte. Woudiver erschien um Mitternacht auf dem Schauplatz.

»Ist alles in Ordnung?«

Deyne Zarre antwortete: »Soweit ich das beurteilen kann, sind die grundlegenden Stücke da.«

»Gut.« Woudiver wandte sich an Reith und reichte ihm ein Blatt Papier. »Die Rechnung. Beachtet, daß alles einzeln aufgeführt ist. Toben hat keinen Zweck.«

Reith las die Gesamtsumme mit einem dünnen Flüstern: »Zweiundachtzigtausendzweihundert Sequinen.«

»Habt Ihr weniger erwartet?« erkundigte sich Woudiver unbeschwert. »Meine Provision ist darin noch nicht enthalten. Insgesamt neunzigtausend Sequinen.«

Reith fragte Deyne Zarre: »Ist das alles, was wir benötigen?«

»Keineswegs.«

»Wie lange wird es dauern?«

»Zwei bis drei Monate. Wenn die Einzelteile stark phasenverschoben sind, länger.«

»Was muß ich den Technikern bezahlen?«

»Zweihundert Sequinen die Woche. Im Gegensatz zu mir ist ihr Motiv Geld.«

Vor Reiths geistigem Auge tauchte die Carabas auf: die schwärzlichbraunen Hügel, die grauen Geröllblöcke, die Dornendickichte, die gräßlichen Lagerfeuer bei Nacht. Er erinnerte sich an die verstohlene Wanderung über das Vorland, an die Dirdirfalle im Grenzwald, an den Wettlauf zurück zum Tor der Hoffnung. Neunzigtausend Sequinen bedeuteten fast die Hälfte dieser ... Wenn das Geld zu schnell aufgebraucht war, wenn Woudiver zu unverschämt wurde, was dann? Reith vermochte den Gedanken nicht zu Ende zu führen.

»Morgen bringe ich das Geld.«

Woudiver nickte schicksalsschwer. »Schön. Sonst gehen die Waren morgen nacht ins Lager zurück.«

14. Kapitel

Die alte Ispra begann im Schuppen zum Leben zu erwachen. Die Propeller wurden in die Fassungen gehievt, angeschraubt und angeschweißt. Mittels der Schleusenkammer am Heck wurden Generator und Umformer emporgezogen, dann nach vorn geschoben und gesichert. Die Ispra war nicht länger nur ein Rumpf. Reith, Anacho und Traz bürsteten Drähte, erdeten sie, polierten, entfernten verrottete Polsterungen und muffelige Sitzbänke. Sie reinigten die Aussichtsluken, räumten Lüftungsschächte und brachten um die Einstiegsluke neue Abdichtungen an.

Deyne Zarre arbeitete nicht mit. Er hinkte hierhin und dorthin, und seinen grauen Augen entging auch nicht die kleinste Kleinigkeit. Artilo spähte gelegentlich in den Schuppen, die Mundwinkel spöttisch nach unten verzogen. Woudiver ließ sich selten blicken. Während seiner spärlichen Besuche gab er sich kühl und geschäftsmäßig; sämtliche Spuren seiner ehemaligen Lustigkeit waren wie weggewischt.

Einen ganzen Monat lang zeigte sich Woudiver gar nicht. Artilo spuckte in leutseliger Laune auf den Boden und sagte: »Gelbgesicht befindet sich auf seinem Landsitz.«

»So? Was tut er denn dort draußen?«

Artilo wandte den Kopf und bedachte Reith mit einem schiefen Grinsen. »Hält sich für einen Dirdirmann. Dafür gibt er sein Geld aus: für Zäune, Landschaftsausstattung und Jagden – das böse alte Biest.«

Reith stand stocksteif da und starrte Artilo an. »Willst du damit sagen, daß er auf Menschen Jagd macht?«

»Natürlich. Er und seine Kumpane. Gelbgesicht besitzt zweitausend Morgen Land – ein fast ebenso großes Gelände wie das Glasgehäuse. Die Wände sind nicht so gut, aber er hat sie mit elektrischen Drähten und Fangeisen gesichert. Schlaft bloß nicht über seinem Wein ein; ihr würdet als Jagdbeute aufwachen.«

Reith fragte nicht, was mit den Opfern geschah. Das war eine Auskunft, auf die er keinen Wert legte.

Eine weitere zehntägige Tschai-Woche verstrich, und Woudiver erschien in mürrischer Stimmung. Seine Oberlippe war starr wie eine Dachschindel und bedeckte den Mund gänzlich. Seine Augen schossen gehässig nach rechts und links. Er stolzierte dicht an Reith heran; sein riesiger Körper verdeckte die halbe Landschaft. Er streckte die Hand aus. »Miete.« Seine Stimme klang lustlos und kaltschnäuzig.

Reith zog fünfhundert Sequinen aus der Tasche und legte sie auf ein Brett. Er wollte nicht mit der gelben Hand in Berührung kommen.

Woudiver schlug Reith in einem Anfall von Gereiztheit ganz plötzlich mit dem Handrücken nieder. Reith erhob sich erstaunt. Seine Haut begann zu jucken, was einen Wutanfall ankündigte. Aus den Augenwinkeln bemerkte er Artilo. Artilo würde ihn genauso seelenruhig erschießen, wie er vielleicht ein Insekt zerquetschen mochte, das wußte Reith. In der Nähe stand Traz und beobachtete ihn aufmerksam. Von ihm drohte also keine Gefahr.

Woudiver musterte Reith mit kalten und ausdruckslosen Augen. Reith seufzte tief und schluckte seinen Zorn hinunter. Wenn er sich an Woudiver rächte, würde ihm

dies kein bißchen Respekt abgewinnen, sondern nur seinen Groll anstacheln. Dann würde unweigerlich etwas Schreckliches passieren. Reith wandte sich langsam ab.
»Bringt mir meine Miete!« bellte Woudiver. »Haltet Ihr mich für einen Bettler? Euer Hochmut hat mich schon genug verletzt. In Zukunft zollt mir gefälligst den Respekt, der meiner Kaste zusteht!«

Wieder zögerte Reith. Wieviel einfacher, den abscheulichen Woudiver anzugreifen und die Folgen zu tragen! Was das Scheitern des Plans bedeuten würde. Reith seufzte abermals. Wenn man schon zu Kreuze kriechen mußte, war ein bißchen mehr auch nicht schlimmer als weniger.

Mit kaltem und strengem Schweigen händigte er Woudiver die Sequinen aus; dieser starrte ihn nur an und wackelte mit den Hüften. »Das reicht nicht! Warum sollte ich Euer Unternehmen subventionieren! Zahlt, was mir zusteht! Die Miete beträgt tausend Sequinen im Monat!«

»Hier sind weitere fünfhundert«, sagte Reith. »Bitte fordert nicht mehr, weil Ihr nicht mehr bekommt.«

Woudiver gab einen verächtlichen Laut von sich, drehte sich auf dem Absatz um und stolzierte davon. Artilo blickte ihm nach und spuckte in den Staub. Dann warf er Reith einen abwägenden Blick zu.

Reith betrat den Schuppen. Deyne Zarre, der den Zwischenfall beobachtet hatte, sagte nichts. Reith versuchte die Demütigung mit Arbeit zu lindern.

Zwei Tage später erschien Woudiver erneut. Er trug seine farbenprächtige schwarzgelbe Ausstattung. Seine Gehässigkeit vom letztenmal war verschwunden; er gab sich einschmeichelnd höflich. »Nun, wie steht es derzeit um Euer Projekt?«

Reith antwortete lustlos: »Es haben sich keine größeren

Probleme ergeben. Die schweren Teile sind an Ort und Stelle und angeschlossen. Die Instrumente wurden eingebaut, aber noch nicht eingestellt. Deyne Zarre bereitet eine zweite Liste vor: das magnetische Justierungssystem, die Steuersensoren, die Umweltregler. Vielleicht sollten wir nun auch schon Treibstoffzellen erwerben.«

Woudiver schürzte die Lippen. »Ganz recht. Wieder eine traurige Gelegenheit, sich von Euren sauer verdienten Sequinen zu trennen. Wie konntet Ihr eine so riesige Summe anhäufen, wenn ich fragen darf? Es ist ein kleines Vermögen. Wenn Ihr soviel besitzt, wundert es mich, daß Ihr alles für ein fruchtloses Unterfangen aufs Spiel setzt.«

Reith lächelte frostig. »Offenbar halte ich die Expedition nicht für ein fruchtloses Unterfangen.«

»Vortrefflich. Wann hat Deyne Zarre die Liste fertig?«

»Vielleicht jetzt schon.«

Deyne Zarre hatte die Liste noch nicht abgeschlossen, aber Woudiver wartete solange.

Dann überflog er sie mit zurückgeworfenem Kopf und halbgeschlossenen Augen und meinte: »Ich fürchte, die Kosten überschreiten Eure Rücklagen.«

»Hoffentlich nicht«, sagte Reith. »Wieviel schätzt Ihr?«

»Das kann ich nicht genau sagen. Ich weiß es nicht. Aber mit der Miete, den Arbeitslöhnen und den ersten Investitionen könnt Ihr nicht mehr allzu viel Geld übrig haben.« Er sah Reith fragend an.

Was Reith am wenigsten wollte, war, Woudiver ins Vertrauen zu ziehen. »Folglich ist es wichtig, daß wir die Kosten auf ein Minimum reduzieren.«

»Drei Grundgebühren müssen ohne Verzug entrichtet werden«, betonte Woudiver. »Die Miete, meine Prozente, die Löhne für meine Mitarbeiter. Das, was übrigbleibt, könnt Ihr nach Eurem Gutdünken verwenden. Auf diesem Standpunkt stehe ich. Und jetzt seid so gut und stellt mir zweitausend Sequinen für die Löhne zur Verfügung.

Solltet Ihr nicht zahlen können, kann das Material ohne Verlust und nur gegen die Transportgebühr zurückgegeben werden.«

Finster händigte Reith ihm zweitausend Sequinen aus. Er rechnete im Kopf nach: Von ungefähr zweihundertzwanzigtausend Sequinen, die sie aus der Carabas mitgebracht hatten, blieb noch weniger als die Hälfte.

Während der Nacht brachten drei Elektrowagen die Ware zum Schuppen.

Etwas später kam ein kleinerer Wagen mit acht Treibstoffkanistern. Traz und Anacho begannen sie abzuladen, aber Reith gebot ihnen Einhalt. »Einen Moment.« Er ging in den Schuppen, wo Deyne Zarre die Posten auf seiner Liste abhakte. »Habt Ihr Treibstoff bestellt?«

»Ja.«

Deyne Zarre wirkt zerstreut, dachte Reith, als würden seine Gedanken in die Ferne schweifen.

»Wie lange reicht ein Kanister Treibstoff?«

»Man braucht zwei, einen für jede Zelle. Das reicht ungefähr zwei Monate.«

»Acht Kanister sind geliefert worden.«

»Ich habe vier bestellt, zwei in Reserve.«

Reith kehrte zum Wagen zurück. »Ladet vier ab«, sagte er zu Traz und Anacho. Der Fahrer saß drinnen im Schatten. Reith beugte sich hinein, um mit ihm zu reden; zu seiner Überraschung entdeckte er Artilo, der sich offensichtlich nicht scheute, sich zu erkennen zu geben. Reith sagte: »Du hast acht Kanister Treibstoff gebracht. Wir haben nur vier bestellt.«

»Gelbgesicht ordnete an, acht zu liefern.«

»Wir brauchen nur vier. Nimm vier wieder mit.«

»Das darf ich nicht. Sprecht mit Gelbgesicht.«

»Ich brauche nur vier Kanister. Mehr nehme ich nicht. Tu mit den anderen, was du willst.«

Artilo pfiff durch die Zähne, sprang vom Wagen, lud

die vier Extrakanister aus und trug sie zum Schuppen hinüber. Dann stieg er wieder ein und brauste davon.

Die drei sahen hinter ihm her. Anacho sagte tonlos: »Es wird Schwierigkeiten geben.«

»Wahrscheinlich«, bestätigte Reith.

»Die Treibstoffzellen gehören zweifellos Woudiver«, erklärte Anacho. »Vielleicht hat er sie gestohlen, vielleicht spottbillig gekauft. Jetzt bietet sich eine ausgezeichnete Gelegenheit, sie mit Gewinn an den Mann zu bringen.«

Traz brummte: »Man sollte Woudiver dazu zwingen, die Kanister auf dem Rücken fortzuschleppen.«

Reith lachte unbehaglich. »Wenn ich bloß wüßte, wie ich ihn dazu zwingen könnte.«

»Er fürchtet um sein Leben, wie alle anderen auch.«

»Das ist wahr. Aber wir können uns nicht ins eigene Fleisch schneiden.«

Am Morgen erschien Woudiver nicht und vernahm deshalb auch nicht die Bilanz, die Reith einen Großteil der Nacht gekostet hatte. Reith zwang sich zum Arbeiten, seine Gedanken weilten bei Woudiver.

Auch Deyne Zarre war nicht da, und die Techniker flüsterten freier miteinander, als sie es in Deyne Zarres Gegenwart wagten. Reith ließ bald von der Arbeit ab und sah sich das Projekt prüfend an. Es gab, wie er glaubte, Grund zum Optimismus. Die Hauptbestandteile waren installiert; die komplizierte Feineinstellung machte zufriedenstellende Fortschritte. Bei diesen Arbeiten war Reith hilflos, obwohl er das terranische Raumfahrtsystem kannte. Er war nicht einmal sicher, ob die Triebwerke nach dem gleichen Prinzip funktionierten.

Um zwölf Uhr mittags brach eine schwarze Wolkenwand wie eine Brandungswoge über die Palisaden herein. Carina 4269 wurde blaß, ging in dunkelbraune Farbnuancen über und verschwand. Kurz darauf überschwemmte ein Regenschauer die Geisterlandschaft und verdeckte die Sicht auf Hei. Und jetzt trottete Deyne Zarre durch den Regen, gefolgt von zwei mageren Kindern: einem zwölfjährigen Jungen sowie einem Mädchen, das vielleicht drei bis vier Jahre älter war. Die drei schleppten sich in den Schuppen und blieben zitternd stehen. Deyne Zarre wirkte völlig erschöpft; die Kinder waren vor Kälte starr.

Reith zertrümmerte einige Lattenkisten und zündete in der Mitte des Schuppens ein Feuer an. Er fand ein grobes Stück Tuch und zerriß es zu Handtüchern. »Trocknet euch ab. Zieht eure Jacken aus und wärmt euch.«

Deyne Zarre sah ihn verständnislos an, dann gehorchte er langsam. Die Kinder folgten seinem Beispiel. Es waren offensichtlich Geschwister, höchstwahrscheinlich Deyne Zarres Enkelkinder. Der Junge hatte blaue, das Mädchen wunderbare schiefergraue Augen.

Reith brachte heißen Tee, und endlich brach Deyne Zarre das Schweigen: »Die Kinder stehen unter meiner Obhut. Sie bleiben bei mir. Wenn es Euch stört, muß ich meine Stelle aufgeben.«

»Natürlich nicht«, versicherte Reith. »Sie sind willkommen, solange sie begreifen, daß über die Sache unbedingt Stillschweigen bewahrt werden muß.«

»Sie werden nichts verraten.« Deyne Zarre blickte die beiden an. »Habt ihr verstanden? Was immer ihr seht, darf anderswo nicht erwähnt werden.«

Die drei waren nicht dazu aufgelegt, sich zu unterhalten. Reith, der Trostlosigkeit und Elend spürte, verweilte noch. Die Kinder musterten ihn aufmerksam. »Ich kann euch keine trockenen Kleider anbieten«, entschuldigte sich Reith. »Aber vielleicht seid ihr hungrig? Wir haben Nahrungsmittel hier.«

Der Junge schüttelte erhaben den Kopf; das Mädchen

lächelte und wurde dadurch plötzlich bezaubernd. »Wir haben nicht gefrühstückt.«

Traz, der danebengestanden hatte, rannte in die Speisekammer und kam bald darauf mit Kümmelbrot und Suppe zurück. Reith sah ernst zu. Es schien, als wären bei Traz Gefühle geweckt worden. Das Mädchen war reizvoll, wenn auch etwas kränklich und elend.

Deyne Zarre regte sich endlich. Er zog die dampfenden Kleider straff und ging, um nachzusehen, was man während seiner Abwesenheit geleistet hatte.

Reith versuchte sich mit den Kindern zu unterhalten. »Werdet ihr trocken?«

»Ja, danke.«

»Ist Deyne Zarre euer Großvater?«

»Unser Onkel.«

»Verstehe. Und jetzt wohnt ihr bei ihm?«

»Ja.«

Reith wußte nichts mehr zu sagen. Traz war direkter: »Was ist mit euren Eltern passiert?«

»Sie sind bei Fairos getötet worden«, antwortete das Mädchen leise. Der Junge kniff die Augen halb zu.

Anacho sagte: »Ihr müßt von der östlichen Himmelshöhe sein.«

»Ja.«

»Wie seid ihr hierhergekommen?«

»Zu Fuß.«

»Das ist ein langer und gefährlicher Weg.«

»Wir hatten Glück.« Die beiden starrten in die Flammen. Das Mädchen fröstelte, als es an die Flucht zurückdachte. Reith entfernte sich und suchte Deyne Zarre auf. »Ihr habt neue Verpflichtungen.«

Deyne Zarre warf Reith einen scharfen Blick zu. »Richtig.«

»Ihr arbeitet hier für weniger, als Ihr verdienen würdet; ich werde Euer Gehalt erhöhen.«

Deyne Zarre nickte schroff. »Ich kann das Geld gut gebrauchen.«

Reith stieg wieder in den Schuppen hinab und fand Woudiver im Eingang stehend – eine riesige Knollensilhouette. Er gab sich erschrocken und mißbilligend. Heute trug er andere Prunkgewänder: schwarze Plüschkniehosen, die seine stämmigen Beine eng umspannten; einen purpurnen und braunen Mantel mit einer mattgelben Schärpe. Er trat vor und starrte hinunter auf den Jungen und das Mädchen, von einem zum anderen. »Wer hat das Feuer gemacht? Was tut ihr hier?«

Das Mädchen stammelte: »Wir waren naß; der Herr hat uns vor dem Feuer gewärmt.«

»Aha. Und wer ist dieser Herr?«

Reith trat hinzu. »Ich bin der Herr. Es sind Verwandte von Deyne Zarre. Ich habe Feuer gemacht, damit sie trocken werden.«

»Was ist mit meinem Eigentum? Ein einziger Funke, und alles geht in Flammen auf!«

»Bei diesem Regen halte ich die Gefahr für sehr gering.«

Woudiver winkte lässig mit der Hand ab. »Ich akzeptiere Eure Versicherungen. Wie geht alles voran?«

»Ziemlich gut«, antwortete Reith.

Woudiver steckte die Hand in den Ärmel und zog ein Blatt Papier heraus. »Hier habe ich eine Rechnung für die Lieferung von gestern nacht. Die Gesamtsumme ist, wie Ihr bemerken werdet, äußerst niedrig, weil man mir einen Pauschalpreis eingeräumt hat.«

Reith faltete das Stück Papier auseinander. Schwarze, breite Buchstaben besagten: Gelieferte Ware: 106800 Sequinen.

Woudiver sagte gerade: »... scheint, als hätten wir wirklich Glück. Hoffentlich bleibt es so. Erst gestern haben die Dirdir zwei Diebe gefangen, die aus einem

Lagerhaus kamen; sie wurden sofort in das Glasgehäuse gebracht. Ihr seht also, daß unsere gegenwärtige Sicherheit brüchig ist.«

»Woudiver«, begann Reith, »diese Rechnung ist zu hoch. Viel zu hoch. Außerdem beabsichtige ich nicht, für die Extrakanister zu bezahlen.«

»Wie ich schon sagte«, verteidigte sich Woudiver, »ist es ein Pauschalpreis. Die Extrakanister werden nicht zusätzlich berechnet. In gewisser Weise bekommt Ihr sie geschenkt.«

»Das stimmt nicht, und ich weigere mich, das Fünffache eines vernünftigen Preises zu bezahlen. Offen gesagt, habe ich nicht genügend Geld.«

»Dann müßt Ihr mehr beschaffen«, schlug Woudiver sanft vor.

Reith schnaubte: »Das sagt Ihr so einfach.«

»Für einige Leute ist es das auch«, erwiderte Woudiver sorglos. »Ein äußerst bemerkenswertes Gerücht macht in der Stadt die Runde. Es scheint, als wären drei Männer in die Carabas eingedrungen, hätten eine erstaunliche Anzahl Dirdir niedergemetzelt und im Anschluß daran die Leichen geplündert. Die Beschreibung der Männer lautet: ein junger Mann, so blond wie ein Steppenbewohner von Kotan; ein abtrünniger Dirdirmann; und ein dunkelhaariger, ruhiger Mann unbekannter Herkunft. Die Dirdir sind begierig darauf, diese drei zur Strecke zu bringen. Ein anderes Gerücht befaßt sich mit denselben Männern. Der Dunkelhaarige stammt angeblich von einer weit entfernten Welt und behauptet, daß alle Menschen von dort kommen. Meiner Meinung nach eine Gotteslästerung. Was haltet Ihr von der Sache?«

»Interessant«, murmelte Reith und versuchte seine Verzweiflung zu verbergen.

Woudiver erlaubte sich, zu lächeln. »Wir sind in einer prekären Lage. Ich selbst bin ernsthaft in Gefahr. Sollte ich mich ihr umsonst aussetzen? Ich helfe euch natürlich aus Kameradschaft und Nächstenliebe, muß dafür aber eine Entschädigung erhalten.«

»So viel kann ich nicht zahlen«, gestand Reith. »Ihr kennt in etwa die Höhe meines Kapitals. Jetzt versucht Ihr, mehr herauszuschlagen.«

»Warum nicht?« Woudiver konnte sich ein Grinsen nicht länger verkneifen. »Angenommen, die von mir genannten Gerüchte beruhen auf Wahrheit. Angenommen, auf Grund eines verrückten Zufalls wäret Ihr und Eure Helfershelfer die fraglichen Personen. Habt Ihr mich dann nicht schamlos betrogen?«

»All dies angenommen – keineswegs.«

»Was ist mit dem sagenhaften Schatz?«

»Er ist echt. Helft mir, soweit es in Euren Kräften steht. In einem Monat können wir Tschai verlassen. Noch einen Monat später erhaltet Ihr eine Belohnung, die all Eure Träume in den Schatten stellt.«

»Wo? Wie?« Woudiver rückte näher; er türmte sich vor Reith auf, und seine Stimme kam aus voller Brust. »Laßt mich direkt fragen: Habt Ihr die Geschichte verbreitet, daß die ursprüngliche Heimat des Menschen eine ferne Welt sei? Oder noch genauer: Glaubt Ihr an dieses schreckliche Märchen?«

Reith, der noch mutloser wurde, versuchte sich aus der Patsche zu ziehen. »Wir befassen uns mit Nebensächlichkeiten. Unsere Abmachung war klar. Die Gerüchte, die Ihr da erwähnt, sind ohne Bedeutung.«

Woudiver schüttelte langsam und bedächtig den Kopf.

»Wenn das Raumschiff startet«, sagte Reith, »bekommt Ihr jede Sequine, die ich besitze. Etwas Besseres kann ich Euch nicht anbieten. Stellt Ihr unvernünftige Forderungen ...« Er suchte nach einer überzeugenden Drohung.

Woudiver reckte sein breitflächiges Gesicht und kicherte. »Was könnt Ihr schon tun? Euch sind die Hände gebunden. Ein Wort von mir, und man bringt Euch sofort in das Glasgehäuse. Was bleiben Euch für Alternativen? Keine. Ihr müßt das tun, was ich verlange.«

Reith blickte sich im Schuppen um. Am Eingang stand Artilo und stopfte aschgrauen Schnupftabak in seine Nasenlöcher. An seinem Gürtel hing eine Handfeuerwaffe.

Deyne Zarre kam näher. Woudiver nicht beachtend, sagte er zu Reith: »Die Treibstoffkanister entsprechen nicht meiner Bestellung. Sie haben nicht die Standardgröße und scheinen über einen unbestimmten Zeitraum hinweg benutzt worden zu sein. Sie müssen abgelehnt werden.«

Woudivers Augen verengten sich, sein Mund zuckte. »Was? Es sind ausgezeichnete Kanister.«

Deyne Zarre erwiderte tonlos, aber sehr bestimmt: »Für unsere Zwecke sind sie nutzlos.« Er ging. Der Junge und das Mädchen sahen ihm sehnsüchtig nach. Woudiver drehte sich um und musterte die beiden besonders intensiv, wie Reith glaubte.

Reith wartete. Woudiver schwang herum. Einen Moment starrte er Reith aus zusammengekniffenen Augen an. »Na schön«, meinte er dann. »Scheinbar werden andere Treibstoffkanister gebraucht. Wie wollt Ihr sie bezahlen?«

»Auf die übliche Weise. Nehmt diese acht Kanister Ausschußware wieder zurück. Beschafft vier neue Kanister, und legt mir eine aufgegliederte Rechnung vor. Eine vernünftige Rechnung, die ich – gerade noch – bezahlen kann. Vergeßt nicht, daß ich auch Arbeitslöhne zahlen muß.«

Woudiver dachte nach. Deyne Zarre ging quer durch den Schuppen und sprach mit den Geschwistern. Dadurch wurde Woudiver abgelenkt. Er stolzierte zu der Gruppe hinüber. Reith ging völlig erschöpft zur Werkbank und schenkte sich eine Tasse Tee ein, die er mit zitternder Hand trank.

Woudiver war außerordentlich leutselig geworden und ging sogar soweit, dem Jungen den Kopf zu tätscheln. Artilo trat ins Freie, wo Windstöße kleine Wellen über die Lachen trieben.

Woudiver machte Reith mit der einen Hand ein Zeichen, mit der anderen Deyne Zarre. Die beiden näherten sich ihm. Woudiver seufzte überaus melancholisch. »Ihr beide wollt mich ruinieren. Ihr verlangt die größten Raffinessen, weigert euch jedoch, zu bezahlen. Also sei es. Artilo bringt die Kanister fort, die euch mißfallen. Zarre, Ihr kommt jetzt mit und sucht die Zellen aus, die Euren Bedürfnissen entsprechen.«

»Jetzt gleich? Ich muß auf die beiden Kinder aufpassen.«

»Jetzt gleich. Heute abend fahre ich zu meinem kleinen Landsitz. Ich werde eine Weile bleiben. Es ist ganz klar, daß man meine Hilfe hier unterschätzt.«

Deyne Zarre beschwichtigte ihn aus reiner Höflichkeit. Er sprach mit dem Jungen und dem Mädchen, dann verließ er mit Woudiver den Schuppen.

Zwei Stunden vergingen. Die Sonne brach durch die Wolken und sandte einen einzelnen Strahl auf Hei hinunter, so daß sich die scharlachroten und purpurnen Türme glitzernd gegen den schwarzen Himmel abhoben. Unten in der Straße tauchte Woudivers schwarze Limousine auf. Vor dem Schuppen kam sie zum Stehen. Artilo stieg aus und stürzte in den Schuppen. Reith beobachtete ihn und wunderte sich über seine Zielstrebigkeit. Artilo näherte sich dem Geschwisterpaar, blickte auf sie hinab. Sie sahen ihrerseits zu ihm empor; in den blassen Gesichtern standen weit aufgerissene Augen. Artilo sagte kurz ein paar Worte. Reith sah die Muskelstränge hinter seinem Kiefer zucken, während er sprach. Die Kinder schauten zweifelnd quer durch den Raum zu Reith, dann begannen sie widerwillig auf die Tür zuzugehen. Traz sagte leise und drängend zu Reith: »Etwas stimmt da nicht. Was hat er mit ihnen vor?«

Reith trat zu der Gruppe. Er fragte: »Wohin bringst du die beiden?«

»Das geht Euch nichts an.«

Reith wandte sich an die Kinder: »Geht nicht mit diesem Mann. Wartet, bis euer Onkel zurückkommt.«

Das Mädchen erwiderte: »Er behauptet, er würde uns zu unserem Onkel bringen.«

»Man kann ihm nicht trauen. Etwas stimmt da nicht.«

Artilo drehte sich um und sah Reith an; es wirkte so drohend, wie wenn sich eine Schlange aufrollt. Er sagte leise: »Ich habe meine Befehle. Verschwindet.«

»Wer hat dir den Befehl gegeben? Woudiver?«

»Das geht Euch nichts an.« Er trat auf die beiden Kinder zu. »Kommt.« Seine Hand fuhr unter seine graue alte Jacke, und er beobachtete Reith von der Seite.

Das Mädchen sagte: »Wir gehen nicht mit Euch.«

»Ihr müßt. Ich werde dich tragen.«

»Wenn du sie anrührst, bringe ich dich um«, warnte Reith entschieden.

Artilo starrte ihn kaltschnäuzig an. Reith versteifte sich, er straffte die Muskeln. Artilo zog die Hand hervor. Reith sah die dunkle Form einer Waffe. Er sprang vor und schlug auf den kalten, harten Arm. Artilo hatte dies erwartet. Aus einem anderen Ärmel sprang eine lange Klinge, die er Reith so flink in die Seite trieb, daß dieser im Davonschnellen einen Stich spürte. Artilo sprang zurück und hielt das Messer noch immer in der Hand, obwohl er die Handfeuerwaffe verloren hatte. Reith, den die Wut sowie das plötzliche Nachlassen der Anspannung berauschten, rückte vor und heftete die Augen auf den mit keiner Wimper zuckenden Artilo. Reith fintierte.

Artilo zuckte nicht einmal zusammen. Reith schlug mit der linken Hand zu. Artilo blockte den Schlag ab. Reith packte sein Handgelenk, drehte sich auf dem Absatz herum, bückte sich, hob ihn hoch und schleuderte ihn quer durch den Raum, wo er verkrümmt liegenblieb.

Reith zerrte ihn zur Tür und warf ihn in eine Schlammpfütze.

Artilo rappelte sich mühsam auf und humpelte zu dem schwarzen Wagen hinüber. Leidenschaftslos nüchtern kratzte er – ohne auch nur einen Blick auf den Schuppen zu werfen – den Schlamm von seiner Kleidung, bestieg den Wagen und fuhr davon.

Anacho sagte vorwurfsvoll: »Du hättest ihn umbringen sollen. Jetzt wird es schlimmer denn je.«

Reith wußte keine Antwort zu geben. Er bemerkte das Blut, das über seine Hüften sickerte. Als er das Hemd hochzog, entdeckte er eine lange, dünne Schnittwunde. Traz und Anacho legten ihm einen Verband an. Das Mädchen kam ein wenig ängstlich näher und versuchte zu helfen. Sie schien geschickt und tüchtig zu sein. Anacho räumte das Feld. Traz und das Mädchen beendeten zusammen die Behandlung.

»Danke«, sagte Reith.

Das Mädchen blickte ihn an, und ihr Gesicht drückte viele Gefühlsregungen aus. Aber sie konnte sich nicht dazu überwinden, etwas zu sagen.

Der Nachmittag verblaßte. Das Mädchen und der Junge standen im Türrahmen und sahen die Straße entlang. Die Techniker verabschiedeten sich. Im Schuppen war es still.

Die schwarze Limousine kam zurück. Deyne Zarre stieg steifbeinig aus, gefolgt von Woudiver. Artilo ging zum Kofferraum, brachte vier Energiezellen zum Vorschein und trug sie mühsam humpelnd in den Schuppen.

Er war, soweit Reith beurteilen konnte, wie immer: mürrisch, unpersönlich, schweigsam.

Woudiver blickte nur ein einziges Mal auf das Mädchen und den Jungen, die erschrocken in den Schatten zurückwichen.

Dann ging er zu Reith. »Die Treibstoffkanister sind hier. Zarre hat sie gebilligt. Sie kosten sehr viel. Hier ist meine Rechnung für die nächste Monatsmiete sowie Artilos Gehalt.«

»Artilos Gehalt?« fragte Reith. »Ihr macht wohl Witze.«

»Die Gesamtsumme beläuft sich, wie Ihr seht, auf genau einhunderttausend Sequinen. Über den Betrag kann nicht gefeilscht werden. Ihr müßt sofort zahlen, oder ich werfe euch hinaus.« Und Woudiver schürzte die Lippen zu einem kaltschnäuzigen Lächeln.

Reiths Augen umnebelten sich vor Haß. »Ich kann diese Summe nicht erübrigen.«

»Dann müßt ihr gehen. Außerdem bin ich – da Ihr nicht mehr mein Kunde seid – dazu gezwungen, die Dirdir von Eurem Treiben zu unterrichten.«

Reith nickte. »Hunderttausend Sequinen. Und danach, wieviel noch?«

»Was ich für Euch auslegen muß.«

»Keine zweite Erpressung?«

Woudiver richtete sich auf. »Dieses Wort ist kapriziös und ungehobelt. Ich warne Euch, Adam Reith! Ich erwarte dieselbe Höflichkeit, die ich Euch entgegenbringe.«

Reith brachte ein trauriges Lachen zustande. »Ihr bekommt Euer Geld in fünf bis sechs Tagen. Jetzt habe ich es nicht.«

Woudiver legte skeptisch den Kopf schief. »Wo wollt Ihr es denn auftreiben?«

»Auf mich wartet in Coad Geld.«

Woudiver schnaubte, drehte sich um und marschierte

zu seinem Wagen. Artilo humpelte ihm nach. Sie fuhren davon.

Traz und Anacho schauten hinter dem Wagen her.

Verwundert erkundigte sich Traz: »Wo willst du hunderttausend Sequinen hernehmen?«

»Soviel haben wir doch in der Carabas gelassen«, erklärte Reith. »Das einzige Problem ist der Rücktransport – aber vielleicht stellt er letzten Endes gar kein so großes Problem dar.«

Anachos langer und dünner weißer Kiefer klappte auf. »Ich habe dich schon immer verdächtigt, wahnsinnig optimistisch zu sein ...«

Reith hob die Hand. »Hört zu. Ich fliege auf der gleichen Route nach Norden, die die Dirdir nehmen. Sie werden keine Notiz davon nehmen, selbst wenn ein Radarschirm in Betrieb sein sollte, was ich bezweifle. Ich lande nach Einbruch der Dunkelheit östlich des Waldes. Am Morgen grabe ich die Sequinen aus, bringe sie zum Gleiter, und bei Anbruch der Dämmerung fliege ich wieder nach Sivish, wie eine Gruppe Dirdir, die von der Jagd zurückkommt.«

Anacho brummte abfällig: »Du sagst das so einfach.«

»Wie es wahrscheinlich auch sein wird, wenn alles gutgeht.«

Reith blickte sehnsüchtig zurück zum Schuppen und dem halbfertigen Raumschiff. »Eigentlich könnte ich auch jetzt gleich aufbrechen.«

»Ich begleite dich«, bot sich Traz an. »Du wirst Hilfe brauchen.«

Anacho sagte griesgrämig: »Ich fliege besser auch mit.«

Reith schüttelte den Kopf. »Einer kann diese Aufgabe so ausführen wie drei. Ihr beide bleibt hier und sorgt dafür, daß unser Projekt weiterläuft.«

»Und wenn du nicht zurückkommst?«

»In der Börse befinden sich noch sechzig- oder siebzigtausend Sequinen. Nehmt das Geld und verlaßt Sivish. – Aber ich komme bestimmt zurück. Das bezweifle ich nicht. Es ist unmöglich, daß wir uns so abgeschuftet und soviel gelitten haben sollten, nur um einen Fehlschlag zu erleiden.«

»Wohl kaum ein vernünftiges Argument«, meinte Anacho trocken. »Ich rechne nicht damit, dich wiederzusehen.«

»Unsinn«, sagte Reith. »Nun, ich breche jetzt auf. Je eher ich abfliege, desto früher komme ich zurück.«

15. Kapitel

Der Gleiter segelte ruhig durch die Nacht des alten Tschai über eine Landschaft, die im blauen Mondlicht gespenstisch wirkte. Reith kam sich vor wie ein Mann, der einen seltsamen Traum erlebt. Er dachte über die Stationen seines Lebens nach – seine Kindheit, die Ausbildungszeit, seine Einsätze zwischen den Sternen und letztlich seine Arbeit auf der *Explorator IV.* Dann Tschai: die unglückselige Explosion; sein Aufenthalt bei den Emblemnomaden; die Reise über die Aman-Steppe und die Tote Steppe nach Pera; die Plünderung in Dadiche; die sich daraus ergebende Fahrt nach Cath und seine Abenteuer in Ao Hidis, dann der Fußmarsch durch die Carabas, das Abschlachten der Dirdir, der Raumschiffbau in Sivish. Und Woudiver! Auf Tschai waren sowohl die Tugend als auch das Laster übertrieben. Reith hatte viele böse Menschen kennengelernt, unter denen Woudiver an erster Stelle stand.

Die Nacht schritt voran. Die Wälder von Zentral-Kislovan wichen dem kahlen Hochland und der stillen Wüste.

Im gesamten Sichtbereich kein Licht, kein Lagerfeuer, kein Zeichen für menschliches Leben. Reith zog den Monitor zu Rate und stellte die automatische Steuerung ein. Die Carabas lag nur noch eine Stunde entfernt. Der blaue Mond stand schon tief am Himmel. Wenn er unterging, würde es bis zur Morgendämmerung finster sein.

Die Stunde verstrich. Braz sank über den Horizont. Im Osten tauchte ein dunkelbrauner Lichtschein auf und kündete die kurz bevorstehende Morgendämmerung an. Reith, der seine Aufmerksamkeit zwischen dem Monitor und der Landschaft unter sich teilte, glaubte endlich den Umriß von Khusz zu entdecken. Sofort ließ er das Gefährt tiefer sinken, schwenkte nach Osten und bog hinter dem Grenzwald ein. Als Carina 4269 den ersten kalten, braunen Silberstreifen über den Horizont sandte, landete Reith dicht unter den vordersten großen Tabakstauden des Waldes.

Eine Zeitlang wartete er und lauschte. Carina 4269 erhob sich in den Himmel, und das schräg einfallende Licht traf direkt auf den Gleiter. Reith sammelte abgebrochene Wedel und Zweige, die er gegen den Gleiter legte und ihn so bis zu einem gewissen Grad tarnte.

Jetzt wurde es Zeit, in den Wald einzudringen. Er konnte nicht länger verweilen. Reith nahm einen Sack und eine Schaufel und steckte in den Gürtel Waffen. Dann betrat er den Wald.

Der Pfad war ihm vertraut. Reith erkannte jeden dicken Baumstamm, jedes dunkle Pilzblatt, jeden kleinen Flechtenhügel. Während er zwischen den Bäumen hindurchging, stieg ihm ein Übelkeit erregender Gestank in die Nase. Das war zu erwarten gewesen. Er blieb stehen. Stimmen? Reith sprang vom Weg herunter und lauschte.

Tatsächlich Stimmen. Reith zögerte, dann schlich er durch das dichte Laubwerk weiter.

Vor ihm lag die Fallgrube. Reith pirschte sich mit

größtmöglicher Vorsicht heran; er kroch auf Händen und Knien, schließlich sogar auf den Ellbogen. – Vor seinen Augen tat sich eine unheimliche Szenerie auf. Bei der großen Tabakstaude standen fünf Dirdir mit den Insignien der Jagd. Ein Dutzend graugesichtiger Männer steckte in einem Loch und grub mit Schaufeln und Eimern: es war das Loch – nur beträchtlich vergrößert –, in dem Reith, Traz und Anacho die Dirdirleichen eingebuddelt hatten. Dem verfaulenden Aas entströmte ein abscheulicher Gestank – Reith machte große Augen. Einer dieser Männer war ihm ganz genau bekannt – Issam der Thang. Und neben ihm schaufelte der Stallknecht, und daneben der Majordomus des Alawan. Die anderen konnte Reith nicht mit Sicherheit identifizieren; aber sie waren ihm alle irgendwie bekannt, und er nahm an, daß es Leute waren, mit denen er in Maust zu tun gehabt hatte.

Reith drehte sich um und musterte die fünf Dirdir. Sie standen steif und achtsam da, die Glanzantennen bauschten sich nach hinten. Wenn sie etwas fühlten oder Abscheu empfanden, so war es ihnen nicht anzumerken.

Reith nahm sich keine Zeit, logisch zu denken, abzuwägen, zu kalkulieren. Er zog die Handfeuerwaffe, zielte, schoß. Einmal, zweimal, dreimal. Die Dirdir fielen tot zu Boden. Die beiden anderen sprangen überrascht und wütend umher. Viermal, fünfmal: zwei aufblitzende Einschläge. Reith sprang aus seinem Versteck und feuerte noch zweimal in die zuckenden weißen Körper, bevor sie regungslos dalagen.

Die Männer in der Grube hatte die Verwunderung zu Stein erstarren lassen. »Los!« schrie Reith. »Raus!«

Issam der Thang gellte heiser: »Du bist es, der Mörder! Deine Verbrechen haben uns hierhergebracht!«

»Laß gut sein«, winkte Reith ab. »Steigt aus dem Loch und rennt um euer Leben!«

»Was hätte das für einen Zweck? Die Dirdir werden uns aufspüren! Sie werden uns auf abscheuliche Weise umbringen ...«

Der Stallknecht war bereits aus dem Loch gestiegen. Er trat zu den Leichen der Dirdir, nahm eine Waffe an sich und wandte sich wieder Issam dem Thang zu. »Mach dir gar nicht erst die Mühe, aus dem Loch zu klettern.« Er gab einen Schuß ab. Der Schrei des Thang war kurz; seine Leiche rollte zwischen die verwesenden Dirdir.

Der Stallknecht berichtete Reith: »Er hat uns alle verraten, weil er sich einen Gewinn erhoffte. Er hat nur das gewonnen, was Ihr gesehen habt. Sie haben ihn zusammen mit uns anderen gefangengenommen.«

»Jene fünf Dirdir – waren noch mehr da?«

»Zwei Vortrefflichkeiten, die nach Khusz zurückgekehrt sind.«

»Nehmt die Waffen und geht eures Weges.«

Die Männer flohen auf die Hügel der Erinnerung zu. Reith grub unter den Wurzeln der Tabakstaude. Da, der Sack mit den Sequinen. Hunderttausend? Er wußte es nicht sicher.

Reith warf sich das Bündel über die Schulter und blickte zum letztenmal auf den Schauplatz des Gemetzels und die jämmerliche Leiche von Issam dem Thang; dann verließ er den Ort des Grauens.

Wieder beim Gleiter, lud er die Sequinen in die Kabine und setzte sich, um zu warten. Die Angst zerrte an seinen Nerven. Er wagte noch nicht zu starten. Flog er tief, sah ihn vielleicht eine Jagdgruppe. Flog er hoch, würde ihn der Radarschirm über der Carabas einfangen.

Der Tag ging zur Neige. Carina 4269 sank hinter die weit entfernt liegenden Hügel. Mattes braunes Zwielicht überflutete die Zone. Entlang der Bergkette flackerten die verhaßten Lagerfeuer auf. Reith durfte nicht länger zögern. Der Gleiter hob ab.

Reith flog tief über dem Boden, bis er die Zone verlassen hatte; dann stieg er hoch hinauf und steuerte gen Süden nach Sivish.

16. Kapitel

Das dunkle Land blieb hinter ihm zurück. Reith starrte nach vorn, und im Geiste zogen in rascher Folge Bilder an ihm vorüber: vor Leidenschaft, Entsetzen und Schmerz verzerrte Gesichter. Die Gestalten von Blauen Khasch, Wankh, Pnume, Phung, Grünen Khasch, Dirdir – alle sprangen sie auf seine Gedankenbühne, standen darauf, drehten sich um, machten eine Geste und hüpften davon.

Die Nacht ging zu Ende. Der Gleiter flog nach Süden, und als Carina 4269 im Osten aufging, blitzten in der Ferne die Türme von Hei.

Ohne Zwischenfall konnte Reith landen, obwohl es schien, als würde ihn eine vorbeigehende Gruppe Dirdirmänner kritisch und eingehend mustern, als er mit seinem Sack Sequinen von der Landebahn ging.

Reith suchte als erstes sein Zimmer im Alten Reichshof auf. Weder Traz noch Anacho befanden sich in der Zimmerflucht, aber Reith dachte sich nichts dabei. Sie verbrachten die Nacht oft im Schuppen.

Reith taumelte zu seiner Liegestatt, warf den Sack Sequinen gegen die Wand, streckte sich aus und schlief sofort ein.

Er wachte auf, als eine Hand an der Schulter rüttelte. Reith rollte sich auf die andere Seite und sah, daß sich Traz über ihn beugte.

Traz flüsterte heiser: »Ich habe befürchtet, daß du hierherkommen würdest. Beeil dich, wir müssen fort. Diese Unterkunft ist jetzt gefährlich.«

Reith richtete sich – noch immer schlaftrunken – auf. Es war früher Nachmittag, wie er aus den Schatten vor dem Fenster schloß.

»Was ist los?«

»Die Dirdir haben Anacho verhaftet. Ich habe gerade Lebensmittel eingekauft, sonst hätten sie mich auch mitgenommen.«

Reith war jetzt hellwach. »Wann ist das passiert?«

»Gestern. Das geht auf Woudivers Konto. Er kam in den Schuppen und stellte uns über dich Fragen. Er wollte wissen, ob du wirklich von einer anderen Welt kämst. Er blieb hartnäckig und wollte keine Ausflüchte gelten lassen. Ich weigerte mich, zu sprechen; Anacho ebenso. Woudiver begann Anacho als Abtrünnigen zu beschimpfen. ›Du, ein früherer Dirdirmann – wie kannst du wie ein Untermensch unter Untermenschen leben?‹ Anacho geriet in Zorn und sagte, die Doppelabstammung sei ein Märchen. Woudiver rauschte ab. Gestern früh kamen die Dirdir hierher und nahmen Anacho mit. Wenn sie ihn zum Sprechen bringen, sind weder wir noch das Raumschiff sicher.«

Reith zog mit tauben Fingern die Stiefel an. Plötzlich war das Gefüge seines Lebens, das so teuer zustande gekommen war, eingestürzt. Woudiver, immer wieder Woudiver.

Traz berührte seinen Arm. »Komm. Es ist besser, wir gehen! Die Räume könnten unter Beobachtung stehen.«

Reith hob das Sequinenbündel auf. Sie verließen das Gebäude, gingen durch die engen Gassen von Sivish und nahmen keine Notiz von den blassen Gesichtern, die aus Türrahmen und bizarr gestalteten Fenstern hervorschauten.

Jetzt merkte Reith, daß er einen Bärenhunger hatte. In

einem kleinen Speiselokal aßen sie gekochte Seeschwämmchen und Kornfladen. Reith konnte langsam klarer denken. Anacho befand sich im Gewahrsam der Dirdir. Woudiver würde sicher eine Reaktion von ihm erwarten. Oder war er vielleicht so von Reiths Hilflosigkeit überzeugt, daß er glaubte, alles würde wie zuvor weitergehen? Reith lächelte gespenstisch. Wenn Woudiver damit rechnete, würde er recht behalten. Undenkbar, das Schiff aus irgendeinem Grund aufs Spiel zu setzen! Reiths Haß auf Woudiver glich einem Gehirntumor – und er durfte ihn nicht beachten; er mußte das Beste aus dieser quälenden Zwickmühle machen.

Reith fragte Traz: »Hast du Woudiver nicht mehr gesehen?«

»Doch, heute morgen. Ich ging zum Schuppen, weil ich dachte, du wärst vielleicht dort. Woudiver traf ein und zog sich in sein Büro zurück.»

»Sehen wir nach, ob er noch da ist.«

»Was hast du vor?

Reith lachte erstickt. »Ich könnte ihn töten – aber das würde nichts nützen. Wir brauchen Auskünfte. Woudiver ist die einzige Quelle.«

Traz schwieg. Wie gewöhnlich wußte Reith nicht, was er dachte.

Sie fuhren mit dem knarrenden, sechsrädrigen öffentlichen Wagen hinaus zum Bauplatz, und jede Umdrehung der Räder ließ die Anspannung größer werden. Als Reith auf dem Hof ankam und Woudivers schwarze Limousine entdeckte, stieg ihm das Blut zu Kopf, und ihm wurde schwindlig. Er blieb stehen, holte tief Luft und wurde wieder ganz ruhig.

Reith warf Traz den Sequinensack zu. »Trag ihn in den Schuppen und versteck ihn.«

Traz nahm ihn zögernd. »Geh nicht allein. Warte auf mich.«

»Ich rechne nicht mit Schwierigkeiten. Uns sind die Hände gebunden, und das weiß Woudiver ganz genau. Warte beim Schuppen auf mich.«

Reith ging zu Woudivers verschrobenem Steinbüro und trat ein. Den Rücken einer großen Holzkohlenpfanne zugewandt, stand Artilo mit gespreizten Beinen und rückwärtig verschränkten Armen da. Er musterte Reith, ohne eine Miene zu verziehen.

»Sag Woudiver, daß ich ihn sprechen will«, befahl Reith.

Artilo sprang an die Innentür, streckte den Kopf hindurch und sagte etwas. Er trat zurück. Die Tür wurde mit einem heftigen Ruck aufgestoßen, so daß sie fast aus den Angeln sprang. Woudiver füllte den Raum: ein wild blickender Woudiver mit breiter Oberlippe, die sich über den Mund nach unten stülpte.

Er sah mit dem unsteten, alles erfassenden Blick eines erzürnten Gottes quer durchs Zimmer; dann schien er Reith mit den Augen einzufangen, und seine Feindseligkeit verstärkte sich.

»Adam Reith«, rief Woudiver mit einer Stimme, die wie eine Glocke dröhnte. »Ihr seid zurückgekommen. Wo sind meine Sequinen?«

»Laßt die Sequinen aus dem Spiel«, erwiderte Reith. »Wo ist der Dirdirmann?«

Woudiver zog die Schultern hoch. Für einen Augenblick dachte Reith, er wolle zum Schlag ausholen. In diesem Fall würde er die Selbstbeherrschung verlieren, das wußte Reith – zum Vorteil, oder zum Nachteil.

Woudiver fragte erregt: »Wollt Ihr mich mit Streitereien langweilen? Denkt noch einmal darüber nach! Gebt mir mein Geld und geht.«

»Ihr sollt Euer Geld haben«, versprach Reith, »sobald ich Ankhe at afram Anacho sehe.«

»Ihr möchtet den Gotteslästerer sehen, den Abtrünnigen?« brüllte Woudiver. »Geht in das Glasgehäuse. Dort werdet Ihr ihn deutlich genug zu Gesicht bekommen.«

»Er ist im Glasgehäuse?«

»Wo sonst?«

»Seid Ihr sicher?«

Woudiver lehnte sich an die Wand. »Warum wollt Ihr das wissen?«

»Weil er mein Freund ist. Ihr habt ihn an die Dirdir verraten. Ihr müßt mir Rede und Antwort stehen.«

Woudiver begann sich aufzuplustern, aber Reith wehrte lustlos ab: »Kein Drama mehr, kein Gebrüll. Ihr habt Anacho den Dirdir übergeben. Jetzt will ich, daß Ihr ihn rettet.«

»Unmöglich«, erklärte Woudiver. »Selbst wenn ich wollte, könnte ich nichts tun. Er ist im Glasgehäuse, habt Ihr nicht gehört?«

»Wie könnt Ihr das mit Sicherheit behaupten?«

»Wohin sollte man ihn sonst gebracht haben? Er wurde für seine früheren Verbrechen verhaftet. Die Dirdir erfahren nichts von dem Projekt, wenn Ihr Euch deshalb Sorgen macht.« Und Woudiver verzog den Mund zu einem breiten, höhnischen Grinsen. »Natürlich vorausgesetzt, daß er nicht selbst euer Geheimnis ausplaudert.«

»In diesem Fall wärt Ihr gleichfalls in Schwierigkeiten«, erinnerte ihn Reith.

Darauf wußte Woudiver nichts zu erwidern.

Reith fragte leise: »Kann man Anacho mit Geld zur Flucht verhelfen?«

»Nein«, betonte Woudiver. »Er ist im Glasgehäuse.«

»Das behauptet Ihr. Wie kann ich sichergehen?«

»Wie ich schon sagte – seht selbst nach.«

»Darf jeder zusehen, der diesen Wunsch hegt?«

»Natürlich. Das Gehäuse beherbergt keine Geheimnisse.«

»Wie verhält man sich?«

»Ihr geht hinüber nach Hei, spaziert zum Gehäuse, steigt zur Galerie hinauf und seht auf das Spielfeld.«

»Könnte man ein Seil oder eine Leiter hinablassen?«

»Gewiß, aber man dürfte nicht damit rechnen, lange zu leben. Man würde den Betreffenden sofort auf das Feld hinunterwerfen. – Solltet Ihr womöglich etwas Derartiges planen, komme ich selbst und schaue zu.«

»Angenommen, ich biete Euch eine Million«, sagte Reith, »könntet Ihr dafür Anachos Flucht arrangieren?«

Woudivers großer Kopf schoß vor. »Eine Million Sequinen? Und Ihr habt mir drei Monate lang vorgejammert, Ihr wäret arm? Man hat mich betrogen!«

»Könntet Ihr die Flucht für eine Million arrangieren?«

Woudiver zeigte seine zierliche, rosige Zungenspitze. »Nein, leider nicht ... eine Million Sequinen ... leider nicht. Man kann nichts tun. Gar nichts. Also habt Ihr eine Million Sequinen gewonnen?«

»Nein«, antwortete Reith. »Ich wollte nur erfahren, ob Anachos Flucht möglich ist.«

»Sie ist unmöglich«, versicherte Woudiver wütend. »Wo ist mein Geld?«

»Alles zu seiner Zeit«, winkte Reith ab. »Ihr habt meinen Freund verraten; Ihr könnt warten.«

Wieder schien Woudiver nahe daran, mit seiner großen Pranke zuzuschlagen. Aber er klagte nur: »Ihr wendet die Sprache falsch an. Ich habe ihn nicht ›verraten‹. Ich habe einen Verbrecher der wohlverdienten Strafe überantwortet. Schulde ich Euch und den Euren Treue? Ihr habt mir gegenüber keine gezeigt und würdet es noch ärger treiben, wenn sich dazu Gelegenheit bieten würde. Denkt immer daran, Adam Reith, daß Freundschaft auch erwidert werden muß. Erwartet nicht, was Ihr nicht zu geben gewillt seid. Wenn Ihr meine Eigenschaften verabscheuungwürdig findet, so denkt daran, daß ich für Euch das gleiche empfinde. Wer von uns beiden verhält sich richtig? Den Maßstäben dieser Zeit und dieses Ortes zufolge bin das sicherlich ich. Ihr seid der Eindringling. Eure Proteste klingen lächerlich und unrealistisch. Ihr werft mir Unbeherrschtheit vor. Vergeßt nicht, Adam Reith, daß Ihr mit mir einen Mann ausgesucht habt, der für Geld illegale Geschäfte ausführen kann. Das erwartet Ihr von mir, Ihr schert Euch einen Pfifferling um meine Sicherheit oder um meine Zukunft. Ihr seid hierhergekommen, um mich auszubeuten, mich für kleine Summen zu gefährlichen Handlungen zu zwingen. Ihr dürft Euch nicht beklagen, wenn mein Verhalten nur ein Spiegelbild Eures eigenen Ichs zu sein scheint.«

Reith wußte darauf keine Antwort. Er drehte sich um und verließ das Büro.

Im Schuppen lief die Arbeit wie immer weiter: ein Hafen an Normalität nach der Carabas und dem sinnverwirrenden Gespräch mit Woudiver. Traz wartete gleich hinter der Tür auf ihn. »Was hat er gesagt?«

»Er sagte, Anacho sei ein Verbrecher; daß ich hierhergekommen bin, um ihn auszubeuten. Was kann ich ihm entgegnen?«

Traz schürzte verächtlich die Lippen. »Und Anacho?«

»Im Glasgehäuse. Woudiver sagt, es sei einfach, hineinzukommen, aber unmöglich, wieder herauszukommen.« Reith ging im Schuppen auf und ab. Er blieb in der Türöffnung stehen und blickte über das Wasser zu dem großen grauen Gebäude. Er sagte zu Traz: »Bittest du Deyne Zarre zu mir?«

Deyne Zarre erschien. Reith fragte: »Habt Ihr jemals das Glasgehäuse besucht?«

»Vor langer Zeit.«

»Woudiver erzählte mir, daß ein Mann von der Galerie ein Seil hinablassen könne.«

»Sollte er sich so wenig aus seinem Leben machen?«

»Ich brauche zwei Quanten hochwirksamen Sprengstoff – genug um, sagen wir, diesen Schuppen zehnmal in die Luft zu sprengen. Wo kann ich den rasch bekommen?«

Deyne Zarre dachte einen Augenblick nach, dann nickte er langsam und schicksalsschwer.

»Wartet hier.«

Er kehrte nach einer guten Stunde mit zwei Tonkrügen zurück. »Hier ist Sprengstoff, hier Zünder. Es ist Schmuggelware. Bitte verratet nicht, woher Ihr es habt.«

»Dazu wird sich keine Gelegenheit bieten«, versicherte Reith. »Wenigstens hoffe ich das.«

17. Kapitel

In graue Mäntel gehüllt, überquerten Reith und Traz den erhöhten Fußweg zum Festland. Auf einer schönen, breiten Straße, deren Oberfläche aus einer groben weißen Substanz bestand und unter den Schritten knirschte, betraten sie die Dirdirstadt Hei. Zu beiden Seiten erhoben sich purpurne und scharlachrote Türme. Diejenigen aus grauem Metall und Silber standen weit im Norden, hinter dem Glasgehäuse. Die Prachtstraße führte dicht an einem dreißig Meter hohen, scharlachroten Säulenschaft vorbei. Ringsum dehnte sich eine saubere weiße Sandfläche, auf der ein Dutzend sonderbar glänzende Steingegenstände ruhten. Kunstwerke? Fetische? Trophäen? Es ergab sich keine Möglichkeit, dies zu erfahren. Vor dem Turm standen auf einer runden weißen Marmorplattform drei Dirdir. Zum ersten Mal sah Reith eine Dirdirfrau. Das Wesen war kürzer und wirkte weniger elastisch, weniger geschmeidig als die männlichen Kreaturen. Ihr Kopf war am Schädel breiter, und an der Stelle, die einem

Kinn entsprach, zugespitzt. Sie hatte eine etwas dunklere Hautfarbe: ein blasses leicht malvenfarben schattiertes Grau. Die beiden betrachteten ein drittes Wesen, einen männlichen Dirdirbalg, der halb so groß war wie die Erwachsenen. Von Zeit zu Zeit zuckten die Antennen der drei und deuteten auf eines der glänzenden Steinstücke, ein Verhalten, das Reith zu verstehen sich nicht die Mühe machte.

Er beobachtete sie mit einem Gemisch aus Abscheu und widerwilliger Bewunderung und er konnte es nicht vermeiden, an die »Geheimnisse« zu denken.

Vor einiger Zeit hatte ihm Anacho die sexuellen Vorgänge der Dirdir erklärt. »Im wesentlichen sind die Tatsachen wie folgt: Es gibt zwölf verschiedene männliche Sexualorgane und vierzehn weibliche. Nur bestimmte Paarungen sind möglich. Zum Beispiel verträgt sich der männliche Typus Eins bloß mit den weiblichen Typen Fünf und Neun. Der weibliche Typus Fünf gleicht sich nur dem männlichen Typus Eins an; Typus Neun hat hingegen ein allgemeiner gehaltenes Organ und verträgt sich mit den männlichen Typen Eins, Elf und Zwölf.

Die ganze Angelegenheit wird schrecklich kompliziert. Jede männliche und jede weibliche Art hat ihren besonderen Namen sowie theoretische Eigenschaften, die sehr selten realisiert werden – solange der Typus einer Person geheim bleibt! Das sind die ›Geheimnisse‹ der Dirdir! Sollte der Typus eines einzelnen bekannt werden, erwartet man von ihm, daß er sich ohne Rücksicht auf seine Neigungen an die theoretischen Eigenschaften hält. Er tut dies selten und gerät deshalb ständig in Verlegenheit.

Wie du dir ausmalen kannst, erfordert eine so komplizierte Sache viel Aufmerksamkeit und Kraft. Vielleicht hat die Tatsache, daß die Dirdir unvollständig, besessen und geheim gehalten werden, verhindert, daß sie den Weltraum überschwemmen.«

»Erstaunlich«, meinte Reith. »Aber wenn die Typen geheim und im allgemeinen unverträglich sind, wie paaren sie sich dann? Wie pflanzen sie sich fort?«

»Es gibt verschiedene Systeme: Probeehe, die sogenannten ›dunklen Verbindungen‹, anonyme Mitteilungen. Diese Schwierigkeiten sind zu überwinden.« Anacho schwieg einen Augenblick, dann fuhr er leise fort: »Ich muß wohl kaum darauf hinweisen, daß die Dirdirmänner und -frauen der niedrigen Kaste, denen die ›edle Göttlichkeit‹ sowie die ›Geheimnisse‹ fehlen, für unzureichend und tölpelhaft gehalten werden.«

»Hmm«, meinte Reith. »Warum führst du die ›Dirdirmenschen der niedrigen Kaste‹ gesondert an? Was ist mit den Makellosen?«

Anacho räusperte sich. »Die Makellosen verhüten diese Schmach auf Grund von sorgfältig ausgeführten Operationen. Es ist ihnen erlaubt, sich gemäß einer von acht Arten zu verändern. So werden ihnen gleichfalls ›Geheimnisse‹ zuerkannt, und sie dürfen Blau und Rosa tragen.«

»Wie steht es mit der Paarung?«

»Die ist schwieriger und ähnelt dem Dirdirsystem in genialer Weise. Jede Art paßt höchstens zu zwei Typen des anderen Geschlechts.«

Reith konnte einen Anfall von Heiterkeit nicht länger unterdrücken. Anacho hörte mit halb grimmiger, halb kläglicher Miene zu. »Was ist mit dir?« fragte Reith. »Wie weit bist du darin verstrickt?«

»Nicht weit genug«, erwiderte Anacho. »Aus gewissen Gründen trug ich Blau und Rosa, ohne mir die erforderlichen ›Geheimnisse‹ zu verschaffen. Ich wurde zum Ausgestoßenen und Entwicklungsrückschlag erklärt. Diese Stellung nahm ich bei unserer ersten Begegnung ein.«

»Ein seltsames Verbrechen«, wunderte sich Reith.

Jetzt lief Anacho in einer nachgeahmten Sibol-Landschaft um sein Leben.

Die Straße, die zum Glasgehäuse führte, wurde noch breiter, als wolle man versuchen, sie den Ausmaßen des massigen Baus anzupassen. Diejenigen, die über die knirschende weiße Oberfläche gingen – Dirdir, Dirdirmenschen, einfache Arbeiter in grauen Mänteln –, wirkten so künstlich und unwirklich wie Gestalten in klassischen perspektivischen Übungsstücken. Sie sahen stur geradeaus und gingen an Reith und Traz vorbei, als wären diese unsichtbar.

Scharlachrote und purpurne Türme ragten zu beiden Seiten auf. Vor ihnen stand das Glasgehäuse und stellte alles andere in den Schatten. Reith fühlte sich beeindruckt. Die Kunsterzeugnisse der Dirdir standen im Widerspruch zur menschlichen Psyche. Um eine solche Umgebung zu tolerieren, mußte ein Mensch offenbar sein Erbgut verleugnen und sich der Dirdirschen Weltanschauung unterwerfen. Kurz, er mußte zum Dirdirmenschen werden.

Sie gerieten neben zwei andere Männer, die wie sie in graue Kapuzenmäntel gehüllt waren. Reith sprach sie an: »Vielleicht könnt ihr uns Auskunft geben. Wir wollen das Glasgehäuse besuchen, kennen jedoch die Gepflogenheiten nicht.«

Die beiden Männer taxierten ihn unsicher. Es waren Vater und Sohn – beide klein mit runden Gesichtern, kleinen Kugelbäuchen sowie dünnen Armen und Beinen. Der Ältere antwortete piepsend: »Man steigt einfach die grauen Rampen hinauf. Mehr braucht man nicht zu wissen.«

»Geht ihr auch in das Glasgehäuse?«

»Ja. Um zwölf Uhr mittags findet eine besondere Jagd statt: auf einen berühmten Schurken, und vielleicht gibt es eine Auslosung.«

»Wir haben nichts davon gehört. Wer ist dieser Schurke?«

Die beiden musterten ihn abermals zweifelnd, offensichtlich auf Grund ihrer angeborenen Unsicherheit. »Ein Abtrünniger, ein Gotteslästerer. Wir sind Wäscher in der Herstellungsfabrik Nummer Vier; wir haben die Angaben direkt von den Dirdirmenschen.«

»Geht ihr oft in das Glasgehäuse?«

»Ziemlich oft«, antwortete der Vater recht kurz und bündig. Der Sohn fügte hinzu: »Es ist erlaubt, wird von den Dirdirmenschen gutgeheißen und kostet nichts.«

»Komm«, forderte ihn der Vater auf. »Wir müssen uns beeilen.«

»Wenn ihr nichts dagegen habt«, meinte Reith, »folgen wir euch und profitieren von euren Kenntnissen.«

Der Vater gab ohne große Begeisterung seine Zustimmung. »Wir wollen nicht aufgehalten werden.« Die beiden gingen mit eingezogenen Köpfen weiter – eine Haltung, die für die Arbeiter von Sivish charakteristisch war. Reith und Traz ahmten die krumme Haltung nach und folgten ihnen. Die Wände ragten wie gläserne Klippen vor ihnen auf. An Stellen, an denen die Innenbeleuchtung das Glas durchdrang, zeigten sich magentarot glühende Flecken. Entlang der Seitenlinien sah man Rampen und Rolltreppen, die farbig chiffriert waren; purpur, scharlachrot, malvenfarben, weiß und grau – alle führten auf verschiedene Ebenen. Die grauen Rampen endeten bei einem Balkon, der nur dreißig Meter hoch und offensichtlich am niedrigsten lag. Reith und Traz mischten sich unter einen Strom aus Männern, Frauen und Kindern, stiegen die Rampe hinauf, schritten durch einen übelriechenden Gang und traten plötzlich hinaus auf eine helle, ungeschützte Fläche, die von zehn Miniatursonnen beleuchtet wurde. Es gab hier niedrige Felsspitzen und hügeliges Gelände; darüber hinaus harten Pflanzenwuchs in Ocker, Gelbbraun, Gelb, Knochenweiß und einem fahlen, weißlichen Braun. Unter der Plattform lag ein brackiger Teich sowie ein Dickicht aus einem harten, weißen, kaktusähnlichen Gewächs. In der Nähe stand ein Wald aus knochenweißen Türmen, die in Gestalt und Größe mit den Wohntürmen der Dirdir übereinstimmten. Diese Ähnlichkeit kann nicht zufällig sein, dachte Reith. Auf Sibol bewohnten die Dirdir offensichtlich hohle Bäume. Irgendwo zwischen den Hügeln und Dickichten irrte Anacho in Todesangst umher und bereute bitter die Eingebung, die ihn nach Sivish geführt hatte. Aber Anacho war nicht zu sehen. In Wirklichkeit gab es überhaupt keinen Anhaltspunkt für die Anwesenheit von Menschen und Dirdir. Reith wandte sich an die beiden Arbeiter und forderte eine Erklärung.

»Das ist eine Friedensperiode«, stellte der Vater fest. »Seht Ihr den Hügel dort drüben? Und den gleichen im Norden? Das sind die Standquartiere. Während einer Friedensperiode flüchtet das Wild in eins der beiden Quartiere. Sehen wir mal nach. Wo ist das Programm?«

»Das habe ich«, erklärte der Sohn. »Die Friedensperiode dauert noch eine Stunde. Das Wild befindet sich auf dem nahe gelegenen Hügel.«

»Wir sind zur rechten Zeit hier. Gemäß den Regeln für diesen besonderen Umlauf erfolgt in einer Stunde eine vierzehnminütige Verdunkelung. Dann wird der Südhügel zur Spielfeldfläche, und das Wild muß den Nordhügel aufsuchen, der dann seinerseits Schutz bietet. Mich überrascht es, daß sie bei einem so berüchtigten Verbrecher keine Wettbewerbsregeln zulassen.«

»Das Programm wurde letzte Woche gemacht«, antwortete der Sohn. »Den Verbrecher hat man aber erst vor ein oder zwei Tagen aufgegriffen.«

»Wir können trotzdem noch gute Techniken zu sehen bekommen; vielleicht auch ein bis zwei Auslosungen.«

»In einer Stunde wird also das Spielfeld dunkel?«

»Vierzehn Minuten lang, während denen die Jagd beginnt.«

Reith und Traz kehrten auf den Außenbalkon und in die plötzlich düster wirkende Landschaft von Tschai zurück. Sie zogen die Kapuzen tief ins Gesicht, beugten den Nacken und schlängelten sich die Rampe wieder hinunter.

Reith sah sich um. In Mäntel gehüllte Arbeiter marschierten gleichmütig die graue Rampe hinauf. Dirdirmenschen benutzten die weißen Rampen. Die Dirdir fuhren auf malvenfarbenen, scharlachroten und purpurnen Rolltreppen zu den Balkonen weiter oben hinauf.

Reith trat an die graue Glaswand. Er ging in die Hocke und gab vor, den Schuh neu zu schnüren. Traz stand vor ihm. Aus seinem Beutel zog Reith einen Topf Sprengstoff mit einem angeschlossenen Zeitauslöser. Er stellte sorgfältig eine Skalenscheibe ein, zog einen Hebel und legte den Apparat hinter einen Busch an die Glaswand.

Niemand achtete auf ihn. Er machte auch die zweite Zeitbombe scharf und gab Traz den Beutel mit Sprengstoff und Zeitauslöser. »Du weißt, was du zu tun hast.«

Traz nahm den Beutel widerwillig. »Der Plan hat ja vielleicht Erfolg, aber du und Anacho werdet sicher getötet.«

Reith gab vor, daß Traz diesmal ausnahmsweise nicht recht habe, um ihnen beiden Mut zu machen. »Bring den Sprengstoff an seinen Platz – du mußt dich beeilen. Denk daran: genau gegenüber. Es bleibt nicht viel Zeit. Wir sehen uns dann beim Bauschuppen wieder.«

Traz drehte sich um und barg sein Gesicht in den Kapuzenfalten. »Wenn es sein muß, Adam Reith.«

»Nur für den Fall, daß etwas schiefgehen sollte: Nimm das Geld und verlaß so schnell wie möglich die Stadt.«

»Auf Wiedersehen.«

»Jetzt beeil dich.«

Reith beobachtete, wie die graue Gestalt immer kleiner wurde. Er holte tief Luft. Es blieb wenig Zeit. Er mußte sofort handeln. Wenn die Finsternis eintrat, ehe er Anacho gefunden hatte, war alles umsonst.

Er stieg zum zweitenmal die graue Rampe hinauf und trat durch das Portal in die strahlende Sibol-Landschaft.

Reith blickte über das Feld und prägte sich die Grenzsteine und Richtungen genau ein. Dann ging er um die Tragfläche herum auf den Südhügel zu. Die Zuschauer wurden langsam spärlicher, weil die meisten auf die Mitte der Nordseite zustrebten.

Reith wählte eine Stelle neben einem Pfosten. Er schaute nach rechts und links. Niemand stand weniger als sechzig Meter neben ihm. Die Tragflächen über ihm waren leer. Reith zog eine leichte Rolle Seil hervor, öffnete sie, wand sie um den Pfosten und warf die Enden nach unten. Mit einem letzten Blick nach rechts und links kletterte er über die Balustrade und hangelte sich auf das Jagdgelände hinab.

Er ging nicht unbemerkt. Blasse Gesichter spähten verwundert hinunter. Reith schenkte ihnen keine Beachtung. Er teilte nicht länger ihre Welt; er war das Wild. Reith zog das Seil nach unten und rannte auf den Südhügel los. Das Seil rollte er zusammen, während er durch Borstenwälder, über Kalksteinvorsprünge und kaffeebraunen Feuerstein lief.

Er näherte sich den ersten Hängen des Südhügels, sah aber weder Jäger noch Wild. Die Jäger würden jetzt Stellung beziehen, wie es die Regeln vorschrieben. Das Wild würde am Fuß des Südhügels lauern und sich fragen, wie man wohl am besten den schützenden Nordhügel erreichen konnte. Reith traf plötzlich auf einen jungen Grauen, der im Schatten eines weißen, bambusartigen Gewächses kauerte. Er trug Sandalen und einen Lendenschurz; bewaffnet war er mit einer Keule und einem Kaktusstachel als Dolchersatz. Reith fragte ihn: »Wo ist der Dirdirmann, der erst kürzlich auf das Spielfeld gebracht wurde?«

Der Graue deutete mit dem Kopf in eine unbestimmte Richtung.

»Eventuell ist so einer in der Umgebung des Hügels. Geh fort von mir. Du verursachst ein kurzes, finsteres Flackern mit deinem Mantel. Wirf ihn weg. Deine Haut ist die beste Tarnung. Weißt du denn nicht, daß die Dirdir dich auf Schritt und Tritt beobachten?«

Reith lief weiter. Er sah zwei ältere Männer. Sie waren splitternackt mit sehnigen Muskeln und weißem Haar und standen gelassen wie Geister da. Reith rief: »Habt ihr in der Nähe den Dirdirmann gesehen?«

»Weiter oben, vielleicht. Scher dich weg mit deinem dunklen Mantel.«

Reith erkletterte einen Felsvorsprung aus Sandstein. Er rief: »Anacho!«

Keine Antwort. Reith blickte auf seine Armbanduhr. In zehn Minuten würde das Feld dunkel werden. Er suchte den Südhügel ab. In geringer Entfernung sah er flüchtig Bewegung: Menschen, die durch das Dickicht davonrannten. Sein Mantel schien auf Ablehnung zu stoßen. Er zog ihn aus, warf ihn sich über den Arm.

In einer Höhle fand Reith vier Männer und eine Frau. Sie zeigten ihm die Gesichter von gejagten Tieren und wollten auf seine Fragen nicht antworten. Reith arbeitete sich den Hügel hinauf, um eine bessere Sicht zu haben. »Anacho!« rief er. Eine Gestalt im weißen Kittel drehte sich um. Reith überwältigte die Erleichterung; seine Knie wurden weich; Tränen traten ihm in die Augen. »Anacho!«

»Was tust du hier?«

»Schnell. Diese Richtung. Wir wollen fliehen.«

Anacho blickte ihn verblüfft an. »Niemand entflieht dem Glasgehäuse.«

»Komm mit! Du wirst schon sehen!«

»Nicht in diese Richtung«, schrie Anacho heiser. »Sicherheit liegt im Norden, auf dem Nordhügel! Wenn die Finsternis kommt, beginnt die Jagd!«

»Ich weiß, ich weiß! Wir haben nicht viel Zeit. Komm in diese Richtung. Wir müssen uns irgendwo dort drüben verstecken, müssen bereit sein.«

Anacho warf die Arme in die Luft. »Du mußt mehr wissen als ich.«

Sie rannten den gleichen Weg zurück, den Reith gekommen war – zur Westseite des Südhügels. Während sie liefen, machte Reith ihn keuchend mit den Einzelheiten des Plans vertraut.

Anacho fragte hohl: »All das hast du ... für mich getan? Du bist auf das Feld heruntergeklettert?«

»Zerbrich dir darüber nicht den Kopf. Jetzt – wir müssen nahe bei diesem großen weißen Borstengestrüpp sein. Wo sollen wir uns verstecken?«

»In dem Gestrüpp – das leistet ebenso gute Dienste wie etwas anderes. Achte auf die Jäger, sie beziehen Posten. Sie müssen einen Abstand von achthundert Meter wahren, bis die Finsternis beginnt. Wir befinden uns gerade noch innerhalb der geschützten Zone. Diese vier lauern uns auf!«

»Die Finsternis fängt in wenigen Sekunden an. Unser Plan lautet folgendermaßen: Wir laufen genau nach Westen auf jenen Erdwall zu. Von dort arbeiten wir uns zu der Böschung aus braunem Kaktus vor und um den Südrand herum. Sehr wichtig: wir dürfen nicht getrennt werden!«

Anacho machte eine klägliche Handbewegung. »Wie können wir das vermeiden? Wir dürfen nicht rufen. Die Jäger würden uns hören.«

Reith gab ihm das eine Seilende. »Halt dich daran fest. Und wenn wir getrennt werden, treffen wir uns am Westrand jener gelben Baumgruppe.«

Sie warteten auf die Dunkelheit. Draußen auf dem Spielfeld nahmen die jungen Dirdir Aufstellung; hier und da war auch ein erfahrener Jäger darunter. Reith blickte nach Osten. Auf Grund eines Beleuchtungstricks sowie der Atmosphäre schien das Feld offen zu sein und sich bis zu weit entfernten Horizonten auszudehnen. Reith konnte nur mittels Konzentration die Ostwand erkennen.

Die Finsternis begann. Die Lichter verdunkelten zu Rot, flackerten aus. Weit im Norden schimmerte ein einzelner purpurner Lichtstrahl, um die Richtung anzuzeigen. Er diente nicht zur Beleuchtung. Die Dunkelheit war vollkommen. Die Jagd hatte begonnen. Von Norden ertönten die Jagdrufe der Dirdir: bedrückendes Geschrei und Geheul.

Reith und Anacho liefen nach Westen. Von Zeit zu Zeit blieben sie stehen, um in die Dunkelheit zu lauschen. Rechts neben ihnen ertönte ein drohendes Klingeln. Sie blieben stocksteif stehen. Das Klingeln und ein Dahintrotten verklangen im Hintergrund.

Sie erreichten den von ihnen als Grenze festgelegten Hügel und gingen weiter in Richtung Kaktusböschung. Etwas war in der Nähe. Sie blieben abermals stehen, um zu lauschen. Es kam ihren angespannten Ohren oder Nerven vor, als würde etwas gleichfalls haltmachen.

Von sehr hoch oben ertönte ein vielstimmiger Schrei, wanderte den Schallbereich hinauf und hinunter, dann ein zweiter und ein dritter. »Die Jagdrufe aller Siebener«, flüsterte Anacho. »Ein traditioneller Ritus. Jetzt müssen sich alle auf dem Feld anwesenden Siebener bemerkbar machen.« Die Stimmen von oben schwiegen; aus allen Teilen des Jagdgeländes ertönten durch die Dunkelheit schaurige Erwiderungen. Anacho stieß Reith verstohlen an. »Während sie antworten, können wir uns ungestört bewegen. Komm.«

Sie stürzten in langen Sprüngen davon; ihre Beine ersetzen ihnen die Augen. Die Jagdrufe verhallten in der Ferne; wieder war es still. Reith trat auf einen großen Stein und verursachte ein lautes Gerassel. Sie erstarrten und bissen die Zähne zusammen.

Keine Reaktion. Sie gingen weiter, immer weiter, und tasteten mit den Beinen nach der Kaktusböschung, stießen aber nur auf Luft und harten Boden. Reith begann zu fürchten, daß sie daran vorbeigelaufen waren, daß die Lichter angehen und sie den Blicken von Jägern und Zuschauern ausgeliefert sein würden.

Sieben Minuten der Dunkelperiode waren vorbei, schätzte Reith ungefähr. Spätestens in einer Minute mußten sie den Rand der Böschung finden. – Ein Geräusch! Offensichtlich menschliche Füße liefen weniger als neun Meter entfernt an ihnen vorbei. Einen Augenblick später ein aufrüttelnder dumpfer Schlag, schrille Flüsterlaute, das Klirren von Jagdwaffen. Die Geräusche verstummten. Es wurde wieder still.

Sekunden später erreichten sie den Kaktus. »Zur Südseite«, flüsterte Reith. »Dann auf Händen und Knien in die Mitte.«

Die beiden schoben sich durch die harten Halme und spürten die scharfen, herausragenden Dornen.

»Licht! Jetzt kommt es!«

Die Dunkelheit verflüchtigte sich wie ein Sonnenaufgang von Sibol: über Grau und Blaßweiß in helles Tageslicht.

Reith und Anacho sahen sich um. Der Kaktus diente gut als Versteck. Sie schienen nicht unmittelbar in Gefahr zu sein, obwohl nur ungefähr neunzig Meter entfernt drei Dirdir mit hocherhobenen Köpfen über das Gelände sprangen und in allen Richtungen nach fliehendem Wild

Ausschau hielten. Reith zog seine Uhr zu Rate. Es blieben noch fünfzehn Minuten – wenn Traz kein Unglück zugestoßen war, wenn er die andere Wand des Glasgehäuses erreicht hatte.

Vierhundert Meter entfernt lag nach einem völlig freien Stück Land der weiße Borstenwald. Vielleicht sind das die längsten vierhundert Meter, die ich jemals zurückgelegt habe, dachte Reith.

Die beiden krochen durch den Kaktus bis zum Nordrand. »Die Jäger bleiben ungefähr eine Stunde im Mittelfeld«, erklärte Anacho. »Sie verhindern ein rasches Eindringen in den Nordteil, dann arbeiten sie sich zum Süden vor.«

Reith reichte Anacho eine Waffe und steckte die eigene in den Hosenbund. Er erhob sich auf die Knie. Eineinhalb Kilometer entfernt machte Reith eine Bewegung aus. Er wußte nicht, ob von Dirdir oder Wild. Anacho zog ihn plötzlich in die Deckung. Hinter dem Kaktusbusch trottete eine Gruppe Makelloser hervor. Die Hände waren mit künstlichen Krallen bestückt, imitierte Antennen hingen von ihren glänzenden weißen Schädeln nach unten. Reith drehte sich der Magen um. Er unterdrückte den Drang, die Kreaturen anzugreifen und zu erschießen.

Die Dirdirmänner hüpften vorbei, und es schien, als würden sie die Flüchtlinge nur rein zufällig übersehen. Sie bogen nach Osten ab und jagten im gestreckten Galopp davon, als sie Wild erspähten.

Reith sah auf die Uhr. Die Zeit wurde knapp. Er erhob sich auf die Knie und sah in alle Richtungen. »Gehen wir.«

Sie sprangen auf und rannten dem weißen Wald entgegen.

Auf halber Strecke blieben sie stehen und krochen hinter ein kleines Dickicht. Beim Südhügel war eine heiße Jagd im Gange. Zwei Jagdgruppen näherten sich dem

Wild, das sich auf dem Südhügel versteckt gehalten hatte. Reith sah auf die Uhr. Noch neun Minuten. Der weiße Wald lag nur ein bis zwei Minuten entfernt. Der einzeln stehende Turm, den man als Grenzstein festgelegt hatte, war jetzt ein paar hundert Meter westlich des Waldes zu sehen. Sie rannten wieder los. Vier Jäger traten aus dem Wald, wo sie auf der Lauer gelegen hatten, um Wild aufzuspüren. Reith erschrak. »Laufen wir weiter«, sagte er zu Anacho. »Wir bekämpfen sie.«

Anacho blickte zweifelnd auf die Waffe. »Wenn sie uns mit Gewehren erwischen, werden sie tagelang um uns losen ... aber ich sollte ohnehin ausgelost werden.«

Die Dirdir sahen fasziniert zu, als sich Reith und Anacho näherten. »Wir müssen sie in den Wald locken«, murmelte Anacho. »Die Schiedsrichter mischen sich ein, wenn sie unsere Waffen sehen.«

»Dann auf die linke Seite und hinter das gelbe Grasbüschel.«

Die Dirdir kamen ihnen nicht entgegen, sondern traten zur Seite. In einem Endspurt erreichten Reith und Anacho den Waldrand. Die Dirdir ließen ihren Jagdruf erschallen und sprangen voran, während Reith und Anacho zurückwichen.

»Jetzt«, kommandierte Reith. Sie zogen ihre Waffen. Die Dirdir stießen ein entsetztes Krächzen aus. Vier rasch aufeinanderfolgende Schüsse: vier tote Dirdir. Sofort ertönte von hoch oben lautes Gebrüll: ein den Verstand raubendes Heulen. Anacho schrie in purer Verzweiflung: »Die Schiedsrichter haben es gesehen. Jetzt werden sie uns beobachten und die Gruppen leiten. Wir sind verloren.«

»Wir haben eine Chance«, beharrte Reith. Er wischte sich den Schweiß vom Gesicht und blinzelte ins Licht. »In drei Minuten erfolgt – wenn alles gutgeht – die Explosion. Laufen wir weiter auf den hohen Spitzturm zu.«

Sie rannten durch den Wald, und als sie daraus auftauchten, sahen sie Jagdgruppen in ihre Richtung springen. Das Heulen von oben stieg an und sank ab; dann verstummte es.

Sie erreichten den einzelnen Turm, von dem aus die Glaswand nur ungefähr neunzig Meter entfernt war. Oben erstreckten sich – auf Grund des Lichts sowie der Spiegelungen im Verborgenen – die Publikumstribünen. Reith konnte die staunenden Zuschauer nur mit Mühe erkennen.

Er sah auf die Uhr.

Jetzt.

Eine zu erwartende Verzögerung: das Gehäuse hatte einen Durchmesser von fünf Kilometern. Die Sekunden verstrichen; dann erfolgte ein großer Knall, ein donnerndes Echo. Die Lichter flackerten; weit drüben im Osten gingen sie aus. Reith spähte hinüber, konnte jedoch die Wirkung der Explosion nicht erkennen. Von oben kam über die ganze Feldlänge ein irrsinniges, dumpfes Geheul, das eine derartig gewaltige barbarische Wut ausdrückte, daß Reith die Knie zitterten.

Anacho blieb sachlicher: »Sie beordern sämtliche Jagdgruppen zu dem Riß nach Osten, um zu verhindern, daß das Wild entwischt.«

Die Jagdgruppen, die auf Reith und Anacho zugekommen waren, drehten sich um und liefen nach Osten davon.

»Halt dich bereit«, gebot Reith. Er blickte auf die Uhr. »Runter!«

Eine zweite Explosion: ein gewaltiges Splittern, das Reiths Herz erfreute und ihn fast in einen Zustand religiöser Ekstase versetzte. Scherben und große graue Glasstücke pfiffen über ihre Köpfe hinweg. Die Lichter verdüsterten sich, erloschen. Vor ihnen tat sich – wie das Tor zu einer neuen Dimension – eine Bresche auf: ungefähr neunzig Meter breit und fast bis hinauf zur ersten Tragfläche.

Reith und Anacho sprangen auf die Beine. Ohne Schwierigkeiten erreichten sie die Wand und liefen hindurch – fort von dem reizlosen Sibol, hinaus in den düsteren Tschaier Nachmittag.

Sie rannten die breite weiße Straße hinunter; dann wandten sie sich nach Anachos Anweisung gen Norden auf die Fabriken und die weißen Türme der Dirdirmenschen zu; schließlich zum städtischen Hafengebiet und über den erhöhten Fußweg nach Sivish.

Sie blieben stehen, um Atem zu schöpfen. »Am besten gehst du direkt zum Gleiter«, meinte Reith. »Nimm ihn und flieg fort. Du bist in Sivish nicht mehr sicher.«

»Woudiver hat mich verraten. Er wird mit dir das gleiche tun«, warnte Anacho.

»Ich kann Sivish jetzt nicht verlassen; jetzt, wo das Raumschiff fast fertig ist. Woudiver und ich müssen zu einer Einigung kommen.«

»Niemals«, versicherte Anacho finster. »Er ist von Grund auf boshaft.«

»Er kann das Raumschiff nicht verraten, ohne sich selbst in Gefahr zu bringen«, argumentierte Reith. »Er macht sich mitschuldig. Wir arbeiten in seinem Schuppen.«

»Er wird sich irgendwie herausreden.«

»Vielleicht, vielleicht auch nicht. Auf jeden Fall mußt du Sivish verlassen. Wir teilen das Geld – dann mußt du fort. Der Gleiter nützt mir ohnehin nichts mehr.«

Anachos weißes Gesicht wurde störrisch. »Nicht so hastig. Denk daran, daß ich nicht das Ziel eines *tsau'gsh* bin. Wer tut den ersten Schritt, um mich ausfindig zu machen?«

Reith blickte zurück auf den Glaskäfig. »Du glaubst nicht, daß man dich in Sivish sucht?«

»Sie sind unberechenbar. Aber ich bin in Sivish ebenso sicher wie an einem anderen Ort. In den Alten Reichshof kann ich nicht zurückkehren. Aber im Schuppen werden sie mich nicht suchen, außer Woudiver verrät das Projekt.«

»Woudiver muß bewacht werden«, erklärte Reith.

Anacho brummte nur. Sie setzten sich wieder in Bewegung und gingen durch die schäbigen Gassen von Sivish.

Die Sonne verschwand hinter den Türmen von Hei, und Düsternis kroch in die bereits schattigen Straßen. Reith und Anacho fuhren mit dem öffentlichen Wagen zum Schuppen hinaus; Woudivers Büro war dunkel. Im Schuppen brannte spärliches Licht. Die Mechaniker waren heimgegangen. Niemand schien sich in den Räumlichkeiten aufzuhalten. – Im Schatten bewegte sich eine Gestalt. »Traz!« rief Reith.

Der junge Mann trat vor. »Ich wußte, daß ihr hierherkommen würdet, wenn euch die Flucht gelingt.«

Weder die Nomaden noch die Dirdirmenschen bekundeten ihre Gefühle. Anacho und Traz nahmen lediglich Notiz voneinander.

»Am besten verlassen wir die Stadt«, meinte Traz. »Und zwar schnell.«

»Ich sagte schon zu Anacho und sage es auch dir: Nehmt den Gleiter und fliegt fort. Ihr habt keinen Grund, ein Risiko einzugehen und noch einen Tag länger in Sivish zu bleiben.«

»Und was ist mit dir?«

»Ich muß hier meine Interessen wahren.«

»Die Chancen sind sehr gering. Was ist mit Woudiver und seiner Rachsucht?«

»Ich werde Woudiver bändigen.«

»Unmöglich!« schrie Anacho auf. »Wer kann soviel Perversität, soviel abscheuliche Leidenschaft bändigen? Er ist nicht mehr bei Verstand.«

Reith nickte finster. »Es gibt nur einen sicheren Weg, und der kann schwierig werden.«

»Wie willst du dieses Wunder bewerkstelligen?« fragte Anacho.

»Ich bringe ihn einfach mit vorgehaltener Pistole hierher. Will er nicht, töte ich ihn. Kommt er, wird er mein Gefangener und steht ständig unter Bewachung. Etwas Besseres fällt mir nicht ein.«

Anacho grollte: »Ich hätte nichts dagegen, das Gelbgesicht zu bewachen.«

»Jetzt ist die günstigste Zeit zum Handeln«, riet Traz. »Bevor er von der Flucht erfährt.«

»Für euch beide nicht!« erklärte Reith. »Wenn ich umkomme ... jammerschade, aber unvermeidlich. Dieses Risiko muß ich eingehen. Nicht so ihr. Nehmt den Gleiter und Geld, und fliegt fort, solange ihr noch könnt!«

»Ich bleibe«, bestimmte Traz.

»Ich auch«, schloß sich Anacho an.

Reith gab sich geschlagen. »Suchen wir Woudiver.«

18. Kapitel

Die drei standen in dem dunklen Hof vor Woudivers Wohnung und beratschlagten, wie sie mit der Seitentür am besten verfahren konnten. »Wir dürfen nicht wagen, das Schloß mit Gewalt aufzubrechen«, murmelte Anacho. »Woudiver hat sich zweifellos mit Alarmanlagen und Todesfallen abgesichert.«

»Wir müssen über das Dach«, erklärte Reith. »Es sollte nicht allzu schwer sein, hinaufzukommen.« Er musterte die Wand, die rissigen Ziegel, einen krummen alten Psilabaum. »Nichts dabei.« Er deutete mit dem Finger.

»Dort hinauf – da hinüber – dann an dieser Stelle und drüber.«

Anacho schüttelte finster den Kopf. »Mich überrascht, daß du noch immer so naiv bist. Warum, glaubst du wohl, wirkt der Weg so einfach? Weil Woudiver davon überzeugt ist, daß niemand klettern kann? Pah! Wo du die Hand auch hinlegst, überall würdest du auf Stacheln, Fallen und Alarmknöpfe stoßen.«

Reith nagte verdrossen an seiner Lippe. »Nun, was schlägst du dann vor, um hineinzukommen?«

»Nicht hier«, versicherte Anacho. »Wir müssen Woudivers Geschicklichkeit mit unserem Scharfsinn schlagen.«

Plötzlich zog Traz die beiden in den tiefen Schatten zurück.

Den schmalen Pfad schlurften Schritte entlang. Eine große, hagere Gestalt humpelte an ihnen vorbei und blieb vor dem Seiteneingang stehen. Traz flüsterte: »Deyne Zarre! Er ist wütend!«

Deyne Zarre stand unbeweglich da. Er zog ein Werkzeug heraus und bearbeitete das Schloß. Die Seitentür sprang auf. Er trat mit unerbittlichem Schritt ein – wie das Jüngste Gericht. Reith sprang nach vorn und hielt das Tor auf. Deyne Zarre humpelte weiter, ohne etwas zu bemerken. Traz und Anacho gingen durch die Seitenpforte. Reith lehnte das Tor nur an. Jetzt standen sie in der gepflasterten Loggia; ein düster beleuchteter Gang führte zum Haupthaus. »Ihr beide wartet hier«, befahl Reith. »Laßt mich Woudiver allein gegenübertreten.«

»Du bist in großer Gefahr«, warnte Anacho. »Es ist klar, daß du keinen Freundschaftsbesuch abstattest!«

»Nicht unbedingt!« widersprach Reith. »Sicher wird er mißtrauisch sein. Aber er kann nicht wissen, daß ich dich gefunden habe. Wenn er uns alle drei sieht, wird er auf der Hut sein. Allein habe ich eine bessere Chance, ihn zu überlisten.«

»Na schön«, lenkte Anacho ein. »Wir warten hier, wenigstens gewisse Zeit. Dann kommen wir nach.«

»Gebt mir fünfzehn Minuten.« Reith ging den Korridor entlang, der in einen Hof mündete. Auf der anderen Seite stand Deyne Zarre vor einer messingbeschlagenen Tür und hantierte mit seinem Werkzeug. Plötzlich überflutete den Hof Licht. Deyne Zarre hatte offensichtlich eine Warnanlage ausgelöst.

Artilo kam auf den Hof. »Zarre«, rief er.

Deyne Zarre drehte sich um.

»Was sucht Ihr hier?« fragte Artilo leise.

»Das geht dich nichts an«, erwiderte Deyne Zarre tonlos. »Überlaß das mir.«

Mit für ihn ungewöhnlichem Schwung förderte Artilo eine Feuerwaffe zutage. »Ich habe meine Befehle. Bereitet Euch auf den Tod vor.«

Reith trat schnell vor, aber eine Augenbewegung Deynes Zarres warnte Artilo. Er wollte sich gerade umsehen. Mit zwei langen Sprüngen war Reith bei ihm. Er versetzte Artilo einen wuchtigen Schlag auf den Schädel, und Artilo brach tot zusammen. Reith nahm die Feuerwaffe auf und rollte ihn beiseite. Deyne Zarre wandte sich bereits ab, als ginge ihn die Sache nichts an.

Reith bat: »Wartet!«

Deyne Zarre drehte sich abermals um. Reith trat zu ihm. Deyne Zarres graue Augen waren erstaunlich hell. Reith fragte: »Warum seid Ihr hier?«

»Um Woudiver zu töten. Er hat meine Kinder grausam mißhandelt.« Seine Stimme klang ruhig und erklärend. »Sie sind tot, beide tot, und fort von diesem traurigen Tschai.«

Reiths Stimme kam erstickt und für seine eigenen Ohren wie aus der Ferne: »Woudiver muß vernichtet werden ... aber erst, wenn das Raumschiff fertig ist.«

»Er wird niemals zulassen, daß Ihr es fertigstellt.«

»Deshalb bin ich hier.«

»Was könnt Ihr denn tun?« fragte Deyne Zarre verächtlich.

»Ich will ihn gefangennehmen und behalten, bis das Raumschiff fertig ist. Dann dürft Ihr ihn töten.«

»Schön«, erwiderte Deyne Zarre matt. »Warum nicht? Ich möchte, daß er leidet.«

»Wie Ihr wollt. Geht voraus. Ich folge Euch wie zuvor dicht auf den Fersen. Wenn wir Woudiver finden, dann macht ihm Vorwürfe, aber wendet keine Gewalt an. Wir wollen ihn nicht zu einer Verzweiflungstat treiben.«

Deyne Zarre drehte sich wortlos um. Er stemmte die Tür gewaltsam auf und gab den Blick auf ein scharlachrot und gelb ausgestattetes Zimmer frei. Er trat ein, und nach einem schnellen Blick über die Schulter folgte ihm Reith. Ein zwergenhafter, dunkelhäutiger Sklave mit einem riesigen weißen Turban stand bestürzt vor ihnen.

»Wo ist Aila Woudiver?« fragte Deyne Zarre auf seine sanfteste Art.

Der Sklave wurde hochnäsig. »Er ist schrecklich beschäftigt. Er hat große Geschäfte. Er darf nicht gestört werden.«

Reith packte ihn beim Genick und hob ihn ein Stück vom Boden hoch, wobei er den Turban abriß. Der Sklave jammerte vor Schmerz und verletzter Würde. »Was tut Ihr? Nehmt Eure Hände fort, sonst rufe ich meinen Herrn!«

»Genau das wollen wir von dir«, erklärte Reith.

Der Sklave wich zurück, rieb sich den Nacken und starrte Reith an. »Verlaßt sofort das Haus!«

»Bring uns zu Woudiver, wenn du keinen Ärger willst!«

Der Sklave begann zu winseln: »Das darf ich nicht. Er wird mich auspeitschen lassen!«

»Schau in den Hof«, riet ihm Deyne Zarre. »Dort siehst du Artilos Leiche. Willst du ihm Gesellschaft leisten?«

Der Sklave fing an zu zittern und fiel auf die Knie. Reith zog ihn hoch. »Jetzt schnell! Zu Woudiver!«

»Ihr müßt ihm sagen, daß man mich dazu gezwungen hat!« schrie der Sklave mit klappernden Zähnen. »Außerdem müßt Ihr schwören ...«

Die Portiere am entgegengesetzten Ende des Raumes teilte sich. Das große Gesicht von Aila Woudiver spähte hindurch.

»Was soll der Lärm?«

Reith schob den Sklaven beiseite. »Euer Diener hat sich geweigert, Euch zu rufen.«

Woudiver musterte ihn mit dem gerissensten und mißtrauischsten Blick, den man sich denken kann. »Aus gutem Grund. Ich bin mit wichtigen Sachen beschäftigt.«

»Nicht so wichtig wie die meine«, erklärte Reith.

»Einen Augenblick«, bat Woudiver. Er wandte sich um, sagte ein paar Worte zu seinen Besuchern und stolzierte wieder zurück in den scharlachroten und gelben Raum. »Ihr habt das Geld?«

»Ja, natürlich. Wäre ich sonst hier?«

Woudiver musterte Reith erneut einen Moment. »Wo ist es?«

»An einem sicheren Ort.«

Woudiver nagte an seiner hängenden Unterlippe. »Redet nicht in diesem Ton mit mir. Um ehrlich zu sein, ich hege den Verdacht daß Ihr jenen niederträchtigen Plan ausgeheckt habt, der heute zahlreichen Verbrechern die Flucht aus dem Glasgehäuse ermöglicht hat.«

Reith kicherte. »Sagt mir bitte, wie ich an zwei Orten gleichzeitig sein kann?«

»Wenn Ihr nur an einem Ort gewesen wärt, würde das genügen, Euch zu verfluchen. Ein Mann, auf den Eure Beschreibung paßt, ließ sich auf das Feld hinab – nur eine Stunde vor dem Zwischenfall. Er hätte es nicht getan, wenn er nicht sicher gewesen wäre, daß er fliehen kann.

Beachtenswert ist, daß sich der abtrünnige Dirdirmann scheinbar unter den Vermißten befindet.«

Deyne Zarre eröffnete ihm: »Der Sprengstoff kam aus Eurem Lager. Ihr werdet verantwortlich gemacht, wenn Ihr eine Silbe darüber verlauten lassen solltet.«

Woudiver schien Deyne Zarre erst jetzt zu sehen. In geheuchelter Überraschung fragte er: »Was tut denn Ihr hier, Alter? Kümmert Euch lieber um Eure Geschäfte.«

»Ich bin gekommen, um Euch zu töten«, erklärte Deyne Zarre. »Reith bat mich, damit zu warten.«

»Komm, Woudiver«, sagte Reith. »Das Spiel ist aus.« Er zog die Waffe. »Schnell, oder ich brenne dir ein Loch in den Pelz.«

Woudiver blickte ohne spürbare Unruhe von einem zum anderen. »Zeigen die Mäuse ihre Zähne?«

Reith wußte aus langer Erfahrung genug, um mit Zank, Beharrlichkeit und allgemeiner Verstocktheit zu rechnen. Resigniert befahl er: »Komm mit, Woudiver.«

Woudiver schmunzelte. »Zwei lächerliche kleine Untermenschen.« Und ein wenig lauter: »Artilo!«

»Artilo ist tot«, sagte Deyne Zarre. Er sah verwirrt nach rechts und links. Woudiver beobachtete ihn heiter. »Sucht Ihr etwas?«

Deyne Zarre ignorierte ihn und murmelte an Reith gewandt: »Er ist zu unbesorgt, selbst für Woudiver. Nehmt Euch in acht.«

Reith drohte barsch: »Bei fünf schieße ich.«

»Zuerst eine Frage«, meinte Woudiver. »Wohin gehen wir?«

Reith überhörte seine Frage. »Eins ... zwei ...«

Woudiver seufzte schwer. »Ihr seid gar nicht unterhaltsam.«

». . . drei ...«

»Irgendwie muß ich mich schützen ...«

». . . vier ...«

»... soviel steht fest.« Woudiver wich an die Wand zurück. Der Samtbaldachin fiel im Nu über Reith und Deyne Zarre.

Reith schoß, aber die Falten schlugen seinen Arm nach unten, und die Kugel schabte nur über die schwarzen und weißen Bodenfliesen.

Woudivers Kichern klang gedämpft, aber satt und ölig. Der Boden bebte unter seinem unheilvollen Schritt. Ein schweres Gewicht erstickte Reith. Woudiver hatte sich auf ihn fallen lassen. Reith lag halb betäubt da. Woudivers Stimme war ganz nah: »Also wollte der Schlingel Aila Woudiver Schwierigkeiten machen? Seht bloß, wie es jetzt um ihn steht!« Das Gewicht erhob sich. »Und Deyne Zarre, der höflicherweise von einem Meuchelmord Abstand nahm. Nun denn, lebt wohl, Deyne Zarre. Ich bin entschlossener.«

Ein Geräusch, ein trauriges, ersticktes Gurgeln, das Kratzen von Fingernägeln über die Fliesen.

»Adam Reith«, sagte die Stimme. »Ihr seid ein besonders verrückter Fall. Mich interessieren Eure Absichten. Laßt die Waffe fallen, streckt die Arme nach vorn und rührt Euch nicht. Spürt Ihr das Gewicht auf Eurem Hals? Das ist mein Fuß. Also schnell: Arme nach vorn und keine rasche Bewegung. Hisziu, mach weiter.«

Die Falten wurden von Reiths ausgestreckten Armen zurückgezogen. Flinke dunkle Finger fesselten seine Handgelenke mit einer Seidenschnur.

Der Samt wurde weiter entfernt. Reith blickte noch immer benommen hinauf zu der breitbeinig dastehenden Masse. Hisziu, der Sklave, sprang wie eine Marionette vor und zurück, rundherum und hinunter.

Woudiver zog Reith hoch. »Lauft gefälligst.« Er brachte Reith mit einem Stoß ins Stolpern.

19. Kapitel

In einem dunklen Raum stand Reith an einem Metallgestell. Die ausgestreckten Arme waren an eine Querstange gefesselt; seine Knöchel hatte man auf dieselbe Weise gesichert. Kein Lichtstrahl drang in dieses Loch – den Schein einiger Sterne, der durch ein schmales Fenster fiel, ausgenommen. Der Sklave Hisziu hockte zwei Meter von ihm entfernt und hielt eine leichte, geflochtene Seidenpeitsche in der Hand; diese war nicht viel mehr als eine geschmeidige Schnur, die an einem kurzen Griff befestigt war. Der Sklave schien im Finstern zu sehen und amüsierte sich damit, die Peitschenspitze in unvorhersehbaren Intervallen auf Reiths Gelenke, Knie und Kinn schnalzen zu lassen. Er sprach nur einmal: »Deine beiden Freunde sind erwischt worden. Ihnen geht es nicht besser als dir; eigentlich sogar noch schlimmer. Woudiver nimmt sie in die Mangel.«

Reith stand schlaff da, seine Gedanken waren träge und trostlos. Mißerfolg auf der ganzen Linie; er konnte an nichts anderes denken. Die boshaften kleinen Schläge von Hiszius Peitsche wurden ihm kaum noch bewußt. Sein Leben ging zu Ende, und man würde es so wenig bemerken, als wenn ein Regentropfen in eins von Tschais düstere Meere fiel. Irgendwo außerhalb seines Sichtbereichs ging der blaue Mond auf und warf einen Glanz über den Himmel. Aus dem langsamen Anwachsen und ebenso langsamen Verblassen des Mondlichts konnte man erkennen, wie die Nacht verstrich.

Hisziu schlummerte ein und schnarchte leise. Reith war es gleichgültig. Er hob den Kopf und sah zum Fenster hinaus. Das Mondlicht war verschwunden. Im Osten signalisierte eine trübe Farbe das Aufsteigen von Carina 4269. Hisziu erwachte mit einem Ruck und schlug die

Peitsche gereizt auf Reiths Wangen, wodurch sofort Blutblasen entstanden. Er verließ die Kammer, und einen Augenblick später tauchte er mit einem Krug heißen Tees wieder auf, den er am Fenster stehend schlürfte. Reith krächzte: »Ich gebe dir zehntausend Sequinen, wenn du mich losbindest.«

Hisziu schenkte ihm kaum Beachtung.

Reith fuhr fort: »Und weitere zehntausend, wenn du mir hilfst, meine Freunde zu befreien.«

Der Sklave nippte den Tee, als hätte Reith kein Wort gesagt. Der Himmel schimmerte dunkelgolden. Carina 4269 war aufgegangen. Schritte erklangen. Woudivers Körper füllte den Türrahmen. Einen Augenblick stand er schweigend da und bewertete die Lage. Dann ergriff er die Peitsche und schickte Hisziu aus dem Raum.

Woudiver wirkte ekstatisch, als stünde er unter Drogen oder wäre betrunken. Er klatschte sich mit der Peitsche gegen den Oberschenkel. »Ich finde das Geld nicht, Adam Reith. Wo ist es?«

Reith versuchte, normal zu sprechen: »Was habt Ihr vor?«

Woudiver hob die haarlosen Augenbrauen. »Ich habe nichts vor. Die Ereignisse gehen weiter. Ich lebe, so gut ich kann.«

»Warum habt Ihr mich hier angebunden?«

Aila Woudiver klatschte mit der Peitsche gegen sein Bein. »Ich habe natürlich meine Blutsverwandten über Eure Festnahme verständigt.«

»Die Dirdir?«

»Natürlich.« Woudiver versetzte seiner Hüfte einen Klaps mit der Peitsche.

Reith sagte sehr ernst: »Die Dirdir sind nicht Eure Blutsverwandten! Dirdir und Menschen sind nicht einmal entfernt verwandt. Sie stammen von verschiedenen Planeten.«

Woudiver lehnte sich lässig an die Wand. »Wo habt Ihr nur einen solchen Unsinn gehört?«

Reith befeuchtete die Lippen und fragte sich, womit er am ehesten auf Hilfe hoffen durfte. Woudiver war kein einsichtiger Mann, sondern wurde von Instinkt und Intuition getrieben. Reith versuchte möglichst viel Sicherheit zu vermitteln, während er sagte: »Die Menschen kommen vom Planeten Erde. Die Dirdir wissen es so gut wie ich. Sie begünstigen es, daß die Dirdirmenschen sich selbst betrügen.«

Woudiver nickte nachdenklich. »Ihr beabsichtigt, diese ›Erde‹ mit Eurem Raumschiff ausfindig zu machen?«

»Ich brauche sie nicht ausfindig zu machen. Sie liegt zweihundert Lichtjahre entfernt in der Konstellation Clari.«

Woudiver stürzte vor. Als sein gelbes Gesicht nur noch dreißig Zentimeter von Reith entfernt war, brüllte er: »Und was ist mit dem Schatz, den Ihr mir versprochen habt? Ihr habt mich irregeführt, mich betrogen!«

»Nein«, widersprach Reith. »Ich bin von der Erde und habe auf Tschai eine Bruchlandung gemacht. Helft mir zurück zur Erde. Ihr erhaltet dafür, was Ihr verlangt.«

Woudiver wich langsam wieder zurück. »Ihr gehört zum Yao-Wiedergutmachungskult, oder wie immer er sich nennt.«

»Nein. Ich sage die Wahrheit. Euer größter Vorteil liegt darin, mir zu helfen.«

Woudiver nickte weise. »Vielleicht ist das der Fall. Aber das Wichtigste zuerst. Ihr könnt Eure gute Absicht leicht beweisen. Wo ist mein Geld?«

»Euer Geld? Es ist nicht Euer Geld. Es ist mein Geld.«

»Eine fruchtlose Unterscheidung. Wo ist – sagen wir – unser Geld?«

»Ihr werdet es nie zu Gesicht bekommen, wenn Ihr nicht Eure Verpflichtungen erfüllt.«

»Das ist ausgesprochener Eigensinn!« tobte Woudiver. »Ihr seid gefangen, erledigt; und Eure Gehilfen gleichfalls. Der Dirdirmann muß zurück in den Glaskäfig. Der Steppenjunge kommt in die Sklaverei – außer Ihr kauft ihn frei.«

Reith sackte zusammen und wurde teilnahmslos. Woudiver stolzierte im Raum auf und ab und warf Reith hin und wieder einen Blick zu. Dann kam er ganz dicht heran und stieß Reith mit der Peitsche in den Bauch. »Wo ist das Geld?«

»Ich traue Euch nicht«, erklärte Reith mürrisch. »Ihr haltet Eure Versprechungen nie.« Mit großer Anstrengung richtete er sich auf und versuchte ruhig zu verhandeln: »Wenn Ihr das Geld wollt, so laßt mich frei. Das Raumschiff ist fast fertig. Ihr könnt mitkommen auf die Erde.«

Woudivers Gesicht war unergründlich. »Und dann?«

»Eine Raumjacht, ein Palast – was Ihr wollt. Ihr sollt es haben.«

»Und wie kann ich nach Sivish zurückkehren?« wollte Woudiver verächtlich wissen. »Was wird aus meinen Geschäften? Es steht fest, daß Ihr wahnsinnig seid. Warum vergeude ich meine Zeit? Wo ist das Geld? Der Dirdirmann und der Steppenjunge haben mit Überzeugung erklärt, daß sie es nicht wissen.«

»Ich weiß es auch nicht. Ich gab es Deyne Zarre und trug ihm auf, es zu verstecken. Ihr habt ihn ermordet.«

Woudiver unterdrückte ein entsetztes Stöhnen. »Mein Geld?«

»Sagt, wollt Ihr, daß ich das Raumschiff fertigbaue?« fragte Reith.

»Das war nie meine Absicht!«

»Ihr habt mich also betrogen?«

»Warum nicht? Ihr habt das gleiche versucht. Derjenige, der Aila Woudiver besiegt, ist wirklich geschickt.«

»Zweifellos.«

Hisziu betrat den Raum und flüsterte Woudiver auf Zehenspitzen etwas ins Ohr. Woudiver stampfte wütend mit dem Fuß auf. »So bald? Sie kommen zu früh! Ich habe noch nicht einmal angefangen.« Er drehte sich zu Reith um, und sein Gesicht kochte vor Wut, wie das Wasser in einem Kessel. »Schnell, das Geld, oder ich verkaufe den Jungen. Schnell!«

»Laßt uns laufen! Helft uns, das Raumschiff fertigzubauen. Dann sollt Ihr Euer Geld haben!«

»Du unvernünftiger Undankbarer!« zischte Woudiver. Schritte erklangen. »Man hat mir einen Strich durch die Rechnung gemacht!« stöhnte er. »Was für ein trauriges Leben. Geschmeiß!« Woudiver spuckte Reith ins Gesicht und zog ihm ungestüm die Peitsche über.

In das Zimmer trat – von Hisziu stolz geleitet – ein großer Dirdirmann; der strahlendste und seltsamste, den Reith je gesehen hatte: vom Scheitel bis zur Sohle ein Makelloser. Woudiver murmelte Hisziu aus dem Mundwinkel etwas zu; Reiths Fesseln wurden durchgeschnitten. Der Dirdirmann legte um Reiths Hals eine Kette und band das andere Ende an seinen Gürtel. Ohne ein Wort ging er davon und wedelte verächtlich mit der Hand.

Reith stolperte hinter ihm her.

20. Kapitel

Vor Woudivers Haus stand ein weiß lackierter Wagen. Der Makellose klickte Reiths Kette in einen Ring am Heck. Reith musterte ihn in trostloser Neugier. Der Makellose war über zwei Meter groß. Zu beiden Seiten des spitzen Schädels waren an den Grützbeuteln künstliche Antennen befestigt. Seine Haut schimmerte so weiß wie der Wagenlack. Der Kopf war völlig kahl, die Nase ein gefurchter Schnabel. Trotz seines höchst seltsamen Aussehens und zweifellos veränderten Geschlechts war er ein Mensch und stammte von der gleichen Welt wie er, überlegte Reith. Aus dem Haus kamen Anacho und Traz in einem schnellen Stolperschritt – als hätte man sie gestoßen. Ketten umschlangen ihren Hals. Hinter ihnen rannte Hisziu und zog ruckweise an den freien Enden. Zwei Auserlesene Dirdirmänner folgten. Sie banden die Ketten an das Wagenheck.

Der Makellose sagte einige zischende Worte zu Anacho und deutete auf ein Brett, das quer über die Hinterseite des Wagens lief. Ohne sich noch einmal umzusehen, bestieg er den Wagen, in dem die beiden Auserlesenen bereits saßen. Anacho murmelte: »Klettert hinauf, sonst werden wir geschleift.«

Die drei krochen auf das Brett und umklammerten die Ringe, an denen ihre Halsketten befestigt waren. Auf so demütigende Weise verließen sie Woudivers Wohnsitz. Woudivers schwarze Limousine zuckelte fünfzig Meter hinter ihnen, und Woudivers gewaltiger Körper beugte sich über das Steuer.

»Er wünscht Anerkennung«, erklärte Anacho. »Er hat bei einer wichtigen Jagd geholfen und will einen Anteil am Prestige.«

»Ich beging den Fehler, Woudiver zu behandeln, als wäre er ein Mensch«, gestand Reith belegt. »Hätte ich ihn wie ein Tier behandelt, wären wir vielleicht besser gestellt.«

»Wir könnten es kaum schlechter getroffen haben.«

»Wohin fahren wir?«

»Zum Glasgehäuse. Wohin sonst?«

»Wir werden nicht verhört; bekommen keine Gelegenheit, uns zu verteidigen?«

»Natürlich nicht«, antwortete Anacho knapp. »Ihr seid Untermenschen. Ich bin ein Abtrünniger.«

Der weiße Wagen bog auf einen Platz und blieb stehen. Die Dirdirmänner stiegen aus, standen steif abseits und beobachteten den Himmel. Ein plumper Mann mittleren Alters, der einen prunkvollen dunkelbraunen Anzug trug, trat vor: eine angesehene Persönlichkeit, und ganz offensichtlich eitel, weil sein Haar sorgfältig gelockt und mit Juwelen geschmückt war. Er sprach die Dirdirmänner ungezwungen an. Sie antworteten nach einem Moment bedeutungsvollen Schweigens.

»Das ist Erlius, der Verwalter von Sivish«, murrte Anacho. »Er will auch an der Jagd teilnehmen. Es scheint, als wären wir wichtiges Wild.«

Angelockt von der Betriebsamkeit begann sich die Bevölkerung von Sivish um den weißen Wagen zu scharen. Die Leute bildeten einen weiten, respektvollen Kreis, beäugten die Gefangenen mit grausamer Sensationslust und wichen zurück, wann immer der Blick eines Dirdirmannes in ihre Richtung schweifte.

Woudiver blieb ungefähr fünfzig Meter entfernt im Wagen sitzen; offensichtlich sammelte er sich. Schließlich stieg er aus und schien sich mit etwas zu beschäftigen, was auf einem Blatt Papier stand. Erlius entdeckte ihn und kehrte ihm rasch den Rücken.

»Sieh dir die beiden an«, grollte Anacho. »Einer haßt den anderen. Woudiver macht Erlius lächerlich, weil ihm das Blut eines Dirdirmannes fehlt. Erlius sähe Woudiver gern im Glasgehäuse.«

»Ich ebenfalls«, gestand Reith. »Weil wir gerade über das Glasgehäuse reden, worauf warten wir?«

»Auf die Leiter des *tsau'gsh*. Du wirst das Glasgehäuse noch früh genug zu Gesicht bekommen.«

Reith riß wütend an seiner Kette. Die Dirdirmänner drehten sich um und sahen ihn strafend an. »Lächerlich«, murmelte Reith. »Wir müssen doch etwas tun können. Was ist mit der Tradition der Dirdir? Was, wenn ich *h'sai h'sai, h'sai* – oder womit immer sie ein Schiedsgericht fordern – rufen würde?«

»Der Ruf lautet *dr'ssa dr'ssa, dr'ssa!*«

»Was würde geschehen, wenn ich ein Schiedsgericht fordern würde?«

»Du wärst nicht besser gestellt als vorher. Der Schiedsrichter würde dich für schuldig erklären und – wie gehabt: Glasgehäuse.«

»Und wenn ich das Urteil anfechte?«

»Müßtest du kämpfen und wärst um so früher tot.«

»Und niemand kann mitgenommen werden, wenn er nicht angeklagt ist?«

»Theoretisch ist das der Brauch«, antwortete Anacho kurz. »Aber wen willst du zur Rede stellen? Woudiver? Das nützt nichts. Er hat dich nicht angeklagt, sondern nur bei der Jagd geholfen.«

»Wir werden sehen.«

Traz deutete zum Himmel. »Dort kommen die Dirdir.«

Anacho musterte das landende Fahrzeug. »Das Wappen der Thisz. Wenn die Thisz beteiligt sind; können wir in der Tat mit einer lustigen Behandlung rechnen. Vielleicht fällen sie sogar ein Urteil, daß nur die Thisz auf uns Jagd machen dürfen.«

Traz stemmte sich vergeblich gegen die Kette. Er stieß ein verzweifeltes Zischen aus und wandte den Kopf, um den landenden Gleiter zu beobachten. Die Menge in den grauen Kapuzen wich unter ihm zurück. Der Gleiter landete nur fünfzehn Meter von dem weißen Fahrzeug entfernt. Fünf Dirdir stiegen aus: eine Vortrefflichkeit und vier aus einer niedrigeren Kaste.

Der Makellose trat gewichtig vor, aber die Dirdir übersahen ihn mit der gleichen Interessenlosigkeit, die er Erlius gegenüber an den Tag gelegt hatte.

Einen Augenblick taxierten die Dirdir Reith, Anacho und Traz. Dann gaben sie dem Makellosen ein Zeichen und stießen einige kurze Laute aus.

Erlius trat vor, um seine Hochachtung zu zeigen – mit gebeugtem Knie und gesenktem Kopf. Ehe er zu Wort kam, marschierte Woudiver herbei und warf seinen riesigen gelben Körper vor Erlius, der dadurch gezwungen wurde, auf die Seite zu rutschen.

Woudiver sagte mit hoher Stimme: »Hier, ihr Würdenträger der Thisz, sind die Verbrecher, die die Jagdgesellschaft gesucht hat. Ich habe einen bescheidenen Beitrag zu ihrer Ergreifung geleistet. Vermerkt das bitte auf der Liste meiner Ehrungen!«

Die Dirdir schenkten ihm nur flüchtig ihre Aufmerksamkeit. Woudiver, der offensichtlich nicht mehr erwartete, senkte den Kopf und führte mit den Armen eine kunstvolle Geste aus.

Der Makellose näherte sich den Gefangenen und klickte die Ketten los. Reith entriß ihm die seine. Der Makellose blickte mit offenem Mund überrascht auf, die falschen Antennen sanken neben dem weißen Gesicht nach unten. Reith marschierte voran, während ihm das Herz bis zum Hals klopfte. Er spürte, daß aller Augen auf ihn gerichtet waren. Nur mit Mühe hielt er den Schritt gleichmäßig langsam bei. Zwei Meter vor den Dirdir blieb er stehen – so nah, daß er ihren Körpergeruch wahrnehmen konnte. Sie betrachteten ihn, ohne mit der Wimper zu zucken.

Reith hob die Stimme und rief deutlich: *»Dr'ssa! Dr'ssa! Dr'ssa!«*

Die Dirdir ließen sich ein wenig die Überraschung anmerken.

»Dr'ssa! Dr'ssa! Dr'ssa!« rief Reith noch einmal.

Die Vortrefflichkeit fragte mit nasaler, wie eine Oboe klingender Stimme:

»Warum rufst du *dr'ssa?* Du bist ein Untermensch und hast keine Urteilsfähigkeit.«

»Ich bin ein Mensch, Euer Ehren. Deshalb rufe ich *dr'ssa.*«

Woudiver schob sich – wichtigtuerisch, gereizt und seufzend – vor. »Pah! Er ist verrückt!«

Die Dirdir wirkten ein wenig bestürzt. Reith rief aus: »Wer klagt mich an? Für welches Verbrechen? Er trete vor und lasse den Fall von einem Schiedsgericht beurteilen.«

Die Vortrefflichkeit sagte: »Du beschwörst eine Tradition herauf, die stärker ist als Verachtung und Abscheu. Sie soll dir nicht verweigert werden. Wer klagt diesen Untermenschen an?«

Woudiver meldete sich zu Wort: »Ich beschuldige Adam Reith der Gotteslästerung, die Lehre der Doppelabstammung anzuzweifeln, den gleichen Status wie die Dirdir für sich in Anspruch zu nehmen. Er behauptet, daß die Dirdirmenschen nicht das reinrassige Geschlecht des Zweiten Eigelb sind. Er nennt sie eine Rasse aus mutierten Mißbildungen. Er behauptet, daß die Menschen von einem anderen Planeten statt von Sibol kommen. Das steht nicht im Einklang mit der orthodoxen Lehre und ist damit unvereinbar. Adam Reith ist ein Hetzer, ein Lügner, ein Aufrührer.« Woudiver unterstrich jede Beschuldigung mit einem Stoß seines dicken Zeigefingers. »So lauten meine Beschuldigungen!« Er betrachtete den Dirdir mit einem geselligen, einfältigen Lächeln, dann drehte er sich um und brüllte die Menge an: »Tretet zurück! Bedrängt die Würdenträger nicht so!«

Der Dirdir flötete Reith zu: »Du behauptest, daß diese Beschuldigungen falsch sind?«

Reith stand verwirrt da. Er sah sich in einer Zwickmühle. Wenn er die Anklage verneinte, bekräftigte er die Orthodoxie der Dirdirmenschen. Er fragte vorsichtig:

»Im wesentlichen klagt man mich unorthodoxer Ansichten an. Ist das ein Verbrechen?«

»Sicher, wenn der Schiedsrichter es so beurteilt.«

»Was, wenn diese Ansichten zutreffen?«

»Dann mußt du den Schiedsrichter zur Rechenschaft ziehen. So lächerlich eine solche Möglichkeit auch sein mag, entspricht sie doch der Tradition und übt ihren eigenen Zwang aus.«

»Wer ist Schiedsrichter?«

Das glatte, knochenweiße Gesicht der Vortrefflichkeit blieb unverändert; ebenso seine Stimme. »In diesem Fall ernenne ich den Makellosen dort drüben dazu.«

Der Makellose trat vor. Mit rauschenden, spöttischen Dirdirlauten sagte er: »Ich mache es kurz. Die üblichen Zeremonien sind unangebracht.« Er fragte Reith: »Leugnest du die Beschuldigungen?«

»Ich bestätige sie weder, noch leugne ich sie; sie sind lächerlich.«

»Meiner Ansicht nach suchst du Ausflüchte. Das bedeutet Schuld. Außerdem ist deine Einstellung respektlos. Du bist schuldig.«

»Ich fechte das Urteil an«, erklärte Reith, »außer du kannst es bekräftigen. Ich ziehe dich zur Rechenschaft.«

Der Makellose musterte Reith mit Ärger und Widerwillen. »Du forderst mich, einen Makellosen, heraus?«

»Das scheint die einzige Möglichkeit zu sein, meine Unschuld zu beweisen.«

Der Makellose sah auf die Vortrefflichkeit. »Bin ich dazu verpflichtet?«

»Ja.«

Der Makellose taxierte Reith. »Ich werde dich mit den Händen und den Zähnen töten, wie es sich für einen Dirdirmann geziemt.«

»Wie du willst. Aber entferne zuerst die Kette von meinem Hals.«

»Nimm ihm die Kette ab«, befahl die Vortrefflichkeit.

Der Makellose erwiderte ärgerlich: »Eine Erniedrigung! Ich verliere an Würde, wenn ich zum Geschnatter der Untermenschen kämpfe.«

»Beklag dich nicht«, erwies ihn die Vortrefflichkeit. »Ich, der Leiter der Jagd, verliere eine Trophäe. Fahre fort; bekräftige dein Urteil.«

Die Kette wurde entfernt. Reith machte einige Lockerungsübungen – und hoffte, seinen Muskeln damit die Spannkraft zurückzugeben. Er hatte die ganze Nacht an den Handgelenken gefesselt gehangen. Sein Körper war vor Müdigkeit schwerfällig. Der Dirdirmann trat vor. Reith wurde es ein wenig schwindlig. »Wie lauten die Kampfregeln?« fragte er. »Ich will keinen Regelverstoß begehen.«

»Den gibt es nicht«, erwiderte der Makellose. »Wir nehmen die Regeln der Jagd: du bist mein Wild!« Er stieß einen wilden Schrei aus und stürzte sich auf Reith; mit einem – wie es schien – unwirksamen Sichbreitmachen, bis Reith den weißen Körper des Wesens berührte und entdeckte, daß er aus lauter gespannten Muskeln und Knorpeln bestand. Reith wehrte den Angriff ab, wurde aber von den künstlichen Krallen geritzt. Er versuchte einen Schwitzkasten, kam jedoch nicht zum Zug. Er versetzte dem Makellosen einen Schlag unter das Ohr und versuchte den Kehlkopf zu treffen, verfehlte ihn jedoch. Der Makellose wich verärgert zurück. Die Zuschauer keuchten erregt. Der Makellose stürzte sich abermals auf Reith, der dessen langen Unterarm packte und den Dirdirmann ins Wanken brachte. Woudiver konnte sich nicht mehr beherrschen. Er stürzte nach vorn und versetzte Reith einen Schlag gegen den Kopf. Traz kreischte protestierend und zog seine Kette quer durch Woudivers Gesicht. Woudiver schrie vor Schmerz und fiel zu Boden. Anacho wand seine Kette um Woudivers Hals und zog sie zusammen. Der Auserlesene Dirdirmann sprang vor und riß die Kette los. Woudiver lag keuchend da; sein Gesicht wies die Farbe von Schlamm auf.

Der Makellose hatte aus Woudivers Angriff einen Vorteil gezogen, Reith gepackt und ihn zu Boden gerungen. Die wie Draht gespannten Arme umklammerten Reiths Körper. Scharfe, lange Hauer zerrissen seinen Hals. Reith befreite seine Arme. Mit aller Kraft schlug er die zu einer Schale geformten Hände gegen die weißen Ohren. Der Makellose stieß einen erstickten Schrei aus und drehte gequält den Kopf. Einen Moment wurde er schlaff. Reith setzte sich mit gespreizten Beinen über den dünnen Körper, als würde er auf einem weißen Aal reiten, und begann den kahlen Schädel zu bearbeiten. Er riß die falschen Antennen aus, malträtierte den Kopf auf die eine oder andere Art und drehte ihn schließlich mit Gewalt um. Der Makellose hing schief. Sein Körper zuckte und zappelte, dann lag er still.

Reith erhob sich, stand zitternd und keuchend da. »Ich habe mich gerechtfertigt«, erklärte er.

»Die Beschuldigungen des dicken Mannes sind nichtig«, dozierte die Vortrefflichkeit. »Er kann dafür zur Rechenschaft gezogen werden.«

Reith wandte sich um. »Halt!« rief die Vortrefflichkeit, und ihre Stimme nahm eine kehlige Schwingung an. »Gibt es noch weitere Beschuldigungen?«

Ein Dirdir der auserlesenen Kaste, dessen Glanzantennen steif abstanden und kristallen funkelten, fragte: »Ruft das wilde Tier noch immer *dr'ssa?*«

Reith schwang – halb trunken vor Müdigkeit sowie den Nachwirkungen des Kampfes – herum. »Ich bin ein Mensch; du bist das wilde Tier.«

»Verlangst du ein Schiedsgericht?« fragte die Vortrefflichkeit. »Wenn nicht, so gehen wir.«

Reiths Mut sank.

»Wie lauten die neuen Beschuldigungen?«

Der Auserlesene trat vor. »Ich beschuldige dich, daß du mit deinen Gehilfen widerrechtlich in das Jagdrevier der Dirdir eingedrungen bist und heimtückisch Siebener der Thisz niedergemetzelt hast.«

»Ich leugne die Anklage«, erwiderte Reith heiser.

Der Auserlesene wandte sich der Vortrefflichkeit zu: »Ich verlange, daß du urteilst. Ich fordere, daß du mir dieses Biest zusammen mit seinen Gefährten auslieferst und sie zur ausschließlichen Beute der Thisz erklärst.«

»Ich nehme das Amt des Schiedsrichters an«, flötete die Vortrefflichkeit. Und in nasalem, grobem Ton zu Reith. »Du bist widerrechtlich in die Carabas eingedrungen, das stimmt.«

»Ich betrat die Carabas. Niemand hat mir befohlen, es nicht zu tun.«

»Diese Anordnung ist allgemein bekannt. Du hast hinterhältig etliche Dirdir überfallen. Das stimmt.«

»Ich habe niemanden überfallen, der mich nicht zuerst angegriffen hat. Wenn sich die Dirdir wie wilde Tiere benehmen wollen, müssen sie die Folgen tragen.«

Aus der Menge drang ein verwundertes – und wie es schien verhalten beifälliges – Gemurmel. Die Vortrefflichkeit drehte sich um und blickte über den Platz. Sofort verstummten die Laute.

»Es ist Brauch bei den Dirdir, zu jagen. Es ist Brauch bei den Untermenschen und entspricht ihrem wesentlichen Charakter, als Beute zu dienen.«

»Ich bin kein Untermensch«, wehrte Reith ab. »Ich bin ein Mensch und laufe nicht als Beute umher. Wenn mich ein wildes Tier angreift, töte ich es.«

Das knochenweiße Gesicht der Vortrefflichkeit zeigte keinerlei Gefühlsregung. Doch die Glanzantennen fingen an zu leuchten und sich steif aufzurichten. »Das Urteil muß der Tradition treu bleiben«, erwiderte die Kreatur.

»Ich befinde gegen den Untermenschen. Dieses Gemisch ist jetzt beendet. Man wird euch in den Glaskäfig bringen.«

»Ich fechte das Urteil an!« schrie Reith. Er trat vor und schlug der Vortrefflichkeit ins Gesicht. Die Haut war kalt und ein wenig nachgiebig – ähnlich wie Schildpatt. Reiths Hand brannte von dem Schlag. Die Glanzantennen der Vortrefflichkeit wirkten wie heiße Drähte. Sie stieß einen dünnen Pfiff aus. Die Menge stand ungläubig schweigend dabei.

Die Vortrefflichkeit streckte die langen Arme in einer gierigen, greiferartigen, welligen Geste von sich. Sie stieß einen gurgelnden Schrei aus und setzte zum Sprung an.

»Einen Augenblick«, bat Reith und wich zurück. »Wie lauten die Kampfregeln?«

»Es gibt keine Regeln. Ich töte dich, wie es mir gefällt.«

»Und wenn ich Euch töte, habe ich mich gerechtfertigt; und meine Freunde gleichfalls?«

»So ist es.«

»Kämpfen wir mit Schwertern.«

»Wir kämpfen so, wie wir jetzt voreinander stehen.«

»Nun gut«, stimmte Reith zu.

Der Kampf war keiner. Die Vortrefflichkeit kam schnell und wuchtig wie ein Tiger vorwärts. Reith wich rasch zwei Schritte zurück; die Vortrefflichkeit stürzte. Reith packte das hornige Handgelenk und pflanzte einen Fuß in den Rumpf. Er ließ sich zurückfallen und schleuderte das Wesen mit einem Salto zu Boden. Es landete auf dem Genick und lag betäubt da. Sofort war Reith über ihm und umklammerte die mit Klauen ausgestatteten Arme. Die Vortrefflichkeit wand sich und zuckte. Reith schlug ihr den Kopf aufs Pflaster, bis der Schädel zerbrach und ein weißlich-grünes eitriges Sekret auszutreten begann. Reith keuchte: »Was ist mit dem Urteil? War es richtig oder falsch?«

Die Vortrefflichkeit wehklagte – ein unheimlicher Jammerlaut, der ein dem menschlichen Erfahrungsbereich fremdes Gefühl ausdrückte. Reith knallte den weißen Kopf immer wieder auf den Boden. »Was ist mit dem Urteil?« Er schlug den Kopf gegen das Pflaster. Der Dirdir machte gewaltige Anstrengungen, Reith abzuwerfen, blieb aber erfolglos. »Ihr seid der Sieger. Mein Urteil ist widerlegt.«

»Ich bin jetzt mit meinen Freunden unschuldig? Wir können unseren Geschäften nachgehen, ohne eine Verfolgung fürchten zu müssen?«

»So ist es.«

Reith rief Anacho zu: »Kann ich mich darauf verlassen?«

Anacho antwortete: »Ja, so ist es Brauch. Wenn du eine Trophäe willst, dann reiß die Glanzantennen ab.«

»Ich will keine Trophäe.« Reith stand auf und blieb schwankend stehen.

Die Menge betrachtete ihn mit Ehrfurcht. Erlius drehte sich auf dem Absatz um und stolzierte hastig davon. Aila Woudiver wandte sich langsam seinem schwarzen Wagen zu. Reith streckte den Finger aus. »Woudiver – deine Beschuldigungen waren falsch; jetzt mußt du mir Rede und Antwort stehen.«

Woudiver zog seine Waffe. Traz tat einen Sprung und hängte sich an das dicke Handgelenk. Die Waffe entlud sich und versengte Woudivers Bein. Er heulte gequält auf und fiel zu Boden. Anacho nahm die Waffe. Reith schlang eine der Ketten um Woudivers Hals und zog grob daran. »Komm, Woudiver.« Er führte ihn zwischen den eilig Platz machenden Zuschauern hindurch zu der schwarzen Limousine.

Woudiver stieg schwerfällig ein und lag als stöhnendes Häufchen Elend im Fond. Anacho startete den Wagen, und sie verließen den ovalen Platz.

21. Kapitel

Sie fuhren zum Schuppen hinaus. Die Techniker waren in Deyne Zarres Abwesenheit nicht zur Arbeit erschienen. Der Schuppen wirkte tot und verlassen. Das Raumschiff, das fast fertig zu sein schien, lag einsam auf den Bremskeilen. Die drei zerrten Woudiver hinein – wie man einen zänkischen Bullen führt – und banden ihn zwischen zwei Pfosten fest. Woudiver erhob ständig stöhnend Einspruch.

Reith betrachtete ihn einen Augenblick. Man konnte noch nicht auf Woudiver verzichten, auch wenn er weiterhin gefährlich war. Trotz seiner Schaustellung und Prostete musterte er Reith mit klugem, hartem Blick.

»Woudiver, du hast mir viel Leid zugefügt«, tadelte Reith.

Woudivers großer Körper wurde von Schluchzern geschüttelt; er wirkte wie ein häßliches Riesenbaby. »Ihr wollt mich foltern und töten.«

»Der Gedanke liegt auf der Hand«, gestand Reith. »Aber ich habe dringendere Anliegen. Um das Raumschiff fertigzustellen und mit dem Bericht über diesen höllischen Planeten zur Erde zurückzukehren, würde ich sogar auf die Genugtuung verzichten, daß du stirbst.«

»In diesem Fall«, meinte Woudiver plötzlich geschäftsmäßig, »ist alles wie zuvor. Bezahlt, und wir arbeiten weiter.«

Reith sperrte ungläubig den Mund auf. Er lachte und bewunderte Woudivers beneidenswerte Sorglosigkeit.

Anacho und Traz belustigte sie weniger. Anacho puffte den gewaltigen Bauch mit einem Stock, »Was ist mit der letzten Nacht?« fragte er leise. »Erinnerst du dich daran? Was ist mit den elektrischen Sonden und dem Weidengurt?«

»Was ist mit Deyne Zarre und den beiden Kindern?« zählte Traz weiter auf.

Woudiver sah flehend zu Reith. »Wessen Wort hat Gewicht?«

Reith wählte die Antwort sorgfältig. »Alle haben wir Grund zur Verstimmung. Du wärst ein Narr, wenn du Ungezwungenheit und Fröhlichkeit erwarten würdest.«

»Allerdings, er soll leiden«, stieß Traz zwischen zusammengebissenen Zähnen hervor.

»Du sollst leben«, versprach Reith, »aber nur, um unseren Interessen zu dienen. Dein Leben ist für mich keinen Pfifferling wert, außer du machst dich nützlich.«

Wieder entdeckte Reith in Woudivers Augen einen kalten und verschlagenen Glanz. »So ist es«, bestätigte er.

»Ich will, daß du sofort einen vollwertigen Ersatz für Deyne Zarre beschaffst.«

»Teuer, sehr teuer«, warnte Woudiver. »Mit Zarre hatten wir Glück.«

»Die Verantwortung für sein Fernbleiben trifft dich«, erinnerte Reith.

»Jeder macht Fehler im Leben«, gab Woudiver zu. »Das war einer von mir. Aber ich kenne genau den richtigen Mann. Er wird Euch teuer zu stehen kommen, ich warne Euch.«

»Geld spielt keine Rolle«, meinte Reith. »Wir wollen den fähigsten. Zweitens wünsche ich, daß du die Techniker wieder an die Arbeit zurückschickst. Natürlich alles per Telefon.«

»Keine Schwierigkeit«, erklärte Woudiver herzlich. »Die Arbeit wird zügig weitergehen.«

»Du mußt für die sofortige Lieferung von Material und Vorräten sorgen, die wir noch brauchen. Und du mußt alle Kosten und Gehälter übernehmen, die von jetzt ab anfallen.«

»Was?« brüllte Woudiver.

»Außerdem«, fuhr Reith fort, »bleibst du zwischen diesen Pfosten angebunden. Für deinen Unterhalt bezahlst du tausend – oder besser zweitausend – Sequinen pro Tag.«

»Was?« schrie Woudiver. »Wollt Ihr den armen Woudiver betrügen und irreführen?«

»Nimmst du die Bedingungen an?« fragte Reith. »Wenn nicht, bitte ich Anacho und Traz, dich zu töten; beide hegen einen Groll gegen dich.«

Woudiver richtete sich in seiner vollen Größe auf. »Ich willige ein«, versicherte er fest. »Und jetzt, da es scheint, daß ich Eure Halluzinationen fördern und bei diesem Geschäft mich ruinierende Kosten dulden muß, wollen wir sofort an die Arbeit gehen.

Der Augenblick, in dem ich euch in den Weltraum verschwinden, sehe; wird mich sehr glücklich machen, das versichere ich Euch! Entfernt nun die Ketten, damit ich telefonieren kann.«

»Bleib nur, wo du bist«, entgegnete Reith. »Wir bringen dir das Telefon. Und jetzt, wo ist dein Geld?«

»Das darf doch nicht Euer Ernst sein!« schrie Woudiver auf.

Der vierte Roman

IM BANN DER PNUME

1. Kapitel

Im Lagerhaus am Rande der Salzebene von Sivish saß Aila Woudiver auf einem Stuhl. Eine Kette führte von dem Eisenband um seinen Hals zu einem an der Decke befestigten Kabel. So konnte er von seinem Tisch aus zur Wandnische gehen, in der er schlief; die Kette zog er hinter sich her.

Aila Woudiver war ein Gefangener auf seinem eigenen Grund und Boden; eine Beleidigung, eine Kränkung, auf die er mit zähneknirschenden Wutausbrüchen reagiert haben sollte. Aber er saß friedlich auf seinem Stuhl – die dicken Gesäßbacken sackten zu beiden Seiten herab wie Satteltaschen – und trug ein widersinniges Lächeln frommer Nachsicht zur Schau.

Neben dem Raumschiff, das einen Großteil des Lagerhauses einnahm, stand Adam Reith und beobachtete ihn. Woudivers Fügsamkeit war beunruhigender, als wenn er getobt hätte. Reith hoffte, daß – welche Pläne Woudiver auch aushecken mochte – sie nicht zu rasch reifen würden. Das Raumschiff war fast fertig. In ungefähr einer Woche glaubte Reith dem alten Tschai Lebewohl sagen zu können.

Woudiver beschäftigte sich mit Schiffchenarbeit. Hin und wieder hob er sein Werk hoch, um das Muster zu bewundern – ein Ausbund beharrlicher Güte. Traz betrat das Lagerhaus, blickte finster auf Woudiver und machte die Philosophie seiner Ahnen, der Emblemnomaden, geltend: »Töte ihn sofort. Töte ihn, und fertig!«

Reith brummte zweifelnd: »Er ist ja angekettet und kann uns nicht schaden.«

»Er wird Mittel und Wege finden. Hast du seine Hinterlist schon vergessen?«

»Ich kann ihn doch nicht kaltblütig umbringen.«

Traz antwortete mit einem verärgerten Krächzen und stapfte aus dem Lagerhaus. Anacho, der Dirdirmann, erklärte: »Dieses Mal gebe ich dem jungen Steppenläufer recht. Töte das fette Ungeheuer!«

Woudiver, der den Inhalt des Gesprächs erriet, zeigte sein sanftmütigstes Lächeln. Er war abgemagert, wie Reith bemerkte. Die früher aufgedunsenen Wangen hingen schlaff herunter. Die große Oberlippe fiel wie ein Schnabel über das spitze, kleine Kinn.

»Schau nur, wie blöd er grinst!« zischte Anacho. »Wenn er könnte, würde er uns in Nervenglut kochen! Töte ihn sofort!«

Reith beschwichtigte. »In einer Woche sind wir fort. Was sollte er uns angekettet und hilflos schon anhaben?«

»Er ist Woudiver!«

»Selbst dann können wir ihn nicht wie ein Tier schlachten.«

Anacho warf die Arme in die Luft und folgte Traz ins Freie. Reith betrat das Raumschiff und beobachtete einige Minuten die Techniker. Sie waren mit der überaus komplizierten Energiepumpeneinstellung beschäftigt. Reith konnte ihnen seine Dienste nicht anbieten. Die Technik der Dirdir ging – genau wie die Psyche der Dirdir – über seinen Verstand. Beide waren auf Intuition zurückzuführen, oder wenigstens vermutete er das. Es gab hinsichtlich der Dirdir wenig Anzeichen für zielbewußtes Denkvermögen.

Lange, braune Lichtstrahlen fielen schräg durch die hohen Fenster. Die Sonne ging bald unter. Woudiver legte vorsichtig seine feine Handarbeit beiseite, nickte Reith leutselig zu und zog sich in sein Kämmerchen zurück; die Kette schleifte rasselnd hinter ihm her.

Die Techniker kamen aus dem Schiff; auch Fio Haro, der technische Leiter. Feierabend! Reith berührte den plumpen Rumpf und preßte die Hände an den Stahl, als könne er nicht glauben, daß er echt sei. Eine Woche noch – dann der Flug durch den Raum und zurück zur Erde! Es kam ihm vor wie ein Traum. Die Erde war zur entrückten und bizarren Welt geworden.

Reith ging in die Speisekammer und holte sich ein großes Stück schwarze Wurst, das er vor die Tür mitnahm. Carina 4269 stand tief am Himmel; sie überflutete die Salzebene mit bierfarbenem Licht und projizierte hinter jedes Grasbüschel lange Schatten.

Die beiden schwarzen Gestalten, die sich in letzter Zeit bei Sonnenuntergang stets gezeigt hatten, waren nirgends zu sehen.

Die Szenerie beinhaltete eine in gewisser Weise traurige Schönheit. Im Norden die Stadt Sivish – verfallenes altes Mauerwerk, welches das schräg einfallende Sonnenlicht gelbbraun tönte. Im Westen standen hinter dem Ajzan-Sund die Spitztürme der Dirdirstadt Hei, und das Glasgehäuse ragte darüber hinaus.

Reith gesellte sich zu Traz und Anacho. Die beiden saßen auf einer Bank und warfen Kieselsteine in einen Tümpel. Der schweigsame Traz hatte derbe Gesichtszüge und einen kräftigen Knochenbau. Anacho war dünn wie ein Aal und eineinhalb Meter größer als Reith; er hatte einen blassen Teint, lange und feine Züge und war im Gegensatz zu Traz ziemlich geschwätzig. Traz mißfielen Anachos Allüren, Anacho hielt Traz für grob und unkritisch. Gelegentlich waren sie jedoch einer Meinung – wie zum Beispiel jetzt darüber, daß Aila Woudiver beseitigt werden mußte. Reith seinerseits machte sich mehr Sorgen wegen der Dirdir. Von ihren Türmen aus konnten sie fast direkt durch die Lagerhaustür auf das Treiben im Innern sehen. Die Trägheit der Dirdir wirkte genauso unnatürlich wie Aila Woudivers Lächeln und lief nach Reiths Meinung auf eine schreckliche Geheimniskrämerei hinaus.

»Warum unternehmen sie nichts?« klagte Reith und knabberte an der schwarzen Wurst. »Sie müssen doch wissen, daß wir hier sind.«

»Man kann das Verhalten der Dirdir unmöglich voraussagen« erwiderte Anacho. »Sie haben das Interesse an dir verloren. Was sind Menschen für sie anderes als Ungeziefer. Sie ziehen es vor, die Pnume aus ihren Höhlen zu jagen. Du bist nicht mehr Gegenstand des tsau'ghs*, vermute ich.«

Reith war noch nicht vollkommen beruhigt. »Und die Phung oder Pnume** – was sie auch immer sein mögen –, die uns beobachten? Sie sind doch nicht nur zum Vergnügen hier.« Er meinte die beiden schwarzen Gestalten, die sich in letzter Zeit in der Salzebene gezeigt hatten. Sie standen stets mit dem Rücken zur untergehenden Sonne – riesige Gestalten in schwarzen Mänteln, mit breitrandigen, schwarzen Hüten auf dem Kopf.

»Die Phung gehen allein. Es sind keine Phung«, erklärte Traz. »Die Pnume zeigen sich nie bei Tag.«

»Und nie so nah bei Hei – aus Angst vor den Dirdir«, ergänzte Anacho. »Also sind es Pnumekin oder noch wahrscheinlicher Gzhindra***.«

Beim erstenmal starrten die Gestalten zum Lagerhaus, bis Carina 4269 hinter die Palisaden sank. Dann verschwanden sie in der Finsternis. Ihr Interesse schien

* tsau'gsh: ehrenvolles Bemühen, ungewöhnlicher Unternehmungsgeist, Streben nach Ruhm. Eigentlich ein nicht übersetzbares Wort.

** Phung: ein menschenähnlicher, unberechenbarer und rücksichtsloser Eingeborener Tschais.

Pnume: ein scheues, friedliches und verschlossenes Volk; ähnlich den Phung, aber kleiner.

*** Pnumekin: Menschen, die mit den Pnume seit zehntausend Jahren eng verbunden sind; das hatte zur Folge, daß sie deren Gewohnheiten und Gedankengänge angenommen haben.

Gzhindra: Pnumekin, die aus der Untergrundwelt vertrieben wurden – gewöhnlich wegen ›ungestümen Verhaltens‹; Oberflächenwandler, Agenten der Pnume.

mehr als Zufall zu sein. Reith beunruhigte diese Überwachung, aber er wußte nicht, was er dagegen hätte unternehmen sollen.

Der nächste Tag wurde durch Nebel und Nieselregen verdunkelt. Die Salzebene blieb leer. Am folgenden Tag schien wieder die Sonne, und als der Sonnenuntergang und damit die Zeit kam, zu der die Gestalten in Richtung Schuppen starrten, befiel Reith abermals Unruhe. Überwachung deutete unangenehme Ereignisse an. Das war auf Tschai ein allgemein anerkannter Lebensgrundsatz.

Carina 4269 stand tief. »Wenn sie kommen«, sagte Anacho, »wird es jetzt Zeit.«

Reith suchte die Salzebene mit seinem Scanskop ab. »Nichts zu sehen, nur Gras und Sumpfbüsche. Nicht einmal eine Eidechse.«

Traz deutete über die Schulter. »Dort sind sie.«

»Hmm«, brummte Reith. »Ich habe nur in eine Richtung geschaut!« Er stellte das Scanskop größer ein, bis das Zittern seiner Hände die Gestalten zucken und springen ließ. Die Gesichter, die von hinten beleuchtet wurden, konnte man nicht unterscheiden. »Sie haben Hände«, sagte Reith. »Es sind Pnumekin.«

Anacho nahm das Gerät. Kurz darauf erklärte er: »Es sind Gzhindra: Pnumekin, die aus den Tunnels vertrieben wurden. Wenn man mit den Pnume Handel treiben will, so muß man das über die Gzhindra tun. Die Pnume schachern niemals selbst.«

»Warum sollten sie hierherkommen? Wir wollen mit den Pnume keine Geschäfte machen.«

»Aber sie mit uns; wenigstens sieht es so aus.«

»Vielleicht warten sie auf Woudiver«, mutmaßte Traz.

»Bei Sonnenuntergang, und immer nur bei Sonnenuntergang?«

Traz hatte plötzlich einen Einfall. Er entfernte sich vom Lagerhaus und ging ein Stück hinter Woudivers altes

Büro, eine verschrobene Hütte aus Ziegelstein und Kiesel; dann blickte er zum Lagerhaus zurück. Er schritt noch neunzig Meter weiter auf die Salzebene hinaus und sah abermals zurück. Er gab Reith und Anacho ein Zeichen, zu ihm zu kommen. »Beobachtet das Lagerhaus«, bat Traz. »Gleich seht ihr, wer mit den Gzhindra Geschäfte macht.«

Auf der schwarzen Holzwand sprang und flackerte ein winziger goldener Lichtstrahl.

»Dahinter liegt Aila Woudivers Zimmer«, erklärte Traz.

»Der fette, gelbhäutige Fuchs gibt Zeichen!« flüsterte Anacho zornig.

Reith holte tief Luft und unterdrückte einen Wutanfall. Töricht, von Woudiver etwas anderes zu erwarten, der mit Intrigen lebte wie ein Fisch im Wasser. Ruhig fragte er Anacho: »Kannst du die Zeichen lesen?«

»Ja. Normale Morsezeichen. ›... angemessene ... Entschädigung ... für ... geleistete Dienste ... ist jetzt ... der richtige ... Zeitpunkt ...‹« Das flackernde Licht verschwand. »Das war alles.«

»Er hat uns durch den Spalt gesehen«, murmelte Reith.

»Oder kein Licht mehr«, vermutete Traz, denn Carina 4269 war hinter die Palisaden gesunken. Als er über die Salzebene blickte, entdeckte Reith, daß sich die Gzhindra genauso geheimnisvoll aus dem Staub gemacht hatten, wie sie aufgetaucht waren.

»Wir reden wohl besser mit Woudiver«, meinte Reith.

»Er wird alles mögliche sagen, nur nicht die Wahrheit«, prophezeite Anacho.

»Das weiß ich«, nickte Reith. »Aber vielleicht verrät er sich mit dem, was er verschweigt.«

Sie traten in den Schuppen. Woudiver, der sich wieder mit seiner Schiffchenarbeit beschäftigte, lächelte den dreien leutselig entgegen. »Es muß bald Zeit zum Abendessen sein.«

»Für dich nicht«, drohte Reith.

»Was?« rief Woudiver. »Kein Essen? Treibt den Spaß bloß nicht zu weit.«

»Warum gibst du den Gzhindra Zeichen?«

Bis auf ein Heben der haarlosen Augenbrauen bekundete Woudiver weder Überraschung noch Schuldgefühl. »Eine rein geschäftliche Angelegenheit. Manchmal mache ich mit dem Tunnelvolk Geschäfte.«

»Was für Geschäfte?«

»Dies und das. Heute abend habe ich mich dafür entschuldigt, daß ich gewissen Verbindlichkeiten nicht nachkommen kann. Beneidet Ihr mich um meinen guten Ruf?«

»Welchen Verbindlichkeiten kannst du nicht nachkommen?«

»Jetzt aber Schluß«, schimpfte Woudiver. »Ein paar kleine Geheimnisse müßt ihr mir schon noch lassen.«

»Ich lasse dir gar nichts«, entgegnete Reith. »Ich weiß sehr gut, daß du Böses im Schilde führst.«

»Pah! Was für ein Unsinn! Wie sollte ich denn angekettet etwas Böses im Schilde führen? Ich versichere Euch, daß ich meine derzeitige Lage für unwürdig halte.«

»Wenn etwas schiefgeht«, warnte Reith, »lasse ich dich an dieser Kette zwei Meter emporziehen. Dann ist es mit deiner Würde ganz aus.«

Woudiver machte eine Geste des Abscheus und blickte durch den Raum. »Scheinbar wurden ausgezeichnete Fortschritte erzielt.«

»Dir ist das nicht zu verdanken.«

»Was? Ihr schmälert meine Hilfe! Wer hat den Rumpf besorgt – mit viel Mühe und geringem Gewinn? Wer hat alles geregelt, wer unschätzbaren Scharfsinn beigesteuert?«

»Derselbe Mann, der uns das ganze Geld abgenommen und uns dem Glasgehäuse ausgeliefert hat«, sagte Reith, ging quer durch das Zimmer und setzte sich. Traz und Anacho gesellten sich zu ihm. Die drei beobachteten Woudiver, der jetzt beleidigt war, weil er kein Abendessen bekam.

»Wir sollten ihn töten«, meinte Traz lustlos. »Er plant Unheil für uns alle.«

»Das bezweifle ich«, widersprach Reith, »nur warum sollte er mit den Pnume verhandeln? Die Dirdir kämen meiner Ansicht nach eher in Frage. Sie wissen, daß ich von der Erde komme; ob sie nun das Raumschiff wahrgenommen haben oder nicht.«

»Wenn sie davon wissen, interessiert es sie nicht«, schaltete sich Anacho ein. »Andere Völker sind ihnen gleichgültig. Die Pnume: das steht auf einem anderen Blatt. Sie wollen alles wissen und sind, was die Dirdir angeht, überaus neugierig. Die Dirdir ihrerseits spüren die Höhlen der Pnume auf und pumpen sie mit Gas voll.«

Woudiver rief: »Ihr habt mein Abendessen vergessen.«

»Ich habe nichts vergessen«, versicherte Reith.

»Nun gut, dann bringt mir mein Essen. Heute abend möchte ich Weißwurzelsalat, Linseneintopf, eine große Portion Haselhuhnfleisch, eine Platte mit gutem, schwarzem Käse und den üblichen Wein.«

Traz lachte verächtlich. Reith fragte: »Warum sollten wir deinen Magen verwöhnen, wenn du Ränke gegen uns schmiedest? Bestell deine Mahlzeiten bei den Gzhindra.«

Woudivers Gesicht fiel zusammen. Er schlug mit den Händen auf seine Knie. »Jetzt foltern sie also den armen Aila Woudiver, der nur seinem Glauben treu geblieben ist! Was für ein erbärmliches Los, auf diesem schrecklichen Planeten zu leben und zu leiden!«

Reith wandte sich angewidert ab. Von Geburt ein halber Dirdirmann, verfocht Woudiver energisch die Lehre der Doppelabstammung, die den Ursprung von Dirdir und Dirdirmensch einer Zwillingszelle in dem Ur-Ei auf dem Planeten Sibol zuschrieb. Von diesem Standpunkt aus mußte Reith wie ein verantwortungsloser Bilderstürmer wirken, dem man unter allen Umständen das Handwerk legen mußte.

Auf der anderen Seite konnte man Woudivers Schandtaten nicht alle dem Glaubenseifer zuschreiben. Als er sich an gewisse Beispiele für Unzucht und Genußsucht erinnerte, schwanden Reiths Gewissensbisse.

Woudiver stöhnte und jammerte noch fünf Minuten dann wurde er plötzlich ruhig. Eine Zeitlang beobachtete er Reith und seine Gefährten. Reith vermeinte geheimes Frohlocken herauszuhören, als er schließlich sagte: »Euer Projekt nähert sich dem Ende – dank Aila Woudiver, seiner Geschicklichkeit und seinem armseligen Vorrat an Sequinen, der unbarmherzig beschlagnahmt wurde.«

»Ich gebe dir recht, daß sich das Projekt dem Ende nähert«, meinte Reith.

»Wann wollt ihr Tschai verlassen?«

»So bald wie möglich.«

»Bemerkenswert!« erklärte Woudiver mit salbungsvoller Inbrunst. Reith glaubte, seine Augen belustigt funkeln zu sehen. »Aber schließlich seid Ihr ja auch ein bemerkenswerter Mann.« Woudivers Stimme bekam plötzlich einen Nachhall, als könne er seine geheime Heiterkeit nicht länger unterdrücken. »Dennoch ist es gelegentlich besser, bescheiden und gewöhnlich zu sein! Wie denkt Ihr darüber?«

»Ich weiß nicht, wovon du sprichst.«

»Richtig«, bestätigte Woudiver. »Das stimmt.«

»Wenn du Lust auf eine Unterhaltung hast, warum erzählst du uns dann nichts über die Gzhindra?«

»Was gibt es über sie zu erzählen? Es sind traurige Geschöpfe, die dazu verurteilt sind, auf der Oberfläche zu wandeln, obwohl sie das Tageslicht scheuen. Habt Ihr Euch jemals gefragt, warum alle – die Pnume, die Pnumekin, die Phung und die Gzhindra – breitkrempige Hüte tragen?«

»Ich vermute, es entspricht bei ihnen der Mode.«

»Stimmt. Aber der tiefere Grund ist der: die Krempen verdecken den Himmel.«

»Was zwingt diese sonderbaren Gzhindra dann hinaus unter den Himmel, der sie so bedrückt?«

»Wie alle Menschen hoffen und sehnen sie«, antwortete Woudiver etwas schwülstig.

»In welcher Hinsicht?«

»In jedem absoluten oder elementaren Sinn«, antwortete Woudiver. »Natürlich bin ich unwissend. Jeder Mensch ist ein Rätsel. Selbst Ihr verblüfft mich, Adam Reith! Ihr quält mich mit launischer Grausamkeit. Ihr verschwendet mein Geld an ein wahnwitziges Projekt. Ihr schlagt alle Proteste, jedes Flehen um Mäßigung in den Wind! Warum? Ich frage mich, warum? Warum? Wenn es nicht so widersinnig klänge, hielte ich Euch tatsächlich für einen Mann von einem anderen Stern.«

»Du hast mir noch immer nicht gesagt, was die Gzhindra wollen«, tadelte Reith.

Woudiver erhob sich würdevoll. Die Kette am Eisenband schwankte und klirrte. »Diese Angelegenheit regelt Ihr am besten mit den Gzhindra selbst.«

Er ging zu seinem Tisch und begann, nach einem letzten rätselhaften Blick auf Reith, seine Schiffchenarbeit wieder aufzunehmen.

2. Kapitel

Reith litt unter einem Alptraum. Er träumte, er läge wie gewöhnlich auf dem Sofa in Woudivers altem Büro. Ein seltsamer, gelblichgrüner Schein drang durch das Zimmer. Woudiver stand auf der gegenüberliegenden Seite des Raumes und plauderte mit zwei regungslosen Männern in schwarzen Mänteln und breitkrempigen, schwarzen Hüten. Reith versuchte krampfhaft, sich zu bewegen, aber seine Muskeln blieben kraftlos. Das gelbgrüne Licht nahm zu und wieder ab. Woudiver war jetzt in eine unheimliche, silberblaue Weißglut getaucht. Der typische Alptraum von Hilf- und Sinnlosigkeit, dachte Reith. Verzweifelt machte er Anstrengungen, wach zu werden, doch seine Haut überzog sich nur mit kaltem Schweiß.

Woudiver und die Gzhindra starrten auf ihn hinunter. Überraschenderweise trug Woudiver noch sein eisernes Band, aber die Kette war dreißig Zentimeter vom Hals entfernt zerbrochen oder geschmolzen worden. Er wirkte selbstzufrieden und unbekümmert: ganz der alte Woudiver. Die Gzhindra bekundeten nur gespannte Aufmerksamkeit. Sie hatten lange, schmale und sehr gleichmäßige Gesichtszüge, die blasse, elfenbeinfarbene Haut schimmerte wie Seide. Der eine trug ein zusammengefaltetes Stück Stoff, der zweite hielt die Hände auf dem Rücken verschränkt.

Plötzlich richtete sich Woudiver drohend vor Reith auf und rief: »Adam Reith, Adam Reith. Wo kommst du her?«

Reith kämpfte gegen seine Schwäche an. Ein unheimlicher und trostloser Traum; ein Traum, den er lange nicht vergessen würde. »Von der Erde«, krächzte er. »Von der Erde.«

Woudivers Gesicht dehnte sich und schrumpfte wieder zusammen. »Sind noch andere Erdlinge auf Tschai?«

»Ja.«

Die Gzhindra rückten näher. Woudiver posaunte: »Wo? Wo sind die Erdenwürmer?«

»Alle Menschen stammen von der Erde.«

Woudiver wich zurück und verzog angewidert die Mundwinkel. »Du wurdest auf dem Planeten Erde geboren?«

»Ja.«

Woudiver glitt triumphierend zurück, machte eine weitschweifige Geste zu den Gzhindra. »Eine Rarität; ein Mann, der nicht seinesgleichen hat!«

»Wir nehmen ihn.« Die Gzhindra entfalteten den Stoff, in dem Reith mit hilflosem Entsetzen einen Sack erkannte. Ohne viel Aufhebens zogen die Gzhindra diesen über seine Beine hinauf, bis nur noch der Kopf herausragte. Dann packte sich einer von ihnen den Sack überraschend mühelos auf die Schulter, während der andere Woudiver einen Beutel zuwarf.

Der Traum begann zu verblassen. Das gelbgrüne Licht wurde fleckig und nebelhaft. Plötzlich flog die Tür auf und gab den Blick auf Traz frei. Woudiver wich erschrocken zurück. Traz hob sein Katapult und feuerte Woudiver ein Geschoß ins Gesicht. Ein erstaunlich dicker Blutstrahl stürzte hervor – grünes Blut, und dort wo die Tropfen zu Boden fielen, schimmerten sie gelb. Der Traum wurde trübe. Reith schlief.

Als Reith erwachte, fühlte er sich äußerst unbehaglich. Seine Beine waren verkrampft; gräßliche, durch Arsen verursachte Kopfschmerzen quälten ihn. Er fühlte Druck und Bewegung. Um sich tastend, spürte er rauhen Stoff. Eine fürchterliche Erkenntnis traf ihn: Der Traum beruhte auf Wahrheit; er wurde tatsächlich in einem Sack davongeschleppt. Oh, dieser hinterlistige Woudiver! Reith überkam Verzweiflung. Woudiver hatte mit den Gzhindra ein Geschäft gemacht. Er hatte dafür gesorgt, daß Reith betäubt wurde, wahrscheinlich durch das Eindringen von Gas. Jetzt trugen sie ihn aus unbekannten Gründen an einen unbekannten Ort.

Eine Weile lag Reith betäubt und enttäuscht im Sack. Woudiver hatte sein Verderben geplant, obwohl er angekettet gewesen war! Reith rief sich die letzten Bruchstücke seines vermeintlichen Traums ins Gedächtnis. Er sah Woudiver mit gespaltenem Gesicht grünes Blut verströmen. Woudiver hatte seine List teuer bezahlt.

Das Denken fiel Reith schwer. Der Sack pendelte hin und her, und er spürte in rhythmischen Abständen einen dumpfen Schlag. Offensichtlich hing der Sack an einer Stange. Rein zufällig trug Reith Kleider. Vergangene Nacht hatte er sich vollständig angezogen auf sein Feldbett gelegt. War es möglich, daß er noch immer sein Messer besaß? Die Patronentasche fehlte; die Jackentaschen schienen leer zu sein, und Reith wagte nicht sie abzutasten, um den Gzhindra nicht zu verraten, daß er bei Bewußtsein war.

Er preßte das Gesicht ganz dicht gegen den Sack und hoffte, durch das grobe Gewebe etwas sehen zu können. Vergeblich. Es war noch Nacht. Er glaubte zu spüren, daß die Gzhindra über unebenes Gelände gingen.

Eine unbestimmte Zeitspanne verstrich, während der Reith so hilflos wie ein ungeborenes Kind war. Wieviel seltsame Ereignisse hatten die Nächte auf dem alten Tschai schon gesehen! Und jetzt wieder – mit ihm als Beteiligtem. Er fühlte sich beschämt und erniedrigt, zitterte vor Wut. Hätte er Hand an seine Häscher legen können, hätte er fürchterliche Rache genommen!

Die Gzhindra machten halt und standen einen Augenblick vollkommen regungslos da. Dann wurde der Sack zu Boden gelassen. Reith lauschte, vernahm jedoch keine Stimmen, kein Flüstern, keine Schritte. Es schien, als wäre er allein. Reith steckte die Hand in die Tasche und hoffte, ein Messer, ein Werkzeug oder einen spitzen Gegenstand zu finden. Nichts. Er untersuchte den Stoff mit den Fingerspitzen. Das Gewebe war grob und hart und wollte nicht reißen.

Ein Geräusch verriet Reith, daß die Gzhindra zurückgekehrt waren. Er lag ruhig. Die Gzhindra standen ganz in der Nähe, und er glaubte, sie flüstern zu hören.

In den Sack kam Bewegung. Er wurde angehoben und weitergetragen. Reith begann der Schweiß auszubrechen. Etwas ging vor sich.

Der Sack schwankte; er baumelte an einem Seil. Reith spürte wie er nach unten sank: tief, tiefer, noch tiefer – wie weit, vermochte er nicht abzuschätzen. Der Sack hielt mit einem Ruck und pendelte langsam hin und her. Von hoch oben ertönte ein Gongschlag: ein dunkler, melancholischer Ton.

Reith trat und stieß um sich. Er tobte, wurde zum Opfer eines Anfalls von Platzangst; er keuchte, schwitzte, konnte kaum noch atmen. So mußte es sein, wenn man verrückt wurde. Schluchzend und zischend bekam er sich wieder unter Kontrolle. Er durchsuchte seine Jacke. Ergebnislos. Kein Metall, kein Schneidwerkzeug. Er konzentrierte sich, zwang sich zum Denken. Der Gongschlag war ein Zeichen gewesen. Man hatte damit jemanden oder etwas gerufen. Reith tastete den Sack ab und hoffte, einen Riß zu finden. Vergeblich. Er benötigte Metall, etwas Scharfes, eine Klinge, ein spitzes Werkzeug! Er machte von Kopf bis Fuß Inventur. Sein Gürtel! Ungeheuer mühselig zerrte er ihn auf und benützte den scharfen Schnallenbolzen, um damit den Stoff zu zertrennen. Ein Riß entstand. Mit Händen und Füßen zerrte er das

Gewebe auseinander und konnte endlich Kopf und Schultern hindurchstecken. Noch niemals in seinem Leben war er so begeistert gewesen! Wenn er in diesem Augenblick starb, hatte er wenigstens den Sack besiegt!

Vielleicht konnte er noch weitere Siege erringen. Reith blickte in eine primitive, unwirtliche Höhle, die von wenigen, blauweißen Lichtaugen beleuchtet wurde. Er rief sich noch einmal den Abstieg sowie den plötzlichen, schmerzhaften Ruck ins Gedächtnis; dann schälte er sich mühsam aus dem Sack und stand vor Verkrampfung und Müdigkeit zitternd da. Als er in die tote Untergrundstille lauschte, glaubte er, in der Ferne ein Geräusch zu hören. Etwas oder jemand bewegte sich.

Über ihm stieg die Höhle in einem Kamin empor; das Seil verschmolz mit der Finsternis. Irgendwo dort oben mußte es eine Öffnung zur Außenwelt geben – aber wie weit oben? Der Sack war in einem Abstand von zehn bis zwölf Sekunden hin und her gependelt, was bei grober Schätzung weit mehr als dreißig Meter ergab.

Reith blickte die Höhle entlang und lauschte. Jemand würde auf das Gongzeichen hin kommen. Er blickte zum Seil hinauf. An dessen Ende befand sich die Außenwelt. Er packte den Strang und begann daran emporzuklettern, hinauf in die Dunkelheit: hoch, höher, noch höher. Der Sack und die Höhle gehörten bald einer verlorenen Welt an; Finsternis hüllte ihn ein.

Seine Hände brannten; die Schultermuskeln wurden warm und schwach. Dann erreichte er das Tauende. Er tastete vorsichtig um sich und entdeckte, daß es durch einen Schlitz in einer Metallplatte führte, die auf zwei schweren Metallbalken lag. Die Platte schien eine Art Falltür zu sein, die er natürlich nicht öffnen konnte, während er noch am Seil hing. Seine Kraft ließ nach. Er schlang sich den Strick um die Beine und streckte einen Arm nach oben. Auf der einen Seite ertastete er ein

Metallsims; es war der Gurt des Balkens, der die Falltür trug; er war ungefähr dreißig Zentimeter breit. Reith ruhte sich einen Moment aus – die Zeit wurde knapp –, dann holte er mit dem Bein über und versuchte sich hinüberzuwerfen. Einen schrecklichen Augenblick lang glaubte er abzustürzen. Er kämpfte verzweifelt. Mit klopfendem Herzen zog er sich auf den Balkengurt. Hier blieb er matt, elend und keuchend liegen.

Es verging eine Minute – kaum genug Zeit für das Seil, auszupendeln. Unten erschienen vier tänzelnde Lichtpunkte. Reith raffte sich auf und stieß gegen die Metallplatte. Sie war massiv und schwer. Ebensogut hätte er einen Berg anschieben können. Noch einmal! Er warf sich mit aller Wucht dagegen – ohne den geringsten Erfolg. Die Fackeln unten wurden von vier dunklen Gestalten getragen. Reith preßte sich wieder an den Metallbalken.

Die vier Gestalten bewegten sich langsam und unheimlich schweigsam vorwärts – wie Unterwasserwesen. Sie besichtigten den Sack und fanden ihn leer. Reith konnte sie flüstern und murmeln hören. Sie blickten sich suchend um; die Fackeln flimmerten und flackerten. Wie auf ein geheimes Kommando hin starrten alle vier nach oben. Reith preßte sich ganz flach gegen das Metall und verbarg sein blasses Gesicht. Der Lichtschein gaukelte an ihm vorbei zur Falltür, die – wie Reith sah – mit vier Drehschnappschlössern von außen gesichert war. Das Licht schwenkte ab und bestrich die Schachtwände. Die Leute unten standen verwirrt beisammen und beratschlagten. Eine letzte Inspektion der Höhle, ein letztes Flackern den Schacht hinauf; dann kehrten sie auf dem gleichen Weg zurück, den sie gekommen waren, wobei sie ihre Fackeln von einer Seite zur anderen aufblitzen ließen.

Reith, der dort oben im Dunkeln kauerte, fragte sich verwundert, ob er vielleicht noch immer träumte. Aber seine traurige, trostlose Lage war ziemlich real. Er saß in der Falle. Die Tür über sich konnte er nicht aufstemmen. Vielleicht war sie wochenlang nicht mehr geöffnet worden. Unmöglich, sich wie eine Fledermaus zusammenzufalten und zu warten. Wohl oder übel faßte Reith einen Entschluß. Er blickte den Gang hinunter. Die Fackeln – tänzelnde Irrlichter – waren bereits in weiter Ferne und nur noch ganz schwach zu sehen. Reith hangelte sich am Seil hinunter und nahm mit langen, gleitenden Schritten die Verfolgung auf. Er hatte bloß einen einzigen Gedanken, mehr verzweifelte Hoffnung als Plan: eine der dunklen Gestalten abzusondern und sie irgendwie zu zwingen, ihn zur Oberfläche zu bringen. Über seinem Kopf brannte das erste der blaßblauen Lichtaugen; sein Schein war dunkler als das Mondlicht, aber es genügte, den sich zwischen abwechselnd links und rechts hervortretenden Strebepfeilern hindurchschlängelnden Weg zu weisen.

Reith holte die vier bald ein, weil sie jetzt ganz langsam gingen und den Gang zu beiden Seiten zögernd und bestürzt absuchten. Reith verspürte eine irrsinnige Freude, als wäre er bereits tot und unverwundbar. Ihn durchzuckte der Einfall, einen Kieselstein aufzuheben und ihn den dunklen Gestalten nachzuwerfen. – Hysterie! Dieser Gedanke ernüchterte ihn sofort. Wenn er überleben wollte, mußte er sich beherrschen.

Die vier schlichen unbehaglich weiter und tuschelten dabei miteinander. Von Schatten zu Schatten springend, näherte Reith sich ihnen, soweit er es wagte, um bereit zu sein, falls sich einer absondern sollte. Außer eines flüchtigen Blickes in den Gefängnissen von Pera hatte er nie zuvor einen Pnume gesehen. Jene dort schienen, soweit er es aus Gestalt und Haltung schließen konnte, menschlich zu sein.

Der Gang mündete in eine zweite Höhle von beinahe gewollter Urwüchsigkeit; vielleicht aber barg diese Primitivität eine Kunstfertigkeit, die Reiths Fassungsvermögen überstieg – wie zum Beispiel ein herausragender Quarzvorsprung das Funkeln von Pyritkristallen kaschiert.

Dieser Bereich schien eine Kreuzung zu sein, ein Knotenpunkt, ein wichtiger Platz; von hier zweigten drei andere Gänge ab. In der Mitte hatte man eine Fläche mit glatten Steinplatten ausgelegt. Leuchtkörner in der Felsendecke verströmten ein etwas stärkeres Licht als in der ersten Höhle.

Ein fünftes Wesen stand an der Wand. Wie die anderen trug es einen schwarzen Mantel und einen breitrandigen, schwarzen Hut. Reith machte sich flach wie eine Küchenschabe und huschte in eine schattige Felsspalte neben dem Raum. Das fünfte Wesen war gleichfalls ein Pnumekin. Reith sah sein langes Antlitz – ein bedrückendes, blasses und freudloses Gesicht. Eine Zeitlang nahm er keinerlei Notiz von den vier ersten, und auch sie gaben vor, ihn nicht zu sehen. Eine seltsame Sitte gegenseitiger Mißachtung, die Reiths Interesse weckte. Nach und nach schienen die fünf sich einander zu nähern, wobei keiner den anderen direkt ansah.

Dann erklang gedämpftes Stimmengemurmel. Reith bemühte sich, etwas zu verstehen. Sie benutzten die Einheitssprache von Tschai; soviel konnte er aus den Betonungen erkennen. Die vier berichteten über die Begleitumstände beim Auffinden des leeren Sackes. Der fünfte, ein Offizier oder Oberaufseher, ließ sich seine Bestürzung kaum anmerken. Offensichtlich waren Zurückhaltung, Unaufdringlichkeit sowie taktvolle Anspielungen Schlüsselpunkte im Leben der unterirdischen Welt von Tschai.

Sie gingen quer durch den Raum in die Höhle neben Reith, der sich so flach wie möglich an die Wand drückte. Die Gruppe blieb weniger als drei Meter entfernt stehen, und jetzt konnte Reith dem Gespräch folgen.

Einer sagte ruhig und bedächtig: »... Übergabe. Das ist nicht bekannt. Es wurde nichts gefunden.«

Ein anderer meinte: »Der Gang war leer. Es wäre eine Erklärung, wenn eine Unterschlagung stattgefunden hätte, bevor der Sack herabgelassen wurde.«

»Unlogisch«, widersprach der Oberaufseher. »Dann wäre der Sack nicht herabgelassen worden.«

»Unlogisch ist beides. Der Gang war vollkommen leer.«

»Er muß noch hier sein«, behauptete der Tunnelhüter. »Ihm bleibt keine andere Wahl.«

»Außer in den Gang mündet ein Geheimstollen, den er kennt.«

Der Oberaufseher stand gerade, die Arme links und rechts an den Körper gelegt.

»Von einem solchen Stollen weiß ich nichts. Das klingt sehr unwahrscheinlich. Ihr müßt noch einmal gründlich suchen. Ich werde mich in der Zwischenzeit nach einem solchen Geheimstollen erkundigen.«

Die Gangwärter kehrten langsam zur Höhle zurück; die Fackeln flackerten auf und ab, nach vorn und hinten. Der Oberaufseher blickte ihnen nach. Reith straffte sich. Ein kritischer Augenblick. Wenn sich der Tunnelhüter in die eine Richtung umdrehte, mußte er den keine zwei Meter entfernt stehenden Reith unbedingt sehen. Wenn er sich der anderen Richtung zuwandte, war Reith im Moment sicher. – Reith überlegte, ob er den Mann angreifen sollte. Aber die vier anderen waren noch ziemlich nahe. Ein Schrei, ein Geräusch, ein Handgemenge würde ihre Aufmerksamkeit erregen. Er widerstand der Versuchung.

Der Oberaufseher wandte sich von ihm ab. Leichtfüßig durchquerte er den Raum und betrat einen der Seitenarme. Reith folgte ihm auf Zehenspitzen und spähte den Gang entlang. Die Wände bestanden aus Pyroxilit.

Bemerkenswerte Kristalle traten zu beiden Seiten hervor; einige waren dreißig Zentimeter im Durchmesser und wie Brillanten geschliffen: rostbraun, schwarzbraun grünlich-schwarz. Man hatte sie geschickt gesäubert und poliert, um sie von ihrer vorteilhaftesten Seite zu zeigen. Bei diesem Gang hatte man sich viel Mühe gegeben. Die Kristalle waren bestens geeignet, um sich dahinter zu verstecken. Reith setzte dem dahineilenden Pnumekin mit einem lautlosen Sprung nach und hoffte, ihn zu überraschen und ihm Todesangst einzujagen: ein naiver und verzweifelter Plan, aber Reith fiel nichts Besseres ein. Der Pnumekin blieb stehen, und Reith huschte nervös hinter einen Vorsprung aus gleißenden, olivfarbenen Kristallen. Der Pnumekin streckte – nachdem er zuvor nach rechts und links gespäht hatte – die Hand zur Wand, drückte auf einen kleinen Kristall, berührte einen zweiten. Ein Teil der Wand glitt zur Seite. Der Pnumekin trat durch die Öffnung; die Geheimtür schloß sich, der Gang war leer. Jetzt haderte Reith mit sich. Warum hatte er gezögert? Als der Pnumekin stehengeblieben war, hätte er ihn überfallen sollen.

Reith blickte den Gang hinauf und hinunter. Niemand zu sehen. Er lief schnell weiter und kam nach ungefähr hundert Metern plötzlich an den Rand eines großen Schachtes. Tief unten schimmerte fahles, gelbes Licht, und es bewegten sich sperrige Gegenstände, die Reith nicht identifizieren konnte.

Er kehrte zurück zu der Felsentür, durch die der Pnumekin verschwunden war. Er blieb stehen; wütende Pläne durchzuckten sein Gehirn. Für einen verzweifelten armen Teufel wie ihn war alles riskant, aber der sicherste Weg zum Untergang war Entkräftigung. Reith streckte die Hand aus und bearbeitete das Gestein wie er es dem Pnumekin abgeschaut hatte. Die Wand glitt zur Seite. Reith wich, auf alles gefaßt, zurück. Er blickte in einen

Raum, der neun Meter im Durchmesser maß: ein Konferenzsaal. Oder wenigstens folgerte er dies aus dem runden Tisch in der Mitte, aus den Sitzbänken, Borden und Wandschränken.

Er trat durch die Öffnung, und die Tür glitt hinter ihm zu. Reith blickte sich um. Leuchtkörner übersäten die Decke. Die Wände waren peinlich sauber abgeraspelt und matt geschliffen worden, um die Kristallstruktur des Gesteins zu betonen. Auf der rechten Seite zweigte ein gewundener, weiß gepflasterter Gang ab. Zur Linken befanden sich Borde, Wandschränke und eine kleine Nische.

Aus dem Gang ertönte dumpfes, abgehacktes Klopfen – ein Geräusch, das Dringlichkeit vermittelte. Reith, der so nervös wie ein Einbrecher war, blickte sich in panischer Furcht nach einem Versteck um. Er rannte zu einem Wandschrank, öffnete die Tür, schob die schwarzen, am Haken hängenden Mäntel beiseite und quetschte sich hinein. Die Mäntel und die schwarzen Hüte an der Rückseite rochen muffig. Reiths Magen rebellierte. Er kauerte sich in eine Ecke und schloß die Tür. Durch einen Spalt schaute er in das Zimmer.

Die Zeit stand still. Reith wurde es übel vor Anspannung. Der pnumekinsche Oberaufseher kehrte in den Raum zurück und machte halt, als wäre er tief in Gedanken versunken. Der seltsame, breitrandige Hut beschattete die strengen Züge, die – wie Reith bemerkte – fast klassisch zu nennen waren. Reith dachte an die anderen Mutationen auf Tschai, die sich alle mehr oder weniger ihrer Gastgeberrasse angepaßt hatten: die unheimlich lächerlichen Dirdirmenschen; die dummen und viehischen Khaschmenschen; die bestechlichen, überzivilisierten Wankhmenschen. Bei allen blieb die menschliche Natur im wesentlichen unversehrt – außer vielleicht im Falle der makellosen Dirdirmenschen. Die Pnumekin andererseits hatten keine wahrnehmbare körperliche Entwicklung durchgemacht, aber ihre Psyche hatte sich verändert; sie wirkten wie Gespenster. Das Wesen im Raum – Reith konnte es einfach nicht als Mensch bezeichnen – stand regungslos da; kein einziger Gesichtsmuskel zuckte, aber für einen Ausfall aus dem Schrank war die Entfernung zu groß.

Reith spürte, wie er langsam steif wurde. Er verlagerte das Gewicht und verursachte ein leises Geräusch. Schweißgebadet preßte er das Auge an den Spalt. Der Pnumekin stand, völlig in seine Träumerei versunken, da. Reith suggerierte ihm, näher zu kommen, zwang ihn näher, näher, näher. Plötzlich überkam ihn ein beunruhigender Gedanke: Angenommen, das Wesen weigerte sich, einer Bedrohung seines Lebens Rechnung zu tragen? Vielleicht war es gar nicht dazu fähig, Angst zu empfinden. Die Geheimtür glitt auf. Ein zweiter Pnumekin trat ein: einer der Gangwärter. Die zwei blickten aneinander vorbei und ignorierten sich.

Der Neuankömmling sagte leise, als würde er laut denken: »Die Lieferung bleibt unauffindbar. Sowohl der Gang als auch der Schacht sind gründlich abgesucht worden.«

Der Tunnelhüter gab keine Antwort. Ein unheimliches, traumhaftes Schweigen folgte. Der Gangwärter fuhr fort: »An uns kann er nicht unbemerkt vorbeigekommen sein. Die Lieferung ist nicht erfolgt, oder er ist durch einen uns unbekannten Stollen entwischt. Das sind die beiden einzigen Möglichkeiten.«

Der Oberaufseher antwortete: »Meldung erhalten. Man soll Kontrollposten an der Ziad-Höhe, beim Zud-Dan-Ziad, an den Kreuzungen Ferstan Sechs und Lul-lil sowie beim Eingang zur Ewigkeit aufstellen.«

»Wird erledigt.«

Ein Pnume betrat den Raum. Er nahm einen Eingang,

den Reith nicht sehen konnte. Der Pnumekin schenkte ihm keine Beachtung, wandte nicht einmal den Kopf. Reith musterte die seltsam gegliederte Kreatur: der erste Pnume, den er sah – bis auf einen flüchtigen Blick in den Gefängnissen von Pera. Er hatte ungefähr Mannesgröße und wirkte in seinem weiten schwarzen Mantel dünn, ja fast zerbrechlich. Ein schwarzer Hut beschattete die Augenhöhlen; sein Antlitz, das in Schnitt und Farbe einem Pferdeschädel glich, war ausdruckslos. Am unteren Ende umgab ein komplizierter Satz aus rasselnden und kauenden Teilen einen beinahe unsichtbaren Mund. Die Beingelenke der Kreatur funktionierten umgekehrt wie die eines Menschen: sie bewegten sich so vorwärts, wie ein Mensch rückwärts geht.

Die schmalen, nackten Füße waren dunkelrot und schwarz gefleckt. Drei krumme Zehen klopften auf den Boden.

Der Tunnelhüter sagte leise in die Luft: »Eine ungewöhnliche Situation, wenn eine Lieferung nur aus einem leeren Sack besteht. Gang und Schacht sind gründlich abgesucht worden. Die Lieferung ist entweder nicht erfolgt, oder der Gegenstand floh durch einen Geheimstollen von Klasse Sieben oder höher.«

Schweigen. Dann murmelte der Pnume heiser und gedämpft: »Die Lieferung kann nicht bestätigt werden. Es besteht die Möglichkeit, daß es einen über Klasse Zehn und den Bereich meiner Geheimnisse* hinaus eingestuften Stollen gibt. Vielleicht erfahren wir vom Bezirkswart** mehr darüber.«

* Geheimnisse: Annähernde Übersetzung einer Wortverbindung, die das überlieferte Wissen bezeichnet, das einem besonderen Status zukommt. In der Gesellschaft der Pnume differenziert das Wort Geheimnisse noch genauer.

** Wieder die annähernde Wiedergabe eines nicht übersetzbaren Begriffs: Der Titel bezeichnet in der Sprache der Tschai überragende Gelehrsamkeit zusammen mit großem Einfluß und hohem Status.

Der Tunnelhüter fragte versuchsweise: »Also ist die Lieferung ein Gegenstand von Interesse?«

Die Zehen trommelten mit einem Gespür für Takt auf den Boden, als wären es Pianistenfinger. »Die Lieferung ist für die Ewigkeit bestimmt: ein Wesen vom zeitgenössischen Mensch-Planeten. Man hat beschlossen, ihn zu erobern.«

Reith, der verkrampft in seinem Schrank saß, wunderte sich, warum man diesen Beschluß so lange aufgeschoben hatte. Er verlagerte sein Gewicht und biß die Zähne zusammen. Als er das Auge abermals an den Spalt legte, war der Pnume verschwunden. Oberaufseher und Gangwärter standen schweigend im Raum, ohne voneinander Notiz zu nehmen.

Die Zeit verging; Reith wußte nicht zu sagen, wieviel Minuten verstrichen. Seine Muskeln tobten und schmerzten, aber jetzt fürchtete er sich davor, die Lage zu verändern. Er holte tief Luft und faßte sich in Geduld.

Dann und wann murmelten die Pnumekin etwas; dabei blickten sie die ganze Zeit aneinander vorbei, als würden sie sich an die Luft wenden. Reith verstand ein bis zwei Sätze: »... der Zustand des Mensch-Planeten. Dieser ist unbekannt ...« – »... Barbaren, Oberflächenbewohner, verrückt wie die Gzhindra ...« – »... Wertvoller Gegenstand, unsichtbar ...«

Der Pnume kehrte zurück, gefolgt von einem zweiten: ein riesengroßes Wesen, das so leise wie ein Fuchs auftrat. Es trug einen rechteckigen Aktenkoffer, den es sanft und präzise auf eine Bank legte – einen Meter von Reiths Versteck entfernt. Dann schien es sich in Träumereien zu verlieren. Einen Moment lang geschah gar nichts. Der Gangwärter mit dem niedrigsten Status sprach als erster: »Wenn eine Lieferung durch den Gong angekündigt wird, ist der Sack gewöhnlich schwer. Uns gibt ein leerer Sack Rätsel auf. Offensichtlich ist keine Lieferung erfolgt, oder der Gegenstand hat einen Geheimstollen über die Klasse Zehn hinaus entdeckt.«

Der Bezirkswart drehte sich beiseite, breitete den schwarzen Mantel ganz weit aus und drückte auf die Schnappschlösser des Köfferchens. Die beiden Pnumekin sowie der erste Pnume studierten interessiert die Wandkristalle. Der Bezirkswart öffnete den Aktenkoffer und zog eine in weiches blaues Leder gebundene Mappe heraus. Er öffnete sie mit großer Sorgfalt, blätterte darin, musterte ein Gewirr aus farbigen Linien. Dann klappte er die Mappe wieder zu und legte sie zurück in den Aktenkoffer. Nach einem Moment des Nachdenkens sagte er so leise, daß Reith ihn nur mit Mühe verstehen konnte: »Es gibt einen alten Stollen der Klasse Vierzehn. Er verläuft achthundert Meter in nördlicher Richtung und mündet in den Jha Nu.«

Die Pnumekin schwiegen. Der erste Pnume meinte: »Wenn der Gegenstand in den Jha Nu geraten ist, könnte er die Galerie durchqueren und über Ohma Fünf zum Oberen Haupttunnel hinabsteigen. Dann könnte er sich der Blauen Anhöhe oder sogar dem Zhu-Aussichtsturm zuwenden und so die Ghaun* erreichen.«

Der Bezirkswart erwiderte: »All das ist nur möglich, wenn der Gegenstand die Geheimnisse kennt. Setzen wir aber voraus, daß er einen Stollen der Klasse Vierzehn benutzt hat, so könnten wir auch das übrige voraussetzen. Wie unsere Geheimnisse bekannt wurden – wenn dem so ist –, bleibt ungeklärt.«

»Verblüffend«, murmelte der Gangwärter.

Der Oberaufseher jammerte: »Wenn ein Ghian** schon

* Ghaun: Ein wüstes, dem Wind und Wetter ausgesetztes Gebiet. Im Sprachgebrauch der Pnume: die Oberfläche von Tschai, mit nachdrücklich betonten Nebenbedeutungen wie Ausgesetztsein, bedrückende Leere, Trostlosigkeit.
** Ghian: ein Bewohner der Ghaun, ein Oberflächenbewohner.

Geheimnisse der Klasse Vierzehn kennt, wie können sie dann vor den Dirdir sicher sein?«

Die Zehen beider Pnume krümmten sich und klopften auf den Steinboden.

»Die Sachlage ist bisher noch ungeklärt«, wiederholte der Bezirkswart. »Eine Untersuchung des Stollens wird genauere Auskünfte erteilen.«

Die Gangwärter von niedrigem Rang verließen den Raum zuerst. Der Oberaufseher, der offensichtlich in Gedanken versunken war, schlängelte sich hinter ihnen her und ließ die beiden Pnume zurück, die regungslos und starr dastanden wie zwei Insekten. Der erste Pnume trottete mit leisen Vorwärtsschritten davon. Der Bezirkswart verweilte. Reith fragte sich, ob er hinausstürmen und versuchen sollte, ihn zu überwältigen. Er hielt sich jedoch zurück. Wenn die Pnume dieselben Superkräfte besaßen wie die Phung, hätte sich Reith in einer schrecklichen Situation befunden. Noch ein Gedanke ging ihm durch den Kopf: Würde der Pnume unter Druck fügsam werden? Reith wußte es nicht. Er vermutete aber, daß das nicht der Fall war.

Der Bezirkswart hob den Lederkoffer auf und sah sich vorsichtig im ganzen Raum um. Er schien zu lauschen. Mit abnormer Schnelligkeit trug er den Koffer zu einer kahlen Gesteinswand. Reith beobachtete ihn fasziniert. Der Bezirkswart streckte den Fuß vor und berührte mit den Zehen zart drei Felshöcker. Ein Teil der Wand glitt zurück und gab einen Hohlraum frei, in den der Bezirkswart den Koffer legte. Der Fels glitt an seinen Platz zurück; die Wand war wieder geschlossen. Jetzt folgte der Bezirkswart schnell den anderen.

3. Kapitel

Der Raum war leer. Reith stolperte aus dem Wandschrank und humpelte quer durch die Höhle. Die Wand wies keinen Spalt, keine Fuge auf. Die Ausführung war mikroskopisch genau.

Reith bückte sich und berührte die drei Höcker. Der Felsen glitt zurück und zur Seite. Reith zog den Aktenkoffer heraus. Nach kurzem Zögern öffnete er ihn und entnahm ihm die Mappe. Aus dem Wandschrank holte er einen Karton mit kleinen Flaschen aus dunklem Glas, die ungefähr das gleiche wogen wie die Mappe. Er verstaute ihn im Aktenkoffer, legte diesen wieder in den Hohlraum und drückte auf die Höcker. Das Loch schloß sich; die Wand war nur noch massiver Fels.

Reith stand in der Mitte des Raumes und hielt die Mappe in der Hand, die offensichtlich einen wertvollen Gegenstand darstellte. Wenn er der Entdeckung und Gefangennahme entgehen, wenn er die Schrift der Pnume entziffern konnte – was ihm alles sehr unwahrscheinlich erschien –, war es denkbar, daß er einen Weg zur Oberfläche ausfindig machte.

Aus dem Schrank nahm er einen Mantel und zog ihn an. Außerdem einen etwas zu kleinen Hut, den er sich jedoch mittels Drehen und Zerren über den Kopf stülpen konnte. Die Angewohnheit der Pnumekin, sich möglichst unauffällig zu verhalten, würde ihm gute Dienste leisten. Niemand würde sich verstohlener und zurückhaltender benehmen als er. Jetzt mußte er von der Bildfläche verschwinden und einen abgelegenen Ort finden, wo er die Mappe in Ruhe studieren konnte. Reith steckte sie unter seine Jacke und betrat den weiß gepflasterten Gang. Dabei setzte er leise einen Fuß vor den anderen, wie er es bei den Pnumekin gesehen hatte.

Der Gang lag lang und leer vor ihm. Endlich mündete er auf eine Galerie, die Aussicht gewährte auf einen großen Raum, von dem ein emsiges Summen und Scharren zu ihm heraufdrang.

Die Höhle lag sechs Meter weiter unten. An den Wänden hingen Karten und Schriftzeichen. In der Mitte wurden Pnumekin-Kinder unterrichtet. Reith war auf eine Schule gestoßen.

Weil er im Schatten stand, konnte Reith ohne Furcht vor Entdeckung hinunterblicken. Er zählte drei Gruppen Kinder, weiblich wie männlich – zwanzig in jeder Gruppe. Wie ihre Eltern trugen sie schwarze Mäntel und flachkronige Hüte. Die schmalen, bleichen Gesichter wirkten kränklich und abgehärmt und waren fast lächerlich ernst. Keines von ihnen schwatzte. Sie starrten in die Luft und unterzogen sich ruhig und feierlich einer Art Turnübung. Die Kinder wurden von drei Pnumekin-Frauen unbestimmbaren Alters beaufsichtigt. Sie waren wie die Männer in Mäntel gehüllt und unterschieden sich von diesen nur auf Grund ihrer geringeren Körpergröße und der etwas weniger strengen Gesichtszüge.

Die Kinder trotteten infolge der Übung immer weiter; die Stille wurde nur vom Scharren ihrer Füße unterbrochen. Hier kann ich nichts erfahren, dachte Reith. Er blickte in beide Richtungen, dann wandte er sich nach links. Ein gekrümmter Tunnel führte zu einer zweiten Galerie; sie gewährte Aussicht auf eine noch größere Höhle als die erste: einen Speisesaal. In der Mitte reihten sich Tische und Bänke aneinander, aber der Raum war leer bis auf zwei Pnumekin, die weit voneinander entfernt saßen und sich tief über ihre Schalen mit Haferschleim beugten. Erst jetzt spürte Reith, daß er auch Hunger hatte.

Er vernahm ein Geräusch. Über die Galerie kamen zwei Pnumekin, einer hinter dem anderen. Reiths Herz begann so laut zu pochen, daß er fürchtete, sie würden es beim Näherkommen hören. Er senkte den Kopf, zog die Schultern hoch und schlich in der – wie er hoffte – typischen Fortbewegungsart der Pnumekin weiter. Die beiden passierten ihn mit abgewandten Augen, in Gedanken bei weit entrückten Dingen.

Mit etwas größerer Zuversicht ging Reith weiter. Der Tunnel wurde kurz darauf breiter und mündete in einen annähernd kreisförmigen Knotenpunkt, die Kreuzung von drei Gängen. Eine Wendeltreppe, die man in den grauen Naturfelsen gehauen hatte, führte zur darunterliegenden Sohle.

Die unterirdischen Gänge wirkten trostlos und düster. Reith hielt sie nicht für vielversprechend. Er zögerte, fühlte sich müde und entmutigt. Die Karten waren, wie er entschied, keine große Hilfe. Er brauchte die – freiwillige oder erzwungene – Unterstützung eines Pnumekin. Außerdem knurrte ihm der Magen. Leise schlich er zur Treppe und stieg nach zehn Sekunden der Unentschlossenheit hinunter. Dabei bedauerte er jeden Schritt, der ihn noch weiter von der Oberfläche fortführte. Reith landete in einem kleinen Vorzimmer neben dem Speisesaal. Eine nahe gelegene Tür führte anscheinend in die Küche. Reith spähte vorsichtig hindurch. Mehrere Pnumekin arbeiteten an den Tischen; wahrscheinlich bereiteten sie das Essen für die Kinder im Schulzimmer zu.

Reith zog sich zurück und entfernte sich in einem düsteren und ruhigen Seitenweg. In der hohen Decke befanden sich nur vereinzelte Lichtkörner. Nach dreihundert Metern bog der Gang nach links und endete plötzlich am Rande eines Abgrundes. Von unten drang das Geräusch fließenden Wassers herauf. Höchstwahrscheinlich ein Schuttabladeplatz für Abfall und Müll, überlegte Reith. Er blieb stehen und fragte sich, wohin er gehen und was er tun sollte; dann kehrte er in das Vorzimmer zurück. Hier entdeckte er eine kleine Vorratskammer, die mit Tüten, Säcken und Kisten vollgestopft war. Nahrungsmittel, dachte Reith. Er zögerte. Die Kammer wurde von den Köchen sicher häufig benutzt. Aus dem Schulzimmer kamen die Kinder. Sie gingen im Gänsemarsch und hefteten die Augen gelangweilt auf den Boden. Reith betrat die Vorratskammer. Die Kinder würden seine Fremdartigkeit viel schneller wahrnehmen als Erwachsene. Er drückte sich hinter einen Stapel von Kisten. Kein hundertprozentig sicheres Versteck, aber auch nicht gefährlich. Selbst wenn jemand den Raum betrat, hatte er verhältnismäßig gute Chancen, nicht entdeckt zu werden. Seine Nervosität legte sich ein wenig. Er zog die Mappe hervor und schlug den weichen, blauen Lederdeckel auf. Die Seiten bestanden aus schönem, feinem Pergament. Die Kartographie war mit äußerster Sorgfalt in Schwarz, Rot, Braun, Grün und Hellblau gedruckt. Aber die Pläne und Linien sagten ihm nichts. Der Text setzte sich aus für ihn nicht entzifferbaren Buchstaben zusammen. Mit Bedauern klappte Reith die Mappe wieder zu und steckte sie unter seine Jacke.

Von einem Tresen vor der Küche nahmen sich die Kinder Schüsseln und trugen sie in den Speisesaal.

Reith sah durch eine Ritze zwischen den Schachteln zu und spürte stärker denn je, wie hungrig und durstig er war. Er untersuchte den Inhalt eines Sackes und fand getrocknete Pilgerschoten, eine äußerst nahrhafte, aber nicht sehr appetitanregende, lederne Pflanze. Die Schachteln neben ihm enthielten Tuben mit einer schmierigen schwarzen Paste, die ranzig und scharf schmeckte: offensichtlich eine Speisewürze. Reith wandte seine Aufmerksamkeit dem Tresen zu. Die letzten Kinder hatten ihre Schüsseln in den Speisesaal getragen. Der Servierraum war leer, aber auf dem Tisch standen noch sechs Schüsseln und ebenso viele Flaschen. Reith handelte, ohne lange nachzudenken. Er verließ die Vorratskammer, zog die Schultern hoch, ging zum Tresen, nahm eine Schüssel sowie eine Flasche und kehrte rasch in sein Versteck zurück. Die Schüssel enthielt Haferschleim aus Pilgerschoten, unter den man rosinenähnliche Maiskörner, kleine, farblose Fleischstücke und zwei Stengel eines sellerieartigen Gemüses gemischt hatte. Die Flasche enthielt einen halben Liter leicht schäumendes Bier, das angenehm bitter war. An der Flasche hing ein Päckchen mit sechs runden Waffeln, die Reith probierte, aber widerwärtig fand. Er aß deshalb nur den Haferschleim, trank dazu das Bier und beglückwünschte sich zu seiner Beherztheit.

In den Servierraum traten sechs ältere Kinder: schlanke junge Leute, die entrückt vor sich hin brüteten. Reith schaute zwischen den Schachteln hindurch und kam zu dem Schluß, daß sie alle weiblich waren. Fünf gingen am Tresen vorbei und nahmen ihre Schüsseln und Flaschen. Die letzte blieb verdutzt stehen, weil sie nichts zu essen vorfand. Reith beobachtete sie und wurde schuldbewußt gewahr, daß er ihr Abendbrot gestohlen und verschlungen hatte. Die anderen fünf gingen in den Speisesaal und ließen das sechste Mädchen zurück, das unsicher am Tresen wartete.

Fünf Minuten verstrichen. Sie sagte kein Wort, sondern stand nur mit zu Boden geschlagenen Augen da. Schließlich stellte eine unsichtbare Hand eine weitere Schüssel und eine Flasche auf den Tresen. Das Pnumekin-Mädchen nahm die Verpflegung und ging langsam in den Speisesaal.

Reith wurde es unbehaglich zumute. Er beschloß, wieder die Treppe hinaufzugehen, einen der Gänge auszuwählen und hoffentlich einen einzelnen, klugen Pnumekin zu treffen, den man überwältigen und in Todesangst versetzen konnte. Er stand auf, aber jetzt begannen die

Kinder den Speisesaal zu verlassen, und Reith zog sich wieder in seinen Schlupfwinkel zurück. Hintereinander marschierten sie auf leisen Sohlen in das Klassenzimmer. Noch einmal blickte Reith vor und wich abermals zurück, weil jetzt die fünf älteren Mädchen aus dem Speisesaal kamen. Sie glichen sich wie in einer Fabrik hergestellte Schaufensterpuppen: schlank und kerzengerade; eine Haut, die so weiß und dünn wie Papier war; geschwungene, kohlschwarze Augen sowie regelmäßige, wenn auch etwas kränkliche Gesichtszüge. Sie trugen die üblichen schwarzen Mäntel und schwarzen Hüte, welche die seltsame und unheimliche Unirdischkeit dieser irdischen Körper noch betonten. Es hätten fünf Exemplare ein und derselben Person sein können, obwohl Reith im gleichen Atemzug auch bewußt wurde, daß gewiß jede zwischen sich und den anderen Eigenheiten unterscheiden konnte, die für seine Wahrnehmungsgabe zu geringfügig waren. Jede glaubte, ohne sie würde die Welt aus den Fugen geraten.

Der Servierraum war leer. Reith verließ sein Versteck und rannte mit langen, schnellen Sprüngen zur Treppe hinüber. Gerade rechtzeitig: Aus der Küche kam einer der Köche und ging zur Vorratskammer. Hätte Reith eine Sekunde länger gezögert, wäre er entdeckt worden. Mit klopfendem Herzen eilte er die Treppe hinauf. Plötzlich machte er halt und hielt die Luft an. Von oben drang ein leises Geräusch: tapsende Schritte. Reith blieb wie angewurzelt stehen. Die Schritte wurden lauter. Auf der Treppe tauchten die rot und schwarz gefleckten Füße eines Pnume auf, dann flatternder, schwarzer Stoff. Reith zog sich hastig zurück und stand unentschlossen am Fuß der Treppe. Wohin jetzt? Er sah sich gehetzt um. In der Vorratskammer schaufelte der Koch Pilgerschoten aus einem Sack. Die Kinder waren im Unterrichtszimmer untergebracht. Reith blieb nur eine Möglichkeit. Er zog die Schultern hoch und stakste leise in den Speisesaal. An einem Tisch in der Mitte saß das Mädchen, dessen Abendessen er sich genommen hatte. Reith belegte den seiner Meinung nach unverdächtigsten Stuhl und saß schweißgebadet da. Seine Maskerade war nur behelfsmäßig. Ein einziger prüfender Blick würde seine Identität aufdecken.

Schweigsame Minuten verstrichen. Das Mädchen verweilte über dem Päckchen Waffeln, die es besonders zu genießen schien. Endlich stand sie auf und wollte den Raum verlassen. Reith senkte den Kopf: zu heftig, zu schnell – in einer unharmonischen Bewegung. Das Mädchen sandte einen bestürzten Blick in seine Richtung, und sogar jetzt behielt die Gewohnheit die Oberhand. Sie sah an ihm vorbei, ohne die Augen direkt auf ihn zu richten. Trotzdem erkannte sie Wahrheit. Einen Moment blieb sie wie zu Stein erstarrt stehen; ihr Gesichtsausdruck zeigte Ratlosigkeit und Skepsis. Dann stieß sie einen leisen Schreckensschrei aus und wollte aus dem Zimmer laufen. Reith war sofort bei ihr, preßte ihr die Hand auf den Mund und drückte sie gegen die Wand.

»Sei still«, murmelte er. »Keinen Ton! Verstanden?«

Sie starrte ihn erschrocken und benommen an. Reith schüttelte sie. »Keinen Ton! Verstehst du mich? Nick mit dem Kopf!«

Sie brachte es fertig, mit dem Kopf zu rucken. Reith nahm seine Hand von ihrem Mund. »Hör zu!« flüsterte er. »Hör ganz genau zu! Ich bin ein Mann von der Oberfläche. Man hat mich entführt und hierher verschleppt. Ich bin geflohen, und jetzt will ich zur Oberfläche zurückkehren. Hörst du mich?« Sie gab keine Antwort. »Hast du verstanden? Antworte!« Er rüttelte ein zweites Mal die mageren Schultern.

»Ja.«

»Weißt du, wie man zur Oberfläche kommt?«

Sie senkte die Lider und starrte zu Boden. Reith warf einen flüchtigen Blick in den Servierraum. Sollte einer der Köche zufällig in den Speisesaal schauen, war alles aus. Und der Pnume, der die Treppe herunterstieg, was war mit ihm? Und die Galerie! Er hatte die Galerie völlig vergessen! Krank vor Angst suchte er die Schatten oben ab. Niemand beobachtete sie. Aber sie konnten nicht mehr hierblieben, nicht eine einzige Minute länger. Er packte das Mädchen am Arm. »Komm mit. Keinen Ton, denk daran! Oder ich muß dir weh tun!«

Er zerrte sie an der Wand entlang zur Tür. Der Servierraum war leer. Aus der Küche drang ein mahlendes Geräusch sowie das Klappern von Metall. Von dem Pnume keine Spur.

»Die Treppe hinauf«, flüsterte Reith.

Sie stieß einen Protestlaut aus. Reith schlug ihr mit der Hand auf den Mund und zog sie die Stufen empor. »Nach oben! Tu, was ich sage, dann geschieht dir nichts!«

Sie bat leise und ruhig: »Geh fort.«

»Das will ich ja«, murmelte Reith. »Nur weiß ich nicht, wie!«

»Ich kann dir nicht helfen.«

»Du mußt. Die Stufen hinauf. Schnell!«

Plötzlich drehte sie sich um und rannte so leichtfüßig die Treppe hinauf, als ob sie fliegen würde. Reith war überrascht. Er sprang ihr nach, aber sie ließ ihn weit hinter sich und eilte einen der Gänge entlang. Die Verzweiflung verlieh ihr Flügel. Genauso verzweifelt folgte ihr Reith und holte sie nach fünfzehn Metern ein. Er warf sie gegen die Wand, wo sie keuchend stehenblieb. Reith blickte den Gang hinauf und hinunter. Zu seiner grenzenlosen Erleichterung war niemand zu sehen. »Willst du sterben?« zischte er ihr ins Ohr.

»Nein!«

»Dann tu, was ich sage!« grollte Reith. Er hoffte, die

Drohung würde sie überzeugen; und tatsächlich fiel ihr Gesicht ein; ihre Augen wurden groß und dunkel. Sie versuchte zu sprechen, und schließlich fragte sie: »Was willst du von mir?«

»Zuerst führst du mich an einen abgelegenen Ort, wo niemand hinkommt!«

Mit hängenden Schultern wandte sie sich ab und ging weiter. Reith erkundigte sich mißtrauisch: »Wohin bringst du mich?«

»In den Strafraum.«

Einen Moment später bog sie in einen Seitenweg, der kurz darauf in einer runden Höhle endete. Das Mädchen trat zu zwei schwarzen Cabochons aus Feuerstein. Sie blickte wie eine böse Märchenfee über die Schulter und drückte auf die schwarzen Kugeln. Ein Tor öffnete sich, dahinter lag ein dunkler Raum. Das Mädchen trat ein; Reith blieb ihm dicht auf den Fersen. Sie betätigte einen Schalter. Eine Leuchttafel spendete blasses Licht.

Sie standen auf dem Sims am Rande eines Abgrundes. Ein bizarrer, dem Insektenbein ähnlicher Drehkran ragte in die pechschwarze Finsternis hinaus; am Ende des Kranarms hing ein Seil nach unten.

Reith sah das Mädchen an. Es erwiderte schweigend seinen Blick mit halb verschreckter, halb träger Gleichgültigkeit. Reith klammerte sich an den Drehkran und blickte vorsichtig über den Rand. Ein kalter Luftzug schlug ihm ins Gesicht, und er wandte sich schaudernd ab. Das Mädchen stand regungslos da. Reith vermutete, daß ihr die plötzlich auf sie einstürzenden Ereignisse einen Schock versetzt hatten. Der zu knappe Hut drückte. Reith zog ihm vom Kopf. Das Mädchen wich zur Wand zurück. »Warum nimmst du den Hut ab?«

»Er tut mir weh«, erklärte Reith.

Das Mädchen blickte unsicher an ihm vorbei in die Dunkelheit und fragte leise: »Was soll ich tun?«

»Bring mich so schnell wie möglich zur Oberfläche.«

Das Mädchen gab keine Antwort. Reith fragte sich, ob sie ihn überhaupt verstanden hatte. Er versuchte ihr in die Augen zu sehen. Sie wandte sich ab. Reith zerrte ihr den Hut vom Kopf. Ein seltsames, unheimliches Antlitz blickte ihm entgegen; die blutleeren Lippen bebten vor Angst. Sie war älter, als ihre unterentwickelte Figur vermuten ließ, obwohl Reith ihr Alter nicht genau zu schätzen vermocht hätte. Die bleichen und düsteren Gesichtszüge waren so regelmäßig, daß man sie schwer beschreiben konnte. Ihr Haar – ein kurzes, schwarzes Gewirr – umschloß den Schädel wie eine Filzkappe. Reith glaubte, daß sie blutarm und nervenschwach war, zugleich menschlich und nichtmenschlich, weiblich und geschlechtslos.

»Warum tust du das?« fragte sie erstickt.

»Ich weiß nicht. Vielleicht aus Neugier.«

»Das verletzt die Intimsphäre«, murmelte sie und preßte die Hände auf ihre mageren Wangen. Reith zuckte die Achseln, weil ihn ihre Schüchternheit nicht interessierte. »Ich will, daß du mich zur Oberfläche führst.«

»Das kann ich nicht.«

»Warum nicht?«

Sie schwieg.

»Hast du keine Angst vor mir?« fragte Reith sanft.

»Nicht soviel wie vor der Grube.«

»Die Grube liegt gleich dort drüben.«

Sie warf ihm einen bestürzten Blick zu. »Du würdest mich in die Grube werfen?«

Reith sagte, wie er hoffte, drohend: »Ich bin ein Flüchtling und muß unbedingt wieder zur Oberfläche zurück.«

»Ich wage nicht, dir zu helfen«, erklärte sie leise und sachlich. »Die *zuzhma kastchai* würden mich dafür bestrafen.« Sie musterte den Drehkran. »Die Finsternis ist schrecklich. Wir fürchten uns vor ihr. Manchmal wird das

Seil durchschnitten, und man hört von der betreffenden Person nie wieder.«

Reith war verblüfft. Das Mädchen, das sein Schweigen für unheilvoll hielt, fragte zaghaft: »Selbst wenn ich dir helfen wollte, wie könnte ich? Ich kenne nur den Weg zum Ausgang der Blauen Anhöhe, und dorthin darf ich nicht; außer«, fügte sie nachdenklich hinzu, »wenn es sich herausstellen würde, daß ich ein Gzhindra bin. Dich würde man natürlich gefangennehmen.«

Reiths Plan geriet ins Wanken. »Dann bring mich zu einem anderen Ausgang.«

»Einen anderen kenne ich nicht. Das sind Geheimnisse, in denen mein Stand nicht unterwiesen wird.«

»Komm hierher ins Licht«, bat Reith, »sieh dir das an.«

Er zog die Mappe heraus, öffnete sie und legte sie ihr vor. »Zeig mir, wo wir jetzt sind.«

Das Mädchen sah auf die Mappe, stieß einen erstickten Schrei aus und fing an zu zittern.

»Was ist das?«

»Ich habe es einem Pnume gestohlen.«

»Das sind die Hauptkarten! Mein Leben ist verwirkt. Man wird mich in die Grube werfen!«

»Mach die Dinge bitte nicht komplizierter, als sie sind«, schimpfte Reith. »Sieh dir die Karten an, such einen Weg zur Oberfläche und führ mich hin. Dann kannst du wieder tun und lassen, was du willst. Niemand wird dir etwas anmerken.«

Das Mädchen starrte ihm wütend und verständnislos ins Gesicht. Reith rüttelte die mageren Schultern. »Was ist los mit dir?«

Ihre Stimme war nur ein tonloses Murmeln. »Ich habe Geheimnisse gesehen.«

Reith befand sich nicht in der Stimmung, für so abstrakte und unwirkliche Bedenken Mitleid aufzubringen. »Schön. Du hast die Karten gesehen. Der Schaden ist angerichtet. Jetzt sieh sie dir noch ein zweites Mal an und finde einen Weg zur Oberfläche!«

Ein sonderbarer Ausdruck überzog das magere Gesicht. Reith fragte sich, ob sie tatsächlich verrückt geworden war. Welch verschrobenes Schicksal hatte ihm nur – trotz all der Pnumekin, die durch die Gänge wanderten – ein labiles Mädchen beschert? Sie blickte ihn zum erstenmal direkt und forschend an. »Du bist ein Ghian.«

»Natürlich, ich lebe auf der Oberfläche.«

»Wie ist sie? Sehr schlimm?«

»Die Oberfläche von Tschai? Sie hat ihre Mängel.«

»Jetzt muß ich als Gzhindra leben.«

»Das ist besser als hier unten im Dunkeln.«

Das Mädchen sagte dumpf: »Ich muß zur Ghaun.«

»Je eher, desto besser«, pflichtete Reith bei. »Schau dir noch einmal die Karte an. Zeig mir, wo wir uns befinden.«

»Ich kann nicht!« stöhnte das Mädchen. »Ich wage es nicht!«

»Komm schon!« bellte Reith. »Es ist nur Papier.«

»Nur Papier! Es wimmelt von Geheimnissen. Geheimnisse der Klasse Zwanzig. Mein Verstand ist dafür zu gering!«

Reith vermutete den Beginn eines hysterischen Anfalls, obwohl ihre Stimme leise und monoton geblieben war. »Um ein Gzhindra zu werden, mußt du zur Oberfläche. Um die Oberfläche zu erreichen, müssen wir einen Ausgang finden – je geheimer, desto besser. Wir besitzen Geheimkarten. Wir haben Glück.«

Sie wurde ruhig und spähte aus den Augenwinkeln sogar auf die Mappe. »Wie hast du die eigentlich bekommen?«

»Ich habe sie einem Pnume gestohlen.« Er schob ihr die Mappe zu. »Kannst du die Symbole entziffern?«

»Ja.« Vorsichtig beugte sie sich über die Mappe. Sie zuckte sofort wieder ängstlich zurück.

Reith zwang sich zur Geduld. »Hast du noch nie eine Landkarte gesehen?

»Ich habe ein geistiges Niveau von Vier. Ich kenne Geheimnisse der Klasse Vier, habe Landkarten der Klasse Vier gesehen. Das hier ist Klasse Zwanzig.«

»Aber du kannst diese Karten lesen.«

»Ja«, gab sie mürrisch und widerwillig zu. »Trotzdem wage ich es nicht. Nur einem Ghian würde es einfallen, ein derartig mächtiges Dokument durchzusehen ...« Ihre Stimme verlor sich in einem Murmeln. »Geschweige denn, es zu stehlen ...«

»Was werden die Pnume unternehmen, wenn sie entdecken daß es fort ist?«

Das Mädchen blickte über den Abgrund hinweg in die Ferne. »Dunkel, dunkel, dunkel. Ich werde ewig durch die Finsternis fallen.«

Reith wurde langsam unruhig. Das Mädchen schien sich nur auf seine eigenen Sorgen konzentrieren zu können. Er lenkte ihre Aufmerksamkeit auf die Karte. »Was bedeuten die Farben?«

»Sohlen und Stufen.«

»Und diese Symbole?«

»Tore, Pforten, Geheimwege. Kontaktpunkte. Verbindungsstellen. Anhöhen. Ausgänge, Wachtposten.«

»Zeig mir, wo wir jetzt sind!«

Zögernd sah sie genauer auf die Karte. »Nicht dieses Blatt. Blättere zurück ... weiter ... noch weiter ... hier.« Sie deutete mit dem Finger, den sie achtsam fünf Zentimeter über dem Papier schweben ließ. »Da. Die schwarze Markierung ist die Grube, die rosafarbene Linie das Sims.«

»Zeig mir den kürzesten Weg zur Oberfläche.«

»Der wäre – laß sehen.«

Reith lächelte leicht und versonnen. Einmal von ihren Klagen abgelenkt – die berechtigt genug waren, wie er zugeben mußte –, wurde das Mädchen sofort eifrig und vergaß sogar die Zurschaustellung ihres Gesichts.

»Der Ausgang bei der Blauen Anhöhe liegt hier. Um dorthin zu gelangen, müßte man diesen Seitenarm nehmen und dann die hellorangene Rampe hinaufsteigen. Aber das ist ein belebtes Gebiet mit bewachten Pforten. Man würde dich ergreifen, und mich gleichfalls, jetzt, wo ich die Geheimnisse gesehen habe.«

Die Frage nach Verantwortung und Schuld durchzuckte Reith, aber er schob sie beiseite. Eine verheerende Umwälzung war in sein Leben getreten, die wie eine Seuche auch auf sie übergegriffen hatte. Vielleicht gingen ihr ähnliche Gedanken durch den Kopf.

Sie warf ihm einen kurzen Blick aus den Augenwinkeln zu. »Wie bist du von der Ghaun hierher gekommen?«

»Die Gzhindra ließen mich in einem Sack herunter. Ich befreite mich, bevor die Pnumekin kamen. Hoffentlich glauben sie, daß die Gzhindra einen leeren Sack abgeliefert haben.«

»Wenn ein Exemplar der Hauptkarten fehlt? Niemand in den Unterständen würde sie berühren. Die *zuzhma kastchai** werden nicht eher ruhen, bis wir beide – du und ich – tot sind.«

»Ich sehne mich immer mehr danach, zu fliehen«, erklärte Reith.

»Ich auch«, pflichtete ihm das Mädchen mit treuherziger Einfachheit bei. »Ich will nicht fallen.«

Reith beobachtete sie ein bis zwei Sekunden und wunderte sich, daß sie ihm anscheinend nicht böse war. Es

*zuzhma kastchai: Kurzwort für einen Satz: Das alte und verborgene Volk, das vom dunklen Felsen und der Mutterscholle stammt.

war, als sei er wie eine Naturkatastrophe über sie hereingebrochen – ein Sturm, ein Blitzschlag, eine Springflut –, gegen die Unmut, Einwände, flehende Bitten ebenfalls sinnlos gewesen wären. Wie er dachte, hatte sich ihr Verhalten bereits ein wenig geändert. Sie beugte sich etwas weniger vorsichtig über die Karte als zuvor, um sie zu inspizieren. Sie deutete auf ein hellbraunes Y. »Da ist der Ausgang zu den Palisaden, wo mit den Ghian Handel getrieben wird. So weit war ich noch nie.«

»Können wir den erreichen?«

»Niemals. Die *zuzhma kastchai* bewachen ihn wegen der Dirdir. Dort stehen rund um die Uhr Posten.«

Reith deutete auf weitere hellbraune Y. »Sind das andere Öffnungen zur Oberfläche?«

»Ja. Aber wenn man dich auf freiem Fuß vermutet, wird man hier, da und dort eine Sperre errichten.« – Sie deutete mit dem Finger auf die entsprechenden Stellen. – »Außerdem sind diese Ausgänge alle abgeriegelt, und die im Ixa-Sektor gleichfalls.«

»Dann müssen wir irgendwo anders hingehen; zu anderen Sektoren.«

Das Gesicht des Mädchens zuckte. »Ich kenne keine.«

»Sieh auf die Karte.«

Sie folgte seiner Bitte und ließ den Finger dicht über dem farbigen Liniennetz laufen, wagte jedoch immer noch nicht, das Papier zu berühren. »Hier sehe ich einen Geheimweg. Klasse Achtzehn. Er führt von dem Gang dort drüben zum Breitenkreis Zwölf und kürzt den Weg um die Hälfte ab. Anschließend gelangen wir durch jeden dieser Stollen zu den Frachthäfen.«

Reith stand auf und zog den Hut ins Gesicht. »Sehe ich wie ein Pnumekin aus?«

Sie musterte ihn kurz und teilnahmslos. »Dein Gesicht ist seltsam. Die Witterung auf der Ghaun hat deine Haut gegerbt. Nimm etwas Staub und reib ihn dir ins Gesicht.«

Reith tat, wie geheißen. Das Mädchen beobachtete ihn, ohne eine Miene zu verziehen. Reith fragte sich, was wohl in ihrem Kopf vorgehen mochte. Sie hatte sich ohne übermäßig viel Aufhebens zur Ausgestoßenen, zum Gzhindra erklärt. Oder sann sie heimlich auf Verrat? »Verrat« ist vielleicht zuviel gesagt, überlegte Reith. Sie hatte ihm nicht Treue geschworen, schuldete ihm keine Loyalität – in Wirklichkeit sogar eher das Gegenteil. Wie konnte er sie also unter Kontrolle halten, wenn sie sich auf den Weg machten? Reith dachte scharf nach und musterte seine Leidensgenossin, während diese immer nervöser wurde. »Warum siehst du mich so an?«

Reith hielt ihr die blaue Mappe entgegen. »Trag das unter deinem Mantel, so daß man es nicht sieht.«

Das Mädchen taumelte entgeistert zurück. »Nein.«

»Du mußt.«

»Das wage ich nicht. Die *zuzhma kastchai* ...«

»Versteck die Karten unter deinem Mantel«, befahl Reith. »Ich bin ein verwegener Kerl und schrecke vor nichts zurück, um wieder zur Oberfläche zu kommen.«

Mit kraftlosen Fingern nahm sie die Mappe, wandte ihm den Rücken zu, spähte argwöhnisch über die Schulter auf Reith und barg die Mappe unter ihrem Mantel. »Also komm«, krächzte sie. »Wenn wir erwischt werden, ist mein Schicksal besiegelt. Ich hätte mir niemals träumen lassen, ein Gzhindra zu sein.«

Sie öffnete das Tor und blickte in die runde Höhle hinaus. »Die Luft ist rein. Denk daran: Geh leise, beug dich nicht nach vorn. Wir müssen über die Fer-Kreuzung, und dort arbeiten Leute. Die *zuzhma kastchai* sind überall anzutreffen. Wenn wir einem begegnen, dann bleib stehen, tritt in den Schatten oder kehr das Gesicht zur Wand. Das gilt als respektvoll. Beweg dich nicht hastig, schlenkere nicht mit den Armen.«

Sie trat in die runde Höhle hinaus und trippelte weiter

den Gang entlang. Reith folgte fünf bis sechs Schritte hinter ihr und versuchte, die Haltung der Pnumekin nachzuahmen. Trotzdem war er ausgeliefert. Sie konnte schreiend zu dem ersten Pnumekin laufen, den sie trafen, und auf die Gnade der Pnume hoffen. Die Lage war höchst ungewiß.

Sie legten achthundert Meter zurück, stiegen eine Rampe hinauf, eine zweite hinunter und kamen in einen Hauptstollen. Im Abstand von sechs Metern befanden sich schmale Türen im Felsen. Neben jeder stand ein gerillter Sockel mit flacher, glatter Oberfläche, dessen Zweck Reith nicht erriet. Der Gang wurde breiter, und sie betraten die Fer-Kreuzung, eine geräumige, sechseckige Halle mit einem Dutzend polierter Marmorsäulen, welche die Decke stützten. Rundum saßen in düsteren kleinen Nischen Pnumekin und schrieben in Hauptbücher; gelegentlich führten sie auch geistesabwesende und scheinbar unschlüssige Gespräche mit anderen Pnumekin, die sie aufgesucht hatten.

Das Mädchen trat zur Seite und blieb stehen. Reith machte ebenfalls halt.

Sie blickte ihn an, dann sah sie nachdenklich zu einem Pnumekin in der Mitte des Raumes: einem großen, hageren Mann in ungewöhnlich aufmerksamer Haltung. Reith trat in den Schatten einer Säule und beobachtete das Mädchen. Ihr Gesicht war leer wie eine weiße Leinwand, aber Reith wußte, daß sie abermals die Umstände überdachte, die über ihre farblose Existenz hereingebrochen waren. Sein Leben hing davon ab, wie sie ihre Ängste gegeneinander abwägte: den bodenlosen Abgrund gegen das windige, braune Firmament an der Oberfläche.

Langsam trat sie zu Reith in den Schatten der Säule. Zumindest für den Augenblick hatte sie ihre Wahl getroffen.

»Der große Mann dort drüben: er ist Abhörer*. Siehst du, wie er alles beobachtet? Ihm entgeht nichts.«

Eine Zeitlang beobachtete Reith den Abhörer und bekam immer weniger Lust, den Raum zu durchqueren. Er murmelte dem Mädchen zu: »Weißt du einen anderen Weg zu den Frachthäfen?«

Sie dachte nach. Jetzt, wo sie sich zur Flucht entschlossen hatte, konzentrierte sie sich etwas mehr, als hätte sie die Gefahr aus den Träumereien ihrer früheren Existenz gerissen.

»Ich glaube«, sagte sie schließlich zweifelnd, »ein zweiter Weg führt an den Fabrikhallen vorbei. Aber er ist lang, und andere Abhörer stehen bereit.«

»Hmm.« Reith wandte sich um und beobachtete den Abhörer der Fer-Kreuzung.

»Siehst du«, sagte er plötzlich, »er dreht sich mal in diese, mal in jene Richtung. Wenn er uns den Rücken kehrt, gehe ich zur nächsten Säule; und du folgst mir.«

Einen Moment später schwang der Abhörer herum. Reith trat in den Raum hinaus und sprang zur zweiten Marmorsäule. Das Mädchen folgte ihm langsam und noch immer ein wenig unentschlossen, wie es Reith vorkam.

Reith konnte jetzt nicht um die Säule blicken, ohne zu riskieren, daß er die Aufmerksamkeit des Abhörers auf sich lenkte. »Sag mir, wann er wegschaut«, flüsterte er dem Mädchen ins Ohr.

»Jetzt.«

Reith erreichte die dritte Säule. Dann benutzte er eine Reihe langsam marschierender Pnumekin als Schutzschild und ging weiter zur nächsten. Jetzt blieb nur noch

* Eine etwas unglückliche Übersetzung des Kurzwortes *gol'eszitra;* der Satz bedeutet »Aufsichtsintelligenz mit Ohren, die auf grobe Störungen achten«.

ein freier Abschnitt. Der Abhörer schwenkte plötzlich herum, und Reith duckte sich hinter die Säule: ein tödliches Versteckspiel. Aus einem Seitengang betrat ein Pnume die Halle und kam auf vorantappenden Sohlen leise näher.

Das Mädchen zischte tonlos: »Der Schweigende Kritiker ... Sei vorsichtig.« Sie glitt mit gesenktem Kopf davon, als wäre sie tief in Gedanken versunken. Der Pnume blieb stehen – keine fünfzehn Meter von Reith entfernt, der ihm den Rücken zukehrte. Es waren nur noch ein paar Schritte bis zum Norden der Passage. Reiths Schulterblätter zuckten. Er konnte es nicht länger ertragen, neben der Säule zu stehen. Er überquerte die freie Fläche und meinte, aller Augen seien auf ihn gerichtet. Bei jedem Schritt erwartete er einen empörten Schrei, einen Warnruf. Die Stille wurde bedrückend. Nur mit Mühe konnte er den Wunsch bezwingen, über die Schulter zurückzuschauen. Er erreichte die Gangmündung, warf einen vorsichtigen Blick nach hinten – und starrte direkt in die Augenhöhlen des Pnume. Langsam, mit klopfendem Herzen drehte sich Reith um und ging weiter. Das Mädchen war vorausgegangen. Er rief ihr leise nach: »Lauf voraus. Finde den Verbindungsgang der Klasse Achtzehn.«

Sie schenkte ihm einen bestürzten Blick. »Der Schweigende Kritiker ist in der Nähe. Ich darf nicht laufen. Wenn er es sähe, würde er es als ungestümes Verhalten werten.«

»Kümmere dich nicht um die Etikette«, riet Reith. »Finde so schnell wie möglich den Verbindungsgang.«

Sie beschleunigte den Schritt. Reith folgte ihr. Nach fünfzig Metern riskierte er einen Blick über die Schulter. Niemand verfolgte sie.

Der Gang gabelte sich. Das Mädchen blieb stehen. »Ich glaube, wir müssen nach links, bin aber nicht sicher.«

»Schau auf die Karte.«

Mit ungeheurem Abscheu wandte sie ihm den Rücken zu und zog die Mappe unter dem Mantel hervor. Sie konnte sich nicht dazu überwinden, damit zu hantieren, deshalb reichte sie ihm die Mappe, als wäre diese glühend heiß. Er blätterte darin, bis sie »Halt!« rief. Während sie die farbigen Linien musterte, blickte Reith weiter nach vorn. Dort, wo der Gang in die Fer-Kreuzung mündete, tauchte eine dunkle Gestalt auf. Reith hoffte mit zum Zerreißen gespannten Nerven, daß sich das Mädchen beeilte.

»Nach links, dann am Grenzstein Zwei-eins-zwei, eine blaue Platte. Typ Vierundzwanzig – ich muß den Text lesen. Hier steht es: vier Druckstellen. Drei – eins – vier – zwei.«

»Schnell«, zischte Reith mit zusammengebissenen Zähnen.

Sie schaute erschrocken den Gang entlang. »*Zuzhma kastchai!*«

Reith blickte gleichfalls zurück und versuchte, die Haltung der Pnumekin nachzuahmen. Der Pnume tappte langsam voran, aber ohne besondere Absicht – oder wenigstens kam es Reith so vor. Er ging weiter und überholte das Mädchen, das unterwegs die numerierten Grenzsteine am unteren Ende der Wand zählte: »Fünfundsiebzig ... achtzig ... fünfundachtzig ...« Reith blickte zurück. Jetzt befanden sich zwei schwarze Gestalten im Gang. Von irgendwoher war noch ein Pnume aufgetaucht. »Einhundertfünfundneunzig ... zweihundert ... zweihundertfünf ...«

Die blaue Platte, die eine rotpurpurne Patina überzog, befand sich nur eineinhalb Meter vom Boden entfernt. Das Mädchen fand die Druckstellen und berührte sie. Die Umrisse einer Tür erschienen, das Tor glitt auf.

Das Mädchen fing an zu zittern. »Das ist Klasse Achtzehn. Ich sollte nicht hineingehen.«

»Der Schweigende Kritiker folgt uns«, warnte Reith.

Sie keuchte und betrat den Gang. Er war eng und düster; in der Luft lag der ranzige Geruch, den Reith an den Pnume wahrgenommen hatte.

Das Tor schloß sich. Das Mädchen schob eine Klappe nach oben und spähte durch ein Guckloch. »Der Schweigende Kritiker kommt. Er wittert ungestümes Verhalten und will eine Bestrafung vornehmen – nein! Es sind zwei! Er hat einen Aufseher kommen lassen!« Sie stand stocksteif da und preßte das Auge an den Spion. Reith wartete wie auf glühenden Kohlen. »Was tun sie?«

»Sie suchen mit den Augen den Tunnel ab und fragen sich, warum wir nicht zu sehen sind.«

»Gehen wir weiter«, riet Reith. »Wir können nicht hier warten.«

»Der Aufseher kennt diesen Weg bestimmt. – Wenn sie hereinkommen ...«

»Ach, was.« Reith stiefelte los, und das Mädchen folgte ihm. Wir geben ein komisches Bild ab, schmunzelte Reith innerlich, wie wir da in flatternden schwarzen Mänteln und flachkronigen Hüten durch die Dunkelheit trotten. Das Mädchen wurde schnell müde. Darüber hinaus bremste sie das Tempo noch, weil sie immer wieder über die Schulter zurückblickte. Dann stieß sie einen resignierenden, krächzenden Laut aus und blieb stehen. »Sie haben den Gang betreten.«

Reith blickte gleichfalls zurück. Die Tür stand sperrangelweit auf. In der Öffnung zeichneten sich die beiden Pnume ab. Einen Augenblick verharrten sie stocksteif wie sonderbare schwarze Gliederpuppen, dann kam Bewegung in die Gestalten. »Sie sehen uns«, erklärte das Mädchen und stand mit gesenktem Haupt da. »Das bedeutet die Grube. – Also schön, gehen wir ihnen in aller Bescheidenheit entgegen.«

»Stell dich an die Wand«, befahl Reith. »Rühr dich

nicht vom Fleck. Sie müssen zu uns kommen. Es sind nur zwei.«

»Du wirst nichts tun können.«

Reith blieb die Antwort schuldig. Er hob einen faustgroßen Stein auf, der von der Decke gebröckelt war, und blieb abwartend stehen.

»Du kannst nichts tun«, stöhnte das Mädchen. »Üb dich in Bescheidenheit, in Friedfertigkeit ...«

Die Pnume näherten sich schnell, mit nach vorn ausschlagenden Schritten; die bleichen, vorspringenden Unterkiefer zuckten. Drei Meter entfernt machten sie halt und betrachteten die zwei, die an der Wand lehnten. Eine halbe Minute bewegte sich keine der beiden Gruppen, noch gab jemand einen Laut von sich. Der Schweigende Kritiker hob langsam den Arm und deutete mit zwei spindeldürren Fingern auf sie. »Kehr um.«

Reith rührte sich nicht. Das Mädchen stand mit glasigen Augen und vor Angst verzerrten Mundwinkeln an der Felswand.

Der Pnume befahl ein zweites Mal heiser und flötend: »Kehr um!«

Das Mädchen begann den Gang entlangzustolpern. Reith rührte sich nicht.

Die Pnume musterten ihn verblüfft. Sie flüsterten zischelnd miteinander, dann wiederholte der Schweigende Kritiker: »Kehr um.«

Der Aufseher murmelte fast unhörbar: »Du bist der Gegenstand, der bei der Übergabe entwischt ist.«

Der Schweigende Kritiker tappte vorwärts und streckte den Arm aus. Reith warf mit voller Kraft seinen Stein, der mitten im knochenbleichen Gesicht der Kreatur aufprallte. Ein Knirschen, und das Wesen torkelte gegen die Wand, stand zuckend da und bewegte ein Bein auf äußerst ungewöhnliche Weise auf und ab. Der Aufseher stieß ein kehliges Keuchen aus und griff an.

Reith wich zurück, zerrte sich den Mantel vom Leib und warf ihn mit einem kühnen Schwung über den Kopf des Pnume. Einen Augenblick lang schien ihn die Kreatur gar nicht zu bemerken und kam mit ausgebreiteten Armen vorwärts. Dann begann sie zu wanken und zu strampeln. Reith entfernte sich vorsichtig und suchte nach einem günstigen Angriffspunkt, solange die beiden mit ihren lautlosen Verrenkungen ein absonderliches, groteskos Ballett aufführten. Während der Schweigende Kritiker gleichgültig zusah, packte Reith den Arm des Aufsehers. Dieser fühlte sich an wie ein Eisenrohr. Der andere Arm schwenkte herum. Zwei spitze Krallen fuhren über Reiths Gesicht. Reith spürte es nicht. Er hob den Aufseher hoch, schleuderte ihn gegen die Wand. Dieser prallte ab und kam schnell auf Reith zu. Reith schlug nach dem langen, blassen Gesicht. Es fühlte sich kalt und hart an. Die Kräfte des Wesens waren unmenschlich. Reith mußte seinen Klauen ausweichen, was ihn in eine etwas verzwickte Lage brachte. Wenn er die Kreatur mit den Fäusten bearbeitete, würde er sich nur die Finger brechen.

Schritt für Schritt tappte der Aufseher auf krummen Beinen voran. Reith warf sich zu Boden und trat nach den Füßen der Kreatur, um diese aus dem Gleichgewicht zu bringen. Sie fiel. Reith sprang auf, um dem vom Schweigenden Kritiker erwarteten Angriff auszuweichen; aber dieser lehnte noch immer erst an der Wand und beobachtete den Kampf wie ein unparteiischer Zuschauer. Sein Verhalten brachte Reith aus der Fassung und lenkte ihn ab. Die Folge war, daß der Aufseher seinen Knöchel mit den Zehen des einen Fußes umklammerte und das andere Bein mit einer verblüffenden Körperstreckung um Reiths Hals schlang. Reith trat der Kreatur in die Magengrube. Es war, als würde man gegen einen Baumstamm treten. Reith verstauchte sich den Fuß. Die Zehen packten seinen Hals. Reith griff sich das Bein, drehte es um, bediente sich der Hebelkraft. Der Pnume wurde auf das Gesicht gezwungen. Reith kletterte auf seinen Rücken, packte den Kopf und zog ihn plötzlich mit einem gewaltigen Ruck nach hinten. Ein Knochen oder eine steife Membrane gab federnd nach, dann klickte es. Der Aufseher schlug heftig um sich, kam unerwartet auf die Beine und sprang mit auf dem Rücken baumelnden Kopf durch den Tunnel. Er stieß gegen den Schweigenden Kritiker, der auf dem Boden zusammensackte. Tot? Reith quollen die Augen aus den Höhlen. Tot.

Reith lehnte sich an die Wand und holte keuchend Luft. Dort wo ihn der Pnume angefaßt hatte, hatte er einen Bluterguß. Über sein Gesicht strömte Blut. Der Ellbogen war aufgeschürft, der Fuß verstaucht ... aber zwei Pnume lagen tot am Boden. In geringer Entfernung kauerte das Mädchen in schockartiger Trance. Reith stolperte vorwärts, berührte ihre Schulter. »Ich lebe. Du lebst.«

»Dein Gesicht blutet!«

Reith wischte mit dem Mantelsaum darüber. Er blickte auf die beiden Leichen hinunter; angewidert durchsuchte er sie, fand jedoch nichts von Bedeutung.

»Vermutlich sollten wir jetzt besser weitergehen«, sagte Reith.

Das Mädchen drehte sich um und trottete wieder den Tuunel entlang. Reith folgte ihr. Die Leichen der Pnume blieben in der Düsternis zurück.

Die Schritte des Mädchens wurden schleppend. »Bist du müde?« erkundigte sich Reith.

Seine Anteilnahme versetzte sie in Erstaunen, sie sah ihn argwöhnisch an. »Nein.«

»Nun, ich schon. Rasten wir ein Weilchen.« Er setzte sich stöhnend auf die Erde. Nach kurzem Zögern kauerte sie sich steif auf die andere Seite des Ganges. Reith musterte sie bestürzt. Wie es schien, hatte sie den Kampf mit den Pnume völlig aus ihrem Gedächtnis gestrichen. Das vom Hut beschattete Gesicht wirkte ganz gefaßt. Erstaunlich, überlegte Reith. Ihr Leben war zerstört worden; die Zukunft mußte wie ein einziges Fragezeichen vor ihr liegen. Trotzdem saß sie wie eine Marionette da – mit ausdruckslosem Gesicht, offensichtlich gar nicht unglücklich.

Sie fragte leise: »Warum siehst du mich so an?«

»Ich habe gerade überlegt«, antwortete er, »daß du – wenn man die Umstände in Betracht zieht – bemerkenswert sorglos ausschaust.«

Sie antwortete nicht sofort. Drückendes Schweigen lastete in dem düsteren Gang. Dann sagte sie: »Ich fließe auf dem Lebensstrom. Wie dürfte ich fragen, wohin er mich trägt? Es wäre unverschämt, Vorrechte zu erwarten. Schließlich ist das Leben ein Privileg, in dessen Genuß nur sehr wenige kommen.«

Reith lehnte sich an die Wand. »Sehr wenige? Wieso?«

Das Mädchen wurde unruhig. Ihre weißen Finger zuckten. »Wie es auf der Ghaun zugeht, weiß ich nicht. Vielleicht handhabt ihr die Dinge anders. In den Unterständen* gebären die Mutterfrauen zwölfmal, und nur die Hälfte – manchmal weniger – überlebt ...« Sie fuhr in schulmeisterlicher Betrachtung fort: »Ich habe gehört, daß alle Frauen auf der Ghaun Mutterfrauen sind. Stimmt das? Ich kann es nicht glauben. Würde jede zwölfmal gebären, würde es – selbst wenn sechs in die Grube wanderten – auf der Ghaun vor lebendem Fleisch wimmeln. Das scheint unvernünftig.« Sie fügte als möglicherweise zusammenhanglosen Nachgedanken hinzu: »Ich bin froh, daß ich niemals eine Mutterfrau sein werde.«

*Unterstände: Die ungenaue Wiedergabe eines Wortes, das die Begriffe von altersloser Ordnung, Ruhe und Geborgenheit in sich vereint, die Vielfalt eines Irrgartens.

Wieder war Reith verdutzt. »Wie willst du das wissen? Du bist doch noch jung.«

Das Gesicht des Mädchens zuckte, vielleicht, weil sie so verblüfft war.

»Hast du denn keine Augen im Kopf? Sehe ich wie eine Mutterfrau aus?«

»Ich weiß nicht, wie eure Mutterfrauen aussehen.«

»Sie bauschen sich an Brust und Hüften. Sind die Mutterfrauen der Ghian nicht so? Man behauptet, die Pnume entscheiden, wer Mutterfrau wird, und nehmen sie in den Kinderhort auf. Dort liegen sie im Dunkeln und setzen Kinder in die Welt.«

»Allein?«

»Mit den anderen Mutterfrauen.«

»Was ist mit den Vätern?«

»Man braucht keine Väter. In den Unterständen sind alle sicher. Schutz ist notwendig.«

Reith kam ein seltsamer Verdacht. »Auf der Oberfläche verhält es sich etwas anders«, erklärte er.

Sie beugte sich vor, und ihr Gesicht bekundete mehr Lebhaftigkeit, als Reith bisher bemerkt hatte. »Ich habe mich immer nach dem Leben auf der Ghaun gefragt. Wer sucht die Mutterfrauen aus? Wo setzen sie ihre Kinder in die Welt?«

Reith wich der Frage aus. »Es ist eine verzwickte Angelegenheit. Wenn du lange genug lebst, wirst du zur gegebenen Zeit vermutlich etwas darüber erfahren. Bis dahin ... ich heiße Adam Reith. Wie lautet dein Name?«

»›Name‹?* Ich bin weiblich.«

»Ja, aber wie lautet dein privater Name?«

Das Mädchen überlegte. »Auf den Warenrechnungen werden die Personen mittels Gruppe, Bereich und Zone

* ›Identifizierung‹, ›Name‹ und ›Typ‹ sind in der Sprache von Tschai ein und dasselbe Wort.

aufgelistet. Meine Gruppe ist Zith, Bereich Athan in der Pagaz-Zone. Meine Rangnummer lautet 210.«

»Zith Athan Pagaz 210. Zap 210. Das hat keine große Ähnlichkeit mit einem Namen. Trotzdem, es paßt zu dir.«

Das Mädchen ging auf Reiths Scherz nicht ein. »Erzähl mir, wie die Gzhindra leben.«

»Ich sah sie draußen in der Wüste stehen. Sie pumpten Betäubungsgas in das Zimmer, in dem ich schlief. Ich erwachte in einem Sack, und sie ließen mich in den Schacht hinab. Das ist alles, was ich über die Gzhindra weiß. Es muß bessere Lebensweisen geben.«

Zap 210, wie Reith sie jetzt nannte, bekundete Mißbilligung. »Immerhin sind es intelligente Lebewesen und keine wilden Tiere.«

Reith wußte darauf nichts zu erwidern. Sie war so unschuldig, daß ihr jede Information nur Angst und Schrecken einjagen würde. »Du wirst auf der Oberfläche viele verschiedenartige Leute treffen.«

»Höchst sonderbar«, meinte das Mädchen undeutlich und leise. »Plötzlich ist alles anders.« Sie starrte in die Dunkelheit. »Die anderen werden sich fragen, wo ich geblieben bin. Jemand wird meine Arbeit übernehmen.«

»Was hattest du zu tun?«

»Ich habe den Kindern Umgangsformen beigebracht.«

»Und in deiner Freizeit?«

»Züchtete ich Kristalle in der neu geschaffenen Bergkette im Ostviertel.«

»Unterhältst du dich mit deinen Freundinnen?«

»Manchmal, im Schlafsaal.«

»Hast du unter den Männern Freunde?«

Im Schatten des Hutes hoben sich die schwarzen Augenbrauen mißvergnügt. »Es ist unschicklich, mit Männern zu sprechen.«

»Ist es auch unschicklich, daß du hier bei mir sitzt?«

Sie erwiderte nichts. Wahrscheinlich ist ihr dieser

Gedanke noch gar nicht gekommen, dachte Reith. Jetzt hielt sie sich für ein gefallenes Mädchen. »Auf der Oberfläche«, beschwichtigte er, »verläuft das Leben anders und wird manchmal wirklich unschicklich. Vorausgesetzt, daß wir die Oberfläche lebend erreichen.«

Er zog die blaue Mappe hervor. Wie unter einer Reflexbewegung wich Zap 210 zurück. Reith schenkte ihr keine Beachtung. Mit zusammengekniffenen Augen studierte er in der matten Beleuchtung das Gewirr aus bunten Linien. Er zeigte etwas unsicher mit dem Finger darauf. »Wie mir scheint, befinden wir uns jetzt hier.« Keine Antwort von Zap 210. Nervös, ausgelaugt und mit schmerzenden Gliedern, wollte Reith sie wegen ihrer Interessenlosigkeit tadeln, biß sich dann aber auf die Zunge. Sie war nicht aus freien Stücken hier, rief er sich ins Gedächtnis. Sie verdiente weder Tadel noch Groll. Auf Grund seiner Handlungsweise hatte er für sie die Verantwortung übernommen. Reith grunzte ärgerlich, holte tief Luft und sagte so höflich wie möglich: »Wenn ich mich recht erinnere, führt dieser Gang dort hinüber« – er zeigte ihr die Stelle mit dem Finger – »und kommt in jener rosafarbenen Straße heraus. Habe ich recht?«

Zap 210 schielte nach unten. »Ja. Da ist ein äußerst geheimer Weg. Schau, er verbindet Athan mit Saltra. Sonst muß man einen großen Umweg über die Fei'erj-Kreuzung machen.« Widerwillig rückte sie näher und brachte den Finger bis auf fünf Zentimeter an das Pergament heran. »Zu diesem grauen Grenzstein wollen wir: zum Frachthafen am Ende des Versorgungskanals. Über die Fei'erj-Kreuzung wäre es unmöglich, weil die Strecke durch die Schlafsäule und die Metallspinnereien führt.«

Reith blickte versonnen auf die kleinen, roten Kreise, die die Ausgänge markierten. »Sie scheinen so nah, so leicht erreichbar zu sein.«

»Bestimmt bewacht man sie.«

»Was bedeutet diese lange, schwarze Linie?«

»Das ist der Frachtkanal, der beste Weg aus der Pagaz-Zone.«

»Und dieser breite grüne Fleck?«

Sie spähte hinunter und zog hastig die Luft ein. »Das ist der Pfad der Ewigkeit: ein Geheimnis der Klasse Zwanzig!« Sie lehnte sich zurück und bettete das Kinn zwischen die Knie. Reith widmete sich den Karten. Er spürte ihren Blick, sah auf und entdeckte, daß sie ihn recht eingehend musterte. Sie fuhr sich mit der Zunge über die blutleeren Lippen. »Warum bist du so ein wichtiger Gegenstand?«

»Ich weiß überhaupt nicht, warum ich ein ›Gegenstand‹ bin.« Obwohl das nicht ganz der Wahrheit entsprach.

»Sie wollen dich für die Ewigkeit. Gehörst du einer fremden Rasse an?«

»In gewisser Weise schon«, bestätigte Reith. Er rappelte sich mühsam auf. »Bist du bereit? Wir können eigentlich weitergehen.«

Zap 210 erhob sich wortlos, und sie setzten ihren Marsch durch den düsteren Gang fort. Sie legten eineinhalb Kilometer zurück und gelangten vor eine weiße Wand mit einer schwarzen Eisentür in der Mitte. Zap 210 preßte das Auge an das Guckloch. »Ein Rollwagen fährt vorbei. In der Nähe sind Leute.« Sie blickte sich nach Reith um. »Halt den Kopf gesenkt«, mahnte sie. »Zieh den Hut tiefer. Geh leise und mit gerade ausgerichteten Füßen.« Sie wandte sich wieder dem Guckloch zu. Ihre Hand wanderte zum Türriegel, drückte darauf; das Tor sprang auf. »Schnell, bevor man uns sieht.«

Die Augen zusammenkneifend betraten sie verstohlen den breiten, gewölbten Stollen. Die Pegmatitwände übersäten riesige Turmaline, die auf unbekannte Weise zum Leuchten gebracht wurden und rosa und blau schimmerten.

Zap 210 setzte sich in Bewegung. Reith folgte ihr in gebührendem Abstand. Fünfzig Meter vor ihnen rollte ein mit Säcken beladener, niedriger Karren auf klobigen, schwarzen Rädern. Irgendwo hinter ihnen erklang das Geräusch von Hämmern, die Metall bearbeiteten, außerdem ein Scharren, dessen Ursache Reith nie erfahren sollte.

Zehn Minuten stapften sie durch den Stollen. Viermal liefen Pnumekin vorbei: die beschatteten Gesichter abgewandt, in Gedanken Gebiete erforschend, die Reiths Vorstellungskraft überstiegen.

Das polierte Pegmatit ging plötzlich in schwarze Hornblende über; man hatte vorhandene weiße Quarzadern freigelegt, die wie Blattnerven über die schwarze Grundsubstanz zu wachsen schienen – das Endprodukt unvorstellbar vieler Jahrhunderte mühseliger Arbeit. Ganz weit vorn schwand der Stollen in einem winzigen dunklen Halboval, das unendlich langsam anwuchs. Dahinter lag schwarze Leere.

Die Öffnung weitete sich und hüllte sie ein. Sie traten auf ein Sims, das einen leeren Raum überblickte: so schwarz und leer wie der Weltraum. Fünfzig Meter rechts lag am Dock eine Barkasse vertäut, die in der Luft zu schweben schien. Reith vermutete in dem leeren Raum die Oberfläche eines unterirdischen Sees.

Sechs Pnumekin arbeiteten lustlos auf dem Dock und beluden das kleine Dampfboot mit Ballen.

Zap 210 drückte sich in den Schatten. Reith gesellte sich dazu und rückte ihr dabei für ihren Geschmack ein wenig zu dicht auf den Pelz. Sie wich pedantisch ein paar Zentimeter beiseite. »Was jetzt?« erkundigte sich Reith.

»Folge mir an Bord. Sprich zu niemandem.«

»Erhebt denn keiner dagegen Einspruch? Wird man uns nicht daran hindern?«

Das Mädchen warf ihm einen ausdruckslosen Blick zu.

»Pnumekin fahren mit den Barkassen. Auf diese Weise sehen sie weit entfernte Tunnels.«

»Aha«, spöttelte Reith. »Reiselust bei den Pnumekin. Sie besichtigen einen Tunnel.«

Das Mädchen bedachte ihn mit einem zweiten ausdruckslosen Blick.

Reith fragte: »Bist du früher schon mal auf einer Barkasse gefahren?«

»Nein.«

»Woher weißt du dann, wohin die Barkasse schippert?«

»Sie fährt nach Norden zu den Handelsregionen. Sie kann keinen anderen Weg nehmen.« Zap 210 spähte durch das Dämmerlicht. »Folge mir, und geh den Anstandsformen entsprechend.«

Sie setzte sich entlang des Docks in Bewegung; mit niedergeschlagenen Augen, wie eine Traumwandlerin. Reith wartete einen Moment, dann folgte er ihr.

Zap 210 blieb neben der Barkasse stehen und blickte geistlos über die blanke Fläche. Dann schritt sie – wie zerstreut – hinüber zur Barkasse, ging zur Außenbordseite und tauchte in den Schatten der Ballen.

Reith tat es ihr gleich. Die Pnumekin auf dem Dock, die vollauf mit eigenen Gedanken beschäftigt waren, schenkten ihm keinerlei Beachtung. Reith ging an Bord und konnte nicht verhindern, daß er den Schritt beschleunigte, während er in den Schatten der Schiffsfracht glitt.

Zap 210 schielte gespannt wie ein Drahtseil zu den Dockarbeitern. Langsam beruhigte sie sich. »Sie sind freudlos, sonst hätten sie es bemerkt. Torkeln und springen die Ghians immer, wenn sie sich bewegen?«

»Das würde mich nicht überraschen«, antwortete Reith. »Aber es hat keinen Schaden angerichtet. Das nächstemal ...« Er hielt plötzlich inne. Am entgegengesetzten Ende des Docks stand eine dunkle Gestalt; dann kam sie langsam auf die Barkasse zu und trat in den Lichtbereich. »Ein Pnume«, flüsterte Reith. Zap 210 verharrte regungslos.

Die Kreatur tappte vorwärts, dabei war sie blind für die Dockarbeiter, die ihr ihrerseits auch nicht einen Seitenblick gönnten. Sie schritt leise am Dock entlang und blieb neben der Barkasse stehen.

»Er hat uns gesehen«, flüsterte das Mädchen.

Reith stand niedergeschlagen auf den Schiffsplanken. Die Prellungen schmerzten, seine Arme und Beine waren taub und kraftlos. Er konnte keinen zweiten Kampf durchstehen. Heiser flüsterte er: »Kannst du schwimmen?«

Ein erschrockenes Keuchen, ein flüchtiger Blick über die schwarze, leere Fläche. »Nein!«

Reith suchte nach einer Waffe – nach einer Keule, einem Haken, einem Seil. Er fand nichts.

Der Pnume verschwand aus dem Blickfeld. Einen Moment später spürten sie, wie die Barkasse unter seinem Gewicht erzitterte.

»Zieh den Mantel aus«, sagte Reith. Er schlüpfte aus dem seinen, wickelte die Mappe darin ein und schob beides in einen Spalt zwischen den Frachtballen. Zap 210 rührte sich nicht.

»Zieh den Mantel aus!«

Sie fing an zu wimmern. Reith schlug ihr mit der Hand auf den Mund. »Still!« Er nestelte ihre Halsverschnürung auf; dabei berührte er das zarte Kinn und spürte, wie es zitterte. Er zerrte ihr den Mantel vom Leib und stopfte ihn zu seinem eigenen. Sie stand, halb in der Hocke, in einem knielangen Unterhemd vor ihm. Reith mußte – trotz aller Bedrängnis – dem wahnwitzigen Verlangen widerstehen, über die magere, heranwachsende Gestalt unter dem schwarzen Hut zu lachen. »Hör zu«, kommandierte er heiser. »Ich kann es nur einmal sagen. Ich steige über die Bootswand. Du mußt mir sofort nachkommen. Leg die Hände auf meine Schultern. Halt den Kopf über Wasser. Platsche und zapple vor allem nicht. Dann bist du sicher.«

Er wartete ihre Zustimmung nicht ab, sondern glitt über die Barkassenwand nach unten. Das kalte Wasser umhüllte seinen Körper wie ein eisiger Feuerreif. Zap 210 zögerte nur den Bruchteil einer Sekunde, dann stieg sie gleichfalls über die Seitenwand; wahrscheinlich nur, weil sie den Pnume mehr fürchtete als die nasse Leere. Sie keuchte, als ihre Beine mit dem Wasser in Berührung kamen. »Still!« zischte Reith. Ihre Hände legten sich auf seine Schultern. Sie ließ sich ins Wasser hinunter und schlang in einem Anfall von Panik die Arme um seinen Hals. »Ganz ruhig!« flüsterte Reith. »Halt den Kopf gesenkt.« Solange nicht jemand oder etwas über die Bootswand spähte, waren sie unsichtbar.

Eine halbe Minute verging. Reiths Beine begannen gefühllos zu werden. Zap 210 klammerte sich an seinen Rücken, ihr Kinn lag an seinem Ohr. Er konnte ihre Zähne klappern hören. Ihr dünner Körper preßte sich gegen den seinen und fing warme Wassertaschen ein, die fortgeschwemmt wurden, wenn sich einer von beiden bewegte. Als Junge hatte Reith einst eine ertrinkende Katze geborgen. Wie Zap 210 hatte sich das Tier verzweifelt an ihn gekrallt und somit in ihm einen besonders starken Beschützerinstinkt geweckt. Beide verschreckte und nasse Körper vermittelten ihm die gleiche elementare Sehnsucht nach dem Leben – Stille, Finsternis, Kälte. Sie lauschten. Auf dem Barkassendeck näherte sich ein leises Geräusch: das Klicken horniger Zehen. Es hielt inne, begann vorsichtig weiterzugehen, machte wieder halt – direkt über ihren Köpfen. Reith blickte auf und sah Zehen, die den Rand des Schandeckels umklammerten. Er nahm eine Hand von Zap 210 und führte sie an den

Träger, dann die andere. Als er frei war, drehte er sich um und blickte unter der Barkasse hervor.

Ölige kleine Wellen trieben fort von ihm. Quittenfarbige Lichtlinien bildeten sich und verschwanden.

Die Zehen über Reiths Kopf klickten auf den Schandeckel, verlagerten sich. Reith entblößte in einer unheimlichen Grimasse die Zähne und stieß mit dem rechten Arm nach oben. Er fing einen dünnen, harten Knöchel ein und zog daran. Der Pnume krächzte schrecklich, schwankte nach vorn und verharrte einen Moment lang in einem unglaublich, fast waagerechten Winkel, nur getragen vom Griff der Zehen. Dann fiel er ins Wasser.

Zap 210 klammerte sich an Reith. »Laß dich von ihm nicht berühren. Er zerreißt dich in Stücke.«

»Kann er schwimmen?«

»Nein«, stieß sie unter Zähneklappern hervor. »Er ist schwer. Er wird untergehen.«

Reith sagte: »Klettere auf meinen Rücken, pack den Schandeckel und zieh dich auf die Barkasse.«

Vorsichtig schwang sie sich hinter ihn. Ihre Beine schoben sich gegen seinen Rücken. Sie stand auf seiner Schulter, dann klammerte sie sich an die Barkassenwand. Reith zog sich mühsam hinter ihr hoch und lag völlig erschöpft auf den Planken.

Alsbald kam er wieder auf die Beine und spähte zum Dock hinauf. Die Pnumekin unterbrachen ihre Arbeit nicht.

Reith zog sich abermals in den Schatten zurück. Zap 210 hatte sich nicht von der Stelle gerührt. Das Unterhemd klebte an ihrem unterentwickelten Körper. Sie ist nicht ohne Anmut, dachte Reith.

Zap 210 bemerkte seine Aufmerksamkeit und kauerte sich an die Frachtballen.

»Zieh dein Unterhemd aus und den Mantel an«, riet ihr Reith. »Das ist wärmer.«

Sie starrte ihn unglücklich an. Reith zerrte sich die eigenen durchweichten Kleider vom Leib. Fast genauso erschrocken wie beim Auftauchen des Pnume schnellte sie herum. Reith grinste. Mit ihm zugekehrtem Rücken wickelte sie den Mantel über die Schulter und entledigte sich auf unerklärliche Weise ihrer Unterwäsche.

Die Barkasse vibrierte, schlingerte. Reith schielte um die Frachtballen und sah, wie das Dock zurücktrat. Es wurde zur Lichtoase in der deprimierenden Schwärze. Weit vor ihnen zeigte sich ein verschwommenes, blaues Glimmern, auf das die Barkasse lautlos zusteuerte.

Sie hatte Fahrt aufgenommen. Hinter ihnen lagen die Pagaz-Zone und der Pfad zur Ewigkeit; vor ihnen befanden sich die Dunkelheit und die nördlichen Handelsregionen.

4. Kapitel

Die Schiffsbesatzung bestand aus zwei Leuten, die sich im Bug der Barkasse aufhielten. Hier gab es eine kleine Vorratskammer, eine Kombüse, eine Insel mit mattgelber Beleuchtung. Es schienen mindestens noch zwei Fahrgäste an Bord zu sein, vielleicht auch drei oder vier; diese waren noch unaufdringlicher als die Mannschaft und zeigten sich nur in Vorratskammer und Kombüse. Die Lebensmittel standen anscheinend jedem frei zur Verfügung. Zap 210 wollte Reith nicht gestatten, Lebensmittel zu holen. Als Vorratskammer und Kombüse leer waren, besorgte sie für beide etwas zu essen: Fladen aus Pilgerschotenmehl; kandierte pflaumenförmige Gegenstände, die Früchte oder auch blutegelartige Insekten sein konnten; Fleischteigstreifen; süßsaure Oblaten aus einer köstlichen, knusprigen, weißen Substanz, die für Zap 210 Leckerbissen waren, in Reiths Mund jedoch einen unangenehmen Nachgeschmack zurückließen.

Die Zeit verging: wieviel, wußte Reith nicht. Der See wurde zum Fluß, der seinerseits wieder in einen unterirdischen, fünfzehn bis zwanzig Meter breiten Kanal mündete. Die Barkasse fuhr völlig geräuschlos. Reith nahm an, daß Elektrofelder sie antrieben, die den Kiel umgaben. Vor ihnen schimmerte ein fahles, blaues Licht, das dem Steuersensor der Barkasse zur Orientierung diente. Wenn ein blaues Licht über ihren Köpfen vorbeizog, tauchte weit entfernt immer ein neues auf. In großen Abständen fuhr die Barkasse an einsamen kleinen Piers und Docks vorbei, zusammen mit Tunnels, die zu unbekannten Schlupfwinkeln führten.

Reith aß und schlief. Wie oft, entzog sich seiner Kontrolle. Seine Welt war die Barkasse, die Finsternis, das unsichtbare Wasser, die Gegenwart von Zap 210. Weil ihm viel Zeit und Muße blieb, machte er es sich zur Aufgabe, den Charakter des Mädchens zu ergründen. Zap 210 ihrerseits begegnete Reith mit Mißtrauen, als würde sie ihm sogar die Vertrautheit des Gesprächs ungern geben: Ungebärdigkeit und spröde Zurückhaltung, besonders bei einem Geschöpf, das seines Wissens auch nicht die leiseste Vorstellung über sexuelle Beziehungen hatte. Der Urinstinkt hat dabei die Hand im Spiel, mutmaßte Reith. Aber durfte er dieses Unschuldslamm guten Gewissens auf die Oberfläche loslassen? Andererseits reizte es ihn nicht gerade, Zap 210 über die menschliche Biologie aufzuklären.

Zap 210 selbst schien sich kein bißchen zu langweilen. Sie schlief oder sah in die Finsternis, als würde sie vorbeiziehende, faszinierende Landschaftsbilder bestaunen. Reith leistete ihr gelegentlich Gesellschaft und nahm dabei keinerlei Rücksicht darauf, daß sie pedantisch

Abstand wahrte. Ein Gespräch mit ihr diente niemals der Erbauung. Zap 210 besaß unwandelbare Vorstellungen hinsichtlich der Oberfläche; sie fürchtete den Himmel, den Wind, die Weite des Horizonts, das blaßbraune Sonnenlicht. Ihre Erwartungen waren trist: sie sah den Tod unter der Keule eines brüllenden Barbaren voraus. Reith versuchte ihre Befürchtungen zu zerstreuen, stieß jedoch auf Mißtrauen.

»Glaubst du, wir kennen die Oberfläche nicht?« fragte sie spöttisch. »Die *zuzhma kastchai* wissen mehr als sonst jemand; sie wissen alles. Wissen ist ihr Leben. Sie sind das Gehirn von Tschai. Tschai dient den *zuzhma kastchai* als Körper und Knochen.«

»Und die Pnumekin; wie passen sie ins Bild?«

»Die ›Personen‹? Vor langer Zeit haben die *zuzhma kastchai* bestimmten Menschen von der Oberfläche – ein paar weibliche und einige Mutterfrauen befanden sich darunter – Unterschlupf gewährt. Die ›Personen‹ stellten ihren Fleiß dadurch unter Beweis, daß sie Steine polierten und Kristalle vollendeten. Die *zuzhma kasichai* sorgten für Frieden, und so ist es all die Jahre geblieben.«

»Und woher stammen die Menschen ursprünglich, weißt du das?«

Zap 210 zeigte keinerlei Interesse. »Von der Ghian, woher sonst?«

»Lehren sie euch von der Sonne, den Sternen und den anderen Planeten im Weltraum?«

»Sie lehren uns das, was wir am liebsten lernen: Etikette und gutes Benehmen.« Zap 210 stieß einen leichten Seufzer aus. »Das liegt alles hinter mir. Wie würden sich die anderen jetzt über mich wundern!«

Soweit Reith verstand, schien sich Zap 210 hauptsächlich um ihr nunmehr ungebührliches Verhalten Sorgen zu machen.

Die Barkasse fuhr weiter. Ein blauer Schimmer tauchte

vor ihnen auf, wuchs an, wurde zum Schein und zog über ihren Köpfen hinweg; ein neuer blauer Schimmer tauchte in der Ferne auf. Reith begann sich zu langweilen und wurde rastlos. Es herrschte fast völlige Dunkelheit, die nur ein schwacher Lichtstrahl vom Bug belebte. Die weibliche Stimme von Zap 210, für sie selbst nur ein Makel, begann auf seine Phantasie zu wirken; gewisse Verhaltensweisen ähnelten langsam erotischen Herausforderungen. Bloß die Vernunft ließ ihn seine Unpersönlichkeit aufrechterhalten. Wie, fragte sich Reith, immer wieder, konnte sie herausfordern oder reizen, wenn ihr die männlich-weibliche Beziehung gänzlich unbekannt war? Jeglicher Drang aus ihrem Unterbewußtsein mußte ihr wie eine absonderliche Perversion erscheinen, wie die schlimmste Form »ungebührlichen Verhaltens«. Er erinnerte sich an die Vitalität ihres Körpers, als sie sich im Wasser an ihn geklammert hatte. Er dachte an das Bild ihrer durchnäßten Gestalt. Er begann sich zu fragen, ob es nicht richtiger sei, seinen Instinkten freien Lauf zu lassen. Zap 210 ließ sich nichts anmerken, falls sie etwas anderes spürte als Verdrießlichkeit und böse Vorahnungen; bis auf eine größere Bereitwilligkeit zum Sprechen. Stundenlang redete sie mit leiser, monotoner Stimme über alles, was sie wußte. Sie hat ein bemerkenswert eintöniges Leben geführt, dachte Reith; ohne fröhliche, aufregende, leichtsinnige Erlebnisse. Er fragte sich, wie wohl ihre Träume aussehen mochten, aber darüber schwieg sie sich aus. Sie wußte ihre Kameradinnen zu unterscheiden: an leichten Schwankungen in Etikette und Taktgefühl, die für sie die gleiche Bedeutung besaßen wie die ungestümeren Charakterzüge an der Oberfläche. Sie wußte von den biologischen Unterschieden zwischen Mann und Frau, hatte sich jedoch offensichtlich über deren Berechtigung niemals Gedanken gemacht. Alles höchst sonderbar, grübelte Reith. Die

Unterstände schienen der Brutkasten für eine ganze Reihe von Neurosen zu sein. Reith wagte nicht danach zu fragen. Wann immer das Gespräch ähnliche Themen streifte, verstummte sie sofort. Hatten die Pnume den Pnumekin den Geschlechtstrieb genommen? Verabreichten sie Beruhigungsmittel, Drogen oder Hormone, um die lästige Tendenz zur Übervölkerung zu eliminieren? Reith stellte vorsichtig ein paar Fragen; Zap 210 antwortete darauf so belanglos und unpassend, daß Reith sicher war, sie habe keine Ahnung, wovon er spreche. Von Zeit zu Zeit, gestand Zap 210, fanden gewisse Personen die Unterstände zu ruhig; man schickte sie auf die Oberfläche in den Sonnenschein, die wehenden Winde und die leeren Nächte; sie wurden dem gesamten Universum ausgeliefert und durften nie wieder zurückkehren. »Mich wundert, daß ich mich nicht mehr fürchte«, sinnierte sie. »Ist es möglich, daß in mir schon immer die Anlagen zu einem Gzhindra geschlummert haben? Ich habe gehört, soviel Raum macht wahnsinnig. Ich will mich nicht zu sehr beeinflussen lassen.«

»Wir sind noch nicht an der Oberfläche«, erinnerte sie Reith, worauf Zap 210 leicht die Achseln zuckte, als wäre die Sache nicht weiter wichtig.

Bezüglich der Fortpflanzungstechniken der Pnume besaß sie keine genauen Kenntnisse. Sie war nicht sicher, ob die Pnume den Vorgang als Geheimnis betrachteten oder nicht, obwohl sie das annahm. Was das zahlenmäßige Verhältnis zwischen Pnume und Pnumekin anging, wußte sie ebenfalls nicht genau Bescheid. »Wahrscheinlich gibt es mehr *zuzhma kastchai.* Aber viele bekommt man niemals zu Gesicht. Sie halten sich an den Geheimstätten auf, wo die Wertsachen aufbewahrt werden.«

»Welche Wertsachen?«

Wieder wußte Zap 210 nicht genau Bescheid. »Die

Geschichte von Tschai geht weiter zurück, als man glaubt; die Aufzeichnungen ebenfalls. Die *zuzhma kastchai* sind darin peinlich genau. Sie wissen alles, was sich jemals zugetragen hat. Sie sehen in Tschai ein großes Gewächshaus, in dem jeder Gegenstand, jeder Baum, jeder Fels eine geschätzte Rarität darstellt. Jetzt gibt es auf der Ghian auch Völker von anderen Planeten: drei verschiedene Arten, die hierher gekommen sind und ihre Kunsterzeugnisse hinterlassen.«

»Drei?«

»Die Dirdir, die Khasch und die Wankh.«

»Was ist mit den Menschen?«

»›Menschen‹?« Ihre Stimme wurde zweifelnd. »Das weiß ich nicht. Vielleicht stammen die Menschen auch von einem anderen Planeten. Dann würde es auf Tschai vier verschiedene Rassen geben. Aber das hat sich schon früher ereignet; oft sind seltsame Leute auf Tschai gelandet. Die *zuzhma kastchai* heißen sie weder willkommen, noch vertreiben sie sie. Sie beobachten, vergrößern ihre Sammlungen, füllen die Museen der Ewigkeit, tragen ihre Archive zusammen.«

Reith sah die Pnume allmählich in einem anderen Licht. Es schien, als würden sie in der Oberfläche von Tschai eine große Theaterbühne sehen, auf der wunderbare, sich über Jahrtausende hinziehende Dramen aufgeführt wurden; die Kriege zwischen den Alten und den Blauen Khasch; der Dirdir-Angriff gefolgt vom Konterschlag der Wankh; die verschiedenen Feldzüge, Schlachten, Niederlagen und Ausrottungen; die Entstehung von Städten, der Verfall von Ruinen, das Kommen und Gehen von Völkern – all dies erklärte, warum die Pnume fremde Rassen duldeten. Vom Standpunkt der Pnume gesehen verschönerten sie Tschais Geschichte. Reith wollte von Zap 210 wissen, ob sie im Hinblick auf Tschai genauso empfand. Das Mädchen vollführte eine ihrer kleinen, apathischen Gesten. Nein, das bedeute ihr nichts; sie mache sich weder aus dem einen noch dem anderen viel. Reith erhielt plötzlich Einblick in die Vorgänge ihrer Psyche. Das Leben war für Zap 210 ein etwas abgeschmacktes Erlebnis, mit dem man sich abfinden mußte. Furcht blieb dem Unbekannten vorbehalten, Freude überstieg ihre Vorstellungskraft. Er sah sich selbst mit ihren Augen: kurz angebunden, brutal, verschlagen, grob und unberechenbar; ein Mann, bei dem man stets mit dem Schlimmsten rechnen mußte. Ein trauriges Geschöpf, dachte Reith, gutartig und farblos. Dennoch wunderte er sich, als er daran zurückdachte, wie sie sich an seinen Hals geklammert hatte. Stille Wasser gründen tief. In der Finsternis, in der seine Gedanken sonst keine Beschäftigung fanden, stellten sich Phantasiegebilde ein, die ihn stimulierten und seine Leidenschaft weckten. Daraufhin zog sich Zap 210, die seine aufgewühlten Gefühle irgendwie spürte, unbehaglich in die Schattenregionen zurück und ließ Reith allein, der gute Miene zum bösen Spiel machte. Was mochte in ihrem Kopf vorgehen?

Reith erfand ein neues Spiel. Er versuchte sie zu unterhalten. Er dachte sich groteske Vorkommnisse, ausgefallene Situationen aus; aber Zap 210 war die Märchenprinzessin, die nicht lachen konnte. Soweit es Reith zu beurteilen vermochte, bestand ihr einziges Vergnügen im Verzehr der süßsauren Waffeln, die unter der anderweitig milden Kost einen Appetithappen darstellten. Leider war der Vorrat dieser Köstlichkeit schnell erschöpft – bereits ein bis zwei Tage, nachdem sie sich eingeschifft hatten. Zap 210 überraschte dieser Ausfall. »Es gibt bei unserer Nahrung immer *Diko* – immer! Jemand hat einen dummen Fehler gemacht!«

Reith hatte sie noch nie so energisch erlebt. Das Mädchen wurde mürrisch, dann lustlos; in dieser Phase weigerte es sich, überhaupt Nahrung zu sich zu nehmen.

Später wurde sie nervös und reizbar, und Reith fragte sich, ob das *Diko* vielleicht eine verhaltensformende Droge enthielt, die eine derartig starke Abhängigkeit erzeugte. Ungefähr drei bis vier Tage lang sprach Zap 210 fast kein Wort und hielt sich so weit wie irgend möglich von Reith fern, als mache sie ihn für den Verlust verantwortlich, was ja auch tatsächlich der Fall war, wie Reith zugeben mußte. Wäre er nicht rücksichtslos in ihr gefühlsarmes, eintöniges Leben gestolpert, würde sie noch immer ihr normales, geregeltes Dasein führen und *Diko* knabbern, sooft ihr der Sinn danach stand. Doch ihre schlechte Laune schwand; Zap 210 wurde fast gesprächig; sie schien Bestätigung, Aufmerksamkeit oder – war es die Möglichkeit? – Zuneigung zu suchen. So kam es Reith jedenfalls vor, der die Situation genauso absurd fand wie alles bisher Dagewesene.

Stetig fuhr die Barkasse durch die Finsternis, von einem blauen Licht zum nächsten. Sie schipperten an einer Reihe unterirdischer Seen vorbei; durch stille Höhlen, die mit Stalaktiten besetzt waren; dann lange Zeit – vielleicht drei Tage – durch einen schnurgeraden, künstlichen Kanal, in dem die blauen Lichter in einem Abstand von fünfzehn Kilometern angebracht worden waren. Der Kanal mündete in eine weitere Reihe von Höhlen, wo sie wieder einzelne, vereinsamte Docks zu Gesicht bekamen: mattgelbe Lichtinseln. Dann fuhr die Barkasse abermals durch einen kerzengeraden Kanal. Die Reise näherte sich dem Ende – es lag in der Luft. Die Schiffsbesatzung nahm einen etwas weniger bedächtigen Schritt an, und die Passagiere zogen von der Steuerbordseite auf das Vorderdeck. Zap 210, die mit Nahrungsmitteln aus der Vorratskammer zurückkehrte, murmelte traurig: »Wir haben Bazhan-Gahai fast erreicht.«

»Und wo liegt das?«

»Auf der anderen Seite der Handelsregion. Wir haben eine weite Reise hinter uns.« Leise fügte sie hinzu: »Es war eine friedliche Zeit.«

Reith glaubte, aus ihrer Stimme Bedauern zu hören. »Ist das nah bei der Oberfläche?«

»Es ist ein Umschlagplatz für die Handelsgüter von den Stang-Inseln sowie von Hedaijha.«

Reith war überrascht. »Wir sind sehr weit im Norden.«

»Ja. Aber die *zuzhma kastchai* erwarten uns vielleicht.«

Reith blickte ängstlich nach vorn auf das ferne, blaue Orientierungslicht. »Warum sollten sie?«

»Keine Ahnung. Vielleicht tun sie es auch nicht.«

Ein blaues Licht nach dem anderen. Reith sah sie mit wachsender Spannung vorbeiziehen, wurde schließlich müde und schlief ein. Als er erwachte, deutete Zap 210 nach vom. »Bazhan-Gahai.«

Reith stand auf. Vorn war der matte Schein heller geworden. Im Wasser spiegelte sich eine lange Lichtbahn. Der Tunnel verbreiterte sich mit erregender Erhabenheit. Die Barkasse glitt weiter. Die in Mäntel gehüllten Gestalten am Bug hoben sich gegen einen wunderbaren, goldgelben Raum ab. Reith fühlte sich zu neuem Leben erwachen, verspürte eine geheimnisvolle Ekstase. Die Reise, die kalt und trübselig begonnen hatte, war zu Ende. Die Tunnelwände – geriffelte Strebepfeiler aus unbehauenem Felsgestein – wurden sichtbar; auf der einen Seite beleuchtet, auf der anderen in dunkle Schatten gehüllt. Das goldgelbe Licht war ein verschwommener Fleck. Jenseits des stehenden Gewässers ragten hohe weiße Felsspitzen auf. Zap 210 kam langsam hervor und starrte verloren in die Helligkeit. Reith hatte schon fast vergessen, wie sie aussah. Das magere Gesicht, die Blässe, die zarten Stirn- und Kieferknochen, die gerade Nase und der farblose Mund waren genauso, wie er es in Erinnerung hatte.

Dazu entdeckte er einen Gesichtsausdruck, den er nicht beim Namen nennen konnte: Trauer, Melancholie, quälende Vorahnung. Das Mädchen spürte seinen Blick und heftete den Blick auf ihn. Reith fragte sich, was sie sah.

Der Kanal tat sich auf, wurde breiter. Ein langer, gewundener See lag vor ihnen. Die Barkasse fuhr an einer unheimlich schönen Landschaft vorbei. Kleine Inseln unterbrachen die schwarze Oberfläche; große, rissige Säulen in Weiß und Grau stiegen bis zu dem hohen Gewölbe empor. Achthundert Meter vor ihnen tauchte unter einem Überhang das Dock auf. Von einer unsichtbaren Lücke fiel schräg in die Höhle ein goldener Strahl.

Reith konnte vor Rührung kaum sprechen. »Sonnenlicht«, stammelte er endlich.

Die Barkasse glitt langsam auf den Anlegeplatz zu. Reith suchte die Höhlenwände ab, um einen Weg zu der Öffnung zu finden. Zap 210 mahnte leise: »Du wirst Aufsehen erregen.«

Reith trat gegen die Ballen zurück und musterte wieder die Höhlenwände. Er streckte den Finger aus. »Ein Pfad führt zu dem Spalt hinauf.«

»Natürlich.«

Reith verfolgte mit den Augen den Pfad an der Wand entlang. Er schien am Dock zu enden, das jetzt nur noch vierhundert Meter entfernt lag. Reith bemerkte einige Gestalten in schwarzen Mänteln. Er wußte nicht mit Sicherheit, ob es Pnume oder Pnumekin waren. Wie ihm schien, erwarteten sie das Schiff in drohender Haltung. Ihm wurde unbehaglich zumute.

Reith ging zum Heck der Barkasse, blickte nach rechts und links. Dann kehrte er zu Zap 210 zurück. »In ungefähr einer Minute fahren wir ganz nah an der kleinen Insel vorbei. Dort verlassen wir lieber das Schiff. Ich bin nicht besonders erpicht darauf, beim Dock zu landen.«

Zap 210 zuckte schicksalsergeben die Achseln; sie gingen zusammen zum Heck der Barkasse. Die Insel, ein buckeliger Kalksteinhöcker, kam querab. Reith befahl: »Laß dich hinunter. Tritt nicht um dich oder zapple. Ich halte dich über Wasser.«

Sie bedachte ihn mit einem undeutbaren Seitenblick und tat, was er gesagt hatte. Reith hielt die blaue Ledermappe mit der einen Hand hoch über seinen Kopf und glitt neben ihr in die Fluten. Die Barkasse fuhr davon und auf den oder das zu, was am Dock wartete. »Leg die Hände auf meine Schultern«, sagte Reith. »Halt das Gesicht nur knapp über Wasser.«

Sie bekamen Boden unter die Füße und kletterten auf die Insel. Die Barkasse hatte das Dock fast erreicht. Die schwarzen Gestalten traten vor. Infolge ihrer Gangart entlarvte Reith sie als Pnume.

Von der Insel wateten sie ans Ufer; sie hielten sich dabei im Schatten, so daß die Leute auf dem Dock sie nicht sehen konnten, wie Reith hoffte. Dreißig Meter weiter oben verlief der Pfad zur Lücke. Reith sah sich sorgfältig um, dann begannen sie mit dem Aufstieg; sie kletterten über Geröll, klammerten sich an Achathöcker, krochen über kleine Hügel und Strebepfeiler. Ein trauriges Geheul trieb über das Wasser. Zap 210 versteifte sich.

»Was bedeutet das?« fragte Reith gedämpft.

»Es muß eine Aufforderung oder ein Ruf sein ... in Pagaz habe ich so etwas noch nie gehört.«

Sie stiegen weiter den Abhang hinauf. Die durchweichten Mäntel klebten ihnen am Körper. Schließlich erreichten sie den Pfad. Reith blickte sich um. Keine Menschenseele war zu sehen. Die Öffnung in die Außenwelt lag nur mehr fünfzig Meter entfernt. Noch einmal erklang das Geheul mit düsterer Eindringlichkeit.

Keuchend und stolpernd rannten sie den Pfad empor. Der Spalt tat sich vor ihnen auf. Sie sahen den goldgrauen Himmel von Tschai, über den sich eine schwarze Wolkengruppe wälzte. Reith schaute ein letztes Mal den Weg hinunter. Weil ihn das Licht von außen blendete, weil Tränen seinen Blick trübten, konnte er nur Schatten und düstere Felsformationen erkennen. Das unterirdische Reich war wieder eine weit entrückte und unbekannte Welt. Er nahm Zap 210 bei der Hand, zog sie ins Freie. Langsam trat sie hinaus und blickte über die Oberfläche. Sie standen auf halber Höhe eines Berges, der ein weites Tal überblickte. In der Ferne erstreckte sich eine ruhige, graue Fläche, das Meer.

Reith warf noch einen letzten Blick über die Schulter auf den Spalt und begann, den Berg hinabzusteigen. Zap 210 folgte ihm. Reith blieb stehen, zog den verhaßten schwarzen Hut vom Kopf und ließ ihn über die Felsen segeln. Dann nahm er den Hut des Mädchens und tat mit ihm dasselbe.

5. Kapitel

Der Spaziergang durch das breite Tal im braungoldenen Nachmittagslicht versetzte Reith in eine wahre Euphorie. Ihm war ganz leicht ums Herz, seine Schlaffheit wie fortgeblasen: er fühlte sich stark, unternehmungslustig und voller Hoffnung. Er empfand sogar für Zap 210 eine frische, nachsichtige Zuneigung. Ein seltsames, verschrobenes Geschöpf, dachte er und beobachtete sie verstohlen; und so bleich wie ein Gespenst. Sie fühlte sich spürbar unbehaglich in dieser plötzlichen Masse Raum. Ihr Blick schweifte vom Himmel über die majestätischen Berge links und rechts bis hinaus zum Horizont dessen, das – wie Reith festgestellt hatte – die Erste See sein mußte.

Sie erreichten die Talsohle. Ein träger Strom zog zwischen den mit dunkelrotem Schilf bestandenen Ufern dahin. Daneben wucherten Pilgerpflanzen – jene Schoten, welche die unentbehrliche Hauptnahrung von Tschai darstellten. Zap 210 blickte skeptisch auf die graugrünen Schoten und erkannte in ihnen die verschrumpelten, gedörrten, gelben Scheiben, die in die Unterstände geliefert wurden, nicht wieder. Sie aß mit vernichtender Gleichgültigkeit davon.

Reith sah, wie sie den Weg zurückblickte, den sie gekommen waren; etwas wehmütig, wie er glaubte. »Vermißt du die Unterstände?«

Zap 210 überlegte, ehe sie antwortete. »Ich fürchte mich. Man kann uns aus allen Richtungen sehen. Vielleicht beobachten uns die *zuzhma kastchai* vom Spalt aus. Sie hetzen uns möglicherweise Nachthunde hinterher.«

Reith blickte zu der Lücke hinauf: ein Schatten, der von ihrem Standort aus kaum zu sehen war. Er entdeckte keine Spur eventueller Späher; sie schienen sich mutterseelenallein in dem offenen Tal zu befinden. Aber sicher konnte er nicht sein. Es mochten sie Augen durch die Öffnungen beobachten. Die schwarzen Mäntel machten sie verdächtig. Er blickte Zap 210 an. Höchstwahrscheinlich würde sie sich weigern, das Kleidungsstück abzulegen. Reith stand auf. »Es wird spät. Vielleicht finden wir an der Küste ein Dorf.«

Drei Kilometer stromabwärts wurde der Fluß sehr breit und mündete in einen Sumpf. Auf der anderen Seite stand ein dichter Wald aus riesigen Dyanbäumen; am Rand bogen sich die Stämme leicht nach außen. Reith hatte einen solchen Wald früher schon gesehen. Er vermutete, daß es sich um einen heiligen Hain der Khor handelte, eines grausamen Volkes, das an der Südküste der Ersten See lebte.

Der heilige Hain – wenn es einer war – ließ Reith

zögern. Ein Zusammentreffen mit den Khor mochte die Befürchtungen von Zap 210 bezüglich der Ghian sowie der unerfreulichen Gepflogenheiten ihrer Bewohner sofort bestätigen.

Im Augenblick waren keine Khor zu sehen. Die beiden wanderten weiter am Rand des Sumpfes entlang und gelangten auf einen kleinen Hügel, der eine Morastebene von hundert Metern überblickte; die träge Erste See lag darunter. Rechts und links dehnten sich bröckelige graue Landzungen aus, die sich in der Nachmittagsdämmerung fast verloren. Irgendwo im Südosten – vielleicht ganz in der Nähe – mußte die Carabas sein, in der die Menschen Sequinen suchten und die Dirdir Jagden abhielten.

Reith blickte die Küste auf und ab und versuchte, sich rein gefühlsmäßig zu orientieren. Zap 210 starrte verdrießlich aufs Meer und fragte sich, was ihr die Zukunft bringen mochte. Ungefähr eineinhalb Kilometer weiter südöstlich erspähte Reith an der Küste die wackeligen Pfähle eines Piers, der über die morastigen Ebenen aufs Meer hinausführte. Am Ende lagen sechs Boote vertäut. Eine Bodenerhebung über dem Sumpf verbarg das Dorf, das am Kopf des Piers liegen mußte.

Obwohl sich die Khor nicht unwillkürlich feindselig verhielten, lebten sie nach einem komplizierten Kodex, in dem Verstöße nicht geduldet wurden. Die Unwissenheit eines Fremden stieß auf keinerlei Mitleid; die Regeln waren eindeutig. Deshalb wurde ein Besuch bei den Khor zur heiklen Angelegenheit.

»Ich möchte es nicht mit den Khor riskieren«, meinte Reith, drehte sich um und blickte über die trostlosen Berge zurück. »Sivish liegt weit im Süden. Wir müssen zum Kap Braiz. Dort können wir auf einem Schiff die Westküste hinunterfahren, obwohl ich im Moment noch nicht weiß, womit wir bezahlen sollen.«

Zap 210 blickte ihn mit offenem Mund überrascht an. »Du willst mich mitnehmen?«

Darin liegt also die Erklärung für die melancholische Erkundung der Landschaft, dachte Reith. Er fragte: »Hattest du andere Pläne?«

Sie schürzte verdrossen die Lippen. »Ich habe geglaubt, du wolltest allein gehen.«

»Und dich deinem Schicksal überlassen? Das könnte dir schlecht bekommen.«

Sie blickte ihn zynisch grübelnd an und fragte nach dem Grund seiner Fürsorge.

»Hier auf der Oberfläche kommt es häufig zu ›ungebührlichem Verhalten‹«, scherzte Reith. »Ich glaube nicht, daß dir das gefällt.«

»Oh.«

»Wir müssen sehr vorsichtig sein. Diese Mäntel – wir ziehen sie lieber aus.«

Zap 210 blickte ihn entgeistert an. »Ohne Kleider weitergehen?«

»Nein, nur ohne Mäntel. Sie erregen Aufsehen und Feindseligkeit. Wir wollen doch nicht für Gzhindra gehalten werden.«

»Aber ich muß doch einer sein!«

»In Sivish entscheidest du dich vielleicht anders. Natürlich vorausgesetzt, daß wir dort ankommen. Wir tun uns nichts Gutes, wenn wir für Gzhindra gehalten werden.« Er zog seinen Mantel aus. Mit wütend weggedrehtem Gesicht legte sie den Umhang ab und stand im grauen Unterhemd vor ihm.

Reith rollte die Mäntel zu einem Bündel zusammen. »Vielleicht wird es nachts kalt. Ich nehme sie mit.«

Er hob die blaue Mappe auf, die jetzt überflüssig war. Reith zögerte einen Moment; schließlich steckte er sie zwischen die Innen- und Außenschicht seiner Jacke.

Sie brachen an der Küste nach Nordwesten auf. Der

Hain der Khor wurde hinter ihnen zu einem schwarzen, verschwommenen Fleck, die ferne Landzunge allmählich sehr umfangreich und finster. Carina 4269 wanderte am Himmel abwärts, und das Sonnenlicht nahm die prächtige Farbenglut des Spätnachmittags an. Die dunkelpurpurne Wolkenbank im Norden kündigte jedoch einen der auf Tschai plötzlich aufkommenden Stürme an. Diese zog unerbittlich nach Süden, verhüllte den Himmel und verdeckte teilweise die Blitze. Darunter schimmerte das Meer im fahlen Glanz von Graphit. Vor ihnen, dicht unterhalb der Landzunge, tauchte ein zweiter Hain aus Dyanbäumen auf. Ein heiliger Hain? Reith suchte die Landschaft ab, sah aber keine Stadt der Khor.

Der Hain ragte vor ihnen auf; die starken Baumstämme am Rand bogen sich nach außen, die Wedel hingen wie ein großer Sonnenschirm zur Erde. Möglicherweise verbarg die Landzunge ein Dorf, aber derzeit waren sie die einzigen Lebewesen unter dem teils schwarzen, teils goldbraunen Himmelszelt.

Reith verschwieg Zap 210 seine Zweifel; sie hatte genug mit ihren eigenen zu tun. Die Sonne hatte ihr Gesicht gerötet. Mit dem reichlich fadenscheinigen und enganliegenden Unterhemd sowie dem schwarzen Haar, das sich über Stirn und Ohren ringelte, schien sie eine andere Person zu sein als der blasse arme Teufel, auf den Reith im Speisezimmer von Pagaz gestoßen war. Spielte ihm seine Phantasie einen Streich? Oder war ihr Körper tatsächlich runder und voller geworden? Zap 210 bemerkte seinen Blick. Sie musterte ihn ihrerseits verschämt und trotzig. »Warum starrst du mich so an?«

»Aus keinem besonderen Grund. Nur siehst du jetzt ganz anders aus als damals, als ich dich kennengelernt habe. Anders und hübscher.«

»Ich weiß nicht, was du meinst«, maulte sie. »Du redest Unsinn.«

»Vermutlich ... An einem der nächsten Tage – nicht gerade heute – erkläre ich dir, wie es auf der Oberfläche zugeht. Die Sitten und Gebräuche sind komplizierter – intimer, sogar ›ungebührlicher‹ – als in den Unterständen.«

»Pah.« Zap 210 rümpfte die Nase. »Warum läufst du zu dem Wald? Ist das nicht auch ein geheimer Ort?«

»Ich weiß es nicht.« Reith deutete auf die Wolken. »Siehst du die schwarzen Schleier, die darunterhängen? Das ist Regen. Zwischen den Bäumen bleiben wir vielleicht trocken. Außerdem wird es bald dunkel, und dann kommen die Nachthunde. Wir haben keine Waffen. Wenn wir auf einen Baum klettern, sind wir in Sicherheit.«

Zap 210 stellte keine weiteren Fragen. Sie näherten sich dem Hain.

Die Dyans ragten hoch empor. Bei der ersten Baumreihe blieben sie stehen und lauschten, hörten aber nur den Windhauch des aufkommenden Sturmes.

Schritt für Schritt drangen sie in den Hain ein. Die Sonne stieß durch die Wolkendecke und warf hundert dunkelgoldene Lichtpfeile herab. Reith und Zap 210 marschierten in den Schatten und wieder hinaus. Die ersten Zweige hingen ungefähr dreißig Meter über ihren Köpfen. Auf die Bäume konnte man nicht klettern; der Hain bot kaum größeren Schutz gegen Nachthunde als das offene, grasbewachsene Hügelland. Zap 210 blieb plötzlich stehen und schien zu lauschen. Reith vernahm nichts. »Was hörst du?«

»Nichts.« Aber sie horchte weiter und spähte in alle Richtungen. Reith wurde es unbehaglich zumute; er fragte sich, was Zap 210 wohl spürte und er nicht.

Sie schlichen wachsam wie die Katzen weiter und hielten sich im Schatten. Eine baumlose Lichtung öffnete sich vor ihnen, die ein durchgehendes Laubdach überdeckte. Sie blickten in eine kreisrunde Fläche mit vier Hütten und einer niedrigen Plattform in der Mitte. Aus den rundum stehenden Baumstämmen hatte man Männer und Frauen ähnelnde Figuren geschnitzt, ein Pärchen aus jedem Baum. Die Männer wurden mit langem Nußknackerkinn, niedriger Stirn, aufgeblähten Wangen und Froschaugen dargestellt; die Frauen trugen lange Nasen und einen breiten, grinsenden Mund zur Schau. Keine von beiden ähnelte dem typischen Khormann oder der Frau, die – wie sich Reith erinnerte – in Figur, Gesicht und Kleidung fast übereinstimmten. Die Stellungen beschrieben – stilisiert und steif – den Paarungsakt. Reith blickte aus den Augenwinkeln zu Zap 210, die völlig verblüfft zu sein schien. Reith beschloß, daß sie die nicht allzu deutlichen Posen bloß als Darstellungen von sportlichen Übungen oder einfach als »ungebührliches Verhalten« deuten würde.

Die Wolken verdeckten die Sonne. Dunkelheit legte sich über die Lichtung. Regentropfen benetzten ihre Gesichter. Reith musterte die Hütten. Sie waren in der üblichen Khorschen Bauweise errichtet – aus schmutzigbraunen Ziegelsteinen mit kegelförmigen schwarzen Eisendächern. Es gab derer vier, die einander in Quadraten um die Lichtung herum gegenüberlagen. Sie schienen leerzustehen. Reith fragte sich, was die Hütten enthalten mochten. »Warte hier«, flüsterte er Zap 210 zu, rannte gebückt zu der am wenigstens entfernten Hütte, lauschte: kein Laut. Er versuchte, die Tür zu öffnen, die sofort aufschwang. Dem Innenraum entströmte der schwere, fast unangenehme Geruch von dürftig getrocknetem Leder, Harz und Moschus. An einem Gestell hingen etliche Dutzend geschnitzte Holzmasken, die mit den männlichen Antlitzen der geschnitzten Baumstämme identisch waren. In der Raummitte standen zwei Bänke. Keine Waffen, keine Kleider keinerlei Wertsachen waren zu sehen. Reith kehrte zu Zap 210 zurück und fand sie mit vor Abscheu hochgezogenen Augenbrauen bei der Besichtigung der geschnitzten Baumstämme.

Ein Purpurblitz zuckte über den Himmel, dem gleich darauf ein Donnerschlag folgte. Der Regen prasselte wie ein Sturzbach vom Himmel. Reith führte das Mädchen eilig zur Hütte. Sie traten ein und standen im Innern, während der Regen auf das Eisendach trommelte. »Die Khor sind ein unberechenbares Volk«, erklärte Reith, »aber ich kann mir nicht vorstellen, daß sie ihren Hain in einer solchen Nacht aufsuchen.«

»Warum sollten sie das überhaupt?« fragte Zap 210 schlechtgelaunt. »Hier gibt es doch nur diese grotesken Tänzer. Sehen die Khor so aus?«

Reith begriff, daß sie die Figuren meinte, die man aus den Baumstämmen geschnitzt hatte. »Keineswegs«, antwortete er. »Es sind gelbhäutige, sehr adrette und korrekte Leute. Männer und Frauen stimmen äußerlich sowie auch im Wesen genau überein.« Er versuchte, sich ins Gedächtnis zurückzurufen, was Anacho ihm erzählt hatte: »Ein seltsames Volk mit geheimnisvollen Bräuchen. Sie sind bei Tag anders als bei Nacht – wenigstens behauptet man das. Jede Person hat zwei Seelen, die mit der Morgendämmerung und dem Sonnenuntergang kommen und gehen, so daß jeder Khor zwei verschiedene Charaktere verkörpert.« Später hatte Anacho gewarnt: »Die Khor sind empfindlich wie die Giftschlangen! Sprecht sie nicht an. Beachtet sie nur, wenn es unbedingt notwendig ist; in diesem Fall müßt ihr so wenig Worte wie möglich machen. Sie halten Geschwätzigkeit für ein Vergehen gegen die Natur ... Nehmt niemals Notiz von der Anwesenheit einer Frau; schaut ihre Kinder nicht an. Man verdächtigt euch sonst, daß ihr sie mit einem Fluch belegt. Und ignoriert vor allem den heiligen Hain! Ihre Waffe ist der eiserne Wurfspeer, den sie mit erstaunlicher Treffsicherheit handhaben. Ein gefährliches Volk.«

Reith wiederholte die Äußerungen, so gut er sich daran erinnern konnte. Zap 210 setzte sich auf eine Bank.

»Leg dich hin«, schlug Reith vor. »Versuch zu schlafen.«

»Beim Brausen des Sturms und diesem abscheulichen Gestank? Sind auf der Ghaun alle Häuser so?«

»Nicht alle«, murmelte Reith. Er blickte vor die Tür. Der Wechsel zwischen Blitzen und sterbendem Zwielicht rief bei den Baumstatuen die Illusion irrsinniger, erotischer Sprünge hervor. Zap 210 stellte womöglich bald Fragen, auf die Reith keine Antwort zu geben wagte. Plötzlich trommelte ein Hagelschauer auf das Dach. Der Sturm setzte jäh aus, und man hörte nur noch den Wind durch die Dyanbäume rascheln.

Reith kehrte in den Raum zurück und sagte in einem Tonfall, der sogar für seine Ohren falsch klang: »Jetzt kannst du dich ausruhen. Wenigstens hat das Brausen aufgehört.«

Sie gab einen leisen Laut von sich, den Reith nicht zu deuten vermochte, und trat selbst in den Türrahmen. Sie drehte sich zu Reith um. »Es kommt jemand.«

Reith eilte zur Tür und sah hinaus. Am Rande der Lichtung stand eine wie ein Khor gekleidete Gestalt. Ob männlich oder weiblich, wußte Reith nicht zu sagen. Sie trat in die Hütte, die der ihren genau gegenüberlag. Reith sagte zu Zap 210: »Wir gehen besser, solange wir dazu noch die Möglichkeit haben.«

Das Mädchen hielt ihn zurück. »Nein, nein! Da ist noch einer.«

Der nächste Khor, der die Lichtung betrat, blickte zum Himmel. Der erste kam mit einer flackernden Fackel aus der Hütte, und der zweite lief rasch auf diejenige zu, in der sich Reith und Zap 210 versteckten. Der erste nahm keine Notiz davon. Als der Khor eintrat, schlug Reith hart zu und ließ alle Anstandsregeln außer acht. In diesem Fall waren Mann und Frau gleichberechtigt. Der Khor stürzte bewußtlos zu Boden. Reith sprang hinzu. Es war ein Mann. Reith zog ihm den Umhang aus, fesselte Arme und Beine mit Schuhbändern und knebelte ihn mit dem Ärmel seines schwarzen Mantels. Mit Hilfe von Zap 210 zerrte er den Khor hinter das Maskengestell. Hier durchsuchte Reith den schlaffen Körper flüchtig und fand zwei eiserne Wurfspeere, einen Dolch sowie einen weichen Lederbeutel voll Sequinen, die er ein wenig schuldbewußt beschlagnahmte.

Zap 210 stand neben der Tür und schaute fasziniert ins Freie. Das erste war eine Frau gewesen. Sie trug eine Frauenmaske sowie einen weißen Rock und stand neben der Fackel, die sie in eine Pfanne bei der Plattform in der Mitte geworfen hatte. Wenn sie das Verschwinden des Mannes, der in die Hütte getreten war, verblüffte, ließ sie sich nichts davon anmerken.

Reith blickte hinaus. »Jetzt; solange nur eine Frau da ist ...«

»Nein! Es kommen noch mehr.«

Drei Personen schlüpften getrennt auf die Lichtung und gingen zu den drei Hütten. Eine trat in Frauenmaske und weißem Kleid ins Freie; auch sie hielt eine Fackel in der Hand, die sie in eine Pfanne legte; dann wartete sie regungslos wie die erste. Jetzt erschienen die beiden letzten. Sie trugen Männermasken und wie die Frauen weiße Kleider, gingen zu der Plattform in der Mitte und stellten sich neben die Frauen, die starr verharrten.

Reith begann langsam den Zweck des heiligen Hains zu verstehen. Zap 210 schaute fasziniert zu.

Reith wurde es höchst unbehaglich. Wenn es so weiterging, wie er annahm, würden die Vorgänge das Mädchen erschrecken und ihr einen Schock versetzen.

Drei weitere Personen tauchten auf. Eine kam in die Hütte, in der Reith und Zap 210 warteten. Reith versuchte die gleiche Überrumplungstaktik wie beim ersten Khor. Doch diesmal prallte der Schlag ab, und der Mann fiel mit einem verdutzten Grunzlaut zu Boden. Reith war sofort über ihm und drückte ihm die Kehle zu, bis er ohnmächtig wurde. Wie zuvor fesselte und knebelte er den Khor mit Schuhbändern und Mantel und raubte ihm abermals den Geldbeutel. »Es tut mir leid, daß ich zum Dieb werde«, entschuldigte sich Reith, »aber ich habe das Geld nötiger als du.«

Zap 210, die an der Tür stand, keuchte entsetzt. Reith trat zu ihr. Die Frauen – jetzt waren es drei – hatten sich entkleidet und standen nackt auf der Lichtung. Sie intonierten einen wortlosen Gesang – süß, leise, drängend. Die drei Khor mit den Männermasken fingen an, langsam im Kreis um die Plattform zu tanzen.

Zap 210 murmelte fast unhörbar: »Was tun sie? Warum entblößen sie sich? So etwas habe ich noch nie gesehen!«

»Das ist nur ein religiöser Ritus«, erklärte Reith nervös. »Schau nicht zu. Leg dich hin. Schlaf. Du mußt sehr müde sein.«

Sie bedachte ihn mit einem verwunderten, mißtrauischen, funkelnden Blick. »Du hast meine Frage nicht beantwortet. Ich bin äußerst bestürzt. Noch nie habe ich jemanden nackt gesehen. Benehmen sich auf der Ghaun alle so ... unschicklich? Es ist schockierend. Und der Gesang: höchst peinlich. Was haben sie vor?«

Reith versuchte, ihr die Sicht zu verdecken. »Willst du nicht lieber schlafen? Die Riten werden dich bloß langweilen.«

»Sie langweilen mich nicht! Ich bin erstaunt, daß Menschen so dreist sein können! Und sieh nur! Die Männer!«

Reith holte tief Luft und faßte einen verzweifelten Entschluß. »Komm her.« Er reichte ihr eine weibliche Maske. »Leg das an.«

Sie wich entgeistert zurück. »Wozu?«

Reith nahm eine Männermaske und zog sie über das Gesicht. »Wir gehen.«

»Aber ...« Sie warf einen faszinierten Blick auf die Plattform.

Reith drehte sich zu ihr herum, zog ihr einen Hut der Khor über den Kopf und setzte den anderen selbst auf.

»Sie sehen uns bestimmt«, wandte Zap 210 ein. »Sie werden uns jagen und töten.«

»Möglich«, sagte Reith. »Trotzdem, wir gehen lieber.« Er blickte sich auf der Lichtung um. »Du zuerst. Lauf hinter die Hütte. Ich folge dir.«

Zap 210 verließ den Raum. Die Frauen auf der Plattform sangen immer drängender; die Männer standen nackt im Kreis.

Reith traf hinter der Hütte auf Zap 210. Hatte man sie bemerkt? Der Gesang ging weiter, schwoll an und ab. »Geh in den Hain hinaus. Schau nicht zurück.«

»Lächerlich«, murmelte Zap 210. »Warum sollte ich nicht zurückschauen?« Sie stolzierte auf den Wald zu. Reith befand sich sechs Meter hinter ihr. Aus der Hütte ertönte ein wütender Schrei. Der Gesang setzte sofort aus, es wurde still.

»Lauf«, rief Reith. Sie flüchteten durch den heiligen Hain und warfen die Masken und Hüte von sich. Hinter ihnen erklang ein leidenschaftliches, wütendes Gebrüll, aber die Khor verfolgten sie nicht, möglicherweise hielt sie ihre Nacktheit davon ab.*

* Später erfuhr Reith mehr über die heiligen Haine und die zwischenmenschlichen Beziehungen der Khor. In den Städten und Dörfern trugen Frauen wie Männer die gleichen Kleider; sexuelle Beziehungen wurden als abartig angesehen. Nur in den heiligen Hainen fand eine Paarung statt – nackt und in rituellen Masken, um die sexuellen Unterschiede zu verdeutlichen. Mit Hilfe der Masken nahmen die Männer und Frauen eine neue Identität an. Die Kinder galten nicht als leibliche Nachkommen bestimmter Eltern, sondern als Produkt der Urform Mann und Frau.

Reith und Zap 210 erreichten den Rand des Hains. Sie blieben stehen, um Luft zu holen. Auf halber Höhe blinzelte der blaue Mond durch ein paar Wolkenfetzen. Sonst war der Himmel klar.

Zap 210 sah hinauf. »Was sind das für kleine Lichter?«

»Das sind Sterne«, erklärte Reith. »Ferne Sonnen. Die meisten lenken eine Gruppe Planeten. Von einem namens Erde stammen die Menschen: deine Vorfahren, meine, selbst die der Khor. Die Erde ist der Heimatplanet der Menschen.«

»Woher weißt du das alles?« fragte Zap 210.

»Das erzähle ich dir ein andermal. Nicht heute nacht.«

Sie gingen über die grasbewachsenen Hügelländer, spazierten durch die sternenklare Nacht, und irgendwie weckte die Situation in Reith eine seltsame Stimmung. Ihm kam es vor, als wäre er noch jung und würde auf der Erde mit einem schlanken Mädchen, das ihn verzaubert hatte, über eine von den Sternen erhellte Wiese streifen. Der Traum, die Halluzination oder was immer diese Stimmung bei ihm wachrief, wurde so stark, daß er nach der Hand von Zap 210 tastete, die neben ihm schritt. Sie bedachte ihn mit einem verschleierten Blick, erhob jedoch keinen Einspruch: abermals ein unbegreiflicher Aspekt der höchst erstaunlichen Ghaun.

Eine Zeitlang gingen sie so weiter. Reith wurde langsam wieder vernünftig. Er marschierte über die Oberfläche von Tschai. Seine Begleiterin – aus verschiedenartigen Gründen führte er den Gedankengang nicht zu Ende. Als hätte sie seinen Stimmungsumschwung gespürt, entriß ihm Zap 210 wütend ihre Hand. Vielleicht hatte sie auch eine Weile geträumt.

Sie gingen schweigend weiter. Als der blaue Mond direkt über ihnen stand, erreichten sie endlich das Sandsteingebirge und fanden an dessen Fuß eine geschützte Nische. Sie wickelten sich in ihre Mäntel und kuschelten sich in eine Sandmulde – Reith konnte nicht einschlafen. Er blickte zum Himmel und lauschte auf den Atem des Mädchens. Auch sie lag wach. Warum hatte es ihn so gedrängt, selbst auf die Gefahr von Verfolgung und Tod hin, aus dem Hain der Khor zu fliehen? Um die Unschuld des Mädchens zu schützen? Lächerlich. Er suchte nach ihrem Gesicht, einem blassen, ihm zugewandten Fleck im Mondschein.

»Ich kann nicht schlafen«, klagte sie leise. »Ich bin zu müde. Die Oberfläche jagt mir Angst ein.«

»Mir auch manchmal«, gestand Reith. »Wärst du lieber noch in den Unterständen?«

Wie immer antwortete sie ausweichend. »Ich kann nicht verstehen, was ich gesehen habe. Nicht einmal mich selbst verstehe ich. Einen solchen Gesang habe ich noch nie gehört.«

»Sie sangen Melodien, die sich niemals ändern«, erklärte Reith. »Vielleicht sind es Lieder von der Erde.«

»Sie haben sich ohne Kleider gezeigt! Tun das alle Menschen auf der Oberfläche?«

»Nicht alle«, beruhigte Reith sie.

»Aber warum tun sie das?«

Früher oder später muß sie aufgeklärt werden, dachte Reith. Aber nicht heute nacht! »Nacktheit bedeutet nicht viel«, murmelte er. »Alle Körper gleichen sich so ziemlich.«

»Warum wollen sie sich dann zur Schau stellen? In den Unterständen bleiben wir angezogen und versuchen, ›ungebührliches Verhalten‹ zu vermeiden.«

»Worin besteht eigentlich dieses ›ungebührliche Verhalten‹?«

»In plumper Vertrautheit. Die Menschen berühren sich und tändeln miteinander. Das alles ist höchst lächerlich.«

Reith wählte seine Worte sehr sorgfältig. »Wahrscheinlich ist das normal – wie wenn man Hunger bekommt oder so. Warst du nie ›ungebührlich‹?«

»Natürlich nicht!«

»Du hast nie auch nur daran gedacht?«

»Gegen Gedanken kann man sich nicht wehren.«

»Gab es keinen jungen Mann, mit dem du besonders gern befreundet gewesen wärst?«

»Niemals!« Zap 210 war entrüstet.

»Nun, du bist an der Oberfläche, und vielleicht sind hier die Umstände anders ... Jetzt schläfst du wohl besser. Möglicherweise macht morgen eine ganze Khor-Stadt Jagd auf uns.«

Endlich schlief Reith ein. Einmal wachte er auf und sah, daß der blaue Mond verschwunden und der Himmel bis auf die Sternbilder finster war. Aus dem Hügelland erklang von fern das traurige Geheul eines Nachthundes. Als er sich wieder in seinen Mantel hüllte, flüsterte Zap 210 schlaftrunken: »Der Himmel schüchtert mich ein.«

Reith legte sich dicht neben sie. Scheinbar ganz unabsichtlich streckte er die Hand aus und streichelte ihren Kopf, auf dem jetzt weiches und fülliges Haar wuchs. Das Mädchen seufzte und entspannte sich, womit es in Reith einen verwirrenden Beschützerinstinkt wachrief.

Die Nacht ging zu Ende. Ein rostbrauner Lichtschein tauchte im Osten auf, wurde stärker, ging in einen fliederfarbenen und honiggelben Sonnenaufgang über. Während Zap 210 in ihren Mantel gekuschelt sitzen blieb, untersuchte Reith die Geldbörsen, die er den Khor abgenommen hatte. Erfreut stellte er fest, daß sich darin insgesamt fünfundneunzig Sequinen befanden; das war mehr, als er erwartet hatte. Die Wurfspeere rangierte er aus – nadelscharfe, zwanzig Zentimeter lange Eisenpfeile mit einem Ledergriff. Den Dolch steckte er in den Gürtel.

Sie kletterten die Hänge des Vorgebirges empor und erreichten nach kurzer Zeit den Kamm. Hinter ihnen ging Carina 4269 auf, beschien die Küste und ließ einen zweiten Sumpf mit seichtem Strand und Morastebenen erkennen; dazu in weiter Ferne noch so ein Vorgebirge wie das, auf dem sie standen. Die Stadt der Khor lag eineinhalb Kilometer weiter links auf einem Berghang. Fast vor ihren Füßen führte ein Pier im Zickzack über die Morastebenen ins Meer hinaus: eine gefährliche Konstruktion aus Stangen, Tauen und Brettern, die unter der Strömung erzitterte, die den Fuß des Vorgebirges umspülte. Sechs Boote lagen an den spindeldürren Pfählen vertäut: Gefährte, die sich an Bug und Heck in die Höhe bogen, wie mit Masten ausgestattete Schaukeldorys. Reith blickte auf die Stadt. Ein paar Rauchfahnen kräuselten sich von den schwarzen Eisendächern in die Luft; sonst war kein Leben und Treiben wahrnehmbar. Er wandte sein Augenmerk wieder den Booten zu.

»Es ist leichter, zu segeln als zu gehen«, erklärte Reith seiner Gefährtin. »Und die Küste entlang scheint genau die richtige Brise zu wehen.«

Zap 210 fragte bestürzt: »Hinaus über soviel Leere?«

»Je leerer, desto besser«, versicherte Reith. »Das Meer macht mir keine Sorgen. Aber die Leute, die es befahren. Das gleiche trifft natürlich auch für das Land zu.« Er stieg den Hang hinab; Zap 210 kletterte hinter ihm her. Sie erreichten den Pier und gingen über den wackeligen Steg. Irgendwo in der Nähe ertönte ein wütender, schriller Schrei. Sie sahen, wie ein halbwüchsiger Junge auf das Dorf zurannte.

Reith fing an zu laufen. »Komm schnell! Wir haben nicht viel Zeit.«

Zap 210 folgte ihm keuchend. Die beiden erreichten das Ende des Piers. »Wir können nicht fliehen! Sie werden uns mit den Booten folgen.«

»Nein«, widersprach Reith. »Das glaube ich nicht.« Er blickte von Boot zu Boot und wählte das, welches am seetüchtigsten zu sein schien. Vor dem Dorf hatten sich aufgeregt schwarze Gestalten versammelt. Zwölf rannten auf den Pier zu; weitere zwölf folgten ihnen.

»Spring ins Boot«, kommandierte Reith. »Hiß das Segel!«

»Zu spät«, schrie Zap 210. »Das schaffen wir nie.«

»Es ist noch nicht zu spät. Hiß das Segel!«

»Ich weiß nicht, wie.«

»Zieh an dem Seil, das am Mast entlang nach oben führt.«

Zap 210 kletterte in das Boot hinunter und versuchte, Reiths Anweisungen Folge zu leisten. In der Zwischenzeit lief Reith am Pier entlang und schnitt die anderen Boote los. Von der Strömung sowie der Küstenbrise angetrieben, entfernten sie sich vom Dock.

Reith kehrte dorthin zurück, wo sich Zap 210 verzweifelt am Fall zu schaffen machte. Sie nahm alle Kraft zusammen, und es gelang ihr, die lange Rahe unter das Fockstag zu stoßen. Reith sah sich ein letztes Mal nach den schreienden Dorfbewohnern um, dann sprang er ins Boot und legte ab.

Keine Zeit, die Fallen zu sortieren oder die Rahe zu klären. Reith nahm die Ruder, steckte sie zwischen die Ruderpflöcke und beschleunigte die Fahrt. Die schreienden Khor sprangen über das erbebende Pier. Sie blieben stehen und schleuderten ihre Speere. Eine Salve Eisen flog hoch hinaus und landete ungefähr drei bis sechs Meter vor dem Boot im Wasser. Mit erneuter Kraft griff Reith in die Ruder, dann hißte er das Segel. Die Rahe schwang frei und knirschte in der Takelung; die graue Leinwand blähte sich; das Boot legte sich auf die Seite und durchpflügte das Wasser. Die Khor standen schweigend am Anlegeplatz und starrten den davonschwimmenden Schiffen nach.

Reith segelte schnurgerade aufs Meer hinaus. Zap 210 saß zusammengekauert in der Mitte des Bootes. Endlich erhob sie niedergeschlagen Einspruch. »Ist es klug, sich so weit vom Land zu entfernen?«

»Sehr klug. Sonst könnten uns die Khor an der Küste entlang folgen und töten, wenn wir vor Anker gehen.«

»Ich habe noch nie eine so offene Fläche kennengelernt. Sie ist – dermaßen schrecklich unbedeckt.«

»Trotzdem sind unsere Chancen besser als gestern um diese Zeit. Hast du Hunger?«

»Ja.«

»Sieh nach, was drüben im Reserveraum steckt. Vielleicht haben wir Glück.«

Zap 210 stieg nach vorn zu dem kleinen Schränkchen am Bug; zwischen Seilstücken, Ausrüstungsgegenständen, Reservesegeln und einer Laterne fand sie einen Krug Wasser sowie einen Sack voll Fladen aus getrockneten Pilgerpflanzen.

Als die Küste nur noch eine verwischte Linie war, lenkte Reith das Boot gen Nordwesten und stellte das plumpe Segel nach dem Wind.

Tagsüber blies der Wind in die gewünschte Richtung. Reith blieb auf einem Kurs, der zehn Meilen von der Küste entfernt und außerhalb des Sichtbereichs der Khor lag. Hügelland tauchte in der Ferne auf, zeichnete sich undeutlich an Steuerbord ab, wurde langsam kleiner und verschwand.

Als die Nachmittagssonne verblaßte, nahm der Wind zu und jagte schaumgekrönte Wellen über das dunkle Meer. Die Takelung ächzte, die Segel bauschten sich, das Schiff warf eine Bugwoge auf, das Kielwasser gluckste, und Reith freute sich über jede Meile, die auf diese Weise zurückgelegt wurde.

Carina 4269 sank hinter die Berge auf dem Festland. Der Wind flaute ab, und das Boot büßte an Geschwindigkeit ein. Dunkelheit brach herein. Zap 210 kauerte ängstlich auf der mittleren Bank; die Spannweite des Himmels bedrückte sie. Reith verlor mit ihren Befürchtungen die Geduld. Er setzte die Rahe auf Halbmast, zurrte das Steuer fest, machte es sich so bequem wie möglich und schlief.

Eine kühle Morgenbrise weckte ihn. Er stolperte durch das Zwielicht und brachte es fertig, die Rahe zu hissen. Dann trat er achtern an die Ruderpinne und steuerte halb dösend, bis die Sonne aufging.

Um die Mittagsstunde ragte ein Landfinger ins Meer hinaus. Reith ging mit dem Boot an einem trostlosen grauen Strand vor Anker und begab sich auf Nahrungssuche. Er fand einen brackigen Fluß, ein Gestrüpp mit dunkelroten Drachenbeeren und die allerorts wachsenden Pilgerschoten. Im Fluß entdeckte er eine Anzahl krebsartiger Tiere, konnte sich aber nicht dazu überwinden, sie zu fangen.

Am Spätnachmittag stachen sie wieder in See. Reith benutzte die Ruder, um vom Strand fortzukommen. Sie umrundeten das Hügelland und stießen auf eine veränderte Küstenlandschaft. Die grauen Strände und Morastebenen waren zum schmalen Kiesufer geworden. Dahinter lagen kahle rote Klippen, und Reith, der sich vor der Leeküste hütete, lenkte weit aufs Meer hinaus.

Eine Stunde vor Sonnenuntergang tauchte am nordöstlichen Horizont ein langes, niedriges Wasserfahrzeug auf, das parallel zu ihnen Kurs hielt. Weil die Sonne schon tief im Nordwesten stand, hoffte Reith, den Augen der Besatzung zu entgehen; das Schiff hatte unheimlich Ähnlichkeit mit den Piratengaleeren des Draschade. In der Hoffnung, davonzuziehen, änderte er den Kurs in Richtung Süden. Das andere Schiff änderte gleichfalls seinen Kurs, ob zufällig oder nicht, wußte Reith mit Sicherheit nicht zu sagen. Er schwenkte das Boot direkt zur Küste, die jetzt ungefähr sechzehn Kilometer entfernt lag. Das Schiff schien abermals den Kurs zu ändern. Allmählich erkannte Reith, daß man sie bestimmt einholen würde. Zap 210 beobachtete die ganzen Manöver mit hängenden Schultern. Reith fragte sich, was er tun sollte, falls die Galeere sie tatsächlich überholte. Das Mädchen hatte keine Ahnung, was es erwartete; und jetzt war kaum der richtige Zeitpunkt, es ihr zu erklären. Reith beschloß, sie zu töten, falls eine Gefangennahme nicht mehr vermeidbar war. Dann änderte er seinen Sinn: sie würden über Bord springen und gemeinsam ertrinken. Genauso unnütz; solange es Leben gab, bestand Hoffnung.

Die Sonne sank hinter den Horizont. Der Wind flaute wie am vorhergehenden Abend ab. Der Sonnenuntergang brachte Windstille, und die Boote trieben hilflos auf dem Wasser.

Reith legte die Ruder ein: Als sich Zwielicht über das Meer breitete, ruderte er von dem lahmgelegten Piratenschiff fort und auf die Küste zu. Reith hielt im Rudern inne. Weit im Westen sah er ein flackerndes Licht. Auf dem Meer war alles dunkel. Er ging vor Anker und reffte das Segel. Die beiden bereiteten sich eine Mahlzeit aus Beeren und Pilgerschoten, dann legten sie sich am Boden auf die Segel schlafen.

Bei Tagesanbruch kam von Osten Wind auf. Ihr Schiff lag ungefähr hundert Meter von der Küste entfernt in knapp einen Meter tiefem Wasser vor Anker. Die Piratengaleere, wenn es eine gewesen sein sollte, war nicht mehr zu sehen. Reith zog den Anker hoch und hißte das Segel. Das Boot pflügte flott durch das Wasser davon.

Weil ihn die Vorfälle am vorherigen Tag vorsichtig gemacht hatten, segelte Reith nur vierhundert Meter von der Küste entfernt weiter, bis mitten am Nachmittag der Wind abflaute. Im Norden kündigte eine Wolkenbank Sturm an. Reith nahm die Ruder und manövrierte das Boot in eine Lagune an der Mündung eines trägen Flusses. Neben der Lagune trieb ein Floß aus getrocknetem Schilf, auf dem zwei Buben saßen und fischten. Nachdem sich die erste Aufregung gelegt hatte, beobachteten sie gleichgültig, wie das Schiff näherkam.

Reith hielt mit dem Rudern inne und überdachte die Situation. Die Sorglosigkeit der Knaben wirkte unnatürlich. Außergewöhnliche Ereignisse bedeuteten auf Tschai fast immer Gefahr. Reith ruderte mit dem Boot vorsichtig so nahe an das Floß heran, daß eine Unterhaltung möglich war. Ungefähr dreißig Meter entfernt saßen am Ufer drei Männer, die ebenfalls fischten. Es schienen Graue zu sein: ein kleines und untersetztes Volk mit harten Gesichtszügen, spärlichem braunen Haar und leicht grauer Haut. Wenigstens sind es keine Khor, dachte Reith, und somit nicht von vornherein feindselig eingestellt.

Reith ließ das Boot treiben und rief: »Liegt in der Nähe eine Stadt?«

Der eine Junge deutete über das Schilf zu einem Wäldchen aus purpurroten Ouingas. »Dort drüben.«

»Welche Stadt?«

»Zsafathra.«

»Gibt es dort einen Gasthof oder eine Taverne, wo wir Unterkunft finden?«

»Redet mit den Männern an Land.«

Reith lenkte das Boot dem Ufer zu. Einer der Männer schrie irritiert: »Hört auf, das Wasser aufzuwühlen! Ihr vertreibt sonst alle Blaubäuche in der Lagune.«

»Tut mir leid«, entschuldigte sich Reith. »Können wir in eurer Stadt Unterkunft bekommen?«

Die Männer musterten ihn mit unpersönlicher Neugier. »Was tut ihr hier an der Küste?«

»Wir sind Reisende von Südkislovan und kehren jetzt nach Hause zurück.«

»Eine bemerkenswerte Strecke mit einem so kleinen Fahrzeug«, meinte einer der Männer leicht skeptisch.

»Ein Fahrzeug, das starke Ähnlichkeit mit denen der Khor hat«, bemerkte der zweite.

»Es sieht tatsächlich wie ein Khor-Boot aus«, stimmte Reith zu. »Aber zur Sache, wie steht's mit einer Unterkunft?«

»Für Leute mit Sequinen ist alles zu haben.«

»Vernünftige Preise können wir bezahlen.«

Der älteste von den Männern am Ufer stand auf. »Wenn nichts anderes, so sind wir wenigstens ein vernünftiges Volk«, stellte er fest und bedeutete Reith, näherzukommen. Als das Boot die Nase in das Schilf steckte, sprang er an Bord. »Ihr behauptet also, Khor zu sein?«

»Ganz im Gegenteil. Wir behaupten, keine Khor zu sein.«

»Was ist dann mit dem Boot?«

Reith machte eine zweideutige Geste. »Nicht so gut wie manche, aber besser als andere. Es hat uns weit gebracht.«

Ein frostiges Lächeln flog über das Gesicht des Mannes. »Fahrt durch den Kanal dort drüben. Haltet euch rechts.«

Eine halbe Stunde ruderte Reith durch ein Kanallabyrinth; die Ouingas blieben immer hinter schwarzen Schilfinseln. Reith sah bald ein, daß der Zsafathraner sich entweder einen Scherz erlaubte oder ihm die Orientierung zu nehmen suchte. Er sagte: »Ich bin müde; rudere du den Rest des Weges.«

»Nein, nein«, wehrte der Alte ab. »Jetzt sind wir gleich da; bloß noch nach links durch den Kanal dort drüben und auf die Ouingas zu.«

»Komisch«, wunderte sich Reith. »An diesem Kanal sind wir bereits ein dutzendmal vorbeigekommen.«

»Einer sieht wie der andere aus. Da sind wir schon.«

Das Boot glitt auf einen ruhigen Weiher, um den unter

den Ouingas Pfahlbauten mit Schilfdächern standen. Am anderen Ende des Teiches lag ein größeres, kunstvolleres Gebäude. Die Pfähle waren aus purpurrotem Ouingaholz, das Dach ein kompliziertes Geflecht in Schwarz, Braun und Grau.

»Unser Gemeindehaus«, erklärte der Zsafathraner. »Wir leben nicht so abgeschieden, wie ihr vielleicht annehmt. Die Thang kommen mit ihren Schauspielertruppen und Karren vorbei. Bihasu-Hausierer oder Würdenträger auf der Durchreise, so wie ihr. Sie alle bewirten wir in unserem Gemeindehaus.«

»Thang? Wir müssen nah beim Kap Braiz sein!«

»Nennst du fünfhundert Kilometer nah? Die Thang sind wie die Sandfliegen. Sie tauchen überall auf, und häufig dann, wenn sie nicht erwünscht sind. In der Nähe liegt die Thangstadt Urmank – und deine Frau gehört einer Rasse an, die ich nicht kenne. Wenn es nicht gar so lächerlich wäre – aber nein, Unsinn für bare Münze zu nehmen, würde bedeuten, daß ich mein Ansehen verliere. Das Risiko will ich nicht eingehen.«

»Wir kommen von weit her«, sagte Reith. »Ihr habt von dem Ort bestimmt noch nie gehört.«

Der alte Mann winkte gleichgültig ab. »Wie ihr wollt. Vorausgesetzt, ihr wahrt die Förmlichkeiten und bezahlt die Zeche.«

»Noch zwei Fragen«, bat Reith. »Worin bestehen diese ›Förmlichkeiten‹, und wieviel müssen wir täglich an Unkosten rechnen?«

»Die Förmlichkeiten sind einfach«, antwortete der Zsafathraner. »Sozusagen ein Austausch von Freundlichkeiten. Die Kosten belaufen sich vielleicht auf vier bis fünf Sequinen am Tag. Legt im Dock an, wenn ihr damit einverstanden seid; dann müssen wir euer Boot fortschaffen, um Mutmaßungen zu unterbinden, falls ein Thang oder ein Bihasu vorbeikommen sollte.«

Reith beschloß, keine Einwände zu erheben. Er ruderte das Boot ins Dock – eine Anlage aus Weidenruten und Schilf, die an Ouingaholzstangen festgezurrt waren. Der Zsafathraner sprang vom Schiff und half Zap 210 galant an Land, wobei er sie eingehend musterte.

Reith folgte mit der Leine, die ihm der Zsafathraner abnahm und unter einer Reihe gemurmelter Anweisungen an einen jungen Burschen weitergab. Dann führte er Reith und Zap 210 durch den Weidenrutenpavillon in das große Gemeindehaus. »Da sind wir; macht es euch bequem. Ihr könnt über den kleinen abgeteilten Raum dort drüben verfügen. Zur gegebenen Zeit wird man euch Essen und Wein auftragen.«

»Wir möchten ein Bad nehmen«, erklärte Reith. »Außerdem würden wir es zu schätzen wissen, die Kleider zu wechseln, wenn welche erhältlich sind.«

»Das Badehaus liegt dort drüben. Frische Kleider im zsafathranischen Stil gibt es zu kaufen.«

»Wieviel kosten sie?«

»Gewöhnliche Anzüge aus grauem Stechginster zum Schneiden von Weidenruten oder für den Ackerbau kosten zehn Sequinen pro Stück. Da eure jetzigen Kleider fast nur mehr aus Fetzen bestehen, empfehle ich diese Ausgabe.«

»Ist in diesem Preis die Unterwäsche enthalten?«

»Für einen Aufpreis von zwei Sequinen wird Unterwäsche mitgeliefert; und solltet ihr neue Sandalen wollen, muß noch jeder fünf Sequinen zusätzlich bezahlen.«

»Schön«, sagte Reith. »Bringt alles. Wir lassen es uns gutgehen, solange die Sequinen reichen.«

6. Kapitel

In dem einfachen grauen Arbeitskittel und der zsafathranischen Hose sah Zap 210 etwas weniger eigenartig und verdächtig aus. Ihr schwarzes Haar begann sich zu ringeln. Wind und Sonne hatten ihre Haut dunkler gefärbt. Nur die vollkommen ebenmäßigen Gesichtszüge sowie ihre Träumereien sonderten sie jetzt noch ab. Reith bezweifelte jedoch, ob ein Fremder in ihrem Verhalten etwas anderes als Schüchternheit sehen würde.

Aber Cauch, der alte Zsafathraner, bemerkte es. Er nahm Reith beiseite und murmelte vertraulich: »Ist deine Frau etwa krank? Wenn ihr Kräuter, Schwitzbäder oder homöopathische Mittel braucht, sind diese nicht allzu teuer erhältlich.«

»Bei den Zsafathranern ist alles Geschäft«, klagte Reith. »Bis wir aufbrechen, sind wir vielleicht mehr Sequinen schuldig, als wir bei uns tragen. Was würdet ihr in diesem Fall tun?«

»Bekümmert verzichten, sonst nichts. Wir wissen, daß wir ein vom Schicksal verfluchtes Volk und dazu verdammt sind, eine Reihe von Enttäuschungen hinzunehmen. Aber ich hoffe, das ist nicht der Fall?«

»Nicht, wenn wir eure Gastfreundschaft nicht länger in Anspruch nehmen, als ich gegenwärtig beabsichtige.«

»Zweifellos teilt ihr euer Geld sorgfältig ein. Aber um noch einmal darauf zurückzukommen: Wie steht's mit dem Gesundheitszustand deiner Frau?« Er unterwarf Zap 210 einer kritischen Musterung. »Ich habe in solchen Dingen ein wenig Erfahrung. Meiner Meinung nach ist sie kränklich, teilnahmslos und ein wenig mürrisch. Das macht mir Kopfzerbrechen.«

»Sie ist ein unergründliches Geschöpf«, gab Reith zu.

»Diese Bezeichnung paßt für euch beide, wenn ich das

sagen darf«, meinte Cauch. Er richtete seinen eulenartigen Blick auf Reith. »Nun die Krankhaftigkeit der Frau ist natürlich deine Sache. Im Pavillon hat man einen kleinen Imbiß aufgetragen, zu dem ihr herzlich eingeladen seid.«

»Vermutlich gegen einen kleinen Unkostenbeitrag?«

»Wie könnte es anders sein? In dieser anspruchsvollen Welt gibt es nur die Luft, die wir atmen, umsonst. Gehört ihr vielleicht zu jenen, die hungrig weiterziehen, weil ihr den Verlust von ein paar Hellblauen scheut? Das glaube ich nicht. Kommt.« Und Cauch drängte sie zum Pavillon hinaus und setzte sie in Weidenrutenstühlen vor einen Weidentisch; dann erteilte er den Mädchen Anweisungen, das Essen zu bringen.

Als erster Gang wurde ihnen kalter Tee, Gewürzkuchen und die Stengel einer knusprigen roten Wasserpflanze aufgetischt. Das Gericht war genießbar, die Stühle bequem. Nach den Schicksalsschlägen der vorhergehenden Wochen wirkte das Ganze wie ein Traum, und Reith konnte es sich nicht verkneifen, wachsam in die eine oder andere Richtung zu spähen. Langsam entspannte er sich. Der Pavillon schien eine Idylle des Friedens zu sein. Die hauchdünnen Wedel der purpurroten Ouingas hingen tief herunter und verströmten einen aromatischen Duft. Carina 4269 warf tanzende, dunkelgoldene Lichtpunkte auf das Wasser. Irgendwo hinter dem Gemeindehaus erklang die Musik von Wassergongs. Zap 210 sah träumerisch über den Teich und knabberte am Essen herum, als würde es ihr nicht schmecken. Sobald sie Reiths Blick spürte, richtete sie sich in ihrem Stuhl steif auf.

»Soll ich noch Tee eingießen?« fragte Reith.

»Wenn du willst.«

Reith schenkte aus dem bauchigen Glaskrug nach. »Du scheinst nicht viel Hunger zu haben«, bemerkte er.

»Ich glaube nicht. Mich würde interessieren, ob sie *Diko* haben.«

»Nein, da bin ich ziemlich sicher«, bedauerte Reith.

Zap 210 machte eine ungeduldige Handbewegung.

Reith erkundigte sich: »Gefällt es dir hier?«

»Besser als auf dem offenen Meer.«

Eine Zeitlang trank Reith schweigend seinen Tee. Man räumte den Tisch ab, setzte ihnen neue Speisen vor: Kroketten in süßem Gelee; Zweige mit weißen Kernen; unvollkommen ausgebildete Maisähren mit grauem Seefleisch. Wie zuvor, zeigte Zap 210 keinen großen Appetit. Reith sagte höflich: »Jetzt hast du schon ein wenig von der Oberfläche gesehen. Ist sie anders, als du erwartet hast?«

Zap 210 überlegte. »Ich hätte nie gedacht, daß ich soviel Mutterfrauen sehen würde«, murmelte sie vor sich hin.

»Mutterfrauen? Meinst du Frauen mit Kindern?«

Sie wurde rot. »Ich meine Frauen mit vorstehenden Brüsten und Hüften. Es sind so viele! Einige von ihnen scheinen ziemlich jung zu sein.«

»Das ist ganz normal«, erklärte Reith. »Wenn die Mädchen erwachsen werden, entwickeln sich Brüste und Hüften.«

»Ich bin auch kein Kind mehr«, erinnerte Zap 210 ungewöhnlich hochnäsig. »Und ich . . .« Sie verstummte.

Reith schenkte sich noch eine Schale Tee ein und lehnte sich zurück. »Es wird Zeit«, begann er, »daß ich dir gewisse Dinge erkläre. Vermutlich hätte ich es schon früher tun sollen. Alle Frauen sind ›Mutterfrauen‹.«

Zap 210 starrte ihn ungläubig an. »Das kann nicht sein!«

»Doch«, versicherte Reith. »Die Pnume haben dich mit Drogen gefüttert, damit du unentwickelt bleibst – mit *Diko;* wenigstens nehme ich es an. Jetzt stehst du nicht mehr unter Drogen und wirst langsam normal – hast du an dir keine Veränderungen festgestellt?«

Zap 210 sank in ihren Stuhl zurück. Sie war sprachlos, weil er ihr peinliches Geheimnis kannte. »Von solchen Dingen spricht man nicht.«

»Solange man weiß, was vorgeht.«

Zap 210 blickte über die Wasserfläche. In anderem Tonfall fragte sie: »Hast du an mir Veränderungen festgestellt?«

»Nun ja. Vor allem siehst du nicht mehr wie der Geist eines kranken Jungen aus.«

Zap 210 flüsterte: »Ich will kein dickes Tier sein, das sich im Dunkel suhlt. Muß ich Mutter werden?«

»Alle Mütter sind zwar Frauen«, erklärte Reith, »aber nicht alle Frauen sind Mütter. Und nicht alle Mütter werden dicke Tiere.«

»Seltsam, seltsam! Warum werden einige Frauen Mütter, und die anderen nicht? Ist das ein schlimmes Los?«

»Dabei spielen die Männer eine Rolle« erklärte Reith. »Schau hinüber auf die Veranda jener Hütte: zwei Kinder, eine Frau, ein Mann. Die Frau ist Mutter. Sie ist jung und sieht gesund aus. Der Mann ist der Vater. Ohne Väter gibt es keine Kinder.«

Bevor Reith mit der Aufklärung fortfahren konnte, kehrte der alte Cauch an den Tisch zurück und setzte sich.

»Seid ihr mit allem zufrieden?«

»Sehr«, lobte Reith. »Wir werden euer Dorf ungern verlassen.«

Cauch nickte selbstgefällig. »In gewisser Hinsicht sind wir ein glückliches Volk; weder so streng wie die Khor noch so darauf versessen, uns anzupassen, wie die Thang im Westen. Wie steht's mit euch? Ich gebe zu, daß ich neugierig bin, weil ich euch für ungewöhnliche Leute halte.«

Reith überlegte kurz, dann sagte er: »Ich will deine Neugier gern zufriedenstellen, wenn du mir einen nicht unvernünftigen Betrag dafür bezahlst. Ich kann dir sogar mehrere Aufklärungsstufen bieten. Für hundert Sequinen garantiere ich Staunen und Ehrfurcht.«

Cauch wich zurück und hob abwehrend die Hände. »Sag mir nichts, worauf du Wert legst! Aber alle nichtigen Worte, die ihr kostenlos entbehren könnt, werden in mir einen aufmerksamen Zuhörer finden.«

Reith lachte. »Trivilität ist ein Luxus, den ich mir nicht leisten kann. Morgen verlassen wir Zsafathra. Unsere paar Sequinen müssen bis Sivish reichen – wie, weiß ich nicht.«

»Was das betrifft, so kann ich euch einen Rat geben«, erklärte Cauch. »Sogar unentgeltlich. Meine Kenntnisse reichen nur bis Urmank. Dort müßt ihr vorsichtig sein. Die Thang nehmen euch ohne Gewissensbisse die letzten Sequinen ab. Es ist nutzlos, wütend oder verletzt zu reagieren! Das liegt in der Natur der Thang. Sie ziehen es vor, lieber ein Auge zuzudrücken, statt zu arbeiten. Die Zsafathraner sind sehr auf der Hut, wenn sie Urmank einen Besuch abstatten; das werdet ihr noch feststellen, wenn ihr mit uns zum Basar gehen solltet.«

»Hmm.« Reith strich sich über das Kinn. »Was wird in diesem Fall aus unserem Boot?«

Cauch zuckte etwas zu gleichgültig die Achseln, wie Reith schien. »Was ist schon ein Boot? Eine schwimmende Holzschale.«

»Wir wollten dieses wertvolle Segelschiff eigentlich in Urmank verkaufen«, erklärte Reith. »Doch um mir den mühseligen Transport zu ersparen, überlasse ich es dir billig.«

Leise schmunzelnd schüttelte Cauch den Kopf. »Ich brauche kein dermaßen plumpes und unhandliches Fahrzeug. Die Takelung ist durchgescheuert, die Segel sind beileibe nicht die besten. Im Reserveraum befindet sich nur eine armselige Auswahl an Zubehör und Seil.«

Nach zweieinhalb Stunden zähen Feilschens verkaufte Reith das Boot für zweiundvierzig Sequinen zuzüglich aller Unterkunftskosten in Zsafathra sowie der Fahrt nach Urmank am nächsten Tag. Während sie Geschäfte machten, tranken sie Unmengen Pfeffertee, ein leicht berauschendes Getränk. Reith wurde es frei und behaglich ums Herz. Die Gegenwart ließ sich nicht allzu schlecht an. Die Zukunft? Man würde sie zu nehmen wissen. Derzeit sickerte das verblassende Nachmittagslicht durch die riesigen Ouingas; es färbte die Luft fliederfarben, und im Teich spiegelte sich der Himmel.

Cauch ging seinen Geschäften nach. Reith lehnte sich in seinem Stuhl zurück und betrachtete Zap 210, die ebenfalls ein gehöriges Quantum Pfeffertee getrunken hatte. Ein Stimmungswechsel bewog ihn, in ihr nicht eine Pnumekin und eine Laune der Natur zu sehen, sondern eine hübsche junge Frau, die schweigend in der Abenddämmerung saß. Hinter dem Pavillon fesselte etwas ihre Aufmerksamkeit. Das, was sie sah, überraschte sie, und sie wandte sich verwundert an Reith. Reith bemerkte ihre großen, dunklen Augen. Zap 210 flüsterte erschrocken: »Hast du ... das gesehen?«

»Was?«

»Ein junger Mann und eine junge Frau – sie standen dicht zusammen und preßten die Gesichter aneinander!«

»Wirklich?«

»Ja!«

»Das glaube ich nicht. Was haben sie gemacht?«

»Nun – ich kann es nicht genau beschreiben.«

»War es so?« Reith legte ihr die Hände auf die Schultern, blickte tief in die bestürzten Augen.

»Nein ... nicht ganz. Sie standen dichter beisammen.«

»So?«

Reith schlang die Arme um das Mädchen. Er erinnerte sich an das kalte Wasser im Pagaz-See, die verzweifelte, animalische Vitalität ihres Körpers, als sie sich an ihn geklammert hatte. »So?«

Sie drückte sich gegen seine Schultern. »Ja – laß mich los. Man könnte uns für ungebührlich halten.«

»Haben sie das gemacht?« Reith küßte sie. Zap 210 blickte ihn erstaunt und ängstlich an und preßte die Hand auf ihren Mund.

»Nein – warum tust du das?«

»War es dir unangenehm?«

»N ... nein. Ich glaube nicht. Aber tu's bitte nicht wieder. Es weckt in mir ein komisches Gefühl.«

»Das sind die Folgen des *Dikoentzugs*«, entgegnete Reith. Er zog sich zurück, ihm drehte sich alles. Das Mädchen sah ihn unsicher an. »Ich kann nicht verstehen, warum du das getan hast?«

Reith holte tief Luft. »Es ist den Männern und Frauen angeboren, daß sie sich zueinander hingezogen fühlen. Man nennt es Fortpflanzungstrieb, und manchmal entstehen dabei Kinder.«

Zap 210 war bestürzt. »Werde ich jetzt eine Mutterfrau?«

»Nein«, versicherte Reith. »Wir müßten viel intimer werden.«

»Bist du sicher?«

Reith glaubte, sie würde sich zu ihm beugen. »Ja.« Er küßte sie abermals, und diesmal setzte sie ihm – nach der ersten nervösen Reflexbewegung – keinen Widerstand entgegen ... dann schnappte sie nach Luft. »Rühr dich nicht. Sie werden uns nicht bemerken, wenn wir so sitzen bleiben. Sie schämen sich, herzusehen.«

Reith erstarrte, sein Gesicht war dicht vor dem ihren. »Wer wird uns nicht bemerken?« murmelte er.

»Schau – jetzt.«

Reith spähte über die Schulter. Auf der anderen Seite des Pavillons standen zwei dunkle Gestalten in schwarzen Mänteln und breitrandigen schwarzen Hüten.

»Gzhindra«, wisperte das Mädchen.

Cauch betrat den Pavillon und sprach mit den Gzhindra. Kurz darauf führte er sie auf die Straße hinaus.

Die Nacht brach herein. Beim Pavillon hängten die Mädchen gelbe und grüne Lampions auf und trugen neue Tabletts und Terrinen zur Anrichte. Reith und Zap 210 blieben melancholisch sitzen.

Cauch kehrte in den Pavillon zurück und leistete ihnen Gesellschaft. »Beim Morgengrauen brechen wir nach Urmank auf und sind mittags in der Stadt. Kennt ihr den Ruf der Thang?«

»Bis zu einem gewissen Grad.«

»Er besteht zu Recht«, urteilte Cauch. »Sie ziehen es vor, zu betrügen, statt ihr Wort zu halten. Das liebste Geld ist ihnen gestohlenes Geld. Also seid auf der Hut.«

Reith erkundigte sich scheinbar gleichgültig: »Wer waren die beiden Männer in Schwarz, mit denen du vor einer halben Stunde gesprochen hast?«

Cauch nickte, als hätte er die Frage erwartet. »Das waren Gzhindra oder Untergrundmenschen, wie wir sie manchmal nennen; von Zeit zu Zeit fungieren sie als Unterhändler für die Pnume. Heute hatten sie ein anderes Anliegen. Sie erhielten von den Khor den Auftrag, einen Mann und eine Frau ausfindig zu machen, die einen heiligen Hain entehrt und in der Nähe der Stadt Fanzh ein Boot gestohlen haben. Die Beschreibung paßte durch eine Laune des Schicksals auf euch, obwohl gewisse Unstimmigkeiten es mir gestatteten, mit Bestimmtheit zu behaupten, daß diese Leute in Zsafathra nicht gesehen worden sind. Sie könnten aber mit anderen sprechen, die euch nicht so gut kennen wie ich. Um eventuelle Verwechslungen zu vermeiden, schlage ich vor, daß ihr euer Aussehen so grundlegend wie möglich verändert.«

»Das ist leichter gesagt als getan«, meinte Reith.

»Ganz und gar nicht.« Cauch steckte die Finger in den Mund und stieß einen schrillen Pfiff aus. Ohne Überraschung oder Eile näherte sich eins der bedienenden Mädchen: eine erfreuliche Erscheinung mit breiten Hüften, Schultern, Wangenknochen und Lippen; das schwer zu beschreibende braune Haar trug sie in einer unbändigen koketten Lockenpracht. »Was steht zu Diensten?«

»Bring zwei Turbane«, befahl Cauch. »Die orangeweißen; dazu schwarze Reife.«

Das Mädchen brachte die gewünschten Dinge. Sie trat zu Zap 210, schlang das orangeweiße Tuch um die schwarze Haarkappe und band es so, daß die mit Fransen verzierten Enden hinter dem linken Ohr hingen. Dann machte sie schwarze Reife daran fest, die vor dem rechten Ohr baumelten. Reith staunte über die Verwandlung. Zap 210 sah jetzt verwegen und schelmisch aus; ein fröhliches junges Mädchen, das sich als Piratin verkleidet hatte.

Als nächstes wurde Reith ein Turban verpaßt. Zap 210 schien die Verkleidung zu belustigen. Sie öffnete den Mund und lachte: das erstemal, daß Reith sie dies tun hörte.

Cauch lobte sie beide. »Ein großer Unterschied. Ihr seid zwei Hedaijhans geworden. Morgen beschaffe ich euch noch Umhängetaschen. Selbst eure Mutter würde euch nicht wiedererkennen.«

»Was verlangst du für diesen Dienst?« fragte Reith. »Hoffentlich eine vernünftige Summe?«

»Insgesamt acht Sequinen – im Preis enthalten sind die Kleidungsstücke selbst, die Anpassung sowie eine Unterweisung in der Körperhaltung der Hedaijhans. Wichtig ist der wiegende Schritt, das Schwingen der Arme – so.«

Cauch führte eine gezierte, tänzelnde Gangart vor. »Mit den Händen – so. Jetzt, Herrin, du zuerst. Denkt daran, daß eure Knie gebeugt bleiben müssen. Schwingen, wiegender Schritt ...«

Zap 210 befolgte die Anweisungen mit großem Ernst und blickte dabei auf Reith, um zu sehen, ob er sie auslachte.

Die Übungen dauerten bis in die Nacht hinein, während der rosa Mond hinter die Ouingas sank und der blaue Mond im Osten aufging. Schließlich erklärte sich Cauch zufrieden. »Ihr würdet fast jeden hinters Licht führen. Jetzt marsch ins Bett. Morgen fahren wir nach Urmank.«

Der kleine abgeteilte Schlafraum war düster; die Ritzen in der Rotangwand ließen grüne und gelbe Lichtstrahlen von den Lampions beim Pavillon einfallen; dazu schienen der rosa und der blaue Mond aus verschiedenen Richtungen in den Raum und zeichneten auf dem Boden ein buntes Netz.

Zap 210 ging an die Wand und spähte mehrere Minuten durch die Spalten hinaus auf die Straße, die unter den Ouingas vorbeiführte. Reith trat zu ihr. »Was siehst du?«

»Nichts. Sie lassen sich nicht so leicht sehen.« Zap 210 wandte sich ab und setzte sich – nach einem unergründlichen flüchtigen Blick in Reiths Richtung – auf eine der Weidenliegen. Kurz darauf sagte sie: »Du bist ein sehr seltsamer Mann.«

Reith wußte nichts zu erwidern.

»Es gibt so viel, was du mir verschweigst. Manchmal kommt es mir vor, als wäre ich vollkommen unwissend.«

»Was willst du wissen?«

»Wie die Leute auf der Oberfläche handeln, wie sie fühlen ... warum sie das tun, was sie tun ...«

Reith trat zu ihr und blickte auf das Mädchen hinunter. »Willst du das alles heute nacht erfahren?«

Sie senkte den Kopf. »Nein. Ich habe Angst ... Nicht jetzt.«

Reith streckte die Hand aus und streichelte ihr Haar. Plötzlich überkam ihn ein heftiges Verlangen, sich neben sie zu setzen und ihr die Geschichte seiner ungewöhnlichen Vergangenheit zu erzählen – er wollte spüren, wie ihre Blicke auf ihm ruhten; wollte ihr blasses Gesicht aufmerksam und staunend sehen. – Ich habe doch tatsächlich angefangen, dieses absonderliche Mädchen mit seinen geheimen Gedankengängen anziehend zu finden.

Reith wandte sich ab. Während er zu seiner eigenen Liegestatt ging, spürte er ihre Augen auf sich gerichtet.

7. Kapitel

Das Morgenlicht drang durch die Wand aus Weidenruten in den kleinen Schlafraum. Reith und Zap 210 gingen zum Pavillon hinaus und stießen auf Cauch, der aus Pilgerschotenfladen sowie einer heißen Brühe, die stark an die Küste gemahnte, ein Frühstück zubereitete. Er musterte Reith und Zap 210 mit zusammengekniffenen Augen, wobei er besonders auf die Turbane und ihre Haltung achtete. »Nicht schlecht. Aber ihr neigt zur Vergeßlichkeit. Die Arme mehr schwingen, Herrin; mit den Schultern stärker zucken. Denkt daran: Wenn ihr den Pavillon verlaßt, seid ihr Hedaijhans! Es wäre ja möglich, daß jemand wartet und euch beobachtet.«

Nach dem Frühstück traten die drei auf die Straße, die nach Norden unter die Ouingas führte. Reith und Zap 210 waren als Hedaijhans so echt, wie Turban, Umhängetuch und gezierter Schritt es gestatteten. Sie gingen zu zwei Karren, welche von Tieren gezogen wurden, die Reith noch nie gesehen hatte: Grauhäuter, die elegant und exakt auf acht langen Beinen tänzelten.

Cauch kletterte in den ersten Karren; Reith und Zap 210 stiegen bei ihm ein. Die Karren verließen Zsafathra.

Die Straße führte in eine feuchte Landschaft aus Schilf, Wasserpflanzen und vereinzelten schwarzen Strünken, die lindgrüne Ranken mit sich schleiften. Cauch widmete einen Großteil seiner Aufmerksamkeit dem Himmel; desgleichen die Zsafathraner im Karren hinter ihnen. Schließlich fragte Reith: »Wonach haltet ihr Ausschau?«

»Gelegentlich belästigt uns ein Raubvogelschwarm aus den Bergen dort drüben. Tatsächlich, da seht ihr einen ihrer Wächter.«

Cauch deutete auf einen schwarzen Fleck, der im Süden über den Himmel flatterte. Er schien die Größe eines riesigen Bussards zu haben. Cauch fuhr ergeben fort: »Bald werden sie ausschwärmen und uns angreifen.«

»Ihr wirkt aber nicht besonders beunruhigt«, wunderte sich Reith.

»Wir haben gelernt, wie man mit ihnen fertig wird.« Cauch drehte sich um und gab dem hinteren Karren Handzeichen; dann beschleunigte er die Geschwindigkeit seines eigenen Wagens und legte ungefähr hundert Meter Abstand zwischen die beiden Fahrzeuge. Von Süden näherte sich eine Meute aus fünfzig bis sechzig flatternden Wesen. Als sie heranzogen, sah Reith, daß jeder Vogel zwei Steinbrocken trug, die halb so groß wie sein Kopf waren. Er blickte unbehaglich zu Cauch hinüber. »Was machen sie mit den Felsen?«

»Sie lassen sie mit beachtlicher Treffsicherheit fallen. Angenommen, man stünde auf der Straße und dreißig Vögel würden in der bei ihnen üblichen Höhe von hundertfünfzig Metern über einen hinwegfliegen. Dreißig Steine würden einen treffen und zu Boden schmettern.«

»Offensichtlich habt ihr gelernt, wie man sie verscheuchen kann.«

»Nein, nichts dergleichen.«

»Ihr stört ihre Treffsicherheit?«

»Im Gegenteil. Wir sind im großen und ganzen ein passives Volk und versuchen, uns gegen unsere Feinde so zu verhalten, daß sie aus der Fassung geraten oder sich selbst zunichte machen. Habt ihr euch denn nicht gefragt, warum uns die Khor nicht angreifen?«

»Der Gedanke ist mir gekommen.«

»Wenn die Khor angreifen – und das haben sie seit sechshundert Jahren nicht mehr getan –, weichen wir ihnen aus und dringen auf die eine oder andere Weise in ihre heiligen Haine ein. Dort vollziehen wir Schändungen der einfachsten, natürlichsten und gewöhnlichsten Art. Sie können den Hain nicht mehr zur Fortpflanzung benutzen und müssen entweder auswandern oder zugrunde gehen. Ich gebe zu, unsere Waffen sind nicht gerade fein, aber ein typisches Beispiel für unsere Kriegsführung.«

»Und diese Vögel?« Reith beobachtete zweifelnd das Nahen des Schwarms. »Hier sind die gleichen Waffen doch gewiß unwirksam?«

»Das möchte ich meinen«, pflichtete Cauch bei, »obwohl wir es eigentlich noch nie ausprobiert haben. In diesem Fall tun wir überhaupt nichts.«

Die Vögel segelten über ihre Köpfe. Cauch zwang das Zugtier zu einem Zickzackgalopp. Nacheinander warfen die Vögel ihre Steine, die hinter dem Karren auf die Straße prasselten.

»Ihr müßt wissen, daß die Vögel nur die Position eines unbeweglichen Zieles berechnen können. In diesem Fall wird ihnen ihre Treffsicherheit zum Verhängnis.«

Die Steine lagen alle am Boden. Mit enttäuschtem Krächzen flatterten die Vögel in die Berge zurück. »Sie kommen höchstwahrscheinlich mit einer zweiten Ladung zurück«, versprach Cauch. »Habt ihr bemerkt, daß sich die Straße einen Meter über dem umliegenden Sumpfgebiet befindet? Das haben die Vögel über viele Jahrhunderte hinweg geschafft. Sie sind nur gefährlich, wenn man stehenbleibt und sie beobachtet.«

Die Karren fuhren durch einen Wald mit wachsbraunen Bäumen. Es wimmelte darin von Horden kleiner weißer Flaumbällchen – halb Spinnen-, halb Affenwesen –, die von Zweig zu Zweig hüpften, heisere spitze Schreie ausstießen und die Reisenden mit Zweigen bombardierten. Dann führte die Straße rund dreißig Kilometer durch eine Ebene, die mit honiggelben Tuffsteinbrocken übersät war. Sie fuhren auf zwei steil emporragende Vulkankrater zu, die vor einer alten, verwitterten Burg endeten. Laut Cauch war sie früher das Hauptquartier geheimer Sekten gewesen, jetzt jedoch ein Wohnsitz der Ghoul. »Tagsüber sieht man sie nie, aber bei Nacht kommen sie herunter und streifen durch die Außenbezirke von Urmank. Manchmal fangen die Thang diese Leichenfresser in Fallen und zeigen sie auf Jahrmärkten.«

Die Straße führte zwischen den Bergspitzen hindurch. Urmank kam in Sicht: eine schlampige Vorstadt mit hohen, schmalen Häusern aus schwarzem Nutzholz, braunen Ziegeln und Stein. Ein Kai umfaßte das städtische Hafengebiet, in dem ein halbes Dutzend vor Anker liegender Schiffe friedlich dümpelte. Hinter dem Kai lag der Marktplatz mit dem Basar, dem flatternde, orangefarbene und grüne Fahnen einen festlichen Anstrich verliehen. Eine lange Mauer aus bröckeligem Ziegelstein begrenzte den Basar. Der Wirrwarr an Schlammhütten dahinter schien auf Parias hinzuweisen.

»Siehe da, Urmank!« rief Cauch. »Die Stadt der Thang.

Sie sind nicht wählerisch in bezug darauf, wer kommt und geht; vorausgesetzt, die Besucher verlassen die Stadt mit weniger Sequinen, als sie bei sich gehabt haben.«

»Da muß ich sie enttäuschen«, erklärte Reith. »Ich hoffe, auf die eine oder andere Weise Sequinen zu verdienen.«

Cauch bedachte ihn mit einem verwunderten Blick aus den Augenwinkeln. »Ihr beabsichtigt, den Thang Sequinen abzunehmen? Wenn ihr über derartig wunderbare Kräfte verfügt, dann laßt mich bitte daran teilnehmen. Die Thang haben uns so regelmäßig betrogen, daß sie dies jetzt für ihr gutes Recht halten. Oh, ich sage dir, in Urmank müßt ihr auf der Hut sein!«

»Warum treibt ihr mit ihnen Handel, wenn man euch übers Ohr haut?«

»Das klingt absurd«, gab Cauch zu. »Schließlich könnten wir ein Schiff bauen und damit nach Hedaijha, zu den Grünbergen oder nach Coad segeln – aber wir sind ein verschrobenes Volk. Es gefällt uns, nach Urmank zu kommen, wo die Thang für Unterhaltung sorgen. Schaut da hinüber. Seht ihr das mit brauner und orangefarbener Leinwand eingegrenzte Gebiet? Dort findet das Stelzengehen statt. Dahinter werden die Glücksspiele ausgetragen, bei denen der Besucher unweigerlich mehr verliert als gewinnt. Urmank dient Zsafathra als Prüfstein; wir hoffen jedesmal, die Thang zu überlisten.«

»Vielleicht tragen unsere vereinten Kräfte Früchte«, meinte Reith. »Zumindest kann ich eine neue Weltanschauung in die Waagschale werfen.«

Cauch zuckte gleichgültig die Achseln. »Die Zsafathraner haben die Thang seit undenklichen Zeiten zu übertreffen versucht. Sie kanzeln uns nach dem bekannten Schema ab. Zuerst lockt man uns mit der Aussicht auf raschen Gewinn; haben wir dann unsere Sequinen ins Spiel gebracht, läßt die Glückssträhne nach. Nun, zunächst werden wir uns etwas frischmachen. Das Gasthaus zum Glücklichen Seemann hat sich bisher immer bewährt. Als meine Begleiter seid ihr gegen Raubmord, Entführung und Sklavenfang sicher. Aber auf euer Geld müßt ihr aufpassen. Weiter reicht die Kompromißbereitschaft der Thang nicht.«

Der Aufenthaltsraum im Gasthaus zum Glücklichen Seemann war in einem Stil ausgestattet, den Reith auf Tschai noch nie zuvor gesehen hatte. Eckige Stühle aus Holzpfosten und Stangen standen an den weißgetünchten Ziegelsteinwänden in Reih und Glied. In Nischen stellten Glasschüsseln schillernde Seewürmer zur Schau. Der Geschäftsführer trug einen braunen, vorn geknöpften Kaftan; dazu eine schwarze Kappe, schwarze Schuhe und schwarze Fingerhandschuhe. Sein Gesicht war höflich, sein Benehmen zuvorkommend. Er bot Reith zwei nebeneinanderliegende Zimmer an, jedes mit Ruhebett, Nachtkästchen und Nachttischlampe; zuzüglich frischer Wäsche und Fußsalbe verlangte man dafür insgesamt drei Sequinen. Reith hielt die Summe für angemessen und sagte dies zu Cauch.

»Ja«, nickte der Alte. »Drei Sequinen sind nicht viel, aber ich empfehle euch, von der Fußsalbe keinen Gebrauch zu machen. Eine neue Annehmlichkeit, die mein Mißtrauen weckt. Vielleicht beschmutzt sie das Holzwerk, wofür man euch Extrakosten auferlegt. Oder vielleicht enthält sie ein blasenziehendes Mittel, und die Drachme Balsam kostet fünf Sequinen.«

Cauch sagte das alles in Gegenwart des Geschäftsführers, der still vor sich hinschmunzelte und keineswegs gekränkt war. »Alter Zsafathraner, du bist wieder einmal übertrieben skeptisch. Kürzlich mußten wir statt Bargeld einen großen Posten an Stärkungsmitteln und Salben übernehmen und stellen diese jetzt einfach unseren Gästen zur Verfügung. Brauchst du eine harntreibende Arznei oder ein Wurmmittel? Wir geben beides zu einem äußerst niedrigen Betrag ab.«

»Im Moment nicht«, erklärte Cauch.

»Was ist mit deinen hedaijhanischen Freunden? Jeder fühlt sich besser nach einer gelegentlichen Entschlackung, die wir für zehn Hellblaue bieten. Nein? Nun, zum Abendessen möchte ich euch die Spezialitäten zu Wasser und zu Land empfehlen, nur ein paar Schritte nach rechts am Kai entlang.«

»Dort habe ich früher schon einmal gegessen«, sagte Cauch. »Das, was man mir vorgesetzt hat, hätte sogar einem Ghoul den Appetit verdorben. Wir kaufen auf dem Markt Brot und Früchte.«

»In diesem Fall beehrt doch bitte den Stand meines Neffen; er liegt der Enthaarungsanstalt gegenüber!«

»Wir werden uns seine Ware anschauen.« Cauch ging voraus auf den Kai. »Der Glückliche Seemann ist vergleichsweise gewissenhaft. Trotzdem muß man auf der Hut sein, wie ihr seht. Bei meinem letzten Besuch spielte im Aufenthaltsraum eine Gruppe Musiker. Ich blieb für einen Moment stehen und hörte zu; dafür fand ich auf meiner Rechnung einen Posten von vier Sequinen. Und was die Entschlackung für einen geringen oder keinen Aufpreis betrifft« – hier hüstelte Cauch –, »alles schön und gut. Bei einem früheren Besuch in Urmank wurde meinem Großvater ein ähnliches Angebot gemacht; er nahm an, fand danach ein Schloß an der Toilettentür und mußte eine ständige Benutzungsgebühr entrichten. Die Behandlung kam ihn auf die Dauer ziemlich teuer zu stehen. Bei Geschäften mit den Thang ist es klug, jeden Gesichtspunkt zu untersuchen.«

Die drei schlenderten am Kai entlang, und Reith musterte interessiert die Schiffe. Es waren lauter dickbauchige Koggen mit hohem Heck und Vorderdeck; bei günstigem Wind wurden sie mit Segeln, sonst von einem elektrischen Düsenmotor angetrieben. Vor jedem Schiff stand eine Tafel mit dem Namen, dem Bestimmungshafen und dem Abfahrtsdatum.

Cauch berührte Reiths Arm. »Möglicherweise ist es unüberlegt, den Schiffen zu großes Interesse entgegenzubringen.«

»Warum?«

»In Urmank ist es immer klug, sich nichts anmerken zu lassen.«

Reith blickte zurück zum Kai. »Es scheint uns niemand zu beachten. Wenn doch, wird man annehmen, daß ich mich verstelle und in Wirklichkeit eine Reise über Land plane.«

Cauch seufzte.

»In Urmank erlebt der Unachtsame viele Überraschungen.«

Reith blieb vor einer Tafel stehen. »Die *Nhiahar.* Reiseziel: Ching, die Nebelinseln, die Südküste des Schanizade, Kazain. Einen Moment.« Reith stieg auf eine Laufplanke und näherte sich einem hageren, finster blickenden Mann mit Lederschurz.

»Bitte, wo ist der Kapitän?«

»Der bin ich.«

»Was würdet Ihr für eine Fahrt nach Kazain für zwei Personen verlangen?«

»In der ersten Klasse verlange ich am Tag vier Sequinen für eine Person; das Essen ist im Preis inbegriffen. Die Fahrt nach Kazain dauert gewöhnlich zweiunddreißig Tage. Also beläuft sich die Gesamtsumme für zwei Personen auf – sagen wir – zweihundertsechzig Sequinen.«

Reith zeigte Bestürzung über den hohen Betrag, aber das ließ den Kapitän kalt.

Reith kehrte auf das Dock zurück. »Ich brauche etwas über zweihundertfünfzig Sequinen.«

»Keine unmögliche Summe«, meinte Cauch. »Ein fleißiger Arbeiter kann vier oder sogar sechs Sequinen am Tag verdienen. In den Docks werden ständig Frachtarbeiter gesucht.«

»Was ist mit den Spielsalons?«

»Die liegen dort drüben, neben dem Basar. Ich muß dir wohl nicht sagen, daß du die Profis in ihrem Metier kaum schlagen wirst.«

Sie betraten einen Platz, der mit lachsfarbenen Steinplatten gepflastert war. »Vor ungefähr tausend Jahren ließ der Tyrann Przelins hier eine großen Rundbau errichten. Es steht nur noch ein Stockwerk. Hier: Lebensmittelstände. Da: Kleider und Schuhe. Dort: Salben und Extrakte ...« Während Cauch sprach, deutete er in verschiedene Sektoren der Plaza, wo die Stände eine große Auswahl an Waren feilboten: Nahrungsmittel, Stoffe, Leder; ein staubbedecktes Gemisch von Gewürzen; Zinn- und Kupferwaren; schwarze Eisenplatten, Polster, Stöcke und Stangen; Glaserzeugnisse und Lampen; Zauberformeln und Fetische. Hinter dem Rundbau und den mehr oder weniger methodisch angeordneten Ständen lagen die Unterhaltungsetablissements: orangefarbene Zelte mit Teppichen davor, auf denen Mädchen zur Musik von Nasenflöten und Hackbrettern tanzten. Einige trugen Schleiergewänder; andere tanzten mit nacktem Oberkörper; ein paar, die erst seit ein bis zwei Jahren den Kinderschuhen entwachsen waren, trugen bloß Sandalen. Zap 210 beobachtete letztere sowie deren Posen verwundert. Dann wandte sie sich mit einem Achselzucken und starrer Miene ab.

Gedämpftes Murmeln lenkte Reiths Aufmerksamkeit auf sich. Eine Zeltwand umschloß ein kleines Stadion, aus dem jetzt plötzlich ein heulender und stöhnender

Stimmenchor drang. »Die Wettkämpfe auf Stelzen«, erklärte Cauch. »Es scheint, als wäre einer der Meister unterlegen und viele Wetten verloren.«

Während sie an dem Stadion vorbeigingen, erhaschte Reith einen Blick auf vier Männer auf drei Meter hohen Stelzen, die sich wachsam umrundeten. Einer schlug mit seiner Stelze aus; der zweite verteilte mit einer an der Spitze gepolsterten Keule Schläge. Der dritte wurde unverhofft getroffen und neigte sich zur Seite; wie durch ein Wunder fand er sein Gleichgewicht wieder, während die anderen, absonderlichen Aasgeiern ähnlich, hinter ihm herhüpften.

»Die Stelzengeher sind meist Glimmerschneider aus dem Schwarzgebirge«, erklärte Cauch. »Der Außenstehende, der auf die Kämpfe Wetten abschließt, könnte sein Geld ebensogut in eine Grube werfen.« Cauch schüttelte betrübt den Kopf. »Trotzdem hoffen wir noch immer. Der Namensvater meines Bruders gewann vor einigen Jahren beim Aalrennen zweiundvierzig Sequinen. Ich muß noch dazu sagen, daß er zwei Tage zuvor Weihrauch verbrannte und um göttliche Eingebung flehte.«

»Schauen wir doch bei einem Aalrennen zu«, bat Reith. »Wenn die göttliche Eingebung einen Gewinn von zweiundvierzig Sequinen erzielt, sollte unsere Intelligenz mindestens ebensoviel und hoffentlich noch mehr abwerfen.«

»In dem Fall hier entlang, am Kinderhaus vorbei.«

Reith wollte gerade fragen, was ein Kinderhaus sei, als ein grinsender Bengel dicht an ihm vorbeilief; dieser verabreichte Reith einen Fußtritt gegen das Schienbein, wich zurück, schnitt eine häßliche Grimasse und rannte in das Kinderhaus. Reith blickte dem Jungen zornig und bestürzt nach. »Warum tut er das?«

»Kommt«, sagte Cauch. »Ich zeige es euch.«

Der Zsafathraner führte sie in das Kinderhaus. Auf

einer neun Meter entfernten Bühne stand der Junge, der bei ihrem Eintritt einen fürchterlich schrillen Hohnschrei ausstieß. Hinter dem Zahltisch erhob sich ein beflissener Thang mittleren Alters mit seidig braunem Schnurrbart. »Gräßlicher Lümmel, nicht wahr? Gebt ihm eine tüchtige Abreibung. Diese Schlammbälle kosten zehn Hellblaue das Stück, die Mistpäckchen kommen auf sechs Sequinen, und die Stachelketten sind für fünf Sequinen erhältlich.«

»He, he, he!« spottete der Bengel. »Warum sich Sorgen machen? Er kann nicht so weit werfen!«

»Los, mein Herr, gebt's ihm«, ermunterte der Unternehmer. »Was soll es sein? Die Schlammbälle? Die Mistpäckchen verbreiten einen scheußlichen Gestank; der Junge haßt sie. Und erst die Stachelketten! Er wird den Tag bereuen, an dem er sich an Euch vergriffen hat.«

»Geh du hinauf«, befahl Reith. »Ich nehme dich als Zielscheibe.«

»Zum doppelten Preis, mein Herr.«

Reith verließ das Kinderhaus, während ihm der Hohn beider – des Jungen wie des Unternehmers – noch lange in den Ohren klang.

»Kluger Rückzug«, lobte Cauch. »In solchen Häusern kann man keine Sequinen verdienen.«

»Man lebt nicht nur vom Brot allein ... aber egal. Führt mich zum Aalrennen.«

»Bloß noch ein Katzensprung.«

Sie gingen auf die schiefe alte Mauer zu, die den Basar von der Altstadt trennte. Am Rande eines freien Platzes, fast im Schatten der Mauer, stießen sie auf einen U-förmigen Tisch; hier saßen Männer und Frauen, die größtenteils fremdländisch gekleidet waren. Einen knappen Meter hinter der offenen U-Seite stand auf einer Betonplattform ein Holzbottich. Der zwei Meter im Durchmesser und zwei Meter hohe Behälter war mit einem herunterklappbaren Deckel versehen; er entleerte sich in einen verdeckten Kanal, der zwischen den Ausläufen des U hindurchführte und in ein Glasbecken mündete. Die ungeteilte Aufmerksamkeit der Zuschauer gehörte dem Glasbassin. Während Reith zusah, flitzte aus der Gleitbahn ein grüner Aal in das Becken; kurz darauf folgten Aale verschiedener anderer Farben.

»Grün gewinnt wieder!« jammerte der Aalmeister gequält. »Glückliches, glückliches Grün! Bitte die Hände hinter die Abschirmung, bis ich die Gewinner ausgezahlt habe! Ich bin sehr bestürzt! Zwanzig Sequinen für den Herrn aus Jadarak, der nur zwei Sequinen riskiert hat. Zehn Sequinen für die Dame mit dem grünen Hut von der Azot-Küste, die eine Sequine auf ihre Hutfarbe gesetzt hat! – Was? Nicht mehr? Ist das alles? Ich bin doch nicht so arg geschädigt worden, wie ich zuerst befürchtet habe.« Der Unternehmer leerte die Bretter mit den Sequinen, die auf andere Farben gesetzt worden waren. »Und auf zum nächsten Rennen. Schließt eure Wetten ab. Die Sequinen bitte deutlich auf die gewählte Farbe legen, um Mißverständnisse zu vermeiden. Es gibt kein Limit. Setzt, so hoch ihr wollt – bis zu tausend Sequinen, weil meine Barschaft sich nur auf zehntausend Sequinen beläuft. Fünfmal habe ich bereits Bankrott gemacht und mich stets wieder hochgerappelt, um den Spielbesessenen von Urmank zu Diensten sein zu können. Ist das nicht echte Hingabe?« Während er so daherschwatzte, sammelte er die Aale in einen Korb, trug sie zum oberen Ende des Kanals und zog an einem Seil, das über eine Winde lief und den Deckel des Bottichs anhob. Reith rückte dicht auf und spähte in den Wasserteich im Innern. Der Aalmeister erhob keine Einwände. »Seht Euch ruhig satt, mein Herr. Das einzige Geheimnis bei diesem Wettkampf liegt in den Aalen selbst. Wenn ich es lüften könnte, wäre ich heute ein reicher Mann!« In dem Behälter entdeckte

Reith eine Ablenkplatte; diese begrenzte einen spiralenförmigen Kanal, der bei einem Brunnen in der Mitte begann und sich zur Gleitbahn wand; an dem mittleren Brunnen befand sich ein Schleusentor, das schloß der Aalmeister jetzt, setzte die Aale in den Brunnen und klappte den Deckel zu. »Ihr wart Zeuge«, rief er. »Die Aale schwimmen aufs Geratewohl, so ungezwungen, als würden sie die Fluten ihrer Heimatströme durchpflügen. Sie wirbeln im Kreis, flitzen dahin, suchen einen Lichtstrahl. Wenn ich das Schleusentor hochziehe, schnellen sie alle heraus. Welcher ist als erster im Glasbassin? Ah, wer weiß? Der letzte Sieger war Grün. Macht Grün abermals das Rennen? Alle Einsätze auf den Spieltisch! Aha! Hier setzt ein großzügiger Grande auf Grau und Mauve je zehn Sequinen! Was ist das? Eine Purpursequine auf Purpur! Schaut alle her! Eine Dame aus dem Bashai-Hinterland wagt hundert Sequinen auf Purpur! Gewinnt sie einen Tausenderstreifen? Nur die Aale wissen es.«

»Ich auch«, flüsterte Cauch Reith ins Ohr. »Sie wird verlieren, der purpurrote Aal bummeln. Ich prophezeie den Sieg für Weiß oder Hellblau.«

»Warum glaubst du das?«

»Niemand hat auf Hellblau gesetzt. Und auf Weiß liegen nur drei Sequinen.«

»Stimmt, aber woher sollen das die Aale wissen?«

»Darin liegt das Geheimnis, wie der Aalmeister behauptet.«

Reith fragte Zap 210: »Weißt du, wie der Besitzer die Aale zu seinem Vorteil lenkt?«

»Ich weiß überhaupt nichts.«

»Über dieses Rätsel müssen wir nachdenken«, meinte Reith. »Schauen wir noch ein zweites Rennen an. Im Interesse der Untersuchung setze ich eine Sequine auf Hellblau.«

»Sind alle Wetten abgeschlossen?« rief der Aalmeister.

»Ich bitte um äußerste Genauigkeit! Sequinen, die auf zwei Farben liegen, fallen der verlierenden Farbe zu. Keine weiteren Wetten? Schön, dann steckt die Hände bitte hinter die Abschirmung. Nichts geht mehr! Das Rennen beginnt!«

Er trat an den Bottich und drückte auf einen Hebel, der wahrscheinlich das Schleusentor vor dem spiralenförmigen Kanal öffnete. »Das Rennen ist im Gange! Die Aale wetteifern um das Licht; sie vollführen Luftsprünge und drehen sich vor Freude im Kreis! Sie flitzen die Gleitbahn hinunter! Welcher wird gewinnen?«

Die Spieler machten lange Hälse; der weiße Aal schnellte in das Glasbassin. »O je«, stöhnte der Besitzer. »Wie kann ich mit Aalen, die mich so wenig unterstützen, einen Profit herausschlagen? Zwanzig Sequinen für diesen ohnehin schon reichen Grauen. Seid Ihr Matrose, mein Herr? Und zehn für jenen edlen jungen Sklaventreiber vom Kap Braiz. Ich zahle, ich zahle. Wo bleibt mein Gewinn?« Er ging vorbei und schnippte Reiths Sequine auf sein Tablett. »Also dann; alle sind gespannt auf das nächste Rennen.«

Reith wandte sich kopfschüttelnd an Cauch: »Erstaunlich, wirklich erstaunlich. Wir gehen lieber weiter.«

Die drei schlenderten durch den Basar, bis Carina 4269 unterging. Sie beobachteten ein Glücksrad. Sie studierten ein Spiel, bei dem die Teilnehmer einen Beutel mit bunten Steinchen erwarben und sie in ein Damebrett einzupassen suchten. Dazu ein halbes Dutzend mehr oder weniger üblicher Spiele. Die Sonne begann zu sinken. Die drei gingen in ein kleines Restaurant neben dem Gasthaus zum Glücklichen Seemann. Sie aßen Fisch in roter Soße, Brot aus Pilgerschotenmehl und Salat aus Meerespflanzen; dazu tranken sie aus einer großen schwarzen Flasche Wein. »Man kann den Thang nur in einem trauen«, erklärte Cauch. »Ihrer Küche, der sie treu ergeben sind.

Der Grund für diese Eigenheit entzieht sich meiner Kenntnis.«

»Das beweist nur, daß man einen Menschen anhand der Speisen, die er einem auftischt, nicht beurteilen darf«, erwiderte Reith.

Cauch fragte scharf: »Wie kann man seine Mitmenschen dann beurteilen? Was legst du zum Beispiel deinem Urteil zugrunde?«

»Ich weiß nur eins gewiß«, antwortete Reith. »Der erste Eindruck ist immer falsch.«

Cauch lehnte sich zurück und musterte Reith spöttisch. »Sehr gut möglich. Zum Beispiel bist du wahrscheinlich gar nicht der kaltblütige Draufgänger, für den man dich auf den ersten Blick hält.«

»Man hat mich sogar noch strenger beurteilt«, erklärte Reith. »Einer meiner Freunde behauptet, ich käme aus einer anderen Welt.«

»Komisch, daß du das sagst«, meinte Cauch. »Ein merkwürdiges Gerücht ist vor kurzem nach Zsafathra gedrungen; sein Inhalt lautete, daß alle Menschen von einem fernen Planeten stammen – etwas Ähnliches glauben die Yao-Anhänger – und nicht von einer Verbindung zwischen dem heiligen Zizylvogel mit dem Seedämon Rhadamth. Außerdem wurde berichtet, daß gewisse Leute dieses fernen Planeten derzeit Tschai bereisen und die ungewöhnlichsten Taten vollbringen: sie trotzen den Dirdir, besiegen die Khasch, beschwatzen die Wankh. Eine neue Gesinnung herrscht auf ganz Tschai: das Gefühl, daß sich eine Wendung anbahnt. Was hältst du davon?«

»Vermutlich ist das Gerücht nicht ganz aus der Luft gegriffen«, sagte Reith.

Zap 210 meinte gedämpft: »Ein Planet mit Menschen. Der wäre noch seltsamer und wilder als Tschai!«

»Das ist natürlich ein Problem«, äußerte Cauch, als

würde er eine belehrende kritische Untersuchung durchführen, »und zweifellos für unsere gegenwärtige Frage belanglos. Die Geheimnisse der Persönlichkeit trügen. Nehmen wir uns drei als Beispiel. Ein ehrbarer Zsafathraner und zwei versonnene Vagabunden, die wie Blätter von den Winden des Schicksals getrieben werden. Was ist der Anlaß für so überaus gefährliche Reisen? Was kann man dabei gewinnen? Ich bin in meinem ganzen Leben noch nicht zum Kap Braiz gekommen. Trotzdem geht es mir deshalb nicht schlechter; mich plagt höchstens ein wenig Langeweile. Ich sehe euch an und überlege: Das Mädchen hat Angst; der Mann ist grausam. Ziele, die über ihren Verstand gehen, treiben ihn voran. Er schleift sie mit sich, obwohl sie sich fürchtet. Aber – würde sie umkehren, wenn sie könnte?« Cauch blickte Zap 210 in die Augen; das Mädchen wandte sich ab.

Reith gelang ein gequältes Lächeln. »Ohne Geld werden wir nicht weit kommen.«

»Pah«, meinte Cauch gutmütig, »wenn euch nur das Geld fehlt, so weiß ich dagegen ein Mittel. Einmal in der Woche – jeden Ivenstag – werden Wettkämpfe veranstaltet. Tatsächlich – Otwile, der Champion, sitzt dort drüben.« Er deutete mit dem Kopf auf einen über zwei Meter großen, völlig kahlen Mann mit kräftigen Schultern und Oberschenkeln, schmalen Hüften. Er saß allein an einem Tisch, trank seinen Wein und starrte verdrießlich auf den Kai hinaus. »Otwile ist ein großartiger Kämpfer«, schwärmte Cauch. »Einmal rang er mit einem Grünen Khasch und hielt stand. Wenigstens kam er mit dem Leben davon.«

»Wie hoch ist der Preis?« erkundigte sich Reith.

»Der Mann, der fünf Minuten im Ring bleibt, bekommt hundert Sequinen. Für jeden gebrochenen Knochen bezahlt man ihm weitere zwanzig Sequinen. Otwile verdient manchmal in einer Minute hundert Sequinen.«

»Und was, wenn der Herausforderer Otwile aus dem Ring wirft?«

Cauch schürzte die Lippen. »Dafür ist kein Preis angesetzt! Dieses Meisterstück hält man für undurchführbar. Warum fragst du? Willst du es wagen?«

»Ich nicht«, lehnte Reith ab. »Ich brauche dreihundert Sequinen. Angenommen, ich bliebe fünf Minuten im Ring und bekäme hundert Sequinen. Dann brauchte ich noch zehn gebrochene Knochen, um weitere zweihundert zu verdienen.«

Cauch wirkte enttäuscht. »Hast du einen anderen Plan?«

»Meine Gedanken kreisen immer wieder um das Aalrennen. Wie kann der Besitzer aus einer Entfernung von drei Metern elf Aale überwachen, während die Tiere einen verdeckten Kanal hinunterschwimmen? Es scheint ein ausgezeichneter Trick zu sein.«

»Das ist es wirklich«, erklärte Cauch. »Seit Jahren haben Leute von Zsafathra ihre Sequinen verwettet, in der Annahme, daß eine Überwachung unmöglich sei.«

»Wechseln die Aale vielleicht die Farbe, um sich den Gegebenheiten anzupassen? Undurchführbar, undenkbar. Stimuliert der Besitzer die Aale auf telepathischem Weg? Das halte ich für ausgeschlossen.«

»Ich bin genauso schlau wie du«, bedauerte Cauch.

Reith überdachte noch einmal die Vorführung des Aalmeisters. »Er hebt den Deckel des Bottichs. Das Innere ist offen und sichtbar, das Wasser nur dreißig Zentimeter tief. Die Aale werden in den Mittelbrunnen gesetzt, der Deckel wird geschlossen: das, bevor die Spieler ihre Einsätze auf den Tisch legen. Dennoch scheint der Aalmeister die Aale zu steuern.«

Cauch kicherte zynisch.

»Glaubst du noch immer, du könntest beim Aalrennen gewinnen?«

»Ich würde die Räumlichkeiten gern ein zweitesmal besichtigen.« Reith stand auf.

»Jetzt? Die Rennen sind für heute beendet.«

»Trotzdem, sehen wir sie uns an. Es sind nur fünf Minuten zu Fuß.«

»Wie du willst.«

Das Gebiet, das die Anlage für das Aalrennen umgab, war leer; nur ein schwacher Schein drang vom weit entfernten Basar herüber. Nach dem Leben und Treiben während des Tages wirkten Tisch, Behälter und Kanal besonders still. Reith deutete auf die Wand, die das Gebiet einfaßte. »Was liegt auf der anderen Seite?«

»Die Altstadt und dahinter die Mausoleen, in die die Thang ihre Toten bringen – kein Ort für einen nächtlichen Besuch.«

Reith prüfte den Kanal sowie den Bottich, dessen Deckel für die Nacht abgesperrt war. Er wandte sich an Cauch. »Um welche Zeit beginnen die Rennen?«

»Genau um zwölf Uhr mittags.«

»Morgen vormittag würde ich mich gern etwas genauer umsehen.«

»In der Tat«, grübelte Cauch. Er musterte Reith von der Seite. »Hast du eine Theorie?«

»Einen Verdacht. Wenn ...« Reith blickte sich um, als Zap 210 seinen Arm packte. Sie zeigte mit dem Finger. »Dort drüben.«

Über das umzäunte Grundstück gingen zwei Gestalten in schwarzen Mänteln und breitrandigen schwarzen Hüten.

»Gzhindra«, flüsterte Zap 210.

Cauch rief nervös: »Gehen wir wieder ins Gasthaus. Es ist nicht klug, die dunklen Orte von Urmank aufzusuchen.«

Im Gasthof zog sich Cauch auf sein Zimmer zurück. Reith begleitete Zap 210 bis vor ihren kleinen Schlafraum. Sie wollte nicht hineingehen. »Was ist los?« fragte Reith.

»Ich habe Angst.«

»Wovor?«

»Die Gzhindra folgen uns.«

»Nicht unbedingt. Es mögen zwei harmlose Gzhindra gewesen sein.«

»Aber vielleicht auch nicht.«

»Auf jeden Fall können sie dir in deinem Zimmer nichts anhaben.«

Das Mädchen zweifelte noch immer.

»Ich bin gleich nebenan«, beruhigte Reith sie. »Wenn dich jemand belästigt – dann schrei.«

»Was, wenn dich zuerst einer tötet?«

»So weit kann ich nicht vorausdenken«, sagte Reith. »Wenn ich am Morgen tot bin, dann bezahl die Zeche nicht.«

Sie hätte sich mehr Trost erhofft. Reith streichelte ihre weichen schwarzen Locken. »Gute Nacht.«

Er schloß die Tür und wartete, bis der Riegel vorgeschoben wurde. Dann ging er in sein eigenes Zimmer und untersuchte trotz Cauchs Beteuerungen sorgfältig den Boden, die Wände und die Decke. Als er sich schließlich sicher fühlte, schraubte er die Lampe bis auf ein schwaches Flämmchen herunter und legte sich auf das Ruhebett.

8. Kapitel

Die Nacht verlief ungestört. Am Morgen frühstückten Reith und Zap 210 allein im Café auf dem Kai. Der Himmel war wolkenlos; das diesige Sonnenlicht warf hinter die großen Häuser kräftige schwarze Schatten und glitzerte auf dem Wasser im Hafen. Zap 210 wirkte weniger pessimistisch als gewöhnlich und beobachtete interessiert die Hafenarbeiter, die Straßenhändler, die Matrosen und die Exoten. »Was hältst du jetzt von den Ghian?« fragte Reith sie.

Zap 210 wurde sofort ernst. »Die Leute benehmen sich anders, als ich erwartet habe. Sie rennen nicht hin und her. Anscheinend werden sie vom Licht der Sonne nicht verrückt. Natürlich« – sie zögerte – »sieht man viel ungebührliches Verhalten, aber es scheint niemanden zu stören. Ich wundere mich über die Kleider der Mädchen. Sie sind so frech, als wollten sie Aufsehen erregen. Und wieder erhebt keiner Einspruch.«

»Ganz im Gegenteil«, versicherte Reith.

»Ich könnte mich nie so benehmen«, beteuerte Zap 210 spröde. »Das Mädchen, das auf uns zukommt: schau nur, wie es geht!

Warum tut sie das?«

»Sie ist so gebaut. Außerdem will sie, daß die Männer von ihr Notiz nehmen. Das sind jene Triebe, die das *Diko* bei dir unterdrückt hat.«

Zap 210 protestierte ungewöhnlich hitzig: »Jetzt esse ich kein *Diko* mehr – und spüre keine derartigen Triebe!«

Reith blickte lächelnd auf den Kai hinaus. Das Mädchen, auf das Zap 210 hingewiesen hatte, verlangsamte den Schritt, zupfte an der orangefarbenen Schärpe um ihre Taille, lächelte Reith an, starrte neugierig auf Zap 210 und schlenderte weiter.

Zap 210 warf Reith von der Seite einen Blick zu. Sie wollte etwas sagen, behielt es dann aber für sich. Einen Moment später platzte sie doch heraus: »Ich verstehe überhaupt nichts von den Ghian; auch dich nicht. Gerade hast du dieses ekelhafte Mädchen angelächelt. Nie hast du ...« Hier unterbrach sie sich kurz, dann fuhr sie leise fort: »Ich nehme an, du machst den ›Trieb‹ für dein Benehmen verantwortlich.«

Reith verlor die Geduld. »Es ist an der Zeit, daß du die Wahrheit erfährst«, begann er. »Die Triebe gehören zu unserer biologischen Ausrüstung und können nicht vermieden werden. Männer und Frauen sind verschieden.« Er fuhr fort, den Fortpflanzungsprozeß zu erklären. Zap 210 saß steif auf ihrem Stuhl und starrte über das Wasser. »Deshalb ist es ganz natürlich, daß sich die Menschen so verhalten«, schloß Reith.

Zap 210 schwieg. Reith bemerkte, daß sie ihre Hände geballt hatte; die Knöchel traten weiß hervor.

Das Mädchen fragte leise: »Die Khor im heiligen Hain – tun sie das?«

»Vermutlich.«

»Und du hast mich fortgeführt, damit ich es nicht sehe.«

»Nun ja. Ich dachte, es könnte dich verlegen machen.«

Zap 210 schwieg einen Moment. »Sie hätten uns töten können.«

Reith zuckte die Achseln. »Möglich.«

»Und jene Mädchen, die ohne Kleider getanzt haben – sie wollten das tun?«

»Wenn ihnen jemand dafür Geld gab.«

»Und auf der Oberfläche empfinden alle so?«

»Die meisten, würde ich sagen.«

»Du auch?«

»Sicher. Wenigstens manchmal. Nicht immer.«

»Also warum ...«, stotterte sie. »Also warum ...« Sie konnte den Satz nicht beenden. Reith streckte seine Hand aus und streichelte die ihre. Sie riß sie fort. »Rühr mich nicht an!«

»Tut mir leid. Sei nicht böse.«

»Du hast mich an diesen schrecklichen Ort gebracht. Du hast mich um mein ganzes Leben betrogen. Du hast Freundlichkeit geheuchelt – aber die ganze Zeit hattest du – *das* vor!«

»Nein, nein«, rief Reith. »Nichts dergleichen! Du irrst dich gewaltig!«

Zap 210 betrachtete ihn frostig mit hochgezogenen Augenbrauen. »Dann findest du mich also abstoßend?«

Reith warf die Arme in die Luft. »Natürlich nicht! In Wirklichkeit ...«

»Was?«

Cauch, der an den Tisch trat, bot für Reith eine willkommene Unterbrechung. »Habt ihr eine angenehme Nachtruhe gehabt?«

»Ja«, sagte Reith.

Zap 210 stand auf und ging fort. Cauch zog ein langes Gesicht. »Womit habe ich sie beleidigt?«

»Sie ist wütend auf mich«, erklärte Reith. »Warum – das weiß ich nicht.«

»Ist das immer so? Aber bald wird sie dir – aus gleichfalls unbekannten Gründen – wieder gewogen sein. In der Zwischenzeit würde ich gern deine Einfälle wegen des Aalrennens hören.«

Reith blickte zweifelnd hinter Zap 210 her, die ins Gasthaus zum Glücklichen Seemann zurückgekehrt war. »Ist es nicht gefährlich, sie allein zu lassen?«

»Keine Angst«, beruhigte ihn Cauch. »Im Gasthaus weiß man, daß ihr beide unter meiner Obhut steht.«

»Schön, dann auf zum Aalrennen.«

»Du weißt doch, daß dort noch nichts los ist. Die Rennen beginnen erst um zwölf Uhr mittags.«

»Um so besser.«

Zap 210 war noch nie so wütend gewesen. Halb ging, halb lief sie in den Gasthof und durch den düsteren Aufenthaltsraum zu dem kleinen Zimmer, in dem sie die Nacht verbracht hatte. Sie trat ein, schob heftig den Riegel vor und setzte sich auf das Ruhebett. Zehn Minuten ließ sie ihren Gedanken freien Lauf. Dann fing sie lautlos an zu weinen; Tränen der Enttäuschung und Ernüchterung flossen ihr über die Wangen. Sie dachte an die Unterstände: die ruhigen Tunnels mit den schwarzgekleideten Gestalten, die vorbeischlichen. In den Unterständen würde sie niemand zur Weißglut bringen: oder sie in eine andere sonderbare Gefühlsregung treiben, die von Zeit zu Zeit ihr Gesicht rot anlaufen ließ. Man würde ihr wieder *Diko* geben – Zap 210 runzelte die Stirn und versuchte, sich an den Geschmack der knusprigen kleinen Waffeln zu erinnern. Einer plötzlichen Eingebung folgend, stand sie auf und musterte sich im Spiegel, der an der Wand hing. Am vorhergehenden Abend hatte sie sich ohne großes Interesse betrachtet. Das Gesicht, das ihr entgegenblickte, schien nichts weiter als ein Gesicht zu sein: Augen, Nase, Mund, Kinn. Jetzt musterte sich Zap 210 ernsthaft. Sie betastete das schwarze Haar, das sich über ihre Stirn ringelte, kämmte es mit den Fingern, prüfte die Wirkung. Das Gesicht, das ihr entgegenblickte, war das einer Fremden. Zap 210 dachte an das geschmeidige Mädchen, das Reith so frech taxiert hatte. Es hatte ein blaues, eng anliegendes Kleid getragen; ein krasser Unterschied zu dem formlosen grauen Kittel, in dem sie zur Zeit steckte. Sie legte ihn ab und stand in ihrem weißen Unterhemd da. Sie drehte sich um die eigene Achse und studierte sich von allen Seiten. Nun mit Sicherheit eine Fremde. Was, wenn Reith sie so sehen könnte; was würde er von ihr halten? Der Gedanke an Reith machte sie furchtbar zornig. Er sah in ihr ein Kind oder sogar etwas noch Unwürdigeres: ihr fehlten dafür die Worte. Zap 210 betastete sich mit den Händen und staunte, während sie in den Spiegel starrte, über die Verwandlung, die sie durchgemacht hatte. Ihr ursprünglicher Plan, in die Unterstände zurückzukehren, schrumpfte in sich zusammen. Die *zuzhma kastchai* würden sie der Finsternis ausliefern. Sollte sie aber zufällig am Leben bleiben dürfen, würde man sie wieder mit *Diko* vollstopfen. Ihre Lippen zuckten. Kein *Diko* mehr.

Also gut, was war mit Adam Reith, der sie so abstoßend fand, daß ... Ihr Verstand weigerte sich, den Gedanken zu Ende zu führen. Was sollte nur aus ihr werden?

Sie musterte sich im Spiegel und empfand tiefes Mitleid für das dunkelhaarige Mädchen mit den eingefallenen Wangen und den traurigen Augen, das ihr entgegenblickte. Wenn sie von Adam Reith fortliefe, wie könnte sie dann überleben? Zap 210 schlüpfte wieder in ihren grauen Kittel, beschloß aber, das orangefarbene Tuch nicht mehr um den Kopf zu schlingen. Statt dessen band sie es als Schärpe um die Taille, wie sie das bei anderen Mädchen in Urmank gesehen hatte. Sie musterte ihr Spiegelbild abermals, und die Wirkung gefiel ihr recht gut. Was würde Adam Reith davon halten?

Zap 210 öffnete die Tür, sah den Korridor hinauf und hinunter und wagte sich aus dem Zimmer. Der Aufenthaltsraum war leer bis auf eine vierschrötige alte Frau, die den Steinboden mit einer Bürste schrubbte und spöttisch den Kopf hob. Zap 210 beschleunigte den Schritt und eilte auf die Straße hinaus. Hier zögerte sie. Sie war noch nie zuvor allein gewesen; das Gefühl erschreckte und erregte sie zugleich seltsam. Sie ging hinüber zum Kai und beobachtete, wie die Hafenarbeiter einen Handelssegler entluden. Weder ihr Wortschatz noch ihre Vorstellungskraft enthielten einen vollwertigen Ersatz für »anheimelnd« oder »malerisch«; trotzdem entzückte sie das breite, aufgeblähte Schiff, das leicht auf dem Wasser schaukelte. Sie holte tief Luft. Laune der Natur oder nicht, abstoßend oder nicht, sie hatte sich nie zuvor so lebendig gefühlt. Die Ghaun war ein wilder, grausamer Ort – in dieser Beziehung hatten die *zuzhma kastchai* nicht gelogen; aber wie konnte jemand wieder in die Unterstände zurückkehren wollen, nachdem er in der goldbraunen Sonne gelebt hatte?

Sie schlenderte am Kai entlang zum Café, wo sie etwas schüchtern nach Reith Ausschau hielt. Was sie zu ihm sagen würde, hatte sie sich bisher noch nicht zurechtgelegt. Vielleicht würde sie nur mit einem hochmütigen Seitenblick zu ihrem Stuhl gehen, um ihm klarzumachen, was sie von seinen Ansichten hielt – Reith war nirgends zu sehen.

Plötzlich befiel Zap 210 eine schreckliche Angst. Hatte er die Gelegenheit wahrgenommen, um zu fliehen, sie loszuwerden? Impulse drängten sich ihr auf. Sie wollte brüllen: »Adam Reith! Adam Reith!« Sie konnte nicht glauben, daß die beruhigende Gestalt, die sich so stramm und sparsam bewegte, nirgends zu sehen war. Zap 210 wandte sich zum Gehen und prallte mit einem großen, starken Mann zusammen; er trug Beinkleider aus taubenbraunem Leder, ein loses weißes Hemd und eine Weste aus kastanienbraunem Brokat. Eine kleine Kappe ohne Krempe saß schief auf seinem kahlen Schädel. Er ließ ein leises Grunzen hören, als sie mit ihm zusammenstieß, und hielt das Mädchen mit beiden Händen an den Schultern fest. »Wohin so eilig?«

»Ich – ich weiß nicht«, stammelte Zap 210. »Ich habe jemanden gesucht.«

»Du hast mich gefunden, was nicht das schlechteste ist. Komm mit. Ich habe heute meinen Morgenwein noch nicht getrunken. Dabei können wir verhandeln.«

Zap 210 stand vor Unentschlossenheit wie gelähmt da.

Sie versuchte sich probeweise dem Griff des Mannes zu entziehen, der jedoch nur noch fester zupackte. Zap 210 zuckte zusammen. »Komm«, sagte der Mann. Sie stolperte mit ihm zu einer nahe gelegenen Nische.

Der Mann machte ein Zeichen mit der Hand. Man setzte ihm einen Krug Weißwein sowie eine Platte mit in Fett gebackenem Fischkrapfen vor. »Iß«, ermunterte sie der Mann. »Trink. Ich knausere in nichts, weder in der Belohnung noch in kräftigen Schlägen.« Er schenkte ihr ein reichlich bemessenes Glas Wein ein. »Bevor wir weiterreden: Wieviel verlangst du? Ein paar von deiner Sorte haben, weil sie mich als Otwile kannten, doch tatsächlich bei mir zu stehlen versucht – zu ihrem eigenen Nachteil, möchte ich sagen. Also: Wieviel verlangst du?«

»Verlangen wofür?« flüsterte Zap 210.

Die blauen Augen von Otwile weiteten sich überrascht. »Du bist komisch. Zu welcher Rasse gehörst du eigentlich? Du bist zu blaß für eine Thang, für eine Graue zu schlank.«

Zap 210 senkte die Lider und nippte am Wein; dann blickte sie verzweifelt über die Schulter und hielt nach Reith Ausschau.

»Aber du bist schüchtern!« erklärte Otwile. »Und hast du dazu sehr gute Manieren!«

Er begann zu essen. Zap 210 versuchte zu entwischen. »Setz dich!« bellte Otwile. Sie kehrte hastig auf ihren Stuhl zurück. »Trink!« Sie nippte am Wein, der stärker war als alle, die sie bisher gekostet hatte.

»Das ist schon besser«, lobte Otwile. »So verstehen wir uns.«

»Nein«, widersprach Zap 210 leise. »Das tun wir nicht! Ich möchte nicht hier sitzen! Was willst du von mir?«

Otwile starrte sie abermals ungläubig an. »Das weißt du nicht?«

»Natürlich nicht. Außer – du meinst doch nicht *das?*«

Otwile grinste. »Genau das, und noch mehr.«

»Aber – ich habe keine Ahnung von solchen Dingen! Ich will das nicht lernen.«

Otwile legte seinen Fischkrapfen nieder und sagte ungläubig: »Eine Jungfrau, die eine Schärpe trägt. Führst du dich so ein?«

»Ich weiß nicht, was das ist. Ich muß gehen und Adam Reith finden.«

»Du hast mich gefunden, und das ist ein bißchen besser. Trink Wein, damit du die Hemmungen verlierst. Heute ist der Tag, an den du bis an dein Lebensende denken wirst.« Otwile schenkte die Kelchgläser voll. »Natürlich halte ich mit, damit ich mich entspanne. Um die Wahrheit zu sagen, ich bin selbst ein wenig aufgeregt geworden!«

Reith und Cauch wanderten durch den Basar; die Fisch- und Gemüsehändler machten mit besonderem Geheul auf ihre Waren aufmerksam.

»Singen sie?« fragte Reith.

»Nein«, antwortete Cauch, »die Schreie dienen nur dazu, Aufsehen zu erregen. Die Thang haben kein großes Gespür für Musik. Die Werbesprüche der Fischweiber sind erfinderisch und gefühlsbetont, das stimmt. Hör genau hin und du erkennst, wie sie einander auszustechen versuchen!«

Reith mußte zugeben, daß gewisse Anpreisungen ungewöhnlich kompliziert waren. »Zur gegebenen Zeit werden die Anthropologen diese Rufe aufzeichnen und entschlüsseln. Aber im Moment bin ich mehr am Aalrennen interessiert.«

»Sicher«, sagte Cauch. »Obwohl es, wie du gleich sehen wirst, noch nicht im Gange ist.«

Sie überquerten den Platz, blieben stehen und taxierten

die leeren Tische, den Behälter sowie den Kanal. Als er zur Mauer hinüberblickte, entdeckte Reith die Wedel einer knorrigen, alten Psilla. »Ich möchte auf die andere Seite der Mauer schauen«, sagte er.

»Jawohl«, meinte Cauch, »und ich habe vollstes Verständnis für deine Neugier. Aber wollen wir uns im Augenblick nicht mit dem Aalrennen befassen?«

»Das tun wir«, erklärte Reith. »Ich sehe eine Pforte in der Mauer, gegenüber dem Amulettverkäufer dort. Macht es dir etwas aus, mich zu begleiten?«

»Keineswegs«, versicherte Cauch. »Ich lerne immer gern dazu.«

Sie gingen an der alten Mauer entlang, die in grauer Vorzeit mit braunen und weißen Kacheln verkleidet gewesen war; die meisten davon waren abgefallen und hatten die dunkelbraunen Ziegelsteine bloßgelegt. Sie traten durch die Pforte und gelangten in die Altstadt von Urmank: ein Bezirk mit Hütten aus zerbrochenen Schindeln, Ziegeln, Steinbrocken und überzähligen Holzteilen. Manche waren leerstehende Ruinen, andere wurden neu errichtet: ein ewiger Kreislauf von Verfall und Wiederaufbau, bei dem jede Tonscherbe, jeder Stock, jeder Stein hundertmal über doppelt soviel Generationen hinweg verwendet wurde.

Thang der niedrigen Kaste sowie ein untersetztes Gemisch an Grauen mit Wasserköpfen spähten durch die Türrahmen, während Reith und Cauch vorübergingen. Gestank verpestete die Luft.

Hinter den Hütten lag ein geschottertes Grundstück mit Schlammpfützen sowie ein paar feuerroten, borstigen Büschen. Reith ortete die Psilla, die er zuvor bemerkt hatte: sie stand dicht hinter der Mauer und überragte einen Schuppen, der aus gründlich vermörtelten Ziegelsteinen gebaut worden war. Die Tür bestand aus festem Holz mit Eisenbeschlägen und war mit einem schweren

Schloß gesichert. Der Schuppen grenzte dicht an die Mauer.

Reith blickte sich in der Gegend um; alles war leer bis auf eine Gruppe nackter Kinder, die in einer gelben Schlammpfütze planschten. Er näherte sich dem Schuppen. Das Schloß, das Schließband, die Angeln – alles tadellos in Schuß und massiv. Der Schuppen wies außer der Tür kein Fenster oder eine andere Öffnung auf. Reith zog sich zurück. »Wir haben alles Nötige gesehen.«

»Wirklich?« Cauch musterte zweifelnd den Schuppen, die Mauer, die Psilla. »Ich entdecke nichts Ungewöhnliches. Beziehst du dich noch immer auf das Aalrennen?«

»Natürlich.« Sie traten durch das trostlose Hüttengewirr den Rückweg an. »Wahrscheinlich könnten wir alle Vorbereitungen allein treffen. Trotzdem, die Hilfe von zwei vertrauenswürdigen Männern ist vielleicht ganz nützlich.«

Cauch beäugte ihn ehrfürchtig und ungläubig. »Du hoffst im Ernst, beim Aalrennen Geld zu gewinnen?«

»Wenn der Aalmeister alle Gewinne ausbezahlt, dann schon.«

»Darüber brauchst du dir keine Sorgen zu machen«, versicherte Cauch. »Er wird zahlen; vorausgesetzt, es gibt welche. Und in der Annahme, daß ... wie stellst du dir die Aufteilung vor?«

»Die eine Hälfte für mich, die andere für dich und deine Männer.«

Cauch schürzte die Lippen. »Das halte ich für etwas ungerecht. Bei einem gemeinsamen Unternehmen sollte einer nicht dreimal soviel wie die anderen bekommen.«

»Meiner Meinung nach schon«, widersprach Reith, »wenn ohne den einen die drei anderen leer ausgehen würden.«

»Das ist ein überzeugendes Argument«, gab Cauch zu. »Die Sache soll so ablaufen, wie du es für richtig hältst.«

Sie kehrten zum Café zurück. Reith suchte nach Zap 210, die nirgends zu sehen war. »Ich muß mich um meine Begleiterin kümmern«, erklärte er Cauch. »Sie wartet zweifellos im Gasthaus auf mich.«

Cauch winkte leutselig mit der Hand. Reith ging in den Gasthof, fand Zap 210 jedoch nicht vor. Er zog beim Geschäftsführer Erkundigungen ein und erfuhr, daß sie gekommen und wieder gegangen sei, über ihr Ziel aber keine Nachricht hinterlassen habe.

Reith ging zum Hauptportal und sah den Kai hinauf und hinunter. Rechts entluden Frachtarbeiter in verschlissenen roten Jacken und mit ledernen Schulterpolstern eine Kogge; links spielte sich das geschäftige Treiben des Basars ab.

Ich hätte sie niemals allein lassen sollen, machte sich Reith Vorwürfe; besonders nicht in ihrer heutigen Stimmung. Er hatte ihre Charakterstärke als selbstverständlich hingenommen und sich nie die Mühe gemacht, ihren Gemütszustand zu erraten. Reith verwünschte sich wegen seiner Gleichgültigkeit und seines Egoismus. Das Mädchen war den stärksten und aufregendsten nervlichen Belastungen ausgesetzt gewesen: allen wesentlichen Entwicklungsphasen auf einmal. Reith schlenderte zurück zum Café. Cauch musterte ihn mit stillem Wohlwollen. »Du scheinst dir Sorgen zu machen.«

»Das Mädchen, das mich begleitet – ich kann sie nicht finden.«

»Pah«, winkte Cauch ab. »Die sind doch alle gleich. Sie ist bestimmt auf den Markt gegangen, um sich irgendwelche Kinkerlitzchen zu kaufen.«

»Nein. Sie hat kein Geld. Sie ist sehr weltfremd. Sie würde nirgendwohin gehen – außer ...« Reith drehte sich um und sah zu den Bergen, der Weg führte zwischen den Bergen der Ghoul hindurch. Würde sie es ernsthaft in Erwägung ziehen, wieder in die Unterstände zurückzukehren? – Ein neuer Gedanke ließ ihn zu Eis erstarren. Die Gzhindra! Reith rief den Diener, einen Thang. »Heute morgen habe ich mit einer jungen Frau gefrühstückt. Erinnerst du dich an sie?«

»Ja, allerdings. Sie trug einen orangefarbenen Turban wie eine Hedaijhan, wenigstens bei diesem Anlaß.«

»Du hast sie ein zweitesmal gesehen?«

»Ja. Sie saß dort drüben, trug die Schärpe der Freudenmädchen und gab sich mit Otwile, dem Champion, ab. Sie tranken eine Zeitlang Wein, dann verschwanden sie.«

»Sie ging freiwillig mit?« fragte Reith verwundert.

Der Diener zuckte gleichgültig die Achseln und antwortete etwas naseweis: »Sie hatte die Schärpe um, schrie nicht, hing an seinem Arm – vielleicht, um sich zu stützen; ich glaube nämlich, daß sie ein bißchen beschwipst war.«

»Wohin sind sie gegangen?«

Wieder ein Schulterzucken. »Otwiles Junggesellenwohnung liegt ganz in der Nähe. Vielleicht wollten sie dorthin.«

»Zeig mir den Weg.«

»Nein, nein.« Der Diener schüttelte den Kopf. »Ich bin im Dienst. Außerdem wäre es mir unangenehm, Otwile zu belästigen.«

Reith machte einen Satz auf ihn zu; sein Gegenüber stolperte erschrocken zurück. »Schnell!« zischte Reith.

»Hier entlang, aber beeilt Euch. Ich darf das Café nicht verlassen.«

Sie rannten durch die dumpfen Hintergassen von Urmank, durch die braunen Lichtstrahlen von Carina 4269, die ab und zu über die krummen Giebel der hohen Häuser schräg einfielen. Der Diener blieb stehen und zeigte einen Pfad hinauf, der in einen Garten mit grünem und purpurrotem Laubwerk führte. »Hinter den Sträuchern liegt Otwiles Behausung.« Er flüchtete hastig den

Weg zurück, den sie gekommen waren. Reith rannte den Pfad entlang durch den Garten. Dahinter stand ein Häuschen aus Holz, das mit Schnitzereien verziert und mit einem lichtdurchlässigen Material getäfelt war. Als Reith näher kam, hörte er von innen plötzlich einen wortlosen Wutschrei: »Unrein!« Dann ertönte das Geräusch eines Schlages sowie ein Wimmern. Reith zitterten die Knie; er taumelte vorwärts und stieß die Tür auf. Am Boden kauerte nackt und mit glasigen Augen Zap 210; über ihr stand Otwile. Das Mädchen starrte Reith entgegen. Er sah auf ihrer Wange eine rote Strieme.

Otwile fragte mit unterdrückter Wut: »Wer bist du, daß du es wagst, in mein Haus einzudringen?«

Reith beachtete ihn nicht. Er nahm das Unterhemd von Zap 210 in die Hand; nur noch ein zerfetztes Stoffknäuel. Reith drehte sich zu Otwile um. Cauch sagte von der Tür her: »Komm, Adam Reith, und nimm das Mädchen mit. Bringt euch nicht in Schwierigkeiten.«

Reith mißachtete die Warnung. Er ging langsam auf Otwile zu, der ihm kaltblütig lächelnd, die Hände in den Hüften gestemmt, entgegensah. Reith näherte sich ihm bis auf einen Meter. Otwile, der einen Kopf größer war, lächelte auf ihn hinunter.

Zap 210 krächzte heiser: »Es war nicht seine Schuld Ich trug eine orangene Schärpe. Ich wußte nicht ...«

Reith wandte sich langsam ab. Er fand den grauen Kittel von Zap 210 und zog ihn ihr über den mageren Körper. Dabei sah er, was Otwile so wütend gemacht hatte. Nur mit Mühe konnte er einen lauten Schrei unterdrücken, um seinen Kummer, sein Mitleid und eine fürchterlich grausame Freude zum Ausdruck zu bringen. Er legte den Arm um Zap 210 und wollte sie aus dem Zimmer führen.

Otwile war unzufrieden. Er hatte eine Berührung, eine Bewegung oder auch nur ein Wort erwartet, um seine

Muskeln in Schwung zu bringen. Wurde ihm sogar die Genugtuung verweigert, den Mann zu verprügeln, der in seine Räume eingedrungen war? Die angestaute Wut entlud sich. Otwile sprang nach vorn und hob das Bein zu einem Fußtritt.

Reith war froh darüber, daß Otwile die Initiative ergriff. Er drehte sich auf dem Absatz um, packte Otwile am Knöchel, zog daran, zerrte den auf einem Bein hopsenden Meister in den Garten hinaus und ließ ihn in ein scharlachrotes Bambusdickicht fallen. Otwile sprang wie ein Leopard heraus, blieb mit ausgebreiteten Armen stehen, zog abscheuliche Fratzen, ballte die Hände und öffnete sie wieder. Reith versetzte ihm einen Faustschlag ins Gesicht. Otwile schien es nicht zu bemerken. Er streckte die Arme nach Reith aus, der zurückwich und auf die kräftigen Handgelenke loshackte. Otwile trat vor und preßte Reith an die Seitenwand. Reith schlug mit der linken zu und stieß Otwile die Knöchel ins Gesicht. Otwile machte zwei kleine, plattfüßige Sprünge nach vorn; dann kreischte er abscheulich und schwang den muskulösen Arm mit offener Hand. Reith duckte sich, traf Otwile in den Bauch; als letzterer mit dem Knie hochschnellte, packte Reith das gebogene Bein, zog es nach oben und schickte Otwile mit dem Donnern eines gefällten Baumes rücklings zu Boden.

Für einen Moment blieb Otwile betäubt liegen, dann setzte er sich langsam und mühselig auf. Reith warf nur einen einzigen Blick zurück, dann führte er Zap 210 aus dem Garten. Cauch verneigte sich höflich vor Otwile und folgte ihnen.

Reith brachte Zap 210 in den Gasthof. Wie ein Häufchen Elend saß sie zusammengesunken auf dem Ruhebett in ihrem kleinen Schlafraum und wickelte den grauen Kittel um sich. Reith setzte sich neben sie. »Was ist passiert?«

Tränen liefen ihr über die Wangen; sie schlug die Hände vors Gesicht. Reith streichelte ihr Haar. Bald trocknete sie sich die Augen. »Ich weiß nicht, was ich falsch gemacht habe – außer wenn es an der Schärpe lag. Er ließ mich Wein trinken, bis mir schwindlig wurde, führte mich durch die Straßen. Mir war ganz komisch, ich konnte kaum gehen. Im Haus wollte ich meine Kleider nicht ausziehen, und er wurde wütend. Dann sah er mich und wurde noch wütender. Er behauptete, ich sei unrein. Ich weiß nicht, was ich tun soll. Ich bin krank. Ich sterbe.«

Reith sagte: »Nein, du bist weder krank noch stirbst du. Dein Körper hat normal zu funktionieren begonnen. An dir ist überhaupt nichts falsch.«

»Ich bin nicht unrein?«

»Natürlich nicht.« Reith stand auf. »Ich schicke dir ein Mädchen, das sich um dich kümmert. Dann lieg einfach ruhig da und schlaf, bis ich zurückkomme – hoffentlich mit genügend Geld, damit wir an Bord des Schiffes gehen können.«

Zap 210 nickte lustlos. Reith verließ den kleinen abgeteilten Schlafraum.

Im Café fand Reith Cauch zusammen mit zwei jungen Zsafathranern, die im zweiten Karren nach Urmank gekommen waren. »Das ist Schazar, das Widisch«, stellte Cauch vor.

»Beide sind vertrauenswürdig. Ich bezweifle nicht, daß sie allen vernünftigen Anforderungen gerecht werden.«

»Dann also los«, sagte Reith. »Soweit ich es beurteilen kann, bleibt uns nicht allzu viel Zeit.«

Die vier schlenderten den Kai hinunter. Reith erklärte ihnen seine Theorie: »... die wir jetzt beweisen müssen.

Denkt daran daß ich mich auch irren kann; in diesem Fall scheitert das Unternehmen.«

»Nein«, widersprach Cauch. »Du hast einen ungewöhnlichen Gedankengang vollzogen, um zu beweisen, was ich jetzt als wahr erkenne.«

»Das Verfahren wird Logik genannt«, belehrte ihn Reith. »Man kann sich nicht immer darauf verlassen. Aber das werden wir ja sehen.«

Sie gingen an dem U-förmigen Tisch vorbei, an dem sich einige Leute bereits auf die Bänke gesetzt hatten und auf den Spielbeginn warteten. Reith beschleunigte den Schritt und ging durch die Pforte und die düsteren Seitengassen der Altstadt von Urmank zum Schuppen unter der Psilla. Sie machten fünfzig Meter entfernt halt und versteckten sich in einer verfallenen Hütte am Rande des unbebauten Grundstücks.

Zehn Minuten verstrichen. Reith wurde nervös. »Ich kann nicht glauben, daß wir zu spät gekommen sind.«

Der junge Mann namens Schazar deutete über die leere Fläche zum entgegengesetzten Ende der Mauer. »Zwei Männer.«

Die Männer kamen langsam näher. Einer trug die wallenden weißen Gewänder und den viereckigen weißen Hut eines Inselweisen. »Der Aalmeister«, flüsterte Cauch. Der zweite, ein junger Mann, trug eine rosa Kappe und einen blaßrosa Umhang. Die beiden schritten ungezwungen und zuversichtlich den Weg hinunter und trennten sich in der Nähe des Schuppens. Der Aalmeister ging weiter in Richtung Pforte. Widisch sagte: »Es wäre einfacher, dem alten Scharlatan aufzulauern und ihm die Börse abzuknöpfen. Das bliebe sich im Endeffekt gleich.«

»Leider hat er keine einzige Sequine bei sich«, erklärte Cauch, »und das verkündet er auch lautstark. Das Geld wird täglich unter der Aufsicht seiner Hauptfrau von vier bewaffneten Sklaven zum Aalrennen gebracht.«

Der junge Mann in Rosa schlenderte zum Schuppen, steckte einen Schlüssel ins Loch, drehte ihn dreimal herum, öffnete die schwere Tür und trat ein. Er wandte sich überrascht um, als er merkte, daß sich Reith und Schazar gleichfalls neben ihn in den Schuppen geschoben hatten. Er versuchte zu schimpfen: »Was soll das bedeuten?«

»Ich sage es nur einmal«, warnte Reith. »Wir wünschen, daß du ohne Einschränkung mit uns zusammenarbeitest. Andernfalls hängen wir dich mit den Zehen an die Psilla dort drüben. Ist das klar?«

»Vollkommen«, versicherte der junge Mann zitternd.

»Beschreib uns das Verfahren.«

Der junge Mann zögerte. Reith nickte Schazar zu, der eine Schlinge aus starker Schnur hervorzog. Der junge Mann redete hastig weiter: »Es ist ganz einfach. Ich ziehe mich aus und steige in den Tank.« Er deutete auf ein zylindrisches Becken von gut einem Meter Durchmesser, das an der Schuppenrückwand stand. »Eine Röhre steht mit dem Holzbottich in Verbindung. Der Wasserspiegel ist in Tank und Bottich gleich. Ich schwimme durch die Röhre und komme in einem Zwischenraum im Außenrahmen des Bottichs heraus. Sobald der Deckel geschlossen ist, öffne ich eine Scheidewand, lange in den Bottich und verfrachte den angegebenen Aal kurz vor die Gleitbahn.«

»Und wie wird die Farbe angegeben?«

»Durch Klopfzeichen auf den Deckel.«

Reith wandte sich an Cauch. »Jetzt haben Schazar und ich alles unter Kontrolle. Ich schlage vor, daß ihr nun eure Plätze am Spieltisch einnehmt.« Bei dem jungen Mann in Rosa erkundigte er sich: »Ist unter dem Bottich genügend Platz für zwei?«

»Ja«, gab dieser widerwillig zu. »Gerade noch. Aber eine Frage: Wie kann ich mich vor dem Aalmeister schützen, wenn ich mit euch zusammenarbeite?«

»Sag die Wahrheit«, riet Reith. »Sag, daß dir dein Leben mehr wert ist als seine Sequinen.«

»Er wird erwidern, daß sich – was ihn betrifft – die Dinge genau umgekehrt verhalten.«

»Sehr bedauerlich«, frotzelte Reith. »So etwas nennt man Geschäftsrisiko. Wie schnell sind wir an Ort und Stelle?«

»In etwa einer Minute.«

Reith entkleidete sich. »Wenn wir wegen einer Dummheit erwischt werden ... sicher kennst du die Folgen genausogut wie ich.«

Der Gehilfe brummte nur und zog die rosafarbenen Kleider aus. »Folgt mir.« Er ging in den Tank. »Der Weg ist finster, aber gerade.«

Reith stieg zu ihm in den Tank. Der junge Mann holte tief Luft und tauchte unter. Reith tat es ihm gleich. Auf dem Grund fand er eine waagerechte Röhre von ungefähr einem Meter Durchmesser und zog sich hindurch; dabei blieb er dem Jüngling dicht auf den Fersen.

Sie tauchten in einem Raum auf, der einen guten Meter lang, einen halben Meter hoch und dreißig Zentimeter breit war. Licht drang durch schlau gesetzte Schlitze, die auch einen Blick über die Spieltische gestatteten. Dadurch konnte Reith sehen, daß sowohl Cauch als auch Widisch bereits daran Platz genommen hatten.

Aus nächster Nähe drang die Stimme des Aalmeisters an sein Ohr. »Seid alle willkommen zu einem weiteren Tag mit spannenden Aalrennen. Wer wird gewinnen? Wer wird verlieren? Niemand weiß es. Vielleicht ich, vielleicht ihr. Aber alle werden wir an dem Rennen unseren Spaß haben. Für diejenigen, denen unser kleines Spielchen neu ist: Ihr werdet bemerken, daß das Brett vor euch mit elf Farben gekennzeichnet ist. Ihr könnt jeden Betrag auf jede Farbe setzen. Gewinnt eure Farbe, erhaltet ihr den zehnfachen Einsatz ausbezahlt. Merkt euch die Aale und ihre Farben: Weiß, Grau, Lohfarben, Hellblau, Braun, Dunkelrot, Zinnober, Blau, Grün, Violett, Schwarz. Noch irgendwelche Fragen?«

»Ja«, meldete sich Cauch zu Wort. »Gibt es beim Einsatz ein Limit?«

»Der Koffer, der jetzt gebracht wird, enthält zehntausend Sequinen. Das ist mein Limit. Mehr bezahle ich nicht aus. Ich bitte um die Einsätze.«

Mit geübtem Blick überflog der Aalmeister den Tisch. Er hob den Deckel und steckte die Aale in die Mitte des Bottichs. »Bitte keine Wetten mehr.« Auf dem Deckel erklang ein Klopfzeichen: tap-tap, tap-tap.

»Zwei-zwei«, wisperte der Gehilfe. »Das bedeutet Grün.« Er schob eine Wand beiseite, streckte die Hand in den Behälter, packte den grünen Aal und setzte ihn vor die Mündung des Kanals. Dann zog er sich zurück und schloß die Trennwand.

»Grün gewinnt!« rief der Aalmeister. »Es sei – ich bezahle! Zwanzig Sequinen für diesen kräftigen Seemann. Ich bitte um die Einsätze.«

Tap, tap-tap-tap erklang es von oben. »Zinnober«, flüsterte der Gehilfe und handelte wie zuvor.

»Zinnober gewinnt!« rief der Aalmeister.

Reith preßte die Augen an einen Spalt. Bei jeder Spielrunde hatten Cauch und Widisch zwei Sequinen riskiert. Bei der dritten legten beide dreißig Sequinen auf Weiß.

»Nichts geht mehr«, ertönte die Stimme des Aalmeisters. Der Deckel kam nach unten. Tap-tap war zu hören.

»Braun«, flüsterte der Gehilfe.

»Weiß«, kommandierte Reith. »Der weiße Aal gewinnt.«

Der Gehilfe stöhnte gequält und setzte den weißen Aal vor die Gleitbahn.

»Wieder ein Wettstreit zwischen diesen erstaunlichen kleinen Lebewesen«, ertönte die selbstzufriedene Stimme des Aalmeisters. »Diesmal ist die Gewinnfarbe – Braun ... Braun? Weiß. Ja, weiß ist es! Ha! Ich werde auf meine alten Tage farbenblind. Das Leiden eines armen betagten Mannes! – Hier haben wir zwei stattliche Gewinne! Dreihundert Sequinen für Euch, dreihundert Sequinen für Euch. Steckt die Gewinne ein, meine Herren. Was? Ihr riskiert beide die ganze Summe?«

»Ja, das Glück scheint uns hold zu sein.«

»Alle beide auf Dunkelrot?«

»Ja. Seht Ihr dort drüben die Blutvögel fliegen? Das ist ein Omen.«

Der Aalmeister lächelte zum Himmel empor. »Wer kann schon die Wege der Natur voraussagen? Ich bete darum, daß ihr euch irrt. Nun, sind alle Wetten abgeschlossen? Dann hinein mit den Aalen, hinunter mit dem Deckel. Möge der entschlossenste Aal gewinnen. Hier kommt – ist es blau?« Der Aalmeister ächzte unwillkürlich. »Dunkelrot.« Er spähte in die Gesichter der Zsafathraner. »Eure Ahnung war erstaunlicherweise richtig.«

»Ja«, bestätigte Cauch. »Hab ich's Euch nicht gesagt? Bezahlt die Gewinne aus.«

Langsam zählte der Aalmeister jedem dreitausend Sequinen auf den Tisch. »Erstaunlich.« Er blickte nachdenklich auf den Behälter. »Seht Ihr noch mehr Omen?«

»Nichts von Bedeutung. Aber ich setze trotzdem. Hundert Sequinen auf Schwarz.«

»Ich auch«, schloß sich Widisch an.

Der Aalmeister zögerte, strich sich übers Kinn, blickte in die Runde. »Merkwürdig.« Er setzte die Aale in den Bottich. »Sind alle Wetten abgeschlossen?« Seine Hand verweilte auf dem Deckel. Als wäre er nervös, klopfte er zweimal heftig mit den Fingernägeln dagegen. »Schön, ich öffne das Schleusentor.« Er drückte den Hebel herunter und marschierte hinauf zum anderen Ende des Kanals. »Und da kommt – welche Farbe? Schwarz!«

»Ausgezeichnet!« erklärte Cauch. »Wir bekommen eine Rückerstattung nach all den Jahren, in denen wir Geld an Eure verstockten Aale verschwendet haben! Zahlt bitte die Gewinne aus!«

»Gewiß«, krächzte der Aalmeister. »Aber ich kann nicht mehr arbeiten. Ich leide an Gelenkschmerzen. Das Aalrennen ist aus.«

Reith und der Gehilfe kehrten sofort zum Schuppen zurück. Der junge Mann legte seinen rosa Umhang und den Hut an und machte sich aus dem Staub.

Reith und Schazar kehrten durch die Altstadt zurück zur Pforte, wo sie dem Aalmeister begegneten, der mit wehendem, weißem Gewand an ihnen vorbeihastete. Auf dem normalerweise gutartigen Gesicht zeichneten sich rote Flecken ab.

Er hatte einen kräftigen Stock in der Hand, den er schnell und drohend schwenkte.

Cauch und Widisch warteten am Kai auf sie. Cauch händigte Reith eine erfreulich pralle Börse aus. »Dein Anteil am Gewinn: viertausend Sequinen. Der Tag war sehr lehrreich.«

»Wir haben unsere Sache gut gemacht«, lobte Reith. »Unsere Beziehung hat beiden Seiten geholfen; das kommt auf Tschai selten vor!«

»Was uns betrifft, so fahren wir sofort nach Zsafathra zurück«, erklärte Cauch. »Wie steht's mit dir?«

»Dringende Geschäfte rufen mich. Auch wir, meine Begleiterin und ich, brechen so bald wie möglich auf.«

»In diesem Fall: lebt wohl.« Die drei Zsafathraner gingen ihrer Wege. Reith betrat den Basar, wo er eine Reihe von Einkäufen machte. Wieder im Gasthof, ging er zum Zimmer von Zap 210 und pochte an die Tür; sein Herz klopfte vor Erwartung.

»Wer ist da?« ertönte die leise Stimme des Mädchens.

»Ich, Adam Reith.«

»Einen Moment.« Die Tür ging auf. Zap 210 stand ihm mit rotem und schlaftrunkenem Gesicht gegenüber. Sie trug den grauen Kittel, den sie sich soeben über den Kopf gestreift hatte.

Reith lud seine Pakete aufs Ruhebett. »Das – und das – und das – und das – für dich.«

»Für mich? Was ist das alles?«

»Schau selbst.«

Mit einem schüchternen Seitenblick öffnete Zap 210 die Pakete; dann sah sie eine Zeitlang auf die Dinge hinunter, die sie ausgepackt hatte.

Reith fragte unbehaglich: »Gefallen sie dir?«

Sie schenkte ihm einen verletzten Blick. »Willst du mich so haben – wie die anderen?«

Reith stand ratlos im Zimmer. Diese Reaktion hatte er nicht erwartet. Er erklärte vorsichtig: »Wir gehen auf Reisen. Es ist besser, wenn wir so wenig wie möglich auffallen. Erinnerst du dich an die Gzhindra? Wir müssen uns so anziehen wie die Leute, mit denen wir reisen.«

»Ich verstehe.«

»Welches gefällt dir am besten?«

Zap 210 nahm das dunkelgrüne Kleid in die Hand, legte es wieder zurück; sie begutachtete den blutorangeroten Kittel und die eierschalenfarbenen Hosen, dann das ziemlich freche hellbraune Kleid mit schwarzer Weste und einem kurzen schwarzen Umhang. »Ich weiß nicht, ob mir überhaupt eins gefällt.«

»Zieh eins an.«

»Jetzt?«

»Sicher!«

Zap 210 hielt erst das eine Kleid in die Höhe, dann das andere. Sie blickte Reith an; er lächelte. »Schon gut. Ich gehe.«

In seinem Zimmer zog er die Kleider an, die er für sich selbst mitgebracht hatte: graue Kniehosen, dunkelblaue

Jacke. Den grauen Arbeitskittel beschloß er wegzuwerfen. Als er ihn beiseite legte, spürte er die Umrisse der Mappe, die er nach kurzem Zögern in seine neue Jacke steckte. So ein Satz Dokumente hatte – wenn nichts anderes – zumindest Seltenheitswert. Er ging in den Aufenthaltsraum. Bald darauf erschien Zap 210. Sie trug das dunkelgrüne Kleid. »Warum starrst du mich so an?« fragte sie.

Reith konnte ihr nicht sagen, daß er sich an ihre erste Begegnung erinnerte: ein nervöses, verwahrlostes, in einen schwarzen Mantel gehülltes Kind; blaß und zaundürr. Sie hatte etwas von ihrem träumerischen, lustlosen Blick zurückbehalten, aber die Blässe war einem fleckenlosen, sonnengebräunten Elfenbeinteint gewichen. Das schwarze Haar ringelte sich in Löckchen über Stirn und Ohren.

»Ich habe überlegt, daß dir das Kleid gut steht«, log Reith.

Sie verzog ihr Gesicht leicht: ein Zucken der Lippen, das einem Lächeln nahekam.

Die beiden gingen hinaus auf den Kai zur Kogge *Nhiahar.* Sie fanden den wortkargen Reeder im Salon über seinen Rechnungen sitzen. »Ihr wollt eine Passage nach Kazain buchen? Nur die große Kabine zu siebenhundert Sequinen ist noch frei; oder für zweihundert zwei Kojen im Mannschaftsraum.«

9. Kapitel

Tödliche Stille lag über der Zweiten See. Die *Nhiahar* verließ – angetrieben von ihrem Düsenmotor – die Bucht. Langsam tauchte Urmank in der Ferne unter.

Die *Nhiahar* glitt lautlos dahin, bis auf das Gurgeln des Wassers unter ihrem Bug. Die einzigen anderen Fahrgäste waren zwei alte, in graue Schleier gehüllte Frauen mit wächsernen Gesichtern. Sie erschienen nur kurz an Deck, dann verkrochen sie sich wieder in ihre dunklen, kleinen Kammern.

Reith zeigte sich sehr zufrieden mit der großen Kabine. Sie verlief über die gesamte Schiffsbreite und hatte drei große Bullaugen, die achtern aufs Meer hinausgingen. Backbord wie Steuerbord stand in Nischen ein gut gepolstertes Bett; es war genauso weich wie alle anderen, die Reith auf Tschai ausprobiert hatte, wenn auch ein wenig modrig.

In der Mitte stand ein massiver Tisch aus schwarzem, mit Schnitzereien verziertem Holz; dazu zwei ebenso massive Stühle, an jedem Ende einer. Zap 210 musterte das Zimmer mürrisch. Heute trug sie die eierschalenfarbenen Hosen mit der orangefarbenen Bluse. Sie wirkte überreizt und nervös, bewegte sich plötzlich ruckweise, machte wieder halt und fuchtelte zappelig mit den Fingern.

Reith beobachtete das Mädchen verstohlen und versuchte, ihre Stimmung genau zu erkunden. Sie weigerte sich, ihn anzusehen oder seinen Blick zu erwidern. Schließlich fragte er: »Gefällt dir das Schiff?«

Sie hob träge die Schultern. »Ein solches habe ich noch nie gesehen.« Sie trat zur Tür, von der sie ihm ein mürrisches Lächeln zuwarf – eine spöttische Grimasse; dann ging sie an Deck.

Reith folgte ihr nach einem letzten Blick durchs Zimmer. Sie war die Treppe zum Achterdeck hinaufgestiegen; dort lehnte sie an der Heckreling und schaute den Weg zurück, den sie gekommen waren. Reith setzte sich in der Nähe auf eine Bank und gab vor, sich in dem blaßbraunen Sonnenlicht zu baden; statt dessen zerbrach er sich über ihr Verhalten den Kopf. Sie war eine Frau und von Natur aus unvernünftig – aber ihr Benehmen wirkte übersteigert. Einige ihrer Verhaltensweisen hatten sich in den Unterständen gebildet, doch die schienen zu verblassen. Mit der Ankunft auf der Oberfläche hatte sie ihr früheres Leben preisgegeben und dessen Standpunkt verworfen – so wie ein Insekt sich häutet. Im weiteren Verlauf – grübelte Reith – hatte sie ihren bisherigen Charakter abgelegt, aber noch keinen neuen angenommen ... Der Gedanke quälte Reith. Ein Teil vom Reiz, von der Anziehungskraft des Mädchens – oder was es auch sein mochte – lag in ihrer Unschuld, ihrem offenkundigen Wesen ... offenkundiges Wesen? Reith stieß einen skeptischen Laut aus. Ganz und gar nicht. Er trat zu dem Mädchen. »Worüber denkst du so angestrengt nach?«

Zap 210 warf ihm einen frostigen Blick aus den Augenwinkeln zu. »Ich habe über mich und die weite Ghaun nachgedacht, mich an mein Leben in der Dunkelheit erinnert. Ich weiß jetzt, daß ich unter der Erde noch nicht geboren war. All diese Jahre, während derer ich lautlos dort unten vegetierte, genoß das Volk auf der Oberfläche die Farbenpracht, die Abwechslung und die Luft.«

»Deshalb hast du dich also so seltsam benommen!«

»Nein!« schrie sie plötzlich leidenschaftlich. »Das ist es nicht! Der Grund dafür bist du mit deiner Geheimniskrämerei! Du erzählst mir überhaupt nichts. Weder weiß ich, wohin wir fahren, noch was du mit mir vorhast.«

Reith blickte mit gerunzelter Stirn in das schwarze, brodelnde Kielwasser. »Darüber bin ich mir selbst noch nicht im klaren.«

»Aber etwas mußt du doch wissen!«

»Ja. Wenn ich nach Sivish komme, möchte ich zu meinem Heimatplaneten zurückkehren, der sehr weit entfernt ist.«

»Und was wird aus mir?«

Und was wird aus Zap 210? fragte sich Reith. Eine Frage, der er bisher ausgewichen war. »Ich bin nicht sicher, ob du mich begleiten willst«, antwortete er ein wenig stockend.

Tränen glitzerten in ihren Augen. »Wohin könnte ich sonst gehen? Soll ich ein Aschenbrödel werden? Oder ein Gzhindra? Oder in Urmank eine orangene Schärpe tragen? Oder soll ich sterben?« Sie wandte sich ab und marschierte auf den Bug zu, vorbei an einer Gruppe Matrosen mit furchigen Gesichtern, die das Mädchen aus ihren hellen Augen von der Seite musterten.

Reith kehrte zu der Bank zurück. Der Nachmittag ging vorüber. Schwarze Wolken im Norden sorgten für eine kalte Brise. Man setzte die Segel, und die Kogge trieb voran. Zap 210 kam bald darauf mit einem seltsamen Ausdruck auf dem Gesicht zurück. Sie sah Reith traurig und anklagend an und stieg in die Kabine hinunter.

Reith folgte ihr und fand sie auf einem der beiden Betten liegen. »Geht es dir nicht gut?«

»Nein.«

»Komm ins Freie. Hier drinnen wird es noch schlimmer.«

Sie taumelte zum Deck hinauf.

»Schau auf den Horizont«, riet Reith. »Bewegt sich das Schiff, dann halt den Kopf auf gleicher Höhe. Wenn du das eine Zeitlang machst, wird es besser.«

Zap 210 klammerte sich an die Reling. Die Wolken standen jetzt drohend über ihren Köpfen, und der Wind hörte auf. Die *Nhiahar* trieb mit schlaffen Segeln auf dem Wasser. Vom Himmel zuckte ein purpurner Blitz, zischte schräg nach unten und schlug ins Meer – einmal, zweimal, dreimal in Sekundenschnelle hintereinander. Zap 210 stieß einen Schrei aus und sprang erschrocken zurück. Reith faßte nach ihr und hielt sie in den Armen, als der Donner grollte. Das Mädchen machte eine unbehagliche Bewegung. Reith küßte sie auf die Stirn, das Gesicht, den Mund.

Die Sonne sank in eine zerfetzte, prachtvolle Umrahmung aus Gold, Schwarz und Braun; zusammen mit der Abenddämmerung setzte der Regen ein. Reith und Zap 210 zogen sich in ihre Kabine zurück; der Steward servierte das Abendessen: Pastetenfüllung, Meeresfrüchte, Biskuits. Sie aßen und sahen dabei aufs Meer hinaus, auf den Regen und die Blitze; anschließend wurden sie während einer Gewitternacht zum Liebespaar.

Um Mitternacht zogen die Wolken ab; Sterne strahlten vom Himmel. »Sieh dort hinauf!« sagte Reith. »Zwischen den Sternen liegen andere Planeten mit Menschen. Einer davon wird Erde genannt.« Er hielt inne. Zap 210 lag auf dem Bett und hörte ihm zu; aus unbekanntem Grund konnte Reith jedoch nicht weitersprechen, und bald schlief sie ein.

Die *Nhiahar* stampfte, von günstigen Winden getrieben, die Zweite See hinunter, pflügte zwischen großen weißen Schaumwellen dahin. Kap Braiz tauchte vor ihnen auf. Die Kogge legte bei der alten Steinstadt Stheine an, um Wasser an Bord zu nehmen; dann fuhr sie weiter in den Schanizade.

Nach dreißig Kilometern bog sich von der Küste eine Landzunge gen Westen. Am Ufer verdeckte ein Wald aus dunkelblauen Bäumen die dahinterliegende Stadt mit niedrigen Kuppelbauten, leicht geschweiften Nasen und majestätischen Säulengängen. Reith glaubte, die Architektur zu erkennen, und fragte den Kapitän: »Ist das eine Stadt der Khasch?«

»Das ist Songh, die südlichste Stadt der Blauen Khasch. Ich habe schon Frachtgut nach Songh gebracht, aber das ist ein gewagtes Unterfangen. Man muß die Spiele der Khasch kennen: Possen einer aussterbenden Rasse. Ich habe die Ruinen in der Kotansteppe gesehen: Hunderte von Plätzen, wo die Alten oder die Blauen Khasch früher gelebt haben. Und wer sucht sie heute auf? Nur noch die Phung.«

Die Stadt blieb zurück und verschwand aus dem Sichtbereich, während das Schiff südlich an der Halbinsel vorbeifuhr. Bald darauf lockte der Schrei eines Besatzungsmitglieds alle an Deck. Am Himmel lieferten sich zwei Luftschiffe eine Schlacht. Das eine war ein gleißender Apparat aus blauem und weißem Metall, den eine Reihe herrlicher Bogen zierte. Eine Balustrade umgab das Deck, auf dem zwölf Wesen in glitzernden Helmen standen. Das andere Fahrzeug war nüchtern und kahl: ein finsteres, häßliches, graues Gefährt, das nur als Mittel zum Zweck diente. Es war ein wenig kleiner und etwas beweglicher als das Schiff der Blauen Khasch. Im Heck kauerte die Mannschaft der Dirdir und war angestrengt darauf bedacht, das Schiff der Khasch zu zerstören. Die Luftfahrzeuge kreisten, schwenkten einmal auf und einmal ab, umschwirrten sich wie giftige Insekten. Von Zeit zu Zeit feuerten die Schiffe, wenn sich die Gelegenheit bot, ohne nennenswerten Erfolg mit Sandstrahlern aufeinander. Hoch hinauf wirbelten die funkelnden Rümpfe in den graubraunen Himmel, um dann in Spiralen hintereinander wieder herumzukreiseln und nur wenige Meter über der Wasseroberfläche abzudrehen.

Alles kam an Deck, um den Kampf zu beobachten; sogar die beiden alten Frauen, die sich zuvor noch nie gezeigt hatten. Während die beiden zum Himmel blickten, rutschte der einen die Kapuze vom Kopf und legte ein spitzes, blasses Gesicht frei. Zap 210, die neben Reith stand, ächzte leise und blickte schnell fort.

Das Schiff der Blauen Khasch sackte plötzlich ab. Die Bugkanonen schlugen von unten in das Gefährt der Dirdir, stießen es nach oben, ließen es sich überschlagen und aufs Meer hinunterfallen, wo es in einer lautlosen Wasserfontäne versank. Die Luftgondel der Blauen Khasch zog noch einmal einen großen Kreis und flog dann zurück in Richtung Songh.

Die alten Frauen waren unter Deck verschwunden. Zap 210 flüsterte bebend: »Hast du's bemerkt?«

»Ja.«

»Es sind Gzhindra.«

»Bist du sicher?«

»Ja, ganz sicher.«

»Vermutlich machen die Gzhindra auch Reisen wie andere Leute«, meinte Reith ein wenig unsicher. »Wenigstens haben sie uns bis jetzt noch nicht belästigt.«

»Aber sie sind da, sind an Bord des Schiffes! Sie tun nichts ohne Grund!«

Reith blieb weiter skeptisch. »Vielleicht stimmt das – aber was können wir dagegen tun?«

»Wir können sie töten!«

Zap 210 bleibt auf Grund ihrer guten Erziehung immer ein Geschöpf von Tschai, dachte Reith. Er versprach: »Wir werden sie genau im Auge behalten. Jetzt, wo wir es wissen, und sie nicht wissen, daß wir es wissen, sind wir im Vorteil.«

Nun zeigte sich Zap 210 skeptisch. Reith weigerte sich trotzdem, den alten Frauen im Dunkeln aufzulauern und sie zu erdrosseln.

Die Reise ging weiter nach Südwesten auf die Saschan-Inseln zu. Die Tage verliefen ohne nennenswerte Ereignisse. Allmorgendlich erhob sich Carina 4269 am Horizont in einem mattbronzenen und altrosa Sonnenaufgang. Bis zum Mittag hatte sich ein starker Dunstschleier gebildet, der die Sonnenstrahlen filterte und einen antikem Silber ähnelnden Schimmer auf das Wasser zauberte. Die Nachmittage waren lang, die Sonnenuntergänge auf traurige Weise prachtvoll: symbolische Kriege zwischen Helden der Finsternis und den Herren des Lichts. Nach

Anbruch der Nacht tauchten die Monde auf: zuweilen der rosa Az, gelegentlich der blaue Braz, und manchmal zog die *Nhiahar* nur unter dem Sternenzelt dahin.

Für Reith hätten die Tage und Nächte die glücklichsten sein können, die er bisher auf Tschai erlebt hatte – wäre nicht die zermürbende innere Unruhe gewesen: Was mochte ihn in Sivish erwarten? Würde er das Raumschiff unversehrt oder zerstört vorfinden? Was war mit dem verschlagenen Aila Woudiver; was mit den Dirdir in ihrer schrecklichen Stadt jenseits des Wassers? Und was mit jenen beiden alten Frauen, die vielleicht zu den Gzhindra gehörten? Sie erschienen nur nachts und spazierten über das Vorderdeck. Einmal beobachtete Reith sie, und das Haar sträubte sich ihm im Nacken. Es konnten Gzhindra sein oder auch nicht, aber aus Mangel an Beweisen fühlte sich Reith verpflichtet, das Schlimmste anzunehmen – und die Begleiterscheinungen gaben Anlaß für die gräßlichsten Befürchtungen.

Ein blaßbrauner Morgen brach an, als die Saschan-Inseln aus dem Meer aufragten: drei alte, von Geröllhalden umgebene Vulkane, auf denen kleine Wäldchen aus Psillas, Kianten, Lack- und Schlummerbrotbäumen wuchsen. Auf jeder Insel rankte sich am Mittelgipfel eine Stadt empor – Hütten, die man wie die Waben eines Bienenstocks aufeinandergesetzt hatte. Schwarze Löcher starrten auf das Meer hinaus; Rauchfahnen stiegen zum Himmel.

Die *Nhiahar* lief in die Bucht ein, wich einer Fähre aus und näherte sich der Südinsel. Im Dock warteten krummbeinige saschanische Hafenarbeiter mit schwarzen Beinlappen und schwarzen, an den Spitzen aufgerollten Schaftstiefeln. Sie fingen die Trossen und zurrten die *Nhiahar* längsseits fest. Sobald die Laufplanke ausgelegt war, schwärmten die Arbeiter an Bord. Man öffnete die Bodenluken, verfrachtete Lederballen, Säcke mit Pilgerpflanzenmehl, Werkzeug in Lattenkisten auf das Dock.

Reith und Zap 210 gingen an Land. Der Kapitän schrie ihnen streng hinterher: »Ich steche Punkt zwölf Uhr mittags wieder in See, ob ihr an Bord seid oder nicht.«

Die beiden spazierten auf der Promenade zur Bergspitze und ihrer unnatürlichen Hüttenkruste, die sie überzog. Zap 210 blickte vorsichtig über die Schulter. »Sie folgen uns.«

»Die Gzhindra?«

»Ja.«

Reith brummte mißbilligend: »Dann steht es also fest. Sie haben Anweisung, uns nicht aus den Augen zu lassen.«

»Und wir sind schon so gut wie tot«, sagte Zap 210 tonlos. »In Kazain werden sie den Pnume Bericht erstatten, und dann gibt es für uns keine Rettung mehr. Man wird uns in die Finsternis zurückschleppen.«

Reith wußte nichts zu erwidern. Sie kamen zu einem kleinen Hafenbecken; gegen das Meer schirmten es zwei Molen ab, die sich bis auf einen schmalen Durchlaß für die Fähre verengten. Reith und Zap 210 blieben stehen und beobachteten, wie die Fähre von den außerhalb gelegenen Inseln näher kam: ein breiter Seeleichter mit je einem Steuerhaus an beiden Enden, der zweihundert Saschaner aller Klassen und Altersstufen beförderte. Er schob sich vorsichtig in die Lücke; die Passagiere stiegen aus. Ebenso viele entrichteten bei einem beleibten Mann, der vor einer Bretterbude saß, die Überfahrtsgebühr und gingen an Bord. Sofort legte die Fähre wieder ab. Reith beobachtete, wie sie das Wasser überquerte; dann führte er Zap 210 zu einem Vorraum, den man neben dem Landesteg errichtet und mit Bänken und Tischen ausgestattet hatte. Reith bestellte bei einem Diener Süßwein und Biskuits, dann verhandelte er mit dem dicken Kassierer. Zap 210 blickte nervös mal rechts, mal links. Im Schatten einer Treppe glaubte sie zwei graugekleidete Gestalten zu entdecken. Sie fragen sich, was wir vorhaben, dachte Zap 210 bei sich.

Reith kam zurück.

»Die nächste Fähre geht in einer guten Stunde – ein paar Minuten vor zwölf. Unsere Überfahrtkosten sind bereits bezahlt.«

Zap 210 starrte ihn verdutzt an. »Aber wir müssen doch um zwölf Uhr an Bord der *Nhiahar* sein!«

»Stimmt. Sind die Gzhindra in der Nähe?«

»Sie haben gerade am anderen Ende Platz genommen.«

Reith kicherte grimmig. »Wir haben ihnen eine Nuß zu knacken gegeben.«

»Welche denn? Daß wir vielleicht die Fähre nehmen?«

»So ungefähr.«

»Aber warum sollten sie das glauben? Das wäre doch merkwürdig.«

»Keineswegs. Auf einer der anderen Inseln könnte ein Schiff warten und uns zu einem Ort bringen, den sie nicht kennen.«

»Gibt es denn ein solches Schiff?«

»Nicht, daß ich wüßte.«

»Aber wenn wir die Fähre nehmen, folgen uns die Gzhindra; und die *Nhiahar* fährt ohne uns ab!«

»Wahrscheinlich. Der Kapitän würde sich deswegen ohnehin keine Sorgen machen.«

Die Minuten verstrichen. Zap 210 wurde nervös. »Es ist bald zwölf.« Sie musterte Reith und fragte sich, was in seinem Kopf vorging. Kein anderer Mann auf Tschai – zumindest keiner, den sie bisher kennengelernt hatte – glich ihm. Er war von einem anderen Schlag.

»Da kommt die Fähre«, verkündete Reith. »Gehen wir

zum Landesteg hinunter. Wir wollen die ersten in der Schlange sein.«

Zap 210 stand auf. Sie würde Reith nie verstehen. Sie folgte ihm hinunter auf die Warteplattform. Andere gesellten sich zu ihnen, stießen, drängelten und murmelten. Reith fragte: »Was tun die Gzhindra?«

Zap 210 blickte über die Schulter. »Sie stehen am Ende der Schlange.«

Die Fähre glitt in das Hafenbecken, die Schranken öffneten sich, und die Passagiere quollen an Land.

Reith flüsterte Zap 210 ins Ohr: »Geh dicht an der Bretterbude des Kassierers vorbei. Wenn wir dort sind, verziehst du dich ins Innere.«

»Ja.«

Der Absperrbalken hob sich. Reith und Zap 210 gingen halb, halb liefen sie den Weg hinunter. An der Bretterbude des Kassierers zog Reith den Kopf ein und schlüpfte hinein; Zap 210 folgte ihm. Die Fahrgäste für die Fähre schoben sich vorbei, händigten ihr Fahrgeld dem Kontrolleur aus und wanderten hinunter zum Schiff. Die Gzhindra kamen fast ganz zum Schluß, wobei sie mit den Augen die Menschenmenge vor ihnen zu durchdringen suchten. Sie trieben mit dem Strom voran, die Rampe hinunter und an Bord der Fähre.

Die Schranke wurde geschlossen; die Fähre lief aus. Reith und Zap 210 stürzten aus der Bretterbude. »Es ist fast zwölf«, mahnte Reith. »Zeit, wieder an Bord der *Nhiahar* zu gehen.«

10. Kapitel

Stürmische Winde trieben die *Nhiahar* nach Südosten auf Kislovan zu.

Das Meer war fast schwarz. Die Wogen, die über und unter dem Schiff hinwegrollten, schoben weiße Schaummassen vor sich her.

An so einem stürmischen Morgen trat Zap 210 neben Reith, der am Bug stand. Einen Moment blickten sie über das wogende Wasser nach vorn, dorthin, wo Carina 4269 Prismen und gebrochene, goldene Lichtpunkte auf die Fluten warf.

Zap 210 fragte: »Was erwartet uns?«

Reith schüttelte den Kopf. »Ich weiß nicht. Ich wollte, ich könnte es dir sagen.«

»Aber du machst dir Sorgen. Hast du Angst?«

»Ich fürchte einen Mann namens Aila Woudiver. Ich weiß nicht, ob er noch lebt oder schon tot ist.«

»Wer ist dieser Aila Woudiver, daß du ihn so fürchtest?«

»Ein Mann aus Sivish, ein Mann zum Fürchten. Ich glaube, daß er tot ist. Ich wurde mitten in einem Traum entführt. In diesem Traum habe ich gesehen, wie man den Kopf von Aila Woudiver gespalten hat.«

»Warum sorgst du dich dann?«

Früher oder später muß ich reinen Tisch machen, dachte Reith. Vielleicht war jetzt der richtige Zeitpunkt. »Erinnerst du dich an die Nacht, in der ich dir erzählt habe, daß es zwischen den Sternen andere Planeten gibt?«

»Ja.«

»Einer dieser Planeten ist die Erde. In Sivish habe ich mit Aila Woudivers Hilfe ein Raumschiff gebaut. Ich will zur Erde fliegen.«

Zap 210 starrte über das Wasser. »Warum willst du zur Erde fliegen?«

»Ich bin dort geboren. Die Erde ist meine Heimat.«

»Oh«, hauchte sie. Nach einer nachdenklichen Pause von einigen Sekunden sah sie ihn von der Seite an.

Reith sagte kläglich: »Du fragst dich wohl, ob ich wahnsinnig bin.«

»Das habe ich mich oft gefragt. Unzählige Male.«

Obwohl Reith diese Vermutung selbst aufgestellt hatte, war er von ihrer Antwort betroffen. »Tatsächlich?«

Sie lächelte auf ihre traurige Art. »Bedenk doch, was du alles getan hast. In den Unterständen. Im Hain der Khor. Und dann in Urmank Aale vertauscht.«

»Verzweiflungstaten, die Handlungen eines wütenden Mannes von der Erde.«

Zap 210 sah grübelnd über den stürmischen Ozean. »Wenn du ein Mann von der Erde bist, was tust du dann hier auf Tschai?«

»Mein Raumschiff ist in der Kotansteppe abgestürzt. In Sivish habe ich ein neues gebaut.«

»Hmm – ist denn die Erde ein solches Paradies?«

»Die Menschen auf der Erde wissen nichts von Tschai. Es ist wichtig, daß sie davon erfahren.«

»Warum?«

»Aus vielerlei Gründen. Der wesentlichste: Die Dirdir haben einstmals die Erde überfallen; sie könnten sich dazu entschließen, wiederzukommen.«

Zap 210 bedachte ihn abermals mit einem kurzen Blick von der Seite. »Hast du auf der Erde Freunde?«

»Natürlich.«

»Du hast dort in einem Haus gewohnt?«

»Sozusagen.«

»Mit einer Frau? Und deinen Kindern?«

»Keine Frau, keine Kinder. Ich war mein ganzes Leben Raumfahrer.«

»Und wenn du zurückfliegst – was dann?«

»Im Moment gehen meine Gedanken nur bis Sivish.«

»Nimmst du mich mit?«

Reith legte den Arm um sie. »Ja, ich nehme dich mit.«

Zap 210 stieß einen erleichterten Seufzer aus. Kurze Zeit später deutete sie nach vorn. »Hinter der Stelle, an der die Sonne glitzert – eine Insel.«

Die Insel, eine große Klippe aus ödem schwarzen Basaltgestein, war die erste von unzähligen anderen, die jetzt die Meeresoberfläche auflockerten. Das Gebiet diente als Heimat für eine Meute Seeräuber, die Reith bisher noch nicht kennengelernt hatte. Vier schillernde Flügel trugen ein Gewirr aus baumelnden rosa Tentakeln und eine Mittelröhre, die in einem Froschauge endete. Die Kreaturen glitten weit oben oder tief unten dahin; dann tauchten sie plötzlich und packten ein kleines, zappelndes Meerestier. Ein paar flogen auf die *Nhiahar* zu. Die Besatzung wich erschrocken zurück und suchte auf dem Vordeck Schutz.

Der Kapitän, der auch das Vordeck aufgesucht hatte, schnaubte angewidert. »Die Männer halten dieses Viehzeug für die Eingeweide und Augen ertrunkener Matrosen. Wir segeln durch den Kanal des Todes. Die Felsen dort nennt man die Leichenzähne.«

»Wie steuert Ihr denn nachts?«

»Ich weiß es nicht«, antwortete der Kapitän, »weil ich es noch nie versucht habe. Es ist schon bei Tag riskant genug. Jeden Felsen umgeben Hunderte von Schiffsrümpfen und verblichenen Knochenbergen. Seht ihr ganz weit vorn die Erhebung? Dort ist Kislovan! Morgen liegen wir im Dock von Kazain vor Anker.«

Als es Abend wurde, jagten lange Wolkenzüge über den Himmel, und der Wind begann zu pfeifen. Der Kapitän steuerte die *Nhiahar* auf die Leeseite eines der größeren schwarzen Felsen zu und schob die Kogge ganz dicht heran, bis der Spriet fast über die nassen, schwarzen Steine schabte. Hier wurde der Anker ausgeworfen, und die *Nhiahar* schaukelte verhältnismäßig sicher auf den Wellen, während der Wind zum heulenden Sturm anschwoll. Haushohe Wellen trieben durch die schwarzen Klippen; der Gischt spritzte hoch auf und fiel langsam wieder zurück. Die See brodelte und wallte; die *Nhiahar* wälzte sich, riß an der Ankerleine und schwamm dann plötzlich frei.

Mit Einbruch der Dunkelheit ebbte der Wind ab. Lange Zeit hob und senkte sich der aufgewühlte Ozean noch, aber bei Sonnenaufgang ragten die Leichenzähne wie archaische Denkmäler aus einem Meer von braunem Glas. Dahinter lag das Festland.

Sie fuhren mit Motorkraft zwischen den Leichenzähnen hindurch; um die Mittagsstunde drang die *Nhiahar* in eine langgestreckte schmale Bucht ein, und am Spätnachmittag legten sie längsseits am Pier von Kazain an.

Auf dem Dock standen zwei Dirdirmenschen und beobachteten die *Nhiahar.* Sie gehörten einer hohen Kaste an, möglicherweise Makellose. Es waren junge und eitle Männer. Die falschen Antennen lagen schräg und glitzerten. Reith klopfte das Herz bis zum Hals, aus Furcht, daß man sie geschickt hatte, um ihn in Gewahrsam zu nehmen.

Für einen derartig unvorhergesehenen Zwischenfall wußte er keinen Ausweg. Er schwitzte, bis die zwei in Richtung Dirdirsiedlung am Kopfende der Bucht davonsprangen.

Im Dock gab es keinerlei Formalitäten zu erledigen. Reith und Zap 210 trugen ihre Habseligkeiten an Land und erreichten ohne Zwischenfälle das Elektrowagendepot. Ein Gefährt mit acht Rädern stand kurz vor der Abfahrt über den Engpaß von Kislovan. Reith wählte die bequemste Unterkunft, die zu haben war: einen kleinen abgeteilten Schlafraum mit zwei Hängematten im dritten Rang, mit Zugang zum Achterdeck.

Am frühen Abend hielt der Wagen vor einem abgelegenen Gasthof, in dem die dreiundvierzig Fahrgäste ihr Abendessen einnahmen. Über die Hälfte schienen Graue zu sein; die übrigen konnte Reith nicht identifizieren. Zwei hätten Steppenmänner von Kotan sein können; einige waren wahrscheinlich Saschaner. Zwei gelbhäutige Frauen in schwarzen Schuppenkleidern waren mit ziemlicher Sicherheit Sumpfmenschen von der Nordküste der Zweiten See. Die verschiedenen Gruppen nahmen so wenig wie möglich voneinander Notiz, aßen und kehrten sofort wieder zum Elektrowagen zurück. Diese Gleichgültigkeit war nur vorgetäuscht, wie Reith wußte. Jeder hatte die anderen genau beobachtet.

In aller Herrgottsfrühe brach der Wagen am nächsten Tag wieder auf und fuhr bei Sonnenaufgang über den Rand des mittleren Plateaus. Carina 4269 stieg am Himmel empor und schien auf die weite Savanne, die mit Alaun, Galgenbäumen, Pilzfamilien und Dorngrasstellen durchsetzt war.

So verging dieser Tag und vier weitere: eine Reise, die Reith aufgrund seiner wachsenden Erregung kaum wahrnahm. In den Unterständen, auf dem endlosen unterirdischen Kanal, entlang der Küste der Zweiten See, in Urmank, selbst an Bord der *Nhiahar* hatte er die Ruhe bewahrt, hatte die Geduld des Verzweifelten besessen. Der Einsatz war wieder einmal sehr hoch. Er hoffte, fürchtete, sehnte sich danach, daß das Fahrzeug schneller fuhr; er schreckte vor dem Gedanken zurück, was er eventuell im Lagerhaus auf der Salzebene von Sivish vorfand.

Über das mittlere Plateau, hinunter durch Ödland aus verwittertem Granit, in eine Landschaft, die von mürrischen Grauen bestellt wurde, fuhr der Wagen. Spuren für die Anwesenheit von Dirdir tauchten auf: eine graue, dicht mit purpurnen und scharlachroten Türmen besetzte Spitzkuppe; diese überblickte einen Senkungsgraben mit steilen Felsenwänden, die den Dirdir als Jagdrevier diente. Am sechsten Tag erhob sich vor ihnen eine Bergkette; die Rückseite der Palisaden, welche Aussicht auf Hei und Sivish gewährten. Die Reise war fast zu Ende. Die ganze Nacht rumpelte der Elektrowagen unter dem Schein des rosa und des blauen Mondes über die staubbedeckte Straße.

Die Monde gingen unter. Der Himmel nahm im Osten die Farbe getrockneten Blutes an. Die Dämmerung kam wie ein Feuerwerk aus dunklem Scharlachrot, Orangebraun und Sepia. Vor ihnen tauchten der Ajzan-Golf und das Häusergewirr von Sivish auf. Zwei Stunden später zuckelte der Elektrowagen neben der Brücke in das Depot von Sivish.

11. Kapitel

Reith und Zap 210 überquerten die Brücke inmitten der üblichen Menschenmenge aus Grauen, die zur Schichtarbeit in den Fabriken von Hei oder heimwärts trotteten.

Der Rollwagen ächzte und stöhnte; die schäbigen Viertel von Sivish blieben zurück. Sie erreichten die südlichste Station; dann hielt der Wagen nach Osten auf die Ajzan-Küste zu. Vor ihnen lag die Salzebene und eine Straße, die sich aus dem Bauhof von Aila Woudiver schlängelte.

Alles wirkte unverändert: Kleine Hügel aus Kies, Sand und Schlacke; Ziegelstein- und Schotterhaufen. Auf der Seite stand Woudivers exzentrisches Büro, dahinter der

Lagerschuppen. Nichts rührte sich auf dem Gelände. Es gab keine Arbeiter, keine Rollwagen; die großen Türen zum Lagerhaus waren geschlossen; die Wände standen schiefer denn je. Reith beschleunigte den Schritt. Er strebte die Straße hinunter; Zap 210 folgte ihm halb gehend, halb laufend.

Reith erreichte den Hof, blickte sich um. Trostlos. Kein einziger Laut, kein Schritt, Stille. Das Lagerhaus schien kurz vorm Zusammenbruch zu stehen, als wäre es durch eine Explosion beschädigt worden. Reith ging zur Seitentür und sah hinein. Die Räumlichkeiten waren leer, das Raumschiff verschwunden. Das Dach hatte man abgerissen und nur noch Bruchstücke hingen herunter. Die Montagehalle und die Vorratsregale zeigten ein wüstes Durcheinander.

Reith wandte sich ab, starrte über die Salzebene. Was nun?

Er wußte es nicht. Sein Kopf war leer. Er entfernte sich langsam vom Lagerhaus. Über den Haupteingang hatte jemand ONMALE gekritzelt. Es war der Name des Emblems, das Traz getragen hatte, als Reith ihm in der Kotansteppe begegnet war. Das Wort stachelte Reiths erstarrtes Bewußtsein an. Wo waren Traz und Anacho?

Er ging zum Büro und blickte hinein. Jetzt lag ein anderer auf dem Ruhesofa – ein schlafender alter Mann. Reith klopfte an die Wand. Der Greis wachte auf, öffnete zuerst ein Triefauge, dann das zweite. Er zog seinen grauen Mantel über die Schultern und richtete sich auf. »Wer ist da?« rief er.

Reith schlug alle Vorsicht in den Wind. »Wo sind die Männer, die hier gearbeitet haben?«

Die Tür glitt halb auf. Der Alte kam heraus und musterte Reith vom Scheitel bis zur Sohle.

»Wer seid denn Ihr, daß Ihr die Neuigkeiten von Sivish nicht kennt?«

»Ein Reisender«, erklärte Reith und bemühte sich, ruhig zu sprechen. »Was ist hier passiert?«

»Ihr seht aus wie ein Mann namens Adam Reith«, meinte der Alte. »Wenigstens wurde er so beschrieben. Aber Adam Reith könnte mir den Namen eines Lokhar und den Namen eines Thang nennen, die nur er kennt.«

»Zarfo Detwiler ist der Lokhar; einst kannte ich Issam den Thang.«

Der Alte blickte verstohlen in die Landschaft. Seine Augen blieben mißtrauisch an Zap 210 haften. »Und wer ist das?«

»Eine Freundin. Sie kennt mich als Adam Reith; man kann ihr trauen.«

»Kommt her. Ich stelle Euch noch eine letzte Frage.« Er zog Reith beiseite und keuchte ihm ins Ohr: »In Coad traf Adam Reith einen adeligen Yao.«

»Sein Name ist Dordolio. Nun, wie lautet deine Botschaft?«

»Ich habe keine.«

Reith war so ungeduldig, daß er fast die Beherrschung verlor. »Warum stellst du mir dann die ganzen Fragen?«

»Weil Adam Reith einen Freund hat, der ihn sehen will. Ich soll Adam Reith zu seinem Freund führen – nach eigenem Ermessen.«

»Wer ist dieser Freund?«

Der Alte wackelte mit dem Finger. »Pst! Ich antworte nie auf Fragen. Ich richte mich nach den Anweisungen, sonst nichts, und verdiene damit meinen Lohn.«

»Also schön, wie lauten deine Anweisungen?«

»Ich soll Adam Reith zu einem bestimmten Ort führen. Dann ist meine Aufgabe erfüllt.«

»Auch gut. Gehen wir.«

»Dann kommt.« Der alte Mann ging die Straße hinunter. Reith und Zap 210 folgten ihm. Der alte Mann blieb stehen. »Nicht sie. Nur Ihr.«

»Sie muß auch mitkommen.«

»Dann können wir nicht gehen, und ich weiß von nichts.«

Reith argumentierte, tobte und schmeichelte. Ohne Erfolg. »Wie weit ist der Ort entfernt?« fragte er schließlich.

»Gar nicht weit.«

»Einen Kilometer? Zwei Kilometer?«

»Gar nicht weit. Wir können bald zurück sein. Warum beschwert Ihr Euch? Die Frau wird nicht fortlaufen. Wenn doch, dann sucht Euch eine andere. So habe ich es gehalten, als ich noch ein junger Mann war.«

Reith prüfte die Landschaft: die Straße, die verstreuten Hütten am Rand der Salzebene, die Salzebene selbst. Keine Menschenseele: höchstens eine negative Bestätigung. Reith sah Zap 210 an. Sie erwiderte seinen Blick mit einem unsicheren Lächeln. Im hintersten Winkel registrierte Reith, daß Zap 210 hier zum erstenmal gelächelt hatte – ein zittriges, nicht verstehendes Lächeln, aber trotzdem echt. Reith bat melancholisch: »Geh in die Hütte und verriegle die Tür. Öffne niemandem. Ich bin so schnell wie möglich zurück.«

Zap 210 betrat die Hütte. Die Tür ging zu, der Riegel fiel ins Schloß. Reith sagte zu dem Alten: »Jetzt beeil dich. Bring mich zu meinem Freund.«

»Diese Richtung.«

Der Greis humpelte schweigend die Straße entlang und bog bald in einen Weg ein, der über die Salzebene auf das Hüttengewirr am Rande von Sivish zuführte.

Reith wollte wissen: »Wer ist der Mann, den wir aufsuchen?«

»Ein Freund von Adam Reith.«

»Ist es ... Aila Woudiver?«

»Ich bin nicht berechtigt, irgendwelche Namen zu nennen. Ich darf Euch nichts sagen.«

Der alte Mann humpelte auf eine Hütte zu, die von den anderen etwas abseits stand – ein altes, bröckeliges, graues Ziegelsteingebäude. Der Alte ging an die Tür, klopfte und trat ein paar Schritte zurück.

Von drinnen war ein Rascheln zu hören. Hinter dem einzigen Fenster sah man eine kurze Bewegung. Die Tür ging auf. Ankhe at afram Anacho blickte ins Freie. Reith stieß tief und heftig die Luft aus. Der Greis rief: »Ist das der Mann?«

Anacho antwortete: »Ja. Das ist Adam Reith.«

»Dann gebt mir mein Geld. Ich bin froh, wenn dieser Auftrag abgeschlossen ist.«

Anacho trat ins Haus und kehrte mit einer Börse zurück, in der Sequinen klimperten. »Hier ist dein Geld.«

Der alte Mann nahm den Beutel und verschwand.

Reith fragte: »Wo ist Traz? Wo ist das Raumschiff?«

Anacho schüttelte den Kopf. »Ich weiß es nicht.«

»Was?«

»Folgendes ist passiert: Die Gzhindra entführten dich. Aila Woudiver wurde verwundet, starb aber nicht. Drei Tage danach kamen die Dirdirmenschen und schleppten ihn zum Glasgehäuse. Er jammerte, er flehte, er schrie, aber sie schleiften ihn davon. Später hörte ich, er habe für eine aufsehenerregende Jagd gesorgt weil er wie ein Präriewolf umhergerast sei und aus vollem Halse gekreischt habe. Die Dirdirmenschen entdeckten das Raumschiff, als sie Aila Woudiver holten; wir befürchteten, daß sie zurückkommen würden. Das Raumschiff war startklar, und deshalb beschlossen wir, es aus Sivish fortzuschaffen. Ich sagte, daß ich bleiben und auf dich warten würde. Mitten in der Nacht hoben Traz und die Techniker mit dem Schiff ab und flogen zu einem Ort, den du – wie Traz behauptete – kennst.«

»Wohin?« fragte Reith.

»Ich weiß es nicht. Ich wollte nichts darüber wissen,

damit man mich nicht zum Verrat zwingen könnte, wenn man mich fangen würde. Traz schrieb ›Onmale‹ auf den Schuppen. Er erklärte, du würdest wissen, wohin du kommen mußt.«

»Gehen wir wieder zum Lagerhaus. Ich habe dort eine Freundin zurückgelassen.«

Anacho erkundigte sich: »Weißt du, was er mit ›Onmale‹ gemeint hat?«

»Ich glaube schon, bin mir aber nicht sicher.«

Sie machten sich auf den Rückweg. Reith fragte: »Steht uns der Gleiter noch zur Verfügung?«

»Ich habe das Abrufzeichen und sehe keinen Grund, warum es Schwierigkeiten geben sollte.«

»Die Umstände sind nicht so schlecht, wie ich befürchtete. Ich habe eine Reihe interessanter Erfahrungen gemacht.« Er erzählte Anacho ein paar von seinen Abenteuern. »Ich bin aus den Unterständen entflohen. Aber die Gzhindra sind uns die Küste der Zweiten See entlang gefolgt. Vielleicht haben die Khor sie angeheuert; vielleicht haben sie uns die Pnume hinterhergeschickt. Auch in Urmank haben wir Gzhindra gesehen. Vielleicht sind die gleichen Gzhindra an Bord der *Nhiahar* gegangen. Soviel ich weiß, befinden sie sich noch immer auf den Saschan-Inseln. Seither ist man uns offensichtlich nicht mehr gefolgt, und ich würde Sivish gern verlassen, bevor sie die Spur wieder aufnehmen.«

Sie gingen die Straße hinunter, die zu Woudivers altem Lagerhaus führte. Reith blieb wie angewurzelt stehen. Es war so, wie er es – ganz im geheimen – befürchtet hatte. Die Tür zum Büro stand offen. Reith begann zu laufen. Anacho folgte ihm auf den Fersen.

Zap 210 war nirgends zu finden, weder im Büro noch in dem verfallenen Lagerhaus. Sie war verschwunden.

Direkt vor dem Büro war der Boden feucht. Deutlich zeichneten sich die Abdrücke kleiner nackter Fußsohlen ab. »Gzhindra«, erklärte Anacho. »Oder Pnumekin. Niemand anderer.«

Reith starrte über die Salzebene, die ruhig im gelbbraunen Nachmittagslicht lag. Unmöglich, sie abzusuchen; unmöglich, schreiend über die Salzsümpfe und -flächen zu laufen. Was konnte er tun? Undenkbar, gar nichts zu unternehmen. Was war mit Traz, dem Raumschiff und dem Rückflug zur Erde, der jetzt angetreten werden konnte? Der Gedanke versank in seinem Kopf wie vollgesogenes Holz; nur ein schattenhafter Umriß, das Nachbild, blieb. Reith setzte sich auf eine alte Lattenkiste. Anacho beobachtete ihn einen Moment; sein langes weißes Gesicht war verzerrt und traurig wie das eines kranken Clowns. Schließlich mahnte er mit ein wenig hohler Stimme: »Wir brechen wohl besser auf.«

Reith rieb sich über die Stirn. »Ich kann noch nicht. Ich muß nachdenken.«

»Worüber mußt du nachdenken? Wenn die Gzhindra sie gefangen haben, ist sie verloren.«

»Das weiß ich.«

Reith blickte in Richtung der Palisaden. »Man wird sie in den Untergrund zurückbringen. Sie werden das Mädchen über dem dunklen Abgrund hängen und nach einiger Zeit fallen lassen.«

Anacho zuckte die Achseln. »Du kannst diese bedauerliche Tatsache nicht ändern, also vergiß sie. Traz erwartet uns mit dem Raumschiff.«

»Etwas kann ich tun«, sagte Reith. »Ich kann ihr folgen.«

»In den Untergrund? Wahnsinn! Du wirst nie mehr zurückkommen!«

»Ich bin schon einmal zurückgekommen.«

»Infolge einer Laune des Schicksals.«

Reith stand auf. Anacho redete verzweifelt weiter: »Du wirst nie mehr zurückkommen. Was wird aus Traz? Er wird ewig auf dich warten. Ich kann ihm nicht sagen, daß du auf alles verzichtet hast – weil ich nicht weiß, wo er ist.«

»Ich beabsichtige gar nicht, auf alles zu verzichten«, versicherte Reith. »Ich habe vor, zurückzukommen.«

»Tatsächlich!« spottete Anacho. »Diesmal werden die Pnume auf Nummer Sicher gehen. Man wird dich neben dem Mädchen über den Abgrund hängen.«

»Nein«, widersprach Reith. »Sie werden mich nicht über den Abgrund hängen. Sie wollen mich für die Ewigkeit.«

Anacho warf bestürzt die Arme in die Luft: »Ich werde dich nie verstehen, du Dickschädel. Geh nur in den Untergrund! Hör nicht auf deine treuen Freunde! Renn in dein Unglück! Wann brichst du auf? Sofort?«

»Morgen«, antwortete Reith.

»Morgen? Warum zögern? Warum die Pnume auch nur eine einzige Sekunde deiner Gesellschaft berauben?«

»Weil ich heute nachmittag Vorbereitungen treffen muß. Komm mit. Wir gehen in die Stadt.«

12. Kapitel

Bei Tagesanbruch stand Reith am Rand der Salzebene. Hier hatten er und seine Freunde vor Monaten entdeckt, daß Aila Woudiver den Gzhindra Lichtsignale gegeben hatte. Reith hielt einen Spiegel in der Hand. Als Carina 4269 aufging, schwenkte er die Spiegelung über die Salzebene hin und her.

Eine Stunde verstrich. Reith ließ den Spiegel methodisch aufblitzen, jedoch offensichtlich ohne Erfolg. Dann tauchten scheinbar aus dem Nichts zwei dunkle Gestalten auf. Sie standen achthundert Meter entfernt und blickten in Reiths Richtung. Er ließ den Spiegel funkeln. Schritt für Schritt kamen sie näher, als wären sie hypnotisiert. Reith ging ihnen entgegen.

Langsam trafen die drei zusammen und standen sich schließlich in einem Abstand von fünfzehn Metern gegenüber.

Eine Minute verging. Die drei musterten sich gegenseitig. Die Gesichter der Gzhindra beschatteten flachkronige schwarze Hüte; beide waren blaß und ähnelten ein wenig dem Fuchs, mit ihren langen dünnen Nasen und den glänzenden schwarzen Augen. Alsbald traten sie näher. Der eine sagte mit leiser Stimme: »Du bist Adam Reith.«

»Ja.«

»Warum hast du uns Zeichen gegeben?«

»Gestern seid ihr gekommen und habt meine Gefährtin verschleppt.«

»Man hat es uns aufgetragen.«

»Was habt ihr mit ihr angestellt?«

»Wir haben sie an den Ort gebracht, den man uns benannt hat.«

»Wo liegt dieser Ort?«

»Dort drüben.«

»Habt ihr den Auftrag, mich zu fangen?«

»Ja.«

»Nun gut«, sagte Reith. »Ihr geht voraus. Ich folge euch.«

Die Gzhindra berieten sich flüsternd. Der eine sagte: »Das ist nicht möglich. Wir haben es nicht gern, wenn jemand hinter uns hergeht.«

»Ein einziges Mal könnt ihr es ruhig dulden«, meinte Reith. »Schließlich erfüllt ihr so euren Auftrag.«

»Stimmt, wenn alles klappt. Aber was, wenn du es vorziehst, uns mit einer Waffe die Haut zu versengen?«

»Dann hätte ich es schon früher getan«, versicherte

Reith. »Im Moment will ich nur meine Gefährtin finden und sie auf die Oberfläche zurückbringen.«

Die Gzhindra musterten ihn mit unpersönlicher Neugier. »Warum gehst du nicht voraus?«

»Ich weiß nicht, wohin.«

»Wir zeigen dir die Richtung.«

Reith kommandierte so schroff, daß seine Stimme überschnappte: »Geht voraus. Das ist leichter, als mich in einem Sack zu tragen.«

Die Gzhindra flüsterten miteinander; sie bewegten dabei die Mundwinkel ihrer schmalen Lippen, ohne Reith aus den Augen zu lassen. Dann drehten sie sich um und gingen langsam über die Ebene davon.

Reith folgte ihnen in einem Abstand von ungefähr fünfzehn Metern. Sie benutzten die verstecktesten Pfade, die hin und wieder ganz verschwanden. Einen Kilometer, zwei Kilometer legten sie zurück. Lagerschuppen und Büro verkleinerten sich bis auf winzige, rechteckige Flecken. Sivish war ein verschwommener grauer Krümel am nördlichen Horizont.

Die Gzhindra blieben stehen und wandten sich an Reith, der in ihren Augen ein verstohlenes Freudenfeuer flackern zu sehen glaubte. »Komm näher«, bat einer der beiden. »Du mußt hier neben uns stehen.«

Reith näherte sich behutsam, zog die Energiewaffe, die er nur einmal angewandt hatte, und zeigte sie ihnen. »Das ist ein gefährliches Ding. Ich will nicht getötet oder betäubt werden, sondern lebend in die Unterstände kommen.«

»Keine Angst, keine Angst! Deswegen brauchst du keine Bedenken zu haben!« versicherten die Gzhindra gleichzeitig. »Steck die Waffe weg. Wir haben nichts Böses vor.«

Reith behielt die Waffe trotzdem in der Hand, während er sich den Gzhindra näherte.

»Näher, noch näher!« drängten sie. »Stell dich in die Umrisse der schwarzen Erdstelle.«

Reith trat auf den bezeichneten Fleck, der sich sofort in den Boden senkte. Die Gzhindra standen ruhig da und waren jetzt so nah, daß Reith in ihren Gesichtern auch die kleinsten Fältchen sehen konnte. Wenn sie wegen seiner Waffe aufgeregt waren, ließen sie es sich jedenfalls nicht anmerken.

Der getarnte Aufzug fuhr viereinhalb Meter in die Tiefe. Dann traten die Gzhindra in einen Tunnel mit Betonwänden hinaus, blickten über die Schulter und winkten. »Schnell.« Sie verfielen in einen schwankenden Trab; ihre Mäntel flatterten von einer Seite zur anderen. Reith folgte ihnen. Der Gang neigte sich abwärts; das Laufen bereitete keine spürbare Anstrengung. Der Tunnel wurde eben, dann endete er plötzlich vor einem Abgrund; darunter verlief eine Wasserstraße. Die Gzhindra schoben Reith in ein Boot und nahmen selbst darin Platz. Man stieß ab, und der Kahn wurde automatisch in der Mitte des Kanals entlanggetrieben.

Der Kanal mündete in eine größere Wasserstraße, und das Boot glitt in ein Dock. Reith ging an Land. Die Gzhindra folgten, und Reith übersah ihre fast offen zur Schau getragene Fröhlichkeit mit soviel Würde, wie er aufzubringen vermochte. Sie bedeuteten ihm, zu warten. Bald darauf tauchte aus dem Schatten ein Pnumekin auf. Die Gzhindra murmelten ein paar Worte in die Luft, die der Pnumekin zu überhören schien; dann stiegen sie wieder in das Boot und glitten davon – mit matten, schüchternen, flüchtigen Blicken. Reith stand allein auf dem Dock mit dem Pnumekin, der jetzt sagte: »Komm, Adam Reith. Man erwartet dich.«

Reith fragte: »Die junge Frau, die man gestern nacht gebracht hat: wo ist sie?«

»Komm.«

»Wohin?«

»Die *zuzhma kastchai* erwarten dich.«

Reith lief es kalt den Rücken hinunter. Insgeheim beschlichen ihn leise Befürchtungen, die er beiseite zu schieben suchte. Er hatte sämtliche Vorsichtsmaßnahmen getroffen, die ihm zur Verfügung standen. Ihre Wirksamkeit mußte noch auf die Probe gestellt werden.

Der Pnumekin winkte. »Komm.«

Reith folgte ihm aufgebracht und beschämt. Sie gingen einen mit glatten, schwarzen Feuersteinplatten verkleideten Zickzacktunnel hinunter; Lichtreflexe und zuckende Schatten begleiteten sie. Reith wurde es langsam schwindlig. Der Gang verbreiterte sich zu einer Halle mit schwarzen Spiegeln. Jetzt taumelte Reith nur noch verwirrt dahin. Er folgte den Pnumekin zu einer Säule in der Mitte, wo sie hinter ein Tor schlüpften. »Du mußt allein zur Ewigkeit weitergehen.«

Reith blickte durch eine Pforte in eine kleine Zelle, die mit einem Material, das einem Schaffell ähnelte, ausgelegt war. »Was ist das?«

»Du mußt eintreten.«

»Wo ist die junge Frau, die man gestern hergebracht hat?«

»Tritt durch die Pforte.«

Reith sagte wütend und besorgt: »Ich will mit den Pnume reden. Es ist wichtig.«

»Tritt in die Zelle. Wenn sich die Pforte öffnet, dann folge der Leuchtspur zur Ewigkeit.«

Die Pforte schloß sich. Die Zelle glitt nach unten und fiel mit hoher, jedoch gesteuerter Geschwindigkeit. Eine Minute verging. Die Zelle blieb stehen. Eine Tür flog auf. Reith betrat eine schwarze, glänzende Finsternis. Vor seinen Füßen schlängelte sich eine Fährte aus gelben Leuchtpunkten in die Dunkelheit. Reith blickte nach allen Seiten, lauschte. Nichts. Kein Laut; kein Druck, der auf die Anwesenheit eines Lebewesens hätte schließen lassen. Wie unter Zwang, begann er dem Pfad zu folgen.

Die Leuchtspur schwenkte bald hierhin, bald dorthin. Reith folgte ihr peinlich genau, weil er Angst davor hatte, was vielleicht zu beiden Seiten liegen mochte. Einmal glaubte er ein fernes, gedämpftes Rauschen zu hören, wie von einem Luftzug, der aus großer Tiefe nach oben dringt.

Die Dunkelheit lichtete sich fast unmerklich, wurde zum Schimmer einer unsichtbaren Quelle. Ohne Vorwarnung erreichte er einen Abgrund. Er stand am Rand einer geheimnisvollen Landschaft mit Gegenständen, die sich in einer goldenen oder silbernen Beleuchtung schwach abzeichneten. Zu seinen Füßen führte eine Steintreppe nach unten; Reith stieg Stufe für Stufe abwärts.

Er erreichte den Fuß der Treppe und machte unter einem unbeherrschten Anfall von Angst halt. Vor ihm stand ein Pnume.

Reith raffte seine ganze Willenskraft zusammen und sagte so entschlossen wie möglich: »Mein Name ist Adam Reith. Ich bin wegen der jungen Frau gekommen, meiner Gefährtin, die ihr gestern verschleppt habt. Führt sie auf der Stelle zu mir.«

Von der Gestalt drang das heisere Flüstern der Pnume zu ihm: »Du bist Adam Reith?«

»Ja. Wo ist die Frau?«

»Du bist von der Erde?«

»Was ist mit der Frau? Sag es mir!«

»Warum bist du auf Tschai gelandet?«

Verzweifelt brüllte Reith: »Beantworte meine Frage!«

Die dunkle Gestalt glitt lautlos davon. Reith zögerte einen Moment und wußte nicht, ob er stehenbleiben oder ihr folgen sollte.

Die Gold- und Silberleuchten schienen heller zu werden; oder vielleicht hatte Reith die scheinbar zueinander beziehungslosen Formen erst auf den Plan gerufen. Er begann Umrisse und Flächen zu erkennen, pagodenartiges Rahmenwerk, eine Säulenreihe. Dahinter tauchten Silhouetten mit goldenen und silbernen Fransen auf, als hätte sie sein Gedächtnis noch nicht vollendet.

Der Pnume stakste langsam davon. Reiths Verzweiflung wurde so stark, daß er einer Ohnmacht nahe war. Dann durchzuckte ihn die Wut und ließ ihn hinter dem Pnume herstürzen. Er packte den Schulterpanzer und riß daran. Zu seiner größten Bestürzung fiel der Pnume, als wäre er rücklings umgekippt, zu Boden; die Arme schwangen nach unten und dienten als Vorderbeine. Er stand mit der Bauchfläche nach oben da; der Kopf schwenkte merkwürdigerweise hin und her, so daß der Pnume das Aussehen eines Nachthundes annahm. Während Reith vor lauter Ehrfurcht und Bestürzung den Mund aufriß, richtete sich der Pnume mit einem Ruck wieder auf und musterte Reith eiskalt und mißbilligend.

Reith fand seine Sprache wieder. »Ich muß mit vernünftigen Leuten eurer Rasse sprechen, und zwar schnell. Was ich zu sagen habe, ist dringend – für euch und für mich!«

»Das ist die Ewigkeit«, ertönte es heiser. »Solche Worte sind Schall und Rauch.«

»Du wirst anders darüber denken, wenn du mich anhörst.«

»Komm mit zu deinem Platz in der Ewigkeit. Du wirst erwartet.«

Abermals setzte sich die Kreatur in Bewegung. Reith traten Tränen in die Augen; ungeheure Greueltaten erfüllten seinen Geist. Wenn Zap 210 irgend etwas passierte, würden sie dafür bezahlen; und wie sie zahlen würden! Ungeachtet eventueller Folgen.

Sie gingen eine Weile weiter und gelangten bald durch ein Säulentor in ein neues unterirdisches Reich: ein Ort, den Reith mit einem gepflegten Garten auf der guten alten Mutter Erde verglich.

Fort von dem mit Gold und Silber gefransten Ausblick, und daran entlang standen in Gedanken versunkene Gestalten. Reith blieb keine Gelegenheit für Mutmaßungen. Bestimmte Gestalten traten vor; er erkannte in ihnen Pnume und ging ihnen entgegen. Es waren mindestens zwanzig.

Aufgrund ihrer außerordentlichen Schüchternheit und Unaufdringlichkeit erkannte Reith in ihnen Pnume mit hohem Rang. Als er die zwanzig Schattenwesen in dieser von Schatten heimgesuchten Ecke der Ewigkeit ansah, konnte er sich nur über seinen Geisteszustand wundern. War er noch bei Sinnen? In dieser Umgebung waren normale Gedankenprozesse nicht anwendbar. Er mußte der abwegigen Umwelt der Pnume seinen Willen mit roher Gewalt aufzwingen.

Reith blickte die Phantomgruppe der Reihe nach an. »Ich bin Adam Reith«, stellte er sich vor. »Ein Mann von der Erde. Was wollt ihr von mir?«

»Deine Anwesenheit in der Ewigkeit.«

»Ich bin hier, möchte aber wieder gehen«, erklärte Reith. »Ich bin aus freien Stücken gekommen, wißt ihr das?«

»Du wärst auf jeden Fall gekommen.«

»Irrtum. Ich wäre nicht gekommen. Ihr habt meine Freundin entführt, eine junge Frau. Ich bin gekommen, um sie zu holen und zur Oberfläche zurückzubringen.«

Wie auf ein Stichwort traten die Pnume alle gleichzeitig einen Schritt vor: eine Drohung, ein Alptraum. »Wie hattest du dir das vorgestellt? Dies ist die Ewigkeit.«

Reith dachte einen Moment nach. »Ihr, die Pnume, habt lange auf Tschai gelebt.«

»Sehr lange: wir sind die Seele von Tschai. Wir sind die Welt selbst.«

»Auch andere Rassen leben auf Tschai. Mächtigere Leute als ihr.«

»Sie kommen und gehen: farbige Schatten, die unserer Unterhaltung dienen. Wir verbannen sie nach unserem Gutdünken.«

»Fürchtet ihr die Dirdir?«

»Sie können uns nicht erreichen. Sie kennen unsere wertvollen Geheimnisse nicht.«

»Was, wenn dem so wäre?«

Die dunklen Gestalten rückten noch einen Schritt näher.

Reith rief streng: »Was, wenn die Dirdir eure sämtlichen Geheimnisse kennen würden: all eure Tunnels, Stollen und Ausgänge?«

»Eine groteske Situation, die niemals Wirklichkeit wird.«

»Sie kann aber Wirklichkeit werden. Durch mich.« Reith zog eine in blaues Leder gebundene Mappe heraus. »Seht euch das an.«

Die Pnume nahmen ihm die Mappe vorsichtig ab. »Das sind die verlorengegangenen Meisterkarten!«

»Abermals ein Irrtum«, erklärte Reith. »Es ist eine Kopie.«

Die Pnume stimmten ein leise wimmerndes Geräusch an und wieder dachte Reith an Nachthunde; gerade diese leisen Laute hatte er häufig draußen in der Kotansteppe gehört.

Die traurigen, halb gewisperten Wehklagen ebbten ab. Die Pnume bildeten wie versteinert einen Halbkreis. Reith konnte ihre Erregung spüren; sie war fast greifbar: eine irrsinnige, unverantwortliche Grausamkeit, die er bisher nur den Phung zugetraut hatte.

»Beruhigt euch«, meinte Reith. »Die Gefahr steht nicht unmittelbar bevor. Die Karten dienen als Unterpfand für meine Sicherheit. Ihr bleibt geschützt, außer wenn ich nicht zur Oberfläche zurückkehre. In diesem Fall werden die Karten den Blauen Khasch und den Dirdir ausgeliefert.«

»Das darf nicht geschehen. Die Karten müssen sichergestellt werden. Es gibt keine andere Möglichkeit.«

»Ich habe gehofft, daß ihr das sagen würdet.« Reith blickte sich im Halbkreis um. »Seid ihr mit meinen Bedingungen einverstanden?«

»Wir haben sie noch nicht gehört.«

»Ich will die Frau, die ihr gestern verschleppt habt. Wenn sie tot ist, nehme ich furchtbare Rache an euch. In diesem Fall werdet ihr noch lange an mich denken und den Namen Adam Reith noch lange verfluchen.«

Die Pnume standen schweigend da.

»Wo ist sie?« fragte Reith rauh.

»Sie ist in der Ewigkeit und soll kristallisiert werden.«

»Lebt sie? Oder ist sie schon tot?«

»Sie ist noch nicht tot.«

»Wo ist sie?«

»Jenseits des Denkmalfeldes; sie wartet auf die Zurichtung.«

»Ihr sagt, daß sie noch nicht tot ist – aber lebt sie, und geht es ihr gut?«

»Sie lebt.«

»Dann seid ihr Glückspilze.«

Die Pnume musterten ihn verständnislos, und ein paar zuckten fast wie Menschen die Achseln.

Reith kommandierte: »Bringt sie her, oder wir suchen sie auf; was schneller geht.«

»Komm.«

Sie machten sich auf den Weg über das Denkmalfeld: Statuen oder Abbilder, die Angehörige hundert verschiedener Rassen darstellten. Reith konnte es sich nicht verkneifen, stehenzubleiben und sie fasziniert anzustarren. »Wer oder was sind all diese Geschöpfe?«

»Episoden in der Geschichte Tschais, das heißt unseres eigenen Lebens. Dort: der Shiwan, der vor sieben Millionen Jahren nach Tschai gekommen ist. Dies ist einer der ältesten Kristalle: Mahnzeichen an eine weit zurückliegende Zeit. Da hinten: die Gjee, die acht Königreiche gründeten und von den Fesas ausgemerzt wurden, welche ihrerseits vor dem Licht des roten Sterns Hsi flohen. Dort: andere, die schon lange in Vergessenheit geraten sind.«

Die Gruppe ging den Pfad entlang. Die schwarzen Denkmäler hatten glänzende Gold- und Silberfassungen: Vier-, Drei- und Zweifüßler; mit Köpfen, Hirnbeuteln, Nervenkostümen, mit Augen, optischen Bändern, biegsamen Sensoren, Prismen. Hier türmte sich ein massiver Körper mit einem dicken Schädel auf; er schwang drohend ein Schwert von zwei Metern. Reith sah, daß es ein Polyp der Grünen Khasch war. Daneben züchtigte ein Blauer Khasch eine Gruppe sich duckender Alter Khasch, während drei finster blickende Khaschmenschen danebenstanden. Dahinter waren Dirdir und Dirdirmenschen, denen zwei Männer und zwei Frauen einer Rasse, die Reith nicht kannte, auflauerten. Neben ihnen beaufsichtigte ein einzelner Wankh streng eine Gruppe hart arbeitender Männer. Hinter all diesen Gruppen – bis auf ein einziges leeres Podest – führte die Straße einen schwarzen Abhang hinunter zu einem trägen, schwarzen Fluß, dessen Oberfläche dahintreibende Silberstrudel markierten. Neben dem Fluß stand ein Käfig aus Silberdraht. Darin kauerte Zap 210. Sie beobachtete mit unbewegter Miene, wie sich die Gruppe näherte. Dann erkannte sie Reith; auf ihrem Gesicht spiegelten sich die widersprüchlichsten Gefühlsregungen; Leid und Freude, Erleichterung und Entsetzen. Man hatte ihr die Kleider von der Oberfläche ausgezogen; sie trug nur ein weißes Unterhemd.

Reith konnte kaum sprechen; trotzdem fragte er belegt: »Was habt ihr mit ihr gemacht?«

»Sie ist mit Flüssigkeit Eins behandelt worden. Sie kräftigt, formt um und öffnete die Adern für Flüssigkeit Zwei.«

»Holt sie heraus.«

Zap 210 kletterte aus dem Käfig. Reith nahm sie bei der Hand, streichelte über ihr Haar. »Jetzt bist du in Sicherheit. Wir kehren auf die Oberfläche zurück.« Er wartete ruhig ein paar Minuten, während sie an seiner Schulter vor Erleichterung und nervöser Erschöpfung weinte.

Die Pnume rückten dicht auf.

Der eine sagte: »Wir verlangen die Rückgabe aller Karten.«

Reith lachte belegt. »Nicht so schnell. Ich muß noch andere Forderungen stellen – aber nicht hier. Gehen wir! Die Ewigkeit bedrückt mich.«

In einer geschliffenen, grauen Marmorhalle musterte Reith den Ältestenrat der Pnume. »Ich bin ein Mensch. Es stört mich, daß ich zusehen muß, wie Angehörige meiner eigenen Rasse das unnatürliche Leben von Pnumekin führen. Ihr dürft keine Menschenkinder mehr ausbrüten; die zur Zeit unter der Erde lebenden Kinder müssen auf die Oberfläche geschafft und dort versorgt werden, bis sie sich allein durchs Leben schlagen können.«

»Aber das bedeutet für die Pnumekin den Untergang!«

»Ganz recht, und warum auch nicht? Eure Rasse gibt es seit sieben Millionen oder noch mehr Jahren. Ihr hattet bloß die letzten zwanzig- bis dreißigtausend Jahre Pnumekin, die euch dienten. Der Verlust dürfte euch nicht allzu hart treffen.«

»Wenn wir einwilligen – was wird dann aus den Karten?«

»Ich werde alle zerstören, bis auf wenige Kopien. Keine wird euren Feinden ausgeliefert.«

»Das ist nicht ausreichend! Dann müßten wir in ständiger Furcht leben!«

»Darüber kann ich mir keine grauen Haare wachsen lassen. Ich muß über euch die Kontrolle behalten; ich brauche die Garantie, daß meine Forderungen erfüllt werden. Zur gegebenen Zeit bekommt ihr vielleicht die Karten zurück – irgendwann in der Zukunft.«

Die Pnume murmelten einige Augenblicke miteinander. Einer flüsterte schließlich: »Deine Forderungen werden erfüllt.«

»Dann führt uns zurück in die Salzebene von Sivish.«

Bei Sonnenuntergang war die Salzebene ruhig. Carina 4269 hing in einem rauchgelben Dunstschleier hinter den Palisaden, blinkte auf den Türmen der Dirdir. Reith und Zap 210 näherten sich dem alten Lagerhaus. Aus dem Büro trat Anachos hagere Gestalt. Er ging ihnen entgegen. »Der Gleiter ist da. Nichts hält uns mehr zurück.«

»Dann beeilen wir uns. Ich kann es noch gar nicht glauben, daß wir frei sind.«

Der Gleiter stieg hinter dem Lagerhaus in die Höhe und schwenkte nach Norden. Anacho fragte: »Wohin fliegen wir?«

»In die Kotansteppe – südlich von dort, wo wir uns kennengelernt haben.«

Sie flogen die ganze Nacht: über das kahle Zentrum Kislovans, die Erste See und das Sumpfland von Kotan.

Im Morgengrauen trieben sie über den Rand der Steppe, während Reith die unter ihnen liegende Landschaft musterte. Sie überquerten einen Wald, Reith deutete auf eine Lichtung. »Hier bin ich auf Tschai gelandet. Das Lager der Emblemnomaden lag im Osten. Dort, bei diesem Federbuschenhain, haben wir das Onmale begraben. Lande dort.«

Der Gleiter setzte auf. Reith stieg aus und ging langsam auf den Wald zu. Er sah Metall glitzern. Traz trat ins Freie und blieb regungslos stehen, während sich Reith näherte. »Ich wußte, daß du kommen würdest.«

Traz hatte sich verändert. Er war zum Mann geworden; sogar mehr als das. Auf seiner Schulter trug er ein Medaillon aus Metall, Holz und Stein. Reith sagte: »Du hast das Emblem ausgegraben.«

»Ja. Es rief mich. Wo ich auch ging, hörte ich Stimmen; die Stimmen aller Onmale-Häuptlinge riefen mir zu, es der Dunkelheit zu entreißen. Ich förderte das Emblem ans Tageslicht. Jetzt schweigen die Stimmen.«

»Und das Raumschiff?«

»Ist startklar. Vier Techniker sind hier. Einer blieb in Sivish, zwei bekamen Angst und machten sich über die Steppe in Richtung Hedaijha aus dem Staub.«

»Je eher wir aufbrechen, desto besser. Erst wenn wir uns tatsächlich im Weltraum befinden, glaube ich daran, daß wir entkommen sind.«

»Wir sind bereit.«

Anacho, Traz und Zap 210 bestiegen das Raumschiff. Reith ließ den Blick noch einmal über den Himmel schweifen. Er bückte sich, berührte den Boden von Tschai und zerkrümelte eine Handvoll Erde zwischen den Fingern. Dann bestieg auch er den häßlichen Rumpf. Die Tür wurde geschlossen und abgedichtet. Die Generatoren brummten. Das Schiff hob sich in den Himmel. Die Oberfläche von Tschai wich zurück; der Planet zeigte sich rund, wurde zum graubraunen Ball und war bald verschwunden.

ENDE

Jenseits des Sternenhaufens Skiafarilla liegt Durdane, ein Planet, der um ein System aus drei Sonnen kreist. Er wurde vor Jahrtausenden von Menschen besiedelt, doch da es auf ihm kaum Eisen gibt, ist die menschliche Zivilisation auf ein vortechnologisches Niveau abgesunken. Dies ist die Geschichte von Mur, Sohn einer Klosterdirne, der dem Orden seiner Mutter entflieht und für vogelfrei erklärt wird. Als Musiker durchstreift er seine fremdartige Welt, und es ist seine Bestimmung, sie vor den Horden der Rogushkoi zu bewahren, den wilden Mutanten aus den Salzsümpfen, die sie plündernd und mordend durchstreifen.

ISBN 3-404-23219-4

BASTEI LÜBBE

AD 2600. Die Menschheit entdeckt endlich ihr ganzes Potential. Hunderte von Kolonien, verstreut über die ganze Galaxis, bieten eine Unzahl unterschiedlichster Kulturen und unermeßlichen Reichtum. Gentechnik hat die Grenzen der Natur gesprengt. Der Handel blüht, und die Konföderation sorgt für Frieden und Sicherheit. Ein goldenes Zeitalter ist angebrochen.
Doch etwas ist schiefgelaufen. Extrem schief! Auf einem kleinen, primitiven Planeten trifft ein Mensch rein zufällig auf ein vollkommen nichtmenschliches Wesen – und löst die Apokalypse aus: eine Macht, die all unsere Ängste wahr werden läßt.

Mit dieser neuen Serie beweist Peter Hamilton endgültig, daß er vom Hoffnungsträger der modernen SF zu deren Bannerträger geworden ist. Was zahllose Autoren vor ihm versucht haben, ist ihm alleine mit unvergleichlicher Bravour gelungen: einen klassischen Space-Opera-Roman zu schreiben, der alle Tugenden dieses alten Genres in sich birgt, ohne antiquiert zu sein, und der alle Entwicklungen der modernen SF, von Gen- bis Nanotechnologie aufgreift und logisch in die Geschichte integriert.

ISBN 3-404-23221-6

BASTEI LÜBBE

Die Besessenen breiten sich scheinbar unaufhaltsam über Lalonde aus. Die Konföderation entsendet eine Flotte, um ihnen Einhalt zu gebieten. Kann sie verhindern, daß der Planet aus dem Universum entführt wird? Oder daß die Besessenen die Welt verlassen und andere Planeten in ihre Gewalt bringen? Gleichzeitig wird eine alte Frau nach langer Zeit im Exil wieder aktiv, um uralte Rachepläne zu verfolgen. Wenn es ihr gelingt, den Geheimdiensten zu entkommen, droht der gesamten Menschheit eine bis dahin beispiellose Gefahr.
Das Rätsel um die Laymil und den Ruinenring läßt Ione Saldana keine Ruhe. Wo befindet sich der Ursprungsort dieser uralten, vergangenen Rasse? Gelingt es Tranquilitys Forschern, die Datenspeicher zu entschlüsseln, die Joshua Calvert geborgen hat?

ISBN 3-404-23222-4

BASTEI LÜBBE

Im 21. Jahrhundert scheinen die Probleme der Welt gelöst zu sein – doch dann wird TOMIKO entdeckt, ein Asteroid mit Kurs auf den Mond, der diesen zu zerstören droht. Millionen von Mondsplittern drohen auf die Erde zu regnen und alles Leben zu vernichten. Ein Wettlauf mit der Zeit beginnt ... ein Wettlauf voller Überraschungen.

Wie jeder Roman des Autors bietet auch dieser eine spannende Mischung aus Science Fiction und Krimi, diesmal auch des Katastrophenromans. Jack McDevitts Charaktere sind glaubwürdig, und man fiebert Seite für Seite mit ihnen mit.

ISBN 3-404-24268-8

BASTEI
LÜBBE

Robert A. Heinlein zählt zu den bedeutendsten Autoren des Genres. Viele seiner Romane erlangten Kultstatus. Dies ist einer der Jugendromane des Autors, die zum Besten zählen, was das Genre je hervorgebracht hat.

Erzählt wird die Geschichte des jungen Matt Dodsen, der sich im Jahre 2075 als Weltraumkadett bewirbt. Er will Offizier der interplanetarischen Friedenspatrouille werden. Nach der Grundausbildung soil er ein seit Monaten verschollenes Forschungsschiff ausfindig machen und den Meldungen über einen Aufstand der Venusianer nachgehen. Die Abenteuer warten nur auf ihn ...

ISBN 3-404-23220-8

BASTEI LÜBBE